BASTEI
LÜBBE

Über den Autor:

Kai Meyer, geboren 1969, ist der Autor von Bestsellern wie »Das Buch von Eden«, »Herrin der Lüge«, »Die Fließende Königin« und »Die Wellenläufer«. 2005 erhielt er für »Frostfeuer« den internationalen Buchpreis Corine. Seinen ersten Roman veröffentlichte er im Alter von 24 Jahren, inzwischen werden seine Werke in zwanzig Sprachen übersetzt. Kai Meyer lebt am Rande der Eifel. Besuchen Sie seine Hompage unter: www.kaimeyer.com

Kai Meyer

NIBELUNGENGOLD

Der Rabengott
Das Drachenlied
Der Zwergenkrieg
Die Hexenkönigin

Vier Romane in einem Band

BASTEI LÜBBE

BASTEI LÜBBE TASCHENBUCH
Band 15701

1. Auflage: Juli 2007

Vollständige Taschenbuchausgabe

Bastei Lübbe Taschenbücher in der Verlagsgruppe Lübbe

Deutsche Erstausgaben 1997 im Econ Taschenbuch Verlag.
Diese Neuausgabe erscheint in der Verlagsgruppe Lübbe GmbH & Co. KG,
Bergisch Gladbach,
in Zusammenarbeit mit der Michael Meller Literary Agency, München
Titelillustration: © The Art Archive/Corbis
Umschlaggestaltung: Bianca Sebastian
Satz: hanseatenSatz-bremen, Bremen
Druck und Verarbeitung: Ebner & Spiegel, Ulm
Printed in Germany
ISBN 978-3-404-15701-3

Sie finden uns im Internet unter
www.luebbe.de

Der Preis dieses Bandes versteht sich einschließlich
der gesetzlichen Mehrwertsteuer.

INHALT

VORWORT

Die vier Romane, die in diesem Buch gesammelt vorliegen, sind erstmals 1997 als Einzelbände erschienen. Sie entstanden etwa zur selben Zeit wie mein Roman *Loreley*, und vor allem im Rückblick, zehn Jahre später, ist die Verwandtschaft nicht von der Hand zu weisen. Sowohl in den *Nibelungengold*-Büchern als auch in *Loreley* habe ich versucht, klassische deutsche Mythen mit einer gesunden Dosis romantisiertem Mittelalter zu etwas Neuem und hoffentlich Überraschendem zu verarbeiten.

Trotzdem hätte die Entstehungsgeschichte beider Projekte kaum unterschiedlicher sein können. *Loreley* – bis heute eines meiner eigenen Lieblingsbücher – ist ein Roman von mittlerem Umfang, der eine in sich geschlossene Geschichte erzählt. Die vier Bände über die Nibelungen hingegen waren von Anfang an als Teile einer Serie konzipiert. Entstanden war die Idee irgendwann in einer Buchhandlung, als ich mich fragte, warum es eigentlich meterweise Bücher zum britischen Artus-Mythos gibt aber nur ganz wenige zum Nibelungenlied. Das Grundkonzept, das ich bald darauf einem Verlag anbot, sah im Kern so aus: Mehrere Autoren nehmen sich jeweils eine der Haupt- oder Nebenfiguren des Nibelungenliedes vor und schreiben eigene Geschichten über sie. Das konnten Jugendabenteuer sein, Erlebnisse, die zeitgleich zum Lied spielen oder auch danach – wobei letzteres in Anbetracht der hohen Sterblichkeit an Etzels Hof einigermaßen schwierig geworden wäre. Möglich war aber prinzipiell alles, mit einer einzelnen strengen Vorgabe: Auf gar keinen Fall durften Widersprüche zum Inhalt des Nibelungenliedes auftauchen, das für alle Beteiligten die unantastbare Serienbibel sein sollte.

Entwickelt habe ich die Nibelungenreihe mit meinem damaligen

Lektor Reinhard Rohn; eine seiner Aufgaben war es, weitere Autoren zu finden, die mit einem derartigen Stoff umgehen konnten. Anders als heute gab es in den Neunziger Jahren kaum eingeführte deutsche Fantasyautoren. Nach mehreren Fehlversuchen, einer prominenten Zu-, dann Absage und diversen gemeinsamen Abendessen kristallisierten sich einige Namen heraus. So schrieb etwa Bernhard Hennen, lange vor seinen *Elfen*-Bestsellern, für die Reihe zwei Romane um den Minnesänger Volker von Alzey. Jörg Kastner, heute erfolgreich mit Vatikan-Thrillern, verfasste ein Buch über den jungen Siegfried.

Weil ich selbst die Idee zur Serie hatte, sicherte ich mir gleich zu Anfang eine der interessantesten Figuren der Nibelungensage – den finsteren Hagen von Tronje.

DER RABENGOTT

Ursprünglich wollte ich nur diesen einen Roman beisteuern und dann den anderen Autoren die Fortführung überlassen. In *Der Rabengott* ging es mir nicht allein darum, Hagens Vorgeschichte zu erzählen – vor allem wollte ich einen Roman schreiben, der in einer ganz bestimmten Tradition der Fantasy stehen sollte: dem Subgenre der sogenannten Sword & Sorcery, irgendwann einmal eingedeutscht als Schwert-und-Magie-Erzählung. Einer der Begründer dieser Spielart war Robert E. Howard mit seinen *Conan*-Geschichten. Mein Vorbild für *Der Rabengott* war allerdings eher Karl Edward Wagner, der in den Sechziger und Siebziger Jahren eine Reihe von Romanen und Kurzgeschichten um seinen düsteren Antihelden Kane verfasste. Durch Wagners Prosa wehten Todessehnsucht und Melancholie, und etwas Ähnliches wollte ich auch in *Der Rabengott* erreichen, verbunden mit anderen klassischen Zutaten der Sword & Sorcery: wandernde, einsame Schwertkämpfer; geheimnisvolle Mädchenfiguren, die oft etwas Geisterhaftes an sich haben; düstere Landschaften, in denen Götter, Geister und heidnischer Aberglaube allgegenwärtig sind. Bis heute ist *Der Rabengott* mein Favorit unter den vier Romanen in diesem Band.

DAS DRACHENLIED

Mein Vorsatz, nur einen einzelnen Roman für die Reihe zu schreiben, geriet rasch ins Wanken, als mir klar wurde, dass mir dadurch eine zweite, oft unterschätzte Figur des Liedes entgehen würde: Alberich der Zwerg, Hüter des Nibelungenhortes. So entstand *Das Drachenlied*, und wie schon beim Hagen-Roman wollte ich auch diese Geschichte wiederum einer eingeführten Tradition unterordnen – in diesem Fall der klassischen High Fantasy, in der es bekanntlich von Zwergen, Elfen und anderen naturverbundenen Fabelwesen nur so wimmelt. Vermutlich bin ich deshalb bis heute nicht in Versuchung geraten, einem dieser Völker einen eigenen Roman zu widmen: Alles, was ich dazu zu sagen hatte, steckt in *Das Drachenlied* und der direkten Fortsetzung *Der Zwergenkrieg*.

DER ZWERGENKRIEG

Der Roman entstand hauptsächlich, um einen Satz von Tolkien zu stehlen, den ich bis heute für einen der eindrücklichsten im *Herrn der Ringe* halte: »Trommeln! Trommeln in der Tiefe!« Die Bilder, die dabei im Kopf entstehen, bilden bis heute die Grundlage für all die Ork- und Zwergenromane, die in den Buchhandlungen aufgereiht stehen. Noch stärker als Alberichs erstes Abenteuer ist *Der Zwergenkrieg* einer der Gründe, aus denen ich mich seither in meiner eigenen Arbeit von tolkienesker Fantasy ferngehalten habe – die Quintessenz dessen, was ich an der Bildsprache Mittelerdes mag, habe ich mir in diesem Buch fürs erste von der Seele geschrieben.

Allerdings stammt der kauzige, stets schlecht gelaunte Alberich nur indirekt von Tolkiens erzschürfenden, axtschwingenden Zwergen ab. Ich war elf, als ich den *Herrn der Ringe* las und darüber zur Fantasy fand – meine zweite Lieblingslektüre zu jener Zeit war eine heutzutage weitgehend vergessene Comic-Trilogie, die in Deutschland 1980 unter dem Titel *Krieger der Geisterwelt* erschien. Die Hauptfigur, ein dürrer, hakennasiger, missmutiger Zwerg namens Schlammfisch, tauchte unter anderem Namen in mehreren meiner allerersten Schreibversuche als 11- oder 12jähriger auf. Und in den beiden Alberich-Romanen.

DIE HEXENKÖNIGIN

Während *Das Drachenlied* und *Der Zwergenkrieg* geschrieben wurden, weil ich entgegen aller Voraussicht so viel Spaß an den Figuren gefunden hatte, entstand *Die Hexenkönigin* eher aus einer Notsituation: Der Autor, der ursprünglich einen Kriemhild-Roman verfassen wollte, fiel kurzfristig wegen akuter Schreibblockade aus. Die Serie musste aber weitergehen, Titel und Titelbild waren bereits in der Verlagsvorschau abgedruckt, und irgendjemand musste das verflixte Buch schreiben. Also verschob ich meinen nächsten umfangreichen Roman und machte mich an die eher undankbare Aufgabe, eine Geschichte über Kriemhild zu erfinden. Damals dachte ich, dass sie eine blasse, wenig aufregende Figur sei – zumal der andere Autor bereits festgelegt hatte, dass es sich um ein Jugendabenteuer der Burgundenprinzessin handeln sollte. Heute würde ich mich Kriemhild ganz anders annähern: Nach Siegfrieds Tod, wenn sie vom braven Mädchen zur kaltblütigen Rächerin mutiert, gäbe sie genug Stoff für viele hundert Seiten her. Der Roman aber handelt nun einmal von Kriemhilds Abenteuern als Teenager und ist vom Plot her vielleicht ein wenig beliebig geraten. Immerhin: Meine Verbeugung vor Tolkien mit *Der Zwergenkrieg* wandelte sich mit den ersten Zeilen von *Die Hexenkönigin* zu einer Art ironischer Abkehr von seinen Motiven und Einflüssen; in gewisser Weise habe ich mir damit selbst das Versprechen gegeben, ihn nicht weiter auf seinem Thron zu behelligen. Allein dafür hat sich die Arbeit an dem Roman gelohnt.

Kai Meyer
März 2007

DER RABENGOTT

Für Alexander

PROLOG

In dieser Nacht würde der Junge den Fluss bestehlen.

Das Licht des Vollmondes brach sich in weißen Kristallsplittern auf dem Wasser, als der Junge das Rheinufer erreichte. Sein Bruder, ein Jahr weniger vom Bartwuchs entfernt, lief an seiner Seite. Johlend, jubelnd, alle beide.

Vor zwei Tagen hatte unweit von hier ein alter Schuppen gestanden, in dem die Fischer ihre Netze aufbewahrten. Am Abend hatte das Hochwasser den Giebel verschluckt, und immer noch stieg es höher und höher; schon stand der halbe Hang unter Wasser, ganze Waldstücke waren in den Fluten versunken, wiegten sich lautlos in der reißenden Strömung.

Der Fluss würde noch weiter steigen, hatten die Alten prophezeit. Der Pfaffe hatte gar vorgeschlagen, eine Arche zu bauen. Man hatte ihn ausgelacht.

Der Junge und sein Bruder ließen sich erschöpft vom Fangenspiel ins Gras fallen. Aus den Mauern der Burg, weit oberhalb des Hangs, ertönte gedämpft der Trubel der Feier: das Fiedeln der Spielleute, das Grölen der Betrunkenen, das Kreischen der Weiber. Manchmal hörte der Junge seinen Vater heraus; als Burgherr war es an ihm, polternde Trinksprüche auszubringen, die das Singen und Brüllen übertönten. Das fiel ihm keineswegs schwer, denn seine Stimme – davon waren beide Söhne überzeugt – reichte von hier bis zur nächsten Stadt, ganze zwei Tagesritte entfernt.

Hier unten, am neuen Ufer, klangen die Laute der Feierlichkeiten wie Echos aus einer anderen Welt, weit, weit entfernt. Das wilde Rauschen der Strömung, das Wimmern des Windes: beides nahezu ohrenbetäubend. Dem Jungen war fröhlich zu Mute, fast beschwingt; er wusste, er tat etwas Verbotenes.

Deutlich, vor allem aber stimmgewaltig, waren die Worte seines Vaters gewesen: »Geht nicht hinab zum Fluss, nicht solange er über die Ufer tritt!«

Sie waren trotzdem hergekommen, sein Bruder ein wenig zögernd und mit verstohlenen Blicken zur Burg hinauf, der Junge aber frohgemut und stolz auf seine Kühnheit. Viele waren schon von den Fluten fortgerissen worden, unvorsichtige Fischer, Mägde beim Wäschewaschen, arglose Holzsammler, die Äste aus dem Wasser angeln wollten. Sie alle hatte der Strom in die Tiefe gerissen, strudelnd, sprudelnd, alles verschlingend.

»Sieh nur, da vorne!«, rief plötzlich sein Bruder und deutete flussaufwärts ins Dunkel.

Der Blick des Jungen folgte der ausgestreckten Hand seines Bruders. Er spürte sogleich, wie sein Herz schneller schlug.

Im fahlen Licht des Vollmondes wippte etwas Großes, Finsteres auf dem Wasser, auf und nieder, ohne sich dabei vom Fleck zu bewegen. Das Gebilde hatte sich in der Krone einer Buche verfangen, die mit starken Ästen danach krallte.

»Ein Boot!«, stieß der Junge aufgeregt aus und sprang auf die Füße. »Das ist ein Boot!«

»Natürlich ist es das«, gab sein Bruder zurück; er wollte mürrisch und schlau erscheinen, zwei Eigenschaften, die in seinen Augen zusammengehörten. »Was denn sonst? Ein Riesenfisch?«

Die letzten Worte hörte der Junge schon gar nicht mehr, denn er lief ausgelassen am Ufer entlang nach Süden. Der Boden fiel steil zum Wasser hin ab; es war gefährlich, hier so schnell zu laufen. Das durchweichte Erdreich mochte absacken und ihn hinunter in den Rhein reißen, so wie den Sohn des Mundschenks, beim letzten Hochwasser vor acht Jahren.

Auf Höhe des Wracks hielt der Junge an und starrte angestrengt hinaus auf den Fluss. Es war ein großes Boot, fast ein kleines Schiff, mit überdachtem Unterdeck und einem Mittelgang zwischen den Ruderbänken. Der Mast war in Schulterhöhe abgebrochen; von ihm und dem Segel war keine Spur zu sehen. Auch gab es kein Leben an

Deck, keinen Mensch weit und breit. Die Besatzung musste an einer günstigen Stelle über Bord gegangen sein, in der Hoffnung, trotz der Strömung das Ufer zu erreichen. Der Junge bezweifelte, dass alle es geschafft hatten. Trotzdem blickte er vorsichtshalber nach Süden; nach dreißig, vierzig Schritten verschwand das mondbeschienene Gras in einem Wald, dessen tiefer gelegene Teile bis zu den Wipfeln im Wasser standen. Das Gelände war verlassen.

Das Boot hatte sich längsseits zur Strömung in der Buche verkeilt. Das Wasser klatschte gegen seinen Rumpf, spritzte schäumend über die Reling, voller Wut über die Herausforderung. Der Bug war etwa fünf Schritte vom Ufer entfernt, wurde von den Wellen auf und ab geschleudert.

Der Junge wagte nicht, mit den Füßen ins kalte Wasser zu steigen. Obgleich die Buche so nah am Ufer stand, war sie bis zu den oberen Ästen im Fluss versunken; unweit des Jungen befand sich unter der Wasseroberfläche eine jähe Steilwand. Selbst wenn es ihm gelungen wäre, der Strömung standzuhalten, hätte er dennoch nicht bis zum Boot waten können. Er hätte schwimmen müssen, und das mochte übel enden.

Sein Bruder trat neben ihn und blickte gleichfalls zum Wrack. »Wem mag es gehören?«

»Und was mag es geladen haben?« Abenteuerlustig gab der Junge sich selbst eine Antwort: »Vielleicht einen Schatz.«

»Einen Schatz«, äffte ihn sein Bruder mit piepsiger Stimme nach und rollte mit den Augen. Im Mondlicht sah die Grimasse unheimlicher aus, als er ahnte. »Ein paar alte Fische werden drinliegen, wahrscheinlich schon angefault.«

»Sei nicht so langweilig.«

»Was willst du denn tun? Vielleicht rüberschwimmen?«

»Nein«, gab der Junge zurück, und gleich darauf verzogen sich seine Mundwinkel zu einem triumphierenden Grinsen. »Aber mit dem Baumstamm da vorne könnte es gehen.«

Sein Bruder folgte seinem Blick zu einer gefällten Birke; die Holzfäller würden sie erst am nächsten Morgen zur Burg hinaufbringen.

Der Junge war vor Begeisterung nicht mehr zu halten. Er lief zu dem Stamm hinüber und zerrte an den Ästen. Es war ein junger Baum, von Krankheit zerfressen, und er war nicht allzu schwer. »Komm schon, zu zweit können wir es schaffen.«

Auch in den Augen seines Bruders flackerte jetzt Wagemut, doch er gab sich Mühe, ihn sich nicht einzugestehen. »Wenn Vater davon erfährt, wird er …«

»Gar nichts wird er.« Der Junge hatte den Stamm schon ganz allein die halbe Strecke zum Ufer herabgezogen. »Vater und die anderen feiern, sogar die Wächter auf den Zinnen würfeln und trinken. Niemand wird etwas bemerken.«

»Wenn einer von uns ins Wasser fällt«, begann sein Bruder schwerfällig, verstummte aber sogleich. Natürlich reizte auch ihn das Abenteuer, und an einem gab es nichts zu rütteln: Die Gefahr einer Strafe war denkbar gering.

Mit einem kräftigen Atemholen – das hatte er dem Stallmeister abgeschaut, bevor der den Kindern etwas durchgehen ließ – trat er an die Seite des Jungen. Gemeinsam schleppten sie den Stamm das letzte Stück zum Wasser hinunter.

»Und nun?«

Der Junge runzelte altklug die Stirn. »Wir müssen ihn ein Stück weiter flussaufwärts ziehen. Wenn wir den Stamm dort ins Wasser schieben, treibt ihn die Strömung hierher. Vielleicht verkeilt er sich dann zwischen dem Boot und dem Ufer.«

»Hoffentlich.«

Ächzend vor Anstrengung setzten sie den Plan in die Tat um, und tatsächlich: Wenig später bildete der Birkenstamm eine wacklige Brücke zwischen Wiese und Wrack. Auf der schwarzen Flussoberfläche schimmerte er bleich wie ein mächtiger Knochen.

Die beiden zerrten an den Ästen und prüften, ob der Stamm festsaß. Fest genug.

»Ich geh' zuerst«, sagte der Junge und kletterte flink ins Gehölz.

»He!«, rief sein Bruder. »Wir sollten das auslosen.« Aber es war kein ernstgemeinter Widerspruch; in Wahrheit war er froh, dass er das Wagnis nicht als Erster eingehen musste.

Der Junge kletterte auf allen vieren über den Stamm. Der Baum lag zur Hälfte unter Wasser, die Strömung spülte über ihn hinweg. Es war schwierig, nicht den Halt zu verlieren. Die nasse Rinde war glatt und löste sich in breiten Fetzen, und mehrmals war der Junge nahe daran, kopfüber in die Fluten zu stürzen. Sein Herzschlag raste, vor Anspannung hielt er die Luft an. Er hatte schreckliche Angst.

Schließlich berührte seine ausgestreckte Hand den Bootsrumpf. Die Reling des Wracks schwankte hinauf und herunter, war mal in Schulterhöhe, mal hoch über seinem Kopf. Dem Jungen blieb nichts anderes übrig, als sich mit beiden Händen daran festzuhalten und sich bei der nächsten Woge mit nach oben ziehen zu lassen. Inmitten der schäumenden Gischt war das alles andere als ein Kinderspiel.

Sein Bruder rief ihm eine Warnung zu. Das Tosen des Flusses und der jammernde Wind rissen die Worte von seinen Lippen, verwehten sie im Nichts.

Die Finger des Jungen krallten sich um die Reling. Er schloss die Augen und zählte in Gedanken: eins, zwei, drei …

Die Woge kam mit entsetzlicher Wucht und schleuderte das Wrack nach oben. Der Ruck riss dem Jungen fast die Arme aus den Gelenken. Seine Füße wirbelten aus dem Wasser, er selbst rutschte am Rumpf empor, schrie auf – und hing plötzlich mit dem Oberkörper über der Reling. Geistesgegenwärtig ließ er sich nach vorne sacken, polterte aufs Deck. Gerade noch rechtzeitig, denn im selben Augenblick krachte das Boot zurück nach unten. Die Bewegung hätte ihn rückwärts ins Wasser geschleudert.

Benommen kämpfte sich der Junge auf Hände und Knie. Im Prasseln der Gischt, die ihm wie Hagel ins Gesicht schlug, schaute er sich um. Das Boot war nicht breit, fünf Schritte vielleicht. Der Bug war erhöht, dort führte eine Falltür unter Deck. Der Riegel hatte sich gelöst, die Klappe schlug bei jeder Woge auf und zu, auf und zu …

Er hatte sich nicht getäuscht. Das Deck war verlassen.

Ihm fiel ein, dass sein Bruder ihn hinter der Reling nicht sehen konnte und sich bestimmt schon Sorgen machte – vor allem um sein eigenes Sitzfleisch, denn falls dem Jungen etwas zustieß, würde die Strafe des Vaters zweifellos seinen Bruder treffen.

Abermals zog er sich an der Reling empor, diesmal an der Innenseite. Ein eisiger Wasserschwall klatschte in sein Gesicht. Täuschte er sich, oder war der Wind stärker, die Strömung noch schneller geworden? Hatte der Fluss auch vorhin schon mit solcher Wut am Rumpf gerissen?

Er erhaschte einen Blick aufs Ufer, ehe ihn die nächste Woge traf. Sein Bruder gestikulierte wild mit beiden Armen, schrie irgendetwas hinaus in das Donnern der Brandung.

Der Junge entdeckte, was er meinte, als er hinab auf die Oberfläche blickte.

Der Birkenstamm war verschwunden. Er musste sich aus der Verkeilung gelöst haben, war vom Strom davongerissen worden. Es gab keine Verbindung mehr zum Ufer.

Eine eiskalte Faust legte sich um sein Herz. Seine Knie erbebten, seine Finger wollten sich zitternd von der Reling lösen. Panik griff nach seinem Denken. Er war allein hier draußen, dem Fluss und dem Sturm hilflos ausgeliefert, ohne Hoffnung auf …

Ein Knirschen riss ihn aus seiner Erstarrung. Holz knarrte lautstark, kreischte auf wie ein kleines Kind. Etwas brach und zerbarst. Gleichzeitig wurde das Wrack herumgeschleudert, schwenkte blitzschnell in die Strömung, löste sich aus der Umklammerung der Baumkrone.

Der Junge sah gerade noch durch einen Schleier aus Tränen und Rheinwasser, wie sein Bruder und das Ufer davonrasten. Dann begriff er, dass er selbst es war, der sich entfernte! Das Boot trieb flussabwärts davon!

Er verlor seinen Halt, polterte quer über Deck und schlug gegen die Reling auf der anderen Seite. Eine Ruderbank bremste seinen Sturz unsanft mit einer scharfen Kante. Einen Moment lang sah er nur Funken, die vor seinen Augen auseinanderstoben. Ein Gewitter aus Schmerz und Verzweiflung donnerte durch seinen Schädel.

Irgendwie gelang es ihm trotzdem, neuen Halt zu finden. Mühsam zog er sich an der Holzbank entlang zur Reling, blickte darüber hinweg. Durch Gischtschleier sah er das Westufer des Stroms, grau und farblos im Mondenschein. Als er sich umsah, erkannte er hoch über dem gegenüberliegenden Ufer auch die erleuchteten Fenster der Burg. Sie wurden mit erschreckender Geschwindigkeit kleiner. Sein Bruder war nicht mehr zu sehen, ebensowenig die Stelle, an der das Wrack festgesessen hatte.

Das Wrack trieb in der Mitte des Stroms. Der Fluss war durch das Hochwasser mehr als doppelt so breit wie sonst. Unmöglich, von hier aus an Land zu schwimmen.

Das Boot wird irgendwann zerschellen, durchfuhr es den Jungen. Er ahnte, dass das auch sein eigenes Ende sein würde.

Ein Gutes hatte die rasende Fahrt den Strom hinunter: Das entsetzliche Auf- und Abwippen des Wracks hatte aufgehört, nicht gänzlich, aber doch soweit, dass nicht in jedem Augenblick die Gefahr bestand, über Bord geschleudert zu werden. Und solange sich das Boot in der Flussmitte hielt, konnte es auch an keinen Felsen zerschmettern.

Gleichzeitig aber entfernte sich der Junge weiter und weiter von zu Hause. Nun peinigte ihn nicht nur die Angst zu sterben, auch die Furcht vor der Fremde überkam ihn.

Er war hilflos, der dämonischen Gewalt des Flusses und den knarrenden Planken unter seinen Füßen vollkommen ausgeliefert.

Ich werde ganz sicher sterben, dachte er mit kühler Klarheit, nicht heldenhaft von der Hand eines Feindes, sondern jämmerlich ersäuft durch meine eigene Schuld!

Ihm war, als raste er die halbe Nacht dahin, vor- und zurückgeschleudert, durchgeschüttelt, frierend, in Todesangst. Und er würde nicht einmal erfahren, was sich unter Deck befand. Hatte er dafür nicht überhaupt erst sein Leben aufs Spiel gesetzt? Einige Herzschläge lang spielte er mit dem waghalsigen Gedanken, die Reling loszulassen und sich hinüber zur Falltür zu tasten. Doch immer noch spülten Brecher über die Planken hinweg, einige stark genug, ihn mit sich über Bord zu reißen. Nein, entschied er bitter, von solch tollkühnem Vorhaben hatte er wahrlich genug.

Die Falltür schlug auf und zu.

Auf und zu.

Der Junge schlief ein.

Einen Augenblick später, noch bevor seine Umklammerung sich lösen konnte, riss ihn ein mörderischer Ruck zurück in die Wirklichkeit. Knirschen, Brechen, Bersten – dieselben Laute hatte er gehört, als sich das Schiff aus der Buche gelöst hatte.

Nun ertönten sie wieder. Als er aufblickte, sah er, dass das Wrack abermals still stand. Erneut bot es seine Längsseite der tobenden Strömung dar.

Diesmal aber hatte es sich fester verkeilt. Das Ostufer war nur noch fünfzehn Schritte entfernt. Weit genug, um bei dem Versuch, hinüberzuschwimmen, zu ertrinken. Zu nahe aber, um alle Hoffnung fahrenzulassen.

Er entdeckte auch, wem er das vorläufige Ende seiner Irrfahrt zu verdanken hatte.

Der Bootsrumpf war seitlich gegen die Wipfel zweier starker Tannen getrieben. Zwar bogen sie sich unter der Last, schienen aber kräftig genug, dem Druck des Schiffes standzuhalten. Beide Bäume ragten kaum bis zum Rand der Reling aus dem Wasser, der Rest war im Fluss versunken.

Die Gedanken des Jungen wirbelten wild in seinem Kopf umher. Er brauchte eine Weile, ehe es ihm gelang, ein wenig Klarheit in sein Denken zu bringen.

Das Boot wippte wieder auf und ab, doch die Strömung schien an dieser Stelle nicht ganz so stark zu sein. Es war durchaus möglich, unbehelligt bis zur Falltür zu kriechen und einen Blick unter Deck zu wagen. Wenn er schon sterben sollte, so wollte er wenigstens erfahren, wofür.

Flach an die glitschigen Planken gepresst schob er sich auf die Klappe zu. Sie hob sich bei jeder Welle nur noch wenige Fingerbreit, schlug nicht mehr gänzlich auf und zu. Der Junge würde sie selbst öffnen müssen.

Als er nahe genug heran war, streckte er vorsichtig die Hand aus, packte den Griff der Falltür und klappte sie zurück. Darunter lag ein schwarzes, schier bodenloses Loch.

»Ist da wer?«, rief er mit schwacher Stimme nach unten. Die Worte klangen hohl im Inneren des Schiffsrumpfes wider.

Niemand antwortete.

Du musst es tun, redete er sich tapfer zu, deshalb bist du doch hergekommen. Einfach über die Kante kriechen, dich hinunterschwingen – ja, und dann?

Das Boot hob und senkte sich im Rhythmus des Flusses, aber immer noch schienen die beiden Tannenwipfel es fest in seiner Längslage zu halten. Aus der Falltür drang dumpfes Flüstern herauf, das Glucksen der Strömung unter dem Kiel.

Mach schon!, sagte er sich ungeduldig. Ein lahmer, widerwilliger Wunsch.

Er legte beide Hände um die Kante der Öffnung, zog sich ächzend heran. Sein Gesicht schob sich über das Loch. Er erwartete, dass ihm etwas entgegenschießen, nach ihm greifen würde, doch nichts dergleichen geschah. Der Laderaum roch muffig, ein wenig wie verfaultes Obst.

Er gab sich einen Ruck, glitt mit einem leisen Aufschrei in die Tiefe und spürte schon einen Augenblick später Holz unter den Füßen. Gleichzeitig wurde das Boot nach oben gewirbelt, senkte sich dann schlagartig wieder. Der Junge verlor sein wackliges Gleichgewicht, fiel zur Seite und rollte quer durch den Laderaum. Fort von dem hellen Viereck aus Mondlicht, das durch die Luke hereinfiel, tiefer hinein in die Finsternis des Bugraums. Seine Schulter prallte gegen die Schiffswand. Erst allmählich dämmerte ihm, dass es in der ganzen Länge des Laderaumes nichts gab, das seinen Sturz hätte aufhalten können. Das Boot war leer, dessen war er nun trotz der Dunkelheit sicher. Keine Menschen, keine Ladung. Wahrscheinlich hatte die Strömung es vom Ufer fortgerissen, als niemand an Bord gewesen war. So einfach war das – und so unspektakulär. Dafür also hatte er mit seinem Leben gespielt. Dafür mochte er bald sterben.

In der Schwärze begann der Junge zu weinen. So saß er dort lange Zeit, verzweifelt, enttäuscht, von Furcht gepeinigt.

Irgendwann wischte er sich die Tränen aus den Augen und krabbelte auf allen vieren zurück zur Falltür. In einem ruhigen Moment gelang es ihm, sich schwankend auf die Füße zu stellen und mit ausgestreckten Armen nach der Kante zu greifen. Er war kräftig genug, sich nach oben zu ziehen. Wasser spritzte ihm entgegen, und einen Moment lang kämpfte er strampelnd um seinen Halt. Dann gelang es ihm, erst ein Knie, dann das zweite aufs Deck zu heben. Den Göttern sei Dank, er war wieder im Freien!

Immer noch presste sich der Bootsrumpf längsseits gegen die beiden Tannen. Gedankenverloren hielt der Junge sich wieder an der Reling fest, als ihm plötzlich in einem der Baumwipfel etwas auffiel.

Etwas glänzte zwischen den Ästen.

Neugier verdrängte die dumpfe Gleichgültigkeit in seinem Schädel. Mit beiden Händen zog er sich an der Reling entlang bis zu jener Stelle am Heck, wo sich das Boot an den gebogenen Wipfel drängte. Zitternd streckte er eine Hand aus. Ohne größere Mühe gelang es ihm, das Glitzerding zu umfassen.

Es war ein Goldreif, und als er erst einmal die Nadelzweige beiseite geschoben hatte, entdeckte er, dass dort, ganz nah am Stamm des Baumes, noch weiteres Geschmeide hing. Eine Kette aus hauchdünnen Goldplättchen; eine edelsteinbesetzte Krone, würdig einer Fürstin; mehrere Ringe, die mit einer Schnur zusammengebunden waren; dazu ein Diadem, wie seine Mutter kein schöneres besaß.

Es gab keinen Zweifel: Dies waren Reichtümer, wie selbst Edelleute sie sich erträumten.

Der Junge konnte sein Glück kaum fassen. Vergessen waren für den Moment die Gefahren des Rheins, vergessen auch jeder Gedanke ans Alleinsein, an die Heimat, ans Sterben.

Ihm kam ein kühner Geistesblitz: Wenn es in diesem Baum solche Schätze gab, dann vielleicht auch in dem anderen!

So schnell er konnte schob er sich an der Brüstung entlang zum Bug. Hier musste er sich weit hinauslehnen, ehe er die Zweige des Tannenwipfels zu fassen bekam. Mit angestrengtem Stöhnen zog er sie auseinander wie einen Vorhang.

Und da war noch mehr Gold!

Reife, Ringe, Ketten. Sogar eine kunstvoll verzierte Schatulle, faustgroß, an einem Band um den Stamm verhakt. In ihrem Inneren fand der Junge ein gutes Dutzend Ohrringe, manche mit funkelnden Steinen besetzt.

Er häufte seine Schätze vor sich auf, in einem Winkel der Reling, wo die Brecher, die über das Deck fegten, sie nicht fortspülen konnten. Er überlegte einen Augenblick, dann streifte er trotz der Kälte sein Wams ab; darunter trug er nur ein dünnes Leinenhemd. Er machte einen Knoten in den oberen Teil des Kleidungsstückes, damit die Öffnungen für Kopf und Arme verschlossen waren. Dann häufte er mit beiden Händen das Geschmeide hinein, sicherte es mit einem zweiten Knoten. Das fertige Bündel befestigte er an seinem Gürtel, zog und zerrte daran, bis er Gewissheit hatte, dass er es nicht verlieren würde.

Dann erst schaute er sich um.

Keuchte auf, atemlos vor Freude.

Da waren drei weitere Tannen. Sie bildeten zusammen mit den beiden, die das Boot hielten, einen Kreis aus Wipfeln auf der Wasseroberfläche. Es sah aus wie ein Zirkel zusammengekauerter Zauberer in schwarzen Roben, mit schwarzen, spitzen Hüten. Der Durchmesser des Kreises betrug etwa zwölf Schritte, je fünf lagen zwischen den einzelnen Bäumen.

Einen Moment lang fragte sich der Junge, wer die Bäume in so perfekter Kreisform gepflanzt und aufgezogen hatte. Ihre Anordnung war viel zu gleichmäßig, viel zu gewollt, als dass der Zufall sie hätte schaffen können.

Ein seltsames Unbehagen überkam ihn mit der Plötzlichkeit eines Blitzschlages.

Und ebenso schnell verging es wieder. Denn auch in den drei übrigen Wipfeln sah er es nun glänzen. Mehr, noch mehr Gold!

Wütend über seine Hilflosigkeit blickte er über die rasende Wasseroberfläche. Zwischen den Wipfeln, die etwa schulterhoch aus dem Fluss ragten, hatte sich nicht nur das Boot verfangen; armdicke Stränge aus Wasserpflanzen reichten von Baum zu Baum.

Ohne Zögern, den Geist vom nahen Reichtum verschleiert, hangelte sich der Junge über die Reling, streckte einen Fuß ins Wasser. Das schwankende Schiff zog ihn hoch und wieder herunter, doch der kurze Moment, in dem sein Bein bis zum Knie unter der Oberfläche verschwand, reichte aus, ihm erneut die Kälte des Wassers ins Gedächtnis zu rufen.

Trotzdem, er musste es wagen!

Wenn er mit all diesen Schätzen nach Hause käme, würde sein Vater sicher auf eine Strafe verzichten. Und er konnte immer noch genug davon für sich selbst verstecken, um irgendwann ein gemachter Mann zu sein – auch ohne den Besitz seiner Familie, der nach dem Tod des Vaters an seinen älteren Bruder fallen würde.

Er schloss die Augen und ließ sich fallen.

Die Kälte war wie ein Schlag mit einem Streithammer, hart und kraftvoll und mitten ins Gesicht. Vielleicht verlor er einen Herzschlag lang das Bewusstsein, vielleicht auch nicht; auf jeden Fall wusste er kurz darauf nicht mehr, wie er innerhalb eines Augenblicks plötzlich auf die andere Seite des Tannenkreises geraten war, beide Fäuste um einen der Pflanzenstränge geklammert.

Die Strömung! Sie war viel stärker, viel schneller, als er angenommen hatte. Und schon spürte er, wie sie an seinen Armen zerrte, wie sie ihn mit sich reißen wollte.

Irgendwie gelang es ihm trotzdem, sich an dem Strang aus verschlungenen Wasserpflanzen entlangzuhangeln, bis er einen der Tannenwipfel erreichte. Er dachte nicht mehr an die Gefahr, in der er schwebte, nicht ans Ertrinken, Zerschellen, an eine tödliche Erkältung. An nichts von alledem. Der Gedanke an das Gold beherrschte sein ganzes Denken. Dafür mochte es sich lohnen zu sterben, damit konnte er auch vor sich selbst rechtfertigen, warum er überhaupt für dieses Abenteuer sein Leben aufs Spiel gesetzt hatte. Plötzlich war es kein Kinderstreich mehr; wenn er das hier überlebte, dann war er ein Held!

Er klammerte sich mit Armen und Beinen an den Baum, der sich leicht mit der Strömung vornüberbeugte. Mit einer Hand pflückte der Junge das Geschmeide aus den Zweigen wie goldene Früchte. Er stopfte es im Chaos der Gischt in seinen Hosenbund, in der Gewissheit, dass seine Hosenbeine in den Stiefeln steckten und er seinen Schatz nicht verlieren würde.

Weiter hangelte er sich an den Pflanzensträngen, und das Wasser, das er dabei schluckte, hätte den Durst einer halben Armee gestillt. Doch er erreichte auch diesmal sein Ziel, packte den Wipfel, hielt sich fest und zog das Gold aus den Zweigen.

Nur einmal kam ihm die Frage in den Sinn, wie das Geschmeide hierhergekommen war. Elstern, sagte er sich; sicher hatten sie es in den Bäumen versteckt, lange vor dem Hochwasser.

Er zweifelte nicht an seinem Tun, glaubte auch nicht, dass er etwas Unrechtes tat. Wem auch immer das Gold einst gehört hatte, nun hatte der Fluss es für sich beansprucht. Der Fluss! Was sollte der schon damit anfangen?

Noch ein Tannenwipfel stand aus, der fünfte und letzte. Der Weg dorthin war schnell überwunden. Schneller noch war das Gold eingesteckt. Schwer und kantig füllte es die Hosenbeine des Jungen, zog ihn merklich nach unten. Er aber dachte nur: Ich bin reich genug, um mir eine eigene Burg zu bauen.

Etwas veränderte sich, schlagartig.

Von einem Moment zum nächsten machte die reißende Strömung einen Bogen um das Innere des Tannenkreises. Sie teilte sich rechts und links des Bootswracks und floss zu beiden Seiten an den Baumwipfeln vorüber. In der Mitte des Kreises aber glättete sich die Oberfläche, bis sie so ruhig dalag wie ein riesiger Spiegel. Das Abbild des Vollmondes schimmerte darin wie eine weiße Pupille in einer schwarzen Iris.

Entgeistert bemerkte der Junge, wie der Druck auf seinen Körper nachließ. Er befand sich im Inneren des Kreises. Nur eine Armlänge von ihm entfernt schossen die Fluten mit ungehemmter Wut nach Norden; hier aber, auf seiner Seite des Pflanzenstranges, war das Wasser so still und glatt wie ein Bergsee.

Da, plötzlich, entstand im Zentrum des Zirkels eine Bewegung, genau dort, wo das Spiegelbild des Mondes schwebte wie eine leuchtende Scheibe. Das Wasser begann sich zu drehen, erst ganz langsam, dann schneller, bis ein gewaltiger Strudel entstand. Seine scheinbare Trägheit täuschte, seine Kraft war jener der Strömung um ein Vielfaches überlegen. Dem Jungen blieb nicht einmal Zeit einen Schrei auszustoßen. Er wurde vom äußeren Arm des Strudels gepackt, verlor den Pflanzenstrang aus den Händen und trieb in einer rasenden Kreisbewegung zum Mittelpunkt des Tannenzirkels. Einen Herzschlag lang war ihm, als beugten sich die schwarzen Wipfel einander zu, um verstohlen miteinander zu flüstern; dann drang Wasser in seine Augen, schäumte kalt in seinen Mund.

Er wusste, er würde ertrinken.

Doch er täuschte sich abermals. Der Strudel erstarb im selben Augenblick, da er den Jungen in das Zentrum des Kreises gezogen hatte. Das Wasser glättete sich wieder, die Spiegelung des Mondes festigte sich erneut – der Junge schwamm genau in ihrer Mitte, ein Dorn im Herzen des Lichtauges.

Er wollte schreien, um Hilfe brüllen, Gnade erflehen. Doch seine Stimme versagte ihm den Dienst. Das Entsetzen knebelte ihn mit Schweigen, der Mond fesselte ihn im Zentrum der wispernden Wipfel.

Er spürte, wie die Kälte des Flusses immer noch eisiger wurde. Sie schien aus der Tiefe emporzusteigen, ganz genau unter ihm, kam immer höher und höher, so als gefriere das Innere des Kreises zu einer mächtigen Säule aus Eis.

KAPITEL 1

Als er erwachte, war er blind.

Da waren auch Schmerzen, starke Schmerzen.

Mit ihnen konnte er umgehen; die Blindheit aber war etwas anderes. Es war lange her, dass etwas ihm solche Angst gemacht hatte, mehr als zwanzig Jahre. Damals, allein im Wasser, da war er genauso hilflos gewesen.

Aber das war lange her, und die Zeit hatte das Gefühl der Angst in seiner Erinnerung zum Verblassen gebracht. Er wusste noch, dass er sich gefürchtet hatte, aber wie es genau gewesen war, das hatten die Jahre für ihn verdrängt.

Jetzt aber war die Furcht wieder da, und er erkannte sie wieder wie einen bösen, alten Feind.

Er konnte nichts sehen, nichts als tiefe, formlose Schwärze. Keinen Schimmer von Licht, kein Glühen in der Ferne, nicht einmal den Nachhall dessen, was er vor seiner Bewusstlosigkeit erblickt hatte. Nur Finsternis.

Hagen von Tronje schrie auf, gellend und lang und verzweifelt. Seine Finger fuhren in Panik hoch zum Gesicht, die Lederkappen seiner Handschuhe berührten die Lider. Seine Augen waren noch da, keines war ausgestochen oder von einem Hieb zerfetzt. Aber die Berührung tat weh, weh genug, um ihn abermals aufschreien zu lassen.

Blind!, dachte er immer wieder, während das Entsetzen in ihm tobte.

Blind.

Er lag am Boden, unter seinem Rücken war hartes Gestein.

Die Felsen! Er erinnerte sich. Die Schlacht hatte unten in der Ebene begonnen und sich immer weiter hinauf in die Berge verlagert. Er war mit seinem Trupp aus Söldnern und Halsabschneidern in einen Hinterhalt geraten, wo andere Söldner und Halsabschneider ihnen den Garaus gemacht hatten. Er erinnerte sich, dass ihn der Angriff zweier Gegner nach hinten geschleudert hatte, er war gestürzt, vielleicht mit dem Kopf aufgeschlagen. Möglicherweise war seine Blindheit nur eine zeitweilige Auswirkung des Aufpralls. Das konnte sein; ja, nur ein Moment noch, bis sich seine Sinne klärten und er wieder –

Blind.

Seine Hoffnungen lösten sich in nichts auf. Die Schmerzen in seinen Augen, vor allem im linken, waren zu stark. Das war mehr als eine leichte Verwirrung seiner Sinne. Er führte eine Fingerspitze an die Zunge, leckte Blut vom Handschuh. Blut aus seinen Augen? Es schmeckte so stählern wie eine Schwertklinge, roch wie geschlachtetes Vieh. Hagen hörte den Wind in den Felsspalten klagen. Seine übrigen Sinne waren demnach nicht geschädigt. Nur seine Augen. Seine Sehkraft.

Er wälzte sich schwerfällig herum, kämpfte sich auf die Knie. Sein Kettenhemd klirrte leise, die schützenden Eisenschalen um seine Schultern und Gelenke knirschten. Seine Hände tasteten über den Boden, viel zu schnell, viel zu ungelenk. Sie berührten etwas Weiches, Regloses. Ein Leichnam, gleich neben ihm. Er tastete weiter, schob sich auf allen vieren vorwärts. Noch ein Toter und noch einer.

Er verharrte, wagte nicht, weiterzukriechen. Die Felsen, das wusste er noch, waren schroff und steil. Er mochte zu nahe an eine der Kanten geraten, zwanzig Schritte in die Tiefe stürzen, hilflos am Boden zerschellen.

Ein Krüppel, dachte er, erst verächtlich, dann verzweifelt. Es war gleichgültig, ob er in einer oder zwei oder drei Wochen wieder sehen konnte; er würde nicht einmal heil von den Felsen herunterkommen, ohne sich sämtliche Knochen zu brechen. Ein Fressen für die Raben.

Vielleicht war das der richtige Zeitpunkt, um wieder mit dem Weinen zu beginnen. Wenn nicht jetzt, wann sonst? Hatte er nicht allen Grund dazu? Er war kein Krieger mehr, es wäre keine Schande gewesen, wenn man ihn heulend gefunden hätte.

Unwillkürlich fragte er sich, ob seine blicklosen Augen überhaupt noch Tränen zu Stande brachten.

Er straffte sich abrupt. Sein Selbstmitleid brachte ihn nicht weiter. Er musste irgendwie hier herunterkommen, zurück auf festen Boden, wo nicht jeder Schritt sein Leben bedrohte.

Seine Finger fanden beim Umhertasten einen Schwertgriff. Beinahe hätte Hagen laut aufgelacht. Ein Schwert, in seiner Lage! Er nahm es und wollte es in einer Aufwallung von Hass (auf sich, auf die Welt) davonschleudern, als ihm einfiel, dass es ihm doch noch weiterhelfen mochte. Wie oft hatte er mit angesehen, wie Blinde sich ihren Weg mit Hilfe von Stöcken suchten. Wie ungemein passend, dass ihm nun zum selben Zweck ein Schwert dienen sollte. Ihm, der er sein Leben lang nichts anderes getan hatte, als das Leben anderer mit Schwertern auszulöschen.

Er hielt die Klinge weit vorgestreckt und klopfte mit der Spitze auf den Boden. Sie klirrte leise, wo sie auf Fels traf, schwieg, wenn sie gegen weitere Leichen stieß. Der Stein war an manchen Stellen feucht und rutschig, mehrfach verlor Hagen fast seinen Halt. Auf allen vieren kletterte er über reglose, verrenkte Körper, ohne sicher zu sein, ob es nicht immer wieder dieselben waren und er sich im Kreis bewegte. Aber nein, das Gelände war leicht abschüssig, und irgendwann fand er auch den Pfad, dem er und die anderen gefolgt waren, geradewegs in die Falle ihrer Feinde; er erkannte ihn an der seichten Grasböschung, die ihn zu beiden Seiten begrenzte.

Hagen forschte in der Schwärze nach einem Hoffnungsschimmer – *Schimmer* im buchstäblichen Sinne –, doch da war nichts als absolute Dunkelheit. Unvermittelt wurde ihm klar, dass er nicht einmal wusste, ob es noch Tag oder schon tiefste Nacht war.

Er folgte dem Weg auf Händen und Knien, das Schwert weit vorgestreckt. Immer noch stieß er auf weitere Leichen. Obgleich er sie nicht zählte, war er doch sicher, dass es mehr waren als nur jene Männer, mit denen er die Felsen erklommen hatte. Die beiden

Gruppen mussten sich gegenseitig aufgerieben haben. Die Erkenntnis verschaffte ihm keine Befriedigung, nicht einmal bittere Genugtuung. Er hatte ausreichend mit sich selbst zu tun, um nur einen Gedanken an den Sinn der Schlacht zu verschwenden, an Ziele, die nie seine eigenen gewesen waren. Er dachte wieder an das Angebot seines Bruders, und zum ersten Mal wünschte er sich, er hätte es angenommen. Jetzt war es zu spät dazu. Blind war er für niemanden mehr von Nutzen. Ein lästiger Krüppel, nur ein weiterer Bettler am Wegesrand. Er schwor sich, dass es so weit nicht mit ihm kommen würde. Niemals.

Gerade schob er sich über einen weiteren Leichnam, als eine helle Stimme sagte:

»Sie kommen.«

Hagen erstarrte in der Bewegung. Riss dann das Schwert hoch und hielt es aufrecht vor sein Gesicht.

Links von ihm ertönte ein leises Rascheln. Füße, die von irgendwoher auf den Boden sprangen, ganz leicht, wie auf Zehenspitzen.

»Nimm das Schwert herunter«, flüsterte die Stimme. »Du wirst uns noch beide damit verletzen.« Es war ein Mädchen, sehr jung.

»Wer bist du?« Es fiel ihm schwer, seine Panik zu unterdrücken. Er war hilflos, ausgeliefert. Einem *Kind.*

»Jemand, der dich retten will.« Sie sagte das sehr leise, sehr sanft. Hagen spürte, wie er zu dieser Stimme Vertrauen fasste. Früher hatte er niemandem vertraut. Früher: bis vor wenigen Momenten.

»Vor wem?« Seine Stimme klang nicht wie seine eigene. Schnarrend, krächzend. Elend.

Etwas berührte ihn an der Schulter, ganz leicht nur. Er zuckte zurück, fuchtelte mit dem Schwert.

»Lass das«, sagte das Mädchen erneut. »Ich will dir helfen.«

Ich brauche deine Hilfe nicht, wollte er entgegnen, aber das war so lächerlich, dass er die Worte verschluckte.

»*Wer* kommt?«, fragte er stattdessen. »Du hast gesagt, jemand …«

»Deine Feinde«, fiel sie ihm ins Wort. »Sie kommen den Weg herauf und töten alle, die noch am Leben sind. Die Verletzten, die Erschöpften.« Sie legte ihm abermals die Hand auf die Schulter, und diesmal wehrte er sich nicht. »Die Blinden.«

Er horchte und erkannte, dass sie recht hatte. Aus der Ferne erklangen scharrende Schritte, leise Stimmen. Das Stöhnen von Sterbenden. Stahl, der auf Leiber einhieb.

»Wie nahe sind sie?«

»Viel zu nahe, um noch mehr Zeit mit Gerede zu vertun.«

Schmale, erstaunlich kräftige Hände packten ihn unter den Achseln, halfen ihm beim Aufstehen. Er stützte sich auf das Schwert wie auf einen Krückstock.

»Komm!« Sie nahm ihn bei der Hand, zog ihn vorsichtig mit sich. Ihre Finger waren sehr dünn, sehr verletzlich. Hin und wieder zischte sie ihm eine Warnung zu; dann hob er die Füße, um nicht über Dinge zu stolpern, die sich ein ums andere Mal als Leichen erwiesen.

Sie hatten den Weg verlassen. Gelegentlich schlugen ihm Äste ins Gesicht, doch so lange sie seine Augen nicht berührten, vermied er jede Klage. Das Gelände führte hangaufwärts, sie stiegen also höher in die Berge. Er überlegte, ob er das Mädchen nach ihrem Ziel fragen sollte, nahm aber an, dass es besser sei zu schweigen, solange die Feinde in der Nähe waren.

Irgendwann – er hatte festgestellt, dass er mit seinem Augenlicht auch jedes Gefühl für die Zeit verloren hatte – hielt das Mädchen an. »Ich glaube, hier sind wir sicher.«

»Wo sind wir?«

»Weiter oben in den Felsen.« Er bemerkte zum ersten Mal, dass man eine Stimme *fühlen* konnte; ihre war wie Katzenpfoten, so unendlich leicht und sanft. »Zwischen uns und den Männern befindet sich ein Waldstück aus toten Bäumen. Wenn sie nicht gezielt nach dir suchen, werden sie uns nicht finden.«

»Sie werden nicht suchen. Sie kennen mich gar nicht.«

»Du bist ein Söldner.« Es war eine Feststellung, keine Frage.

»Na und?« Er wollte energisch klingen, vielleicht ein wenig zornig, aber der Versuch misslang kläglich. »Manchmal Söldner, manchmal …«

»Sag nicht ›Ritter‹! Du bist keiner.« Sie kicherte leise, der Lage keineswegs angemessen.

»Nein«, erwiderte er knapp. »Kein Ritter.«

Sie zog wieder an seiner Hand. Mit einem Mal ging es sanft bergab. Ihre Schritte auf trockenem Geröll klangen hohler, die Luft wurde muffig und abgestanden.

»Ist das eine Höhle?« Er hoffte inständig, sie würde nein sagen, denn seine Augen hatten keine Änderung der Lichtverhältnisse wahrgenommen. Schwarz blieb Schwarz blieb Schwarz …

»Ja. Du kannst dich hier ausruhen.«

»Nur ich? Was ist mit dir?«

»Ich bin nicht erschöpft.«

Er gestand sich ein, dass er sich ausgebrannt fühlte, leer und nutzlos. Von seiner Blindheit ganz zu schweigen. Außerdem war er verwundet. Ja, Hagen war erschöpft, nicht nur von der Schlacht und ihren Folgen, auch von dem Marsch zur Höhle.

Das Mädchen war nicht einmal außer Atem.

Hagen hörte Stoff rascheln, dann half sie ihm, sich auf den Boden zu setzen. Unter sich spürte er weiches Leinen.

»Was ist das?«

»Mein Mantel.« Die Richtung, aus der ihre Stimme kam, veränderte sich. Sie schien sich vor ihm niederzulassen. Wieder raschelte etwas. Es verwirrte ihn, dass er sie nicht sehen konnte. Es machte ihn zornig.

»Beschreib mir immer, was du tust«, fuhr er sie an, grob in seiner Hilflosigkeit.

Sie zögerte einen Augenblick, vielleicht beleidigt über seinen Ton, dann sagte sie leise: »Ich packe mein Bündel aus. Ich habe Kräuter und Salben für deine Verletzungen dabei, auch ein paar Verbände. Aber ich glaube nicht, dass sie reichen werden.«

Ihm wurde bewusst, dass ihm zwar der ganze Körper wehtat, er aber nicht ausmachen konnte, wo er wirkliche Wunden davongetragen hatte. Er hätte sich ausziehen und von oben bis unten betasten müssen, und das würde er vor den Augen des Mädchens ganz gewiss nicht tun.

»Zieh dich aus«, sagte sie im selben Moment.

Er schnaubte abweisend und schüttelte den Kopf, sogleich schmerzte sein ganzer Schädel. Womöglich war er schwerer verletzt, als er angenommen hatte.

»Wenn du es nicht tust, kann ich deine Wunden nicht behandeln.« Nun wirkte sie fast erheitert, spöttisch sogar. Ihm fiel auf, dass jedes ihrer Worte ein wenig wie Gesang klang, seltsam melodiös; es war fast, als müsste jeder ihrer Sätze mit einem Reim enden. »Wenn ich deine Wunden nicht behandeln kann, wirst du verbluten.«

Deshalb also fühlte er sich so schwach. »Gut«, sagte er widerwillig. »Du wirst mir helfen müssen.«

»Tue ich das nicht schon die ganze Zeit?« Ein Tonfall wie die Unschuld leibhaftig. Er stellte sich große, braune Augen vor, mochten die Götter wissen, weshalb. Er wünschte sich, er könnte erkennen, wie sie aussah. Ihr Gesicht, die feinen Hände. Ihre Lippen, über die die Worte mal spöttisch, mal sanftmütig drangen.

Als sie ihm half, das Kettenhemd und das nasskalte Wams vom Leib zu ziehen, die hohen Lederstiefel und die Beinkleider, sogar seine Handschuhe, da wurde ihm bewusst, wie sehr er auf ihre Hilfe angewiesen war.

»Ohne dich hätte ich es nicht geschafft«, gestand er, als er nackt vor ihr lag. Nackt auf ihrem Mantel.

»Das war doch nur Kleidung.« Sie bestrich eine Verletzung an seinem Oberschenkel mit etwas Kühlem, das wie feuchter Waldboden roch.

»Das meine ich nicht. Du hast mir das Leben gerettet.«

Darauf schwieg sie, fuhr stumm mit ihrer Behandlung fort. Wortlos ließ er alles geschehen, was sie mit ihm tat. Sie bedeckte ein gutes Dutzend Wunden mit ihrer Salbe, einige bandagierte sie.

»Was ist mit meinen Augen?«, fragte er schließlich, nachdem sie sich um alles andere gekümmert hatte.

»Willst du eine ehrliche Antwort?«

Seine Faust schoss vor, bekam durch einen Zufall ihr Handgelenk zu packen; gut, dadurch sah er nicht allzu hilflos aus. »Sag mir, was mit meinen Augen passiert ist!«

»Das linke wird blind bleiben, es ist so rot wie ein Herbstapfel.«

»Und das rechte?«, fragte er mit schwankender Stimme.

»Nicht so blutunterlaufen wie das linke. Wenn du Glück hast, wirst du in ein paar Tagen oder Wochen wieder damit sehen können.«

Er schloss die Lider, als würde das irgendetwas zur Heilung beitragen. »Das linke, also …«

»Bleibt blind.« Ihre Traurigkeit klang aufrichtig.

Er bemerkte, dass er immer noch ihr Handgelenk festhielt, und ließ es schlagartig los, als hätte er sich daran die Finger verbrannt. Stattdessen tastete seine Hand vorsichtig nach ihrem Gesicht. Sie schien ihm auszuweichen, denn seine Finger fühlten ins Leere.

Draußen vor der Höhle erklang das heisere Krächzen von Raben. Anscheinend waren sie doch nicht so weit von den Leichen entfernt, wie er geglaubt hatte. Merkwürdig, nach solch einem Marsch.

»Wie siehst du aus?«, fragte er leise.

Ganz sanft und fast noch melodiöser als zuvor erwiderte sie: »So wie du es wünschst.«

Das verwirrte ihn nur noch mehr. »Warum hilfst du mir?«

»Damit du mir hilfst.«

»Ich?« Häme kroch in seine Stimme. »Wie sollte ich irgendwem helfen können? Ich bin ein Krüppel, zu nichts mehr nütze als zum Flennen und Betteln und …«

»Das ist nicht wahr«, unterbrach sie ihn sanft. Und wiederholte noch einmal, viel, viel leiser: »Nicht wahr.«

Einen Moment lang wurde er unsicher, ein ungewohntes Gefühl. »Wobei könnte ich dir schon helfen?«

Er spürte, wie sich ihre Lippen an sein Ohr senkten. »Später«, wisperte sie. Er fühlte die Wärme ihres Atems, aber als er die Hand hob, um ihre Wange zu berühren, da war sie abermals verschwunden.

»Schlaf jetzt«, säuselte sie, so, wie Mütter es zu ihren Kindern sagen.

Er hörte am Rascheln ihrer Kleidung, dass sie sich zurückzog und in ein paar Schritten Entfernung niederlegte.

»Eins noch«, fragte er, als ihn bleierne Müdigkeit überkam. »Wie ist dein Name?« Es war plötzlich so schwer, die richtigen Worte zu formen.

»Mein Name?«

Diese Trauer in ihrer Stimme – warum nur?

»Mein Name«, sagte sie noch einmal, und diesmal war es keine Frage.

Hagen schlief ein, sein Bewusstsein glitt langsam davon. Trotzdem hörte er ihre Stimme.

Das Mädchen sagte: »Nimmermehr.«

Etwas war anders, als er erwachte. Er vermochte nicht genau zu bestimmen, was es war, aber er spürte es deutlich.

Sie war anders. Gelöster, fast fröhlich.

»Gut geschlafen?«, fragte sie. Es roch nach aufgebrühten Pflanzen, und es war warm in der Höhle.

»Ich koche Kräutersud«, erklärte sie.

Hagen schlug die Augen auf. Sah nichts als Finsternis. Ein Albtraum?

Diese Schwärze! Diese tiefe, bodenlose Schwärze! Ihm war, als stiege etwas daraus empor, wie aus einem Abgrund; irgendetwas kam ihm aus der Tiefe entgegen, brachte die Erinnerung an etwas anderes mit sich, das genauso zu ihm aufgestiegen war, vor langen, langen Jahren …

Hagen riss den Mund auf und schrie, schlug um sich, schrie noch lauter, gellender …

Eine zarte Hand schnellte aus dem Nichts heran und schlug ihm mit aller Kraft ins Gesicht.

Er verstummte. Sammelte sich. Ganz allmählich kehrte seine Ruhe zurück, und mit ihr die Vernunft.

Er war wach, und Nimmermehr war bei ihm.

»Geht es?« Ihre Stimme war voller Sorge.

Er suchte nach Worten, doch alle, die er fand, waren: »Ja, ich glaube.«

»Ich bringe dir den Kräutersud. Er wird dir guttun.«

Er fürchtete, sie könnte fortgehen, könnte ihn zurücklassen. Allein, gefangen im Abgrund seiner Blindheit. Im Angesicht einer lichtlosen Tiefe, in der irgendetwas lauerte.

»Geh nicht fort!« Es war, als riefe seine Stimme ohne sein Zutun.

»Ich gehe nicht fort. Ich verspreche es dir.«

Sie kehrte zurück und stellte etwas mit blechernem Scheppern auf dem Felsboden ab. Ein Topf. Der Dampf, der ihm daraus entgegenschlug, war so heiß, dass er ihm den Atem nahm.

Nachdem sie ihm etwas davon eingeflößt hatte, ging es ihm bald ein wenig besser. Sein Körper erwärmte sich, und Nimmermehr half ihm, sich aus ihrem Mantel zu wickeln und seine Kleidung überzustreifen. Er wollte auf das Kettenhemd verzichten, doch sie bestand darauf.

»Warum?«, fragte er matt. »Wer mich erschlagen will, wird sich durch ein Kettenhemd nicht abschrecken lassen.«

»Du könntest ein wenig mehr Selbstvertrauen zeigen«, wies sie ihn zurecht. »Wenn du deinen Helm trägst, wird niemand merken, dass du blind bist.«

Er lachte auf, ein verbitterter, böser Laut. »Bis ich über den erstbesten Stein stolpere, meinst du.«

»Du wirst nicht stolpern. Du wirst reiten.«

»Reiten? Auf deinen Schultern?«

»Lass deine Wut nicht an mir aus, Hagen von Tronje«, gab sie erbost zurück und seufzte. »Wir werden natürlich auf einem Pferd reiten.«

Das machte ihn stutzig. Er hatte geglaubt, seine Ohren seien gut genug, um zu bemerken, wenn ein Pferd in der Nähe war. Das Schnauben, das Klappern der Hufe …

Doch da war noch etwas, das ihn alarmierte:

»Woher kennst du meinen Namen?«

Sie schwieg einen Augenblick, womöglich, weil sie erkannt hatte, dass sie zu viel preisgegeben hatte.

Dann aber sagte sie nur leise: »Das Pferd steht draußen vor der Höhle.« Kleiderrascheln verriet, dass sie aufstand.

»Nimmermehr!«, fuhr er auf. Es war eigenartig, diesen Namen auszusprechen. »Woher weißt du, wie ich heiße? Wir haben nie darüber gesprochen.«

Sie klang weit entfernt, als sie sagte: »Du hast im Schlaf geredet.«

»Ist das wahr?«

»Warum sollte ich dich belügen?«

Er hörte am schwindenden Hall ihrer Schritte, dass sie die Höhle verlassen hatte. Wenig später kehrte sie zurück, und aus der Ferne erklangen genau jene Laute, die er eben noch vermisst hatte: das Schnauben eines Rosses, der harte Schlag seiner Hufe auf Stein. Im Hintergrund kreischten die Raben.

Mit einem Mal war das Mädchen wieder neben ihm und ergriff seine Hand. »Komm mit.«

»Wohin reiten wir?« Er fühlte sich wie ein Greis, so abhängig war er von ihrem Wohlwollen – sogar, was die Aufrichtigkeit ihrer Antworten anging.

»Ich erklär's dir, wenn wir von hier fort sind.«

Stolpernd folgte er ihr über die Geröllhalde, die vom Grund der Höhle hinauf zum Ausgang führte. »Warum die plötzliche Eile?«

»Die Gegend ist immer noch voller Krieger. Wenn wir hierbleiben, werden sie uns finden.«

Es gab wenig, das er dem entgegensetzen konnte. Wieder musste er ihr einfach glauben.

Es war kälter geworden, als sie ins Freie traten. Der Vortag und sogar die Nacht waren einigermaßen warm gewesen. Jetzt aber drang die Luft beim Atemholen empfindlich kühl in Hals und Nase.

Das Pferd war groß; das spürte er, als er seinen Rücken berührte, ein hohes, kräftiges Tier.

»Ein Schlachtross?«, fragte er. Es hatte einen einfachen Sattel ohne

Verzierungen, doch an der Seite hingen Gurte für Schwertscheide und andere Waffen.

»Kann sein«, erwiderte sie nur. »Ich habe ihn schon länger.«

»Woher hast du ihn?«

»Es ist mir zugelaufen, genau wie du. Und ich kenne auch seinen Namen.« Sie kicherte; es klang hell und ehrlich. »Er heißt Paladin.«

Zugelaufen? Das Streitross eines Kriegers? Noch eine Merkwürdigkeit. Aber er gestand sich ein, dass alles, was ihm an Nimmermehr seltsam vorkam, ebensogut eine Folge von Zufällen sein mochte. Zudem, so sagte er sich, sorgte seine Blindheit dafür, dass er sich über Kleinigkeiten viel mehr Gedanken machte als früher. Er würde sich noch zum Grübler entwickeln.

»Woher kennst du seinen Namen?«, fragte er, dennoch ein wenig misstrauisch.

Nimmermehr lachte auf. »Ich habe ihn ihm gegeben, Dummkopf.«

Sie sagte das so freundlich, dass er ihr nicht böse sein konnte. Hagen der Dummkopf – vielleicht war es ja genau das, was sie aus ihm gemacht hatte; nein, er war ungerecht. Die Blindheit hatte ihm das angetan, nicht das Mädchen.

»Warte, ich helfe dir in den Sattel.«

Unwirsch lehnte er ab. »Das kann ich allein.«

Sofort zog sie ihre Hände zurück und ließ ihm seinen Willen. Hagen ertastete den Sattelknauf und zog sich nach oben. Er spürte, wie einige der kleineren Wunden abermals weh taten, wahrscheinlich sogar aufbrachen, doch der Triumph, wenigstens diese Hürde ohne Hilfe bewältigt zu haben, machte den Schmerz bedeutungslos.

Nimmermehr knotete ihr Bündel am Sattel fest und reichte ihm seinen Helm: »Setz ihn auf.« Dann, ehe er sich versah, saß sie hinter ihm, legte die Arme um seinen Oberkörper und schmiegte sich eng an seinen Rücken.

»Und nun?« Das Gefühl, wieder im Sattel zu sitzen, festigte ihn ein wenig.

»Gib mir die Zügel«, sagte sie.

Er tastete nach dem Lederband und drückte es ihr widerwillig in die Hände. Es gefiel ihm nicht, dass sie den Hengst lenken würde, aber sie hatte natürlich recht; er allein hätte sich nur auf den Instinkt des Tieres verlassen können, um nicht samt Pferd und Mädchen in der nächstbesten Felsspalte zu verschwinden.

Das Tier – Paladin hatte sie es genannt – setzte sich in Bewegung. Loses Geröll prasselte unter seinen Hufen talwärts. Sie waren noch lange nicht in Sicherheit.

Der Ritt ging bergauf. Nimmermehr sagte, sie wolle den Abstieg erst auf der anderen Seite der Berge wagen. Wenn Hagens Orientierungssinn ihn nicht im Stich ließ, dann lag irgendwo dort drüben der Rhein, gar nicht weit von hier. Der Gedanke erfüllte ihn mit dumpfer Panik, aber nur einen Augenblick lang.

»Was habe ich heute Nacht noch gesagt?«, fragte er unvermittelt.

»Oh, nicht viel«, versicherte sie ihm, eine Spur zu schnell. Wieder überkam ihn Argwohn. Doch dann sagte sie etwas, das sie tatsächlich nur von ihm selbst erfahren haben konnte: »Du hast von deinem Bruder gesprochen, von Dankwart, und davon, dass du zu ihm willst, nach Worms.«

Niemand konnte von Dankwarts Angebot wissen, ihm in die Stadt des Königs zu folgen und sich am Hof zu verdingen, niemand außer Hagen und Dankwart selbst. Hagen hatte es damals abgelehnt, aber seit einigen Monden schon trieb ihn das Schicksal immer näher zum Königshof, als wollte es dafür sorgen, dass er doch noch die richtige Entscheidung traf. Dankwart war Stallmeister des Königs, und er hatte Hagen versichert, auch für ihn eine angemessene Stellung zu finden. Doch welche Stellung war schon einem Söldner angemessen, einem Mann, der freiwillig auf die Ritterwürde verzichtet hatte?

Nimmermehr hatte beide Arme fest um seine Seiten gelegt, damit sie die Zügel besser fassen konnte. Ihre Ellbogen rieben an seinem Kettenhemd. Das musste weh tun, aber sie erduldete es stumm.

Nach einer Weile erreichten sie ebenen Grund, wahrscheinlich eine Hochebene weit oben in den Bergen. Paladin schnaubte wie ein Mensch, der einen schweren Aufstieg hinter sich gebracht hatte.

»Wobei soll ich dir helfen?«, fragte Hagen endlich, als das Mädchen keinerlei Anstalten machte, von sich aus die Sprache darauf zu bringen.

»Ich suche etwas«, erwiderte sie leise, fast als schäme sie sich dafür.

Hagen lachte grimmig auf. »Hoffentlich ist es groß genug, dass ich es bemerke, wenn ich dagegenlaufe.«

»Aber ja doch.« Ohne auf seinen sarkastischen Tonfall einzugehen, nahm sie eine Hand vom Zügel und legte sie auf seinen Oberschenkel, ganz unschuldig, wie er annahm. »Vielleicht kannst du auf dem rechten Auge wieder sehen, bis wir es gefunden haben.«

»Was ist es denn?«

Sie zögerte einen Augenblick, dann sagte sie: »Das Herbsthaus.«

»Herbsthaus?« Er überlegte, ob und wann er diesen Begriff schon einmal gehört hatte. »Was ist das?«, fragte er schließlich.

»Ein ...« Sie lachte plötzlich, »... nun, ein Haus. Ich weiß nicht, wo es steht, aber ich werde es wissen, wenn wir in seiner Nähe sind.«

Sie war ein wenig verdreht im Kopf, kein Zweifel. Vielleicht nicht völlig verrückt, wenn auch alles andere als *gewöhnlich*. Blieb jedoch die Tatsache, dass sie sein Leben gerettet hatte.

»Wie soll ich dir dabei helfen?«, wollte er wissen.

»Du musst mich beschützen.« Sie erklärte eilig, was sie damit meinte, bevor er abermals auf seine Blindheit anspielen konnte: »Solange sich uns niemand direkt entgegenstellt, wird keiner bemerken, dass du nichts sehen kannst. Jeder wird glauben, ich sei in der Begleitung eines mächtigen Kriegers. Wenn du auch kein Ritter bist, so siehst du doch wenigstens aus wie einer.«

»Vielen Dank«, brummte er dumpf unter seinem Helm.

»Das ist mein Ernst. Keiner wird bemerken, dass ich es bin, die das Pferd lenkt. Alle werden glauben, dass ich hinter dir sitze, weil ich unter deinem Schutz stehe.«

Er fand das reichlich albern, widersprach aber nicht. »Denkst du dabei an jemanden, den du kennst?«

Es war nur ein Verdacht gewesen, aber er traf genau ins Schwarze.

Sie klang merklich kleinlaut, als sie antwortete: »Es gibt da jemanden … Er verfolgt mich.«

»Wer? Und viel wichtiger: Warum?«

»Sein Name ist Morten von Gotenburg.«

»Ein verflossener Liebhaber?«

»Nein.« Sie machte eine lange Pause, bis Hagen schon glaubte, sie wolle gar nichts mehr sagen. Die Erinnerung an den Mann schien ihr weh zu tun. Schließlich aber fuhr sie fort: »Er ist Magier.«

»Magier?«, entfuhr es Hagen belustigt. »Ein Kerl mit spitzem Hut und bunten Pulvern, die zischen, wenn man sie anzündet?« Er traute sich zu, eine solche Gestalt sogar blind zu bezwingen.

Ihr Kinn stieß an seinen Rücken, als sie den Kopf schüttelte. »Er nennt sich nicht selbst so. Andere haben ihn einen Magier geschimpft, einen Hexer, Teufelsanbeter – und Schlimmeres.«

»Was will er von dir?«

»Mich vernichten.« Das war es tatsächlich, was sie sagte: vernichten, nicht töten.

»Aus welchem Grund?«

»Morten braucht keinen Grund, um etwas zu tun.« Das klang wenig überzeugend, und sie bemerkte es selbst, denn gleich darauf fügte sie hinzu: »Zumindest sind es Gründe, die niemand sonst versteht.«

Hagen schnaubte. »Hör zu, Mädchen. Wenn ich für dich kämpfen soll, dann musst du …«

Sie schnitt ihm mit spitzer Zunge das Wort ab: »Du sollst nicht für mich kämpfen. Du kannst gar nicht kämpfen, Hagen von Tronje – schon vergessen? Ich will nur, dass du mit mir gesehen wirst. Deine Anwesenheit allein …«

Er riss ihr grob die Zügel aus der Hand und brachte abrupt das Pferd zum Stehen. Der Hengst gehorchte mit widerwilligem Schnauben. Obwohl Hagen nur Schwärze sah, fuhr er im Sattel herum.

»Wenn dir daran liegt, mich zu demütigen, können wir unsere Reise hier und jetzt beenden.« Er sprach leise, mit gefährlicher Eindringlichkeit.

Sie presste ihren Oberkörper enger an seinen Rücken, doch durch das Kettenhemd fühlte er sie kaum. Vielleicht war sie noch jünger, als er angenommen hatte. Oder einfach nur mager.

»Du musst bei mir bleiben.« Ihre Stimme hatte einen flehenden Unterton bekommen, der Hagen noch weniger gefiel als ihre herausfordernde Kessheit; er erinnerte Hagen daran, dass er in ihrer Schuld stand. »Es genügt, wenn man sieht, dass du bei mir bist«, fuhr sie fort. »Kein Wegelagerer wird sich heranwagen, und damit ist schon viel gewonnen. Du kannst dir nicht vorstellen, was ich auf meiner Reise alles erdulden musste. Immer auf der Flucht, wenn nicht vor Morten, dann vor Kerlen, die glaubten, ich sei Freiwild für ihre Begierde. Du musst mir helfen, Hagen.«

Er zögerte einen Moment, dann gab er ihr die Zügel zurück. »Ja«, sagte er nur.

Sein Grimm war keineswegs verflogen, aber seine Ehre gestattete keine andere Entscheidung. Und noch war seine Dankbarkeit ihr gegenüber mehr als eine lästige Pflicht. Er konnte nicht abstreiten, dass er sie mochte.

»Wie alt bist du?«, fragte er, als sie weiterritten. Er hoffte, sie würde es nicht falsch verstehen.

»Älter als du denkst.«

»Was für eine Antwort ist das?«

»Eine ehrliche.« Sie kicherte spielerisch. »Aber um die ganze Wahrheit zu sagen, so genau weiß ich mein Alter gar nicht.«

»Wer waren deine Eltern? Wo bist du aufgewachsen?«

Es wurde allmählich zur schlechten Angewohnheit, dass sie eine kleine Ewigkeit schwieg, bevor sie sich zu einer Erwiderung auf seine Fragen durchrang. Lange ritten sie wortlos dahin, und Hagen lauschte auf den ruhigen Trab des Pferdes. Sie mussten sich wieder auf grasbewachsenem Boden befinden, denn die Hufschläge klangen gedämpfter, nicht mehr so hart wie auf Stein. Ein scharfer Wind pfiff über das Bergland. Ein Rascheln von Blättern war nirgends zu vernehmen, sodass Hagen vermutete, dass es hier keine Bäume gab.

Er nahm sich vor, Nimmermehr zu bitten, ihm das Gelände zu jeder Zeit zu beschreiben – auch um etwaigen Hinterhalten zu entgehen.

Bevor er aber den Gedanken aussprechen konnte, sagte sie unvermittelt: »Meine Eltern sind tot. Und tot ist auch der Ort, an dem sie lebten.«

Er sagte nicht, dass es ihm leid tat. »Ich dachte schon, du seist vom Pferd gefallen. Ich hab dich gar nicht mehr gehört.«

»Ich schlage dir einen Handel vor«, sagte sie.

»Ich glaube nicht, dass ich viel für einen Handel übrig habe, den du mir vorschlagen könntest.« Sein linkes Auge begann wieder zu schmerzen. »So, wie ich es sehe, ist noch nicht einmal unser erster Handel beendet.«

»Wie meinst du das?«

»Du hast mir das Leben gerettet, damit ich in deiner Schuld stehe. Sie ist noch nicht abgetragen. Ist das etwa kein Handel?«

Sie widersprach nicht, obgleich er das erwartet hatte. Das kleine Biest war aufrichtig – wenigstens in diesem Punkt. »Ich meine nicht diese Art von Geschäft«, sagte sie. »Es ist viel einfacher. Wir werden nur reden.«

»Das tun wir doch längst.« Der Drang, sein schmerzendes Auge zu massieren, wurde übermächtig, aber der Helm war im Weg. »Ich rede zu viel und du zu wenig.«

Sie lachte leise. »Hör zu: Du erzählst mir ein Geheimnis aus deiner Vergangenheit, und dafür wirst du eines von mir erfahren.«

»Wer sagt dir denn, dass mir überhaupt der Sinn nach deinen Geheimnissen steht?«

Sie ließ das Pferd langsamer laufen, wahrscheinlich wurde das Gelände wieder schwieriger. »Wir können uns auch anschweigen, bis dein Auge besser wird. Wenn dir das lieber ist …«

Er seufzte schwer. Hoffte, das würde ihr zeigen, dass er sich nur auf ihren Vorschlag einließ, um ihr einen Gefallen zu tun. »Einverstanden. Erzähl mir dein Geheimnis.«

»Du fängst an«, widersprach sie.

»Warum ich?«

»Weil mein Geheimnis das aufregendere ist.«

Er überlegte, ob er sich wirklich auf dieses Kinderspiel einlassen sollte. Sicher, er hätte ihr einfach irgendeine Lüge auftischen können, aber er dachte sich, dass sie das nicht verdient hatte.

Sie hat dir das Leben gerettet, wiederholte eine lästige Stimme in seinem Kopf, immer wieder und wieder: dein Leben gerettet.

»Was willst du hören?«, presste er schließlich hervor.

»Die Wahrheit.« Sie schien genau zu wissen, was in seinem Inneren vor sich ging.

»Unter einer Bedingung«, verlangte er. »Du wirst mich nicht unterbrechen und keine Fragen stellen, die über das hinausgehen, was ich dir erzähle.«

»Mein Ehrenwort«, sagte sie.

»Vorher will ich ganz genau wissen, durch was für eine Landschaft wir reiten. Und sobald sich etwas daran ändert, muss ich es erfahren.«

»Ich dachte, ich soll dich nicht unterbrechen«, bemerkte sie spöttisch. Dann schien sie sich umzuschauen, denn es dauerte eine Weile, ehe sie fortfuhr: »Über den Boden kriechen Eidechsen. Sie sind ziemlich klein und gelb und haben schwarze Punkte. Sie verstecken sich in kleinen Erdspalten, wenn wir vorbeireiten, und ihre Krallen auf den Steinen machen lustige Geräusche. Die Ränder der Spalten sind dunkelbraun, aber ihr Inneres ist schwarz und ...«

»Ich wollte es nicht so genau wissen.«

Nimmermehr kicherte, ganz das junge Mädchen. »Wir reiten durch einen Talkessel, oben in den Bergen. Alles ziemlich felsig und zerklüftet, kaum Bäume, nur Heidekraut und Steine, dazwischen Büsche mit langen Dornen; ich weiß nicht, wie sie heißen. Es ist bald Mittag, die Sonne steht schon hoch am Himmel. Von Süden ziehen dunkle Wolken auf, kann sein, dass es am Nachmittag regnen wird.« Sie stockte, holte tief Luft und fragte dann: »Recht so?«

Als Hagen nickte, klirrte sein Helmrand auf das Kettengewebe seines Rüstzeugs. Nimmermehr lachte abermals, sagte aber nichts mehr. Sie schien mit einem Mal in alberner Stimmung zu sein, als freue sie sich über irgendetwas.

»Was ist los?«, fragte Hagen mürrisch. »Irgendwas, das ich wissen sollte?«

»Ich bin gespannt auf dein Geheimnis.« Sprach's und kicherte erneut.

»Es ist nicht besonders erheiternd«, zischte er böse.

Sie räusperte sich und wurde ernst. »Verzeih mir.«

Hagen zögerte ein letztes Mal, dann sagte er sich erneut, fast beschwörend, dass es nichts ausmachte, wenn er ihr die Wahrheit sagte. Sollte sie es sich anhören und selbst entscheiden, was davon zu halten war. Sie war der erste Mensch, dem er davon erzählte; nicht einmal Dankwart kannte die ganze Geschichte.

Hagen holte tief Luft, begann.

Er erzählte ihr von der Nacht, als in der Burg seiner Ahnen ein großes Fest begangen wurde. Er und sein Bruder waren vor dem Trubel geflohen und hatten vor den Toren herumgetollt. Nach wochenlangem Regen und der Schneeschmelze im Gebirge war ein verheerendes Hochwasser über die Länder am Fluss hereingebrochen, und die Kinder hatten es als besonderes Wagnis angesehen, sich dem verbotenen Ufer zu nähern.

Hagen berichtete Nimmermehr von dem angetriebenen Wrack, von seinem Plan, hineinzuklettern, und schließlich von seiner Irrfahrt den Strom hinab. Er sprach auch, stockend, von seiner Kletterpartie in den leeren Rumpf und dem unheimlichen Tannenzirkel, dessen Wipfel das Wrack aufgehalten hatten. Er beschrieb ihr das goldene Geschmeide in den Ästen, den Reiz, den es auf einen kleinen Jungen ausgeübt hatte, die unbändige Freude, als es ihm gelungen war, den Schatz für sich zu gewinnen.

Dann aber verfiel er in Schweigen.

Nimmermehr rutschte ungeduldig auf dem Pferderücken umher, wagte aber nicht, ihre Vereinbarung zu brechen: keine Fragen, bevor die Erzählung nicht zu Ende war.

Es dauerte lange, ehe Hagen sich überwand, seinen Bericht fortzuführen. Der eisige Wind, der den Talkessel peitschte, kroch durch die Eisenmaschen seines Kettenhemdes, durch sein ledernes Wams bis zur Haut. Er fror plötzlich erbärmlich, und die Finsternis vor seinen Augen gewann an neuerlicher Tiefe. Seine Blindheit wurde wieder zum Abgrund, schwarz und hungrig und bodenlos.

Und während er sprach, glaubte er erneut zu spüren, wie etwas daraus zu ihm emporblickte, wie es langsam begann, zu ihm aufzusteigen, ohne Beine, ohne Augen, die Kehrseite seiner Seele.

Oder, viel schlimmer noch: die Seele selbst.

KAPITEL 2

Hagen!«, rief eine Stimme. Sein Name. Der Junge schlug die Augen auf, blickte in ein Rund von Gesichtern.

Sein Bruder Dankwart war unter ihnen, aber nur klein, ganz am Rand. Da war sein Vater, grimmig und mit aufgerissenem Mund; er war es, der gerufen hatte, und so wie es aussah, nicht zum ersten Mal. Seine Mutter stand auch dabei, verschlossen wie immer, mit grauem, unglücklichem Gesicht. Der Burgpfaffe Viggo, schmal und faltig, einer, den niemand ernst nahm. Daneben ein weiterer Mann, Bärbart, der sich auf Arzneien verstand, halb Wunderheiler, halb Gelehrter. Und natürlich Tilda, die Amme der beiden Brüder.

»Hagen!«, grollte Adalmar von Tronje erneut, und als er sah, dass sein Sohn ihn hörte, tastete sich ein raues Lächeln auf sein Gesicht.

Nachdem die erste Aufregung über Hagens Erwachen abgeklungen, das Ritual des gegenseitigen Schulterklopfens vollzogen und das Lobpreisen der Tronjeschen Zähigkeit vorüber war, durfte Hagen sich im Bett aufsetzen. Tilda, die Amme, sorgte dafür, dass sich ihr Schützling dabei nicht mehr als unbedingt nötig bewegte.

Pfaffe, Medicus und Hagens Mutter wurden aus dem Zimmer gewiesen, Tilda folgte unter leisem Widerspruch nach. Zurück blieben Graf Adalmar und seine Söhne.

»Bärbart hat einen Baum für dich bereitet«, knurrte der Graf.

Hagen erbleichte. Er wusste, was die Worte seines Vaters zu bedeuten hatten. Sie machten ihm Angst.

»Ich will vorerst auf eine Strafe verzichten«, fuhr Adalmar fort, in einem ganz und gar unerhörten Anflug von Großmut. »Sechs Tage hast du dagelegen wie ein besoffener Bauernknecht, das ist wohl erst einmal Züchtigung genug.« Er grummelte etwas vor sich hin, das keiner seiner beiden Söhne verstand, dann sagte er: »Wärest du wenigstens betrunken gewesen, ich könnte verstehen, was geschehen ist. Alle könnten das. Aber so? Ein wenig Wasser geschluckt, erschöpft natürlich – doch sechs Tage Bewusstlosigkeit? Keiner kann das begreifen. Entweder man ersäuft, oder man ersäuft nicht. Aber so etwas …« Er schüttelte verständnislos den Kopf.

Nun hatten weder Adalmar von Tronje noch einer seines Hofstaates, sogar der kluge Bärbart, allzu viel Ahnung von Belangen der Gesundheit, die über Jagdunfälle und das ein oder andere Fieber hinausgingen. Doch eine Ohnmacht von sechs Tagen, ohne daran zu sterben, das war allerdings ungewöhnlich. Hagen hatte fast den Eindruck, allen wäre es lieber gewesen, er wäre gar nicht mehr erwacht – wenigstens wäre dann alles mit rechten und bekannten Dingen zugegangen.

»Ich …«, brachte er schwerfällig hervor, als müsste er erst wieder das Sprechen erlernen. »Ich … kann mich nicht erinnern.«

»Erinnern?«, fuhr Adalmar auf. »Dankwart hat mir alles erzählt. Ihr wart am Wasser, und eine Welle hat dich hineingerissen. Dankwart hat ein Pferd aus dem Stall geholt und ist der Strömung nachgeritten. Irgendwann hat er dich angeschwemmt am Ufer gefunden und nach Hause gebracht.« Er wandte sich an Hagens Bruder und hob eine buschige Augenbraue. »War es nicht so?«

»Genau so«, bestätigte Dankwart, ohne eine Miene zu verziehen.

Hagen schluckte. »Ja, ich glaube, jetzt fällt es mir wieder ein.«

Die Wahrheit war, er erinnerte sich an nahezu alles – bis zu dem Moment, da das Wasser unter ihm zu gefrieren schien. Was dann geschehen war, blieb ihm rätselhaft. Er wusste noch, dass da etwas gewesen war, doch der Gedanke an die unvorstellbare Kälte des Flusses ließ ihn so sehr frösteln, dass er die Vorstellung eilig verdrängte. Aber war es wirklich die Erinnerung an das Wasser, die ihn zittern ließ? Oder war da –

»Der Baum kann warten«, unterbrach Adalmar Hagens Gedankenfluss. Er wuchtete seinen Leib vom Stuhl und trat zur Kammertür. »Ruh dich noch ein wenig aus. Heute Abend ist Zeit genug für Bärbarts Wunder.«

Damit verließ er den Raum und zog die Tür hinter sich zu. Die Brüder lauschten seinen schweren Schritten, die sich langsam den Gang hinab entfernten. Erst als Hagen sicher war, dass sein Vater sie nicht mehr hören konnte, ließ er seine Hand vorschnellen und packte Dankwarts Unterarm.

»Wo ist das Gold?« Seine Stimme klang jetzt viel fester und entschlossener als noch vor wenigen Augenblicken.

Dankwart blickte erstaunt auf die blutleeren Furchen, die Hagens Finger in seinen Arm pressten. Dann schaute er seinem Bruder in die Augen. »Welches Gold?«

Hagen starrte zurück, bis beide den Blick des anderen nicht mehr ertragen konnten und sich gleichzeitig abwandten – ein Spiel, das sie den Erwachsenen abgeschaut hatten. »Ich hatte Gold bei mir, als ich im Wasser schwamm. Viel Gold.«

»Von dem Boot?« Dankwarts Stirn glänzte vor Aufregung. Er sah aus, als hoffte er ein spannendes Abenteuer zu hören, schien überhaupt nicht zu begreifen, wie ernst es seinem jüngeren Bruder war.

Hagen überlegte noch einen Moment, dann schob er den Gedanken an den Schatz für eine Weile beiseite und fragte stattdessen: »Hast du mich wirklich am Ufer gefunden?«

»Sicher. Die Strömung hat dich angeschwemmt. Du hast entsetzliches Glück gehabt.«

Ja, dachte Hagen, das habe ich wohl. »War das Wrack noch in der Nähe?«

»Ich habe es nicht mehr gesehen.«

»Auch keine Teile? Irgendwelche Planken oder Bretter?«

»Nichts.«

»Es war wirklich fort?«

Dankwart wurde ungehalten. »Verdammt, das habe ich doch gerade gesagt! Weshalb liegt dir so viel daran? Und von was für Gold hast du eben gefaselt?«

»Nur ein … ein Fiebertraum«, stammelte Hagen und wusste sofort, dass Dankwart ihm kein Wort glauben würde.

»Sag mir die Wahrheit!« Dankwart spielte die Rolle des großen

Bruders selten, sie lag ihm nicht besonders, denn Hagen war genauso hochgewachsen wie er und sogar um einiges stärker. Lediglich in Vernunftsdingen war Dankwart ihm voraus.

Hagen spürte, wie ihm das Blut ins Gesicht schoss. Er wünschte sich, sein Bruder würde endlich verschwinden. »Ich weiß nicht«, gestand er tonlos, »vielleicht war es wirklich ein Traum.« Und dann erzählte er Dankwart widerwillig alles, was geschehen war. Vom Kreis der fünf Tannen, vom Schatz in ihren Wipfeln. Mit jedem Bruchstück der Ereignisse, das er preisgab, kehrte ein wenig Kraft in seinen Körper zurück. Sein Schweigen war schlimmer gewesen als jede Krankheit, das spürte er jetzt. Selbst das heftige Niesen, das ihn in kurzen Abständen überkam, wurde erträglicher.

Eines aber ließ er trotz allem in seiner Erzählung aus: die plötzliche Kälte, die aus der Tiefe des Flusses aufgestiegen war. Er stellte sie sich immer noch vor wie einen Riesenfisch aus Eis, der mit aufgerissenem Rachen und Zähnen aus Kristall vom Grund des Stroms zu ihm emporschoss.

So beendete er seinen Bericht damit, dass er das Bewusstsein verloren hatte und sich an nichts weiter erinnern konnte. Genaugenommen war das sogar die Wahrheit.

Dankwart sah ihn eindringlich an, mit kunstvoller Ernsthaftigkeit, die die Sorge eines Mannes nachahmte. »Am besten vergisst du das alles. Das Gold ist fort, und du bist am Leben. Du solltest dankbar sein.« Er grinste bemüht. »Ich jedenfalls bin es, sonst hätte Vater mir wohl den Kopf abgerissen.«

Wenn ich herausfinde, dass du das Gold gestohlen hast, werde ich das höchstpersönlich übernehmen, dachte Hagen. Aber er sagte nur matt: »Ich will jetzt schlafen.«

Dankwart nickte verständnisvoll. In seinen Augen war nach wie vor Sorge, aber sie schien nicht mehr allein Hagens Befinden zu gelten. »Ich werde Bärbart bitten, den Baum erst für heute Abend fertigzumachen. Er wird das verstehen.«

»Danke«, sagte Hagen und schloss die Augen.

Tatsächlich war es nicht der Gestank, der ihm das größte Unbehagen bereitete, aber er war fraglos das Erste, was Hagen wahrnahm, als man ihn auf einer Trage vom Burgtor zum Baum schleppte. Ein widerlicher Geruch nach Schmutz und Abfall, durchmischt mit dem Fäulnisodem toter Fische. Warum hatte Hagen ihn nicht bemerkt, als er mit Dankwart am Ufer gespielt hatte?

»Es riecht erst seit ein paar Tagen so«, sagte Tilda, die an der Seite der Trage ging und ihn mit sorgenvollen Blicken bedachte. An seinem Naserümpfen hatte sie erkannt, welche Gedanken er hegte. »Die Alten sagen, es ist der Fluss, das, was auf seinem Grund liegt. Tote Tiere und Pflanzen, die tief unter der Oberfläche verfaulen. Das Hochwasser hat sie nach oben gewirbelt.«

Bei Anbruch der Dämmerung war die Amme in Hagens Kammer gekommen und hatte ihm beim Aufstehen geholfen. Wenig später waren auf Tildas Geheiß zwei Männer eingetreten, riesenhafte Stallknechte mit Schultern so breit wie Wagenräder. Hagen hatte protestiert, er könne allein gehen, doch sie hatten darauf bestanden, ihn zum Baum zu tragen.

Jetzt lag er nackt unter einer Felldecke, und immer noch hallte der Anblick der leeren Flure und Zimmer der Burg in ihm nach; alle Bewohner mussten sich draußen versammelt haben, um dem Schauspiel beizuwohnen. Aber es war nicht der Gedanke an ihre Blicke, der ihn ängstigte.

In der Dunkelheit erkannte Hagen Dutzende lodernder Fackeln, wie eine Versammlung zuckender Irrlichter. Als sich die Träger der Menschenmenge näherten, begann sich vor ihnen geschwind eine Gasse zu bilden. Der Ring aus Leibern öffnete sich und gab den Blick frei auf den Baum selbst, eine gewaltige Eiche, deren Krone sich weit über den Rand einer Felsklippe spannte. Alle anderen Bäume im Umkreis von zehn Schritten waren gefällt worden. Die Eiche erhob sich einsam und eitel über einem Ruinenfeld aus Baumstümpfen, die wie Grabmonumente aus dem schlammigen Boden ragten. Das Gelände führte bergauf, die Eiche stand auf dem höchsten Punkt der Klippe. Hinter ihr in der Finsternis rauschte der Rhein.

Am Fuß des Baumes standen Bärbart und Graf Adalmar. Hagens aufgeregter Blick fand seine Mutter an der Seite des Pfaffen Viggo, in der vorderen Reihe der Menschenmenge. Ihre Leibdiener hielten rußende Fackeln. Der Wind schien die Flammen in Stücke zu reißen.

Dankwart stand neben der Gräfin und schenkte seinem Bruder ein flüchtiges Lächeln. Es sollte ihn aufmuntern, verfehlte aber gänzlich seine Wirkung. Im zuckenden Fackelschein wirkte es verzerrt, die schattenhafte Fratze eines Kobolds.

Tilda blieb am inneren Rand des Menschenringes zurück, während die beiden Träger Hagen zum Baum brachten. Zwischen der Eiche und den Zuschauern lagen mehr als fünf Mannslängen Ödland; niemand, dem es nicht ausdrücklich erlaubt war, durfte näher herantreten.

Der Baum war von Bärbarts Vorgängern, Männern wechselnder Weisheit, angepflanzt und aufgezogen worden. In der Umgebung der Burg gab es noch mehr solcher Eichen, zehn oder elf insgesamt. Sie alle unterschieden sich von den übrigen Waldbäumen durch ihre Form: Ihre Stämme teilten sich in Brusthöhe zu einer feigenförmigen Öffnung, groß genug, dass ein Mensch mit Mühe hindurchkriechen konnte. Jede der Eichen war einem Mitglied der gräflichen Familie geweiht, sie blieb sein ein ganzes Leben lang. Und doch wurden die wenigsten dieser Bäume je ihrer Bestimmung zugeführt, denn die Folgen des Rituals waren unerforscht und galten als gefährlich.

Trotzdem hatte Graf Adalmar sich von Bärbart überzeugen lassen, dass in Hagens Fall ein Wunder vonnöten war, denn was immer auch dem Jungen widerfahren war, es konnte nichts Natürliches gewesen sein. Daher gab es nur einen Weg: Hagens Leib und Seele mussten gereinigt werden. Gereinigt durch die Zweite Geburt.

Bärbart war ein großer Mann mit buschigen Brauen und einem dunklen, struppigen Bart. Sein wildes Haar stand zumeist in alle Richtungen ab, doch an diesem Abend hatte er es sich mit Tierfett zu zwei mächtigen Hörnern geformt, ein Tribut an die Waldgeister. Die schwarzen Spitzen stachen schräg über seiner Stirn empor, jede so lang wie ein Unterarm.

Kein Wunder, dass Viggo, der Burgpfaffe, bei diesem Anblick die Augen geschlossen und die Hände gefaltet hatte. Seine Lippen zuckten aufgeregt in einem stummen, nicht enden wollenden Gebet. Hagens Mutter tat es ihm nach, sie hob nicht einmal die Lider, als man ihrem Sohn von der Trage half. Ihre Lippen waren farblos, fast weiß. Sie war die Einzige in der ganzen Burg, die dem Christenpriester blind vertraute; alle anderen hatten wenig für sein Geschwafel übrig, wenngleich einige sicherheitshalber seine Messen besuchten. Viggo hielt sie in einem ehemaligen Kerker ab, den Adalmar ihm auf Drängen der Gräfin – und voller Verachtung – überlassen hatte.

Der gehörnte Bärbart führte Hagen nun auf die andere Seite des Baumes, jene, die der Felskante und dem strudelnden Fluss darunter zugewandt war.

»Kannst du allein hindurchklettern?«, fragte er leise.

Hagen nickte, obgleich er dessen keineswegs sicher war. Die Gewissheit, den schwarzen Fluss im Rücken zu haben, ängstigte ihn fast noch mehr als das bevorstehende Ritual.

Bärbart nahm die stumme Antwort seines Schützlings zufrieden und nicht ohne Stolz zur Kenntnis. Er hatte nie einen Hehl daraus gemacht, dass er Hagen für einen geeigneteren Erben der Grafschaft hielt als den älteren Dankwart. Trotzdem mochte Hagen ihn ebensowenig wie sein Bruder; beide Jungen fürchteten Bärbarts Klugheit ebenso wie seine Vertrautheit mit Geistern und Göttern. Die kunstvollen Hörner, die er sich auf die Stirn modelliert hatte, waren nur die äußeren Zeichen einer dämonischen Aura, die Bärbart umgab wie ein schlechter Geruch.

»Dieser Baum ist dir seit deiner Geburt geweiht, ihr seid wie Brüder, er weiß das, du weißt das.« Bärbart sprach, als rezitiere er eine Zauberformel, seltsam gleichförmig, unbetont. »Du wirst durch den Spalt gehen und auf der anderen Seite zum zweiten Mal geboren werden. Schließt sich der Spalt innerhalb der nächsten Jahre, so weiß jeder, dass du geheilt bist. Was immer dir in den vergangenen Tagen widerfuhr, die Spuren werden verblassen.«

Hagen wusste das alles längst, jedes Kind in dieser Gegend kannte die Regeln der Zweiten Geburt. Dennoch gehörte die Unterweisung durch den Zeremonienmeister zum Ritual.

»Du und der Baum«, fuhr Bärbart fort, »ihr werdet nach deiner Heilung eng miteinander verbunden sein, enger, als dies zwei Menschen jemals sein könnten. Nicht Mann und Weib, nicht Kind und Mutter. Du und der Baum, ihr werdet im Angesicht der Götter eins sein. Scheidest du dereinst aus dem Leben, so wird dein Geist in den Stamm fahren und in ihm weiterleben.« Er sah dem Jungen eindringlich in die Augen, bis Hagen glaubte, nicht nur sein Körper sei nackt, sondern auch seine Gedanken. Zum ersten Mal wurde ihm bewusst, wie sehr er fror. Aber Kleidung war während des Rituals nicht gestattet.

»Hast du alles verstanden?«, fragte Bärbart streng.

»Ja.«

»Bist du bereit, die Zweite Geburt zu vollziehen?«

»Ich bin bereit.«

Bärbart hob die Stimme, sodass alle ihn hören konnten. »Die Zeremonie kann beginnen!«

Stille legte sich über die Menge der Burgbewohner. Nur das Knistern der Fackeln und das Flüstern des Flusses waren zu hören. Hagen schien es, als vernähme er Stimmen im Rauschen der Strömung, ein Glucksen voller Schadenfreude, ein Wispern in der Finsternis.

Adalmar trat vor und zog seinen Sohn kraftvoll an sich. Er umarmte ihn, als sei dies ein Abschied für immer, die Geste eines Kriegers vor der Schlacht. Dann trat er einige Schritte zurück. Nur Bärbart blieb bei Hagen am Baum, nahm jedoch an der bergabgewandten Seite Aufstellung, um den Jungen dort entgegenzunehmen.

Hagen stand ganz allein zwischen Eiche und Abgrund, sein nackter weißer Körper schimmerte wie ein Geist in der Dunkelheit. Die Nacht schien ihn zu liebkosen, mit ihrem Versprechen von Stille und Schlaf, doch da war noch etwas anderes. Die Stimme der Strömung raunte Geheimnisse zu ihm empor, deren Bedeutung unterwegs verlorenging. Der Fluss schien eine Kälte auszustrahlen, die sogar den frostigen Wind übertraf.

Die Rinde des Baumes fühlte sich hart und spröde an, als Hagen sie mit beiden Händen berührte. Bärbart stimmte im gleichen Augenblick ein leises Summen an, eine langsame, schwerfällige Melodie, die von der Menge aufgegriffen wurde. Bald schon wurde die Stille vom düsteren Singsang der Menschen verdrängt. Einen Moment lang glaubte Hagen, der Fluss stimme mit ein.

Er legte die Hände an die Holzwülste, die den Spalt wie ein Paar riesiger Lippen flankierten. Sachte steckte er den Kopf ins Innere des Stammes, den Blick dabei fest auf das andere Ende gerichtet, auf einen schmalen Ausschnitt der Menge. Dort standen, Zufall oder Vorsehung, der Pfaffe und die Gräfin. Beide beteten immer noch stumm zu ihrem Christengott, hielten fest die Augen geschlossen. Alle anderen sahen gebannt zum Baum herüber.

Auch Hagen wollte die Lider schließen, aber sie flackerten und zuckten nur, verweigerten ihm die Blindheit. Zitternd schob er die Schultern durch den Spalt. Die Öffnung war zu eng, die Rinde riss seine Haut auf. Er spürte, wie Blut über seine Oberarme rann; in der eisigen Nachtluft fühlte es sich kalt wie Eiswasser an.

Er kletterte weiter, zog die Brust hinterher. Sein Gesicht kam auf der anderen Seite schon wieder zum Vorschein. Immer mehr Holzsplitter bissen in seine Haut, bald schon war er bis zur Hüfte voller Blut. Als Bärbart schließlich nach ihm griff und ihm wie eine Amme beim Austritt aus der Baumspalte beistand, da war sein Körper tatsächlich so rot und nass wie ein Neugeborenes.

Die Zweite Geburt war vollzogen.

Hagen fühlte sich genauso kraftlos wie zuvor, nur waren jetzt zahllose Wunden hinzugekommen, winzig klein, aber schmerzhaft. Sein ganzer Körper schien in Flammen zu stehen. Seine Knie gaben nach, er sackte in Bärbarts Armen zusammen. Sogleich eilten Tilda und zwei andere Frauen herbei und hüllten ihn in Decken.

Als man ihn vorsichtig auf die Trage legte, hörte er Bärbarts leise Worte: »Die Jahre werden zeigen, ob die Heilung gelungen ist.« Dabei strich er mit der Rechten über den blutigen Rand der Spalte, senkte den Kopf, bis seine Hörner gegen die Rinde stießen.

Hagen wurde fortgetragen, zurück zur Burg. Rote Schleier schwirrten vor seinen Augen. Er wusste nicht, ob er fantasierte, als er die raunende Stimme seiner Mutter vernahm, ganz nahe an seinem Ohr:

»Weißt du, was man über die Zweite Geburt sagt, Hagen? Fällt man den Baum, der den Geheilten geboren hat, und lässt man ihn als Teil eines Schiffes zu Wasser, so entsteht daraus ein Klabautermann.« Hüsteln und Wispern in seinem Schädel, eine Spirale aus Warnungen, Drohungen, ein Versprechen. »Ein Wassergeist entsteht, mein Sohn. Ein Teufel.«

Zwei Wochen vergingen, ehe Hagen sein Lager verlassen konnte, auf eigenen Füßen und ohne die Begleitung anderer. Sein erster Weg führte ihn hinaus aus dem Burgtor, die Klippe hinauf, zum Baum. *Seinem* Baum.

Er fragte sich, ob die Eiche etwas Ähnliches dachte. *Ihr* Mensch.

Nein, dachte er lächelnd, Bäume denken nicht.

Aber sie gebären auch keine nackten Jungen.

Das hat sie nicht, widersprach er sich selbst. Es war nur eine Zeremonie, etwas, das man tut, um die Götter für sich einzunehmen.

So, war es das? Erinnere dich an Bärbarts Worte: Du und der Baum, ihr werdet eins sein! *Das war es, was er gesagt hat. Besser, du glaubst ihm.*

Eins sein!, schoss es ihm durch den Kopf. Und wieder, eindringlicher: Eins sein!

Verunsichert blieb Hagen vor der Eiche stehen, in sicherem Abstand. Sein Vater hatte einen Wächter, mit Schwert und Spieß bewaffnet, am Fuß des Baumes Stellung beziehen lassen. Der Mann nickte Hagen grüßend zu, aber seine Freundlichkeit wirkte aufgesetzt. Nicht, dass er den Grund seiner Wache nicht einsah; ganz im Gegenteil, er verstand sehr wohl, was es mit der Eiche auf sich hatte. Gerade deshalb fürchtete er sie.

Hagen konnte es ihm schwerlich verübeln. Die Nähe zwischen sich selbst und dem Baum, die Bärbart heraufbeschworen hatte, mochte da sein, doch viel war von ihr nicht zu spüren. Was da vor ihm stand, groß und mit weitverästelter Krone, war nichts als ein knorriger Baum, sehr viel älter als er selbst, und das Dämonische, das von ihm auszugehen schien, mochte nicht mehr sein als die Furcht der Jugend vor dem Alter.

Unterhalb der Klippe brauste immer noch das Hochwasser vorüber, es hatte während der vergangenen Tage kaum nachgelassen. Die Alten raunten sich in den Fluren der Burg zu, dies sei die längste Flut, von der sie je gehört hätten.

Der Wächter machte zwei Schritte auf Hagen zu. »Ich erwarte Euch am Fuß der Klippe, Herr.«

Hagen runzelte verwundert die Stirn. »Warum bleibst du nicht?«

»Der Weise Bärbart trug mir auf, Euch, wann immer Ihr mögt, mit dem Baum allein zu lassen. Er sagte, es gäbe vielleicht Dinge, die Ihr mit ihm … besprechen müsstet.« Unruhe glomm wie ein Funke in den Augen des Mannes.

»Besprechen?«, wiederholte Hagen.

»Das war das Wort, das Bärbart gebrauchte.« Der Mann deutete eine Verbeugung an. »Wenn Ihr also erlaubt …« Und damit war er bereits an Hagen vorbei und eilte den Hang hinunter. Vom Ödland der abgeholzten Bäume trat er in den Schatten des Waldes und verschwand darin. Jenseits der Wipfel kauerte die Burg auf ihrem Bergrücken wie ein kraftloser Riese aus Stein.

Hagen sann nicht länger über das merkwürdige Verhalten des Postens nach. Stattdessen trat er einige Schritte vor. Als er jene Stelle erreichte, an der während der Zeremonie seine Mutter mit dem Pfaffen gestanden hatte, fiel sein Blick geradewegs auf den Spalt. Die Sonne schien grell, und der Himmel war von strahlendem Blau; das hätte er auch jenseits der Öffnung sein müssen.

Doch der Spalt war schwarz. Ein finsteres, pupillenloses Auge, das Hagen starr entgegenglotzte.

Er begann zu frösteln, spürte, wie sein Atem schneller ging.

Die Öffnung blieb schwarz. Etwas verdeckte sie von der anderen Seite.

Hagen keuchte auf, als ihn die Erkenntnis traf.

Jemand stand hinter dem Baum!

»Wer ist da?«, fragte er leise, in einer Tonlage, die das Kind in ihm verriet. Er hätte sich herumwerfen und fliehen können, aber was hätte dann der Wächter von ihm gedacht?

Vielleicht spielte ihm jemand einen Streich.

»Dankwart? Bist du das?«

Der Gedanke schien ihm einleuchtend, und er fasste neuen Mut. Langsam machte er zwei, drei Schritte auf den Baum zu. Wenn es wirklich sein Bruder war, der sich hinter dem Stamm verbarg, dann würde er ihm die frechen Scherze austreiben.

Nichts rührte sich. Der Baum stand hoch und ehrfurchtgebietend vor ihm, breit genug, um zwei Männern gleichzeitig Schutz zu bieten. Als Hagen nach oben schaute, bemerkte er, dass er bereits unterhalb der äußeren Äste stand, so weit fächerten sie hinaus in den Himmel. Als wollte der Baum das ganze Firmament umkrallen.

»Dankwart?«, fragte er noch einmal, kühner als zuvor.

Im Kampf gegen seinen Widerwillen machte er schwerfällig Schritt um Schritt. Noch drei Mannslängen, dann würde er den Stamm erreicht haben. Die Schatten der Äste legten sich verzerrt über sein Gesicht wie Kerkergitter.

Sein Bruder – wenn er es denn war – gab keine Antwort. Auch sonst regte sich nichts. Kein Rascheln, keine sichtbare Bewegung.

Wieder pfiff der Wind über die Felskante. Kalt, so kalt. Etwas regte sich in Hagens Erinnerung, wie ein Tier, das sich im Winterschlaf wälzt.

»Das ist nicht lustig«, brachte er schwach hervor. Sein Mut schwand schon wieder, und an seine Stelle trat … Zorn? Oder eher ein Anflug von Panik?

Er hatte es vermieden, noch einmal in den Spalt zu blicken, in der Befürchtung, sein Geist könne ihm einen Streich gespielt, ihn schlichtweg getäuscht haben. Doch als er nun erneut durch die Öffnung schaute, war die Finsternis immer noch da. Dort, wo ein feigenförmiger Splitter des Himmelsblau hätte sein müssen, war nichts als tiefe Schwärze. Was aus der Ferne noch wie ein Auge gewirkt hatte, erschien ihm jetzt als langgestrecktes Maul. Die hölzernen Lippenwülste rechts und links der Öffnung waren immer noch von seinem getrockneten Blut bedeckt. Es hatte sogar dem Regen widerstanden, fast als hätte die Rinde es aufgesogen.

Der Wind aus der Tiefe wimmerte leise. Er trug das Flüstern des Flusses herauf.

Ganz langsam, zögerlich, trat Hagen nach rechts. Erst nur einen Schritt, dann einen zweiten. Ahnungsvoll machte er sich daran, den Baum zu umrunden.

Und wenn der andere es nun genauso machte? Sie würden sich im Kreis drehen, den Stamm immer zwischen ihnen. Hagen würde sich dem Klippenrand nähern, kaum zwei Schritte hinter dem Baum. Dort wartete der Abgrund auf ihn, an seinem Grund der Fluss und in dessen Tiefe –

Nein!, kreischte es in ihm. Tu das nicht! Geh nicht weiter, bleib stehen!

Er machte noch einen Schritt, dann noch einen, unendlich langsam. Näherte sich der Felskante und der Rückseite des Baumes. Legte den Kopf schräg, um besser dahinterschauen zu können.

Der schmale Streifen zwischen Stamm und Kante war leer. Niemand war da. Wurzelstränge ragten aus dem Boden wie Beine einer zertretenen Riesenspinne.

»Ist da wer?«, fragte er wieder. Er schluckte, aber der Knoten in seinem Hals wollte nicht weichen.

Hagen überlegte fieberhaft. Er musste einmal um den Baum herumgehen, um wirklich sicher sein zu können. Aber immer noch war ihm der Gedanke, so nahe an den Abgrund zu treten, zuwider. Falls ihm der andere, der sich hinter dem Stamm verbarg, Böses wollte, würde es ihm ein Leichtes sein, Hagen in die Tiefe zu stoßen.

Zaghaft trat er um die vordere, dem Wald zugewandte Seite, horchte angestrengt auf Kleiderrascheln oder andere verräterische

Laute. Sein Atem rasselte in seinen Ohren. Hätte er nicht auch das Atmen des anderen hören müssen?

Was, wenn der andere gar nicht zu atmen braucht?

Unsinn. Das sind Ammenmärchen.

Aber du hast es doch gefühlt, unten im Fluss. Du weißt, dass da etwas war. Etwas, das im Fluss lebt, muss nicht atmen …

Hagen schüttelte sich. Ein eisiger Schauder lief ihm über den Rücken. Es kostete ihn einige Überwindung, überhaupt weiterzugehen. War es nicht gleichgültig, was der Wächter von ihm dachte?

Nein, er war des Grafen Sohn! Keine Wahnvorstellung würde ihn in die Flucht schlagen.

Nur ein Albtraum, hämmerte er sich ein.

Er war jetzt völlig sicher, dass es nicht Dankwart war, der seine Späße mit ihm trieb. Das hier war etwas ganz anderes.

Hagen stand nun an der Vorderseite, genau vor dem Spalt. Widerwillig senkte er den Kopf, um noch einmal hindurchzuschauen.

Die Schwärze war unverändert. Seine schale Hoffnung, jemand habe vielleicht etwas in die Öffnung gestopft, schwand dahin. Und noch etwas begriff er: Die Spalte wurde gar nicht von der anderen Seite versperrt.

Hagen war ganz allein am Baum. Da war niemand, der sich vor ihm versteckte.

Jetzt erkannte er, woraus die Schwärze in Wahrheit bestand.

Es war die Nacht.

Ein Stück des dunklen Nachthimmels hatte sich in der Spalte verfangen. Hagen konnte jetzt sogar Sterne erkennen, und wenn er seine Position ein wenig änderte, dann sah er durch die Öffnung das andere Ufer, düster und schlummernd im Mondenschein.

Mit einem Ruck riss er den Kopf zurück, schaute um den Stamm herum. Er sah das Ufer jenseits des Flusses, rotgelbe Wälder im Licht der Herbstsonne.

Noch ein Blick durch den Spalt. Dahinter herrschte abermals Finsternis.

So viel Dunkelheit in jeder Nacht, dass sie nicht von einem Tag auf den anderen aufgebraucht wird; irgendwohin muss der Rest verschwinden. Warum nicht in diesen Baum?

Einen Moment lang schien das fast vernünftig.

Hagen taumelte zurück, stolperte, landete auf dem Boden.

Was, bei allen Göttern, *war* das?

Er rappelte sich auf, trat noch einmal näher an den Baum. Ganz langsam hob er die rechte Hand, überlegte, ob er sie in den Spalt stecken sollte. Widerwillig berührte er die hölzernen Lippenwülste. Es war viel kälter im Inneren des Baumes; mit der Dunkelheit hatte sich auch die Frische der Nachtluft im Eichenstamm eingenistet.

Wieder machte er sich daran, den Baum zu umrunden, und diesmal zögerte er nicht, sich in die Nähe des Abgrundes zu wagen. Es war niemand da, der ihn hinabstoßen konnte. Niemand, außer ihm selbst.

Die Rückseite der Eiche war in Sonnenschein gebadet. Hagen bückte sich, blickte nun von der anderen Seite durch den Spalt. Von hier aus hätte er den Waldrand sehen müssen, davor das Feld der Baumstümpfe.

Aber er sah Fackeln. Züngelndes, zuckendes Fackellicht. Eine Menschenmenge unter dem Nachthimmel. Und davor seine Mutter und der Priester, beide betend, die Augen geschlossen.

Es war das gleiche Bild, das er gesehen hatte, als er vor zwei Wochen zum ersten Mal durch den Stamm geschaut hatte, unmittelbar bevor er hindurchgekrochen war.

»Der Baum hat seine Unschuld verloren«, sagte plötzlich eine Stimme jenseits der Eiche. »Das feine Gespinst der Wirklichkeit in seinem Inneren ist zerrissen. Der Augenblick der Zweiten Geburt wird für immerdar in ihm gefangen sein.«

Hagen schrak zurück, taumelte, verlor das Gleichgewicht. Seine Ferse trat auf den Rand der Klippe, rutschte ab. Er schrie auf, ein Kreischen in höchster Panik, als sich der Fluss unter ihm auftat wie ein Maul. Die Oberfläche war grau und trübe, trotz des blauen Himmels.

Finger schossen vor, umfassten sein Handgelenk. Zwei, drei Atemzüge lang schwebte Hagen über dem Abgrund, stumm, erstarrt, unter sich nichts als die Tiefe.

Jemand riss ihn zurück auf festen Grund. Das Maul des Flusses schloss sich wieder.

»Eine Dritte Geburt kann es nicht geben«, sagte Bärbart.

KAPITEL 3

»Wieso hörst du auf?« Nimmermehrs Stimme klang atemlos. Zum ersten Mal seit langem bewegte sie sich wieder. Während Hagen geredet hatte (und geredet und geredet), war sie stumm geblieben, hatte ihn kein einziges Mal unterbrochen.

Er erforschte die Leere hinter seinen Augenlidern. »Ist es schon Abend?«

»Schon lange. Es ist stockdunkel.«

Unwirsch tastete er nach den Zügeln in ihren Händen, zog heftig daran. »Dann lass uns rasten. Es ist gefährlich, im Dunkeln zu reiten. Zumal so nahe bei einem Schlachtfeld – wer weiß, wer sich in dieser Gegend herumtreibt.«

»Leichenfledderer? Plünderer?«

»Vielleicht, ja.«

Nimmermehr sprang von Paladins Rücken und seufzte, als wollte sie damit klarstellen, dass sie keineswegs einverstanden war. »Wenn du meinst«, sagte sie gedehnt.

»Ich soll doch dafür sorgen, dass dir nichts zustößt, oder?« Er spürte, dass er schärfer klang als nötig, aber er konnte nichts dagegen tun. Er mochte sonst nichts über Nimmermehr wissen, doch eines hatte er längst erkannt: Sie konnte ungemein anstrengend sein.

Das Mädchen gab keine Antwort. Geräusche verrieten, dass sie Decken auf dem Boden ausrollte. Mochten die Götter wissen, woher sie sie genommen hatte; sie mussten am Sattel gehangen haben, ohne dass Hagen sie bemerkt hatte. Kleinigkeiten wie diese verunsicherten ihn mehr als alles andere.

Zögernd ließ er sich vom Rücken des schnaubenden Pferdes zu Boden gleiten. Auch als er schon Fels unter den Füßen spürte, hielt er sich weiter am Sattelknauf fest.

»Beschreib mir, wo wir sind«, verlangte er und setzte mit einer Hand den Helm ab.

»Es ist dunkel«, sagte sie trotzig. »Ich kann nichts sehen.«

»In freiem Gelände ist es niemals so dunkel, dass man nichts sieht.« In seiner Lage war das eine so absurde Aussage, dass er scharf die kühle Nachtluft einsog, ehe er weitersprechen konnte: »Wie hat es ausgesehen, bevor es dunkel wurde?«

»Wir sind immer noch oben in den Bergen«, sagte sie und griff nach seiner Hand. Ihre Finger waren warm und führten ihn zu den Decken. »Ich glaube, ein Stück weiter vor uns führt das Gelände wieder abwärts. Wir sind die meiste Zeit durch eine Senke geritten, wahrscheinlich ein altes Flussbett mit hohem Gras rechts und links. Oben an der Böschung standen noch mehr von diesen Dornenbüschen.«

»Das hättest du mir sagen müssen«, fuhr er sie aufgebracht an. »Wir hätten direkt in einen Hinterhalt reiten können.«

»Morten von Gotenburg hat es nicht nötig, mir irgendwo aufzulauern. Außerdem müsste er immer noch hinter uns sein. Er hat es nicht sonderlich eilig damit, mich einzufangen.«

»Sind wir immer noch in diesem Flussbett?«, fragte Hagen.

»Ja, es ist breiter geworden.«

»Hast du in der Nähe einen Weg gesehen oder eine Straße?«

»Nirgends.«

Hagen holte tief Luft und stellte sich vor, wie sie vor ihm im Dunkeln saß, das hübsche Gesicht zu einem altklugen Naserümpfen verzogen.

Wie kommst du darauf, dass sie hübsch ist?

Er versuchte, auf andere Gedanken zu kommen. »Wir müssen wohl davon ausgehen, dass dieser Morten denselben Weg nimmt.«

»Das müssen wir wohl.«

»Das scheint dich nicht sehr zu bekümmern«, stellte er fest.

»Kannst du das beurteilen?«, gab sie beleidigt zurück. »Ich bin seit einer Ewigkeit auf der Flucht vor ihm. Irgendwann lernt man, mit der ständigen Gefahr zu leben. Man beginnt, sie als Teil seiner selbst zu akzeptieren.«

Sie war noch so jung, dachte er bekümmert, und war schon zum selben Schluss gekommen wie er selbst. Es war nicht richtig, dass sie aus Erfahrung über solche Dinge sprechen konnte. Er hatte sich sein Leid selbst aufgebürdet, er allein trug die Schuld daran. Aber sie? Wieder wurde ihm bewusst, dass er nichts über sie wusste.

»Woher kennst du diesen Mann?« Er nahm seinen Waffengurt ab und streckte sich auf der Decke aus. Der Boden darunter war uneben und mit scharfkantigen Steinen übersät.

»Du bist mit deiner Geschichte noch nicht am Ende«, erwiderte sie. »Erst erzählst du, dann ich, das war unsere Abmachung.«

»Wie soll ich dich vor jemandem beschützen, über den ich nicht das Geringste weiß?« Er war viel zu müde, um sich auf einen Streit mit ihr einzulassen. Das viele Reden war er nicht gewohnt. Sie hatte schon mehr aus ihm herausgelockt als jeder andere Mensch, den er getroffen hatte.

Und wer weiß, dachte er, vielleicht gibt es diesen Morten ja gar nicht. Seltsamerweise beunruhigte ihn dieser Gedanke nicht im mindesten; mit seiner Blindheit ging eine gefährliche Gleichgültigkeit einher.

»Erzählst du nun weiter?«, fragte sie.

»Ich bin müde.«

»Ich kann nicht einschlafen, wenn ich nicht weiß, wie es weitergeht«, sagte sie beharrlich. Ihre Stimme war jetzt direkt neben ihm. Als er sich bewegte, stieß er mit dem Knie gegen ihr Bein. Ja, da lag sie, ganz nahe bei ihm.

»Ich kann kein weiteres Wort mehr sagen, wenn ich nicht vorher schlafe«, gab er zurück.

»Es hat dich schlimmer erwischt, als du zugeben willst.«

»Wie kommst du denn darauf?«, fragte er mürrisch.

»Ich hab dich für ausdauernder gehalten.«

Empört fuhr er auf. »Ich *bin* ausdauernd.«

»Ja, im Jammern.«

»Hör zu, Nimmermehr, oder wie auch immer du in Wirklichkeit heißen magst …«

»Aber ich heiße so«, unterbrach sie ihn und klang nun gleichfalls gekränkt.

»Gut. Nimmermehr. Von mir aus. Ich bin hundemüde, und ich habe, verdammt noch mal, allen Grund dazu. Ich habe drei Tage lang in einer Schlacht gekämpft, im Dienste von Männern, die der Ansicht waren, alles, was ein Krieger braucht, wird aus Eisen geschmiedet. Verstehst du, ich habe Hunger! Ich habe Wunden am ganzen Körper ...«

»Die ich versorgt habe.«

»Ich habe Wunden am ganzen Körper«, wiederholte er betont, ohne sich beirren zu lassen, »und mein Schädel tut weh, weil ich einen Tag lang einen Helm tragen und darunter reden musste. Und, glaube mir, das ist sonst überhaupt nicht meine Art.«

Sie wollte ihn erneut unterbrechen, doch er brachte sie schon nach der ersten Silbe zum Schweigen, indem er mit erhobener Stimme fortfuhr: »Als ob das alles noch nicht genug wäre, muss ich Kindermädchen spielen für jemanden, den ich nicht kenne und der keinerlei Anstalten macht, daran etwas zu ändern. Ich weiß nicht, wer du bist, Nimmermehr, und ich weiß nicht, warum man dich angeblich verfolgt. Und soll ich dir noch etwas sagen? Im Augenblick mag ich auch gar nichts darüber hören. Alles, was ich will, ist eine Weile Ruhe und ein wenig Schlaf, damit ich mich morgen wieder auf dieses Pferd setzen, deine Anwesenheit ertragen und mir den Mund in Fransen reden kann.« Er schnappte nach Luft wie ein Schwimmer in Bedrängnis. »War das deutlich genug?«

Nimmermehr gab keine Antwort. Er horchte auf ihren leisen, weichen Atem in der Nacht, und plötzlich hatte er das verrückte Bedürfnis, sie zu berühren, einfach um zu wissen, dass sie wirklich noch da war. Im Moment war sie das Einzige, das ihn am Leben hielt. Ohne sie war er verloren.

Er wartete, erst gelassen, dann immer ungeduldiger, dass sie endlich wieder mit ihm sprechen würde, und wenn es nur eine weitere kindische Bemerkung oder eine neue Besserwisserei war. Seine Müdigkeit war immer noch da, aber er konnte nicht einschlafen, ohne dass sie irgendetwas erwiderte; dafür hasste er sich beinahe selbst.

Sie aber sagte nichts. Schwieg nur und schmollte wahrscheinlich stur vor sich hin.

Irgendwann, er hatte das Gefühl, die halbe Nacht sei vergangen, fragte er: »Schläfst du?«

Ein Augenblick verging. »Nein«, sagte sie dann. Nichts sonst, nur das eine Wort. Das passte gar nicht zu ihr.

»Ich habe das eben nicht so gemeint.« Liebe Güte, was war nur aus ihm geworden!

»Was meinst du?«, fragte sie verständnislos.

Vielleicht hatte sie ihn ja schon um den Verstand gebracht, ohne dass er selbst es bemerkt hatte. »Vergiss es«, sagte er deshalb mit halbherzigem Grimm.

»Tut mir leid, ich habe nicht zugehört.«

Einen Moment lang war er sprachlos. Dann, ganz allmählich, fand er wieder zu sich selbst. Er durchschaute ihre List. Nicht zugehört? Natürlich nicht, dachte er hämisch. Was sie nicht hören wollte, das hörte sie nicht!

Nimmermehr flüsterte: »Ich habe hinaus in die Nacht gelauscht. Er kommt näher.«

»Wer?«, fragte Hagen und setzte sich ruckartig auf. »Dein Magier?«

»Morten, ja. Spürst du ihn nicht?«

Widerwillig horchte er ins Dunkel. Eine Grille zirpte nahe an seinem rechten Ohr. Und vom Himmel ertönte das Kreischen ferner Raben.

Raben? Mitten in der Nacht?

Zum ersten Mal seit Stunden überkamen ihn wieder Zweifel. Sagte sie die Wahrheit? War es wirklich so dunkel, wie sie behauptete? Wer sagte ihm denn, dass es nicht heller Nachmittag war? In seiner Verfassung hätte er zu jeder Tageszeit müde sein können, das war kein Anhaltspunkt. Und seine Blindheit machte die Unterscheidung unmöglich.

Die Erkenntnis war wie ein Schlag ins Gesicht: Er war nicht nur auf Nimmermehr angewiesen, er war ihr mit Haut und Haaren ausgeliefert! Er musste ihr vertrauen, weil er gar keine andere Wahl hatte!

Unwillkürlich gab er sich alle Mühe, ihr zu glauben. Es war Nacht.

»Sind es vielleicht die Raben, die du hörst?«, fragte er gefasst.

»Nein. Die sind immer da. Ich meine ihn. Seine Gedanken.«

»Du hörst Mortens Gedanken?«

»Ich kann den Hass darin spüren. Er wird bald hier sein.« Leiser fügte sie hinzu: »Er wird mir weh tun.«

Ein böser Traum, dachte er. Sie hatte geschlafen, ohne dass er es bemerkt hatte, und nun konnte sie nicht mehr zwischen Nachtmahr und Wirklichkeit unterscheiden.

»Niemand wird dir weh tun.« Er versuchte sanft zu klingen, aber darin war er nie besonders gut gewesen. »Ich passe auf dich auf.« Selbst in ihrem Zustand musste sie durchschauen, wer hier in Wahrheit auf wen achtgab. Aber es war das Beste, das ihm in den Sinn kam. Nicht viel, gestand er sich ein.

Die Furcht in ihrer Stimme war jetzt noch deutlicher. »Er wird kommen, und er wird dich töten, und mich wird er auch töten, aber nicht gleich. Und vorher wird er mir Schmerzen zufügen, schlimme Schmerzen, aber du bist ja dann tot und wirst nichts mehr davon mitbekommen.«

Er lächelte; vielleicht war es wirklich an der Zeit, einen Arm um sie zu legen.

Aber er tat es nicht. »Ich mag zwar blind sein, aber so schnell bringt man mich nicht um.« Insgeheim wusste er genau, was für einen Unsinn er da redete.

»Morten schon.«

Hagen unterdrückte einen Seufzer. »Was schlägst du denn vor? Sollen wir weiterreiten?« *Mitten in der Nacht*, wollte er hinzufügen, ließ es dann aber bleiben.

Sie klang immer noch, als spreche sie im Halbschlaf. Ängstlich zwar, aber zugleich seltsam fern und gedankenverloren. »Ich kann ihm nicht entkommen. Er ist das Buch ohne Seiten. Er weiß alles, sieht alles, sogar, dass du bei mir bist.«

»Buch ohne Seiten?«, fragte er verwundert. »Was soll das sein? Ein Gleichnis?«

»Morten von Gotenburg ist Das-Buch-das-lebt.«

»Das *was*?« So albern es auch war: In ihm regte sich plötzlich Besorgnis, eine Unruhe, die er sich selbst nicht erklären konnte.

»Es ist … nicht einfach«, sagte sie stockend.

Sein Tonfall wurde um eine Spur schärfer. »Vielleicht sollten wir unsere närrische Abmachung einen Moment lang vergessen. Wer ist dieser Morten von Gotenburg? Und was hat es mit diesem Buch auf sich?«

»Du hast noch nie davon gehört?«

»Mir ist nicht nach Rätselraten zumute.«

Nimmermehr wandte sich zu ihm um. Hagen spürte ihren Atem auf seiner Wange; er fühlte sich kühl an.

»Man erzählt sich, Morten habe einen Pakt mit dem Bösen geschlossen.«

»Das erzählt man sich von vielen.« Er wünschte sich, sie würde die Gerüchte überspringen und endlich zur Sache kommen.

Nimmermehr schien seinen Einwurf überhört zu haben. »Seither trägt er einen langen, weiten Mantel, der seinen ganzen Körper verhüllt. Aber darunter ist er nicht allein! Manche sagen, sie kennen wiederum andere, die Mortens Leib gesehen haben – und das, was darauf *lebt*.« Sie verstummte für einen Augenblick, als erfülle sie allein die Vorstellung mit Abscheu. »Seine Glieder sind übersät mit winzigen Teufeln, jeder nicht größer als ein Finger. Es sind Dutzende. Sie klettern auf ihm herum wie Ameisen, tagein, tagaus. Mit ihren Krallen ritzen sie Runen und Zeichen in sein Fleisch, bedecken ihn damit von oben bis unten. Es sind Zaubersprüche, sagen die Leute! Immer wieder finden diese Kreaturen verborgene Stellen an seinem Körper, die noch unbeschriftet sind, und überall hinterlassen sie ihre Spuren. Deshalb nennt man ihn Das-Buch-das-lebt. Er ist ein lebendiges Zauberbuch! Die Teufel schreiben und schreiben und schreiben auf ihm ... Die Schmerzen haben ihn längst in den Irrsinn getrieben. Er hat Wahnvorstellungen, sieht überall Feinde und Gespenster, obgleich er selbst die Essenz des Bösen in sich trägt.«

Nimmermehr hatte immer schneller gesprochen, hatte die Worte ausgespien, als wäre sie froh, sich ihrer endlich zu entledigen. Sie hatte die Wahrheit – oder das, was sie dafür hielt – schon viel zu lange mit sich herumgetragen.

Hagen dagegen war alles andere als erleichtert. Wenn es stimmte, was sie gesagt hatte, dann war dieser Morten eine viel größere Gefahr, als er bisher angenommen hatte. Log sie jedoch, so hatte Hagen sich in die Obhut einer Wahnsinnigen begeben. Und er wusste nicht recht, was schlimmer war.

»Du glaubst, in diesem Herbsthaus bist du sicher vor ihm?«

»Völlig sicher.«

»Warum verfolgt er dich?«

»Er hat schon auf viele Jagd gemacht. Eines Tages hörte er, wie ich das, was ich dir eben erzählt habe, zu einem anderen sagte. Seither hasst er mich. Er hat geschworen – vor mir und vor anderen –, dass er nicht ruhen wird, bis er mich für meine Worte bestraft hat.«

»Empfindsam ist er außerdem, wie mir scheint«, bemerkte Hagen.

»Würdest du ihn kennen, würdest auch du ihn ernst nehmen.«

»Ich habe schon mit vielen Verrückten zu tun gehabt. Dein Morten von Gotenburg ist nur einer mehr. Ich habe keine Angst vor ihm.«

»Die anderen konntest du sehen, als du ihnen begegnet bist.«

Er schluckte eine wütende Erwiderung und sagte dann: »Du hast gesagt, du kannst ihn spüren. Wie weit entfernt ist er noch?«

»Nahe, sehr nahe.«

Hagen stemmte sich auf die Beine. »Dann sollten wir weiterreiten.«

»Sagtest du nicht, du bist müde?«

»Nicht müde genug, um mich im Schlaf erschlagen zu lassen.«

Wenig später saßen sie wieder auf Paladins Rücken und setzten ihren Weg fort, der anderen Seite der Berge entgegen.

Hagen horchte auf den Hufschlag des Tieres. Sie ritten immer noch über blanken Stein. »Wie lange dauert es noch bis zum Sonnenaufgang?«

»Ich weiß nicht«, gab Nimmermehr kläglich zurück. »Vielleicht können wir bis dahin den Rhein erreichen.«

Bei der Erwähnung des Flusses fuhr ihm eine schreckliche Kälte in die Glieder. »Weißt du, ob Morten auch bei Nacht reitet?«

»Die Schmerzen lassen ihn ohnehin nicht schlafen.«

»Er schläft nicht? Niemals?«

»Die Runen geben ihm alle Kraft, die er braucht.«

»Vielleicht doch kein so schlechter Handel.«

»Darüber solltest du keine Scherze machen.«

Hagen hatte den Helm am Sattel befestigt; im Dunkeln würde niemand den blinden Blick seiner Augen bemerken. Der kühle Wind, der ihm ins Gesicht schlug, vertrieb seine Müdigkeit ein wenig. Er hoffte, er würde im Sitzen ein wenig Ruhe finden; es wäre nicht das erste Mal, dass er im Sattel eines Pferdes schlief.

Doch bereits kurz darauf ließ ihn ein Geräusch zusammenfahren. Einen Augenblick lang war er verwirrt, wusste nicht einmal, ob er tatsächlich eingeschlafen war.

»Was war das?«, zischte er.

Nimmermehr musste es ebenfalls gehört haben, denn sie wartete mit ihrer Antwort, als lausche sie aufmerksam in die Nacht. »Hufschlag«, brachte sie schließlich hervor, »von mehreren Pferden.«

»Reitet Morten in Begleitung?«

»Als ich ihn zuletzt sah, war er allein.«

»Wie lange ist das her?«

»Wochen.«

Er spürte, wie sie mit jedem Atemzug unruhiger wurde. Ihre Aufregung griff auf ihn über.

»Kannst du irgendwas erkennen?«, fragte er.

Sie rutschte hinter ihm hin und her, schien sich umzuschauen: »Nichts.«

»Wir müssen hoch auf die Böschung.«

Nimmermehr gab dem Pferd eine neue Richtung. Wenig später schaukelten sie einen kurzen Hang hinauf. Oben brachte Nimmermehr den Hengst zum Stehen.

»Schnell«, forderte er, »sag mir, was du siehst!«

»Es ist zu dunkel. Der Mond steht hinter Wolken; es sind kaum Sterne am Himmel. Ich kann nur ganz schwach den Horizont sehen. Aber zwischen ihm und uns ist alles schwarz.«

Hagen fluchte leise, seine Gedanken rasten. Er schwieg eine Weile und horchte auf verräterische Laute. Erst glaubte er, der Hufschlag sei verstummt, dann aber vernahm er ihn erneut; er klang jetzt näher, war nicht einmal besonders schnell. Kein Galopp, keine übermäßige Eile.

Nimmermehr hörte es ebenfalls. »Ich glaube, sie sind hinter uns im Flussbett. Sie müssen uns längst bemerkt haben.«

Hagen traf eine Entscheidung. »Los, steig ab!«

»Aber ...«

»Kein Aber. Steig ab und versteck dich irgendwo.«

»Wenn es wirklich Morten ist, wird er dich töten.« Aus ihrer Stimme sprach jetzt nackte Angst.

»Vielleicht.« Er schnaubte verächtlich. »Vielleicht auch nicht. Auf jeden Fall verschafft es dir einen Vorsprung. Lauf so schnell wie möglich ins Tal hinunter, zum Fluss. Dort gibt es sicher bessere Verstecke als hier oben.«

Sie wollte abermals widersprechen, doch Hagen gab ihr einen Stoß, der sie nach hinten von Paladins Rücken schob. Mit einem Keuchen fiel sie zu Boden.

»Tu das nicht, Hagen!«, flehte sie.

Er tastete nach den Zügeln und wies den Hengst in eine Richtung, von der er annahm, es sei die richtige. »Viel Glück!«

Nimmermehr bekam ihn am Unterarm zu fassen.

So schnell!, durchzuckte es ihn.

»Warte noch!«, raunte sie ihm zu und zerrte an etwas, das hinter ihm am Sattel befestigt war. »Hier«, sagte sie schließlich, »leg das um.«

Sie presste etwas Weiches aus Stoff an sein Bein.

»Was ist das?«

»Ein Umhang. Nimm ihn. Er wird dir Glück bringen.«

Hagen schüttelte den Mantel auseinander und warf ihn sich über die Schultern. Der Kragen war mit langen, borstigen Vogelfedern besetzt. Rabenfedern, dachte er aus einem vagen Gefühl heraus.

Ohne ein weiteres Wort trat er dem Pferd in die Flanken. Paladin setzte sich in Bewegung, sprang überhastet die Böschung hinunter. Einen Moment lang kämpfte Hagen um sein Gleichgewicht, dann fing er sich wieder. Nach einigen Schritten brachte er das Tier zum Stehen, in der Hoffnung, sich ungefähr in der Mitte des ausgetrockneten Flussbettes zu befinden. Er sandte ein stummes Stoßgebet zu den Göttern, dass er nicht in die falsche Richtung blickte, als er laut rief:

»Halt! Wer da?« Er vertraute darauf, dass die anderen noch weit genug entfernt waren, als dass sie in der Dunkelheit seine Blindheit hätten erkennen können.

Stille legte sich über die Senke, als die Verfolger ihre Pferde zügelten. Hagen nutzte den günstigen Moment, um seinen Helm aufzusetzen und – ein wenig unbeholfen – das Schwert aus der Scheide zu ziehen. Er legte es vor sich über den Sattel, um klarzumachen, dass er niemanden herausfordern wollte.

Nie zuvor in seinem Leben hatte er sich so erbärmlich, so vollkommen hilflos gefühlt. Er vergaß Nimmermehr, vergaß alles andere, konnte nur noch daran denken, dass in jedem Augenblick eine Schwertklinge heranzucken und ihn töten konnte. Und er würde sie nicht einmal kommen sehen.

»Wer seid Ihr?«, ertönte plötzlich eine Stimme. Ziemlich weit entfernt, den Göttern sei Dank!

»Ein Ritter!« Eine Lüge. »Und Ihr?«

Die Hufe schepperten wieder über das Gestein, die Reiter kamen näher.

»Haltet ein!« Hagen gab sich Mühe, eine düstere Drohung in seinen Tonfall zu legen. Offenbar mit Erfolg, denn die anderen hielten abermals an. »Sagt mir erst, wer Ihr seid und was Ihr im Schilde führt.«

Dieselbe Stimme, die eben schon gesprochen hatte, meldete sich erneut zu Wort: »Es ist eine üble Gegend, und eine noch üblere Zeit. Ich würde gerne einen Blick auf Euch werfen, bevor ich Euch Vertrauen schenke.«

»Erst Eure Namen und Eure Bestimmung!«, verlangte Hagen beharrlich.

Schweigen, dann: »Also gut.« Der Mann klang keineswegs überzeugt. Es war nicht zu überhören, dass er Angst hatte. Hagen entspannte sich ein wenig.

»Meine Leute bleiben zurück, und ich komme näher. Wir werden reden, nur wir beide. Seid Ihr einverstanden?«

»Und Euer Name?«

»Runold, auf dem Weg nach Zunderwald.«

Hagen wusste, dass er nun keine andere Wahl mehr hatte, als den Mann herankommen zu lassen. Er wandte den Kopf so gut es ging der Stimme entgegen. »Kommt«, rief er dann und fügte hinzu: »Langsam.«

Ein einzelnes Pferd trottete heran, blieb kurz vor ihm stehen. Raben krächzten ganz in der Nähe. Etwas flatterte. Er war nicht sicher, ob es die Federn seines Kragens oder nahe Vogelschwingen waren.

Runold blieb lange Zeit still. Offenbar bemühte er sich, Hagen in der Dunkelheit so genau wie möglich zu betrachten. Als er schließlich wieder sprach, klang neue Ehrfurcht aus seiner Stimme: »Verzeiht, wenn wir Euren Unmut herausgefordert haben, Herr«, sagte er unterwürfig. »Ich … ich ahnte ja nicht, dass Ihr es seid.«

Hagen war sicher, dass er niemanden mit dem Namen Runold kannte. Andererseits hatte er an der Seite so vieler Männer gekämpft, deren Namen er nie erfahren hatte, dass dieser hier durchaus einer von ihnen sein mochte. Die Stimme jedenfalls war ihm fremd; sie verriet, dass Runold schon älter sein musste. »Sollte ich Euch kennen?«, fragte Hagen unsicher.

»Nicht mich, Herr«, gab der andere zurück. »Ich bin nur ein fahrender Gaukler, nichts sonst. Ganz unbedeutend neben Eurer Größe.«

Was faselte der Kerl da? Sein Unbehagen stieg.

»Was sagtet Ihr, wohin Euch Euer Weg führt?«

»Nach Zunderwald. Ein Dorf unten am Strom. Wir wollen die Leute dort mit unseren Künsten unterhalten.«

»Künsten oder Kunststücken?«

»Wie immer Ihr es nennen mögt, Herr.«

Runold verlangte nicht länger, dass Hagen seinen Namen nannte – und das, obgleich er doch eben noch so voller Misstrauen gewesen war. Hagen entschied, dass es an der Zeit war, diese Begegnung zu einem Ende zu bringen.

»Ihr habt nicht vielleicht ein wenig Wegzehrung, die Ihr einem hungrigen Fremden abtreten könntet?« Hagen schämte sich, fühlte sich jetzt schon wie die blinden Bettler in den Gassen, aber er wusste keine andere Möglichkeit, seinen Hunger zu stillen.

Verwunderung schwang in Runolds Stimme. »Nicht viel, Herr. Aber wenn Ihr etwas davon benötigt, so wollen wir gerne mit Euch teilen.«

»Die Götter werden Euch Eure Freundlichkeit vergelten«, sagte Hagen.

»Die Götter, Herr?«

»Seid Ihr Christen?« Hagen zog scharf die Luft ein, um seinen Unmut zu zeigen. »Nun, sicher wird der Christengott Eure Güte ebenso zu schätzen wissen.«

»O nein, Herr, keiner von uns ist getauft, das ist es nicht.« Runold stockte und rang hörbar um die richtigen Worte. »Aber … seid Ihr denn nicht der, der Ihr scheint?«

Hagen war durch Runolds merkwürdiges Verhalten – seine Scheu, die sich in Ergebenheit und nun wieder in Zweifel gewandelt hatte – mehr als verwirrt. Die Tatsache, dass er das Gesicht des anderen nicht sehen, nicht in seinem Ausdruck lesen konnte, verstörte ihn zuriefst.

»Wer glaubt Ihr denn, dass ich bin?«, fragte er mit betonter Härte.

»Nun, ich …«, stammelte Runold. »Wisst Ihr, die Raben auf Euren Schultern …«

Die Raben auf meinen Schultern? Etwas in Hagens Kopf schlug Alarm. Vermochte die Dunkelheit den Alten so zu täuschen, dass er den Federkragen für lebende Vögel hielt?

Hagen horchte abermals auf das Krächzen. Es klang sehr nahe, fast an seinem Ohr. Aber ein Helm konnte Geräusche verzerren.

»Man hört nur von einem, der solche Macht über Raben besitzt«, sagte Runold.

Hagen schob alle Vorbehalte von sich. In seiner Lage musste er jeden Vorteil nutzen, und wenn eine Täuschung ihm Macht über Runold und die seinen verlieh, nun gut, dann würde er sie nicht verschmähen. »Ihr habt recht«, sagte er kalt. »Ich bin der, für den Ihr mich haltet.«

Runold zögerte noch einen Moment, dann klang seine Stimme erfreut. »Ich wusste es gleich, als ich bemerkte, dass Euer Augenlicht nicht das beste ist.«

Und da verstand Hagen, worauf Runold hinauswollte.

Aber das konnte doch nicht wirklich sein Ernst sein? Unmöglich.

Und doch war es so.

»Ich beuge mein Haupt vor Wodan, dem Herrn aller Götter«, sagte Runold. »Bitte, Herr, erweist mir die Gnade, meiner Familie berichten zu dürfen, dass ihr wieder unter uns Menschen wandelt.«

Der Alte war verrückt, kein Zweifel. Vollkommen wirr im Kopf. Doch wenn das zu Hagens Vorteil war, hatte er nichts daran auszusetzen. Fraglich blieb, ob auch die anderen dieser Wahnvorstellung Glauben schenken würden; wie es schien, hatte er gar keine andere Wahl, als es darauf ankommen zu lassen.

Wodan, Oberhaupt der Götter, der während seiner Wege im

Reich der Menschen als einäugiger Krieger umherzieht, gefolgt von seinen Raben, auf jeder Schulter einer. Der Graue Wanderer, der am Abend als ferner Schemen über Hügelkuppen geistert.

Der Gedanke war so abenteuerlich, so durch und durch irrsinnig, dass Hagen sich unter dem Helm ein Lachen verkniff.

Seine Verwirrung aber mehrte sich, als die übrigen Gaukler herankamen – jene, die Runold ›meine Familie‹ genannt hatte. Es war unmöglich, aus dem Getuschel und dem Schlagen der Hufe heraushören, wie viele es waren. Hagen schätzte sie grob auf ein Dutzend, vielleicht ein oder zwei mehr. Sie hatten mindestens einen Pferdewagen dabei.

Zu Hagens Verblüffung glaubten sie Runold jedes Wort. Nicht einer äußerte Zweifel, nicht einer hatte Einwände.

Die Gaukler nahmen Paladin und seinen geheimnisvollen Reiter in ihre Mitte, reichten ihm Fladenbrot und Milch und schienen sich nicht im mindesten über seine offensichtliche Blindheit zu wundern. Schaukelnd setzte sich der Zug in Bewegung, schob sich knirschend und krachend durch die Nacht.

Hagen wurde von der Liebenswürdigkeit seiner Gastgeber überrumpelt und begann schon nach kurzer Zeit, sich in seiner Rolle recht wohl zu fühlen. Er überlegte, was wohl ein Gott in seiner Lage tun würde, um die Menschen bei Laune zu halten, und so beschloss er, ihnen Rätsel aufzugeben.

»Was wird auf der Erde geboren«, fragte er, »und stirbt im Himmel?«

Es gab viele Vermutungen, doch als Runold schließlich die Antwort fand – ›Rauch‹ –, da klatschten die Gaukler begeistert Beifall.

Hagen kam sich albern vor. Nimmermehr, dachte er verzweifelt, wo bist du, wenn ich dich brauche?

Die Gaukler forderten weitere Rätsel, und er stellte ihnen eines, das schwieriger war: »Der Tote begräbt den Lebenden. Wer ist der Tote, wer der Lebende?«

Wieder gab es viele Mutmaßungen, und nach einigem Hin und Her erklärte Runold gelassen: »Asche und Feuer.«

Hagen hatte den Eindruck, als hätte Runold absichtlich die Fehlschläge der anderen abgewartet, damit sein eigener Triumph noch größer war. Wieder jubelten die Gaukler ihrem Anführer zu.

»Nicht schlecht«, sprach Hagen missmutig. »Hier ist noch eines: Kein Meer ist es und macht doch Wogen, kein Schaf ist es und wird geschoren, kein Schwein ist es und hat doch Stoppeln.« Das war nun beileibe nicht schwer, und Hagen hoffte, dass einer der anderen die richtige Antwort finden würde, bevor Runold sich einmischte.

Viel Gemurmel gab es, viele falsche Ahnungen, dann sagte Runold: »Ein Kornfeld.« Jetzt klang er fast gelangweilt.

Waren denn diese Leute wirklich so schwer von Begriff? Hagen versuchte es ein viertes Mal. »Zwei treffliche Pferde, das eine schwarz wie Pech, das andere hell wie Kristall; sie laufen eilend voreinander her, aber niemals erreicht das eine das andere.«

Murren, Brummen, ein paar dumme Antworten.

Nach einer Weile sagte Runold: »Es sind Tag und Nacht. Das war leicht.«

»Mehr, mehr!«, rief jemand. Andere pflichteten bei.

Auch Runold sagte: »Bitte, Herr, stellt mich noch einmal auf die Probe.«

Er sagte ›mich‹, nicht ›uns‹.

Hagen zögerte, dann nickte er. »Überlegt gut, denn es ist das letzte Rätsel, das ich Euch aufgeben will.« Er schwieg einen Augenblick, bevor er unheilschwanger fortfuhr: »Was kann der nicht geben, der es hat?«

Keiner sagte etwas, alle taten wohl, als dächten sie nach. Doch Hagen war jetzt sicher, dass der einzige Grund ihres Zögerns ihr Respekt vor Runold war; sie wagten nicht, ihrem Anführer zuvorzukommen.

Ich muss auf der Hut sein, dachte er düster. Und zugleich erinnerte er sich an die Gauklertruppen, die er früher getroffen hatte; sie alle waren am helllichten Tage, unter Tanz und Fanfaren, von Stadt zu Stadt gezogen.

Diese hier aber ritten bei Dunkelheit, wenn niemand sie sah. Etwas hatte ihnen den Frohsinn ausgetrieben. Sie scherzten nicht und tanzten nicht und sangen keine Lieder.

Da löste Runold das Rätsel.

Er sagte dumpf: »Der Tod.«

KAPITEL 4

Hagens Ausflug zur Eiche hatte zur Folge, dass er eine weitere Woche im Bett zubringen musste, eingesperrt in seiner Kammer, warmherzig umsorgt von Tilda, der Amme. Sie brachte ihm heiße Milch mit Honig, Brot und herzhaftes Fleisch und einmal sogar süßes Gebäck, das der Mundschenk für ihn hatte backen lassen. Hagens Vater, Graf Adalmar, kam jeden Abend vorbei, um nach ihm zu schauen, Dankwart sogar noch öfter, nur seine Mutter ließ sich nicht sehen. Wahrscheinlich war sie bei Viggo in der Kapelle und betete Rosenkränze für Hagens Genesung – so ihr überhaupt daran lag.

Im Großen und Ganzen erging es ihm während dieser Woche nicht schlecht, doch die Tatsache, dass die Tür verriegelt war, grämte ihn zutiefst. Die Aussicht aus dem einzigen Fenster, schmal und hoch wie eine Schießscharte, endete nach wenigen Schritten vor hohen Kiefern, die den Blick auf den Wald, den Fluss und die Klippe versperrten. Und auf den Baum, seinen Baum.

Am Abend des sechsten Tages bat er den Grafen: »Vater, ich würde gerne meine Eiche sehen können. Ich spüre, wie sie nach mir ruft. Ich muss sie sehen.«

Adalmars Gesicht umwölkte sich, denn es gefiel ihm nicht, dass ein Baum solche Macht über seinen Sohn hatte. Trotzdem beriet er sich mit Bärbart darüber und ließ sich von ihm überzeugen, dass alles zum Besten stünde.

Schon am nächsten Morgen wurde Hagen vom Lärm heftiger Axthiebe geweckt. Am Mittag schließlich lagen drei der Bäume gefällt neben dem Burggraben, und die Sicht war endlich frei.

Die Klippe ragte grau und spitz jenseits des Waldstreifens empor, und obenauf stand, wie die Warze auf Tildas Nase, Hagens alte

Eiche. Er versuchte, den Spalt zu erkennen, doch die Entfernung war zu groß. Er spürte, dass das Stück Nacht noch immer im Baumstamm festhing, und darin, wie ein Edelstein auf schwarzem Stoff, ein winziger Splitter der Zeit.

Ob die Zeit sich ebenso eingesperrt fühlte wie er selbst in seiner Kammer? Etwas, das so uralt war wie sie, musste die Gefangenschaft doch tausendmal schlimmer empfinden als er, der er nur ein Kind war und den Geschmack der Freiheit erst seit wenigen Jahren kannte! So seltsam es klang, plötzlich fühlte Hagen Mitleid mit der Zeit, mit jenem einsamen Augenblick, der aus seinem Gefüge gerissen und in einen Baum gesperrt worden war.

Und er fragte sich auch, ob das, was dem Baum und der Nacht und der Zeit angetan worden war, nur um einen kleinen Jungen zu heilen, wirklich richtig gewesen war.

Während er noch hinüber zur Klippe blickte, wurde er mit einem Mal einer Bewegung gewahr, unten im Schatten des Waldes, nicht weit entfernt vom Ufer. Das Hochwasser war fast völlig zurückgegangen, der Rhein floss wieder in seinem angestammten Bett, und so verstieß die Gestalt dort unten nicht mehr gegen Adalmars Verbot, als sie sich so nahe am Fluss aufhielt.

Dankwart tat irgendetwas am Fuß einer Buche, unweit der einstigen Hochwassergrenze. Hagen blinzelte, um seinen Bruder besser erkennen zu können. Ja, er täuschte sich nicht: Es war Dankwart, und er grub etwas mit bloßen Händen aus der Erde. Dabei schaute er immer wieder verstohlenen Blickes in die Umgebung. Widerwillig trat Hagen einen Schritt zurück in den Schatten seiner Kammer, damit sein Bruder ihn nicht am Fenster entdeckte. Obwohl er keine Einzelheiten erkennen konnte, so hatte er doch nicht die geringsten Zweifel, was Dankwart dort unten versteckt hatte.

Unbändige Wut überkam ihn. Er spürte, wie sich Hitze in ihm breitmachte, so als setze der Zorn sein Inneres in Brand. Sein eigener Bruder hatte ihn bestohlen!

Starr blickte Hagen den Hang hinab, sah zu, wie Dankwart fündig wurde und ein hellbraunes Bündel zwischen den Wurzelsträngen hervorzog. Er öffnete es und wandte dabei Hagen den Rücken zu, sodass dieser nicht erkennen konnte, was sich darin befand.

Mein Gold!, dachte Hagen immer wieder. Dieser Hundsfott hat mein Gold gestohlen!

Die Buche, an deren Fuß Dankwart kniete, war viele Mannslängen vom Baum der Zweiten Geburt entfernt. Doch als jetzt ein Wind aufkam, wandten sich die Äste der Eiche knarrend in Dankwarts Richtung, als wollten sie mit spitzen Zweigen nach ihm greifen.

Dankwart bemerkte es nicht, nahm überhaupt nichts um sich herum wahr. Er schien große Angst zu haben. Hagen wunderte sich, dass sein Bruder nicht zu seinem Fenster heraufblickte. Vor wem, wenn nicht vor Hagen, musste er sich fürchten?

Irgendetwas stimmte nicht. Dankwart knüllte das Bündel zusammen, sprang auf und lief eilig Richtung Rheinufer. Auf dem Weg dorthin passierte er eine Mauer aus Tannen, die zwischen ihm und der Burg stand wie eine Reihe finsterer Wachtposten. Dahinter verschwand er aus Hagens Blickfeld.

Abermals ließ der Wind die Zweige der Eiche erbeben. Sie erinnerten Hagen an die ausgestreckten Hände einer Menschenmasse, die einer Hinrichtung entgegenfieberte.

Wo blieb Dankwart? Er hätte längst das andere Ende der Tannenmauer erreicht haben müssen.

Der Uferhang jenseits der Bäume blieb leer. Keine Spur von Dankwart.

Ein seltsames Gefühl beschlich Hagen, verdrängte seine Wut. Eine merkwürdige Mischung aus Furcht und angespannter Erwartung. Plötzlich wusste er, dass etwas geschehen würde. Und er war nicht sicher, ob er dabei zusehen wollte.

Ein Knirschen kroch über die Waldwipfel zum Fenster. Die Eichenzweige! Ihr morsches Reiben und Brechen drang bis zur Burg herauf, bis in Hagens Kammer, direkt an sein Ohr.

Ein Schemen lenkte seine Aufmerksamkeit von der Eiche zurück zum Spalier der Tannenwächter.

Da – sein Bruder lief den Hang hinunter! Er humpelte leicht, musste hinter den Bäumen gestolpert sein. Über seinem rechten Knie war das Beinkleid zerrissen. Noch gut zehn Schritte, dann würde er am Ufer sein. Er lief so schnell er konnte, schaute sich nicht um. Falls etwas hinter ihm her war, so hatte er es noch nicht bemerkt.

Ein Rauschen lief durch die Reihe der Tannen. Der Wind, vielleicht – oder etwas, das sich von Stamm zu Stamm hangelte, rasend schnell im Schutz der Zweige.

Dankwart erreichte das Ufer. Die Strömung leckte zu seinen Füßen empor, schäumte vor Wut, als sie ihn nicht zu packen bekam.

Dankwart ergriff das Bündel mit der Rechten, holte weit damit aus.

Ein irres Kreischen gellte über den Wald.

Auch Hagen schrie. »Nein!«, brüllte er aus dem Fenster, ein langgezogener Laut voller Zorn und Enttäuschung.

Das Bündel raste nach vorne. Der braune Sack sauste über das Wasser hinweg, noch in der Luft löste sich der Knoten. Gold regnete auf die Oberfläche herab, Geschmeide aller Art, grell und funkelnd. Wie Sternschnuppen sausten die Schmuckstücke über das Grau der Wellen, klatschten auf, versanken. Das zerfetzte Bündel fiel als letztes ins Wasser, wurde ebenso verschluckt wie sein Inhalt.

Die Tannen erstarrten im selben Augenblick. Ein Zittern durchlief die Krone der Eiche, dann erschlafften auch ihre Äste. Der Wind heulte weiter um die Burg, über die Wälder und den Fluss, aber er vermochte weder Eiche noch Tannen so zu bewegen wie noch vor wenigen Augenblicken.

Dankwart sackte am Ufer zusammen, sein Blick löste sich von der Oberfläche und huschte herauf zu Hagens Fenster.

Die beiden Brüder starrten sich stumm in die Augen.

Hinter Hagen flog mit einem Krachen die Tür auf.

»Ist Bärbart bei dir?«

Es war sein Vater, und er wirkte besorgt. Sein Gesicht war gerötet. Hinter ihm auf dem Gang standen zwei Männer seiner Leibgarde, die Hände an den Schwertgriffen.

Ehe Hagen noch aus seiner Erstarrung erwachen, den Schreck überwinden konnte, gab Adalmar sich selbst die Antwort: »Nein, offenbar nicht.« Trotzdem sah er sich eingehend um, als erwartete er ernsthaft, Bärbart habe sich unter Hagens Lager versteckt.

»War er hier?«, fragte er schließlich. Er sah aus, als würde er ein Nein nicht akzeptieren, so zornig war sein Blick.

Hagen fand allmählich zurück zu sich selbst. »Nein«, stammelte er. »Nein, er war nicht bei mir. Was ist geschehen?«

Adalmar drängte an Hagen vorbei zum Fenster, schaute mit wildem Blick hinaus und stapfte wütend zurück zur Tür. »Bärbart ist fort. In Luft aufgelöst!«

Hagen versuchte, seinen Schmerz über den Verlust des Goldes zu überspielen. Bärbarts Verschwinden kümmerte ihn nicht, er hatte ihn nie gemocht. »Fort? Einfach so?«

»Vorher hat er noch mit Viggo gesprochen.«

»Mit Viggo?« Das war allerdings eigenartig; Bärbart und der Pfaffe hatten sich gehasst.

»Bärbart hat ihm gesagt, es sei an der Zeit, dass er uns verlässt. Viggo behauptet, Bärbart habe ganz offensichtlich vor etwas Angst gehabt, er sei fahrig und unbeherrscht gewesen.«

»Ich glaube nicht, dass Bärbart Viggo gegenüber jemals beherrscht war.«

Adalmar hob eine Augenbraue. »Das hier ist kein Spaß, Junge«, sagte er scharf.

Hagen zuckte zusammen. »Natürlich nicht, Vater.«

»Bärbart hat Viggo aufgetragen, mir eine Nachricht zu übermitteln, einen gutgemeinten Rat.« Der Graf atmete tief durch, als hätte er die Worte noch immer nicht verkraftet. »Bärbart hat gesagt, ich soll dich töten, Hagen!«

Hagen ließ sich gegen die Mauer sinken, schloss die Augen. Schwindel überkam ihn. Er sah wieder das Gold über den Fluss trudeln, sah es versinken in einem grauen Mahlstrom, rund und rund und rund.

»Mich … töten?«, brachte er stockend hervor.

»Ja.« Adalmar klang hart, Verbitterung sprach aus seiner Stimme. »Es sei sein letzter Rat an mich, hat er gesagt. Verflucht, kannst du dir das vorstellen?« Jetzt schrie er, dass sogar die Wachen auf dem Flur zusammenfuhren. »Mein engster Berater verlangt von mir, meinen eigenen Sohn zu ermorden!«

Ganz kurz überkam Hagen die Gewissheit, dass sein Vater nur deshalb hier war: um Bärbarts Rat in die Tat umzusetzen. Er würde die beiden Männer hereinwinken, damit sie Hagen erschlugen. Doch der Graf drückte seinen Sohn fest an die breite Brust, fuhr ihm mit der Rechten übers Haar, dann drehte er sich um und verließ die Kammer. Hagen hörte, wie er mit seiner Garde davonstürmte, um Bärbart anderswo zu suchen.

Dabei vergaß er, den Riegel vorzuschieben.

Erst später kam Hagen die Ahnung, dass sein Vater die Tür in voller Absicht offengelassen hatte. Vielleicht hatte er gehofft, Hagen würde fliehen, würde fortgehen aus der Burg, fort aus den Landen derer von Tronje. Was immer Bärbarts Befürchtungen gewesen waren, sie wären damit hinfällig geworden.

Doch Hagen blieb. Zwar trat er aus der Kammer, die drei Wochen lang – mit einer kurzen Unterbrechung – sein Gefängnis gewesen war. Aber er stieg nicht die Treppen hinab, um die Burg zu verlassen. Ganz im Gegenteil: Er lief die Stufen zum höchsten Turm hinauf, die unteren aus Stein, die letzten aus knarrendem Holz. Durch eine Luke kletterte er schließlich ins Freie.

Dankwart hockte vor den Zinnen, die Knie angezogen, den Rücken gegen die Mauer gepresst. Die Abschürfung unter seinem zerrissenen Hosenbein blutete noch immer, ganz schwach. Er war nicht überrascht. Er sah zu, wie Hagen aus der Falltür stieg und sich vom düsteren Himmel abhob wie ein Riese. Dies hier war immer ihr Lieblingsort gewesen, hier hatten sie gespielt, gelacht, gestritten.

Diesmal stritten sie nicht. Sie lachten auch nicht.

Hagen ließ sich stumm auf der anderen Seite der Zinnenkrone nieder, hockte sich genauso hin wie sein Bruder, und so saßen sie sich gegenüber, zwei Kinder mit den Gedanken von Erwachsenen.

Über ihnen schwebten Wolken dem trüben Horizont entgegen wie riesige Schwärme von Zugvögeln. Weit, weit unter ihnen toste der Fluss.

Als das Schweigen lauter wurde als jeder Wutausbruch, sagte Hagen: »Bärbart hat es so gewollt, nicht wahr?« Er sprach sehr leise, sodass Dankwart die Worte gerade noch verstehen konnte.

»Er kam zu mir.« Dankwarts Gesicht war bleich, als wäre es aus Wolken geformt. »Er sprach über dich, über viele Dinge, auch über das Gold. Er hat mir vom Siebenschläfer erzählt.«

Hagen rieb sich mit den Fingern durch die Augen. »Vom Siebenschläfer?«, fragte er verständnislos.

»Das Gold gehörte ihm«, sagte Dankwart. »Du hast es ihm gestohlen.«

»Du hast Bärbart von den Tannen im Wasser erzählt?«

»Ich konnte nicht anders. Ich hatte Angst um dich.«

Hagen blickte seinem Bruder eingehend in die Augen, beobachtete jede seiner Regungen, um festzustellen, ob Dankwart die Wahrheit sagte.

Es gab nicht das geringste Anzeichen einer Lüge.

»Warum hast du mir nicht gesagt, dass du das Gold hast?«, fragte Hagen.

»Weil ich es für mich haben wollte, Dummkopf. Warum sonst?«

Hagen blinzelte. »Aber du hast Angst bekommen – nicht um mich, sondern um dich selbst. So war es doch, oder?«

Aus der Tiefe des Burghofs drangen Rufe herauf. Immer noch suchte man nach Bärbart. Offenbar wollte Adalmar nicht glauben, dass sein Berater wirklich fortgegangen war. Möglicherweise fürchtete er auch, Bärbart könnte sich im Schloss verstecken, um Hagen später mit eigener Hand zu töten.

»So einfach war es nicht«, sagte Dankwart. Er erwiderte Hagens stechende Blicke ernsthaft, aber ohne Trotz. »Ich habe Bärbart erzählt, was du erlebt hast. Heute Morgen erst. Er wurde aschfahl im Gesicht. Ich habe nie erlebt, dass jemand so erschrocken aussah, nicht mal Tilda, als wir ihr die tote Ratte unters Kissen geschoben haben.« Er kicherte, aber Hagen blieb ernst. Dankwart fuhr fort: »Bärbart wollte das Gold mit eigenen Augen sehen, aber ich habe nein gesagt. Ich dachte, er wollte es stehlen. Da hat er gesagt, ich müsse es in den Fluss werfen, zurück zum Siebenschläfer. Es sei verflucht, hat er gesagt, und wir alle mit ihm. Vor allem du.«

Hagen zog eine verächtliche Grimasse. »Und das hast du ihm geglaubt?«

»Nicht sofort. Ich bin vor ihm fortgelaufen, ich dachte, er würde das Versteck des Goldes aus mir herausprügeln. Dann sah ich vom Gang aus, wie Bärbart seine Kammer verließ. Ich dachte, er würde wohl zu Vater gehen und ihm alles erzählen. Das hat mir wirklich Angst gemacht, mehr als alles, was Bärbart bis dahin gesagt hatte. Deshalb bin ich ihm nachgeschlichen, um zu hören, wie viel er Vater verraten würde. Du kannst dir vorstellen, wie überrascht ich war, als er hinunter in die Kerker stieg, in Viggos Kapelle. Bis dahin hatte ich geglaubt, er wüsste nicht einmal den Weg dorthin. Der Pfaffe hat ihn erst beleidigt, hat irgendwas von Entweihung eines heiligen Ortes gefaselt. Na, du kennst ihn ja.«

»Nicht so gut wie Mutter.«

»Irgendwann hat Viggo sich beruhigt. Und dann hat Bärbart ihm gesagt, dass er die Burg verlassen würde. Es sei nicht mehr sicher hier, hat er gesagt, alle würden bald sterben.«

»Hat er gesagt warum?«

»Wegen dir.«

»Das dachte ich mir.«

Dankwart sah ihn einen Moment lang erschrocken an, dann schweifte sein Blick von Hagens Gesicht über die Zinnen hinweg in den Himmel. Ein Raubvogel kreiste mit weiten Schwingen um den Turm.

»Bärbart hat gesagt, du hast den Fluch des Siebenschläfers auf dich geladen«, sagte Dankwart. »Und auf uns. Auf alle hier. Viggo täte gut daran, ebenfalls zu fliehen, hat Bärbart ihm geraten.«

»Wahrscheinlich wollte er ihn nur überzeugen, wie wichtig es sei, dass ich sterbe.«

Dankwarts Kopf ruckte hoch. »Dann weißt du es schon?«

»Vater war bei mir.«

»Etwa um …«

»Vielleicht«, unterbrach Hagen ihn ruhig. »Aber er hat es nicht getan, wie du siehst.« Er hörte sich sprechen wie einen Fremden und zweifelte einen Herzschlag lang, ob es wirklich er selbst war, der da redete.

Auch Dankwart wunderte sich über Hagens Gelassenheit. Eine Spur von Misstrauen lag in seiner Stimme, als er fortfuhr: »Bärbart hat Viggo aufgetragen, er müsse Vater ausrichten, wie wichtig es für alle sei, dass du getötet wirst. Dabei warst du doch immer sein Liebling.«

»Ich konnte ihn genauso wenig leiden wie du.«

»Aber er hat dich für den besseren Erben der Grafschaft gehalten«, sagte Dankwart bedrückt. »So wie alle es tun.«

»Hast du deshalb das Gold genommen? Aus Furcht, Vater könnte dich verstoßen, wenn er auf die anderen hören würde?«

Dankwart gab darauf keine Antwort. Es war nicht nötig. Stattdessen blickte er betreten auf seine Stiefel und sagte: »Ich dachte, wenn das Gold fort ist, dann verschwindet auch der Fluch. Zumindest hätte es dann keine Beweise mehr gegeben für das, was Bärbart gesagt hat. Ich hoffte, Vater würde ihm dann nicht mehr glauben und dich am Leben lassen.« Zum ersten Mal sprach Verzweiflung aus seiner Stimme, er redete immer schneller, ohne Pausen. »Vater tut doch sonst immer alles, was Bärbart sagt, und ich habe Angst gehabt, er könnte dich wirklich töten, nur wegen einem Bündel voll Gold, und dann wäre ich ganz alleine gewesen, und alle hätten mich nur noch mehr verabscheut, hätten mir vielleicht gar die Schuld an allem gegeben, wer weiß?«

Hagen schloss einen Atemzug lang die Augen, dann kroch er auf Dankwart zu und legte den Arm um die Schultern seines Bruders. Dankwart blickte zu Boden, er weinte. Hagen hatte ihn seit Jahren nicht mehr weinen sehen, nicht seit ihr Vater ihn im Zorn angebrüllt hatte, dass niemals ein so tapferer Ritter aus ihm werden würde wie dereinst aus Hagen. Damals hatten ihn Dankwarts Tränen geschmerzt wie Nadelstiche.

»Es ist gut«, sagte er jetzt, denn er spürte erneut, dass er es nicht ertragen konnte, wenn Dankwart weinte. »Ich lebe ja noch, und Bärbart ist fort, hoffentlich für immer. Und das Gold« – er zögerte einen Augenblick lang – »das Gold liegt auf dem Grund des Flusses.«

Dankwart wischte sich die Tränen von den Wangen. »Was ist mit dem Siebenschläfer?«

»Was soll mit ihm sein? Glaubst du wirklich daran?« Hagen bemühte sich, die eisige Kälte, die in ihm aufstieg, zu unterdrücken. Der Siebenschläfer – vielleicht war er wirklich schon in ihm, zornig über den Diebstahl seiner Schätze.

»Viggo hat Bärbart ausgelacht, als er davon sprach«, sagte Dankwart. Seine Augen waren rot, aber wenigstens weinte er nicht mehr. »Bärbart hat ihn angebrüllt, der Siebenschläfer sei keine Erfindung alter Weiber, es gebe ihn wirklich, ganz tief unten im Wasser des Rheines. ›Er ist selbst schon wie der Fluss‹, hat er gesagt, ›kalt und finster und reißend wie ein wildes Tier‹.«

Hagen löste sich von Dankwart und zog sich an einer Zinne auf die Füße. Über die Mauerzacken hinweg starrte er hinab auf das farblose Band des Flusses. Es verschwand im Norden und Süden hinter fahlgrünen Berghängen. Von hier oben war die Strömung kaum auszumachen, der Fluss sah so friedlich aus; er lockte Hagen, sich über die Zinnen zu schwingen, hinabzuspringen ins Leere und, vielleicht, tief ins kalte Wasser zu tauchen. Dorthin, wo sein Gold war, hinab zu den Klüften der Rheintöchter.

Dankwarts Hand legte sich auf Hagens Schulter und zog ihn zurück in die Wirklichkeit. »Was weißt du über den Siebenschläfer?«

Der jammernde Wind drohte Hagens Worte von den Lippen zu pflücken wie faule Früchte. »Er ist ein Gespenst, der Geist von sieben goldgierigen Räubern, die in ihrer Höhle vom Hochwasser überrascht wurden, vor vielen, vielen Jahren. Manche Bauern bringen ihm Opfer dar, wenn der Rhein über die Ufer tritt. Sie glauben, der Siebenschläfer könne den Fluss beruhigen.«

Dankwart stützte sich mit dem Ellbogen auf eine Zinne, zog den Arm aber schnell zurück, als er bemerkte, wie kalt das Gestein war. »Ich meinte nicht die Legende. Ich wollte wissen, was du über den Siebenschläfer *weißt.*«

»Du denkst, ich hätte ihn wirklich getroffen?« Hagen schüttelte verwundert der Kopf. »Du schenkst Bärbarts Worten mehr Glauben als denen deines Bruders?« Er schnaubte verbittert und schaute abermals in die Tiefe. »Sag mir die Wahrheit, Dankwart, was hat Bärbart noch zu dir gesagt, bevor er sich bei Viggo ausgeheult hat?« Ganz kurz durchzuckte ihn beim Wort ›heulen‹ ein Anflug von Schuldgefühl; es war unrecht, es als Beleidigung zu benutzen, wenn Dankwarts eigene Tränen kaum getrocknet waren.

Dankwart sah an Hagen vorbei, sein Blick folgte dem kreisenden Raubvogel. »Er hat gesagt, wenn ein Geist einen Menschen trifft, dann weiß er im gleichen Augenblick alles über ihn. Er kennt die Freunde des Menschen, seine Familie, sogar seine geheimsten Gedanken. Einfach alles. Und manchen Geistern gefalle es, einem Menschen all diese Dinge wegzunehmen. Bärbart hat gesagt, der Siebenschläfer ist so ein Geist. Erst würde er mich töten, dann Vater und Mutter, alle anderen in der Burg, und ganz zum Schluss, wenn du ihn darum bittest, auch dich.«

»So weit wird es nicht kommen«, widersprach Hagen. »Wir werden den Siebenschläfer vernichten, du und ich.«

Sein Bruder schüttelte traurig den Kopf. »Bärbart hat gesagt, nur ein Geist kann einen anderen Geist zerstören. Menschen haben nicht die Macht dazu.«

»Bärbart hat gesagt, Bärbart hat gesagt«, äffte Hagen ihn zornig nach. »Irgendwas wird uns schon einfallen.«

»Vielleicht reicht es ja, dass er sein Gold zurückbekommen hat.«

Hagen schaute wieder zum Fluss hinunter, auf die Stelle, an der Dankwart das Gold in die Wogen geschleudert hatte. War der Siebenschläfer jetzt irgendwo dort unten? Hörte er jedes ihrer Worte?

Standhaft fasste er einen Entschluss. »Ich werde hinuntergehen und mit ihm reden.«

Dankwarts Unterkiefer klappte herunter. »Mit dem Siebenschläfer? Bist du verrückt geworden?«

»Mit ihm«, sagte Hagen grimmig, »oder mit dem Fluss. Einer von beiden wird mir schon zuhören.«

In der Nacht schlich er sich aus der Burg.

Ungesehen ins Freie zu gelangen war keineswegs einfach, denn der Graf hatte nach Bärbarts Verschwinden die Wachen an den Toren und oben auf den Wehrgängen verdoppeln lassen. Aber Hagen kannte alle geheimen, unbewachten Winkel des Gemäuers, und er wusste, wie man in ihrem Schatten nach draußen gelangte. Allerdings brauchte er länger dafür, als er gehofft hatte, und so war Mitternacht vorüber, als er im Schutz der Bäume zum Fluss hinabhuschte.

Der Mond spiegelte sich auf den Wellen, und das Flüstern der Strömung rauschte in Hagens Ohren. Er versuchte, es zu verstehen, dachte, es wolle vielleicht zu ihm sprechen, doch er hörte nur wirres Säuseln und Wispern und Glucksen.

Auf halbem Weg drehte Hagen sich noch einmal um und schaute hinauf zur Burg. Nur eine Reihe von Fackeln auf den Zinnen verriet, dass sie sich nicht in Luft aufgelöst hatte; der Rest verschmolz völlig mit der pechschwarzen Nacht.

Sein Blick streifte auch die Klippe, auf deren Spitze die Eiche stand. Er fragte sich, was geschehen würde, wenn das Hochwasser jemals so weit steigen würde, dass es den Baum erreichte. Das Gerede seiner Mutter vom Klabautermann kam ihm in den Sinn. Er schauderte und wandte sich ab.

Während seines Abstiegs zum Ufer passierte er die hohe Mauer der Tannen, hinter der Dankwart sich das Knie aufgeschlagen hatte. Es lag kaum einen halben Tag zurück, da Hagen in den Zweigen eine wellenförmige Bewegung beobachtet hatte. Nur der Wind, dachte er verbissen. Dann aber kam ihm in den Sinn, dass die Bäume noch vor wenigen Tagen unter der Wasseroberfläche gestanden hatten. Hatte irgendetwas die Gelegenheit genutzt und sich in ihren Ästen eingenistet?

Er rannte so schnell er konnte, panisch fast, bis er die Tannen hinter sich gebracht hatte und den Fluss erreichte.

Der Mondschein umrahmte drei Gestalten. Stumm blickten sie Hagen entgegen.

Er blieb schlagartig stehen.

Es waren drei Frauen mit nassem, hüftlangem Haar. Sie standen bis zu den Knien im Wasser, die Säume ihrer Gewänder wogten auf den Wellen. Der Mond beschien sie von hinten, ihre Gesichter waren in Schwärze gehüllt.

»Du also bist Hagen von Tronje«, sprach die erste mit altersloser Stimme.

Die zweite kicherte hinter ihrem Schattenschleier. »Er ist jung.«

»Ein Kind noch«, sagte die dritte.

Hagen raffte all seine Kühnheit zusammen. »Manns genug jedenfalls, Euch zurück ins Wasser zu jagen, wenn es sein muss.«

»Er spricht mutig.«

»Wagemutig.«

»Waghalsig.«

»Hals über Kopf.«

»Den Kopf will ich. Mit dem Hals macht, was ihr wollt.«

Haltloses Gekicher folgte.

»Für mich die Beine.«

»Die Arme mir.«

»So wird geteilt die Hühnerbrust, das kleine Herz darin.«

»Habt ein Herz, Schwestern, und nehmt ihn euch zur Brust.«

Hagen stand starr, wie angewurzelt. Viel hörte man in jenen Tagen von den kindischen Späßen der Wasserfrauen, doch sie dabei tropfend und gackernd vor einem zu sehen, das war eine ganz andere Sache.

Er hatte große Angst, obgleich er sich vornahm, sie so gut als möglich zu verbergen. »Seid Ihr Damen hier, um mit mir zu sprechen, oder wollt Ihr nur dumme Scherze machen?«

»Er nennt uns Damen.«

»Der Gute.«

»Aber unsere Scherze nennt er dumm.«

»Der Wicht.«

Trotz seiner Furcht wurde Hagen allmählich ungeduldig, zumal er wusste, dass die Wasserfrauen ihm nichts zuleide tun würden; der Siebenschläfer würde seine Beute nicht so leichtfertig aus der Hand geben. Die drei Weiber waren nur seine Botschafter.

»Also?«, fragte Hagen mit leichtem Schwanken in der Stimme.

In der Finsternis, die ihre Gesichter verhüllte, war es unmöglich zu erkennen, welche der Frauen gerade sprach. Ohnehin schienen sie wie drei Körper einer einzigen Wesenheit.

»Dumm sind nicht unsere Scherze, sondern du, kleiner Hagen.«

»Niemand legt sich ungestraft mit den Rheingeistern an.«

»Der Fluss ist zornig. Der Siebenschläfer hat ihn gegen dich aufgebracht.«

»Gegen dich und die deinen.«

»Dumm, dumm, dumm.«

Sie nahmen die Worte als Rhythmus auf und summten ein seltsames Lied dazu. Es endete in erneutem Gekicher.

Hagen räusperte sich gewichtig. »Ich möchte den Fluss um Vergebung bitten. Und natürlich den Siebenschläfer.«

»Beide sind eins«, kam die Antwort.

»Eins wie wir.«

»Eins mit uns.«

»Werdet Ihr meine Entschuldigung annehmen?« Obwohl Hagens Knie zitterten, war es ihm doch, als spräche er mit Kindern, mit drei albernen, neckischen Mädchen.

»Das ist nicht so einfach, wie du denkst«, sagte eine der Wasserfrauen.

»Du wirst für deine Tat Buße tun müssen, ganz ohne Zweifel.«

Hagen hatte Mühe zu sprechen, die Worte steckten in seinem Hals fest. »Welche Art von … Buße meint Ihr?«

»Der Fluss verlangt Opfer.«

Statt weiteren Geplappers folgte ein Moment der Stille, der Hagen schmerzlich viel Zeit gab, sich darüber klar zu werden, dass er mit leibhaftigen Wasserfrauen sprach. Und dass es hier nicht um ihre einfältigen Späße ging, sondern um sein Leben.

»Opfer?«, fragte er schließlich. Er sprach sehr leise, voller Argwohn und Sorge.

»Aber ja doch«, sagte eine der Wasserfrauen. »Nur Opfer können den Siebenschläfer gnädig stimmen.«

»Vielleicht«, fügte eine andere hinzu.

»Von was für Opfern sprecht Ihr?«, wollte Hagen wissen – genaugenommen wollte er es nicht, aber sich einfach umzudrehen und davonzulaufen wäre unklug gewesen.

»Wertvolle Opfer.«

»Kostbare Opfer.«

»*Goldene* Opfer.«

Hagen schluckte schwer. »Der Siebenschläfer will Gold?« Er war erleichtert – er hatte schon befürchtet, der Fluss verlange Menschenopfer –, doch zugleich beunruhigte ihn dieser merkwürdige Wunsch zutiefst. Ganz bestimmt konnte es nicht so einfach sein …

Die drei Wasserfrauen nickten in einer einzigen Bewegung ihrer mondscheinumrahmten Häupter.

»Ja«, sagten sie wie aus einem Munde. »Gold ist es, das er verlangt.«

Eine fügte hinzu: »Sehr viel Gold.«

Hagens Gedanken überschlugen sich. Woher sollte er Gold nehmen? Er selbst besaß nicht ein einziges Stück. »Ich habe dem Siebenschläfer doch zurückgegeben, was sein war«, protestierte er schwach.

Die Wasserfrauen lachten.

»Nicht du«, sagte eine in hämischem Tonfall.

»Dein Bruder war es.«

»Deshalb hat es nichts zu bedeuten.«

»Der Fluss verlangt, dass du selbst deine Tat bereust.«

»Aber ich bereue doch«, rief Hagen verzweifelt.

»Nicht genug«, erwiderten die Frauen.

»Es ist ganz einfach: Du opferst regelmäßig Gold …«

»… und der Fluss wird dich dafür verschonen.«

Hagen sank im feuchten Gras auf die Knie. »Wie viel verlangt Ihr?«

»Nicht ›wie viel‹«, wurde er verbessert. »Die Frage muss lauten: ›Wie oft?‹«

»Und die Antwort heißt: Dein Leben lang.«

»Einmal in jedem Mond wirst du uns Gold bringen, erst wenig, dann immer mehr.«

»Niemals darfst du uns weniger bringen als beim Mal davor.«

»Heute einen Ring, in dreißig Tagen zwei Ringe.«

»Dann einen Goldreif.«

»Danach zwei.«

»Darauf vielleicht ein Sack mit Münzen.«

»Und so weiter, und so weiter.«

»Bis du stirbst.«

»Dann erlischt der Fluch.«

»Dann bist du frei.«

Wieder kicherten sie. »Kein schlechter Handel, was?«

Hagen erkannte die Grausamkeit dieser Forderung selbst durch den Nebel aus Furcht, der ihn umhüllte. Sehr, sehr leise fragte er: »Und was, wenn ich mich weigere? Oder nicht genug Gold zusammenbringen kann?«

»Dann sterben alle, die dir etwas bedeuten.«

»Dein Bruder.«

»Dein Vater.«

»All deine Freunde und Gefährten.«

»Und später, deine Frauen. Jede, der du ein Lächeln schenkst. Jede, an die du nur einen Gedanken verschwendest.«

»Der Fluss wird es wissen.«

»Wird wissen, was zu tun ist.«

»Wird es tun.«

Mit diesen Worten drehten sich die drei Frauen um, wandten Hagen den Rücken zu. Schweigend und aufrecht, mit Schritten voller Grazie entfernten sie sich vom Ufer, sanken tiefer und tiefer in den Rhein hinab. Zuletzt schwebte nur noch ihr Haar zwischen den tanzenden Mondsplittern, dann waren sie gänzlich in der Tiefe verschwunden.

Hagen blieb allein zurück, blickte starr hinaus auf das Wasser. Er weinte nicht, flehte nicht. Nur in seinem Schädel jagten sich die Gedanken.

Als schließlich die Morgendämmerung über den Bergen erglühte, da erhob er sich und schleppte sich müde zurück zur Burg.

KAPITEL 5

Sie ritten einen steilen Berg hinab, und Runold verkündete, das Dorf Zunderwald liege nur noch eine kurze Wegstrecke vor ihnen. Ein eigenartiger Geruch durchdrang die kühle Bergluft; es dauerte eine Weile, ehe Hagen begriff, wonach es roch.

Es war der Gestank von faulenden Wasserpflanzen am Ufer, von Fisch und aufgewühltem Schlick. Es war der Rhein.

Je näher sie ihrem Ziel kamen, desto schweigsamer wurden die Gaukler. Nur Runold ergriff ab und an das Wort und übte sich in aufgesetzter Fröhlichkeit. Die meiste Zeit aber sprach niemand. Es wurden auch keine Rätsel mehr verlangt, der Rabengott hatte längst an Faszination verloren. Hagen fragte sich immer noch, ob sie wirklich glaubten, er sei Wodan im Leib eines Menschen, oder ob sie diese Behauptung nur ebenso leichtfertig hinnahmen wie alles andere, das ihr Anführer von sich gab.

Es machte Hagen keine Mühe, durch das Geklapper der Hufe und Knirschen der Wagenräder die Strömung herauszuhören. Ihr fernes Plätschern und Strudeln war noch weit genug entfernt, als dass es ihm ernsthafte Sorgen bereitet hätte, und doch schon so nah, dass er wachsam wurde. Sein letztes Goldopfer lag erst drei Wochen zurück, der Siebenschläfer war besänftigt. Der Fluss hatte nie gegen seine eigenen Gesetze verstoßen. Bisher.

»Könnte mir jemand die Landschaft beschreiben?«, bat er ins Leere und hoffte, irgendwer würde ihm Antwort geben.

Einen Augenblick lang war es, als hätte man seinen Wunsch überhört; dann aber meldete sich neben ihm eine Frauenstimme zu Wort. »Die Hänge sind dicht bewaldet, die Bäume reichen bis ans Ufer. Das Dorf liegt auf einer Landzunge. Man kann es über eine Sandbank erreichen oder auch über eine hölzerne Brücke.«

»Es ist rundum vom Fluss umgeben?« Hagen gab sich Mühe, seine Unruhe im Zaum zu halten.

»Nahezu, ja.«

»Runold!«, rief Hagen aus. »Ich muss mit dir sprechen!«

Schnelle Hufschläge näherten sich von der Seite. »Ja, Herr?«

Die Schwärze vor seinen Augen schien von allen Seiten auf Hagen einzudrängen. Einen Herzschlag lang glaubte er, etwas darin zu erkennen, nicht zu sehen, sondern zu spüren. Wieder hatte er das Gefühl, als käme langsam etwas aus der Finsternis auf ihn zu. Es brachte Kälte mit sich.

»Herr?«, fragte Runold noch einmal, eine Spur ungeduldiger.

Hagen riss sich zusammen. »Ich werde Euch hier verlassen ... mein Freund«, fügte er nach kurzem Zögern hinzu. Er hoffte, das würde Eindruck auf den gottesfürchtigen Gaukler machen.

Der Anführer gab keine Antwort.

»Runold?«, fragte Hagen nach einer Weile. »Seid Ihr da?«

»Ich bin da, Herr.«

»Gut. Ich sagte ...«

»Dass Ihr uns verlassen wollt, Herr. Ich habe es gehört.«

Ein weiterer Augenblick des Schweigens verging. Hagen wollte schon auffahren, als jemand unvermittelt Paladins Zügel aus seinen Fingern riss. Das Schlachtross wurde zum Halten gebracht. Der ganze Gauklerzug blieb stehen.

»Runold, was soll das?« Hagen bemühte sich, seine Panik nicht offen zu zeigen; stattdessen gab er seiner Stimme einen drohenden Unterton.

»Es tut mir leid«, entgegnete Runold.

Hagen entging nicht, dass der Gaukler auf die Anrede ›Herr‹ verzichtet hatte. Auf einmal musste er den heftigen Drang niederkämpfen, wild mit den Armen um sich zu schlagen. Nie zuvor hatte er seine Blindheit entsetzlicher empfunden als in diesem Moment.

»Ich muss um Verzeihung bitten«, sagte Runold, »aber ich kann nicht zulassen, dass Ihr uns verlasst.« Eine unheilvolle Schärfe lag jetzt in seiner Stimme.

»Lasst sofort mein Pferd los!«, zischte Hagen. »Ihr wisst ja nicht, was Ihr tut.«

Ganz in der Nähe hörte er wieder die Raben schreien. Federn streiften seinen Hals, doch das musste der Kragen des Umhangs sein. Ein Raunen ging durch die Gauklertruppe. Paladin tänzelte leicht.

»Ihr müsst einsehen«, sagte Runold, »dass ich Euren Wünschen nicht entsprechen kann. Ich muss Euch bitten, bei uns zu bleiben. Euer Talent ist zu beachtlich, um es ungenutzt zu lassen.«

»Ich weiß nicht, wovon Ihr sprecht.« Hagen fragte sich, ob es ratsam sei, auf seinen Status als Gott hinzuweisen, doch etwas sagte ihm, dass es damit vorbei war.

»Ob Ihr es wisst oder nicht ist unbedeutend«, erwiderte Runold gelassen. »Eure Macht über Raben ist ganz erstaunlich. Eure ganze Erscheinung ist verblüffend. Ihr seid wie geschaffen für meine Truppe.«

Hagens Stimme war schneidend: »Welche Kunststücke führt Ihr vor, Runold? Es ist an der Zeit, mir die Wahrheit zu sagen.«

»Die Wahrheit?« Runold lachte krächzend. »Die Wahrheit mag sein, dass Ihr ein Gott seid – oder auch nicht. Und die Wahrheit mag sein, dass mein ganzer Trupp aus Göttern besteht – oder eben nicht.«

»Was meint Ihr damit?«

Runold lachte noch immer, ein heiserer, böser Laut. »Es sind Götter, die ich den Menschen verkaufe. Ein ganzer Trupp voller Götter. An Eurer Seite reiten der mächtige Donar, die liebliche Frija, der jugendliche Balder und noch einige mehr. Und Ihr, blinder Mann, werdet fortan der Herr aller Götter sein. Ihr seid Wodan, *mein* Wodan!«

»Ihr seid ja wahnsinnig!« Hagens Hand fuhr zum Sattel, dorthin, wo sein Schwert gehangen hatte. Es war nicht mehr da.

»Ich gestattete mir, Eure Waffe zu entfernen«, gestand Runold. »Vorsichtshalber. Und was den Wahnsinn angeht, den Ihr mir vorwerft, so muss ich ihn weit von mir weisen. Ich bin, wenn Ihr so wollt, nichts weiter als ein Kaufmann. Ich verkaufe den Menschen auf ihren Märkten und Festwiesen das, wonach es sie verlangt. Und was begehren sie mehr als eine Begegnung mit den Göttern selbst? Ihr wisst doch sicher, wie es ist: Die Menschen glauben, was sie glauben wollen. Und sie sind bereit, dafür zu bezahlen, oft sogar ein hübsches Sümmchen. Meine Leute und ich leben gut davon.«

»Solange man uns Glauben schenkt«, warf jemand ein. Es klang missmutig.

»Wer war das?«, keifte Runold. »Ah, Ludwig! Wer sonst? Habe ich euch nicht allen ein feines Auskommen verschafft? Wer wart ihr denn, bevor ich euch zu dieser Truppe zusammenschloss? Bettler, Taugenichtse, eine Hure!«

Links von Hagen begann eine Frau leise zu weinen. Wahrscheinlich die ›liebliche Frija‹.

Runold steigerte sich weiter in seinen Zornesausbruch. »Alles verdankt ihr mir, nur mir allein. Noch ein weiteres Wort, Ludwig, und du kannst gehen. Verschwinde, geh mir aus den Augen, wenn dir nicht passt, was ich tue! Aber denk daran, was du hinter dir lässt!«

Der Mann namens Ludwig murrte leise, dann zog er es vor zu schweigen.

»Was Euch angeht«, sagte Runold nun wieder zu Hagen, »so wird es Euch bei mir gutgehen. Ihr seid der beste Wodan, der mir je über den Weg gelaufen ist. Irgendwann müsst Ihr mir verraten, wie Ihr das mit den Raben anstellt.«

Hagen hatte nicht die geringste Ahnung, was er meinte, hielt es aber für klüger, seine Unkenntnis fortan zu verschweigen. »Ihr zwingt mich also, bei Euch zu bleiben?«, fragte er kühl. Allmählich bekam er sich wieder in den Griff.

»Folgt mir nach Zunderwald und schmeckt den Lohn, den ich Euch biete«, sagte Runold. »Es wird Euch gefallen. Ihr werdet mir noch dankbar sein.«

»Dafür, ein paar dummen Bauern das wenige aus den Taschen zu ziehen, was sie besitzen?« Hagens Lachen war voller Hohn. »Auf diesen Lohn verzichte ich gerne.«

Der Anführer der Gaukler – oder Götter – ließ abermals sein schnarrendes Lachen ertönen. »Umso besser. Mehr für uns andere.«

Damit war das Gespräch für ihn beendet. Jemand gab Paladin einen Klaps, der ganze Zug setzte sich erneut in Bewegung. Schweigen senkte sich über die Gruppe.

In Hagen rumorten Hass und abgrundtiefer Zorn. Wie hatte er je annehmen können, dass Runold ihn wirklich für einen Gott hielt? Was für ein Narr war er gewesen! Und ein Narr sollte er auch weiterhin sein, ausgestellt auf einer Bühne, vorgeführt und begafft.

In nicht einmal zehn Tagen – eher früher – würde der Fluss ein neues Opfer verlangen. Zum ersten Mal machte Hagen sich Gedanken, woher er all das Gold nehmen sollte.

Der Hang wurde flacher, der Flussgeruch stärker, und schon kurz darauf schlugen die Pferdehufe auf Holz. Das musste die Brücke sein. Der Gedanke, dass unter ihm nichts als Wasser war, ängstigte ihn über alle Maßen. Hagen hatte nicht mehr die Kraft, sich gegen Runold und seine Pläne zu wehren. Er wollte nur noch auf festen Boden, fort vom Fluss und dem erbärmlichen Gestank, den er ausdünstete.

Der hohle Schlag von Paladins Hufen verklang. Sie ritten jetzt wieder über Land. Rechts und links des Göttertrupps wurden Stimmen laut, verhaltenes Flüstern, gelegentlich ein hölzernes Krachen – Laden, die vor den Fenstern geschlossen wurden. Offenbar war der Anblick der Reiterschar ehrfurchtgebietender, als Hagen für möglich gehalten hatte. Er stellte sich seine eigene Erscheinung vor: ein düsterer Mann mit Helm und Kettenhemd, angewiesen auf die Führung anderer, Scharten und Flecken in der Kleidung, die notdürftig von Nimmermehrs Mantel verborgen wurden. Wie sollte irgendwer allen Ernstes annehmen können, er sei das Oberhaupt der Götter?

Der Gedanke an den Mantel brachte die Vorstellung von Nimmermehrs warmer Stimme, ihrer Freundlichkeit und Sanftmut zurück. Er vermisste sie, auch wenn er sich gegen diese Empfindung wehrte. Er hoffte mit aller Kraft, dass sie in Sicherheit war, weit fort von ihrem Jäger Morten von Gotenburg.

Eine Berührung riss Hagen aus seinen Gedanken. Erst glaubte er, eine Hand habe sich auf seine rechte Schulter gelegt.

Aber es war keine Hand. Es war viel leichter. Ein leises Schnarren drang an sein Ohr, dann das Rascheln von Federn. Durch die Reihe der falschen Götter ging ein atemloses Wispern. Da wusste Hagen, dass ein Rabe auf seiner Schulter saß. Und als wäre das nicht genug, wiederholten sich Berührung und Rascheln auch auf der linken Seite.

»Wunderbar«, jubelte Runold gedämpft. »Du machst das großartig. Du solltest die Leute am Wegesrand sehen! Alle schauen nur dich an.« Er lachte leise. »Ein paar der Männer scheinen allerdings auch von unserer Frija recht angetan …«

Hagen hatte erwartet, dass Runold sie nach Gauklerart anpreisen würde, lautstark und aufdringlich. Doch der Alte schwieg ebenso wie die anderen.

»Wie bringst du die Leute dazu zu glauben, es seien tatsächlich Götter, die in ihr Dorf einreiten?«

»Ein bescheidenes Talent, über das ich verfüge«, gab Runold im Flüsterton zurück. »So hat eben jeder von uns sein kleines Geheimnis, nicht wahr?«

Wo waren die Stimmen der Kinder, die jeden Gauklerzug bei seiner Ankunft umgaben? Wo die Musik, wo das Jubeln der Dorfbewohner?

Stattdessen empfing man sie mit zugeschlagenen Fensterläden und furchtsamem Raunen. Für die Menschen hier waren die Reiter keine Gaukler, keine Spaßmacher und Illusionäre. Egal welche Magie Runold auch einsetzte, um diese Leute den Schwindel glauben zu machen, sie tat ihre Wirkung mit größtem Erfolg.

Und da erst begriff Hagen mit aller Klarheit, dass er für diese Menschen *wirklich ein Gott war*.

Unwillkürlich fragte er sich, was wohl Wodan – der echte, der wahrhaft göttliche – von Runolds Betrügereien halten mochte. Aber Hagen fürchtete sich nicht. Er hatte andere Feinde, die ihn ängstigten. Die Götter waren weit entfernt, doch der Fluss umarmte ihn mit seiner eisigen Flut, mit seinem Gestank, mit seinem hohnvollen Flüstern.

Nimmermehr, dachte er in einem Anflug von Panik, wenn du irgendwo in der Nähe bist, dann komm her und hilf mir!

Kurz darauf ließ Runold die Pferde anhalten. Ein Mann mit dröhnender Stimme – er spielte die Rolle des Gewittergottes Donar – erklärte Hagen, sie befänden sich ein wenig außerhalb des Dorfes, an der Spitze der Landzunge. Einige von ihnen würden jetzt ein Zelt aufbauen. Darin dürfe je ein Dorfbewohner gegen Bezahlung einem der Götter gegenübertreten. Die meisten würden um Beistand flehen, erklärte der falsche Donar schmunzelnd, manche ein Opfer darbringen und wieder andere einfach nur dummes Zeug reden, bis einem die Ohren schmerzten.

»Hat nie jemand Zweifel an eurer Echtheit gehabt?«, fragte Hagen ungläubig.

Der Mann stieß ein grollendes Lachen aus. »Niemals. Sie alle kommen brav wie Lämmer, demütig, ängstlich – und durch und durch gläubig.«

»Und das bewirkt allein Runolds Zauber?«

»Es muss wohl so sein.« Der Mann klang nicht, als hätte er sich allzu viele Gedanken über diese Frage gemacht. »Keiner weiß das ganz genau. Weißt du, wir Menschen sind ein Haufen dummer Esel; wenn wir glauben wollen, dass ein Gott zu uns spricht, nun, dann glauben wir es eben.«

Hagen hörte, wie sich der Mann entfernte. Er tastete mit den Händen über seine Schultern, doch die beiden Raben waren verschwunden. Er fragte sich, ob er dieses Wunder Nimmermehrs Mantel zu verdanken hatte; es war die einzige Erklärung, die ihm einfiel.

Bis zum Abend geschah wenig. Hagen saß am Boden, wünschte sich, er könne sein Kettenhemd ausziehen, hielt es aber in seiner Lage nicht für ratsam. Runolds Leute mochten – im Gegensatz zu ihrem Anführer – wie harmlose Narren klingen, doch konnte er dessen nicht sicher sein. Ihr demütiges Verhalten beim Rätselraten war ihm noch gut im Gedächtnis, und er wollte es nicht darauf ankommen lassen, sich allein ihrem guten Willen auszuliefern.

Das hast du doch längst, sagte eine Stimme in seinem Inneren. *Erst hast du dich dem Mädchen ausgeliefert und nun diesem Haufen von goldgierigen Wirrköpfen.*

Plötzlich hob Runold seine Stimme. »Wir sind soweit. Ich habe den Leuten im Dorf gesagt, bei Sonnenuntergang seien wir bereit für sie.« Er räusperte sich lautstark. »Nun, die Sonne ist untergegangen, und dort hinten sehe ich die ersten Fackeln. Wollen wir hoffen, dass unsere Freunde genug Münzen dabeihaben.«

Der eine oder andere aus der Truppe spendete Beifall. Runold verstummte für einen Moment, dann stand er plötzlich direkt neben Hagen. »Komm, Freund Rabengott. Du kannst hier nicht sitzen bleiben. Wenn sie dich so sehen, wird nicht einmal der dümmste Bauer glauben, dass du der Herr aller Götter bist.«

»Was geschieht jetzt?«, fragte Hagen und rang mit seiner Wut. Er wünschte sich nichts so sehr wie aufzuspringen und Runold den Hals umzudrehen.

»Ihr wartet alle gemeinsam hinter dem Zelt. Die Leute kommen der Reihe nach dran. Sie bezahlen bei mir, sagen mir, mit welchem von euch sie sprechen wollen, und betreten das Zelt. Ich komme dann zu euch und führe den gewünschten Gott von hinten ins Zelt.«

»Klingt wie ein Kinderspiel.«

Runold gab einen kehligen Laut von sich. »Das ist es, mein Freund, das ist es.«

Während er sich widerwillig von Runold hinter das Zelt führen ließ, wo die anderen schon bereitstanden, fragte Hagen: »Wie lange tut ihr das schon, von Ort zu Ort ziehen und …«

»… den Leuten ihren eigenen Glauben verkaufen? Schon lange, sehr lange. Nichts ist so einträglich wie die Bereitwilligkeit der Leute, an etwas zu glauben.«

Runold ließ Hagen bei den anderen zurück und verschwand, um sich den herankommenden Dorfbewohnern zu widmen. Vorher flüsterte er Hagen noch zu: »Und sieh zu, dass du deine Raben dabei hast, wenn ich dich holen komme.«

Hagen hatte nicht die geringste Vorstellung, wie er die Tiere herbeirufen sollte, und es war ihm auch gleichgültig. Längst hatte er sich vorgenommen, den ganzen Schwindel zunichte zu machen, sobald man ihn in das Zelt führte. Runold sollte wenig Freude an seiner neuesten Attraktion haben.

Die falschen Götter tuschelten miteinander, einige tauschten alberne Weisheiten aus, die sie vor den erwartungsvollen Dorfbewohnern zum Besten geben wollten. Andere brachten ihre Hoffnung zum Ausdruck, man möge das Schauspiel schnell hinter sich bringen. Einer oder zwei schimpften auch auf Runolds Geiz und Gier, doch niemand pflichtete ihnen bei.

Hagen schwieg nachdenklich und bemühte sich, das allgegenwärtige Wispern des Flusses zu verdrängen. Er konnte die Nähe des Siebenschläfers fühlen, spürte seinen Hass und seinen Hunger. Hagen mochte Runolds Göttertruppe entkommen können, doch vor dem Rheingeist gab es keine Flucht.

Lärm riss ihn aus seinen Gedanken. Auf der anderen Seite des Zeltes wurden Stimmen laut. Vor allem eine, die einer jungen Frau, war deutlich aus den übrigen herauszuhören: »Betrüger!«, schrie sie immer wieder. »Greift euch diesen elenden Scharlatan!« Hagen hoffte einen Augenblick lang, es sei Nimmermehr, doch die Stimme gehörte einer anderen.

Die Männer und Frauen, die mit Hagen hinter dem Zelt warteten, horchten auf. Die Ersten wurden unruhig.

»Mögen uns die Götter beistehen!« Aus dem Mund der falschen Frija klang das einigermaßen bemerkenswert. Es schien keineswegs üblich zu sein, dass irgendwer den Betrug durchschaute.

Ein Rascheln ertönte, dann – schlagartig – das Fauchen emporschießender Flammen.

»Das Zelt brennt!«, schrie jemand.

Hagen stolperte zurück, stieß gegen einige der anderen und stürzte. Niemand half ihm auf. Trampelnde Schritte rechts und links von ihm, aufgeregte Rufe. Innerhalb weniger Herzschläge stürmten die Männer und Frauen auseinander, einige fluchten und schrien, andere flohen stumm vor Entsetzen.

Immer mehr Dorfbewohner stimmten in die hasserfüllten Rufe der jungen Frau ein. Hagen war sich im Klaren darüber, dass man ihn ebenso für einen Schwindler halten würde wie alle anderen. Ein aufgebrachter Pöbel, der nichts anderes im Sinn hatte, als ihn aufzuknüpfen, hatte ihm gerade noch gefehlt.

Verzweifelt versuchte er sich aufzurappeln. Er spürte ganz in der Nähe die Hitze des Feuers, hörte sein prasselndes Lodern und Fauchen. Die Angst, blind in die Flammen zu stolpern, überkam ihn mit aller Macht. Zum ersten Mal seit Jahren rief er um Hilfe.

Aus dem Abgrund seiner Blindheit schoss etwas empor, traf ihn wie ein Blitz aus Helligkeit. Das Licht verblasste so schnell, wie es gekommen war, doch ein ganz schwacher Abglanz blieb zurück.

Hagen erkannte, dass ein winziger Teil seiner Sehkraft zurückgekehrt war. Es war das gleißende Licht des Feuers, das sich durch die Schwärze fraß und ihn schlagartig an das erinnerte, was Nimmermehr gesagt hatte: Sein rechtes Auge würde wieder sehen können, früher oder später.

Der schwache Lichthauch war das erste Anzeichen. Es drängte Hagen, vor dem brennenden Zelt sitzen zu bleiben, geradewegs in die Glut zu starren, seinem Auge beim Gesundwerden zuzuschauen. Er riss sich freudig den Helm vom Kopf, schleuderte ihn unbeholfen von sich. Vor Begeisterung vergaß er einen Moment lang sogar die Gefahr, in der er sich befand. Er heulte auf vor Freude.

»Seht ihr den da vorne?«, brüllte eine Stimme über das Inferno aus Prasseln und Getrampel hinweg.

Sehen. Ja, dachte Hagen, ich werde wieder sehen können. Schön, dass ihr es auch könnt.

Ein irres Lachen stieg in ihm auf, quoll über seine Lippen wie Erbrochenes, gallig, bittersüß.

Wieder versuchte er aufzustehen, wieder streifte ihn etwas, warf ihn mit tückischer Wucht zu Boden.

Hagen hob den Kopf. Das Feuer! Verdammt, wo war das Feuer? Einen Moment lang sah er nichts als Schwärze, wirbelte panisch hin und her, auf der Suche nach der Helligkeit, nach dem Gleißen, nach dem Licht in der Tiefe des Abgrunds.

Da! Da war es wieder! Ein vages Schimmern.

Hände packten ihn grob an den Oberarmen.

»Nein!«, schrie eine Mädchenstimme.

Zugleich traf etwas seine Stirn, hart und grausam, und die Helligkeit, gerade erst wiedergefunden, verblasste zum zweiten Mal.

Das Erwachen war eigenartig. Eigenartig, weil Hagen es nicht von sich aus bemerkte. Es gab keinen Wechsel von einem Dunkel ins andere. Da war nur Schwärze, ohne Abgrenzungen, ohne Schattierungen. Jemand hatte ihm einst erklärt, Schwarz sei keine Farbe, und jetzt erkannte Hagen mit plötzlicher Gewissheit, welche tiefere Wahrheit sich hinter dieser Behauptung verbarg. Schwarz beinhaltete nichts als sich selbst, es war nur ein Zustand vollkommener Leere. Hagen hätte tagelang darüber nachgrübeln können, ohne zu einem anderen Ergebnis zu kommen. Schwarz war einfach nur – schwarz.

Erst als eine Stimme sagte ›Er ist wach‹, da wusste er, dass sich etwas verändert hatte. Um zu hören, musste er wach sein.

»Gut, lasst ihn liegen.« Schritte, dann das Schlagen einer Tür. Das Schaben eines Riegels. Geräusche, die Hagen kannte; Geräusche der Gefangenschaft.

Seine Hände waren vor seinem Körper gefesselt. Er lag auf einem Boden aus Holzbohlen und verstreutem Stroh. Wahrscheinlich eine Scheune, die jetzt als Gefängnis herhalten musste. Es roch nach Heu und Pferdedung.

»He da!«, rief er. »Ist da wer?«

Niemand antwortete. Er fragte sich, wo der Rest von Runolds Truppe steckte. Einige waren sicher durch einen Sprung ins Wasser entkommen, doch wo waren die Übrigen? Und was war mit Runold selbst geschehen?

Hagen rieb sich mit gebundenen Händen die Augen, doch die Dunkelheit blieb unverändert. Offenbar war sein rechtes Auge noch nicht gesund genug, um irgendetwas wahrzunehmen, das weniger hell als eine Feuersbrunst war. Zudem herrschte in der Scheune sicherlich Finsternis. Kein Grund also, seine neugewonnene Hoffnung fahrenzulassen.

Hoffnung?, durchfuhr es ihn bitter. In dieser Lage? Vermutlich wollte man nur bis zum Morgengrauen warten, um ihn am höchsten Giebel Zunderwalds aufzuhängen, mit oder ohne Augenlicht.

Ein leises Schaben zu seiner Rechten ließ ihn aufhorchen. Kurz darauf wiederholte es sich. Es klang, als würde eine Holzlatte in der Wand zur Seite geschoben.

»Ist da jemand?«, fragte er noch einmal.

Einen Moment der Stille, dann:

»Hagen!« Ein Flüstern nur, ganz leise. »Hagen von Tronje!«

Er spürte, wie sich vor Aufregung Hitze in ihm breitmachte. »Nimmermehr, bist du das?«

»Wer sonst, Dummkopf?«

So, wie die Dinge standen, hätte sie alles zu ihm sagen dürfen, und er hätte sie noch dafür umarmt.

Er wandte den Kopf nach rechts und versuchte, sich mit dem Rücken an der Wand auf die Beine zu schieben. Zu spät bemerkte er, dass man seine Stiefel mit einem unterarmlangen Strick aneinandergebunden hatte; scheppernd fiel er zurück auf den Boden.

»Wo bist du?«, fragte er beschämt.

»Ganz nahe bei dir.«

»Kannst du die Fesseln an meinen Füßen durchschneiden?«

»Ohne Messer?«

Ungeduldiger sagte er: »Dann sei so gut und mach den Knoten auf.«

»Deine Hände sind frei. Warum machst du es nicht selbst?«

Und, tatsächlich: Noch während sie sprach, spürte er, dass der Strick an seinen Händen locker genug saß, um ihn mühelos abzuschütteln.

»Wie hast du das gemacht?«, fragte er verblüfft, während er sich an seinen Fußfesseln zu schaffen machte.

»Wahrscheinlich waren die Knoten nicht fest genug angezogen«, antwortete sie ausweichend.

Er blieb beharrlich. »Eben waren sie noch fest.«

»Du musst dich beeilen. Die Dorfbewohner können jeden Moment kommen, um dich zu holen.«

Sein rechter Fuß war frei. Jetzt noch der linke. »Was werden sie dann mit mir tun?«

»Dir einige Fragen stellen.«

»Folter?«

»Du hättest Runold sehen sollen, als sie mit ihm fertig waren.«

Er bekam den Knoten an seinem linken Knöchel auf und taumelte auf die Füße. »Was ist mit Runold?«

»Er ist tot.«

»Und die anderen?«

»Alle geflohen. Runold war der Erste, den die Dorfbewohner fingen, ihm blieb keine Zeit mehr, um zu entkommen. Du hast am Feuer gekauert, als sie dich fanden. Die Übrigen sind alle noch rechtzeitig in den Fluss gesprungen.« Nach kurzem Zögern setzte sie hinzu: »Einige werden wohl heil ans andere Ufer gekommen sein.« Hagen griff mit den Armen nach rechts ins Leere. »Verdammt, Nimmermehr, wo bist du?«

»Geh einfach geradeaus. Ja, genau so. Langsam. Jetzt streck die Hand aus.«

Seine Finger stießen gegen eine Seitenwand aus Holz, ertasteten eine schmale Öffnung. Kühle Luft wehte herein.

»Ich bin hier draußen«, flüsterte das Mädchen. »Der Spalt ist zu schmal für dich. Du musst dich an der Wand entlang bis zur Tür vortasten. Ich kann sie von außen entriegeln.«

Er schob sich seitwärts ins Dunkel, in der Hoffnung, nicht über unsichtbare Gegenstände und Kisten zu stolpern. Es dauerte nicht lange, da erreichte er eine Ecke, und dann, kurz darauf, ein Tor. Der eine Flügel stand einen Spalt weit offen. Hagen fragte sich, weshalb

Nimmermehr nicht einfach hereingekommen war. Doch der Gedanke verblasste, als er ihre Hand an der seinen spürte. Hastig zog ihn das Mädchen ins Freie.

»Schnell«, wisperte sie. »Hier vorne können sie dich sehen. Wir müssen schleunigst ein Versteck für dich finden.«

»Können wir nicht einfach über die Brücke ans Ufer laufen?«

»Sie wird bewacht. Die Leute hier fürchten, die Gaukler könnten versuchen, euch zu befreien. Sie haben rund ums Dorf Wachen aufgestellt. Ich fürchte, es gibt keine andere Möglichkeit, als sich in Zunderwald selbst zu verkriechen.«

Eine Weile lang liefen sie stumm, dann streiften Zweige Hagens Gesicht. Nimmermehr hatte ihn in den Schutz einiger Bäume geführt.

»Beschreib mir das Dorf«, bat er. »Ich muss mir ein Bild davon machen.«

»Es ist nicht besonders groß, die Häuser sind fast alle aus Stein gebaut.« Nach einer kurzen Pause sagte sie: »Warte, setz dich hin. Ja, genau da, hinter den gefällten Baumstamm. Im Augenblick bist du hier sicher.« Es knisterte, als sie sich neben ihm im Gras niederließ. »Also, die Häuser sind aus Stein, wohl wegen der Überschwemmungen. Einige sind bis zu drei Stockwerke hoch. Ganz oben bewahren die Leute bei Hochwasser ihre Sachen auf. Die Landzunge ist nicht besonders groß, und Zunderwald nimmt gerade mal die Hälfte davon ein. Aber die Gebäude sind eng aneinandergebaut, die Wege dazwischen verschachtelt und voller Steintreppen.« Sie nahm seine Hand und streichelte sie sanft mit ihren zarten Fingern. »Wir sind jetzt am Nordzipfel der Landzunge. Das Südende ist nicht bebaut, da wachsen nur ein paar einzelne Bäume. Dort unten war es, wo sie Runolds Zelt abbrannten.«

»Was für Leute leben hier?«, fragte Hagen. »Ich meine, Runold war überzeugt, dass sie ihm glauben würden. Wieso ist sein Betrug gerade hier aufgeflogen?«

Nimmermehr lachte wie ein kleines Mädchen. »Ich fürchte, das war meine Schuld.«

»Aber die junge Frau, die die anderen aufgestachelt hat, hatte eine andere Stimme«, wandte er argwöhnisch ein.

»Das war die Tochter des Dorfvorstehers.« Nimmermehr schien kurz zu überlegen, dann sagte sie: »Ich konnte sie überzeugen, dass ihr keine echten Götter seid.«

»Du hast Runolds Zauber aufgehoben?«

»Zauber? Das nennst du Zauber?« Ungewohnte Verachtung sprach aus ihrer Stimme. »Liebe Güte, das war gar nichts. Runold war kein Magier, sonst wäre er jetzt nicht tot. Er hat die Gutgläubigkeit der Menschen ausgenutzt, ihre erbärmliche Torheit. Das war alles. Es gibt einen viel schlichteren Namen für diesen *Zauber*, wie du ihn nennst: Menschenkenntnis.«

Hagen packte blitzschnell ihre Hand wie ein lästiges Insekt. Er wusste, dass er zu fest zudrückte, aber wieder konnte er nicht anders, als ihr zu misstrauen.

Hast du sie nicht eben noch herbeigesehnt?, fragte es spöttisch in ihm. *Sie hat dich schon wieder gerettet, und als Dank dafür tust du ihr weh.*

»Du hast in Kauf genommen, dass die Dorfbewohner uns alle umbringen«, sagte er vorwurfsvoll und viel zu laut.

Sie legte sanft den Zeigefinger ihrer freien Hand an seine Lippen. »Leise, sonst hören sie uns.«

Schuldbewusst verstummte er, ließ sogar ihre Hand los. Sie zog sie nicht zurück, sondern streichelte weiter über seine Finger.

»Sie haben dich doch am Leben gelassen, nicht wahr?«, sagte sie ruhig. »Und was Runold angeht, so hat er kaum etwas Besseres verdient. Wie sonst hätte ich dich denn aus seiner Gewalt befreien sollen? Er hat dich nicht aus den Augen gelassen, ich wäre nicht einmal an dich rangekommen. Hier im Dorf aber war das etwas anderes. Ein Scheunentor zu öffnen ist keine Kunst.«

»Die Raben«, entfuhr es ihm plötzlich, »das hast du getan, oder?«

»Nicht ich – der Mantel. Er hat die Macht dazu. Ich habe ihn von Morten gestohlen.«

»Ist er auch hier?«

Sie senkte ihre Stimme, als fürchtete sie, ihr Verfolger könne sie hören. »Er genießt die Gastfreundschaft des Vorstehers, ich habe sein Pferd vor dem Haus gesehen. Er muss kurz vor uns angekommen sein.«

»Woher wusste er, dass er dich hier finden kann?«

Sie klang traurig. »Ich weiß es nicht. Im Gegensatz zu Runold verfügt Morten tatsächlich über gewisse Kräfte.«

Hagen stieß einen tiefen Seufzer aus. »Das heißt also, wir sitzen hier fest, in einem Dorf voller mordlustiger Verrückter und deinem Morten von Gotenburg mittendrin.«

»Ich fürchte, ja«, bestätigte sie kleinlaut.

»Und nun?«

Sie streichelte sachte seine Wange. »Ich habe gehofft, dir würde etwas einfallen.«

Erschöpft lehnte er sich mit dem Rücken gegen den Baumstamm. Er war hungrig und brauchte Schlaf, und es sah nicht aus, als würde sich daran in naher Zukunft etwas ändern. »Warum wurde Runold eigentlich gefoltert? Sie hätten ihn aufhängen oder an den Pranger stellen können – aber foltern? Das passt nicht zu ein paar gewöhnlichen Bauern.«

»Die Tochter des Dorfvorstehers hat ihnen eingeredet, Runold verstecke einen Goldschatz.«

»Ein Schatz? Ich bitte dich, das ist lächerlich.«

»Vielleicht«, erwiderte sie, »vielleicht auch nicht.«

»Wo hätte er ihn denn verstecken sollen außer in der Satteltasche?«, fragte Hagen lakonisch.

»Ich nehme an, diese Frage haben sie ihm ebenfalls gestellt.«

Hagen schüttelte fassungslos den Kopf. Noch immer verstand er nicht recht, welche Rolle Nimmermehr bei den Vorgängen gespielt und was es mit dieser Vorsteherstochter auf sich hatte. Doch er hätte beide Fragen liebend gern unbeantwortet gelassen, wenn ihn das nur heil von hier fortgebracht hätte. Zumal er nicht den geringsten Einfall hatte, wie ihnen unter den gegebenen Umständen eine Flucht gelingen sollte. Und selbst dann war da immer noch der Mann, der es auf Nimmermehrs Leben abgesehen hatte.

»Wir könnten versuchen, an den Wachen vorbeizukommen und durch den Fluss zu schwimmen«, schlug Nimmermehr vor.

»Niemals.«

Sie nahm seine Rechte in beide Hände. »Du hast immer noch Angst vor dem Siebenschläfer?«

»Du hast ihn nicht erlebt. Du kennst ihn nicht und weißt nicht, wie …« Er brach ab, als er blitzartig etwas begriff. »Ich habe dir nie von ihm erzählt!« Mit einem scharfen Ruck riss er seine Hand zurück.

Nimmermehrs Stimme klang unverändert sanft und warm. »Nein«, gab sie zu, »das hast du nicht.«

»Wie …«, begann er, doch sie fiel ihm ins Wort:

»Ich kenne ihn, Hagen«, sagte sie ruhig. »Ich weiß viel mehr über ihn, als du glaubst.«

Woher?, wollte er fragen, doch abermals kam sie ihm mit ihrer Antwort zuvor:

»Der Siebenschläfer ist der Wächter des Herbsthauses.«

KAPITEL 6

Das kannst du nicht tun, Vater!«, brüllte Hagen, fuhr auf dem Absatz herum und stürmte zur Tür.

Graf Adalmar war groß und schwer, aber er war auch weit schneller, als ihn sein behäbiger Leib erscheinen ließ. Innerhalb eines Atemzuges holte er Hagen ein und verpasste ihm eine schallende Ohrfeige.

»Tu das nie wieder!«, raunte er im Tonfall eines Todesurteils. »Erhebe nie wieder deine Stimme gegen deinen Vater, oder, das schwöre ich dir, du wirst nicht länger ein von Tronje sein.«

Hagen überspielte Schmerz und Furcht mit einem jugendlichen Trotz, den er selbst für Kühnheit hielt. »Bin ich das denn überhaupt noch? Warum sonst schickst du Dankwart als Knappen an den Hof des Königs, nach Worms, mich aber zu diesem … diesem …« Er verstummte, als ihm klar wurde, dass Tränen in seine Augen stiegen.

Sein Vater funkelte ihn zornentbrannt an. »Otbert von Lohe ist ein treuer Untertan des Königs, ein großer Krieger und ganz sicher jemand, von dem du vieles lernen kannst, mein Sohn.«

»Seine Grafschaft ist so groß wie unser Pferdestall.«

»Sein Lehen mag nicht das größte im Reich sein, aber ganz sicher eines der am besten geführten.«

Hagen versuchte vergeblich, dem Blick seines Vaters standzuhalten. Er schaute zu Boden, als er sagte: »Die Leute erzählen sich, er sei verrückt.«

Die Augen des Grafen weiteten sich. »Wer erzählt das?«, brüllte er empört. »Nenne mir einen Namen, und ich schlage dem Kerl den Schädel ab!«

Hagen aber hielt seine Zunge im Zaum und schüttelte nur stumm den Kopf.

Dankwarts Stimme erklang von der anderen Seite der Halle. »Ich war es, Vater. Ich habe das gesagt.«

Adalmar gab Hagen einen Stoß, der ihn drei Schritte nach hinten taumeln ließ, und fuhr mit hochrotem Gesicht zu seinem Ältesten herum: »Du lügst! Du willst deinen Bruder in Schutz nehmen!«

»Nein, Vater«, sagte Dankwart leise. Auch er wagte nicht, dem Grafen in die Augen zu blicken. »Man hört viel Seltsames über Otbert von Lohe. Die Leute …«

»Die Leute?«, schrie Adalmar und tobte wie ein Unwetter auf Dankwart zu. »Ihr seid die Söhne eines Grafen, und ihr hört auf *die Leute*?«

Hagen starrte zu Dankwart hinüber, der vor der heranstampfenden Masse seines Vaters schrecklich klein und schmächtig wirkte. »Vater!«, rief Hagen dem Grafen nach, bevor er Dankwart erreichen konnte. »Warte, Vater! Entehre nicht auch noch deinen Ältesten. Mich schlage ruhig, wenn es dein Wille ist, aber füge Dankwart nicht solche Schmach zu. Er ist der Erbe deines Hauses!«

Adalmar blieb wie angewurzelt in der Mitte der Halle stehen. Er blickte wild von einem Sohn zum anderen und sah einen Moment lang aus, als wolle er beide dem Scharfrichter vorführen lassen.

Dann aber, von einem Herzschlag zum nächsten, legte sich sein Zorn. Er hörte auf, wie ein Stier zu schnauben, schlug sich mit der Pranke vor die Stirn – und begann aus vollem Hals zu lachen.

Dankwart hob vorsichtig seinen Blick, schaute erst zu Hagen, dann zu seinem Vater hinüber. Der Graf schüttelte sich in brüllendem Gelächter wie ein Opfer der Tanzwut.

Schließlich, als Adalmar sich allmählich in den Griff bekam, winkte er seine beiden Söhne zu sich. Aus gegenüberliegenden Ecken der Halle traten sie an seine Seite, erst zögernd, dann aufrecht und gefasst. Ihr Vater zog sie mit kraftvollen Armen an sich.

»Ich bin sehr stolz auf euch«, sagte er laut und würdevoll, sodass auch das horchende Gesinde hinter der Tür es hören konnte. »Ihr beiden, Hagen und Dankwart, seid würdige Söhne unseres Geschlechtes, und euch soll versichert sein, dass ich nur das Beste für jeden von euch will.« Er sah Dankwart an, der ihm, ebenso wie Hagen, bis zur Nase reichte. »Du, Dankwart, bist der Erstgeborene und wirst einst dieses Lehen erben. Deshalb musst du mit den Gepflogenheiten am Hof zu Worms vertraut sein. Für dich kann es keine bessere Schule auf dem Weg zur Ritterwürde geben als die Königsburg.« Er lächelte Dankwart aufmunternd zu, dann blickte er Hagen an. »Du aber, Hagen, wirst deinem Bruder dereinst als Führer seiner Krieger zur Seite stehen, und deshalb wirst du vor allen Dingen lernen müssen, wie ein Ritter mit Waffen und Armeen und mit dem Blutdurst seiner Feinde umgeht. Was schert dich das höfische Spiel von Umwerben und Schmeicheln und Leisetreten? Du sollst der mächtigste Krieger an den Gestaden des Rheines sein, und wenn es einen gibt, der dir dabei helfen kann, dann ist es mein alter Kampfgefährte Otbert von Lohe. Er versteht nichts von Getändel und Diplomatie, aber wenn es um den Kampf Mann gegen Mann geht, dann ist er einer der Besten.«

Hagen war tiefberührt von den Worten seines Vaters, und obgleich ihm der Gedanke, an Otberts Hof zu reisen, nach wie vor zuwider war, suchte er nach einer freundlichen Erwiderung.

»Man hört«, sagte er, »Graf Otbert sei ein Meisterschütze mit dem Langbogen.«

»Aber ja«, rief Adalmar begeistert und sein Blick verklärte sich, als alte Erinnerungen in ihm aufstiegen. »In so manchem Kampf hat seine Bogenkunst das Blatt für uns gewendet. Otbert vermochte es, einem feindlichen Heerführer über hundert Mannslängen das Auge auszuschießen.«

»Hast du ihm deshalb Waffenbrüderschaft gelobt?«, fragte Dankwart.

»Nicht wegen seiner Künste«, entgegnete Adalmar und krallte die Hände in die Schultern seiner Söhne. »Wir wurden Brüder, weil Otbert mir ein Freund war wie kein zweiter. Er hat mir mehr als einmal das Leben gerettet – so wie ich ihm –, und wir schworen uns, derlei nie zu vergessen.«

Mit einem Seufzen löste er sich von den beiden und trat an eines der hohen Spitzbogenfenster. Gedankenverloren blickte er hinaus über das Land, über Wälder und Fluss, als warte irgendwo dort draußen die Vergangenheit auf ihn.

»Wenn du morgen zu ihm abreist, Hagen, dann wird das sein, als kehre sein bester Freund zu ihm zurück.«

An einem Kreuzweg, unweit des Rheinufers, trennten sich die Reitergruppen. Dankwart warf Hagen einen letzten, sorgenvollen Blick zu, dann ritt er inmitten seines Gefolges davon. Hagens Bewacher, ein Trupp aus sechs Kriegern, angeführt von einem Vetter seines Vaters, wandten ihre Pferde gen Süden und wollten ihren Weg fortsetzen, doch Hagen hielt sie mit einem knappen Befehl zurück. Angespannt folgte sein Blick seinem Bruder.

Dankwart und seine Männer ritten zum Ufer hinab. Unweit der Anlegestelle stiegen sie von ihren Pferden und gaben dem Fährmann ein Zeichen. Das flache Boot näherte sich dem Ufer, und wenig später schon führte Dankwarts Trupp seine Tiere aufs Deck.

Hagens Herzschlag raste. Er hatte nur Augen für die grauen Wogen, die gegen den Rumpf der Fähre klatschten. Er sah den hellen Schaum auf den Wellenkämmen und glaubte Augen darin zu erkennen, Augen, die ihn höhnisch anglotzten.

Mehr als zwei Jahre lang hatte Hagen sich an seine Abmachung mit den Wasserfrauen gehalten, hatte Mond für Mond seinen Tribut an den Fluss gezollt. Anfangs waren es winzige Schmuckstücke gewesen, Ohrringe und Anhänger, die er aus dem Gemach seiner Mutter gestohlen hatte. Weil der Pfaffe der Gräfin gepredigt hatte, es gezieme einer demütigen Christin nicht, sich mit Gold und Silber zu behängen, war der Diebstahl unbemerkt geblieben. Im letzten Monat war das Goldopfer bereits angewachsen zu einem Säckchen von der Größe einer Männerfaust, entwendet aus der gräflichen Schatzkammer. Es war nur eine Frage der Zeit, ehe sein Verschwinden auffallen würde, und Hagen war mehr als dankbar, dass er dann nicht mehr in der Burg weilen würde.

Er also hatte sich an seinen Teil der Abmachung gehalten. Trotzdem leckte der Fluss am Rumpf der Fähre empor, hier und da schlugen gischtende Wellengipfel über die Reling und brachten Unruhe unter die Pferde. Dankwart wirkte bekümmert, denn obgleich er nicht um die wahre Natur von Hagens Handel mit dem Rheingeist wusste, so ahnte er doch, dass von dem Fluss eine unbestimmte Gefahr ausging.

Einen Augenblick lang wurde Hagen von Panik überwältigt. Er sah Dankwarts düsteres Gesicht, sah die graue, strudelnde Strömung, die scheuenden Pferde, die ahnungslosen Krieger, und er wusste plötzlich, dass dies kein gutes Ende nehmen würde. Wenn nicht an diesem Tag, dann an einem anderen. Wie sollte er auf Otberts Burg seine Goldopfer fortsetzen, an einem Ort, wo man ihn, einen Fremden, nicht so leichtfertig in der Nähe der Schätze dulden würde? Wen würde der Siebenschläfer als erstes bestrafen? Dankwart, seine Eltern, alle anderen, die ihm teuer waren?

Er hätte heulen mögen, war sich aber der Blicke seiner Begleiter bewusst, die nur auf ein Zeichen von ihm warteten, um die Reise nach Süden fortzusetzen.

Hagen hob noch einmal die Hand, um Dankwart zuzuwinken, dann wandte er sich abrupt ab und schloss zu den anderen auf. Er würde nicht zulassen, dass der Flussgeist mit ihm spielte.

Später, als sie bereits ein gehöriges Stück der Uferstraße zwischen sich und die Anlegestelle gebracht hatten, schaute Hagen sich noch einmal widerwillig um.

Die Fähre hatte auf der anderen Seite angelegt, die Reiter verließen das Deck. Der Fährmann sah ihnen zu. Er stand starr auf einen Stab gestützt im Heck des Bootes und wandte Hagen den Rücken zu.

Als der letzte Reiter im Wald verschwunden war, der Straße nach Worms entgegen, wandte der Fährmann plötzlich den Kopf.

Hagens Züge gefroren.

Wo das Gesicht des Mannes hätte sein sollen, war nichts als ein kreisender Wasserstrudel, außen grau und schäumend, in der Mitte aber schwarz wie ein wirbelndes Auge.

Höhnisches Gelächter drang vom Fluss herüber.

Alle außer Hagen hielten es für das Tosen der Strömung.

Drei Tage später passierte Hagens Reitertrupp den ersten Grenzstein zum Lehen des Otbert von Lohe. Die Burg des Grafen lag auf einem schroffen Felsen oberhalb des Flusses. Auf den umliegenden Hängen wurde Wein angebaut, am Ufer lagen Fischerboote. Die Sonne wanderte dem Horizont entgegen und tauchte den Rhein und die Weinberge in Gold. Ein Omen, dachte Hagen alarmiert, ohne jedoch die Bedeutung zu erkennen.

Die Pferde trugen sie bergauf, über einen geschlängelten Hohlweg, der vor einem zerklüfteten Felsgraben endete. Ein Horn ertönte auf den Zinnen der Burg, dann senkte sich mit einem erbärmlichen Quietschen die Zugbrücke über die Kluft. Die Hufe schlugen hart auf die Holzbohlen, als Hagen und seine Garde in die Festung einritten.

Denn eine Festung war es wohl, mehr noch als die Burg derer von Tronje. Dies war das Heim eines Kriegers, ganz ohne Zweifel. Hoch und mächtig überschauten drei Türme das Land am Fluss, und die Mauern waren dick genug, um einem Ansturm der Götter selbst standzuhalten (so wenigstens erschien es Hagen, der in seinem Leben erst zwei Burgen gesehen hatte, und diese war eine davon).

Auf dem Hof herrschte reges Treiben. Krieger putzten im Licht der Abendsonne ihre Waffen, Pferde wurden abgebürstet, Mägde balancierten Krüge und Körbe von den Nebengebäuden ins Haupthaus. Der Geruch von gebratenem Fleisch hing in der Luft. Otbert von Lohe wollte seinen neuen Schützling mit einem Festmahl willkommen heißen.

Der Graf trat ihnen persönlich entgegen, in seinem Gefolge seine Gemahlin Laurine, seine älteste Tochter Malena und die jüngste, Nane. Am Burgbrunnen in der Mitte des Hofes trafen sie aufeinander.

Otbert war ein großer Mann, breit wie Hagens Vater, wenngleich ein wenig rundlicher um die Hüften. Man sah ihm an, dass es eine

Weile her war, seit er zum letzten Mal in die Schlacht gezogen war. Seine Züge aber waren hart und unbeugsam, das Haar schlohweiß. Als er lächelte, sah Hagen, dass dem Grafen ein Schneidezahn fehlte.

Seine Frau Laurine war zweifellos einst ein schönes Weib gewesen, mit wallendem graugoldenem Haar, und was das Alter ihr an Schönheit abgefordert hatte, hatte es ihr an Würde und Stolz hinzugegeben. Sie war schlank und hochgewachsen und verbreitete Anmut mit jedem ihrer Schritte. So ganz anders war sie als Hagens Mutter, die die Jahre an Adalmars Seite in die Arme eines Pfaffen getrieben hatten. Laurine trug ein rotes, enganliegendes Kleid und einen braunen, silberdurchwirkten Überwurf. Ihr langes Haar war mit mehreren Goldspangen hochgesteckt. Ihr Blick war gütig und voller Wärme.

Was die beiden Töchter anging – nun, Nane war zu jung, um irgendeinen Eindruck bei Hagen zu hinterlassen; sie hatte höchstens vier Sommer gesehen. Malena aber war in Hagens Alter, vielleicht ein wenig jünger. Sie war schlank und anmutig wie ihre Mutter, ihr weißblondes Haar war mit Silberfäden zu einer Unzahl langer Zöpfe geflochten. Ihr Gesicht war schmal, der Mund klein und von bezaubernder Röte. Rot aber waren auch ihre Augen, und das war das Eigenartigste, das Hagen je an einem Menschen beobachtet hatte – Malena hatte tatsächlich leuchtend rote Augen wie ein Wolfshund in der Nacht. Malenas Haut war von einem zarten Weiß, so rein wie Milch, nur klarer, fast durchscheinend. Der Eindruck unbeschreiblicher Schönheit und der Hauch des Gespenstischen überlagerten sich in ihrer Erscheinung.

Graf Otbert hieß sie willkommen, erst förmlich, ganz dem höfischen Zeremoniell entsprechend, dann mit Schulterschlag und lautem Gelächter. Jeder, auch die niedersten Krieger in Hagens Gefolge, erhielt einen heftigen Handschlag und den überschwänglichen Dank, dass sie Adalmars Sohn sicher hergebracht hatten. Sie sollten am Abend gemeinsam mit der ganzen Burg feiern, ausschlafen und sich erst am nächsten oder gar übernächsten Tag auf den Heimweg machen, ganz wie es ihnen beliebte. Die Krieger waren sichtlich von so viel Freundlichkeit angetan, und Hagen begriff, dass dies bereits seine erste Lektion war: Sei immer gut zu jenen, von denen dereinst dein Leben abhängen mag.

Auch die Gräfin nahm Hagen in den Arm wie die Mutter, die sie ihm für die nächsten Jahre sein wollte. Die kleine Nane kicherte und schaute zu Boden, als Hagen ihr zur Begrüßung über das helle Blondhaar strich, während Malena, die schöne, geheimnisvolle Malena, ihm einen Blick aus ihren roten Augen schenkte, der ihn bis ins Mark erschauern ließ; es war ein wohliger Schauer, der für Hagen eine gänzlich neue Empfindung bedeutete. Er beschloss, dass es ihm in der Burg derer von Lohe gut gefiel, ja, nun war er seinem Vater sogar dankbar für die Entscheidung, ihn hierher zu schicken. Die Menschen begegneten ihm großherzig und voller Freundschaft, und die Mauern der Festung waren so hoch und standhaft, dass nicht einmal der Rhein ihnen etwas anzuhaben vermochte. Ein glühendes Hochgefühl machte sich in Hagen breit, und für eine Weile vergaß er sogar seinen Pakt mit dem Flussgeist.

Gräfin Laurine führte ihn in sein Gemach, eine großzügig angelegte Kammer mit Ausblick auf die bewaldeten Berge. Im Stillen war Hagen dankbar, dass er von hier aus nicht auf den Rhein sehen musste. Es bestärkte ihn nur in dem Glauben, dass sein Geschick sich jetzt zum Guten wenden würde.

Während ihres Weges durch die steinernen Flure der Burg war Nane fröhlich hinter ihnen dreingesprungen. Jetzt erst fiel Hagen auf, dass auch sie rote Augen und schneeweiße Haut hatte; wenn auch nicht so stark ausgeprägt wie bei ihrer älteren Schwester.

Zu Hagens Enttäuschung war Malena nach der Begrüßung verschwunden. Er hoffte sehr, er würde sie später beim Festmahl wiedersehen.

Laurine ließ ihn eine Weile allein, damit er sich frischmachen und die staubige Reisekleidung ablegen konnte. Hagen warf sich langgestreckt auf sein Lager – es war hart und erstaunlich ungemütlich nach all der Behaglichkeit, aber ihm dämmerte gleich, dass auch dies auf Otberts Veranlassung geschehen war. Der Graf wollte gar nicht erst davon ablenken, dass Hagen vor allen Dingen hier war, um die Erziehung eines Kriegers zu genießen. Es war üblich, dass ein Junge von Adel solch eine Lehre nicht am elterlichen Hof genoss, sondern in der Fremde, wo, so nahm man an, seine besten Tugenden zutage treten würden.

Er war wohl eingeschlafen, als es an der Tür klopfte und eine Kammerzofe ihm mitteilte, dass es an der Zeit für die Feierlichkeiten sei.

Hagen dankte ihr, kleidete sich um und machte sich frohgemut auf den Weg, um an der Tafel seiner neuen Familie die eigene Ankunft zu feiern.

Drei Tage vergingen. Tage voller Lehrstunden im Umgang mit Waffen, Rüstzeug und den ersten Grundzügen der Kriegsführung. Otberts Stallmeister zeigte sich erfreut, wie geschickt Hagen im Umgang mit Pferden war und welch große Geduld er bei der Pflege der Tiere zeigte. In ihm hatte Hagen schnell seinen ersten Fürsprecher und väterlichen Freund gefunden.

Was den Schwertkampf anging, so entdeckte der zuständige Lehrmeister, ein düsterer Ritter mit Namen Adalwig, zahlreiche Mängel in Hagens Fertigkeiten – kein Wunder, denn daheim war der Junge nur oberflächlich in die Kampfkunst eingewiesen worden. Adalwig versicherte Hagen jedoch mit finsterer Miene, dass er die feste Absicht habe, solche Schwächen schnell zu beheben. Hagen stellte sich notgedrungen auf harte Übungsstunden ein.

Die Gräfin selbst prüfte eingehend Hagens Manieren, sein Benehmen bei Tisch und – zu seiner Verblüffung und ihrer Erheiterung – seine Stimmgewalt. Hierzu verlangte sie ihm allerlei Lieder ab, die er krächzend und falsch für sie zum Besten gab. Er schämte sich sehr, als sie wie unter Schmerzen das Gesicht verzog, doch gleich darauf brach sie in helles Gelächter aus, umarmte ihn herzlich und lobte ihn über alle Maßen für seine Bereitwilligkeit, seine Fertigkeiten zu schulen. Bald schon war Hagen gewiss, dass Laurine ihm eine bessere Mutter sein würde, als seine eigene es je gewesen war. Er begann sich zu wünschen, nie mehr von hier fortgehen zu müssen.

Graf Otbert sah er während der ersten drei Tage nur zum Essen, das die Familie gemeinsam an einer großen Eichentafel einnahm. Bei diesen Gelegenheiten warf Hagen immer wieder verstohlene Blicke zu Malena hinüber, die ihm jedes Mal ein glutäugiges Lächeln schenkte.

Schließlich, am späten Abend des dritten Tages, klopfte es an Hagens Kammertür. Helles Mondlicht erhellte die Fensterscheibe aus dickem, trübem Glas, ein Nachtvogel schrie in den Wäldern. Hagen hatte bereits geschlafen und brauchte einen Moment, ehe er begriff, dass jemand Einlass begehrte.

Das Klopfen wiederholte sich, ungeduldiger diesmal. Hagen zog sein langes Nachthemd zurecht und rief: »Ja, bitte?«

Die Tür ging auf – und Hagens Träume von einem Besuch der schönen Malena zerstoben.

Im Schein der Korridorfackeln stand Graf Otbert.

»Komm, Junge«, sagte er düster, »ich will dir etwas zeigen.« Er trug ein Lederwams mit dem Wappen seiner Familie. Auf seinem Rücken hing ein prallgefüllter Köcher. Das Gefieder der Pfeile schimmerte bei jeder Bewegung.

Hagen sprang pflichtbewusst aus dem Bett und drehte sich eilig mit dem Rücken zur Tür, damit Otbert nicht bemerkte, dass seine Zuneigung für Malena sich deutlich unter seinem Nachtgewand abzeichnete. Schnell schlüpfte Hagen in seine Beinkleider, versuchte dabei, das Gesicht des Mädchens aus seinen Gedanken zu vertreiben, und zog sein Wams über.

Wenig später eilte er an Otberts Seite den Gang hinunter, bemüht, mit dem Grafen Schritt zu halten. Die Wandfackeln in ihren Halterungen warfen vereinzelte Lichtinseln in den Korridor, gelbes Flackern spielte auf den Gesichtern der beiden. Otbert hielt einen reichverzierten Langbogen in der Rechten.

»Wo gehen wir hin?«, wollte Hagen wissen.

»Das wirst du schon sehen.«

»In den Wald?«

»Du bist neugierig, Junge.«

»Nein, wissbegierig.«

Otbert schmunzelte, sagte aber nichts darauf. Sie traten durch eine niedrige Bogentür und stiegen eine enge Wendeltreppe nach oben. Hagen versuchte vergeblich, seinen Atem im Zaum zu halten, doch schon auf halber Strecke gab er auf und japste erbärmlich. Der Graf dagegen atmete trotz seiner schnellen Schritte regelmäßig und ruhig.

Sie erreichten die obere Plattform. Es war der Nordturm, wie Hagen jetzt erkannte. Ein einsamer Wächter stand hinter den Zinnen und blickte höchst erstaunt, als der Graf persönlich aus der Bodenluke stieg.

»Warte unten auf uns«, wies Otbert ihn an.

Der Wachtposten salutierte mit seiner Lanze, dann eilte er durch die Luke nach unten – nicht ohne Hagen vorher einen fragenden Blick zuzuwerfen.

Als die beiden allein auf dem Turm standen, hob Otbert langsam den Arm und wies hinauf in den Nachthimmel.

»Sieh, mein Junge, der Vollmond.«

Hagens Blick folgte Otberts ausgestrecktem Zeigefinger. Strahlend weiß und kugelrund hing der Mond in der Schwärze.

»Bevor dir irgendjemand anders davon erzählt, will ich dir etwas verraten«, sagte Otbert. »Ich weiß, dass hinter meinem Rücken darüber geflüstert wird, doch auch das gehört zum Leben eines Kriegers: Kümmere dich nie um das, was andere über dich sagen mögen.«

Hagen nickte und tat sehr überzeugt von des Grafen Rede. In Wahrheit wunderte er sich, worauf Otbert hinauswollte. Wiewohl, er stellte keine Fragen, sondern wartete geduldig ab.

»Der Mond ist der älteste Feind der Menschheit«, erklärte Otbert voller Überzeugung. »Viele wissen es nicht, oder sie wollen es nicht wahrhaben. Dennoch gibt es keinen Zweifel, dass es so ist. Der Mond ist unser Feind, er will uns Böses, wo er nur kann. Er weckt Triebe und Gelüste in uns, die uns von Natur aus fremd sind.

Er will uns wehtun, und er jubelt stumm, wenn es ihm gelingt. Er lockt die Flut aus den Meeren, lässt das Wasser steigen, bis es ganze Landstriche verschlingt. Er lässt uns nicht schlafen, und manche von uns zieht er magisch an.«

Hagen lauschte mit offenem Mund. Erzählte man sich deshalb, Otbert von Lohe sei verrückt? Er konnte sich vage erinnern, dass Bärbart einmal ähnliche Dinge über die Macht des Mondes gesagt hatte.

Otbert setzte sich zwischen zwei Zinnen und blickte Hagen eindringlich an. »Du hast meine Töchter gesehen. Dir ist etwas an ihnen aufgefallen, nicht wahr?«

»An Euren Töchtern?«, stammelte Hagen. Liebe Güte, sollte er sich vorhin doch nicht schnell genug abgewandt haben? Hatte der Graf erraten, was er für Malena empfand?

»Red' nicht drum herum, Junge, und gib mir eine Antwort.« Immer noch war der Blick des Grafen ernst und düster.

Hagen dachte, dass er Otbert Ehrlichkeit schuldete, auch dann, wenn es unangenehm war, die Wahrheit auszusprechen. »Nun, Nane wird sicher einmal ein hübsches Mädchen, und Malena ist jetzt schon … sie ist, nun ja, wunderschön …« Er spürte, wie sein Gesicht rot anlief.

Der Graf hob die rechte Augenbraue so hoch, dass Hagen schon glaubte, sie würde jeden Augenblick gegen seinen weißen Haaransatz stoßen. Dann, völlig unvermutet, überkam den alten Krieger Heiterkeit.

»Ach, mein Junge, die Frauen verdrehen uns Männern die Köpfe, wenn sie nur mit den Schultern zucken. Sie mögen sich nichts dabei denken, aber wir … ja, wir werden ihr Lächeln nicht mehr los.«

Er brach ab, als ihm klar wurde, dass er eigentlich auf etwas ganz anderes hinauswollte. »Malena ist wunderschön. Aber das meinte ich nicht.«

Hagen, der sich vor Beschämung am liebsten vom Turm gestürzt hätte, wich dem Blick des Grafen aus. »Dann meint Ihr ihre Augen?«

»Allerdings.« Otbert sah an Hagen vorbei zum Mond. Um seine Mundwinkel legte sich ein Zug der Verbitterung. »Die Alten flüstern über die Augen meiner Töchter. Sie raunen sich Dinge darüber zu, auch über das Weiß ihrer Haut. Eine Vettel verkündete hinter meinem Rücken, die Kinder könnten verhext sein, und es sei für alle besser, wenn man die Mädchen fortschicke oder« – er zog scharf die Luft ein – »sie sogar töte.«

Hagen musste unwillkürlich an das denken, was ihm selbst widerfahren war, an den grausamen Ratschlag Bärbarts, und er war drauf und dran, Otbert davon zu erzählen. Doch es stand ihm nicht zu, den Grafen zu unterbrechen.

»Ich habe die Alte verbrennen lassen«, fuhr Otbert fort. »Vorher brachte ich sie dazu, ihre Worte zu widerrufen. Seitdem höre ich nur noch wenig von dem, was gemunkelt wird, aber ich habe keinen Zweifel, dass die alten Vorurteile immer noch genährt werden.« Er zog Hagen an der Schulter herum, damit ihnen beiden das weiße Licht des Mondes geradewegs in die Gesichter fiel. Hagen erschrak, riss sich aber zusammen. »Schuld an allem ist nur der Mond«, sagte Otbert.

»Wie meint Ihr das?«

»In der Nacht, als Malena geboren wurde, schien der Vollmond vom Himmel. Und es war genauso, als Nane zur Welt kam. Beide sind Mondkinder, verstehst du?«

Hagen verstand nicht, nickte aber trotzdem.

»In manchen Nächten steigen Malena und Nane aus ihren Betten und wandeln schlafend durch die Burg. Es zieht sie zum Mond hinauf, sie geistern durch die Flure und Hallen, bis sie ein Fenster finden, durch das der Mondschein hereinfällt. Dort stehen sie dann die ganze Nacht, lächeln verträumt zum Mond empor und baden in seinem Licht. In einer Nacht wurde die Gräfin von den Wachen alarmiert: Malena tanzte nackt auf den Zinnen der Burg, schien niemanden wahrzunehmen, und als Laurine sie weckte, konnte sie sich an nichts mehr erinnern. Sie wusste nicht einmal, wie sie hinauf auf die Mauern gekommen war.«

Die Vorstellung jagte Hagen einen warmen Schauer über den Rücken. Er fragte sich, weshalb Graf Otbert ihm überhaupt davon erzählte. Wollte er ihn nur auf mögliche Seltsamkeiten vorbereiten, die er in der Burg erleben mochte?

Otbert packte Hagen an beiden Schultern. »Bevor du ein wahrer Krieger wirst und mit Schwert und Axt auf die Schlachtfelder ziehst, sollst du wissen, dass kein Feind in Menschengestalt die Bösartigkeit des Mondes übertrifft. Er ist unser ewiger Widersacher, unser Gegner jetzt und immerdar.«

Er ließ Hagen los, packte seinen Bogen und zog einen Pfeil aus dem Köcher. In einer einzigen, blitzschnellen Bewegung legte er den Pfeil auf die Sehne, spannte die Waffe und zielte geradewegs auf den Vollmond.

»Was …«, begann Hagen verwirrt, doch Otbert unterbrach ihn:

»Still«, zischte er. »Sieh einfach nur hin.«

Der Graf ließ die Sehne los, der Pfeil surrte hinaus in die Nacht, genau auf die Mondscheibe zu. Hagen sah, wie er im Zentrum des weißen Lichtes verschwand.

»Getroffen!«, rief Otbert aus, doch in seiner Miene war keine Freude. »Ich treffe ihn immer, wieder und wieder. In jeder Vollmondnacht schieße ich ihm einen ganzen Köcher voller Pfeile in sein verfluchtes leuchtendes Herz, und doch ist es mir nie gelungen, ihn vom Himmel zu holen.«

»Kann denn ein Pfeil bis zum Himmelszelt fliegen?«, fragte Hagen verwundert.

»Diese hier schon.« Otbert griff stolz zum Köcher und zog einen zweiten Pfeil hervor. »Ich habe sie von einem alten Waffenmacher anfertigen lassen. Es sind die besten und zielsichersten Pfeile, die die Welt je gesehen hat. Ich habe noch nie ein Ziel damit verfehlt.«

»Dann sind es magische Pfeile?«

»Mir jedenfalls scheinen sie so. Der Mann, der sie hergestellt hat, ist lange tot, und jene in meiner Waffenkammer sind die letzten aus seiner Werkstatt. Ich benutze sie nur noch, um den Mond damit zu verletzen, zu nichts anderem.«

»Aber wenn sie nie fehlgehen, wäre es dann nicht gut, sie zur Jagd zu verwenden?«

Otberts Züge verhärteten sich, als er abermals auf den Vollmond zielte. Einen Augenblick später schien auch der zweite Pfeil im Zentrum des Mondlichts zu verglühen.

»Keine Jagd ist wichtiger als die auf den Mond«, sagte der Graf voller Überzeugung, während er schon zum dritten Pfeil griff. »Kein Krieg ist nötiger. Kein Kampf ehrenvoller. Töte den Mond, und du tötest den Feind jedes Menschen.«

»Aber wenn ihn all Eure Pfeile nicht zerstören können, was bleibt da noch für eine Möglichkeit?«

»Es gibt nur den nächsten Versuch. Und den übernächsten. Und den darauf. Immer und immer wieder.« Otbert lächelte kühn. »Irgendwann werde ich ihn besiegen.«

Pfeil um Pfeil schoss er nun zum Mond empor, und vom Turm aus sah es tatsächlich aus, als treffe jeder genau ins Ziel.

Hagen brauchte eine Weile, ehe er all seinen Mut gefasst hatte und fragte: »Habt Ihr je versucht, einen Faden an einen Eurer Pfeile zu binden?«

»Warum sollte ich das tun?«

»Um gewiss zu sein, dass sie ihr Ziel wirklich erreichen.«

Otbert dachte nach. »Welcher Faden könnte so lang sein?«

Eine berechtigte Frage, gestand Hagen sich ein, und schalt sich selbst einen Esel für seinen dummen Vorschlag.

Fortan schwieg er und sah zu, wie Otbert seinen Köcher leerte.

Schließlich, zwischen zwei Schüssen, sagte der Graf: »Du kannst jetzt zurück in deine Kammer gehen, Junge. Deine Lektion ist für heute beendet.«

Darauf verabschiedete sich Hagen geschwind und kletterte durch die Falltür. Von unten blickte er noch einmal zu dem Krieger hinauf, sah zu, wie Otbert einen Pfeil nach dem anderen in den Himmel schoss, um jedes Mal genüsslich den Mund zu verziehen, wenn er seinem Erzfeind gefiederten Stahl in den Glutleib jagte.

Bald schon setzte das Vergessen ein.

Hagen ging nicht mehr hinab zum Ufer, er wurde die meiste Zeit im Innenhof der Festung geschult. Die Ausritte an der Seite des Stallmeisters führten ihn tiefer ins Hinterland der Burg, durch die Weinberge und grünen Hügel, über ihre Gipfel und Kämme hinweg auf die andere Seite. Wenn er aus dem Fenster seiner Kammer sah, dann blickte er hinaus auf die Wälder, nicht auf den Fluss, und kaum jemand, mit dem Hagen zu tun hatte, erwähnte den Strom am Fuße des Felsens, kaum jemand ging gar selbst dort hinunter. In der Burg galt der Rhein kaum mehr als jedes Weizen- oder Rübenfeld, man labte sich nicht an seinem Anblick und überließ es den Fischern, seine Schätze zu bergen.

So kam es, dass Hagens Furcht vor dem Fluss in immer weitere Ferne rückte. Es war aber kein völliges Vergessen. Hagen entsann sich sehr wohl seiner Abmachung mit den Wasserfrauen, des Tributes, den sie verlangt hatten – und ihrer Drohung. Doch je länger sein letztes Opfer zurücklag, desto diffuser wurde auch seine Erinnerung daran. Er schob seine Ängste von sich, fühlte sich in der Burg sicher und geborgen, und obgleich er sich sagte, es müsse bald an der Zeit für ein neues Goldopfer sein, so ließ er doch den rechten Zeitpunkt verstreichen.

Ein voller Mond verging, ohne dass Hagen sich an seinen Handel mit den Wasserfrauen hielt, ein zweiter brach an, und nichts geschah. Keine Racheengel mit Gesichtern aus Wasserstrudeln, keine zürnenden Geister, die über ihn und die Seinen kamen. Hagen gewann die Gewissheit, dass ihm der Fluss nichts mehr anhaben konnte, seit er ihn mied. Die Worte der Wasserfrauen waren nichts als leere Drohungen gewesen.

Der dritte Mond ging über der Burg auf, und Hagen glaubte allmählich sicher sein zu dürfen, dass Malena seine Zuneigung erwiderte. So fasste er sich schließlich ein Herz und bat sie scheu um einen gemeinsamen Ausritt. Malena tat, als überlege sie einen Augenblick, dann stimmte sie zögernd zu. Nicht gerade stürmisch, dachte Hagen, aber das mochte in ihrer zarten Natur liegen. Es war völlig unmöglich, sich dieses verletzliche Geschöpf in einem Zustand von Euphorie oder nur verhaltenem Jubel vorzustellen. Ihr ganzes Wesen war leise und zurückhaltend, lautlos waren sogar ihre Schritte, und oft stand sie ganz unvermittelt neben einem, ohne dass man ihr Nahen bemerkt hätte.

An einem Herbstnachmittag, gegen Ende seines dritten Mondes in der Burg, sattelte Hagen ihre Pferde, und wenig später schon ritten sie Seite an Seite durch die rotgelbe Pracht der Wälder. Malenas Mutter hatte den Ausflug gestattet und den beiden sogar zugestanden, auf Wachen zu verzichten. Sie nahm wohl an, dass die zarte Malena über genügend innere Stärke verfügte, den Schmeicheleien des stürmischen Hagen zu widerstehen.

Sonnenstrahlen fielen durch das Laubdach der Wälder, während sich die beiden langsam von der Festung entfernten. Malena wurde mit jedem Schritt, der sie von der Burg fortbrachte, gesprächiger. Das Herbstlicht färbte das Weiß ihrer Wangen golden und ließ sie gesünder als sonst erscheinen. Sie gestand Hagen, dass sie bislang das Sonnenlicht gemieden habe, ohne besonderen Grund, einfach so, dass sie nun aber froh sei, es an seiner Seite wiederzuentdecken.

Hagen schmeichelte das sehr, obgleich er sie nicht wirklich verstand – vielleicht war er bereits zu sehr Krieger, um die feinsinnigen Empfindungen junger Edeldamen nachzuvollziehen. Sein Blick hing gebannt an Malenas Lippen, an ihrem Körper, der hellen Schimmerflut ihres Haars.

Während sie über die Schönheit der Bäume sprach und über die Tatsache, dass diese Schönheit doch nur verschleiere, dass gerade ein großes Sterben – das des Laubes – im Gange war, hatte Hagen nur Augen für sie selbst. Freilich, wenn sie auf einen besonders schön gefärbten Baum wies, dann folgte sein Blick ihrem Wink, doch in Wahrheit sah er dabei nicht den Baum, sondern nur Malenas Elfenfinger.

Er ertappte sich dabei, dass er die meiste Zeit über schwieg und einfach nur lauschte, was sie zu sagen hatte. Er genoss, wie sie aus sich herausging, Schale um Schale ihrer Zurückhaltung abwarf und ihm einen Blick auf die wahre Malena gestattete, ein aufgewecktes, auf seine Art sogar heiteres Mädchen, das sich – vielleicht aufgrund der Vorurteile anderer – freiwillig in ein Gefängnis der Stille und Weltflucht zurückgezogen hatte. Hagen nahm sich insgeheim vor, ihr bei der Befreiung aus diesen Fesseln zu helfen – falls sie seine Hilfe annehmen wollte.

Es dämmerte bereits, als sie beschlossen, zur Burg zurückzukehren. Malena schien ein wenig erschrocken, als ihr klar wurde, wie spät es bereits war, und Hagen hatte ein schlechtes Gewissen; er hatte den heraufdämmernden Abend sehr wohl bemerkt, jedoch nichts gesagt, um das Zusammensein mit Malena so lange wie möglich auszudehnen.

»Werden deine Eltern wütend sein?«, fragte er.

»Mutter nicht«, erwiderte Malena und hieb ihrem Pferd die Fersen in die Flanken, »aber bei Vater kann man nie sicher sein.«

Das hatte Hagen befürchtet, und es machte ihm Bange. Bislang war er von Otberts Zorn verschont geblieben, doch er hatte von anderen gehört – vor allem von den Stalljungen –, dass die Wutausbrüche des Grafen das Ausmaß von Unwettern annehmen konnten. Wer sich nicht schnell genug in Sicherheit brachte, den trafen sie mit schrecklicher Gewalt.

Da sagte Malena: »Du brauchst keine Angst zu haben. Ich werde sagen, wir hätten uns verirrt. Ich bin so selten hier draußen, dass mir jeder glauben wird, wenn ich behaupte, ich hätte mich nicht mehr an den rechten Weg erinnert.«

»Ich habe keine Angst«, empörte sich Hagen.

»Natürlich nicht.«

»Glaubst du mir nicht?«

»Oh, sicher doch. Du hast bestimmt keine Angst.«

Er wusste, dass sie ihn ärgern wollte, und sogar daran erfreute er sich. Wer hätte gedacht, dass Malena ihm einmal solche Aufmerksamkeit entgegenbringen würde?

Als sie den Hügelkamm erreichten, von dem aus sie die Burg sehen konnten, war es beinahe dunkel geworden. Die laue Wärme des

Tages wich, und die Kälte der Nacht kroch aus ihren Verstecken hervor.

»Es wird windig«, sagte Malena und raffte ihren Mantel enger um den zerbrechlichen Leib.

Hagen nickte zustimmend. In Wahrheit aber schien es ihm, als sei der Wind nicht ganz so plötzlich aufgekommen, wie Malena glaubte – vielmehr vermeinte er, der Wind habe vor ihnen auf sie *gewartet.* Schon von weitem hatte er gesehen, wie sich rund um die Burg die Baumkronen beugten, lange bevor Malena und er etwas davon zu spüren bekamen.

Malena war mit einem Mal beunruhigt. »Was ist da los?«, fragte sie verunsichert und deutete voraus zur Festung.

Finster hob sich das Gemäuer vom Abendrot ab. In keinem der Fenster brannte Licht, als hätte der Wind alle Fackeln ausgeblasen.

Malena wollte ihr Pferd erneut zum Galopp antreiben, doch Hagen stellte sich ihr in den Weg. »Lass mich vorausreiten«, sagte er und gab sich Mühe, seinen Zügen Entschlossenheit zu verleihen.

»Warum?« Ihre Stimme war eine Spur zu schrill. Ein Anflug von Panik schwang darin mit, in ihren roten Augen glomm ein zorniger Funke. »Weshalb sollte das nötig sein?«

Hagen verkniff sich eine Erklärung und sagte noch einmal: »Lass mich erst nachsehen. Bitte, Malena, warte hier auf mich.«

Ihr Pferd tänzelte, als es von der Unruhe seiner Herrin angesteckt wurde. Plötzlich trat Malena dem Tier in die Seiten, sodass es einen gewaltigen Satz nach vorne machte. Hagen konnte sein eigenes Pferd gerade noch zur Seite reißen, da sprengte Malena auch schon an ihm vorüber. Mit wehendem Kleid und flatterndem Umhang raste sie den Hügel hinunter, durch die Weinberge und auf die Burg ihrer Väter zu.

Hagen brüllte ihr hinterher, sie möge stehen bleiben, dann trieb er fluchend sein Tier zum Galopp. Im Abstand von zehn Mannslängen jagte er hinter ihr den Weg hinab, umwabert vom Rot der Abenddämmerung.

Als sie die Kluft rund um die Burg fast erreicht hatten, da war es

Hagen, als höre er zum ersten Mal seit langer Zeit wieder das Flüstern der Strömung, tief unten aus dem Tal herauf. Sie klang nicht länger verspielt oder höhnisch. Jetzt loderte eine Wut in ihr, die verzehrender war als jede, die ein Mensch hätte fühlen können.

Da wusste Hagen, dass er Malena verlieren würde, wenn er sie nicht vor der Zugbrücke aufhielt.

Gellend rief er ihren Namen, doch sie dachte gar nicht daran, ihr Pferd zum Stehen zu bringen. Die Hufe wirbelten Schmutzfontänen auf, Schweif und Mähne wehten genauso wie Malenas weißblondes Haar. Noch zwanzig Schritte, dann war sie an der Kluft. Die Zugbrücke war heruntergelassen und unbewacht. Das hohe Tor dahinter klaffte schwarz wie ein schreiender Schlund.

Hagen trieb sein eigenes Pferd zu noch größerer Eile an. Aber er erkannte auch, dass es zu spät war, um Malena jetzt noch einzuholen. Das Mädchen preschte über die Zugbrücke, mit einer Entschlossenheit, die er ihr nicht zugetraut hätte. Augenblicke später war sie im Dunkel der Burg verschwunden.

Hagen schloss die Augen und folgte ihr blindlings. Er wusste genau: Was hier geschehen war – und noch geschehen würde –, war ganz allein seine Schuld. Wenn es eines gab, das er noch tun konnte, so war das, Malenas Leben zu retten.

Der Innenhof war menschenleer. Spuren aus Nässe und Wasserlachen trafen sich sternförmig in seiner Mitte, dort wo der alte Burgbrunnen stand. Was auch immer geschehen war, es hatte dort seinen Anfang und sein Ende genommen.

Malena stieg vom Pferd. »Mutter!«, schrie sie laut zu den finsteren Gebäuden hinüber. »Vater!« Ihre Stimme hallte schrill von den Steinwänden wider.

Keiner gab Antwort.

»Wo seid ihr alle?« Malenas Gesicht war eine Maske der Verzweiflung. Sie fuhr zu Hagen herum, blickte ihm entgegen, als er durch den Torbogen preschte. »Was ist denn nur passiert?« Es klang flehentlich, als könnte Hagen das Unaussprechliche ungeschehen machen.

Auch er sprang vom Pferd, lief auf sie zu. Die beiden Tiere wieherten schrill, als hätten sie in den Schatten etwas wahrgenommen. Plötzlich warfen sie sich herum und galoppierten in heilloser Panik aus dem Tor. Hagen und Malena blieben allein auf dem verlassenen Burghof zurück.

»Ich weiß es nicht«, log er im Näherkommen. »Aber wir müssen hier weg!«

»Weg?« Ihre Züge bebten, Tränen flossen über ihre Wangen. Auch Hagen begann zu weinen.

»Sie müssen doch irgendwo sein«, schluchzte Malena.

Schlagartig drehte sie sich um und rannte quer über den Hof zum Haupthaus. Die doppelflügelige Tür stand offen.

Diesmal aber war Hagen schneller. Er erreichte sie, bevor sie in den Schatten des Hauses trat, riss sie zurück, hielt sie fest.

»Was immer das getan hat«, keuchte er atemlos, »es ist bestimmt noch in der Nähe.«

»Das *was* getan hat?«, brüllte sie ihn an. Es war der Moment, in dem sie begriff, dass er mehr wusste, als er zugeben wollte.

»Sie sind fort, das siehst du doch«, gab Hagen zurück. Malena versuchte sich loszureißen, doch er hielt sie eisern fest und verachtete sich dafür. Es war, als täte er ihr Gewalt an.

»Ich will nachsehen!«, schrie sie ihn an – und stieß zugleich das Knie vor!

Hagen wurde im Unterleib getroffen, bekam einen Moment lang keine Luft mehr und löste seinen Griff um ihre Arme. Malena schwankte erschöpft herum, stürmte weiter zur Tür.

»Nicht!«, schrie Hagen hinter ihr her, doch abermals sah er sie im Dunkel verschwinden.

Er nahm all seine Kraft zusammen und taumelte hinter ihr auf das Haupthaus zu, der aufgerissenen Doppeltür entgegen. »Malena!«, rief er immer wieder. »Malena!«

Sie aber gab keine Antwort. Er hörte ihre leichten Schritte in den fernen Gängen, den Hall ihres Atems, ihre Rufe nach Mutter und Vater und anderen Vertrauten.

Doch als er selbst in die Finsternis des Gemäuers trat, da verstummten die Laute. Keine Schritte mehr, kein Atem, keine Rufe.

Verzweifelt lief er in die Richtung, aus der die Geräusche zum letzten Mal erklungen waren. Überall auf den Gängen, auf Treppenabsätzen und in den verlassenen Hallen traten seine Füße in Wasserpfützen. Er riss eine der erloschenen Fackeln aus ihrer Halterung, um sie als Knüppel zu benutzen; sie triefte vor Nässe. Es war so finster, dass er kaum mehr sehen konnte, wohin er seine Füße setzte, aber es war nicht die Dunkelheit, die ihm solche Furcht einjagte.

Immer wieder rief er Malenas Namen, doch sie antwortete nicht. Fast blind vor Tränen lief er durch die Festung, stieß Türen auf, blickte Treppenfluchten hinab, schrie in jeden Saal, in jede Kammer.

Es dauerte lange, ehe er sich die Wahrheit eingestand.

Malena war fort wie all die anderen.

Seine taumelnde Suche brachte ihn irgendwann zurück zum Eingang des Haupthauses. Durch Tränenschleier blickte Hagen nach draußen. Der Vollmond war aufgegangen und überzog den Innenhof mit silbrigem Glanz.

Am Rande des Brunnens standen drei Gestalten. Eine von ihnen hielt einen leblosen Körper im Arm.

Hagen kämpfte gegen seine Erstarrung an, trieb sich selbst unter Aufbietung aller Kräfte vorwärts. Die Fackel fiel aus seiner Hand, polterte zu Boden. Er brauchte sie nicht mehr.

»Was … was habt ihr getan?«, stammelte er mit erstickter Stimme.

Die drei Wasserfrauen blickten ihm stumm entgegen. Ihre Gesichter lagen im Dunkeln, obgleich da nichts war, das den Schatten hätte werfen können. Eine von ihnen stand hoch auf der Ummauerung des Brunnens, sie trug die reglose Malena in den Armen. Die beiden anderen standen rechts und links von ihr am Boden.

»Bitte!«, flehte Hagen. »Tut ihr nichts! Sie will doch niemandem etwas Böses!«

Der Mond spiegelte sich in der Wasserlache, die sich rund um die Frauen angesammelt hatte. Sein Abbild erbebte, als eine von ihnen mit einem grotesk weiten Schritt auf die Brüstung trat. Die letzte tat es ihr gleich, dann standen sie alle auf der Mauer, ihre Rücken dem Brunnenschacht zugewandt.

»Bitte!«, rief Hagen noch einmal. »Ich tue alles, was ihr verlangt. Es muss Gold in der Burg geben, viel Gold. Der Fluss kann es haben. Aber, bitte, lasst mir Malena!«

»Gold«, wiederholte eine der Frauen abfällig. Es klang, als speie sie ihm vor die Füße.

Jene, die Malena hielt, drehte sich um und machte einen Schritt in den Brunnen, als sei dort eine unsichtbare Treppe, die in die Tiefe führte. Stufe um Stufe verschwand die Kreatur mit ihrem Opfer im Schacht.

»Nein!« Hagen hörte sich selbst wie einen Fremden aufschreien. Er stürmte vor, bereit, mit bloßen Händen auf die Wasserfrauen loszugehen. Er würde nicht zulassen, dass sie Malena forttrugen wie all die anderen!

Die erste Frau war schon im Abgrund des Brunnens versunken, die zweite folgte ihr. Jene aber, die noch auf der Ummauerung stand, hob eine Hand und streckte sie Hagen in einer herrischen Geste entgegen.

»Sie ist tot«, peitschte ihre Stimme über den Hof. »Alle sind tot.«

Wenige Schritte vor dem Brunnen kam Hagen zum Stehen.

Die letzte Wasserfrau wandte sich um, stieg in die Tiefe. Noch einmal drehte sie ihr Gesicht zu ihm um, das lange Haar öffnete sich wie ein Vorhang, die Schatten verdampften zu kurz, als dass sie ihr Geheimnis offenbart hätten.

Hagen wandte die Augen ab. Stumm brach er zusammen, nicht bewusstlos, aber bar jeden Lebensmutes.

Die Frau folgte ihren Schwestern ins Dunkel.

Hagen hob das Gesicht. Der Hof lag leer im Mondlicht.

Als endlich der Morgen dämmerte, stolperte der Junge auf die

Beine, suchte im Haus nach Waffen, nach Rüstzeug und Langbogen, fand Otberts Mondpfeile in der Waffenkammer und rüstete sich wie ein Krieger. Dann trat er aus dem Tor, wanderte hinaus in die Berge. Zurück blieben der Brunnen, die Brücke, die Burg. Seine Jugend.

KAPITEL 7

Der Siebenschläfer ist der Wächter des Herbsthauses«, sagte Nimmermehr und zog ihre Finger von Hagens Hand zurück.

Es war das Letzte, das er für lange Zeit von ihr hörte. Als er seinen Schrecken überwunden hatte und sie ansprach, gab sie keine Antwort mehr. Seine Hände tasteten blind ins Leere. Nimmermehr war fort. Er hatte nicht einmal gehört, wie sich ihre Schritte entfernten.

Einen Moment lang überkam ihn nacktes Grauen. Die Schwärze schien von allen Seiten nach ihm zu greifen, ihn in ihren Abgrund zu ziehen, hinab zu dem Ding, das darin lauerte.

Dann aber riss er sich zusammen und dachte nach. *Das Herbsthaus.* Es war an der Zeit, dass er erfuhr, was es damit auf sich hatte. Doch viel dringender schien ihm, die Wahrheit über Nimmermehr zu erfahren. Über ihre Ziele. Über das, was sie vom Siebenschläfer wusste.

Wohin war sie verschwunden? Warum wich sie seinen Fragen aus?

Wer war sie überhaupt?

Hagen stemmte sich an dem gefällten Baumstamm auf die Beine. Seine Lage war hoffnungslos. Er war blind, allein, unbewaffnet und wurde von einer Meute Verrückter gejagt.

Das Vernünftigste wäre gewesen, sich wieder hinzusetzen und ergeben auf den Tod zu warten. Aber es war nicht die Vernunft, die ihn antrieb. Sie am allerwenigsten.

Er stand still, hielt den Atem an und versuchte, sich zu orientieren. Nimmermehr hatte gesagt, er befände sich am Nordende der Landzunge, unweit des Dorfes. Seine Ohren sagten ihm, dass der Fluss vor ihm strömte, ebenso rechts und links. Dann mussten die Häuser hinter ihm liegen.

Wenn er sich so nahe am Wasser befand, wo waren dann die Wächter, von denen Nimmermehr gesprochen hatte? Mussten sie ihn nicht unweigerlich entdecken, wenn er sich von dem Baum entfernte?

Stimmen wurden hinter seinem Rücken laut. Mehrere Männer, die näher kamen.

Hagen ließ sich fallen und rollte unter den gefällten Baumstamm, der ein leidlich gutes Versteck abgab. Er schloss die Augen – als ob das einen Unterschied machte! – und lauschte.

Jemand fluchte, ein anderer stieß ein gedämpftes ›Nun seht euch das an!‹ hervor. Sie waren noch zu weit entfernt, um Hagen entdeckt haben zu können – wenigstens redete er sich das ein. Allmählich kamen ihre Schritte näher, jetzt viel schneller. Sie rannten an seinem Versteck vorbei, ohne ihn zu bemerken, weil irgendetwas anderes ihre Aufmerksamkeit beanspruchte.

Er hörte, wie sie stehenblieben, unweit des Ufers.

»Sind sie tot?«, fragte einer.

»Nein«, erwiderte ein anderer. »Bewusstlos.«

»Der Hundsfott muss sie niedergeschlagen haben.«

»Ich seh' keine Wunden. Aber ihre Gesichter …«

»Als wäre ihnen der leibhaftige Satan erschienen«, stöhnte jemand.

Sie haben irgendwen gefunden, dachte Hagen.

Und dann durchfuhr ihn die Erkenntnis: Das konnten nur die Wächter sein. Offenbar lagen sie ohne Bewusstsein am Ufer, mussten dort schon gelegen haben, während er mit Nimmermehr sprach.

»Der Kerl ist ins Wasser gegangen«, sagte einer der Männer. »Er hat sie von hinten überrumpelt und ist dann an Land geschwommen.«

»Dann kriegen wir ihn nicht mehr.«

»Was soll's«, meinte einer ergeben. »Der war sowieso blind. Außerdem liegt das Gold sicher beim Vorsteher.«

Den Geräuschen nach machten die drei sich an den Bewusstlosen zu schaffen. Ohrfeigen ertönten, dann leises Stöhnen. Wasser klatschte irgendwem ins Gesicht.

»Sieht aus, als müssten wir sie tragen.«

»Verfluchter Mist!«

»Ich hätte den Kerl gern brennen sehen.«

»Ach was. Wir hätten ihn doch nur mit rauf zu den Hütten schleppen müssen.«

»Du bist jetzt wohl auf der Seite von diesem Schweinehund?«, fuhr einer auf.

»Pass auf, was du sagst!«

Ein schnelles Rascheln ertönte, dann ein dumpfer Schlag.

»Hört auf, verflucht noch mal!«, schrie der dritte Mann.

Noch mehr Rascheln, unterdrückte Flüche und Beschimpfungen, dann war der Streit geschlichtet.

»Wir haben keine Zeit für eure Kindereien. Das Wasser steigt immer schneller. Bis zum Abend muss das Dorf geräumt sein.«

»Die Frauen und Kinder müssten mittlerweile alle an Land sein.«

»Wenigstens sind dann die Hütten sauber, wenn wir kommen.« Jemand lachte rau.

»Hast du deinen Karren schon beladen?«

»Ich denke gar nicht dran. Ich hab alles unterm Dach verstaut. Das Wasser reicht fast schon bis zur Brücke. Wenn das den Karren mitreißt, dann schwimmt mein Zeug im Fluss. Nee, oben im Haus ist es sicherer, bis dahin steigt das Hochwasser nicht.«

»Wollen wir hoffen, dass es nicht wieder über die Dächer steigt.«

»Hört endlich auf mit dem Gerede und packt an! Du bist am stärksten, du kannst Norwin allein tragen. Wir beide schnappen uns Wibald.«

Jener, der einen Mann allein tragen sollte, murrte. »Ich hätte Lust, den Dummkopf hier liegen zu lassen. Lässt diesen blinden Bastard einfach entkommen …«

»Norwins Weib wird dir den Arsch versohlen, wenn du ihren Goldschatz ersaufen lässt.« Der Sprecher kicherte.

»Fangt ihr jetzt schon wieder an?«

»Ist ja gut.«

Stöhnen und Keuchen verrieten, dass die Ohnmächtigen aufgehoben und davongetragen wurden. Wenig später kehrte Ruhe ein, die Männer waren fort.

Hagen lag stocksteif in seinem Versteck. Ein einziges Wort hallte wie ein Echo in seinem Kopf wider.

Hochwasser.

Warum hatte Nimmermehr ihn nicht gewarnt? Was für ein Spiel spielte sie mit ihm?

Die Vorstellung, auf der Halbinsel gefangen zu sein, während von allen Seiten das Wasser herankroch, ohne einen Ort zur Flucht – wenigstens nicht für einen Blinden –, jagte ihm eisiges Entsetzen ein.

Noch einmal überkam ihn die Erkenntnis: Zunderwald versank im Rhein, und Nimmermehr hatte ihm nichts davon gesagt! Sie hatte ihn hier sitzenlassen, allein, auf sich gestellt, während die Menschen in ihre Fluchthütten am Ufer entkamen.

Mühsam rief er sich zur Ruhe, versuchte, sich allein auf das zu konzentrieren, was er als Nächstes tun musste. Fest stand, dass er ungesehen ins Dorf gelangen musste. Am besten war, wenn er sich in Geduld übte und noch eine Weile wartete, bis Zunderwald geräumt war.

Dennoch hatte er keine Wahl. Er musste abwarten, bis die Leute fort waren. Vielleicht gelang es ihm dann, sich in eines der Häuser vorzutasten und unters Dach zu klettern, dorthin, wo ihn das Wasser nicht erreichen konnte.

Aber auch dann war er noch nicht in Sicherheit. Wie lange würde er dort oben festsitzen, ganz ohne Nahrung und, schlimmer noch, ohne Gold! In spätestens einer Woche war das nächste Opfer fällig.

Freilich, wenn es ihm gelang, vorher das Haus des Vorstehers zu finden, Runolds Schatz zu stehlen und in den Fluss zu werfen …

Liebe Güte, dachte er und hätte beinahe lauthals aufgelacht; du bist blind! *Blind!* Du kannst nicht einmal drei Schritte ohne fremde Hilfe gehen, und da willst du ein Wunder vollbringen?

Er war nahe daran, endgültig zu verzweifeln. Dennoch riss er sich zusammen, kauerte sich neben dem Baumstamm zusammen und begann zu warten.

Er wartete lange Zeit, während sich in seinem Kopf die Gedanken und waghalsigen Pläne überschlugen, die er ein ums andere Mal verwarf.

Währenddessen glaubte er zu hören, wie der Fluss immer näher kam. Das Rauschen schien lauter zu werden, das abscheuliche Flüstern der Strömung deutlicher. Gelegentlich hörte er laute Rufe, die vom Dorf herübertönten, manchmal auch das Knirschen von Karrenrädern. Immer wieder erklang das Getrappel von Hufen auf Holz. Dass die Dorfbewohner die Brücke benutzten, schien ihm ein Hinweis darauf, dass die Landverbindung zum Ufer längst unter Wasser stand.

Es war schwierig, die Länge eines Tages abzuschätzen, doch als Hagen keine Geräusche mehr vom Dorf her hörte und sein Gefühl ihm sagte, dass es Abend geworden war, machte er sich auf den Weg.

Den Tag über hatte er hin und wieder geglaubt, vor seinem rechten Auge erneut einen Schimmer von Helligkeit wahrzunehmen. Er war nicht sicher, ob ihm nicht seine Einbildungskraft einen Streich gespielt hatte, aber er setzte all sein Hoffen auf diesen winzigen Lichthauch. Wie lange konnte es jetzt noch dauern, bis er auf dem einen Auge wieder sehen konnte? Drei Tage? Drei Wochen? Er hatte nicht die geringste Vorstellung.

Er kämpfte sich erneut auf die Füße und war verwundert, wie starr seine Glieder vom langen Sitzen geworden waren. Mit einem festen Stock, den er tastend zwischen den Bäumen gefunden hatte, suchte er nach Anzeichen für einen befestigten Weg, den die Männer am Morgen gegangen sein mochten.

Er fand ihn schon nach wenigen Schritten. Hier war der Boden festgeklopft und federte nicht wie am Fuß der Bäume; auch lagen keine Äste und Steinbrocken umher. Mit seinem Stock tastete er sich vor und betete, dass Zunderwald wirklich verlassen war. Wenn man ihn jetzt entdeckte, würde man ihn auf der Stelle töten.

Doch niemand schien ihn zu sehen. Nach zwanzig Schritten

wandte er sich versuchsweise nach rechts und ging so lange vorwärts, bis sein Stock gegen eine feste Wand stieß. Ein Haus. Also hatte er die Grenze des Dorfes überschritten.

Er wandte sich wieder um und setzte seinen Weg fort, ließ die Stockspitze dabei an der Mauer schleifen. Er wünschte sich einen zweiten Stock, mit dem er den Boden vor sich hätte abtasten können, gemahnte sich aber, dass das Glück ihm wohl hold genug gewesen war.

Das nächste Gebäude war leicht nach hinten versetzt. Hagen kam an eine Tür, überlegte, ob er hineingehen sollte, entschied sich aber dann dagegen.

Das Schleifen des Stockes war nicht zu überhören. Falls sich wirklich noch jemand in Zunderwald befand, so musste er Hagen jetzt bemerkt haben. Noch immer aber rührte sich nichts. Auch als er noch einmal stehen blieb und lauschte, war alles, was er hörte, ein Fensterladen, der im Wind auf und zu schlug.

Er fragte sich, ob die Dorfbewohner keine Wachen aufgestellt hatten. Für Räuber musste es ein Leichtes sein, von der Flussseite in Zunderwald einzudringen und die verlassenen Häuser zu plündern.

Die Fluchthütten lagen sicher nicht allzu weit entfernt, wahrscheinlich am nahen Uferhang, da, wo das Hochwasser sie nicht erreichen konnte. Wenn die Dorfbewohner ihn von dort aus entdeckten, würden sie sicher jemanden herunterschicken, der ihn ein für alle Mal erledigte.

Dann fiel ihm ein, dass es vielleicht schon dunkel war. Ja, bestimmt war es das. Deshalb sah niemand, wie er sich durch die leeren Straßen schleppte! Dann hatte er tatsächlich lange genug gewartet. Ein kleiner, aber wichtiger Erfolg.

Ruckartig blieb er stehen. Fast wäre er gegen eine Mauer gelaufen; das nächste Haus war weit vorgezogen, oder aber die Straße machte eine Biegung. Er machte eine Vierteldrehung, lief bis zur nächsten Ecke an der Wand entlang und bog dann wieder nach rechts. Den Fenstern und der Tür nach war dies die Vorderseite. Das hieß, die Straße verlief weiter geradeaus.

Ihm war klar, dass er eigentlich gar nicht wusste, was er hier tat. Wenn Nimmermehr nicht bald auftauchte und ihm half, Runolds Gold aus dem Haus des Vorstehers zu holen und in den Fluss zu werfen, konnte er wirklich nichts anderes tun, als sich vor dem Hochwasser auf irgendeinem Dachboden zu verkriechen.

Hagen gestand sich endgültig ein, dass er in Zunderwald gefangen war.

Selbst wenn Nimmermehr zurückkehrte, er konnte ihr schwerlich noch einmal vertrauen. Andererseits war sicher sie es gewesen, die die beiden Wachen überwältigt hatte, damit es so aussah, als sei Hagen schwimmend ans Ufer geflohen. Damit hatte sie zumindest dafür gesorgt, dass nicht mehr nach ihm gesucht wurde.

»He!«, sagte eine Männerstimme. »Blinder Mann!«

Hagen blieb stehen. Schützend hob er den Stock wie ein Schwert. Die Bewegung musste mehr als lächerlich wirken.

Er war ihnen direkt in die Falle gelaufen!

»Ich mag blind sein«, gab er so kühn wie nur möglich zurück, »aber Ihr werdet kein leichtes Spiel mit mir haben.«

Ein Moment des Schweigens verging, dann war die Stimme ganz in seiner Nähe. »Wollt Ihr einem Mann Gottes drohen?«, fragte sie sanft.

»Jedem, der es wagt, näher zu kommen.«

»Nun, ich *bin* näher gekommen. Aber nicht, um Euch zu schaden. Ihr seht aus, als könntet Ihr Hilfe gebrauchen – meine bescheidene und die unermessliche des Herrn.«

Hagen ließ sich von den Worten des Mannes nicht beirren. »Sprecht Ihr von der gleichen Art von Hilfe, die Ihr Runold habt zukommen lassen?«

»Wüsste ich, wer Runold ist, könnte ich Euch darauf eine Antwort geben, mein Freund.«

Hagen musste sich eingestehen, dass dies nicht wie die Stimme eines aufgebrachten Mörders klang. Zudem schien der Sprecher allein zu sein. Es gab weder Gemurmel im Hintergrund noch das Scharren von Füßen. Nur die warmherzigen Worte eines einzigen Mannes.

»Ihr seid ein Mann des Christengottes?«, fragte Hagen argwöhnisch.

»In der Tat. Und ich habe so oft Nächstenliebe gepredigt, dass ich Euch schwerlich allein hier draußen stehenlassen kann. Das Hochwasser wird bald die ersten Häuser erreichen.«

»Ist es Nacht?«

»Stockfinstere noch dazu«, gab der Priester zur Antwort. Der Stimme nach war er nicht mehr jung. »Lasst mich Euch in meine Unterkunft führen. Dort können wir ausharren, bis die Gefahr vorüber ist. Es gibt sogar Vorräte im Überfluss. Aber sagt, mein Freund, wie ist Euer Name?«

»Ich bin Hagen von Tronje.«

Eine Hand legte sich sanft auf Hagens Unterarm. Er zuckte kurz, ließ dann aber geschehen, dass der Priester ihn führte. Nach einigen Schritten sagte der Mann: »Mich nennt man Bruder Morten.«

Hagen blieb wie vom Blitz getroffen stehen, öffnete den Mund – und schloss ihn wieder. Es war besser, er würde sich nichts anmerken lassen.

»Seid Ihr aus Zunderwald?«, fragte er stattdessen, als sie weitergingen.

»Nur auf der Durchreise.«

»Im Auftrag des Herrn, nehme ich an.«

»Aber ja.«

»Weshalb seid Ihr nicht vor dem Hochwasser geflohen wie alle anderen?«

»Der Wille des Herrn hat mich hierher entsandt, und ich werde bleiben, bis der Herr mich von hier abberuft. Der Dorfvorsteher war so freundlich, mir für die Zeit meines Aufenthalts sein Haus zur Verfügung zu stellen.«

Hagen blieb gefasst. »Ihr wohnt im Haus des Vorstehers?«

»Auf dem Dachboden. Man sagte mir, ich sei dort sicher vor dem Hochwasser. Aber vielleicht wird es gar so arg nicht kommen. Ich habe das Dorf gesegnet, damit ihm das Schlimmste erspart bleibt.«

»Ihr glaubt, Euer Segen kann das Wasser zurückdrängen?«

»Wenn es der Wille des Herrn ist, ja.« Schmunzelnd fügte er hinzu: »Moses hat ein ganzes Meer verdrängt, als Gott ihm die Macht dazu gab.«

Hagen wusste nicht, wer Moses war, aber er hielt es für sehr unwahrscheinlich, dass irgendwer Macht über ein Meer haben konnte. »So seid Ihr nach Zunderwald gekommen, um die Worte der Bibel zu verkünden?«, fragte er.

Bruder Morten zögerte einen Moment. »Für Segen und Predigt ist immer Zeit, ganz gleich wohin meine Mission mich führt. Aber was ist mit Euch selbst, Hagen von Tronje? Ihr scheint gleichfalls fremd hier zu sein.«

»Ein Mann namens Runold hat mich gezwungen, ihn hierher zu begleiten.«

Der Priester verharrte. »Ihr meint den Mann, der von den Dorfbewohnern hingerichtet wurde? Lieber Himmel, Ihr müsst mir glauben, dass ich versucht habe, seinen Tod zu verhindern.« Er klang jetzt ehrlich aufgebracht, und der Druck seiner Finger auf Hagens Unterarm wurde kräftiger, fast schmerzhaft. »Sie wollten nicht auf mich hören, sagten, er sei ein Sünder vor Gott.«

»Nicht vor dem Euren«, entgegnete Hagen. »Sein Vergehen war es, Menschen zu Göttern zu machen – zumindest ließ er die Leute das glauben. Er hat einen schönen Batzen Gold damit verdient, wie ich hörte.«

»O ja«, stöhnte Bruder Morten. »Das hat er wohl. Die Dorfbewohner haben es sichergestellt und im Haus des Vorstehers untergebracht. Ich erklärte ihnen, dass auch das eine Art der Sünde wäre, aber sie stritten es ab. Schließlich versprachen sie mir, es den Vertretern der christlichen Kirche zukommen zu lassen.«

»Also Euch«, bemerkte Hagen.

»Mir?«, fragte Morten entsetzt. »Der Herr bewahre mich vor solchen Gaben. Nein, ich könnte es auf meinen Reisen nicht einmal tragen, geschweige denn ausgeben. Ich bin ein bescheidener Mensch. Gold ist eher für die Kirchenherren bestimmt, für den Bau neuer Gotteshäuser.«

»Der Vorsteher hat Euch tatsächlich versprochen, das Gold solch ehrbaren Zwecken zukommen zu lassen?«

»Er leistete einen Eid auf die Bibel.«

»Welch großzügige Geste.«

»Allerdings, mein Freund, allerdings.«

Hagen wurde nicht schlau aus seinem Führer. Wenn dies der Morten von Gotenburg war, vor dem Nimmermehr solche Angst gehabt hatte – und daran konnte eigentlich kein Zweifel bestehen –, wie ließ sich ihre Beschreibung dann mit dem Mann vereinbaren, der jetzt neben ihm ging?

»Sagt«, bat Hagen, »wie ist Euer voller Name?«

»Er wird Euch nichts sagen. Ich stamme aus dem Geschlecht derer von Gotenburg. Warum wollt Ihr das wissen?«

»Mir war, als hätte ich schon von Euch gehört.«

»Ihr scherzt!« Der Priester wirkte erfreut. »Dann eilt mir die Lehre Gottes voraus?«

Hagen zögerte. »Ja, so könnte man es nennen.«

Morten schien seine Zurückhaltung nicht zu bemerken. Stattdessen redete er weiterhin fröhlich drauflos. Von seinen Reisen sprach er, von den zahllosen Sünden, die er auf seinem Weg hatte mit ansehen müssen, aber auch vom Guten in den Menschen, selbst in jenen, denen man es nicht ansah.

Als Bruder Morten stehen blieb und eine Haustür öffnete, tat Hagen, als stolpere er. Dabei ließ er sich gegen den Priester fallen und fuhr wie zufällig mit der freien Hand über dessen Gewänder.

»Wartet, wartet, mein Freund«, rief Morten aus und klang vergnügt. »Das Haus läuft uns nicht fort.«

Morten trug einen langen Umhang oder Mantel, vielleicht auch eine weite Kutte. Aber winzige Teufel, wie Nimmermehr gesagt hatte, saßen keine darunter. Morten schien nichts weiter zu sein als ein untersetzter, ja geradezu kleinwüchsiger älterer Mann, der zu Leibesfülle neigte; eine Gestalt, wie Hagen sie schon zu Dutzenden in den Klöstern der Christenorden gesehen hatte.

Der Priester führte ihn vorsichtig eine enge Holztreppe hinauf, dann eine zweite, bis sie auf dem Dachboden des Hauses standen. Es roch nach Tuch und Kleidung, die hier oben zum Trocknen aufgehängt wurden, nach Staub und Holz und kaltem Rauch.

»Seid so gut und beschreibt mir Eure Kammer, Bruder Morten«, bat er.

Der Priester half ihm, sich auf einem Schemel niederzulassen. »Es ist keine wirkliche Kammer, nur der hohle Giebel des Hauses. Der Dachboden ist ziemlich groß, aber der Vorsteher und seine Familie haben all ihren Besitz hier oben verstaut, und so ist nicht allzu viel Platz übriggeblieben. Es gibt ein offenes Kaminfeuer, außerdem hängen überall Laken und Decken.« Er lachte leise. »Es soll aussehen, als seien sie von der letzten Wäsche übriggeblieben. Aber ich vermute, der Vorsteher ließ sie aufhängen, damit sie sein Hab und Gut vor meinen Blicken schützen.«

»Er hat Euch kein Bett unten im Haus angeboten?«

»Das wäre mir nicht recht gewesen. Die Kargheit dieses Speichers lässt mich nur noch inniger Gottes Nähe und Wärme spüren.«

Am Rascheln der Kleidung hörte Hagen, dass auch Morten sich irgendwo hinsetzte.

»Bewahrt Ihr das Gold hier oben auf?«, fragte Hagen.

»Ihr wollt es doch nicht stehlen, nicht wahr?« Einen Moment lang klang der Priester erschrocken, dann aber lachte er beschämt. »Verzeiht mir, Freund Hagen, ich vergaß Eure Blindheit ... Ihr müsst mein Misstrauen entschuldigen, gerade einem Kranken wie Euch gegenüber, aber ...«

»Ich bitte Euch«, unterbrach Hagen ihn rasch. »Ihr habt mich gerettet. Wie könnte ich Euch etwas übelnehmen?«

»Habt Dank, mein Freund. Was das Gold angeht ... es liegt gleich neben Euch, ein ganzer Sack voll.«

Hagen streckte die Hand aus und ertastete tatsächlich nach kurzer Suche grobes Leinen, das sich über etwas Hartem spannte. Seine Finger fanden eine Öffnung und glitten hinein. Er fühlte Münzen, unzählige Münzen, aber auch Ringe, Ketten und Geschmeide. All das schien ihm weniger der Lohn für Runolds Vorführungen zu sein als vielmehr die Beute eines Diebes. Offenbar war der Gaukler nicht davor zurückgeschreckt, seine Zuschauer um das eine oder andere edle Stück zu erleichtern. Er fragte sich, ob die falschen Götter von den Räubereien ihres Anführers gewusst hatten.

»Ich möchte Euch um eine ehrliche Antwort auf eine Frage bitten, Bruder Morten.«

»Natürlich, mein Freund.«

»Habt Ihr je zuvor meinen Umhang gesehen?«

Morten lachte verwundert. »Euren Umhang? Ein schönes Stück, zweifellos. Aber ich habe es heute zum ersten Mal gesehen. Ich bin sicher, es wäre mir in Erinnerung geblieben. Vor allem der Kragen aus Rabenfedern ist wundervoll gewirkt. Es sind doch Rabenfedern, nicht wahr?«

»Ja.« Hagen entspannte sich und versuchte, seine Gedanken in geordnete Bahnen zu zwingen. Nimmermehr hatte gesagt, sie habe den Mantel von Morten gestohlen. Noch eine Lüge.

Er fasste sich ein Herz und fragte: »Kennt Ihr ein Mädchen namens Nimmermehr?«

Morten schwieg eine Weile, und Hagen wünschte sich verzweifelt, er könnte sein Gesicht sehen, die Empfindungen, die es ausdrückte. So aber mochte Mortens Schweigen alles mögliche bedeuten.

Schließlich sagte der Priester nachdenklich: »Das ist ein merkwürdiger Name. Aber ich glaube nicht, dass ich ihn je zuvor gehört habe. Mein Gedächtnis ist nicht das beste, aber einen Namen wie diesen … nein, den habe ich nie gehört. Sagt mir, wer ist dieses Mädchen?«

»Jemand, den ich vor einigen Tagen getroffen habe«, entgegnete Hagen geschwind, ohne etwas preiszugeben.

»Sie muss über ein edles Wesen verfügen, wenn Ihr Euch nach ihr erkundigt, ohne sie je gesehen zu haben.«

»Ein edles Wesen, ja«, gab Hagen tief in Gedanken zurück.

Morten kicherte. »Nun, ich sehe schon, Ihr wollt mir nicht mehr davon erzählen. Ich bin ein Priester und wäre Euch in diesen Belangen ohnehin kein guter Ratgeber.«

Bemüht, so schnell wie möglich das Thema zu wechseln, fragte Hagen: »Was gedenkt Ihr eigentlich zu tun, wenn Räuber vom Fluss aus über Zunderwald herfallen? Das Gold liegt hier oben vollkommen unbewacht.«

»Oh, sie werden es nicht so einfach haben, wie Ihr glauben mögt, mein Freund.« Morten kramte lautstark zwischen irgendwelchen Gegenständen, dann drückte er Hagen einen langen Holzstab in die Hand. »Mein treuer Speer«, erklärte er. »Er hat mir auf meinen Reisen gute Dienste geleistet. So manchen Wegelagerer habe ich damit in die Flucht geschlagen, das dürft Ihr mir glauben. Wenn wirklich Räuber kommen und sich am Gold der Kirche vergreifen wollen, nun, dann sollen sie kommen und sich ihre Abreibung holen.«

Die kindliche Selbstüberschätzung des Priesters rührte Hagen zutiefst. Er tastete an dem Speer entlang und fand an seinem Ende eine scharfe, langgezogene Spitze, fast wie die Klinge eines Kurzschwertes.

»Wenn Ihr wollt«, sagte Morten, »dann behaltet ihn für eine Weile als Stock. Ich brauche ihn im Augenblick nicht, und er scheint mir besser geeignet als der krumme Ast, den Ihr aufgelesen habt.«

»Glaubt Ihr, dass das nötig ist? Ich meine, hier oben im Haus brauche ich keinen Stock und …«

»Ach, was«, fiel Morten ihm ins Wort. »Nehmt ihn schon. Ihr seht aus wie ein Krieger, ganz gleich ob blind oder nicht, und Ihr werdet schon wissen, wie man mit so einem Ding umzugehen hat, ohne dass Ihr einem von uns damit den Bauch aufschlitzt.«

»Ihr seid ein wahrlich guter Mensch, Bruder Morten.«

»Alle Menschen sind gut, Freund Hagen, nur dass manche es besser zu verbergen wissen als andere.«

»Wie lange seid Ihr schon Priester?« Hagen rammte die Spitze des Speers in den Boden, damit er ihm mehr Halt geben konnte.

»Über dreißig Jahre.«

»Und Ihr habt es nie bereut?«

Leise Erheiterung sprach aus Mortens Stimme. »Es gab die eine oder andere Versuchung des Fleisches, wenn es das ist, worauf Ihr hinauswollt. Aber das ist lange her. Damals war ich jung und noch nicht so gefestigt im Glauben wie heute.«

»Hattet Ihr jemals mit Geistern zu tun?« Hagen sprach das Wort nur mit Widerwillen aus. Zu nahe war der Fluss, zu nahe der Siebenschläfer.

»Abgesehen vom Heiligen Geist, meint Ihr?« Morten zögerte kurz, dann fuhr er fort: »Hin und wieder hat man mich gebeten, eine Austreibung vorzunehmen. Man könnte sagen, dass ich eine gewisse Übung darin habe, arme Menschen vom Fluch der Toten zu reinigen. Aber ich muss zugeben, dass es lange Zeit zurückliegt, seit ich dergleichen gewagt habe.«

Hagen spürte, dass ein zaghaftes Zittern durch seine Glieder strömte.

»Ist Euch kalt?«, fragte Morten. »Wartet, ich helfe Euch hinüber zum Kamin.«

Der Priester nahm ihn bei der linken Hand. Mit der Rechten stützte Hagen sich auf den Speer, benutzte ihn wie eine Krücke, während er dem Mann die wenigen Schritte zum Kaminfeuer folgte.

»Lasst mich Holz nachlegen«, sagte Morten und ließ Hagen los.

Unruhig tastete Hagen die Hand vor, berührte die Kutte des Priesters. Morten hockte vor ihm am Boden, hatte ihm den breiten Rücken zugewandt. Holzblöcke polterten in die Flammen, es knisterte.

»Es ist feucht hier oben, das tut weder uns noch dem Feuer gut.« Er schien mit irgendetwas in der Glut zu stochern.

»Es tut mir leid«, sagte Hagen.

»Was meint Ihr?«, fragte Morten, immer noch mit dem Kamin beschäftigt. »Dass die Flammen so leicht ausgehen? Daran trifft Euch nun wahrlich keine Schuld.«

»Nein«, sagte Hagen leise. Und nochmal: »Es tut mir leid.«

Dann nahm er den Speer in beide Hände, zielte blind und rammte ihn dem Priester zwischen die Schulterblätter.

Er fror, als er hinaus auf die Straße trat. Ein eiskalter Wind peitschte vom Fluss herüber durchs Dorf, heulte in den verwinkelten Gassen und Treppenfluchten, pfiff durch morsche Dächer und klappernde Fensterläden. In der Ferne schlugen Hunde an, irgendwo am Ufer, bei den Fluchthütten. Die Strömung sang ein klagendes Trauerlied, durchsetzt vom Wispern und Kichern der Geister. Stimmen voller Häme, Gesänge aus der Tiefe des Leids.

Hagen schulterte den Goldsack und tastete sich mit dem blutigen Speer die Straße entlang. Mehrmals drohte er zu stolpern, doch sein Wille trieb ihn weiter voran. Er hörte, wie über ihm am Himmel die Raben krächzten, doch keiner von ihnen kam näher oder setzte sich auf seiner Schulter nieder. Er flößte sogar den Tieren Furcht ein, hager und ganz in Schwarz, bis zum Scheitel mit Mortens Blut besudelt.

Er folgte dem Glühen vor seinem rechten Auge und wusste, dass es ihn nach Süden führte, zum unteren Ende der Landzunge. Die Dorfstraße verlief vollkommen gerade, Hagen stieß nirgendwo an. Gut möglich, dass ein anderer ihm den Weg wies; jemand, der sich vor Gier und Vorfreude verzehrte. Der Fluss war unersättlich. Forderte, forderte.

Das Gelände stieg kaum merklich an. Hagen musste die Häuser hinter sich gelassen haben. Der Schimmer vor seinem Auge schien zum Leben zu erwachen, er begann jetzt zu zucken, zu flackern. Fauchen und Knistern lag in der Luft. Tannennadeln knallten, als die Flammen auf sie übergriffen. Es wunderte Hagen nicht mehr, als die gelbrote Helligkeit sich bei seinem Näherkommen aufspaltete. Aus einem Feuer wurden fünf. Fünf brennende Tannen.

Hitze schlug ihm entgegen und vertrieb die Kälte der Nachtwinde. Nur das Eis in seinem Inneren ließ die Wärme unangetastet.

Als die Glut auf der Haut fast unerträglich wurde, blieb Hagen stehen. Er stützte sich schwer auf Mortens Speer und wuchtete den Goldsack auf den Boden. Münzen und Geschmeide klirrten beim Aufprall.

Die Stimmen der Flußgeister wirbelten in seinen Ohren, drifteten auseinander, fanden neue Form, verdichteten sich, mal zu unverständlichen Worten, dann wieder zum Rauschen der Strömung.

Nimmermehr war plötzlich neben ihm.

»Sag, Hagen, wie lange ist es her, dass du begonnen hast, für Gold zu morden?«

Ihre Stimme: so leise, so zaghaft, so sanftmütig.

Hagen war müde, die Erschöpfung schwächte seine Sinne. »Ich hatte nie eine andere Wahl.«

Der schwarze Abgrund vor seinem zerstörten linken Auge wurde allmählich von dem Flackern von rechts verdrängt. Was immer in der Tiefe gelauert hatte – es würde entweder von dem Licht emporgespült oder vernichtet werden.

»Aber wie lange ist es her?«, fragte sie beharrlich. »Wann ist es zum ersten Mal geschehen?«

»Kurz nachdem ich die Burg des Otbert von Lohe verließ.« Nach einem langen Atemzug fügte er hinzu: »Die Burg deines Vaters, Malena.«

Nimmermehrs Stimme wechselte von seinem linken zum rechten Ohr, ohne dass er eine Bewegung wahrnahm. Kein Luftzug, kein Geräusch. »Malena? Nein, Hagen. Nicht Malena.«

Er zögerte, versuchte nachzudenken. Dann, auf einen Schlag, verstand er. »Nane«, sagte er leise. »Du bist Nane.«

»Malenas Schwester, ja«, sagte sie bar jeder Empfindung. »Ich war nicht zu Hause, als es geschah. Ich habe geweint, weil du und Malena fortgeritten wart. Ich bettelte und flehte so lange, bis Mutter mir gestattete, mit meiner Amme einen Ausflug in die Wälder zu machen. Wir versprachen ihr, uns nicht weit von der Burg zu entfernen, dennoch verirrten wir uns. Als wir den Weg zurück fanden, war es dunkel. Wir sahen vom Waldrand aus, wie du die Burg verließest, in voller Rüstung, mit Vaters Langbogen bewaffnet. Ich kann mich kaum noch daran erinnern, aber die Amme hat es mir später erzählt. Nachdem ihr klargeworden war, dass alles Leben aus der Burg verschwunden war, brachte sie mich weit, weit fort und zog mich auf, in einem Dorf am Fluss, ähnlich wie diesem hier.

Jahre später überraschte uns in einer Nacht das Hochwasser. Die meisten Menschen konnten sich retten, sie hatten gelernt, wie man schwimmt. Ich nicht. Meine Amme überlebte, aber ich ertrank. Das Mädchen Nane wurde eins mit den Rheingeistern.

Von ihnen erfuhr ich, was meiner Familie zugestoßen war, und auch, wer die Schuld daran trug. Dennoch: So lange ich auch suchte, Malena und meine Eltern waren nicht unter den verlorenen Seelen am Grunde des Flusses. Sie waren anderswo, denn der Siebenschläfer verweigerte ihnen die Gnade, mit den anderen durch die Tiefen zu schweben.

Ihre Seelen waren zu Gefangenen geworden, an einem Ort, den die Geister das Herbsthaus nannten. Lange Zeit suchte ich nach dem Siebenschläfer, um ihn anzuflehen, mich zu ihnen zu bringen, doch ich fand ihn nicht. Er ist nicht wie wir anderen. Er ist böse, verschlagen und hinterhältig, und er spricht allein durch seine drei Dienerinnen, zeigt sich selbst keinem anderen, nicht einmal den übrigen Geistern des Flusses.

Eine Ewigkeit lang zog ich durch die Klüfte des Rheins, durch die eisigen Abgründe, wo das Schreien und Flehen und Weinen niemals ein Ende hat. Doch das alles war vergebens – bis mir endlich klar wurde, was ich zu tun hatte. Wenn ich nicht zum Siebenschläfer kommen konnte, dann musste er zu mir kommen. Und es gab nur einen, der regelmäßig mit ihm oder seinen Dienerinnen zusammentraf.«

Hagen hob den Speer und schleuderte ihn voraus in die lodernde Helligkeit. Ein kaum hörbares Klatschen verriet, dass der Wurf fehlgegangen war; der Speer war irgendwo im Rhein versunken. Es würde noch Tage, noch Wochen dauern, bis er wieder sehen oder gar zielen konnte.

»Du warst die ganze Zeit über bei mir?«, fragte er ins Leere. »Während ich mit Runold ritt, bewusstlos in der Scheune lag – und auch auf dem Dachboden?«

»Die ganze Zeit«, bestätigte Nanes Geist. »Niemand sieht mich, Hagen. Das gilt nicht nur für dich, sondern auch für jeden anderen, ganz gleich ob sehend oder blind. Ich kann dich meine Stimme hören lassen, und ich kann dir das Gefühl geben, mich zu berühren. Aber sehen? Nein, Hagen, sehen kann mich keiner.«

Er brauchte eine Weile, um die Bedeutung ihrer Worte völlig zu erfassen. Dann erst sagte er langsam: »Dieses Gold, es hat niemals Runold gehört, oder?«

»Nein. Es gibt viel davon unten im Rhein, in den Wracks gesunkener Schiffe. Die Geister der Bootsleute behüten es mit wachsamen Blicken. Es war nicht leicht, etwas davon heraufzuholen.«

Die heiße, rauchgeschwängerte Luft strömte wie flüssige Glut in Hagens Brust. Er aber verschwendete keinen Gedanken an den Schmerz. »Du hast Runold das Gold untergeschoben, um …«

»Die Gier der Dorfbewohner zu wecken, natürlich. Ich musste die Gaukler loswerden, so schnell es nur ging. Und Zunderwald hat eine lange Tradition, was Raub und Diebstahl angeht.«

»Weshalb aber diese Geschichte über Bruder Morten? Warum das Gerede vom Pakt mit dem Bösen, von Teufeln unter seinem Mantel?« Die Hitze wurde immer unerträglicher, aber Hagen wagte nicht zurückzutreten, aus Angst, Nanes Geist, Nimmermehr, könne verschwinden.

»Ich kannte ihn schon lange. Er hat viele von uns vertrieben, die in die Körper von Menschen schlüpften. Er …«

Hagen unterbrach sie. »So wie du in die Tochter des Vorstehers geschlüpft bist?«

»Ja. So etwas ist schwierig und niemals von Dauer, aber Priester wie Bruder Morten können uns dabei vernichten.«

»Er war ein guter Mann.«

»Was dich nicht daran gehindert hat, ihn hinterrücks zu ermorden.«

Hagen verzog keine Miene. »Ich habe es früher getan, und ich werde es in Zukunft tun. Das ist mein Fluch.«

»Dein Fluch ist es, dem Siebenschläfer Gold zu opfern, nicht Unschuldige zu töten!« Sie klang jetzt eine Spur schärfer.

»Das eine ist nur eine Folge des anderen.« Seine Stimme bebte; die Kälte, die er hineinlegen wollte, wirkte gekünstelt und falsch. Die Überzeugung, die er sich übergestreift hatte, war zu groß für ihn, wie ein falsches Paar Stiefel. Sie war für andere gemacht, nicht für ihn, und doch hatte er keine Wahl. »Du hast mir meine Frage nicht beantwortet«, sagte er langsam. »Warum dieses Märchen von Mortens Pakt mit dem Bösen?«

»Ich wollte sicher sein, dass du seine Unschuld und Reinheit in ihrer vollen Größe wahrnimmst«, gab sie zur Antwort. »Du hast einen Hexer erwartet, und begegnet ist dir ein Heiliger. Ich wollte wissen, ob du ihn trotzdem tötest.«

Er schnaubte verächtlich – nur ein weiterer schwacher Versuch, sich selbst zu schützen. »Und nun, da du es weißt?«

»Nun kann ich Malena berichten, was aus dir geworden ist«, sagte sie eisig. »Wenn ich ihr im Herbsthaus gegenüberstehe, wird sie erfahren, wie du wirklich bist, Hagen von Tronje. Und sie wird ihren Schmerz, von dir getrennt zu sein, überwinden können.«

Darauf schwieg er eine lange Zeit, während die fünf Tannen immer heller brannten. So wie sie Hagen den Weg gewiesen hatten, würden sie auch die Dienerinnen des Siebenschläfers herbeilocken.

Erst als er nicht mehr sicher war, ob Nanes Geist überhaupt noch um ihn wehte, stellte er seine letzte Frage:

»Warum dieser Ort?«

»Du hast ihn doch erkannt, oder?«

»Aber warum gerade hier?«

Jetzt lachte sie leise, hell und sanft und mädchenhaft. »Du hast ihn gesucht, Hagen. Ohne es zu wissen, vielleicht, ohne es wahrhaben zu wollen. Aber all deine Wege, deine Reisen, immer kreisten sie um dieses eine Ziel. Du wolltest erfahren, was damals unter dir war, in jener Nacht, als du zwischen den Tannenwipfeln dahintriebst. Du hast davon geträumt, nicht wahr? Von schwarzen Abgründen voller Bestien und böser Götter. Aber so war es nicht, Hagen. Da war nichts als ein einfacher Opferplatz der Dorfbewohner, die mit dem Gold den Siebenschläfer um Schonung baten. Sie haben ihm geopfert, was sie von anderen geraubt hatten. Er aber hat ihr Flehen nicht erhört. Der Fluss überschwemmte ihre Häuser bis über die Giebel. Einige dieser Menschen warfen sich verbittert in die Fluten, trugen das Gold hoch hinauf in die Wipfel, damit das

Wasser es nicht mehr erreichen möge. Und dann, Hagen, kamst du. Du hast nicht nur die Dorfbewohner um ihre Beute gebracht, du hast auch das Opfer des Siebenschläfers gestohlen. Du hast deine Strafe verdient, jeden Tag voller Elend, der über dich kam. Wir aber, die wir mitgerissen wurden von der Rachsucht des Siebenschläfers, wir waren unschuldig. Unschuldig, Hagen! Trotzdem wurde meine Familie zu einem Leid verdammt, das viel größer ist, als das deine je sein wird.«

Hagen ging in die Knie, schlug die Hände vors Gesicht. Lange Zeit hockte er da, während der Opferplatz des Siebenschläfers von den Flammen verzehrt wurde. Erst als er langsam den Kopf wieder hob und abermals ins Feuer blickte, kam ein Flüstern über seine Lippen.

»Aber ich war nur ein Kind! Nichts von all dem habe ich gewusst!«

Ihre Stimme wehte wie eiskalter Atem in sein Ohr. »Ich war auch nur ein Kind, Hagen. Malena war ein Kind. Sie hat nie ...«

Ein tosender Windstoß übertönte ihre Worte, ein donnerndes Krachen und Rauschen erklang, und tausendfache Gischt sprühte Hagen ins Gesicht.

»Er kommt«, flüsterte er in den Lärm einer Flutwelle. »Der Siebenschläfer kommt.«

Und er nahm den Goldsack, ungeachtet von Nimmermehrs Anwesenheit, wandte sich von der Helligkeit ab und schleppte sich so lange vorwärts, bis seine Stiefel ins Wasser traten.

Er hörte dreistimmiges Kichern, dreistimmigen Wahnsinn. Dann entriss ihm eine Woge das Gold und zog es strudelnd in die Tiefe. Er selbst wurde nach hinten geschleudert, prallte zurück in aufgeweichtes Erdreich.

Ein Lufthauch schabte hart wie Eiskristalle an seiner Wange vorüber; Nanes Geist folgte den drei Wasserfrauen zum Herbsthaus. Sie würden ihr den Weg weisen, wissentlich, vielleicht, oder blind in ihrer Gier nach dem Gold und dem Lob ihres Meisters.

Hagen wollte sich erheben, rückwärts ins Trockene kriechen, als ihn eine weitere Welle erfasste, mit sich in den Fluss riss, weit, weit hinaus, tanzend wie Treibholz über der eisigen Tiefe.

Ich ertrinke, dachte Hagen und war glücklich.

Aber er ertrank nicht. Der Siebenschläfer wachte neidisch über seinen Sklaven, und er spülte Hagen ans Ufer, fern von Zunderwald, fern aller Gefahr.

EPILOG

Es kam ihm vor, als sei der Hang seit damals steiler geworden. Steiler und schwerer zu erklimmen. Es war sein Widerwille, der ihm dieses Gefühl gab. Er hatte nicht hierher zurückkehren wollen, niemals wieder. Nun hatte er auch diesen Schwur gebrochen. Noch etwas, das falsch war. Eine Sünde, ein Frevel, ein Verrat an sich selbst. Aber einer mehr oder weniger, was bedeutete das schon?

Mit seinem einen Auge blickte Hagen zur Ruine der Burg hinauf. Die Türme waren eingestürzt, die Dächer zerfallen, die Zinnen ausgefranst wie verschlissenes Leinen. Raben schwebten über den Mauern, vielleicht seine eigenen, vielleicht auch nur solche, die sich hier eingenistet hatten.

Dieser Ort war seiner würdig, eine Ruine wie er selbst, ausgebrannt, zerstört. Nicht einmal Raubritter und anderes Gesindel hatten hier Quartier bezogen. Sie fürchteten die Burg; das, was davon übrig war. Und sie hätten auch Hagen gefürchtet; das, was von ihm übrig war.

Sein linkes Auge war hinter einer schwarzen Binde verborgen, die schräg über Stirn und Wangenknochen saß. In den Wochen, die seit den Ereignissen von Zunderwald vergangen waren, war sein Gesicht noch hagerer geworden, seine Falten noch tiefer. Sein Mantel schützte ihn vor dem eisigen Wind, der ihm vom Fluss herauf folgte, doch gegen die Kälte in seinem Inneren konnte auch der Überwurf nichts ausrichten. Ihm war, als habe sich ein faustgroßes Hagelkorn in seiner Brust eingenistet.

Vor dem Torbogen der Ruine verharrte er kurz, ein unmerkliches Zögern, der eigenen Kindheit zu begegnen. Dann trat er hindurch. Hinter dem Tunnel des Torhauses lag der Innenhof, von Gras und Brennesseln überwuchert wie eine Waldlichtung. In Fenstern und

Türen hingen Schatten wie Spinnweben, allein das Flattern der Raben kündete von Leben.

Hagen hatte sich oft gefragt, woher sein Mantel wirklich stammte. Irgendwann, vielleicht, würde er die Antwort darauf finden, ebenso wie auf die Frage, warum Nimmermehr ihm das Stück zum Geschenk gemacht hatte.

Erinnerungen überkamen ihn, schmerzliche Bilder, in sein Gedächtnis gebrannt wie mit glühenden Eisen. Er sah sich selbst, einen Jungen, ausstaffiert wie ein Krieger. Allein auf der Flucht vor dem Grauen, das er über Otbert von Lohe und seine Familie gebracht hatte. Er hatte lange gezögert, nach Hause zurückzukehren. Doch nach einigen Wochen in der Einsamkeit war ihm klargeworden, dass er mit der Ungewissheit nicht leben konnte. Er hatte wissen müssen, ob seine Ahnungen wahr waren.

Damals, vor so vielen Jahren, war er genauso wie heute diesen Hang hinaufgestiegen, in seinem Rücken das Geplapper der Strömung. Er hatte alles so vorgefunden, wie seine schlimmsten Träume es prophezeit hatten.

Verlassen. Menschenleer. Die Burg nur ein Gerippe aus Stein.

Wie hatte er jemals glauben können, der Siebenschläfer hätte ihren Pakt vergessen? Die Festung des Grafen von Lohe war nicht der erste Ort gewesen, den der Flussgeist heimgesucht hatte. Er hatte sein Zerstörungswerk dort begonnen, wo er Hagen am empfindlichsten zu treffen glaubte – zu Hause.

Hagen aber hatte es während seiner Abwesenheit nicht einmal bemerkt. Nicht, bevor Malena und die anderen verschwanden. Wie lange waren seine Eltern zu jenem Zeitpunkt schon tot gewesen? Tage, Wochen? Oder hatte der Siebenschläfer sie gleich zu Anfang geholt, nachdem das erste Opfer ausblieb?

Fast ein Jahr lang hatte Hagen nur für seine Selbstvorwürfe gelebt. Er war am Morgen erwacht, um sich selbst zu martern, und er war des Nachts eingeschlafen, damit die Albträume ihm seine Fehler und Vergehen vor Augen hielten. Wie oft hatte er seinem Leben ein Ende setzen wollen, doch damit hätte er nur seine Niederlage eingestanden. Er war nicht fähig, sich selbst zu töten, und so tötete er andere. Mond für Mond für Mond.

Nie mehr war er in all der Zeit zur Burg derer von Tronje zurückgekehrt. Er hatte Dankwart in Worms aufgesucht, das letzte Mal vor vielen Jahren, und sie hatten nächtelang über das gesprochen, was geschehen war. Doch die volle Wahrheit hatte Dankwart nie erfahren. Er mochte sie ahnen, und vielleicht war das der Grund, weshalb er Hagen gebeten hatte, in Worms zu bleiben. Er hatte ihn um sich haben wollen, hatte verhindern wollen, dass noch mehr Schaden angerichtet wurde. Dennoch hatte Hagen die Königsburg verlassen.

Stattdessen war er nun nach all den Jahren heimgekehrt. Dies war die Burg seiner Väter. Hier war er geboren, aufgewachsen. Hier hatte der weise Bärbart ein Stück von Hagen in einen Baum verpflanzt und mit ihm einen Teil seines Fluches. Bärbart hatte das damals schon begriffen und war rechtzeitig geflohen. Vor dem Fluss, vor Hagen – und vor dem Baum.

Hagen schaute sich ein letztes Mal im verwilderten Burghof um und wunderte sich, wie wenig vertraut ihm dieser Ort doch war. Es war nicht nur die Zeit, die zwischen ihm und diesen Mauern stand. Heute war Hagen ein anderer, nicht mehr der staunende Junge, dem all das groß und mächtig und unüberwindlich erschien. Welcher Feind, so hatte er damals stolz gedacht, würde diesem Bollwerk etwas anhaben können?

Jetzt wusste er, dass er selbst dieser Feind war. Der Gedanke schmerzte, aber Schmerz war für Hagen längst ein enger Vertrauter.

Er schaute zu Boden, als er den Burghof verließ. Er brachte es nicht über sich, den Blick der leeren Fenster und Scharten zu erwidern; er wusste, dass hinter ihnen weitere Erinnerungen schliefen.

Nachdenklich trat er aus dem Dunkel der Burg ins Tageslicht und fühlte sich dabei, als sei er selbst ein Stück ihres Schattens, losgelöst aus der Finsternis, erfüllt von falschem Leben. Mit großen Schritten ging er zum Waldrand, durchquerte die Reihen der Bäume und stand schließlich vor einem Geländestreifen, der hüfthoch mit Ranken, Sträuchern und Büschen bewachsen war. Dazwischen blickten halbverfaulte Baumstümpfe zum verhangenen Himmel empor. Einst war dies ein Ödland gewesen, und jenseits davon, bedrohlich und krumm, stand damals wie heute die Eiche.

Sein Baum.

Hagen kämpfte sich durch die Wildnis, ohne die Augen von der knorrigen Krone zu nehmen. Immer noch schien sie ihm, als wollte sie die ganze Welt mit ihren Ästen umfassen. Ein kindischer Gedanke, gewiss, aber er kam zurück zu ihm wie alle anderen Empfindungen von damals. Sogar ein Hauch der alten Angst war wieder da.

Er verdrängte alles, was ihn von seinem Plan hätte abbringen können. Entschlossen schritt er auf den Baum zu. Seine Augen suchten den Spalt der Zweiten Geburt, und, ja, da war er. Die Jahre hatten ihn in die Länge gezerrt, und die Lippenwülste an seinen Rändern waren flacher geworden. Die ganze Öffnung hatte sich verengt, als der Baum versucht hatte, die Wunde zu schließen. Vergeblich.

Immer noch fiel kein Licht durch den Spalt. Hagen bückte sich, schaute hindurch. Das Nachtstück, das im Stamm gefangen war, schien ihn um Hilfe anzuflehen. Daran hatte sich nichts geändert, auch nicht nach über zwanzig Jahren. Hagen sah den schwarzen Himmel über den Hügeln, sah die Sterne darin glühen und flackern. Er brachte es nicht über sich, auch von der anderen Seite hindurchzublicken. Er wusste, was er sehen würde: seine Mutter, den Pfaffen Viggo, die Diener mit ihren Fackeln. Alle gefangen, festgehalten in einem einzigen Augenblick, den der Baum für sich beansprucht hatte.

Doch das war nicht alles. Da war noch etwas, unsichtbar, aber Hagen konnte es fühlen. Es war ein Teil seiner Seele, und darin ein Teil seines Fluchs.

Die Worte, die seine Mutter ihm in jener Nacht zugezischt hatte, traten ihm wieder ins Bewusstsein, so wie seit Wochen Tag für Tag: *Fällt man den Baum, der den Geheilten geboren hat, und lässt man ihn als Teil eines Schiffes zu Wasser, so entsteht daraus ein Klabautermann. Ein Wassergeist, ein Teufel.*

Sie hatte geahnt, wie es kommen würde. Hatte es zumindest befürchtet. Ein Teufel, schlimm genug. Und schlimmer noch: mit Hagens Fluch beladen.

Seit Zunderwald war ihm klargeworden, dass er das nicht zulassen konnte.

Er entkorkte den Lederschlauch, den er einem fahrenden Händler abgenommen hatte. Stinkendes Öl ergoss sich über die Wurzeln der Eiche, rundherum, dann auch über die Rinde des Stammes, und so hoch hinauf in die Äste, wie Hagen es gerade noch schleudern konnte.

Dann hockte er sich ins Gras. Mit grellem Klang schlugen die Feuersteine aneinander. Es dauerte nicht lange, bis die ersten Funken sprühten.

Der Baum stieß ein Fauchen aus wie ein wildes Tier. Vielleicht war es auch nur die Feuerlohe, die schlagartig am Stamm hinauflo-derte. Flammen züngelten wie gelbe Schlangen an der Rinde empor, zwischen die Zweige, hoch in die Krone. Innerhalb weniger Augenblicke stand der ganze Baum in Flammen. Glut umhüllte ihn von den Wurzeln bis zu den Astspitzen. Eine Fahne aus pechschwarzem Rauch quoll gen Himmel, vereinigte sich mit trüben Wolkenballen.

Hagen sah zu, wie die Eiche verbrannte, sah zu, wie das Feuer sie mit solcher Wut verzehrte, als hätte es nur auf diesen Augenblick gewartet.

Mit dem Baum verging ein Teil seiner selbst. Niemand würde diesen Stamm mehr fällen und zu Wasser lassen. Kein Klabautermann, kein Teufel mit Hagens Seele würde durch die Tiefen ziehen. Kein zweiter Siebenschläfer.

Er wartete, bis die Zweige zu Asche zerfielen und nur noch der brennende Baumstamm dastand, eine Fackel vor dem Grau des Himmels. Das Nachtstück war endlich frei. Nach zwei Jahrzehnten verging auch dieses winzige Bruchstück der Zeit.

Hagen aber wandte sich um und lief zurück zum Wald, schlug sich quer durch die Bäume, ließ sie hinter sich und mit ihnen die Ruine auf ihrem einsamen Felsbuckel. Nur einmal schaute er sich um, sah das Feuer auf der Klippe und dachte, dass er das Richtige getan hatte. Zum ersten Mal seit Jahren: das Richtige.

Hagen schöpfte neue Hoffnung. Er hatte jetzt ein Ziel. Und vielleicht erwartete ihn dort etwas, das Glück zumindest nahekam.

Da vorne, ja, er sah es vor sich!

Sein Ziel, seine Zukunft, sein Frieden.

Worms.

DAS DRACHENLIED

KAPITEL 1

Es war der Tag des traditionellen Fußnägelrauchens, der erste Tag des Frühlings; doch in diesem Jahr würden die Pfeifen kalt und die Zehennägel unversehrt bleiben.

Zum ersten Mal seit Wochen roch die Luft nicht mehr nach Leichen. Das war eine prächtige Neuigkeit, fand Obbo, der Wirt des *Wolfswinkel*, eine wahrlich wunderbare Neuigkeit – wenn auch die einzig erfreuliche. In Jahrzehnten waren die Feierlichkeiten rund um das Fußnägelrauchen nicht abgesagt worden, doch diesmal war Obbo gar keine andere Wahl geblieben. Die meisten Teilnehmer lebten nicht mehr, ihre Körper waren verbrannt, ihre Asche bestattet.

Seit der Leichenqualm erstmals über den Fluss und die Wälder getrieben war, waren im Schankraum des *Wolfswinkel* viele Pfeifen mit starkem Kraut geraucht worden. Die Gäste hatten ihr Bestes getan, den Gestank zu vertreiben, hatten sich in Wolken ihres Pfeifenkrauts gehüllt, bis Obbo kaum mehr sehen konnte, wer Bier und wer Eier-im-Schmalz bestellte. Denn Eier-im-Schmalz waren Obbos Lieblingsspeise, die Spezialität seiner Küche – und, nebenbei bemerkt, das einzige Gericht, das im *Wolfswinkel* angeboten wurde.

Doch an jenem ersten Frühlingsmorgen war die Luft so klar wie schon lange nicht mehr, keine Spur mehr vom Odem der Totenfeuer, und Obbo hätte die Pracht seines Gartens, die Schönheit der Bäume und Sträucher und das reine Blau des Himmels gar nicht herrlicher empfinden können. Er zog seine lederne Schürze glatt – sie schien ihm nach all den Kummertagen ein wenig straffer über dem Kugelbauch zu liegen – und stiefelte auf kurzen Beinen hinaus in den Garten. Schankgäste waren um diese Tageszeit noch keine in Aussicht, und der Gast des einzigen Bettzimmers, das es im *Wolfswinkel* gab, war schon in der Dämmerung hinaus in den Wald gewandert. Wie jeden Morgen seit dreizehn Jahren. Ach, seufzte Obbo, das alte Mütterchen Mitternacht – immer als Erste auf den Beinen.

Aber dies war nicht die Zeit und nicht der Ort, um an Mütterchen Mitternacht zu denken. Obbo überquerte die kleine Wiese, umrundete die weiße Hecke aus Kupferfelsenbirnen und verweilte einen Moment am Froschweiher. Ein wildes Quaken begrüßte ihn; zumindest stellte Obbo sich vor, es sei ein Gruß. Er sah sein Spiegelbild in der Oberfläche und tippte eilig mit dem Finger hinein. Sein pausbäckiges Antlitz zerstob in sanften Ringen.

Über ihm schwatzten die Vögel beim Nestbau, ein Trillern und Pfeifen und Zwitschern erscholl aus den Wäldern. Obbo trat durch den Vorhang der Weidenzweige, durchquerte eine Reihe hoher Weißbirken und stieg schließlich den Hügel am Ende des Gartens hinauf. Er glaubte nicht, dass es wirklich etwas zu sehen gab, aber es war eine alte Gewohnheit, frühmorgens von dort aus zum Fluss zu blicken. Zum Fluss und hinüber zum Hohlen Berg.

Ächzend erklomm er die Hügelkuppe und blieb inmitten hoher Hasenglöckchen stehen. Bald schon würden sie in blauer Pracht erblühen, ein feiner Anblick, ganz gewiss.

Auf der anderen Seite fiel der Hügel steiler ab und verschwand im Schatten des Kiefernwaldes. Hundert Schritte weiter endeten die grünen Wipfel abrupt am Ufer des Rheins. Blau und glucksend strömten die Fluten vorüber und umspülten die Halbinsel, deren Zwillingsgipfel weithin die Landschaft überragten.

Zwei hohe Berge, durch einen bewaldeten Steg mit dem Ufer verbunden. Der eine kahl und felsig, der andere gekrönt von einer mächtigen Burg. Es war die Burg der Fürsten Nibelung und Schilbung. Beide tot. Tot wie viele ihrer besten Männer, hingemäht vom Schlächter Siegfried.

Obbos gute Laune ging dahin, und Düsternis umfing sein Denken. Kein Fußnägelrauchen in diesem Jahr. Es war ein schwarzer Tag gewesen, als Siegfried von Xanten die Halbinsel betreten hatte, angelockt vom unermesslichen Reichtum im Hohlen Berg. Der Recke hatte die beiden Fürstenerben hingeschlachtet, und niedergemacht hatte er auch ihre Garden; dann hatte er den Hort für sich beansprucht. Keiner wagte mehr zu widersprechen, auch dann nicht, als der Sieger mit wehendem Goldhaar von dannen ritt. Den Schatz, so hatte er verkündet, wolle er später holen lassen. So lange sollte der Hort im Hohlen Berg bleiben, in den unergründlichen Schatzkammern und Hallen tief in seinem Inneren, behütet von seinem einzigen Wächter.

Seitdem waren einige Wochen vergangen, und die Totenfeuer hatten unermüdlich die Leichen all jener Recken verzehrt, die sich dem Xantener entgegengeworfen hatten. Es war eine schlechte Zeit gewesen für Obbo und den *Wolfswinkel*. Zwar hatten es die Krieger ohnehin vorgezogen, ihre Feste und Zechereien in der Burg abzuhalten, doch hatten sie sich stets zum ersten Tag des Frühlings in Obbos Schänke eingefunden. Wer die meisten Fußnägel in seiner Pfeife rauchte, der durfte mit seinen Freunden auf Kosten des Hauses trinken – bis zum nächsten Hahnenschrei. Ein verlockendes Angebot.

Jetzt aber kamen kaum noch zahlende Gäste, und vor allem einer, der verlässlichste Stammgast von allen, hatte sich seither nicht mehr blicken lassen. Er war der Wächter vom Hohlen Berg, der Horthüter, und es schien, als hätte er der Geselligkeit abgeschworen.

Obbo seufzte tief und beklagte innerlich das Schicksal, das der Xantener über das Nibelungenreich gebracht hatte. Gerade wollte er sich abwenden und zurück zum Wirtshaus laufen – und vielleicht unterwegs noch hier und da im Garten verweilen und den Fröschen bei der Fliegenjagd zusehen –, als etwas Unverhofftes geschah.

Zum ersten Mal seit Wochen stieg Rauch aus den Schloten des Hohlen Berges. Nicht der fettig schwarze Qualm der Leichenbrände, der die Burg so lange umlagert hatte – nein, dies war feiner, weißer Rauch, ausgepafft in kleinen runden Wölkchen. Das Signal.

Das Signal!, durchfuhr es Obbo noch einmal, und vor Schreck stolperte er über die eigenen Füße. Fluchend und keuchend kippte er nach hinten und kugelte den Hang hinunter, abwärts in den Garten, mit wedelnden Armen und schmerzenden Knien. Hinter ihm blieb eine breite Schneise aus abgeknickten Hasenglöckchen zurück.

Unten rappelte er sich auf, schüttelte Halme und Schmutz aus seinem lichten Haar und schimpfte lauthals. Dann besann er sich.

Himmelsapperlot, das Signal! Nach all den Tagen war es wieder aufgestiegen! Und er hätte es beinah übersehen. Unverzeihlich, unver-zeih-lich!

Auf seinen Stummelbeinen wackelte er durch den Garten zum Wirtshaus, riss die Hintertür auf und stürmte in die Küche. Wo waren nur die frischen Eier? Wo das ausgelassene Schmalz? Wo die Zunderbüchse und wo das Salz? Verteufelt noch mal, solche Aufregung, solch ein Durcheinander!

Er schürte das Feuer unterm Bratstein, schlug die Eier auf – sie standen hinter den Würzdosen, der Teufel selbst musste sie dort verborgen haben – und goss sie in eine Holzschale. Dann beschmierte er den kühlen Stein mit Schmalz. Es würde ewig dauern, bis die Oberfläche erhitzt war. Verflixt, verteufelt und verdammt!

Wie viel Zeit blieb ihm noch? Das Signal war erst vor Kurzem aufgestiegen. Alberich würde sich gleich auf den Weg machen. Nicht ein einziges Mal war es vorgekommen, dass die Eier-im-Schmalz noch nicht fertig waren, wenn Alberich zur Schänke kam. Seit Jahren – wie vielen eigentlich? Siebzig, achtzig? – war der Horthüter Stammgast im *Wolfswinkel*, war es schon gewesen, als noch Obbos Großvater die Fässer anschlug. Und in all der Zeit hatte das Signal bedeutet: Alberich kommt, lasst die Eier brutzeln! Niemals war er enttäuscht worden, niemals.

Und nun das!

Der Stein war so kalt wie der Hintern einer Wasserleiche. Obbo begann zu schwitzen. Was würde Alberich tun, wenn die Eier noch nicht fertig waren? Wüten und schreien, zweifellos. Die Einrichtung der Schänke zerschlagen – es wäre nicht das erste Mal –, Obbo an den Kragen gehen, das Bier für viele Taler verschütten. Vielleicht sogar Mütterchen Mitternacht aufstacheln, es ihm gleichzutun.

O nein, o nein, o nein! Obbo schlug die Hände vors Gesicht und lief schwitzend in der Küche auf und ab. Wäre nur der Knecht zur Hand, er hätte ihn verdreschen können. Alles hätte gleich viel freundlicher ausgesehen. Aber der Knecht war im Stall, lag wahrscheinlich im Stroh und schnarchte seinen Rausch aus. Der faule Sack, der erbärmliche!

Immer wieder befühlte Obbo den Stein, verrieb das Schmalz mit den Fingern, in der Hoffnung, das könne den Vorgang beschleunigen. Aber, Schimpf und Schande, das tat es nicht. Das Feuer loderte und zischte, fauchte wie ein wildes Tier, doch der Stein blieb kalt.

Wochenlang, seit dem Blutbad des Xanteners, hatte Alberich nichts von sich hören lassen. Kein Signal, keine morgendlichen Eier-im-Schmalz. Zum ersten Mal seit Jahrzehnten war das Ritual des Frühstücks vernachlässigt worden. Durfte er da verlangen, dass der Stein schon vorgeheizt, das Schmalz zerlaufen war?

Ob er durfte oder nicht, er *würde* es verlangen. Denn das war die Natur des Horthüters, ein Wüterich, wie es nur einen gab.

Ein Krachen ertönte. Die Schanktür flog auf.

Obbo schrak zusammen. Jetzt schon? So schnell? Das war unerhört, unbegreiflich, ungeheuer. So flink vom Hohlen Berg herab, über den Landsteg zum Ufer und durch den Wald zum *Wolfswinkel?* In so kurzer Zeit?

Er eilte beflissen zur Küchentür, um hinaus in den Schankraum zu blicken. Schon erwartete er, den Horthüter vor sich zu sehen, eine Augenbraue hochgerutscht, missmutig wie immer, die übliche Frage auf den dürren Lippen: »Wo sind meine Eier-im-Schmalz? Wo *sind sie, Obbo?*«

Wie groß war sein Aufatmen, als es nicht Alberich war, der zur Tür hereinkam. Vor Erleichterung setzte gar sein Herz aus, und Obbo griff sich seufzend an die Brust.

»Lass mich raten«, krächzte eine alte Stimme, »die Eier sind noch nicht fertig.«

»Woher …«

»Ich sah das Signal, und ich sehe dein Gesicht.«

Eine kleine alte Frau, so dürr wie ein verbrannter Holzscheit und nicht weniger runzlig, war hereingekommen. Sie warf ihr Bündel auf einen Tisch und schüttelte das graue Haar, das glatt bis zu ihren

Hüften fiel. Ihr Hexengesicht, einst als das schönste der Wälder gerühmt, entspannte sich, als sie erschöpft auf den Hocker sank. Der Lederbesatz ihrer Waldläuferkleidung knirschte leise.

Mütterchen Mitternacht hieb die hutzelige Faust auf den Tisch. »Ein Bier, Obbo! Und ein paar Eier, wenn sie dann fertig sind.«

Weinerlich ließ Obbo die Schultern hängen. »Du hast recht, Mütterchen. Sie sind nicht fertig. Und sie werden es nicht sein, wenn er kommt.«

»Oje«, machte sie und gähnte. »Dann bring mir schon das Bier.«

»Eine Geschichte als Bezahlung?«, fragte er ergeben.

»Eine Geschichte als Bezahlung«, bestätigte sie, »wie üblich.«

Denn Geschichten waren das bevorzugte Zahlungsmittel im *Wolfswinkel*, waren es immer gewesen und würden es auch in Zukunft sein. Vorausgesetzt, es waren gute Geschichten, denen es zu lauschen lohnte.

Mütterchen Mitternacht wohnte seit nunmehr dreizehn Jahren in Obbos Wirtshaus, seit sie das Räuberdasein aufgegeben hatte (abgesehen von einem kleinen Diebstahl hier und da). Einstmals war sie die Anführerin der gefürchtetsten Räuberbande diesseits und jenseits des Flusses gewesen, ein Überweib, das es mit jedem Mann aufnahm, mit dem Schwert und mit den Fäusten. Noch dazu galt sie als das schönste Frauenzimmer im ganzen Land, und es hieß, sie habe ebenso viele Männerherzen gebrochen wie mit der Klinge durchbohrt.

Nun aber war sie uralt, und nur das wallende Grauhaar kündete noch von ihrem einstigen Zauber. Wie viele Winter sie wirklich gesehen hatte, wusste keiner. Man munkelte, jeder, der es in Erfahrung gebracht hatte, habe sein Wissen mit dem Leben bezahlt. Als sie sich zur Ruhe setzte, ließ sie sich im *Wolfswinkel* nieder, und kaum ein Tag verging, an dem sie die Zeche nicht mit einem Garn voller Wunder und Heldentaten beglich – zu Obbos Leidwesen, denn klingende Münze hatte er bitter nötig. Aber er respektierte die Gesetze seiner Ahnen. Der *Wolfswinkel* stand jedem offen, der um eine prachtvolle Geschichte wusste, und die Abende am Kaminfeuer, bei Pfeifenrauch und starkem Bier, waren längst schon legendär.

Obbo brachte einen schweren Holzkrug mit Schaumkrone an Mütterchens Tisch. Sie reichte ihm im Gegenzug ihr Schwert, eine Klinge so groß, dass Obbo sie kaum zu heben vermochte. Wie die Alte damit focht, war ihm ein Rätsel. Eines von vielen, die Mütterchen Mitternacht umgaben.

»Schließ es weg«, sagte sie, weil es ihr gefiel, auch Befehle für Selbstverständliches zu erteilen. Es war seit jeher Brauch in der Schänke, alle Waffen vom Wirt einschließen zu lassen.

Obbo brachte das Schwert zur eisernen Waffentruhe neben der Küchentür und legte es hinein. Der Deckel fiel mit einem Scheppern.

»Was die Geschichte angeht …«, begann Mütterchen Mitternacht, doch Obbo winkte ab.

»Einen Augenblick.«

Er eilte wieder in die Küche und befühlte den Stein. Warm, aber noch weit von wirklicher Hitze entfernt. Wenn es so weiterging, würde das Schmalz ranzig werden, bevor es heiß war. Obbo atmete tief durch und begann, sich damit abzufinden, dass Alberichs Zorn verheerend sein würde, ein wahres Zornesgewitter.

Er überlegte, ob er die wertvollsten Gegenstände im Schankraum, den alten Wandteppich und einige fein bemalte Krüge, forträumen sollte. Ob es nutzte, wenn Alberichs Bier gezapft für ihn bereitstand? Nein, er würde nur über die niedrige Schaumkrone fluchen.

Zurück in der Schänke nahm Obbo bei Mütterchen Platz. Es blieb ihm nichts übrig, als abzuwarten.

Die alte Räuberin stopfte Kraut in ihre Pfeife, ein monströses Ding, so lang wie Obbos Unterarm. Obbo reichte ihr einen glühenden Span, den er vom Ofenfeuer mitgebracht hatte, dann war sie bereit. Würziger Pfeifenduft wehte durchs Zimmer.

»Nun, nun«, murmelte Mütterchen Mitternacht, denn damit begann sie seit dreizehn Jahren jede ihrer Geschichten, »es ist etwas ganz Besonderes, das mir heute zu Ohren kam. Ein fetter Händler, fetter noch als du, Obbo, erzählte mir davon.«

»Du hast im Wald einen Händler getroffen?«

»Eine Geschichte war alles, was er bei sich trug.«

»Dann muss sie so gut sein wie Golddukaten.«

»Besser noch, mein Lieber, besser noch.« Sie hatte hellblaue Augen, die Obbo jetzt vergnügt anblinzelten. Manchmal wirkten sie fast weiß, vor allem im Winter. Mochte der Leibhaftige wissen, was der Grund dafür war.

»Es ist eine Geschichte vom Helden Siegfried«, fuhr sie fort.

Obbo wurde bleich. »Gott bewahre, der Schlächter! Lass das nicht Alberich hören.«

»Was soll er schon tun?«

»Dir den Kopf abreißen.«

»Ach, das würde er nicht tun.« Sie kicherte schnarrend.

»Er könnte meine Tische zerschlagen.«

»Das wird er so oder so tun, wenn kein Ei für ihn bereitsteht.« Sie lachte laut auf, ein trockenes, brüchiges Rasseln. »Und wer weiß, vielleicht helfe ich ihm dabei, wenn auch das meine auf sich warten lässt.«

»Du bist grausam.«

»So nannte man mich einst – die Grausame.«

Obbo atmete leidvoll durch. »Los nun, die Geschichte.«

»Also«, wollte sie fortfahren, als die Tür zum zweiten Mal an diesem Morgen aufflog.

Obbo wurde winzig klein auf seinem Hocker. »Alberich!«, entfuhr es ihm flüsternd.

Der Schatten des Gastes fiel bis zur Küchentür.

»Das ist nicht Alberich«, stellte Mütterchen fest.

»Nicht?«, fragte Obbo hoffnungsvoll.

»Nein.«

Und tatsächlich: Statt des Horthüters trat ein anderer zur Tür herein, ein Mann, den keiner der beiden je gesehen hatte.

»Holla!«, brummte er mit brunnentiefer Stimme. »Bier für einen Gast. Und gebratenes Ei, wenn's recht ist.«

Es war ein Hüne von einem Kerl. Gebückt kam er vom Wald herein, und gebückt stand er im Schankraum. Sein Kopf ragte höher als die Balkendecke, und seine Schultern waren breit wie die Tür. Ein schwarzer Haarschopf, wirr und starr wie Stroh, wucherte ihm über Stirn und Nacken, und auch sein Bart war rabenschwarz. Seine Kleidung war aus dunklem Fell und Eisen, aus hartem Leder und Bronzeschuppen – die Kleidung eines Kriegers. Einen furchtbaren Zweihänder hielt er in den Pranken. Viel zu groß für die Waffentruhe, wie Obbo sorgenvoll bemerkte.

Dann sah er die Augen des Riesen. Sie standen schräg.

»Ein Hunne!«, schrie Mütterchen Mitternacht und sprang erstaunlich flink vom Hocker. »Schnell, Obbo, mein Schwert!«

»Lass gut sein, alte Vettel«, grunzte der Hüne oder Hunne oder was immer er auch sein mochte. »Keinen Streit bring' ich in diese Mauern.« Er redete sehr langsam und gedehnt, und Obbo hatte den Eindruck, dass er ein wenig blöde war. »Stark und tödlich bin ich wie der Zahn des Löwen. Deshalb nennt man mich Löwenzahn.« Er straffte sich, schob heldenhaft die Brust nach vorne – und stieß prompt mit dem Schädel an die Decke. »Löwenzahn, der Grausame.«

Zwei von der Sorte, dachte Obbo freudlos.

»Löwenzahn?«, fragte Mütterchen und gab Obbo einen Tritt. »Das Schwert!«, zischte sie leise.

»Löwenzahn, jawohl. Aber dein Zittern ist unbegründet, Weib.«

»Mein Zittern?« Das war zu viel. Erst ›Vettel‹ und nun das! »Ich zittere nicht, schon gar nicht vor dir, Hunne.«

Obbo trat an die Waffentruhe und dachte bei sich: Hunnen haben keine solchen Bärte. Und sie sind klein und gelb wie Senf. Dieser hier ist nichts von beidem.

Er zögerte noch, Mütterchen das Schwert herauszugeben. Solange der Kerl keinen Ärger machte, würde er keinen Kampf im *Wolfswinkel* dulden. Wiewohl, welche Wahl hatte er schon? Vielleicht sollte er einfach in die Küche gehen und nach dem Bratstein sehen.

Als hätte er Obbos Gedanken gelesen – was ausgeschlossen war, denn lesen konnte keiner der drei –, sagte der Riese: »Ich bin kein Hunne, Vettel. Mein Vater war einer, aber nicht meine Mutter. Sie war eine Frau wie du, wenngleich auch jünger und schöner.«

»Jünger und … schöner?« Mütterchen schloss mit einem Krächzen den Mund.

Löwenzahn, wenn das denn wirklich sein Name war, legte das Gigantenschwert auf einen Tisch. Er nickte. »Sie war ein Prachtweib, groß und blond wie die Sonne selbst. Und jetzt, Wirt, bring mir Bier!«

Obbo füllte flugs einen Krug, den größten, den er besaß, und schleppte ihn an den Tisch des Kriegers. Kleinlaut sagte er: »Euer Schwert, Herr – ich muss es wegschließen. Das ist hier Gesetz.«

»Wessen Gesetz?«, grölte der Recke Löwenzahn.

»Äh«, machte Obbo verdrießlich, »das meine.«

»So, so.« Plötzlich grinste Löwenzahn. Hinter seiner Oberlippe klaffte eine Zahnlücke. »Nun, Gesetzgeber, Wirt, oder wie immer du dich nennen magst, so nimm denn mein Schwert und schließe es ein.«

Obbo zögerte noch einen Augenblick, dann hob er die mächtige Waffe mit aller Kraft vom Tisch. Ächzend und stöhnend schleppte er den Bihänder zur Waffenkiste. Seine Befürchtung war richtig gewesen: Die Klinge war zu lang. Er musste den Deckel offenstehen lassen. Fast die Hälfte des Schwertes ragte heraus.

Die Tatsache, dass der Hüne nun kein Schwert mehr am Leib trug, schien Mütterchens Wut zu besänftigen. Sie setzte sich, nahm wieder ihre Pfeife auf und beobachtete den Fremden durch graue Krautschwaden.

»Gib acht, Hunne, bald kommt einer, der es nicht so gut mit dir meint wie ich«, brummte sie missmutig. Ihre Sanftmut überraschte Obbo; für gewöhnlich ging sie keinem Kampf aus dem Weg. Doch auch Räuberbräute wurden alt, und Mütterchen hatte noch nicht gefrühstückt.

»Sie spricht die Wahrheit«, sagte Obbo an Löwenzahn gewandt. »Der Horthüter Alberich hasst alles, was auch nur hunnisch aussieht, ganz gleich, ob Ihr ein ganzer, ein halber oder nur zu einem Viertel Hunne seid.«

»Soll er kommen«, prahlte der Krieger über sein Bier hinweg. »Ich will ihn zurechtstutzen, bis er aufrecht durch die Zwergenstollen unter den Bergen gehen kann.«

»Aber er *ist* ein Zwerg«, bemerkte Obbo.

Löwenzahn lachte grölend auf und sagte nichts mehr.

»Wartet nur ab«, sagte Obbo leise und lief in die Küche. Noch immer war die Steinplatte nicht heiß genug, um Schmalz und Eier zum Braten zu bringen. Ein schwarzer Tag für den *Wolfswinkel.* Kein Ei für Alberich Horthüter, ein Raufbold im Schankraum und so viel Eile und Aufregung, dass Mütterchen nicht dazu kam, ihre Geschichte zu erzählen. Ein wahrlich übler Morgen. Und übler noch, wenn erst Alberich den Hunnen entdecken würde. Das musste schrecklich enden, ein Gemetzel ohnegleichen.

Zurück im Schankraum nahm Obbo abermals an Mütterchens Tisch Platz und forderte sie auf, es erneut mit ihrer Geschichte zu versuchen.

Als sie begann, lehnte auch Löwenzahn sich zurück und hörte schweigend zu.

»Nun, nun«, setzte sie wieder an den Anfang, »es heißt, einige Tage nachdem Siegfried von Xanten dem Geschlecht der Nibelungen den Garaus machte, kam er an eine mächtige Klippe über dem Rhein. Dort, so erfuhr er von einem verängstigten Köhler, hauste ein mächtiger Drache, ein Lindwurm, größer als alle, die bislang das Antlitz der Welt beschmutzten.«

»Aber die Lindwürmer sind ausgestorben«, stieß Löwenzahn hervor. »Seit Monaten schon suche ich einen, um ihm den Schädel zu spalten.«

»Du bist auf der Suche nach Heldentaten, Dummkopf?«, fragte Mütterchen verächtlich. »Dann solltest du wissen, dass es lange schon Gerüchte gab, ein einziger Lindwurm, der letzte, lebe irgendwo in diesen Landen. Viel wurde davon gemunkelt, und so wie es aussieht, hat der Xantener ihn gefunden. Auf einer weiten Heide, hoch über dem Rhein, da soll er hausen, so hieß es, und …«

Wieder war es Mütterchen nicht vergönnt, ihr Garn zu Ende zu spinnen. Denn nun ertönte von draußen eine Stimme. Heftige Flüche drangen durch die Tür, schlimmer als alle, die Obbo bislang vernommen hatte. Dabei war er stolz auf jene, die er kannte, kam einem Wirt doch mancher Schimpf zu Ohren.

Die Tür flog auf, und herein kam Alberich.

»Wo sind meine Eier-im-Schmalz? Wo *sind sie, Obbo?*«

Der Wirt rutschte vor Schreck vom Hocker. Mit eingezogenem Kopf landete er auf dem Hinterteil am Boden, inmitten der Sägespäne, die überall die Bohlen bedeckten. Die Beine lang ausgestreckt, hockte er da und bemühte sich, dem lodernden Zorn des Zwerges zu entgehen.

»Sie sind … sie sind …«

»*Was* sind sie?«, grollte der Horthüter.

»Sie … sie …«

»Was?«

»Nicht fertig.« Schützend schlug Obbo die Arme vors Gesicht.

Alberich stand da, gerüstet mit goldenem Helm und goldener Brünne, in seiner Hand eine goldene Geißel. Daran baumelten sieben Stachelkugeln, gleichfalls vergoldet. Er war klein, wie es so Sache der Zwerge ist, und selbst Obbo, der ja am Boden saß, musste nicht zu ihm aufschauen; vielmehr befanden sich ihre Augen auf gleicher Höhe. Alberichs Gesicht war so faltig wie ein Bratapfel, seine Augen groß und schwarz, die Nase gewaltig. Ein eisgrauer Bart reichte ihm bis hinab zum Bauchnabel. Gewöhnlich trug er braune Gewänder und einen riesigen Hut mit breiter Krempe. Weshalb er sich heute in Rüstmontur geworfen hatte, wusste Obbo nicht. Er würde doch wegen ein paar Eiern kaum mit der Geißel auf ihn einschlagen?

Die breiten Nasenflügel des Horthüters zitterten, als sie sich mühten, den Duft gebratener Eier einzufangen. Doch da war nichts dergleichen. Nur Mütterchens Pfeifenrauch und der Gestank von verlaustem Fell.

»Nicht … fertig?« Die Erkenntnis traf Alberich wie ein Schlag. Sein Gesicht färbte sich rot.

Obbo versuchte, die Katastrophe abzuwenden. »Nicht ganz.«

Und geschwind sprang er auf, eilte in die Küche, fort aus dem Blickfeld des zürnenden Zwerges, und befühlte die Bratplatte. Prompt verbrannte er sich die Fingerkuppen und sprang fluchend im Kreis. Dann erst kippte er die Eier über das zerlaufene Schmalz. Es zischte.

»Obbo!«, schrie es von draußen.

Zu seiner Überraschung war es nicht Alberich, der seinen Namen rief. Statt seiner war es Mütterchen Mitternacht.

Zögernd näherte er sich der Küchentür, blickte zaghaft hinterm Rahmen hervor. »Ja, bitte?«

Der Anblick hätte ihn nicht unvermuteter treffen können.

Alberich lag zusammengesunken am Boden, kaum mehr bei Besinnung. Mütterchen kniete neben ihm und hielt seinen Kopf. Mit den Fingern träufelte sie Bier aus Löwenzahns Humpen auf die farblosen Lippen des Zwerges. Der Krieger stand dabei und beobachtete das Schauspiel halb mitfühlend, halb blöde. Er war wohl lange nicht so kampflustig, wie er tat.

»Bring kaltes Wasser!«, rief Mütterchen, ohne in Obbos Richtung zu blicken. »Und irgendwas zu essen! Der kleine Mann ist halb verhungert.«

Halb verhungert? Alberich?

Obbo holte Wasser und einen Kanten Brot und brachte beides in den Schankraum. Wenig später war der Zwerg wieder klar genug, um die drei Gestalten zu erkennen, die sich über ihn beugten. Und er sah auch die schrägstehenden Augen des Riesen.

»Ein Hunne!«, entfuhr es ihm, doch er war zu schwach, um sich zu erheben und den Fremden anzugreifen.

Der Krieger grinste und entblößte seine Zahnlücke. »Löwenzahn, zu Euren Diensten, Herr Horthüter.«

»Zu meinen *Diensten*?«

»Ich bin hier, um Euch beizustehen.«

Alberich riss die Augen auf, als müsste er abermals in Ohnmacht fallen. »Wie das?«

Obbo wunderte sich, wie ruhig der Zwerg blieb. Er verabscheute Hilfe jeglicher Art, fast so sehr wie Hunnen. Dass er Löwenzahn nicht gleich an die Kehle ging, konnte nur an seiner üblen Verfassung liegen.

»Man hört weithin vom Schicksal der Fürsten Nibelung und Schilbung«, erklärte der Riese mit schwerer Zunge; es klang ein wenig, als lalle er im Suff. »Überall erzählt man sich, wie die Fürsten den Helden Siegfried baten, das Erbe ihres Vaters für sie aufzuteilen. Der Xantener aber erschlug sie beide und ihre Männer noch dazu und erhob eigens Anspruch auf den Schatz. Es heißt, er habe Euch, Herr Horthüter, im Kampf besiegt und Euch die Tarnkappe entrissen.«

Alberichs Miene wurde noch verkniffener, als sie von Natur aus war. »Das erzählt man sich? Von Alberich, dem Verlierer?«

»Nein«, widersprach Löwenzahn erstaunlich flink. »Nicht vom Verlierer, sondern von Alberich dem Tapferen, der den Listen des Xanteners unterlag. Es heißt, ohne Tarnkappe werde es Euch schwerfallen, den unermesslichen Hort der Nibelungen zu bewachen. Deshalb bin ich hier, um mit Euch neue Heldentaten zu vollbringen.«

Mütterchen Mitternacht lachte krächzend auf. »Du willst dich in die Lieder einschleichen, die man über Alberich Horthüter singt.«

»Ich will meinen Platz darin verdienen, alte Vettel.«

»Wer gab dir diesen dämlichen Namen, Hunne?«, fragte Alberich und setzte sich auf. Noch immer machte er keine Anstalten, den Riesen zu erschlagen.

Ehe jener antworten konnte, erklärte Mütterchen schnippisch: »Stark und tödlich wie der Zahn eines Löwen. Hah!«

»Was ist daran so lustig, Weib?«, grollte der Krieger.

Obbo wollte es ihm erklären, ihm gar einen Löwenzahn aus dem Garten pflücken, doch Alberich ging dazwischen.

»Ich will deine Hilfe nicht, Hunne. Alberich braucht niemandes Hilfe.«

»Vielleicht doch.«

Der Blick des Zwerges wurde lauernd. »Wie meinst du das?«

»Es heißt, Räuber aus dem ganzen Land seien unterwegs hierher, um den Hort zu gewinnen.«

Alberich schnaubte. »Sie werden sich am Horthüter die Zähne ausbeißen.«

Jetzt war es Mütterchen, die sagte: »Mit Verlaub, mein Freund, aber im Augenblick siehst du aus, als könnte sogar Obbo dir mit der Bratpfanne eins überziehen.«

Alberich ballte die Faust vorm Gesicht des verdutzten Wirtes. »Soll er's doch versuchen!«

»Aber ich wollte doch gar nicht ...«, stammelte Obbo, ehe Mütterchen dazwischenging.

»Gemach, Alberich Horthüter. Es ist nicht Obbos Pfanne, die du zu fürchten hast.«

»Nichts fürchte ich!«, schimpfte der Zwerg erregt. »Nichts auf der Welt!«

»Ja, ja«, besänftigte ihn Mütterchen. »Sag' uns lieber, was dich so geschwächt hat.«

»Der Hunger«, entgegnete der grimmige Zwerg. »Hab' seit Wochen nichts gegessen.«

»Gold kaut sich wohl schlecht«, bemerkte die Räuberin.

»In der Tat«, brummte Alberich durch seinen Bart. »Musste achtgeben, dass keine Räuber und Hunnen meine Schätze stehlen.«

Mütterchen und Löwenzahn wechselten vielsagende Blicke.

»Hatte keine Zeit zum Essen«, fuhr der Zwerg fort. »Musste Ausschau halten nach Feinden vorm Tor des Hohlen Berges. Erst heute ging es nicht mehr anders, ich musste kommen und gebratene Eier essen.« Dabei zitterten seine empfindlichen Nasenflügel erneut. Auch die anderen bemerkten jetzt den Geruch nach Verbranntem.

Obbo schluckte, sein Kopf ruckte hoch. »Herrgott, die Eier!« Er rannte los, stolperte über einen Hocker, fing sich gerade noch und verschwand in der Küche.

Ein Blick auf den Bratstein zeigte, dass er zu spät kam. Die Eier waren restlos verkohlt. Ein weiteres erstes Mal an diesem Tag. Fluchend machte er sich daran, die Überreste vom Stein zu schaben und neue Eier aufzuschlagen.

Derweil wurde Alberich von Mütterchen und Löwenzahn auf

einen Hocker gehievt. Die goldene Rüstung wog schwer, aber er weigerte sich strikt, sie abzulegen. Beide entdeckten den großen Schlüssel, der unter der Brünne an einer Kette um seinen Hals hing.

Alberich bemerkte ihre Blicke. »Der Schlüssel zum Tor. Wer sich daran vergreift, der stirbt tausend Tode.«

»Niemand wird sich an deinem Schlüssel vergreifen«, besänftigte ihn Mütterchen.

»Das will ich hoffen.«

»Dann ist der Berg jetzt unbewacht?«, fragte Löwenzahn.

»Unbewacht?«, schrie der Zwerg im Zorn. »Warum willst du das wissen? Tausend Feuerdrachen hüten das Gold.«

»O ja, natürlich«, seufzte Mütterchen.

Obbo kehrte zurück. »Neue Eier sind unterwegs.«

Seine drei Gäste murmelten Flüche, denn allen knurrte der Magen, am allermeisten Alberich.

»Womit willst du die Eier bezahlen?«, fragte Obbo den Zwerg, weil es seine Pflicht als Wirt war.

»Mit Gold, wie immer«, keifte Alberich zurück. Der Horthüter hatte in all den Jahrzehnten nicht eine einzige Geschichte erzählt. Abgesehen von seinen Schimpftiraden sprach er überhaupt nicht viel.

»Was ist nun?«, erkundigte sich Löwenzahn. »Nehmt Ihr mich als Kampfgefährten an, Herr Horthüter?«

»Pah«, schnauzte Alberich. »Geh' von mir aus zum Teufel, Hunne.«

»Ihr habt ein vorlautes Mundwerk, Zwergling.«

Alberich starrte ihn mit offenem Mund an. Kein Zwerg schätzt es, wenn man ihn ›Zwergling‹ nennt. Aber den edlen Alberich musste ein solches Wort besonders treffen.

»Wenn ich nicht so hungrig wäre, würde ich dir die Frechheiten austreiben!«

»Es wäre wenig heldenhaft, den großen Alberich mit leerem Magen zu erschlagen«, entgegnete Löwenzahn schulterzuckend. Manchmal war er schlagfertiger, als sein tumber Gesichtsausdruck und die lallende Sprache vermuten ließen

Obbo unterbrach den Streit, als er drei Holzschüsseln in den Schankraum balancierte. Er stellte sie vor den drei Gästen ab und legte Alberichs Goldgeißel in die Waffentruhe.

Alle fielen mit Heißhunger über ihre Eier-im-Schmalz her, bestellten mehr Bier und vergaßen für eine Weile ihren Zank. Auch Obbo setzte sich schließlich dazu, aß selbst ein wenig Ei und genehmigte sich einen halbvollen Krug.

Löwenzahn wandte sich an Alberich. »Warum hat Siegfried dich eigentlich erst besiegt und dann doch wieder zum Horthüter ernannt?«, fragte er kauend und verzichtete fortan auf die Anrede ›Ihr‹.

»Damit ich allen Hunnen den Schädel einschlage«, raunzte der Zwerg.

Mütterchen wischte sich Bierschaum vom Mund. »Im Ernst, Alberich. Wieso nahm er dir die Tarnkappe und trug dir trotzdem auf, auch in Zukunft den Schatz zu bewachen?«

»Weil ich der Einzige bin, der sich in den Schatzkammern und Hallen im Hohlen Berg auskennt. Der verfluchte Xantener würde sich verlaufen und bis ans Ende seiner Tage durch den Berg kriechen, würde ich ihn nicht führen.«

»Dann sollte es dir nicht schwerfallen, ihn loszuwerden, wenn er zurückkehrt.«

Wütend blinzelte Alberich sie an. »Es betrügt sich schlecht, wenn man eine Klinge am Hals spürt.«

»Das muss allerdings schmerzlich für dich gewesen sein, Zwergling«, bemerkte Löwenzahn grinsend. »Wahrscheinlich hat er dich hochgehoben, du hast mit den Beinen gestrampelt und dich …«

»Schluss damit!« Alberich sah aus, als wolle er ihm seinen Holzlöffel – oder Schlimmeres – um die Ohren hauen. »Ich lasse mich nicht von einem stinkenden Hunnen beleidigen.«

»Ich kam als Bittsteller, und du hast mich beleidigt«, erinnerte ihn Löwenzahn.

Obbo fühlte sich einmal mehr in die Rolle des Schlichters gedrängt. »Was haltet ihr davon, wenn Mütterchen uns endlich ihre Geschichte erzählt?«

Löwenzahn hob seinen Krug und prostete in die Runde. »Ein Hoch auf die Kunst des Geschichtenerzählens.«

»Es geht um Siegfried«, warnte Mütterchen und sah dabei Alberich an.

Der knallte die Faust auf den Tisch. »Der Verfluchte!«

»Ein Held«, widersprach Löwenzahn, »ohne Zweifel. Er nahm es mit einem Drachen auf.«

»So, tat er das?«, tobte der Zwerg. »Kein Wunder, mit meiner Tarnkappe. Auch ein Drache besiegt keinen Unsichtbaren.«

»Er hat sie nicht benutzt«, sagte Mütterchen. »Er hat das Untier allein mit dem Schwert bezwungen.«

»Zweifellos eine Lüge.«

»Ein Held ist er trotzdem.« Löwenzahn hob abermals den Krug und prostete ins Leere, als stünde der unsichtbare Siegfried neben ihm. »So viel Respekt muss sein.«

»Auch ich bin ein Held!«, zeterte Alberich.

»Ohne die Magie der Tarnkappe scheinst du mir ein gewöhnlicher Zwergling zu sein.«

»Ich zeig' dir, wer ein Zwergling …«

Mütterchen hielt Alberich zurück und drückte ihn mit erstaunlicher Kraft auf seinen Hocker. »Warte ab, alter Freund. Höre meine Geschichte, und es mag sich ein Weg aufzeigen, wie du neue Magie gewinnen kannst, um deinen Hort zu hüten.«

»Neue Magie?«, fragte er zweifelnd. »Ist das dein Ernst?«

»Allerdings.«

Alberich klammerte beide Hände um seinen Bierkrug und starrte verkniffen in den Schaum. »Dann lass hören …«

Endlich!, dachte Obbo.

Mütterchen Mitternacht nahm einen heftigen Zug aus ihrem Humpen, dann sagte sie: »Nun, nun.« Obbo rückte sich auf seinem Hocker zurecht.

Die Räuberin schloss dort an, wo sie durch Alberichs Ankunft unterbrochen worden war. »Von einem Köhler also erfuhr der Xantener vom entsetzlichen Lindwurm, der hoch über dem Rhein auf seine Opfer lauert. Jeden Tag, so erzählte der verstörte Mann dem Recken, wälze sich das Untier aus seiner Höhle und liege auf einer hohen Klippe. Von dort aus strecke es sein Maul in die Fluten, um zu trinken.«

»Ich hörte, sie trinken nur flüssiges Gestein aus dem Glutschlund der Erde«, warf Löwenzahn ein.

»Dummes Geschwätz«, fuhr Mütterchen ihm über den Mund. »Das sind Ammenmärchen. Aber unterbrich mich nicht noch einmal.«

Löwenzahn schnitt eine Grimasse und schwieg fortan.

Mütterchen paffte einen gewaltigen Rauchring, der eine Weile über ihrem Kopf schwebte und schließlich zerstob. »Am frühen Morgen ritt Siegfried den Berg hinauf. Unweit der Klippe ließ er sein Pferd zurück, band es aber nicht fest, damit es entkommen konnte, falls ihm selbst etwas zustieße. Er erklomm den letzten Felswall und betrat die verfluchte Heide, die den oberen Teil der Klippe bedeckt. Schon von weitem sah er den schwarzen Rauch, der aus einem gewaltigen Höhlenloch aufstieg, denn darin lag der Drache und schlief. Siegfried entdeckte auch die breite Spur, die das Untier durch die Heide gezogen hatte, verriet sie doch den Weg, den der Lindwurm allmorgendlich zur Tränke nahm.

Der Xantener fasste sogleich einen kühnen Plan. In Windeseile grub er mit seinen übermenschlichen Kräften ein tiefes Loch, mitten in die Wälzspur des Drachen. Er hockte sich hinein, das mächtige Schwert Balmung im Anschlag, bereit, es dem Untier ins Herz zu stoßen, so es denn über die Grube hinwegkroch.«

»Balmung, der Nibelungenschlächter«, flüsterte Alberich tonlos.

Mütterchen nickte. »Siegfried musste nicht lange warten. Bald schon kroch der stinkende Wurm nach dem Wasser, und ein furchtbares Erdbeben hob an, sodass Siegfried fürchtete, die Grube würde zusammenstürzen und ihn lebendig begraben. Das Untier spie Feuer und Gift vor sich her, ohne den Feind zu bemerken. Schon wälzte sich sein Schuppenleib über das Loch hinweg, da rammte der Recke die Klinge nach oben und grub sie tief in die Eingeweide der Bestie. Der Drache wälzte sich im Todeskampf, und immer mehr Blut pumpte aus seinem Körper in das Versteck seines Gegners. Es gelang Siegfried gerade noch, das Loch zu verlassen, ehe das Untier sich abermals darüber wälzen und ihn zermalmen konnte. Schwanz und Schädel schlugen wild in alle Richtungen, die riesigen Kiefer schnappten ins Leere.

Endlich aber lag der Drache still. Doch immer noch war ein Hauch von Leben in ihm. Mit tiefer Stimme fragte er: ›Wer bist du, und welches ist dein Geschlecht, dass du es wagst, mir mit solcher Kühnheit entgegenzutreten?‹ Und Siegfried sprach: ›Man nennt mich Siegfried, und ich wurde den Herrschern von Xanten als einziger Sohn geboren, den Fürsten Siegmund und Sieglinde.‹ Der Drache gab sich damit nicht zufrieden: ›Was trieb dich zu diesem Kampf? Weißt du nicht, dass alles Volk mich fürchtet?‹ ›Mein Mut, meine Kraft und meine starke Rechte verlangten, sich mit dir zu messen‹, erwiderte Siegfried stolz. ›Mein Schwert Balmung tat das seine, dir all deinen Schrecken zu nehmen.‹«

Alberich zog eine Grimasse. »Solch ein Großmaul! Nur das Schwert war es, nur Balmung, das ihn den Drachen bezwingen ließ. Das Schwert, das er aus *meinem* Hort gestohlen hat!«

»Balmung gehörte den Nibelungen?«, fragte Löwenzahn überrascht, bekam aber keine Antwort.

Mütterchen holte Luft. »Endlich war der Drache tot. Das Feuer in seinen Augen verging, und kein Gift und keine Glut schossen mehr aus seinem Maul. Allein sein Blut, viele, viele Fässer voll, ergoss sich hinab in die Grube des Recken, und Siegfried selbst war über und über davon besudelt. Er erinnerte sich an die alte Mär vom Drachenblut, und dass es dem, der darin badet, die Unverwundbarkeit schenkt. Flugs entstieg er seiner Kleidung und sank in die rote warme Flut, benetzte sich von oben bis unten. Und bald schon spürte er, wie sich ein unsichtbarer Hornpanzer über seine Haut legte, und keine Klinge, nicht einmal Balmungs scharfe Spitze, vermochte sie zu ritzen. So zog der Xantener glücklich von dannen, in der Gewissheit, dass keiner es je mit ihm aufnehmen könnte.«

Alberich schlug vor Zorn mit der Faust gegen seinen Krug. Das Gefäß flog in weitem Bogen vom Tisch und zerbrach am Boden. »Das darf nicht wahr sein! Unverwundbar soll er sein, der Hund? Einst wird er lernen, wie unverwundbar er ist, wenn erst Alberichs Klinge ihn spaltet.«

Obbo sah finster auf die Splitter des Tonkrugs, blieb aber auf seinem Platz. Wer mochte wissen, wie viele Krüge noch zerbrechen würden, ehe der Zwerg zur Ruhe kam?

Löwenzahn runzelte unter seiner schwarzen Mähne die Stirn. »Wie aber soll diese Geschichte unserem Horthüter zugute kommen?«

»Das würde ich auch gern wissen!«, keifte der Zwerg.

Mütterchen lächelte geheimnisvoll. »Fällt es euch wirklich so schwer zu begreifen?«

Erstaunlicherweise war es Obbo, der sagte: »Das Blut! Du meinst das Blut, nicht wahr?«

»Aber ja doch!«, rief sogar Löwenzahn.

Nur Alberich schaute verständnislos von einem zum anderen. »Blut?«, fragte er verdutzt.

»Es ist doch ganz einfach«, erklärte Mütterchen geduldig und machte dabei ihrem Namen alle Ehre. »Der Schutz der Tarnkappe ist dir verlorengegangen. Um den Hohlen Berg aber gegen die wilden Horden verteidigen zu können, die bald schon hier auftauchen werden, bedarf es einer neuen Magie.« Sie grinste. »Du, Alberich, musst unverwundbar werden – genau wie dein Erzfeind Siegfried!«

»Unverwundbar …?« Der Zwerg schnappte nach Luft. Er sah aus, als würde er gleich ein zweites Mal zusammenbrechen.

»Natürlich!«, meinte auch Löwenzahn. »Ich werde dich auf der Reise begleiten.«

»Begleiten …?«, stammelte der Horthüter fassungslos. »Reise?«

»Zur Drachenheide«, sagte Mütterchen erregt. »Und auch ich will mit euch kommen. Es heißt, das Blut eines Lindwurms habe heilende Kräfte. Meine Gicht macht mir neuerdings zu schaffen.«

»Ihr meint …«, keuchte Alberich, »ihr meint wirklich … ich soll in Blut baden? In *Drachenblut*?«

»Warum nicht?«, fragte Löwenzahn.

»Ja«, sagte auch Mütterchen, »warum eigentlich nicht?«

Alberich verzog kleinlaut das Gesicht. »Es stinkt.«

Mütterchen lächelte gutherzig. »Sicher bist du bei all den Blutbädern, die du unter deinen Feinden angerichtet hast, schon das ein oder andere Mal im Blut gewatet.«

»Natürlich, natürlich«, ereiferte sich Alberich eilig.

»Dann sehe ich keine Schwierigkeit.«

Alberich, dem der Gedanke noch immer sichtliches Unbehagen bereitete, suchte nach einem anderen Ausweg. »Ich kann den Hohlen Berg nicht unbewacht lassen.«

»Nur einige Tage«, widersprach Mütterchen. »Es kann nicht weit von hier sein. Und bis die ersten Räuber hier eintreffen, mag gut und gern noch eine Weile vergehen. Niemand wird den Hohlen Berg und den Nibelungenhort aufs Geratewohl angreifen. Das erfordert Vorbereitungen, Pläne und Ränke. Nein«, schloss sie, »ich glaube, in den nächsten Tagen ist der Hort noch sicher, auch ohne dich. Außerdem hast du selbst gesagt, dass jeder Räuber sich in den Hallen der Berges unweigerlich verirren muss.«

»Aber es ist mein Auftrag, den Schatz zu bewachen«, knurrte der Zwerg.

»Ein Auftrag, den dir zuletzt dein Feind Siegfried erteilte. Sollte es dir nicht Gefallen bereiten, dich ihm zu widersetzen?«

»Ich war schon Horthüter, als dieses Schwein noch gar nicht lebte.«

»Doch heute bist du es nach seinem Willen.«

Alberich verschränkte mürrisch die Arme. Er zog den goldbehelmten Kopf zwischen die Schultern und grummelte leise vor sich hin. »Drachenblut … der Xantener … hasse Reisen … aber die Magie«, war alles, was Mütterchen und die anderen verstehen konnten.

Löwenzahn ergriff das Wort. »Auch ich will im Blute des Untiers baden. Dann werde ich Siegfried zum Schwertkampf fordern. Wir werden sehen, wer von uns der Stärkere ist.«

»Überschätze dich nicht«, warnte Mütterchen. »Außerdem sollte es das Ziel unserer Reise sein, den Blutsee zu finden, nicht den Xantener zu jagen.«

Alle versanken in brütendem Schweigen, unterbrochen nur von Alberichs brummelndem Selbstgespräch. Dabei starrte er verkniffen auf die leere Stelle auf dem Tisch, wo eben noch sein Krug gestanden hatte.

Obbo erhob sich. »Noch ein Bier?«, fragte er, denn er besann sich auf seine Pflichten als Wirt. Mütterchens Geschichte und der wagemutige Plan hatten ihn gründlich verwirrt.

»Eines für mich«, sagte Löwenzahn, und auch Mütterchen bat um einen zweiten Krug.

Alberich hielt sich zurück. Er schien das Für und Wider abzuwägen, denn sein Mienenspiel wirkte noch abweisender als sonst. Schließlich aber, als Obbo die verlangten Krüge brachte, sagte der Zwerg: »Nein!«

»Nein?«, fragten Mütterchen und Löwenzahn wie aus einem Mund.

»Es geht nicht«, entgegnete Alberich. »Was, wenn all das nur Geschwätz ist? Wer weiß, ob der Xantener den Drachen wirklich besiegt hat? Mir bleibt keine Zeit, einem Hirngespinst nachzujagen.«

Mütterchen seufzte. »Es ist kein Hirngespinst, und das weißt du. Uralt sind die Geschichten vom Drachen am Rhein und älter noch die Legenden vom Bad in seinem Blut. Außerdem hast du selbst erfahren, was für ein Gegner der Xantener ist. Nur ihm allein konnte es gelingen, das Untier zu schlagen.«

»Es gibt viele Geschichten über Siegfried«, setzte er dagegen, »und nicht alle sind wahr.«

»Die meisten sind es«, erwiderte Mütterchen. »Mag er dich und die Nibelungen geschlagen haben, durch Tücke oder Kraft, so ist er doch nicht weniger Held.«

»Ein Held, pah!«, spie Alberich aus. Und dann verfiel er wieder in leises Grummeln, was bedeuten mochte, dass er abermals grübelte.

Im selben Moment schrie Löwenzahn: »Dort, am Fenster!«

Er sprang auf und stürzte zur Waffenkiste. Die drei anderen blickten alarmiert nach draußen. Einen Moment lang war ein Schemen zu sehen, ein Gesicht vielleicht. Dann huschte es davon und war verschwunden.

Löwenzahn hatte derweil seinen Bihänder aus der Truhe gerissen und stürmte damit zur Tür. Fluchend bückte er sich unter dem niedrigen Rahmen hindurch und rannte ins Freie.

Die drei anderen blickten sich ratlos an.

»Aber das war nur der Geist«, meinte Obbo gelassen.

»Vielleicht hätten wir Löwenzahn davon erzählen sollen«, sagte Mütterchen.

»Er hat nicht mehr Hirn in seinem Hunnenschädel als der niederste Erdwurm«, schimpfte Alberich.

Dann saßen sie wortlos da und warteten auf Löwenzahns Rückkehr.

Der Riese ließ nicht lange auf sich warten. »Jemand hat gelauscht«, keuchte er atemlos. »Aber er ist mir entwischt.«

»Er entwischt jedem«, sagte Obbo. »Wir nennen ihn den Geist.«

»Ein Geist?« Löwenzahn wurde bleich. Unter seinen schwarzen Haarzotteln war seine Blässe noch auffälliger.

»Kein echter – glauben wir zumindest.« Mütterchen war sichtlich erfreut über die Furcht des Kriegers vor Gespenstern. Sie hatte ihm das ›alte Vettel‹ noch lange nicht vergeben. »Es ist irgendein Wesen, wahrscheinlich gar ein Mensch wie wir alle, der draußen im Wald lebt. Er zeigt sich niemandem, nur hin und wieder bemerkt man, wie er hinter Bäumen und Fenstern einherhuscht. Immer ist er vermummt, in irgendwelche Gewänder oder Bandagen. Eine traurige, einsame Kreatur. Obbo stellt ihm gelegentlich etwas zu essen an den Waldrand.«

Löwenzahn legte den Bihänder zu Boden und setzte sich wieder. »Hm-hm«, machte er, ohne es näher zu erläutern.

Alberich stand auf.

»Wo willst du hin?«, fragte Mütterchen. »Wir sollten uns alle fertigmachen für die Reise.«

Der Zwerg ging zur Truhe und fischte seine Geißel hervor. »Ich gehe zum Berg«, knurrte er. »Lasst den Drachen Drachen sein. Ich brauche seinen Zauber nicht.«

Und noch ehe einer der anderen widersprechen konnte, war er bereits zur Tür hinaus und tauchte in die Schatten des Waldes.

Der Hohle Berg war die niedrigere der beiden Erhebungen, die von der Halbinsel des Nibelungengeschlechts hoch auf in den Himmel ragten. Der Rhein umspülte strudelnd ihre Klippen, und uralt war die Legende von den Rheintöchtern, die aus den Tiefen des Flusses die Insel bewachten. Doch auch sie hatten Siegfried, dem Nibelungentöter, keinen Einhalt bieten können, als er die Erben des Hortes niedermachte. Weder hatten sie den Versuch unternommen, noch hatten sie nur ihre blonden Schöpfe aus den Fluten gereckt. Genaugenommen hatte niemand sie seit vielen Jahrhunderten gesehen, nicht einmal Alberich, der länger auf der Halbinsel hauste als jeder andere. Wahrscheinlich, so vermutete er, waren die Rheintöchter längst weitergezogen und trieben ihren Schabernack anderswo an den Ufern des Stroms. Ihm sollte es recht sein. Er verabscheute das tändelnde Pack, das in der Dunkelheit der Rheinklüfte von Sonne und Liebesglück träumte.

Der bewaldete Landsteg, der Ufer und Insel miteinander verband, war an die hundert Schritte breit. Alberich, der das Wasser nicht mochte, hielt sich so gut es nur ging in seiner Mitte, um den Wogen nicht zu nahe zu kommen. Das ewige Brausen der Wellen drang durch die Büsche und Äste, und ihr Seufzen ließ den Horthüter schaudern.

Nicht, dass er Wald weit über Wasser schätzte! Sein Element war der Stein, die Kühle der schwarzen Bergestiefen, die domhohen Hallen und verwinkelten Stollen. Der Hohle Berg war sein Zuhause, seit er denken konnte, und er würde nicht zulassen, dass Räuberpack und Hunnenhorden ihn von hier vertrieben. Niemandem war das gelungen, nicht einmal den Dienern der Götter, die gelegentlich übers Weltenantlitz streiften.

Aber das war lange her, und stets war ihm dabei der Zauber der Tarnkappe zu Diensten gewesen. Jetzt aber war er nur noch ein Zwerg, kraftvoll zwar, mit kurzem, starkem Schwertarm, aber er musste sich eingestehen, dass er einer Übermacht von tausend oder vielleicht zweitausend Gegnern kaum gewachsen war. Mütterchen Mitternacht hatte recht. Eine neue Magie musste her.

Er stieg den Pfad zum Hohlen Berg hinauf, ein zerklüfteter Felsenturm, dessen Hänge nur spärlich mit Wald und Buschwerk bewachsen waren. Allein das hohe Tor aus Eisen, hergestellt von Albenschmieden, den Ahnen des Zwergengeschlechts, lag inmitten eines Tannenhains. Die Baumwipfel schützten es vor neugierigen Blicken vom Flussufer.

Alberich steckte seinen Schlüssel ins Schloss, sprach die nötigen Wunderworte und schob das Tor nach innen, so leicht, als sei es aus Papier. Hinter ihm schloss es sich wieder mit dumpfem Donner.

Durch ein Labyrinth von Stollen und Gängen, durch Hallen aus Granit und Lavagestein, über schmale Felsbrücken, die schwarze Abgründe überspannten, und unter Kuppeln aus purem Bergkristall stieg Alberich in die untersten Ebenen des Berges. Vorbei an alten Zwergenschmieden, die seit Jahrhunderten ungenutzt blieben, vorüber an alten Wohnkammern und Speisesälen, alle verlassen, suchte er sich seinen Weg zur Halle des Hortes, weit, weit unter dem Rhein und den Landen an seinen Ufern. Hoch über ihm, jenseits des Gipfels, überquerte die Sonne fast den halben Himmel, ehe Alberich sein Ziel erreichte. Dann aber lag er vor ihm, der Hort des Fürsten Nibelung, der goldene Schatz der Schätze.

Am Grunde eines Felsendoms befand sich ein Gebirge aus Gold und Geschmeide, aus Edelsteinen und Kristall. Der Stollen, der zur Horthalle führte, mündete hoch oben in die Wand des Doms. Es gab keine Balustrade, nicht das schlichteste Geländer. Der Gang brach einfach ab, und dahinter lag der Abgrund des Felsendoms.

Nur über eine schmale Treppe, rund um die Halle in die Wände gehauen, konnte man bis hinab in die Goldberge steigen. Alberich war seit Jahrzehnten nicht mehr dort unten gewesen. Selbst der verfluchte Siegfried hatte sich mit einem Blick von hier oben zufriedengegeben. Der Abstieg über die Treppe allein dauerte mehr als einen halben Tag, denn es waren Tausende und Abertausende von Stufen, die sich um die Halle schlängelten.

Alberich setzte sich an die Kante und ließ die dürren Beine baumeln. Er nahm den Helm vom Kopf und schüttelte sein lichtes Haar. Auch die Brünne drückte ihn, aber er wagte nicht, sie abzulegen.

Ach, dachte er wehmütig, wie einfach war alles doch damals gewesen.

Damals, als es noch andere wie ihn hier unten gab, ein ganzes Zwergenvolk, das in emsiger Arbeit schuf, was jetzt am Grunde der Horthalle lag. Treu ergeben den Urahnen Nibelungs und ihm verpflichtet bis zum Tod. Doch die Zwerge waren allmählich verschwunden, viele starben, einige gingen auch fort und schlossen sich verwandten Völkern an, hoch oben im Norden, wo die Nächte lang und die Winde so eisig wie Felsquellen waren.

Alberich war geblieben, gebunden an den Treueeid der Nibelungen. Was immer seine Vorfahren im Berg dahingerafft hatte, Krankheit oder Feind oder beides, es traf ihn nicht. Er lebte ganz allein hier unten, und fort ging er nie, außer an manchen Morgen, wenn er im *Wolfswinkel* Obbos Eier-im-Schmalz aß. Er verabscheute Reisen, wohl weil er nie eine gemacht hatte, und die Vorstellung, seinen Hort für Tage oder Wochen sich selbst zu überlassen, wäre für ihn nie in Frage gekommen, wenn nicht, ja, wenn nicht der Xantener aufgetaucht wäre.

Jetzt saß er da, ohne Tarnkappe, ohne Hoffnung, und er wusste, dass die Reise unumgänglich war. Er unternahm sie besser heute als morgen, noch dazu an der Seite von Mütterchen Mitternacht, der er wenigstens trauen konnte. Was aber diesen Löwenzahn anging – allein der Name! –, so hatte er erhebliche Zweifel. Ein Hunnen-Bastard auf der Suche nach Ruhm. Es war beinahe lächerlich.

Er grübelte lange und genau, und das leise Brummeln, das dabei über seine Lippen kroch, hallte von den Felsklüften wider. Immer wieder ließ er seine Blicke über die Hortberge schweifen, über die endlosen Hügel aus Gold, die aus sich heraus zu leuchten schienen. Es gab keine Fackeln hier unten. Der Hort erfüllte auf wundersame Weise den ganzen Berg mit seinem Glanz, selbst die abgelegensten Stollen und Kammern. Für Alberich war es das größte Wunder der Welt, und ihm galt seine ganze Liebe.

Es war eine einsame, traurige Liebe, das wusste er, aber es war die beste, die er hatte. Niemand würde sich an seinem Hort vergreifen, kein Unsterblicher und kein Kind einer Menschenmutter.

Und so kam er nach schmerzlichen Stunden des Abwägens und Nachdenkens zu einer Entscheidung, an der er doch in Wahrheit nie gezweifelt hatte.

KAPITEL 2

Am nächsten Morgen schulterten die drei ihre Rucksäcke, packten ihre Wanderstöcke und führten das Lastpony, das Obbo ihnen zur Verfügung stellte, aus dem Hof des *Wolfswinkel* hinaus auf den Waldweg. Der Wirt stand am Tor und winkte ihnen nach, rief ihnen die besten Wünsche hinterher und empfahl: »Gebt acht, wenn ihr anderswo Bier trinkt. Nicht jeder achtet wie ich auf die Reinheit des Gesöffs.«

Im Licht der aufgehenden Sonne bogen sie um die Wegkehre. Obbo und sein Wirtshaus blieben hinter den Bäumen zurück. Allein die Rauchfahne, die aus dem Kamin stieg, war noch eine Weile länger zu sehen. Sie wandten sich nach Norden, denn es hieß, die Drachenheide liege nördlich der Nibelungenfeste, obgleich auch Mütterchen Mitternacht den genauen Weg nicht kannte. Der Händler, der ihr die Geschichte erzählt hatte, war selbst nicht gewiss gewesen, wo nach der Höhle des Drachen zu suchen sei. Allein der Hinweis, das Untier habe auf einer Klippe am Rhein gehaust, gab ihnen die Gewissheit, dass sie den Ort nicht verfehlen konnten. Alles, was sie tun mussten, war, dem Verlauf des Ufers zu folgen.

Mütterchen und Löwenzahn gingen voran, Alberich folgte ihnen missmutig in drei Schritten Abstand. Noch immer missfiel ihm der Gedanke, den Hohlen Berg zu verlassen, und mehr noch verabscheute er die Tatsache, dass die anderen längst mit seiner Rückkehr gerechnet hatten. Als er in der Morgendämmerung zum *Wolfswinkel* gekommen war, gerüstet und mit gepacktem Bündel, hatten Mütterchen und der Riese schon bereitgestanden. Beide hatten breit gegrinst, als Alberich zur Tür hereinkam. Erst wollte er beleidigt umkehren, doch die anderen überzeugten ihn, dass seine Entscheidung die einzig richtige war. Oh, wie er es hasste, etwas

Vorhersehbares zu tun (obwohl er doch, genaugenommen, niemals etwa anderes tat).

Die alte Räuberin und der Krieger erzählten sich Geschichten – Löwenzahn auf seine langsame, lallende Weise –, und Alberich beäugte missgünstig, dass die beiden offenbar Freundschaft geschlossen hatten. So viel Mühe Alberich sich auch geben mochte, er traute dem Hunnen nicht über den Weg; wobei er sich eingestand, dass die Mühe, die er sich gab, nicht allzu groß war.

Das Pony trottete an einer Leine, die Mütterchen in der Hand hielt, und so befand es sich auf einer Höhe mit dem Zwerg. Es schnaubte gelegentlich, fast als wollte es Alberich in ein Gespräch verwickeln, aber er war recht dankbar, dass er die Sprache der Tiere nicht verstand. Was, im Namen des Ältesten Alben, hätte ihm ein Pony schon erzählen können?

Sie folgten dem Waldweg durch wechselndes Gehölz, mal entlang hoher Eichenreihen, dann wieder durch die Düsternis schattiger Nadelhaine. Stets waren sie dabei nicht weit vom Ufer entfernt. Der Fluss strömte lautstark in seinem Bett jenseits der Stämme, zehn, zwanzig Schritte zu ihrer Linken. Sie gingen am Ostufer des Rheins, denn es gab weit und breit keinen Überweg, außer einer Fähre unterhalb der Nibelungenburg auf der Halbinsel. Aber es war gleichgültig, auf welcher Seite sie gingen, denn sie wussten nicht, auf welcher die Klippe des Drachen lag.

Nach vier Stunden machten sie ihre erste Rast, saßen im Halbkreis beisammen und berieten ihr Vorgehen. Sie kamen überein, dass es wenig Mühe kosten konnte, ein Bad im Drachenblut zu nehmen, denn die Bestie selbst war tot, und wer sollte ihnen den Wunsch verwehren? Sie aßen ein wenig von der Wegzehrung, die Obbo ihnen eingepackt hatte, dann setzten sie ihre Reise fort.

Am Abend, die Sonne war bereits hinter den Bergen verschwunden, stöhnte Alberich: »Nicht mehr lange, und ich schlafe im Gehen ein.«

Löwenzahn nickte. »Es ist Zeit, unser Nachtlager aufzuschlagen.«

»Lasst uns ein wenig abseits der Straße haltmachen«, riet Mütterchen. »Wer weiß, welches Gesindel sich in der Dunkelheit herumtreibt.«

»Hunnen vielleicht«, sagte Alberich giftig. »Oder Räuber.«

»Unser Zwerg wird sie mit seiner Prahlerei schon in die Flucht schlagen«, flüsterte Mütterchen Löwenzahn zu.

Alberich hatte es sehr wohl vernommen, denn seine Ohren waren scharf, aber er verzichtete auf eine offene Antwort. Stattdessen murmelte er einmal mehr etwas Unverständliches in seinen Bart.

Später, an einem kleinen Lagerfeuer, hockten sie unterm Sternenhimmel und lauschten eine Weile schweigend auf das Wispern der Strömung und die leisen Seufzer des Windes im Geäst. Aus dem Unterholz erklang dann und wann der Schrei eines Nachttieres. Das Pony stand nah beim Feuer und schlief, ohne sich niederzulegen. Löwenzahn stopfte sich einen Maiskuchen nach dem anderen in den Mund, sein Schmatzen war ohrenbetäubend.

Schließlich, als alle schon einzunicken drohten, stimmte Mütterchen Mitternacht mit rauer Kehle ein Räuberlied an:

In des düstren Waldes Tiefen,
Im Gebüsche tief versteckt,
Schlummert Rohland, bis der Bande
Lauter Jubelruf ihn weckt.

Und der löwenkühne Räuber
Hört die Bande und erwacht;
Alles lauscht auf seine Pläne,
Die die Raub- und Mordgier macht.

Vivat! Unser Hauptmann lebe!
jubelt die verwegne Schar,
Tapfer lasst uns ihn beschützen,
Ihn nicht lassen in Gefahr.

Lasst uns rauben, morden, brennen!
Tönt es. Alles rief: Es sei!
Doppelt gab das Echo wieder
Dieser Räuber Feldgeschrei.

Lasst uns nicht des Greises schonen,
Nicht des Säuglings an der Brust!
In der Mutter Händeringen
Lasst uns finden unsre Lust.

Schrecklich, wütend und verheerend
Hauste die Tyrannenbrut.
Ach, es tränkte alle Fluren
Der gefallnen Opfer Blut.

Kirchen sowie stille Klöster
Wurden – was man kaum geglaubt –
Von der Räuber frechen Händen
Ganz entweiht, zerstört, beraubt.

In Palästen wie in Hütten
Zeigte sich der Raubsucht Spur,
Räuber Rohland war ein Schrecken,
Abscheu jeder Kreatur.

Nach dem letzten Vers brach Mütterchen in heftiges Gelächter aus, das in einen wilden Hustenanfall überging. Löwenzahn und Alberich sahen sich verwundert an, dann schmunzelte der Riese.

»Bist eine feine Sängerin, Mütterchen. Mir scheint, du vermisst das Räuberleben.«

»Darauf kannst du wetten«, erwiderte sie krächzend und zog ihre Decke enger um die knorrigen Schultern.

»Ach, was das für Zeiten waren, als die Reichen vor Mütterchen Mitternacht erbebten und der Kampfschrei der meinen die Wälder zum Lodern brachte. Nichts geht über das Räuberdasein und die …«

Alberich unterbrach sie mit einem lauten Hüsteln. »Du hast das Ende deines Liedes vergessen, Mütterchen. Warum verschweigst du uns, wie es Räuber Rohland an den Kragen ging?«

»Weil's keine Rolle spielt«, gab sie barsch zurück.

»Dann lass mich die letzten Strophen für dich singen«, sagte Alberich, und zu Löwenzahns und Mütterchens Überraschung sang er mit klarer, schöner Stimme:

Gute Obrigkeiten dachten
Auf geschickte Pläne nun,
Einhalt diesem Räuberwesen,
Dieser Mörderbrut zu tun.

Und es wurden wackre Truppen
Sie zu fangen ausgesandt.
Aber keiner von der Bande
Kam in dieser Helden Hand.

Endlich drangen tapfre Recken
Tief in einem stillen Tal
Auf die Räuber ein, es fielen
Hundert Krieger an der Zahl.

Bald auch fiel die Räuberrotte
In dem wilden Kampfgewühl.
Rohland mit zehn Schandgesellen
Ward gesetzt ein ander Ziel:

Tief im Kerker und in Ketten
Warteten der Strafe sie,
Die schon bald sie dann erlitten.
Mensch, vergiss dies Beispiel nie!

Als Alberich geendet hatte, rief Mütterchen aus: »Papperlapapp! Nichts sagt das aus über die Herrlichkeit der Räuberei, über die Schönheit des freien Lebens in den Wäldern, über die Freude, von anderen zu nehmen und sich selbst daran zu berauschen.«

Löwenzahn zwinkerte Alberich zu. »Mir scheint, wir sollten unsere Reisegefährten sorgsamer wählen.«

Mütterchen kicherte. »Ich bin alt geworden, viel zu alt, um eine gute Räuberin zu sein. Manchmal denke ich, es wäre besser gewesen, ein Schwertstreich hätte mich in der Blüte der Jugend niedergestreckt, auf dem Höhepunkt meiner Kraft.«

»Zumindest bliebe uns dein Gejammer erspart«, brummte der Zwerg.

»Mit dir nehme ich es dreimal auf, mein Freund«, entgegnete sie, aber es klang nicht feindselig.

Er lachte auf. »Warst nicht du es, die mir zur Unverwundbarkeit verhelfen wollte?«

»Ein Fehler, ohne Zweifel.«

Sodann legten sie sich frohgemut nieder und schliefen bis zum Morgen.

Sonnenstrahlen glitzerten durchs Blätterdach, als Alberich erwachte. Mütterchen kehrte gerade mit dem Pony vom Fluss zurück, wo sie das Tier hatte trinken lassen.

»Wir sollten ihm einen Namen geben«, sagte sie.

»Dem Pony?«

»Dem Lagerfeuer, Dummkopf. *Natürlich* dem Pony.«

»Sicherlich hat es schon einen von Obbo bekommen.«

»Er hat ihn uns nicht genannt.«

Alberich seufzte. »Was schlägst du also vor?«

Löwenzahn reckte sich und gähnte. »Wie wär's mit Siegfried?«

»Sehr passend, wirklich«, gab Alberich zurück.

»Ich dachte an Rohland«, sagte Mütterchen.

»Wie dein Räuber?«

»Ein Mann von Ehre.«

»Wie dies Pony.«

Löwenzahn trat vor das Tier und tätschelte ihm die Mähne. »Was sagst du dazu?«

Mütterchen lächelte. »Es ist einverstanden.«

Alberich warf ihr einen schrägen Blick zu. »Woher willst du das wissen?«

»Ich verstehe, was es sagt.«

»Das ist nicht dein Ernst.«

»Aber ja doch«, antwortete sie stolz. »Wenn du dein Leben lang in den Wäldern haust, lernst du solche Dinge.«

»Ich hause mein Leben lang in den Bergen«, knurrte Alberich, »und ich verstehe nicht, was die Steine sich zu sagen haben.«

Mütterchen seufzte betont. »Weil sie nicht reden können, Zwergenhirn. Aber Tiere sprechen. Und manchmal, nur manchmal, kann ich die Bedeutung verstehen. Keinen Wortlaut, aber ich weiß, was sie mir sagen wollen.«

»Und das Pony sagte: ›Nenn mich Rohland‹?«

»So ungefähr.«

Löwenzahn schulterte seinen Rucksack und zog die Riemen straff. »Lass ihr doch ihren Willen, Zwergling. Welche Bedeutung hat es, ob das Pony einen Namen hat oder nicht?«

Ehe Alberich sich über die neuerliche Anrede ›Zwergling‹ erregen konnte, stieß das Pony ein empörtes Schnauben aus. Ob es verstanden hatte, was Löwenzahn gesagt hatte, oder ob es ein Zufall war, blieb ungewiss. Mütterchen zumindest schien sicher zu sein, dass die Bemerkung des Riesen das Tier verärgert hatte, und sie schalt ihn heftig für seine Leichtfertigkeit.

Sie brachen auf und folgten weiterhin dem Weg nach Norden. Schon nach kurzer Zeit schlängelte er sich linker Hand bis ans Ufer heran, sodass auf der einen Seite der Rhein floss, die andere von dunklem Gehölz beschattet wurde.

Alle hingen ihren Gedanken nach, bis Löwenzahn sagte: »Habt ihr je von den Nordmännern gehört, die sich vor dem Kampf ihre Bärte anzünden?«

»Wieso sollte jemand das tun?«, fragte Alberich zweifelnd und fasste sich gleich an seinen eigenen Bart. Er war sein ganzer Stolz, über viele Jahrzehnte gehegt und gepflegt.

»Um dem Feind Furcht einzujagen«, erklärte der Riese voller Bewunderung. »Mit brennenden Gesichtern stürmen sie auf ihre Gegner ein, und jeder hält sie für Kreaturen aus Hels schwarzen Schlünden.«

»Du bist ein Hunne und glaubst an Hel?«, fragte Mütterchen erstaunt.

»Ich sagte dir doch, meine Mutter war eine Frau wie du, aus diesem Land. Sie zog mich auf, nicht mein Vater, und ihr Glaube ist es, dem ich folge. Keinem anderen, auch nicht dem des Christenheilands. Kein Platz ist in seiner Predigt für Krieger wie uns.«

Dem stimmten alle zu. Nach einer Weile fragte Löwenzahn:

»Sag, Alberich, was hat es mit dieser Tarnkappe auf sich, die dein war? Ich hörte nur, dass sie ihren Träger unsichtbar macht.«

Alberich verzog das Gesicht. Der Gedanke an den Diebstahl schmerzte ihn noch immer. »Sie ist ein Teil der alten Zwergenmagie, aus einer Zeit, als die Zwerge noch ein Volk des Nebels waren. Mit dem Nebel dampften sie am Morgen aus Wiesen und Tälern, und in Nebel vermochten sie sich zu verwandeln, wenn Feinde drohten, oder einfach wenn ihnen danach war. Lange schon hat mein Volk diese Fähigkeit verloren, aber die Tarnkappe stammt noch aus jenen alten Tagen. Sie vermag ihren Träger für die Augen anderer in feinen Dunst zu verwandeln, macht ihn vollkommen unsichtbar.« Er schnaubte zornig. »Und nun fiel sie in die Hände des Xanteners, eines Menschen! Durch meine Schuld noch dazu!« Er wandte den Blick ab, aus Furcht, die anderen könnten die Tränen sehen, die in seinen Augen blitzten. Seine Niederlage hatte den Verlust eines der größten Schätze des alten Zwergenreiches mit sich gebracht. Verluste wie dieser trugen die Schuld, dass die Erinnerung an die Zwerge mehr und mehr aus der Welt verschwand. Irgendwann würden sie völlig vergessen sein, nichts als ein Schemen in der Geschichte, der Stoff von Legenden und Ammenmärchen.

»Gräme dich nicht«, sagte Mütterchen mitfühlend, reichte Löwenzahn die Zügel des Ponys und legte eine Hand auf Alberichs Schulter. »Es ist nicht deine Schuld, dass der Zauber vergeht.«

Der Zwerg starrte betrübt zu Boden. »Kommende Generationen werden Alberich verspotten als denjenigen, der die Magie der Zwerge an einen Menschen verlor. Und sie werden recht haben mit ihrem Urteil.«

»Nein«, widersprach Mütterchen, »denn eure Magie ist lange schon dahin. Die Tarnkappe war nichts als ein Schatten eurer einstigen Macht. Aber es heißt, hoch oben im Norden ist der alte Zauber noch immer lebendig, in den Tiefen der eisigen Berge, wo dein Volk noch immer so mächtig ist wie früher.«

»Eines Tages werde ich dorthin gehen«, sagte Alberich kummervoll.

»Tu das, mein Freund. Aber erst erfülle deine Pflicht. Hüte den Hort des Nibelung. Und stärke dich mit der Kraft des Drachenblutes.«

Alberich sah zu ihr auf. »Ich danke dir, Freundin Mütterchen. Ich danke dir von tiefstem Herzen.«

Sie lächelte ihn an, und selbst Löwenzahn schwieg und trauerte im Stillen. Trauerte um das versunkene Zwergengeschlecht vom Rhein.

Gegen Abend zog ein Gewitter auf. Im Osten über den Bergen erlosch das Licht, nur ein fahles Glimmen lag noch um die Bergkuppen und windgebeugten Wipfel der Wälder. Der Himmel wurde so dunkel, als hätte das Tageslicht ganz unverhofft seine ewige Schlacht gegen das Nachtschwarz verloren. Stürme jagten die Hänge herab und fuhren knirschend ins Gehölz. Das Wasser des Rheins schlug hohe Wogen und wurde weit über das Ufer gepeitscht.

Die Gefährten suchten Schutz im dichten Tann, zwischen stechenden Nadelhölzern, die auch den letzten Rest von Licht aussperrten. Rohland, das Pony, litt von allen am meisten, denn es musste bei seiner Größe die meisten Stiche und Kratzer ertragen. Zudem ängstigte es sich vor all dem Donnern und Blitzen fast zu Tode. Mütterchen hatte ihre dürren Arme um Rohlands Hals gelegt und flüsterte ihm beruhigend ins Ohr. Die anderen aber zweifelten, ob das Tier die Worte bei diesem Lärm überhaupt hören, geschweige denn verstehen konnte.

Die Blitze zuckten immer häufiger, und das Donnern wurde zeitweise so laut, dass sie sich die Ohren zuhielten. Über die Himmelssplitter, die sie durch die Zweige erkennen konnten, zogen riesige Wolkenburgen, und immer wieder sah es aus, als jagten Wesen hoch oben durch die Dunkelheit. Da waren Formen, die ähnelten Pferden und Reitern, und Löwenzahn murmelte ehrfürchtig:

»Die Wilde Jagd! Es ist die Wilde Jagd! Wodan führt seine Jäger an.«

Sie rückten enger aneinander. Mit göttlicher Willkür war nicht zu scherzen, das wusste ein jeder, und falls es wirklich Wodan war, der seine Jäger im wilden Himmelsritt über die Berge führte, dann war es angebracht, sich zu verstecken.

Plötzlich rief Mütterchen: »Seht doch, dort draußen!«

Zwerg und Riese folgten ihrem ausgestreckten Arm, der hinaus auf den Weg wies.

Eine Gestalt, kaum mehr als eine Silhouette, stemmte sich gebeugt gegen den Sturm. Sie war in einen bodenlangen grauen Mantel gehüllt und hatte eine spitze Kapuze über den Kopf geschlagen. Der Schein eines Blitzes zuckte über das Gesicht des Mannes. Ein schwarzes Band bedeckte sein linkes, blindes Auge. Ein buschiger Halsschmuck aus schwarzen Rabenfedern flatterte lautstark im Wind. Sie alle erbebten bei diesem Anblick.

Es war Wodan, der einäugige Gott, der oberste der Götter selbst, daran konnte es keinen Zweifel geben. Kein Mensch würde bei diesem Sturm seinen Weg fortsetzen, erst recht nicht, wenn die Wilde Jagd über den Himmel zog. Die Rabenfedern taten ein Übriges, die Gefährten zu überzeugen, denn Raben waren des Gottes liebste Tiere.

Gebannt sahen sie der Gestalt nach, wie sie mühevoll gegen den Sturm ankämpfte und sich langsam nach Norden bewegte, auf demselben Weg, den auch sie nehmen würden. Wenig später war sie hinter den Bäumen verschwunden.

Der Schreck saß ihnen allen tief in den Knochen. Keiner rührte sich oder sagte ein Wort, bis wenig später der Sturm auf einen Schlag verebbte und die Wilde Jagd vom Himmel verschwand. Noch immer herrschte Dämmerlicht, diffus und seltsam unwirklich, aber allmählich fassten die Freunde neuen Mut.

Mütterchen war die Erste, die hinaus auf den Weg trat. Sie zog Rohland am Zügel mit sich. Das Pony schien höchst erfreut, dem stacheligen Gestrüpp entrinnen zu können, denn es wieherte vergnügt. Alberich war der Nächste, der ins Freie kletterte, dann erst folgte Löwenzahn der Grausame. Unsicher blickte er den Weg entlang, ob der finstere Gott auf sie lauerte; doch die Gestalt, so sie denn wirklich dagewesen war, blieb verschwunden.

Mürrisch und wortkarg setzten sie ihren Weg fort. Sie zogen es vor, nicht mehr über die Erscheinung zu sprechen. Die Begegnung mit dem Gott mochte ein böses Omen sein, und sie zurück in ihre Erinnerung zu rufen würde die Sache nur noch schlimmer machen. Am besten war es wohl, den Vorfall gänzlich zu vergessen.

Sie wanderten bis lange nach Sonnenuntergang, dann erst suchten sie sich einen Platz für die Nacht. Diesmal, so entschieden sie, wollten sie nacheinander Wache halten, und die Reihe nahm ihren Anfang bei Alberich. Düster starrte er hinaus in die Dunkelheit, lauschte auf Löwenzahns Schnarchen, beobachtete im Feuerschein Mütterchens Gesicht und fand, dass sie im Schlaf noch älter aussah. Erstaunlich, wie wenig Mühe ihr der lange Marsch bereitete. Alberich war viel länger auf der Welt als sie, aber sie war nur ein Mensch, und dafür geradezu unglaublich rüstig. Er war froh, sie zur Freundin zu haben.

Nach einer Weile weckte er Löwenzahn und legte sich selbst zur Ruhe. Er träumte vom Hort und vom Rabengott, und immer wieder loderten Flammen durch seinen Schlaf. Einmal erwachte er und fragte sich, ob sie das alles nicht zu leicht nahmen. Doch bevor er noch eine Antwort finden konnte, war er abermals eingeschlafen, und am Morgen hatte er seine Zweifel verdrängt.

Am dritten Tag fanden sie den Sterbenden.

Mütterchen sagte gerade: »Mein Vorrat an Pfeifenkraut geht dem Ende entgegen.« Sie hatte viel geraucht, seit sie aufgebrochen waren, viel mehr als üblich. »Ich frage mich, wann wir zum nächsten Gasthaus kommen.«

Plötzlich deutete Löwenzahn mit dem Finger ans Ufer und sagte: »Da liegt jemand.«

Sogleich eilten sie vorwärts. Das Land fiel hier als schmaler Kiesstrand zum Wasser hin ab, und dort, inmitten eines Wirrwarrs aus Wasserpflanzen, war ein Mann angeschwemmt worden. Seine Kleidung war zerrissen, beinahe bis zur Nacktheit, und seine Augen blinzelten blicklos zur Sonne empor. Um seinen Hals hing an einem Lederband ein mächtiges Horn. Er war dunkelhaarig, noch jung, und obgleich das Wasser sein Blut abgewaschen hatte, entdeckten sie doch auf den ersten Blick die furchtbare Wunde, die seine linke Schulter gespalten hatte. Die Verletzung musste von einer Axt oder einem Breitschwert stammen.

»Er lebt noch«, stellte Mütterchen fest, die sich als Erste über ihn beugte.

»Nicht mehr lange, so wie's aussieht«, bemerkte Löwenzahn trocken.

»Helft mir, ihn aus dem Wasser zu ziehen.« Mütterchen zerrte an seinen Armen. Ein Stöhnen entfuhr den bebenden Lippen des Mannes.

Löwenzahn drängte Mütterchen und Alberich beiseite und hob den Mann auf wie ein kleines Kind, quer über beide Arme. Dann ging er zurück zum Wegrand und legte den Sterbenden ins weiche Gras.

Alberich beäugte das alles mit zweifelnden Blicken. Der Mann war des Todes, das war leicht zu erkennen, und jeder Augenblick, den sie hier zubrachten, war verschwendete Zeit. Trotzdem öffnete Alberich seinen Wasserschlauch und wollte ihn dem Mann an die Lippen führen. Mütterchen aber stieß ihn beiseite.

»Wasser hat er wahrlich genug bekommen, Dummkopf. Wer weiß, wie lange er im Wasser gelegen hat.«

Mit beleidigter Miene steckte Alberich den Schlauch wieder weg und verlegte sich fortan auf leises Gebrummel. Mit gerümpfter Nase sah er zu, wie Mütterchen auf die Brust des Mannes presste, als könne sie so das Wasser aus seinen Lungen pumpen. Pure Zeitverschwendung.

Der Sterbende öffnete plötzlich den Mund und formte ein Wort. Keiner verstand, was er sagen wollte. Noch einmal versuchte er es, und diesmal hörten es alle.

»… Drache …«

Sogleich beugten sich die drei über ihn und sprachen wirr auf ihn ein. In dem Durcheinander war nichts mehr zu verstehen, bis Mütterchen zornig ausrief:

»Seid still, verdammt! Lasst ihn doch sprechen!«

Alberich und Löwenzahn verstummten schuldbewusst und lauschten.

»Drache«, keuchte der Mann zum zweiten Mal und starrte immer noch geradewegs in die Sonne. Seine Lider zitterten. »Nicht weit …«

Sie horchten angestrengter, aber jetzt schwieg der Mann, und es dauerte nur wenige Augenblicke, da schnappte er zum letzten Mal nach Luft und starb.

Die drei sahen sich über seine Leiche hinweg an.

»Hättest du ihn nicht ein wenig länger am Leben halten können?«, knurrte Alberich vorwurfsvoll in Mütterchens Richtung.

Die Räuberin funkelte ihn wütend an. »Ich bin kein Medicus. Ich verstehe mehr vom Töten als vom Heilen.«

»Das haben wir gesehen«, klagte Alberich. »So wie du auf seine Brust gedrückt hast, konnte er ja nicht …«

»He!«, keifte sie zurück. »Halt dich zurück, Alberich Horthüter.«

Löwenzahn hatte dem Toten derweil das Horn abgenommen. Neugierig betrachtete er es von allen Seiten. Dann setzte er das spitze Ende an die Lippen und stieß hinein. Wasser spritzte aus der vorderen Öffnung – genau in Alberichs Gesicht –, gefolgt von einem kümmerlichen Misston.

»Gib mal her!«, fauchte der Zwerg, der sich mit solchen Dingen auskannte.

»Unser Horthüter ist ein rechter Spielmann«, bemerkte Löwenzahn eingeschnappt, reichte Alberich aber das Horn.

Der blickte mit einem Auge hinein, schüttelte das verbliebene Wasser hinaus und führte es dann zum Mund.

Ein Ton, der selbst die Götter aus ihrem Schlaf reißen musste, quoll zäh aus dem Horn. Plötzlich wanden sich Mütterchen und Löwenzahn mit schmerzverzerrten Gesichtern am Boden, ihre Hände auf die Ohren gepresst.

Alberich ließ erstaunt von dem Horn ab und starrte sie an. »So schlimm war es nun auch nicht.«

Mütterchens Augen waren blutunterlaufen, als sie ihn in maßloser Verwirrung anstarrte. Da erst begriff er, dass sie echten, körperlichen Schmerz empfunden hatte. Der Klang des Horns *tat weh*.

»Tu das nie wieder …«, stöhnte sie.

»Bei allen Göttern«, stieß Löwenzahn hervor, »was war das?«

Alberich sah verwundert seine Gefährten an, dann das Horn, und schon setzte er es erneut an die Lippen, um seine Wirkung noch einmal zu erproben, als Mütterchen es ihm mit einer blitzschnellen Bewegung aus der Hand schlug. Es landete auf der weißen Brust des Toten.

»Hör auf damit!«, schrie sie ihn an. »Es ist wie ein Messerstich ins Ohr.«

»Ein Messerstich?«, stammelte Alberich verstört.

»Ein magisches Horn«, sagte Löwenzahn und nahm es ehrfürchtig in beide Hände. »Sein Klang kann töten.«

Alberich runzelte zweifelnd die Stirn. »Davon habe ich nichts bemerkt.«

»Du hast es ja auch benutzt«, nörgelte Mütterchen und hielt sich den Schädel. »Solcherlei Magie wirkt nie auf den, der sie anwendet. Nur auf andere.«

»Vielleicht war es nur ein schräger Ton …«, schlug der Zwerg mit schwacher Stimme vor.

»Ein schräger Ton?«, fragte Mütterchen und lachte bitter. »Nicht einmal du könntest so schräg spielen, dass man Schmerzen verspürt. Nicht solche Schmerzen.«

»Wir sollten es mitnehmen«, sagte Löwenzahn und strich sachte über die Oberfläche des Horns. Es war so lang wie Alberichs Arm, gekrümmt und von gelblichweißer Farbe.

»Von welchem Tier soll das stammen?«, fragte er verwundert.

Alberich funkelte ihn an. »Von einem Hornochsen, vielleicht.«

Die Bemerkung ging fehl, denn Löwenzahns Aufmerksamkeit war gänzlich auf das Instrument gerichtet.

»Es sieht nicht aus wie ein gewöhnliches Horn«, sagte er. »Es ist zu glatt, fast wie …« Er zögerte.

»Wie was?«, wollte Alberich wissen.

»Wie ein Zahn.«

»Ein *Zahn*?«

Löwenzahn nickte. »Die Wände sind auch dicker als bei einem üblichen Horn. Jemand hat sich sehr viel Mühe gegeben, es auszuhöhlen.«

Alberich hatte erhebliche Zweifel an dieser Vermutung. »Was für eine Bestie soll solche Zähne haben?«

Mütterchen Mitternacht trat neben den Krieger und ließ ihre Finger über das Horn gleiten. »Darauf brauchst du doch nicht wirklich eine Antwort, oder?«

Alberich sog scharf die Luft ein. »Meint ihr, jemand macht sich an unserem Drachen zu schaffen?«

»Ich fürchte, dieser Jemand wird deine Meinung, dass es unser Drache ist, nicht teilen.« Mütterchen nahm das Horn aus Löwenzahns Pranken, stieg über den Toten hinweg und hielt es Alberich hin.

»Nimm du es, wenn du wirklich damit umgehen kannst. Wer weiß, wofür es noch gut ist. Aber versprich mir, niemals, niemals wieder hineinzustoßen, ohne uns zu warnen!«

Alberich brummte einen tonlosen Fluch, dann nahm er das Horn und hängte es sich an dem Lederband um den Hals. Er deutete auf den Toten. »Was machen wir mit ihm?«

»Willst du ihn begraben?«, fragte Mütterchen.

Alberich grinste. »Ich dachte dabei an den Stärksten von uns dreien, den grausamsten und furchtlosesten Recken, den die Welt …«

»Ja, ja«, knurrte Löwenzahn. »Ich begrabe ihn, wenn ihr unbedingt wollt.«

Mütterchen schüttelte den Kopf. »Dazu bleibt keine Zeit. Die Räuberhorden werden schon zum Hohlen Berg ziehen. Wir dürfen keine Zeit verlieren.«

Da nahm der Riese den Leichnam wieder auf und trug ihn tiefer ins Unterholz. Er faltete die Hände des Toten auf dessen Brust, dann legte er ein paar Äste und Blattwedel über ihn. »Das ist das Würdevollste, was wir für dich tun können«, raunte er ihm zu, dann ging er zurück zu den anderen.

Als sie ihren Weg fortsetzten, sagte Alberich: »Wir sollten ein wenig achtsamer sein. Wer weiß, ob derjenige, der den armen Kerl erschlagen hat, nicht ganz in unserer Nähe lauert.«

Sie kamen überein, sich noch näher am Waldrand zu halten, obgleich allen klar war, dass ihnen die Bäume nur von einer Seite her Schutz boten, während sie von vorne, von hinten und vor allem vom anderen Ufer aus deutlich zu sehen sein mussten.

»Habt ihr auch verstanden, dass er ›nicht weit‹ sagte?«, fragte Mütterchen nach einer Weile.

»Ja«, bestätigte Löwenzahn. »Hat er damit den Drachen gemeint?«

»Das scheint mir naheliegend«, meinte Mütterchen Mitternacht.

»Naheliegend, naheliegend«, äffte der Zwerg sie nach. »Naheliegend ist auch, dass wir aus dem Hinterhalt überfallen und niedergemacht werden.«

Wütend wandte die Räuberin sich zu ihm um. »Wäre ich noch Wegelagerer, würde ich das in der Tat tun«, zischte sie giftig. »Dein goldener Helm und die goldene Brünne sind ja weithin zu erkennen.«

Alberich fasste sich empört an den Helm. »Das ist Albengold, die

Rüstung meiner Ahnen. Wie kannst du glauben, ich würde ohne sie in den Kampf ziehen?«

»Etwas weniger Auffälliges bekäme uns wahrscheinlich besser.«

»Ihr Menschen habt keinen Sinn für Tradition.«

»Tradition, die mich tötet, bedeutet mir allerdings wenig.«

Wieder entspann sich ein heftiger Zank zwischen den beiden. Alberich wollte nicht von seiner Überzeugung weichen. In der Schlacht würde Mütterchen schon sehen, welch erbärmlichen Schutz ihr Waldläuferwams ihr bieten würde. Wenigstens der Hunne war in dieser Hinsicht verständiger. Sein Fell- und Schuppenpanzer sah äußerst wirkungsvoll aus.

Löwenzahn hörte dem Gezänk der beiden stumm zu, und nur dann und wann verzog sich sein breites Gesicht in einem Anflug von Heiterkeit oder Schadenfreude.

Ein halber Tag verging, während sie weiter dem Uferweg folgten. Die Vögel zwitscherten im Geäst, und gelegentlich paddelte eine Entensippe den Strom hinab. Ein tiefer Friede lag über der Landschaft, weit und breit war kein Mensch zu sehen.

»Ist euch schon aufgefallen, dass es keine Boote auf dem Rhein gibt?«, fragte Löwenzahn mit einem Mal.

Mütterchen und Alberich ließen von ihren Sticheleien ab und sahen ihn an.

»Du hast recht«, sagte die Räuberin verwundert. Seit Anbeginn ihre Reise war ihnen kein einziges Fischerboot begegnet. Auch Flößer, die Holz flussabwärts in die baumlosen Länder brachten, waren nirgends zu sehen. »Es ist fast, als fürchteten sie sich vor etwas.«

»Vor dem Fluss?«, fragte der Krieger stumpfsinnig.

Mütterchen hob die Schultern. »Oder vor etwas an seinem Ufer.«

»Was kann das sein? Der Drache ist doch tot«, sagte Löwenzahn.

»Ich habe das üble Gefühl, wir werden es noch in Erfahrung bringen.«

Alberich blieb stehen. »Dann lasst uns endlich den Weg verlassen und durch die Wälder ziehen.«

»Das wird Zeit kosten«, gab Mütterchen zu bedenken.

»Alles andere mag unser *Leben* kosten«, entgegnete Alberich schnippisch.

Die Räuberin zuckte mit den Achseln. »Es ist dein Hort.«

Löwenzahn mischte sich ein. »Und unser aller Leben.«

Damit war es beschlossene Sache. Sie schlugen sich vom Weg nach rechts, fünfzig, sechzig Schritt weit in die Wälder. Das Gelände stieg sanft bergan, und die Berge, die den Rhein rechts und links flankierten, rückten näher ans Flussbett. Der Boden wurde steiniger und steiler, und immer wieder mussten sie kleineren Schluchten und Spalten ausweichen. Felsnadeln wuchsen aus dem Waldboden empor, und vor allem das Pony hatte oft unter dem zerfurchten Grund zu leiden.

Es dämmerte bereits, als sie von einer Lichtung aus einen merkwürdigen Felskamm erblickten. Er erstreckte sich in einem weiten Bogen von den Bergen zu ihrer Rechten bis zum Ufer und versperrte ihnen somit den Weg. Seine steilen Hänge waren noch mehr als tausend Schritte entfernt, aber selbst aus der Entfernung wirkten die zerklüfteten Spitzen bedrohlich und angsteinflößend. Alles in allem mussten sie an die zweihundert Mannslängen hoch sein, fast ein kleines Gebirge. Dabei waren die schroffen Felsgipfel auffallend regelmäßig angeordnet, eine nahezu vollkommene Reihe aus scharfen schwarzen Spitzen. Ihnen allen kam bei diesem Anblick der gleiche Gedanke. Es sah aus wie –

»Der Rücken eines Drachen!«, stieß Löwenzahn aus.

»So groß?« Alberich stockte der Atem.

»Es sind nur Felsen«, beruhigte sie Mütterchen. »Ich kenne sie, ich war früher schon hier. Es stimmt, sie sehen aus wie die Zacken auf dem Rücken eines Lindwurms, aber tatsächlich gibt es dort nichts, das wir fürchten müssten.«

Alberich hatte Zweifel. »Wie lange ist es her, dass du hier warst? Hundert Jahre?«

»Hundert Jahre?«, rief sie empört. »Für wie alt hältst du mich, Zwerg?«

Tatsächlich hatte er übersehen, dass hohes Alter bei Menschen –

anders als bei Zwergen – nichts ist, mit dem man prahlt. Zudem hatte er nicht bedacht, dass das Große Volk keineswegs so lange lebte wie die steinalten Zwerge.

»Neunzig, vielleicht?«, schränkte er kleinlaut ein.

Mütterchen hielt es für unter ihrer Würde, darauf zu antworten, und wandte sich stattdessen wieder dem seltsamen Felskamm zu. »Lasst uns weitergehen. Und stellt euch nicht an wie Hasenfüße.«

»Wohlan denn!«, seufzte Löwenzahn und setzte seine Muskelmassen in Bewegung.

Auch Alberich folgte. Gemeinsam tauchten sie wieder unter das Blätterdach der Baumkronen, und die unheilvollen Felsspitzen verschwanden aus ihrem Blickfeld. Trotzdem war ihnen allen nicht wohl zumute, nicht einmal Mütterchen, die sich hier auskannte.

»Einst versteckte sich meine Bande in diesen Felsen vor Verfolgern«, erzählte sie, und die Besinnung auf Vergangenes ließ ihre Augen leuchten. »Ich führte meine Leute in eine Höhle, wo unsere Feinde uns nicht finden konnten. Nachdem sie vorübergezogen waren, stürmten wir hinaus und überfielen sie von hinten. Keiner von ihnen hat überlebt.«

»Wie ehrenvoll«, bemerkte Alberich bissig.

»Wir waren *Räuber*, mein Freund«, entgegnete Mütterchen ruhig. Die Erinnerung stimmte sie sanftmütig. An einem neuerlichen Wortgeplänkel lag ihr nichts. »Aber ich sage euch, diese Felsen eignen sich besser als Versteck als jeder andere Ort, den ich kenne.«

»Und zum Hinterhalt«, sagte Löwenzahn.

Bald schon wurde der Boden noch unwegsamer, und sie standen vor der Entscheidung, die Felswände hinaufzuklettern und das Pony zurückzulassen oder aber einen Pfad zu suchen, der, so es hier wirklich Wegelagerer gab, von diesen überwacht wurde.

Mütterchens Fürsprache war es zu verdanken, dass sie sich für die zweite Möglichkeit entschieden, denn die Räuberin achtete das Tier mehr und mehr als gleichwertiges Mitglied ihrer Gruppe. Mochten die anderen darüber lachen und schimpfen, sie aber stand zu Rohland, als sei er ihr teuerster Freund.

Sie wandten sich nach Westen in Richtung des Flussufers, und tatsächlich stießen sie schon bald auf einen Hohlweg, der sich zwischen hohen Felswänden und vornübergebeugten Bäumen hinauf zu den Gipfeln schlängelte.

»Es ist ein Fehler«, murmelte Alberich immer wieder zu sich selbst, »ein schlimmer Fehler.«

Zu ihrer Überraschung aber stellte sich ihnen niemand in den Weg, der Landstrich schien vollkommen menschenleer. Der Pfad endete in einem höhergelegenen Waldstück, wo sie ihren Weg aufgrund des besseren Geländes frei wählen konnten. Sie schlugen sich links ins Unterholz – sie wollten das Schicksal nicht gar zu offen herausfordern – und stiegen im Verborgenen weiter nach oben.

Plötzlich hielt Alberich inne, kniff die Augen zusammen und starrte angestrengt zu den Felstürmen empor.

»Seht, da sind Männer!«, flüsterte er.

Ihre Blicke folgten seiner ausgestreckten Hand, und tatsächlich, da waren sie. Mindestens ein halbes Dutzend Krieger, auf dem oberen Felskamm verteilt. Gegen das Glutrot der untergehenden Sonne waren sie nicht mehr als schwarze Scherenschnitte, mit mächtigen Helmen und Brustharnischen, gestützt auf Hellebarden und Schwerter. Ihre weiten Umhänge flatterten im Abendwind, der flüsternd um die Felsklüfte strich.

»Da sind noch mehr«, sagte Löwenzahn leise und zeigte nach rechts und links. Die gesamte Felsenkette wurde von einer langen Reihe von Kriegern bewacht. Von den unteren Hängen aus waren sie nicht zu erkennen gewesen, nur ein paar weitere Erhebungen in der Schroffheit der Felsen; jetzt aber, von Nahem, gab es keinen Zweifel, dass das gesamte Gelände streng bewacht wurde.

So leise wie möglich schlichen die Gefährten näher. Mütterchen schärfte dem Pony flüsternd ein, keinen Ton von sich zu geben, und Rohland hielt sich daran. Sogar seine Hufe verursachten kaum einen Laut. Alberich musste sich eingestehen, dass Mütterchens Einfluss auf das Tier erstaunlich war.

Die Felswände der oberen Gipfel stiegen steil wie Burgmauern nach oben. Strickleitern und natürliche Treppenformationen erlaubten den Kriegern, auf ihre Aussichtsposten zu steigen. Sie würden eine Weile brauchen, um wieder nach unten zu klettern. Das mochte es den Gefährten ermöglichen, unbescholten über den Pass zu gelangen.

»Fällt euch etwas auf?«, raunte Alberich plötzlich. Er besaß, trotz seines Alters, von allen die schärfsten Augen.

Die beiden anderen blieben stehen. Angestrengt blickten sie auf zu den Umrissen der Wächter.

»Was soll uns auffallen?«, fragte Mütterchen unwirsch. Sie wollte so schnell wie möglich von hier verschwinden und hatte keinen Sinn fürs Rätselraten.

Alberich grinste. »Sie blicken in die andere Richtung«, sagte er.

Noch einmal blinzelten Löwenzahn und Mütterchen nach oben. Sie sahen nichts als schwarze Formen, ohne Tiefe, ohne Gesicht.

»Tun sie das?«, fragte Löwenzahn schwerfällig.

»Ja, Schwachkopf«, gab Alberich zurück, stolz auf seine Entdeckung. »Sie bewachen die andere Seite der Felsen, nicht diese hier.«

»Das kann zweierlei bedeuten«, folgerte Mütterchen schnell. »Entweder befinden wir uns bereits mitten in dem Gebiet, das sie vor Gegnern beschützen wollen; dann aber hätten wir bereits vorher auf Wächter stoßen müssen, die Reisende aus der anderen Richtung abwehren.«

»Und die zweite Möglichkeit?«, wollte Löwenzahn wissen.

»Sie wachen über die andere Seite der Felsen, weil sich dort etwas befindet, das ihnen nicht entkommen soll.« Löwenzahns Augen weiteten sich. »Der Drache?«

»Ist doch tot«, schnaubte Alberich leise.

»Was sonst?«

Mütterchen seufzte. »Ich fürchte, das werden wir bald herausfinden, ob wir wollen oder nicht. Was immer es ist, es befindet sich auf unserem Weg. Wir können die Felsen nicht im Osten umgehen, das würde Tage dauern. Und den Rhein zu durchschwimmen traut sich wohl keiner von uns zu.«

»Ich kann gar nicht schwimmen«, gestand der Krieger kleinlaut.

Alberich stieß scharf die Luft durch die Nase aus. »Das hat auch keiner von dir angenommen.«

»Wie meinst du das, Zwergling?«

»Nenn mich nicht Zwergling!«

»Und du mich nicht Schwachkopf!«

»Hört schon auf«, rief Mütterchen. »Lasst uns jetzt endlich weitergehen.«

Das taten sie, doch schon wenig später, inmitten eines Labyrinths aus moosüberwucherten Felsnadeln, ließ Alberich sie abermals anhalten. »Ich weiß jetzt, warum sie keinen Wert darauf legen, schnell genug von dort oben herabzusteigen.«

»Verrat es uns«, verlangte Mütterchen gereizt.

Alberich fand Spaß daran, die beiden hinzuhalten. »Einige von ihnen haben sicher Armbrüste«, sagte er. »Aber das kann nicht alles sein.«

»Sondern?«

Er bedeutete ihnen, ihm zu einer Stelle zu folgen, von der aus sie einen der Wächter zehn Schritte hoch über sich stehen sahen. Die unerwartete Nähe zu einem der Krieger ließ Mütterchen und Löwenzahn aufschrecken. Sie waren fast an dem Mann vorbeigeschlichen und sahen ihn jetzt schräg von vorne. Die Abendsonne tauchte ihn in glühendes Blutrot. Er bemerkte sie nicht, starrte stattdessen auf etwas, das jenseits der Felsen liegen musste.

Vor seiner Brust baumelte ein Horn, das genauso aussah wie jenes, das sie bei dem Toten gefunden hatten.

Nachdem sie sich wieder zurückgezogen hatten, blickte Mütterchen den Zwerg mit ehrlichem Erstaunen an. »Wie konntest du das von hinten sehen?«

»Konnte ich nicht«, gab er zu. »Aber ich habe es mir gedacht. Was sonst kann diese Männer so selbstsicher machen, dass sie es nicht für nötig erachten, sich hier unten am Weg zu postieren? Mit den Hörnern können sie jeden Wanderer mühelos aufhalten, ohne ihm selbst entgegenzutreten.«

»Aber wenn einer von ihnen ins Horn bläst, müssen die anderen ebenfalls davon betroffen sein. Nur der Benutzer ist geschützt.«

»Allerdings«, erwiderte Alberich. »Vorausgesetzt, sie können ihn hören.«

Löwenzahn sah ihn verständnislos an. »Was soll das nun wieder heißen?«

Alberich wollte antworten, aber Mütterchen kam ihm zuvor: »Natürlich, das ist es. Sie können es nicht hören! Sie haben sich etwas in die Ohren gestopft.«

»Was für Wächter sollen das denn sein?«, wunderte sich Löwenzahn. »Wachtposten, die sich die Ohren zustopfen?«

»Deshalb sind es so viele«, sagte Alberich. »Damit ihren Augen nichts entgeht. Verdammt, wenn wir nur sehen könnten, was auf der anderen Seite ist!«

Mütterchen hatte an seiner Schlussfolgerung Zweifel. »Ich weiß nicht«, meinte sie. »Sollten sie nicht, um ganz sicherzugehen, ein paar Späher durch die Felsen streifen lassen? *Ich* an ihrer Stelle würde das tun.«

»Ach, was«, entgegnete Alberich …

Und wurde im selben Augenblick fast von einem gewaltigen Schwerthieb gespalten. Nur Löwenzahn, der den Schlag hatte kommen sehen, war es zu verdanken, dass der Zwerg mit dem Leben davonkam. Der Riese riss seinen Bihänder von der Schulter und parierte klirrend die heranrasende Klinge. Funken ergossen sich über Alberichs Haupt.

Unbeholfen taumelte der Zwerg beiseite. Auch Mütterchen riss ihre Waffe aus der Scheide, um Löwenzahn zur Seite zu stehen. Der aber hatte ihre Hilfe gar nicht mehr nötig, denn ehe die Räuberin heran war, hatte er die Parade bereits in einen geschickten Stoß verwandelt, der die Spitze des Bihänders genau in den Sehschlitz seines Gegners trieb. Solche Wucht hatte die Attacke des Riesen, dass die Schwertspitze an der Rückseite des Helmes wieder herausfuhr. Der Angreifer hing zappelnd wie eine Puppe an Löwenzahns Klinge und war augenblicklich tot. Der Riese ließ den Leichnam vom Schwert gleiten und strich die Klinge an der Kleidung des zuckenden Toten sauber.

Atemlos und mit geschärften Sinnen standen die Gefährten um den toten Wachtposten, der so unvermittelt zwischen den Felsen aufgetaucht war. Er hatte kein Horn dabei, nur das Schwert und eine kleine, handliche Armbrust. Mütterchen hatte mit ihrer Vermutung recht behalten.

»Wo kam der denn her?«, fragte Alberich verdattert. »Und was ist das für ein Wappen auf seinem Wams?« Mit zittrigem Zeigefinger deutete er auf ein weißes Dreieck, das auf der Spitze stand und mit allerlei Widerhaken besetzt war.

»Die Wächter auf den Felsen tragen das gleiche«, sagte Mütterchen.

Löwenzahn kratzte sich das verlauste Haar am Hinterkopf. »Sieht aus wie ein Drachenkopf.«

»Natürlich ist es ein Drachenkopf«, entgegnete die Räuberin schroff. Sie versuchte zu lächeln, aber es wirkte fahrig. »Ich schätze, Freund Zwerg, du verdankst Löwenzahn dein Leben.«

Alberich nickte grießgrämig. »Danke«, sagte er knapp.

Der Riese grinste und schwang sein Schwert über die Schulter. »Das war keine große Sache«, gab er zurück, »und nur ein kleines Leben.«

»Was, verflucht, willst du damit …«, fuhr Alberich auf, aber Mütterchen brachte ihn mit einem abrupten Wink zum Schweigen.

»Die Kerle oben auf den Felsen mögen uns nicht hören können«, sagte sie scharf, »aber dieser hier konnte es. Und wer weiß, wie viele von denen sich noch hier herumtreiben. Wir müssen weiter.«

Im Schatten der Felsnadeln, eng an den Stein gepresst, setzten sie ihren Weg vorsichtig fort. Mütterchen hatte Rohlands Hufe mit Moos und Gras umwickelt, was das Klappern seiner Schritte dämpfte. Das Pony ließ alles brav über sich ergehen. Mütterchen erwähnte, dass Rohland ihr mit Abstand angenehmster Weggefährte sei. Alberich verzog beleidigt das Gesicht, aber Löwenzahn grinste nur.

Als sich das Gewirr der Felswände lichtete und der Boden allmählich abschüssig wurde, blickten sie sich noch einmal nach ihren Gegnern um. Dabei wagten sie sich gerade so weit ins Licht, dass sie haarscharf um eine Ecke herum einen der Männer beobachten konnten. Zu ihrem Glück starrte der Wächter über sie hinweg.

Alberich legte eine Hand auf das Horn vor seiner Brust. »Wir sollten uns etwas suchen, um uns bei Gefahr die Ohren zu verstopfen.«

Mütterchens Stimme klang neidisch. »Du zumindest bist sicher. Wahrscheinlich musst du nur hineinstoßen und den Klang der anderen Hörner übertönen.«

»Wer weiß?«, gab Alberich zweifelnd zurück. »Ich bin nicht versessen darauf zu erfahren, was geschieht, wenn sich die Magie zweier Hörner in feindlicher Absicht kreuzt. Lang und grauenvoll sind die Geschichten von Zauberschlachten und dem, was aus ihnen entstanden ist.«

»Du fürchtest, die Magie könne sich verselbstständigen?«

»Ich verstehe nicht viel mehr von solcher Zauberei als du, aber ich weiß, was Zwergenzauber bewirken können. Und wer weiß, ob es mit Drachenmagie nicht ganz ähnlich ist.«

Beunruhigt formten sie sich daraufhin kleine Lehm- und Erdklumpen, wagten jedoch nicht, sie bereits in die Ohren zu stecken, aus Furcht, die Feinde könnten ihnen unbemerkt näher kommen.

Als sie endlich hinter der letzten Felsnadel den Hang hinabschauten, begriffen sie, was die Wächter auf den Gipfeln so selbstsicher und überlegen machte. Es gab keine Bäume auf der anderen Seite des Felskamms, nur eine abschüssige Wiese aus wogendem Gras, die weithin gut zu überblicken war. Jeder, der hier herauf- oder hinunterlief, musste sofort von den Posten bemerkt werden.

»Und nun?«, fragte Alberich verdrossen. Sechshundert Schritt weiter westlich strömte der Rhein im Licht des Sonnenuntergangs wie ein Lavastrom durch die Lande. Sein Verlauf wurde von der anbrechenden Nacht verschleiert.

»Wir warten bis zur Dunkelheit«, schlug Mütterchen vor.

»Bevor es Nacht wird, werden die Kerle von ihren Aussichtsposten steigen«, prophezeite Löwenzahn.

»Wenn wir nur wüssten, was sie bewachen«, sagte Mütterchen

nachdenklich. »Könnt ihr jenseits der Wiese etwas erkennen? Alberich, du hast die besten Augen …«

Angestrengt starrte er über das Gras hinweg. Es war ein weitläufiger Hang, und sein Ende verschwand in neuerlichem Waldland. Im Dämmerlicht gab es nichts Außergewöhnliches zu entdecken.

Da zischte Löwenzahn: »Dort oben, da ist etwas!«

Anders als seine beiden Gefährten hatte der Riese seinen Blick nach Osten gewandt, nicht hinab ins Tal, sondern weiter hinauf in die Felsen.

Dort ragte, als düsterer Schemen vor dem Abendhimmel, ein hoher Turm auf, bedrohlich wie der Bergfried der mächtigsten Burg. Dieser aber stand für sich allein, umgeben von einer hohen, zinnenbewehrten Mauer.

Das Merkwürdigste war die Menschenschlange, die sich schweigend vom Waldrand bis zum offenen Tor der Felsenfestung erstreckte. Unablässig reichten die Männer und Frauen etwas von einem zum anderen – Eimer, wie es schien. Alberichs erster Gedanke war, dass es innerhalb der Festung brannte und Löschwasser aus dem Tal zum Turm getragen wurde. Doch der rote Schein, der um die Mauern lag, stammte allein von der untergehenden Sonne. Von einem Feuer war weit und breit nichts zu sehen.

Noch eine weitere Beobachtung wollte nicht zum Bild einer Löschkette passen: Die Menschenschlange wurde von berittenen Kriegern bewacht, die schwerbewaffnet und mit klatschenden Peitschen Obacht gaben, dass nirgends eine Lücke entstand. Mindestens drei Dutzend Krieger patrouillierten an der Kette entlang den Hang auf und ab. Immer wieder ließen sie die Lederriemen auf ihre emsigen Opfer herabknallen.

»Deshalb bewachen sie nur die eine Seite der Felsen«, erkannte Mütterchen erschrocken. »Sie geben acht, dass keiner ihrer Sklaven über den Felskamm entkommt. Wanderer aber, die wie wir von der anderen Seite kommen, werden abgefangen und versklavt.«

»Dann war der Mann, den wir fanden, sicher einer, der ihnen entkam«, flüsterte Alberich.

»Er muss einem der Krieger das Horn gestohlen haben.«

Löwenzahn löste seinen Blick von den Arbeitern. »Darum ist der Fluss so leer. Die Krieger versklaven die Flößer.« Anders als Alberich und Mütterchen wirkte der Riese keineswegs entsetzt.

Vielleicht liegt es am Hunnenblut in Löwenzahns Adern, dachte Alberich geringschätzig. Für seinesgleichen waren Sklaven nichts Ungewöhnliches. Dann aber fiel ihm sein eigenes Volk ein, das in den Minen und Schmieden des Hohlen Berges den Hort geschaffen hatte. War nicht er selbst ein Kind der Sklaverei? Schlimmer noch: Er ergab sich freiwillig seiner Rolle als letzter Sklave der Nibelungen. Treuer Horthüter? Von wegen. Er fügte sich ohne Peitsche in sein Schicksal, kämpfte gar darum, es aufrechtzuerhalten.

Vielleicht hätte er in diesem Moment den Sinn seiner Reise neu überdacht, vielleicht wäre er gar zu dem Schluss gekommen, dass dies der rechte Zeitpunkt war, um kehrtzumachen – wäre nicht plötzlich etwas geschehen, das ihn aus seinen Grübeleien riss.

Hinter ihnen sagte eine Stimme: »Rührt euch nicht von der Stelle!«

Sie wirbelten trotzdem herum – und blickten geradewegs auf acht Drachenkrieger, die Schwerter und Armbrüste auf sie gerichtet hatten. Einer hatte die Zügel des unglücklichen Ponys ergriffen und zog es grob hinter die Reihe der Kämpfer. Die Drachenschädel auf ihren Wappen unterschieden sich deutlich in der Vollendung ihrer Ausführung. Es sah aus, als hätte sie jeder eigenhändig nach einer gemeinsamen Vorlage gezeichnet. Dass kein echter Künstler mit der Herstellung beauftragt worden war, war ein Hinweis darauf, dass das Wappen in aller Eile entstanden war, wahrscheinlich erst nach dem Tod des Untiers.

Löwenzahn stieß einen zornigen Schrei aus und wollte schon den Bihänder schwingen, aber Mütterchen hielt ihn zurück. »Lass ab, Freund, sie sind uns überlegen.«

Die acht Männer trugen Helme, durch deren Sehschlitze nur ihre Augenpartie zu erkennen war. Einer besaß einen schwarzen Helmbusch. Er schien der Anführer der Gruppe zu sein, denn er zeigte auf Alberich und fragte: »Wo habt ihr das her?«

Die Anrede ›das‹ machte Alberich außerordentlich wütend, bis er begriff, dass nicht er, sondern das Horn vor seiner Brust gemeint war. Er ergriff es langsam mit beiden Händen und fragte scheinheilig: »Das hier?«

Der Drachenkrieger nickte. Dabei klirrte sein Helmrand auf den Stahlkragen des Brustpanzers. »Woher hast du es?«, fragte er noch einmal. Offenbar nahm er an, dass die drei die Wirkung des Hornes nicht kannten, denn er verlangte nicht, dass sie es herausgaben. Noch nicht.

Alberichs Gedanken überschlugen sich. Er wusste, er gefährdete seine Freunde, aber welche Wahl blieb ihm schon?

Blitzschnell riss er das Horn an die Lippen und stieß mit aller Kraft hinein.

Die Wirkung war spektakulär.

Kaum ertönte der Klang des Hornes, da ließen die Krieger ihre Waffen fallen und schlugen die Hände vor die Ohren – die Schwierigkeit war, dass sie Helme trugen. Die Männer wälzten sich schreiend am Boden, klammerten die Finger um die Helme, unfähig, sie herabzureißen.

Mütterchen und Löwenzahn erging es nicht besser. Auch sie lagen im Gras, schrien und krümmten sich in Agonie.

Alberich nahm das Horn von den Lippen und wollte sich zu Mütterchen herabbeugen, wollte sie auf die Beine ziehen, um gemeinsam mit ihr dem gefallenen Riesen aufzuhelfen. Im selben Augenblick aber zischte etwas an seinem Gesicht vorbei und bohrte sich zwei Schritte neben ihm ins Gras. Ein Armbrustbolzen!

Es gelang ihm gerade noch, die drei Wächter auf den Felsen wahrzunehmen, die auf die Vorgänge am Boden aufmerksam geworden waren. Dann zuckten schon die nächsten Bolzen heran. Einer schlug nur einen Fingerbreit neben Mütterchens Kopf in den Boden, ein anderer verfehlte Alberichs Schulter.

Er hatte keine Wahl. Er musste fliehen und die Gefährten zurücklassen. Die beiden waren wehrlos, man würde ihnen – hoffentlich – nichts antun. Er aber war so gut wie tot, wenn sie ihn fingen. Falls ihn nicht schon vorher ihre Bolzen durchbohrten.

Hakenschlagend floh Alberich den Hang hinunter. Zahllose Geschosse gruben sich rings um ihn ins Gras. Zum ersten Mal kam ihm seine geringe Größe zugute. Die Wächter hatten sichtliche Schwierigkeiten, ihr kleines, wendiges Ziel zu treffen.

Eine Stahlspitze schrammte an seiner Schulter vorüber, harmlos, aber schmerzhaft. Alberich fluchte, rannte jedoch weiter. Das Horn wippte am Lederband auf und ab, die goldene Geißel an seinem Gürtel klimperte wie ein Glockenspiel.

Er hatte etwa die Hälfte der Wiese hinter sich gebracht, als der Pfeilhagel aufhörte. Im Laufen sah er sich um und erkannte den Grund: Eine Horde von Kriegern, acht oder neun, hatte seine Verfolgung aufgenommen. Es waren nicht die Männer von den Felsen, denn sie hatten keine Hörner dabei. Von der fernen Sklavenkette lösten sich mehrere Reiter und gaben ihren Pferden die Sporen. Aus dem Augenwinkel sah Alberich mindestens drei von ihnen, die im Galopp auf ihn zupreschten.

Seine kurzen Beine schmerzten vor Anstrengung, sie waren das Rennen nicht gewohnt. Unter Mühen erreichte er den Waldrand. Die letzten Sonnenstrahlen vermochten das Gebüsch nicht zu durchdringen, zwischen den Bäumen herrschte Dunkelheit. Wenn er seine Gegner ins Unterholz locken und dann noch einmal das Horn benutzen würde …

Vor ihm teilten sich Büsche und Äste. Zwei Krieger sprangen auf ihn zu. Sie mussten im Wald auf Patrouille gewesen sein. Einer holte mit einer schartigen Axt aus, doch Alberich war schneller. Er ließ die Goldgeißel wirbeln und setzte gleichzeitig unter dem Hieb des Feindes hinweg. Die Axt sauste über ihn hinweg, die Bänder der Geißel schlangen sich um die Beine des Mannes. Alberich riss die Waffe mit einem Ruck nach hinten. Sein Gegner verlor den Halt und stürzte. Der zweite Krieger lernte aus dem Fehler seines Kameraden; statt den Zwerg zu unterschätzen und blindlings auf ihn einzuschlagen, nahm er sorgfältig eine Kampfstellung ein. Seine Augen hinter dem Sehschlitz blickten abwartend, lauerten auf eine Blöße. Damit aber gab er Alberich Zeit, das Horn zu ergreifen. Ein kurzer Stoß hinein, und schon lag der Krieger am Boden.

Es geht zu leicht, dachte Alberich unheilschwanger. Magie forderte oft einen Preis, und fraglos war der Zauber eines Drachen keine Ausnahme. Plötzlich fürchtete er sich vor dem Horn.

Bevor die Männer von der Wiese ihn erreichen konnten, setzte er sich erneut in Bewegung. So schnell er konnte hetzte er weiter, betete zu den Albenvätern, dass keine weiteren Krieger im Unterholz lauerten.

Aber seine Ahnen waren launische Wesen, und es schien ihnen zu gefallen, ihn von einem Unglück ins nächste zu stürzen. Mit einem Mal stand er in einer schmalen Schneise im Wald. Die Sklavenkette vom Hang setzte sich hier unten fort, eine endlose Reihe von Menschen, die volle Wassereimer von Hand zu Hand weiterreichte. Wozu, verdammt, wurde all das Wasser in der Festung benötigt?

»He, Zwerg!«, brüllte eine Stimme. Ein Krieger, der diesen Abschnitt der Kette bewachte, war auf Alberich aufmerksam geworden. Mit knallender Peitsche jagte er auf ihn zu.

Alberich warf sich herum und tauchte wieder ins Unterholz. Von überall her erklang jetzt das Bersten von Zweigen und Ästen. Er hätte anhalten und abermals ins Horn stoßen können, aber er fürchtete die Folgen; außerdem, wer sagte ihm denn, dass nicht einige der Männer ihre Ohren verstopft hatten? Wenn er jetzt haltmachte, würden sie ihn unweigerlich einholen und zur Strecke bringen.

Ganz in seiner Nähe bellten Hunde. In Gedanken sah er sich schon von scharfen Fängen zerfleischt, als sich der Wald plötzlich lichtete. Rotes Dämmerlicht schimmerte ihm entgegen. Er sprang zwischen den Stämmen hervor, verlor plötzlich den Boden unter den Füßen, stürzte nach vorne – und klatschte ins Wasser. Die Fluten des Rheins drangen von allen Seiten auf ihn ein, sogen ihn nach unten. In einem Wirbel aus Luftblasen tauchte er hinab, wurde von der Strömung gepackt und wieder nach oben gespült. Einen Augenblick lang drang sein Kopf ins Freie, er schnappte nach Atem und sah durch Wasserschlieren, dass die Krieger ihm vom Ufer aus nachblickten. Ob sie weitere Bolzen auf ihn abschossen, konnte er nicht erkennen, denn schon spülte die nächste Woge über ihn hinweg. Die goldene Brünne hätte ihn in die Tiefe gerissen, wäre es ihm nicht geistesgegenwärtig gelungen, ihre Riemen zu lösen. Der funkelnde Panzer trudelte abwärts in die Schwärze. Allein die Geißel hielt Alberich umklammert; sie war nicht schwer genug, ihn nach unten zu ziehen.

Irgendwie hielt er sich lange genug an der Oberfläche, um nicht zu ertrinken. Der Strom trug ihn nach Norden. Noch einmal sah er Menschen am Ufer – das Ende der Sklavenkette –, dann schloss er die Augen und ließ sich treiben.

Einige Zeit verging, in der er nicht wusste, was er tun sollte. Er musste wieder an Land, natürlich, aber nicht so nah am Gebiet der Drachenkrieger. Vielleicht sollte er erst den Blutsee suchen und darin baden, um dann unverwundbar zurückzukehren und die Freunde zu befreien. Aber was, wenn es den Drachen und sein Blut gar nicht gab? Wenn sie alle einem Gerücht aufgesessen waren?

Nein, dachte er, ich muss sofort umkehren. Das bin ich Mütterchen und Löwenzahn schuldig.

Schließlich glaubte er sich weit genug von seinen Verfolgern entfernt, um zurück ans Ufer zu paddeln. Atemlos zog er sich auf festen Grund, blieb erschöpft im Schlamm liegen und schlief augenblicklich ein.

Irgendwann ließ der Schmerz nach. Mütterchen schlug die Augen auf und blickte unwillkürlich in das Gesicht des Riesen, der neben ihr am Boden lag. Löwenzahn hatte immer noch beide Hände auf die Ohren gepresst. Seine Lider flatterten, aus seinem Mundwinkel perlte ein Speichelfaden.

Mütterchen sah sich um. Die Krieger, die sie gestellt hatten, lagen zuckend im Gras. Die Tatsache, dass es ihnen nicht gelungen war, die Helme abzustreifen und sich die Ohren zuzuhalten, hatte dafür gesorgt, dass der Klang des Horns sie weit schlimmer getroffen hatte als Löwenzahn und sie selbst.

Von Alberich war weit und breit keine Spur zu entdecken. Er war geflohen, der Lump! Aber welche Wahl hatte er schon gehabt? Mütterchen musste sich eingestehen, dass er richtig gehandelt hatte.

Gerade wollte sie sich aufsetzen und Löwenzahn zu Hilfe eilen, als sich etwas Kühles von hinten auf ihre Schulter legte. Eine Schwertklinge!

»Na, na, na«, höhnte eine raue Stimme. »Wohin denn so eilig, alte Hexe?«

Mütterchen bekämpfte tapfer den Drang, eine passende Antwort zu geben. Stattdessen schwieg sie verbissen und fügte sich in ihr Schicksal.

Wenig später wurden sie von einem Trupp Drachenkrieger nach Osten zur Festung geführt. Je näher der Turm und seine hohe Ummauerung rückten, desto bedrohlicher schienen sie. Dünne schwarze Rauchfahnen stiegen hinter dem Steinwall zum Nachthimmel; sie waren nur zu erkennen, weil sie von unten durch flackernden Feuerschein erhellt wurden. Der Innenhof war erleuchtet.

Die Krieger trieben ihre beiden Gefangenen mit Hieben und Tritten zum Tor der Festung. Vor allem Löwenzahn musste einige Martern ertragen, denn die Männer hatten seine Abstammung erkannt, und wenn es eines gab, das allen Menschen am Rhein gemeinsam war, dann war es der Hass auf die Hunnen. Mütterchen wunderte sich, dass sie Löwenzahn nicht gleich erschlugen. Andererseits würde er einen kräftigen Arbeiter abgeben.

Die Sklavenkette wurde auch bei Nacht nicht unterbrochen. Unablässig wurde Eimer auf Eimer in die Festung gereicht. Viele der Männer und Frauen starrten stumpfsinnig ins Dunkel, griffen ohne hinzusehen nach den Eimern ihrer Nebenmänner und gaben sie weiter. Mütterchen fragte sich voller Abscheu, wie lange das alles schon so gehen mochte. Nicht einmal während ihrer Zeit als Räuberin hatte sie sich mit Sklaverei abgegeben. Sicher, sie hatte gemordet und gemeuchelt, ehrlich und aus dem Hinterhalt, aber niemals hatte sie eines ihrer Opfer derart gedemütigt.

Als sie durchs Tor getrieben wurden, war das Erste, was Mütterchen sah, eine Kolonne von Pferdewagen, auf die alle Eimer nach ihrer Entleerung geworfen wurden. In regelmäßigen Abständen machte sich einer der Karren auf den Weg ins Tal und brachte die Gefäße hinunter zum Fluss. So umging man die Notwendigkeit, eine zweite Menschenkette einzurichten, um die leeren Eimer zurück zum Ufer zu schaffen.

Im Innenhof der Festung wimmelte es von Menschen. Im Schein zahlloser Feuerbecken gabelte sich die Sklavenkette in drei Stränge, die fächerförmig auseinanderführten. Sie endeten an drei merkwürdigen Holzkonstruktionen, die Mütterchen auf den ersten Blick für Brunnen hielt. Es waren riesige Seilwinden, gestützt von je vier Holzbalken, fast so hoch wie ein Haus. Unter ihnen klafften Löcher im Boden, in denen armdicke Seile verschwanden. Aus der Tiefe erklang der Lärm von Spitzhacken. Aus irgendwelchen Gründen wurden die Sklaven gezwungen, an diesen drei Stellen Schächte in den Fels zu treiben. Dabei wurden sie von oben permanent mit Wasser begossen, Eimer um Eimer.

Mütterchen wandte sich an einen ihrer Bewacher. »Welchen Sinn hat es, das Wasser hierher zu schaffen, um es dann wieder hinab in die Brunnen zu gießen?«

Statt einer Antwort hieb der Mann ihr die Hand ins Kreuz. Mütterchen ging mit einem dumpfen Stöhnen zu Boden. Sogleich wirbelte Löwenzahn herum, seine Faust traf einen der Bewacher unter den Rippen. Einen anderen schickte er mit einem kräftigen Tritt in den Schmutz. Ehe die anderen reagieren konnten, war er bereits bei Mütterchen und half ihr auf die Beine. Kaum hatte sie sich aufgerichtet, da fiel auch schon ein halbes Dutzend Krieger über Löwenzahn her und begrub ihn unter sich. Fäuste und Schwertknäufe nagelten auf den gefällten Riesen herab. Mütterchen blinzelte durch Tränenschleier zu dem hilflosen Freund hinüber, unfähig, ihm beizustehen, als plötzlich eine Stimme über das Chaos hinweg schrie:

»Haltet ein!«

Augenblicklich ließen die Krieger von Löwenzahn ab. Als der Koloss unter ihnen zum Vorschein kam, war sein Gesicht voller Blut, die Lippen und das linke Auge fast zugeschwollen. Trotzdem gelang es ihm, sich auf die Füße zu stemmen. Er war zu stolz, vor seinen Gegnern im Dreck zu kriechen.

Mütterchen blickte auf. An einem der unteren Turmfenster, zehn Schritte vom Boden entfernt, war eine Gestalt erschienen, ein fetter, unförmiger Kerl, der ein Nachtgewand und eine baumelnde Schlafmütze trug. Er war noch jung, kaum zwanzig Jahre, schätzte Mütterchen. Im flackernden Schein der Feuerbecken glänzte sein Gesicht vor Schweiß.

Alle Gespräche und gebrüllten Befehle im Hof verstummten. Nur die Sklaven arbeiteten schweigend weiter und begossen ihre Leidensgenossen in den Schächten mit Wasser.

»Ich will nicht, dass ihr ihn umbringt«, keifte der fette Junge am Fenster mit hoher Stimme. »Ich will, ich will, ich will es nicht! Ich bezahle nicht für tote Sklaven, ihr Kröten!« Er seufzte gekünstelt. »Hach, welch Glück, dass mein Schlaf so leicht und meine Augen so wachsam sind.«

Der Anführer ihrer Bewacher salutierte widerwillig mit erhobenem Schwert zum Fenster hinauf, dann gab er leise Befehl, Löwenzahn und Mütterchen abzuführen. Der Fette warf noch einen misstrauischen Blick in die Runde, dann zog er sich zurück. Als weißer Schemen verschwand er im dunklen Rechteck des Fensters, ein schwergewichtiges Nachtgespenst.

Mütterchen wagte einen erneuten Vorstoß, beruhigt von der Tatsache, dass man sie nicht töten würde. »Ist das euer Herr?«, fragte sie den Krieger, der sie eben geschlagen hatte.

Erst sah es aus, als würde er abermals keine Antwort geben, dann aber schüttelte er unmerklich den Kopf. Seine Augen im Sehschlitz blickten stur an Mütterchen vorbei. »Unser Herr ist der Geweihte«, erklang es dumpf unter dem Helm.

Sie wusste nicht, ob das als ›ja‹ oder ›nein‹ zu werten war, deshalb bohrte sie weiter: »Er« – sie deutete zum Fenster – »ist der Geweihte?«

Noch ein Kopfschütteln. »Das war Graf Ugo. Aber du wirst den Geweihten noch kennen lernen. Er wird euch sehen wollen, wenn er von der Jagd heimkehrt.«

»Wegen des Horns?«

Der Krieger schwieg und stieß sie vorwärts.

Was ging hier vor, verflucht? Wer war der Geweihte, und warum ritt er in dunkler Nacht zur Jagd? Was für eine Weihe war es, die ihm diesen Namen gegeben hatte? Und was Graf Ugo anging, so kannte sie in dieser Gegend nur einen, der so hieß und einen Adelstitel für sich beanspruchen konnte. Bislang hatte sie allerdings angenommen, dass er im Schloss seiner Ahnen gefangengehalten wurde – aus gutem Grund, denn Graf Ugo war in höchstem Maße schwachsinnig. Seine Eltern waren Bruder und Schwester gewesen, genauso wie deren Eltern und Großeltern.

Das Rätsel, das Mütterchen am meisten beschäftigte, war jedoch der Drachenkopf auf den Harnischen der Krieger. Hatte das Symbol mit dem Ziel ihrer Reise zu tun, oder war die Übereinstimmung nur ein Zufall? Drachen waren verbreitete Wappentiere. Es musste nicht unbedingt etwas bedeuten.

Die Männer führten ihre Gefangenen in weitem Bogen an der Mauer entlang, weit genug von den Seilwinden entfernt, dass Mütterchen und Löwenzahn der Blick in die Schächte verwehrt blieb. Feuerschein spiegelte sich auf nackter, verschwitzter Haut. Keiner der Sklaven blickte zu den Neuankömmlingen auf. Wahrscheinlich wurden ständig neue Gefangene in die Festung gebracht, der Anblick war nicht ungewöhnlich.

Ihr Weg endete an einem Gittertor, das direkt in den Festungswall führte. Die Mauer war breit genug, um Kammern und Kerker zu beherbergen. Mütterchen und Löwenzahn wurden in ein finsteres Verlies gestoßen, dann schlug das Gitter hinter ihnen zu.

Der Schein der Flammen reichte nur drei Schritt weit, dahinter lag ihr Gefängnis im Dunkeln. Mütterchen vernahm leises Rascheln in der Finsternis. Sie waren nicht allein.

Ein Gesicht schob sich ins gelbrote Halblicht. Ein Mädchen mit verhärmten Zügen und zotteligem schwarzen Haar kroch auf allen vieren auf sie zu. Ihre rechte Gesichtshälfte war zerschrammt und blutverkrustet; es sah aus, als sei sie mit der Wange über den Boden gezerrt worden.

»Wer seid ihr?«, fragte sie stockend, mit einer Stimme rau vom Schreien.

Mütterchen nannte ihre Namen. »Und du?«

»Marret«, erwiderte sie kurz angebunden und so leise, dass es kaum zu verstehen war. Noch immer hockte sie auf Händen und Knien und blickte zu den beiden empor, mit den dunklen treuen Augen eines Hundes.

Mütterchen ging ächzend in die Knie. Jeder einzelne ihrer alten Knochen schmerzte. »Warum bist du hier?«

Ein irres Grinsen flackerte über Marrets geschundene Züge. »Als ob ihr das nicht wüsstet.«

»Woher sollten wir?«

»Weil er euch schickt«, sagte sie und wippte dabei mit dem Kopf. »Er schickt euch, um mich zu quälen.«

Löwenzahn und Mütterchen wechselten einen Blick, dann sagte die Räuberin: »Keiner von uns will dir etwas zuleide tun, Marret. Und, glaub' mir, niemand hat uns geschickt. Wir sind Gefangene, zweifellos bald Sklaven wie alle hier.« Tatsächlich wunderte sie sich, dass man sie nicht gleich in die Sklavenkette eingereiht hatte. Was sollte dieser Aufschub?

Das Mädchen – es mochte siebzehn Lenze gesehen haben, keinesfalls mehr – lächelte schwach. »Er mag es, mich zu quälen. Mit Schmerz und mit Lüge.«

»Ich lüge nicht«, sagte Mütterchen geduldig und mit aller Sanftheit, die sie in ihrer Lage aufbringen konnte. »Nun sag mir, warum du hier bist.«

»Um zu leiden«, erwiderte Marret mit entrückter Miene. »Leiden, leiden, leiden.« Und dann sang sie:

Allerschönste Puppe,
Lange nicht gesehn,
Koch mir eine Suppe.
Ja, es soll geschehn!
Für ein Dreier Butter,
Für ein Dreier Bier,
Allerschönste Puppe,
Komm und tanz mit mir!

Löwenzahn stieß Mütterchen an und verzog das geschwollene Gesicht zu einer Grimasse, die bedeuten sollte, was von dem Mädchen zu halten war.

Doch Mütterchen ließ nicht locker. »Warum sollst du leiden, mein Kind? Wer tut dir das an?«

»Klein-Ugo«, sagte Marret und legte sich ins schmutzige Stroh, zusammengekrümmt wie ein Kind.

»Klein-Ugo?«, fragte Löwenzahn ungläubig.

»Der Graf«, erklärte Mütterchen. »Der fette Kerl am Fenster.«

Marret kicherte. Ihr Blick ging durch Mütterchen und Löwenzahn hindurch. »Fetter Kerl? Lass ihn das nicht hören. Klein-Ugo kann sehr ungehalten sein. Dann isst er seine Suppe nicht und wirft mit schlechten Dingen.«

Mütterchen kam eine Ahnung. »Warst du seine Dienerin?«

Das Mädchen wiegte sich im Liegen hin und her, als höre es eine Melodie. Aber da war nichts, nur der Lärm vom Innenhof. »Seine Dienerin, ja«, sagte sie. »Ich hab' für ihn gesorgt, hab' ihm Essen gebracht, ihn gewaschen, war immer gut zu ihm.« Ihr verklärtes Lächeln wurde wehmütig. »Ich war die Einzige, die gut zu ihm war. Er war eingesperrt, daheim im Schloss. Keiner ging zu ihm. Klein-Ugo sah nie einen anderen Menschen, nur mich. Immer nur mich.«

Löwenzahn seufzte. »Verstehe gar nichts«, flüsterte er Mütterchen zu. »Weißt du, was sie meint?«

Die alte Räuberin nickte flüchtig. »Ugo ist wahnsinnig, jeder hier weiß das. Seine Familie hielt ihn gefangen, damit er kein Unheil anrichten konnte. Ein Vetter regierte für ihn die Ländereien.« Sie betrachtete das kranke Mädchen mitleidsvoll. »Ich glaube, Marret war eine Dienerin im Schloss, der man den Befehl gab, sich um Ugo zu kümmern. Liebe Güte, dabei ist sie doch fast noch ein Kind. Wer weiß, wie lange sie schon seiner Willkür ausgesetzt war …«

»Viele Jahre«, warf Marret unvermittelt ein. Sie hatte ganz genau zugehört, was Mütterchen sagte. »Seit meinem neunten Jahr. Ugo ist nur ein wenig älter als ich.« Sie kicherte verspielt. »Und ein wenig dicker, aber das mag er nicht gern hören.« Abermals stimmte sie ein Lied an:

Auf einem gelben Butterberg,
Da saß ein großer dicker Zwerg.
Da kam die Sonne eins zwei drei,
Und schmolz den Butterberg entzwei.
O weh, der Schreck, da war er weg.

Löwenzahn lachte roh, trotz der Schmerzen, die in seinem Gesicht loderten. »Das merk' ich mir für Alberich.«

Mütterchen schalt ihn mit einem finsteren Blick. Dann wandte sie sich wieder an Marret. »Irgendwie hat Ugo sich befreit, nicht wahr? Oder wurde befreit. War es nicht so?«

»Ja, o ja«, gab das Mädchen zurück. »Er war sehr böse mit mir, hat gesagt, ich hätte ihn eingesperrt.«

Mütterchen atmete tief durch. »Weil er immer nur dich zu sehen bekam, gab er dir in seinem Wahn die Schuld.«

»Zahlt's mir zurück, hat er gesagt.« Plötzlich schluchzte sie herzzerreißend. »Dabei war ich doch immer gut zu ihm, immer freundlich, immer nett. Sogar wenn er die Suppe auf den Boden goss, sogar wenn er sich schmutzig machte. Marret hat alles weggewischt, hat ihn gewaschen, den kleinen Ugo.« Sie weinte jetzt bitterlich. »Jetzt ist er böse zu mir, lässt mich leiden, sagt er.«

Mütterchen rückte näher an sie heran und streichelte sanft über ihr verfilztes Haar. Marrets Schicksal erschütterte sie. Erst war sie von ihren grausamen Herren genötigt worden, ganz allein für einen Wahnsinnigen zu sorgen, und dann wurde sie so entsetzlich dafür bestraft, bis gar ihr eigener Verstand dahinschwand.

Sie legte Marrets Kopf in ihren Schoß und drückte und streichelte sie, bis ihre Tränen versiegten. Dann fragte sie sanft: »Wie ist Ugo entkommen?«

Marret schniefte. »Männer kamen, Männer befreiten ihn. Viele im Schloss wurden getötet, der Herr, die Herrin, viele andere. Seitdem ist Klein-Ugo der Herr. Graf Ugo – das klingt schön, nicht wahr?«

»Schön, ja«, entgegnete Mütterchen unsicher. »Sag, Marret, diese Männer, die Ugo befreiten, waren das die dort draußen im Hof? Die Krieger mit den Drachenköpfen auf der Brust?«

»Ja. Sie machten Ugo zum Herrn der Burg, und danach brachten sie ihn hierher.«

Mütterchen wusste, dass das Stammschloss des Grafen eine halbe Tagesreise von hier entfernt lag. Dieser Turm musste ein alter Grenzposten seiner Ländereien sein. Plötzlich glaubte sie die Hintergründe des Ganzen zu begreifen, wenigstens einen Teil davon.

»Kennst du den, den sie den Geweihten nennen?«, fragte sie das Mädchen.

Marrets Augen weiteten sich angstvoll. »So ein böser Mann! So schlecht, so gemein!«

»Ja, mein Kind, das ist er ganz bestimmt«, sagte Mütterchen. Der Geweihte musste den irrsinnigen Ugo befreit haben, um ihn für seine eigenen Zwecke auszunutzen. Sie zweifelte nicht, dass der Graf nur eine Puppe in den Klauen seines Erlösers war. Und das Schlimmste daran war, dass der Geweihte nicht einmal gegen des

Königs Recht verstoßen hatte, denn Ugo war der rechtmäßige Graf. Die Verwandten des Jungen hatten dessen Krankheit genutzt, um die Macht im Schloss an sich zu reißen. Nicht einmal König Dankrat, so er überhaupt davon erfahren hatte, konnte die Ansprüche Ugos für ungültig erklären.

Wer aber war der Geweihte? Falls er ein Räuber war, so hatte Mütterchen noch nie von ihm gehört.

Sie überlegte, ob sie Marret noch weitere Fragen stellen sollte, dann aber sagte sie sich, dass sie das Mädchen nur unnötig mit bösen Erinnerungen quälte. Die Kleine hatte schon genug erdulden müssen.

Mütterchen hing noch ihren Gedanken nach, als Löwenzahn rief: »Da draußen tut sich was!« Er hatte beide Hände um das Gitter geklammert und starrte aufmerksam in den Hof.

Die Räuberin bettete Marrets Kopf sachte ins Stroh, dann eilte sie an Löwenzahns Seite. Von hier aus konnten sie jenseits der Feuerbecken und Seilwinden gerade noch das Tor der Ummauerung erkennen. Männer mit Drachenwappen auf der Brust, aber ohne Helm und Rüstzeug, trugen drei mächtige Hirsche herein, gewaltige Tiere, die kopfüber an langen Holzstangen hingen. Alle drei wiesen tödliche Wunden auf, die zu groß waren, um von Pfeilen zu stammen, und zu sauber, als dass Hunde sie hätten reißen können. Die Tiere waren im Nahkampf mit dem Schwert erlegt worden.

Hinter den Trägern ritt eine finstere Gestalt in den Hof, in seinem Gefolge ein gutes Dutzend Krieger. Der Geweihte war zurückgekehrt.

Mütterchen versuchte vergebens, Einzelheiten zu erkennen. Erst als der Mann sich einem Feuer näherte und dort sein Pferd zügelte, um gefällig das Sklavenheer zu überblicken, konnte sie ihn deutlicher sehen.

Ihr Atem stockte, als sie begriff, warum man ihn den Geweihten nannte.

KAPITEL 3

Eine Melodie säuselte durch Alberichs Schädel. Er hatte sie nie zuvor gehört, und doch klang sie seltsam vertraut. Er wusste genau, dass er sie nicht kannte, denn er besaß einen Sinn für Musik, konnte manche Melodien schon nach dem ersten Hören auf Leier oder Flöte nachspielen. Oftmals hatte er sich so in den Tiefen des Hohlen Berges die Langeweile vertrieben, bei Spiel und Gesang der Lieder seiner Ahnen, bei der Besinnung auf Verse und Klangfolgen, die er zum letzten Mal vernommen hatte, als er noch Kind und der Hohle Berg nicht leergefegt von allem Leben war.

Aber diese Melodie, die jetzt durch seine Gedanken geisterte, schien ihm von anderer Natur. Sie hatte etwas sehr Fremdartiges, klang aber zugleich, als vereinten sich in ihr alle Töne, die jemals erklungen waren. Es war eine magische Melodie, daran hatte Alberich bald keine Zweifel mehr, und er wusste auch, dass sie mit dem Horn zusammenhing. Wollte es, dass er sie nachspielte? Konnte ein Horn überhaupt etwas wollen, so wie ein Mensch? Immerhin war es einmal der Fangzahn eines Drachen gewesen, vorausgesetzt, Löwenzahns Vermutung war richtig. Und auch daran zweifelte Alberich nicht mehr.

Immer wieder erklang die Melodie in seinem Kopf, schwirrte in Höhen, sank in Tiefen, um schließlich von Neuem zu beginnen.

Und dann erwachte er, und die Musik war fort.

Er wusste, dass er die Melodie geträumt hatte, wusste es ganz genau, aber er vermochte sich nicht an ihren genauen Klang zu erinnern, und das verstörte ihn.

Mehr noch beunruhigte ihn, dass er überhaupt eingeschlafen war. Seit er im Uferschlamm aufgewacht war und sich auf den Weg zurück zum Turm gemacht hatte, war kaum die halbe Nacht vergangen. Und trotzdem war er in der mächtigen Wurzel einer Eiche zusammengesunken und der Wirklichkeit entrückt. Wie lange, das vermochte er nicht zu sagen. Aber es war noch immer dunkel, und der Mond stand hoch hinter ziehenden Wolkenfetzen, sodass er annehmen durfte, es war nicht für lange gewesen.

Und wenn der Schlaf wie die Melodie von Magie verursacht war? Wenn er nicht wenige Augenblicke, sondern ganze Tage, Wochen oder Jahre verschlafen hatte?

Nein, sagte er sich mit klopfendem Herzen, wenn du anfängst, dir selbst Angst einzujagen, dann kannst du gleich aufgeben. Geh einfach zum nächstbesten Drachenkrieger und stell dich. Es wird schnell gehen, hoffentlich.

Die Finsternis machte ihm zu schaffen, mehr als er zugeben wollte, denn es war die Dunkelheit der Wälder, nicht jene heilsame, wohlige Schwärze der Bergestiefen. Wieder einmal wurde ihm klar, dass Zwerge nicht für Reisen geschaffen waren, schon gar nicht für Reisen unter freiem Himmel. Als die Überlebenden seines Volkes nach Norden gezogen waren, hatten sie die geheimen Pfade unter der Erde benutzt, Wege, die seit langer Zeit vergessen waren. Aber Wälder? Das waren Orte für Menschen und Feen und anderes Gelichter.

Alberich hatte angenommen, dass er schnurstracks in Richtung des Felsenkamms marschiert war, fern vom bewachten Ufer unterhalb der Bergausläufer, und so wunderte er sich allmählich, dass noch immer keine Spur von den Drachenkriegern und dem Turm zu sehen war.

Er schüttelte den Kopf so heftig, dass ihm der Bart um die Ohren wehte, in der Hoffnung, die Erinnerung an die unheimliche Traummelodie vertreiben zu können. Vielleicht war er deshalb so unsicher. Möglicherweise war es die Magie der Zaubermusik und somit die des Horns, die ihn in solche Verwirrung trieb.

Doch letztlich war es gleich, wo die Ursache lag, denn nur wenig später, am Fuß einer Fichtenreihe, musste er sich griesgrämig eingestehen, dass er sich verlaufen hatte. Zwar hörte er noch das

Rauschen des Rheins, aber es war ihm unmöglich, die Richtung zu erkennen, aus der es an seine Ohren drang. Hatte sich der Klang des Horns bereits auf seine Wahrnehmung ausgewirkt? Machte er ihn taub für irdische Töne, damit es ihm besser gelang, die Melodie in seinem Inneren zu vernehmen?

Eisige Furcht ließ sein Herz gefrieren, und doch wagte er nicht, das Horn einfach fortzuwerfen. Es mochte ihm noch nützlich sein. Zudem: Wenn es all die Krieger auf den Felsen getragen hatten, ohne dadurch Schaden zu nehmen, warum sollte dann ihm eine Gefahr davon drohen?

Aber er war ein Zwerg, kein Mensch, und Zwerge waren von Natur aus Geschöpfe der Magie. Alberich wusste das, wusste es mit völliger Gewissheit, und doch tat er sein Möglichstes, den Gedanken daran zu verdrängen.

Mehrfach hatte er geglaubt, hinter sich in der Dunkelheit Schritte zu hören, das Splittern von Zweigen und das Rascheln gefallenen Laubes. Wölfe, dachte er zitternd, Wölfe oder Schlimmeres. Aber immer wieder waren die Laute verschwunden, und das sprach gegen wilde Tiere oder Feinde. Schließlich hatte er sich gesagt, dass es nur der Wind und seine Einbildung waren.

Jetzt aber hörte er die Geräusche erneut, und diesmal klangen sie näher. Alberich befand sich oberhalb eines dichtbewachsenen Hanges. Hier oben standen zahlreiche Fichten, hohe, mächtige Bäume, deren alte Nadeln knöchelhoch den Boden bedeckten. Sie dämpften seine Schritte, und dasselbe hätten sie auch bei jedem Verfolger tun müssen. Daraus wiederum schloss er, dass derjenige, der die Laute verursachte, sich nicht in gerader Linie hinter ihm befand, sondern weiter unten im Dickicht des Abhangs.

Wären es Drachenkrieger gewesen, hätten sie ihn zweifellos sofort angegriffen, spätestens als er unter der Eiche eingeschlafen war. Im Grunde galt das für jeden, der sich die Mühe machte, seiner Fährte zu folgen, ganz gleich ob Wegelagerer oder hungriges Tier.

Warum aber sollte ihn jemand verfolgen, ohne ihn anzugreifen? Was glaubte derjenige, wohin Alberich ihn führen würde?

Er zögerte nicht länger und fuhr herum. Die Goldgeißel klirrte kampfbereit in seiner Rechten.

»Wer ist da?«, fragte er leise, fast flüsternd. Falls außer dem Verfolger auch Krieger in der Nähe waren, wollte er sie nicht auf sich aufmerksam machen.

Er bekam keine Antwort. Einen Augenblick lang überlegte er, ob er ins Dickicht vordringen und den anderen aufscheuchen sollte, entschied aber dann, dass ihm dafür keine Zeit blieb. Die Gefangennahme seiner Gefährten verzögerte ihre Suche nach dem Drachen ohnehin über alle Maßen, und allmählich bezweifelte er, ob sie überhaupt je zum Ziel kommen würden.

Noch einmal zischte er grimmig: »Wer immer da unten ist, er möge herauskommen, sonst wird er meine Waffe schmecken!«

Das war nun wirklich eine erbärmliche Drohung, aber zu seinem größten Erstaunen zeigte sie Wirkung.

In der verschlungenen Finsternis der Büsche und Ranken, die den Hang bedeckten, regte sich etwas. Hinter einem Gestrüpp erschien etwas Helles, erst ein Arm, dann ein zweiter. Mit friedfertig erhobenen Händen trat schließlich eine Gestalt ins fahle Mondlicht.

Sie war von Kopf bis Fuß in schmutzigweiße Bandagen gewickelt, wie ein Toter, der sich ein letztes Mal aus seinem Steinsarg erhob. Einen Moment lang hielt Alberich das Wesen genau dafür – für einen Toten, ein Gespenst. Sein Atem stockte, und die Kugeln der Geißel klingelten verräterisch, so zittrig waren seine Hände.

Die weiße Erscheinung regte sich nicht, stand einfach nur da. Wo die Augen sein mussten, war aus der Entfernung nur ein dunkler Spalt zwischen den Verbänden zu erkennen.

Alberich sandte ein Stoßgebet zu seinen Ahnen. Vergessen war die Tatsache, dass ihm solches Flehen in den letzten Tagen nur Unglück eingehandelt hatte.

Den Drachenkriegern wäre ich kühn entgegengetreten, dachte er, aber einem Gespenst? Ausgerechnet hier, in fremden Wäldern, mitten in der Nacht? O nein, niemals!

Und während er sich noch überlegte, wie er sich am schnellsten und wirkungsvollsten aus dem Staub machen könnte, beschlich ihn plötzlich eine Ahnung. Natürlich, dachte er überrascht, er ist es!

»Du bist … der Geist«, entfuhr es ihm. Tatsächlich sah die Gestalt dem seltsamen Schemen, der im Tann rund um den *Wolfswinkel* spukte, täuschend ähnlich.

Das unheimliche Wesen rührte sich auch jetzt nicht, stand immer noch mit hochgestreckten Armen da wie eine weißbandagierte Vogelscheuche. Der Zwerg konnte sich des Eindrucks nicht erwehren, dass der Geist sich viel mehr vor ihm fürchtete als umgekehrt.

»Bist du uns den ganzen Weg gefolgt?«, fragte Alberich halb verwirrt, halb ärgerlich.

Noch immer kam keine Antwort.

Alberich seufzte. »Nun nimm schon die Arme runter und komm her«, verlangte er mürrisch. Er erinnerte sich, dass Obbo Stein und Bein geschworen hatte, dass der Geist niemandem Böses wollte. Dein Wort in der Albenväter Ohr, dachte Alberich.

Der Geist senkte zögerlich die Hände und kam langsam durchs Gebüsch auf ihn zu. Dabei verhedderten sich seine Tücher und Verbände bei jedem Schritt in Dornen und Ästen, und es dauerte eine Weile, bis er zwei Mannslängen (oder vier Zwerglängen) vor Alberich stehenblieb.

»Was willst du hier, Geist?«, fragte Alberich, der nur an die wertvolle Zeit denken konnte, die er unnütz vertat.

»Ich bin kein Geist«, drang es leise unter den Binden hervor. Es war das erste Mal, dass irgendwer das Wesen sprechen hörte. Seine Stimme klang ungewöhnlich sanft, fast traurig.

Alberichs linke Augenbraue rückte misstrauisch nach oben. »Kein Geist? Aber du siehst aus wie einer.«

»Ich bin ein Mensch wie du«, erwiderte die Gestalt sehr scheu, nicht ahnend, dass dies das Schlimmste war, was sie hätte sagen können.

»Ein Mensch wie ich?«, wiederholte Alberich fassungslos. »Ein *Mensch*? Sehe ich etwa so aus?«

Der Geist, der keiner sein wollte, nickte zaghaft. »Ein kleiner Mensch, sehr klein.«

Alberichs Faust krampfte sich um den Griff der Goldgeißel. »Hast du nie vom stolzen Volk der Zwerge sprechen hören?«, fragte er unter Aufbietung aller Geduld.

Das Wesen schüttelte den Kopf. Dabei spiegelte sich das Mondlicht einen Herzschlag lang in klaren blauen Augen. »Niemand spricht mit mir, schon lange, lange Zeit nicht mehr. Also bist du kein Mensch?«

»Nein«, gab Alberich dumpf zurück. »Aber sag mir endlich, warum du mir folgst. Ich habe keine Zeit für Mätzchen.«

Der Geist verschränkte schüchtern die Hände hinterm Rücken und trat aufgeregt von einem Bein aufs andere. »Ich hab' gehört, über was ihr im Wirtshaus gesprochen habt.« Alberich war plötzlich sicher, dass das Wesen mit weiblicher Stimme sprach.

»Und?«

»Die alte Frau sagte, das Blut, das ihr sucht, kann Krankheiten heilen.«

»Bist du denn krank?«, fragte Alberich scharf. Liebe Güte, ging denn das alles nicht ein wenig schneller?

»Sehr krank«, sagte das Wesen traurig. »Deshalb glauben alle, ich sei ein Geist. Wegen der Verbände. Aber ich kann sie nicht abnehmen.«

Musst ja ein hässlicher Vogel sein, dachte Alberich säuerlich. »Welche Krankheit hast du?«

»Lepra.«

Alberich kreischte voller Grauen auf und machte mehrere Sätze nach hinten. »Lepra?«, rief er entsetzt. »Du hast mich fast berührt, so nah bist du herangekommen!«

»Du hast es verlangt«, gab der Geist zurück.

»Ich wusste nicht … ich meine, ich …«, stammelte Alberich, ehe er sich mühsam zur Ruhe rief. »Ach, was!«, sagte er plötzlich. »Du kannst gar keine Lepra haben. Niemand, der die Seuche hat, hätte uns drei Tage lang verfolgen können. Du wirkst ja nicht einmal erschöpft.«

»Und doch habe ich Lepra!«, entgegnete der weibliche Geist beinah trotzig.

Alberichs Zweifel mehrten sich. »Du scheinst auch noch alle Glieder zu haben«, meinte er argwöhnisch und begutachtete aus der Ferne den bandagierten Leib.

»Sie fallen ab, sobald ich die Binden löse.«

»Das würde ich gerne sehen.«

»Du bist herzlos, kleiner Mann.«

»Und du eine Betrügerin.«

»Ich *bin* krank«, beharrte sie. »Und wenn es wahr ist, was die alte Frau gesagt hat, dann kann nur das Drachenblut mich heilen.«

»Du meinst Mütterchen?«

»Sie hat gesagt, das Blut kuriert Krankheiten.«

»Nun denn«, sagte Alberich, »ich wünsche dir Glück bei deiner Suche.« Er war jetzt vollkommen sicher, dass keine Gefahr einer Ansteckung bestand. Fast vollkommen sicher. Er drehte sich um und trat zwischen die Fichtenstämme.

»Darf ich nicht mit dir gehen?«, fragte der falsche Geist.

»Damit ich mich anstecke?«, rief der Zwerg zurück, ohne sich umzusehen.

»Nein«, gab sie zurück, »damit du dich nicht verirrst.«

»Ich verirre mich nie.«

»Dann hat mich der Eindruck wohl getrogen.«

»Das hat er, in der Tat«, sagte er finster. Er konnte jetzt kaum noch hören, was sie mit ihrem hellen Stimmchen hinter den Verbänden brabbelte. Recht so, dachte er.

Dennoch bemerkte er am Rascheln der Büsche, dass sie sich aufmachte, ihm zu folgen. Nicht ohne Befriedigung vernahm er einen lauten Plumps, als sich ihre Binden abermals verhakten und sie der Länge nach hinfiel.

Kichernd blieb er stehen und schaute sich nach ihr um. Mit gelinder Überraschung sah er, dass sie bereits wieder auf den Beinen war. Ganz schön flink für eine Aussätzige.

Täuschte er sich, oder funkelten die blauen Augen ihn herausfordernd an?

»Wir sollten zusammen gehen«, sagte sie beharrlich und zupfte einige Verbände zurecht, die sich beim Sturz verschoben hatten. Darunter war dunkle Haut zum Vorschein gekommen, die sie geschwind wieder verbarg.

Warum friert sie nicht?, fragte er sich und sagte: »Meine beiden Freunde wurden gefangengenommen. Ich muss sie befreien, bevor ich die Suche nach dem Drachen fortsetze.«

»Du gehst in die falsche Richtung.«

Verwirrt blickte er sie an. »Wirklich?«

»Du gehst nach Norden«, bestätigte sie. »Dort vorne« – sie zeigte mit ausgestrecktem Arm nach links – »fließt der Rhein, gar nicht weit von hier.«

»Das ist unmöglich.« Seine Laune verkrampfte sich wie seine Fäuste.

»Wenn ich's dir doch sage.«

»Vielleicht täuschst du dich. Oder du lügst. Genau wie über deine Krankheit.«

Sie verstummte für einen Moment, dann klang ihre Stimme wieder schwermütig. »Du magst mir nicht glauben, dass ich krank bin, kleiner Mann. Aber wenn du jemals zurück zu deinen Gefährten gelangen willst, dann solltest du mir ein wenig mehr Vertrauen schenken.«

»Hmpf«, machte er ohne viel Sinn, jedoch so ganz nach Zwergenart.

Als sie bemerkte, dass er nichts weiter sagen würde, fügte sie hinzu: »Außerdem weiß ich längst, wo der Drache liegt.«

Alberich riss Mund und Augen auf. »Du weißt …«

»Wo er ist, natürlich«, gab sie zurück, nicht ohne Triumph. »Während du es vorgezogen hast, ein Nickerchen zu machen, habe ich mich umgesehen. Und da hab' ich ihn gefunden. Es war gar nicht schwer, wenn man offenen Auges durch die Wälder streift.«

Es drängte Alberich, etwas Passendes auf ihren versteckten Vorwurf zu erwidern, doch dann verkniff er sich die Beleidigung. Stattdessen fragte er: »Wo ist er?«

Die Verbände vor ihrem Gesicht zuckten. Lachte sie ihn aus? »Ein Stück weiter nördlich. Im Grunde warst du auf dem richtigen Weg.«

Verdattert fuchtelte er mit den Armen. »Aber ich dachte, ich gehe nach Süden, zurück zum Turm.«

Jetzt gab es keinen Zweifel mehr, dass sie lachte. Es war ein helles, klares Mädchenkichern, verzerrt nur durch die Binden. »Daran sieht man, wie gut deine Instinkte sind.« Es klang hämisch, doch Alberich bemerkte es nicht, denn er sagte voller Überzeugung: »Allerdings. Wir Zwerge sind stolz auf unsere Instinkte.«

»Zu Recht, zu Recht.«

Das besänftigte ihn ein wenig. »Würdest du mir den genauen Weg zeigen? Ich würde ihn selbst finden, wie du schon richtig bemerkt hast, aber …«

»Und deine Freunde?«

Er stutzte. Die beiden hätte er in der Aufregung fast wieder vergessen. »Ich will erst im Blut baden«, sagte er beschämt. »Danach sollte es ein Leichtes sein, sie zu befreien.« Er stapfte auf das Geistermädchen zu, ehe ihm wieder einfiel, dass an ihrem Gerede über die Seuche doch etwas Wahres sein mochte. Abrupt blieb er stehen. »Worauf wartest du? Wollen wir nicht endlich aufbrechen?«

»Es gibt noch eine Schwierigkeit«, gestand sie zögernd. »Hast du dich nicht gewundert, weshalb ich mit dir zusammen dorthin gehen will?«

»Sicher fürchtest du dich, Kindchen.«

»Ja, aber das war nicht der wahre Grund.«

»Dann sag ihn schon«, verlangte er ungeduldig.

Sie legte den Kopf schräg. »Es wimmelt beim Drachen nur so von Kriegern.«

Er presste verärgert die Lippen aufeinander und verwünschte sein jämmerliches Schicksal. »Ich hätte es mir denken sollen.«

»Sie tun dort oben seltsame Sachen«, sagte sie.

»Was genau?«

»Sie scheinen einen Tunnel zu graben, und sie schlagen auch mit Spitzhacken auf den Drachen ein.«

»Verflixt!«

Sie sah ihn verständnislos an. »Warum tun die das?«

»Das wissen die Götter. Aber wir sollten es uns ansehen.«

»Ja«, stimmte sie zu. Schon wollte sie losgehen, in einigem Abstand vor ihm, doch dann blieb sie abermals stehen und fragte: »Dein Name ist Alberich, nicht wahr?«

»So ist es. Hast du uns all die Tage belauscht?«

»Schon seit langer Zeit. Seit vielen Jahren.«

»Lebst du wirklich allein im Wald?«

»Du lebst doch auch allein im Berg.«

»Aber du bist ein Kind.«

Sie lachte hell auf. »Ein Kind? O nein, das bin ich längst nicht mehr.«

»Du klingst sehr jung.«

Sie schien es vorzuziehen, darauf nichts zu erwidern.

Alberich fragte: »Wie ist dein Name?«

»Ich habe ihn vergessen.«

»Unsinn. Niemand vergisst seinen Namen, nicht einmal die ältesten unter den Zwergen.«

»Und doch ist es so.«

»Wie soll ich dich dann nennen?«

Sie überlegte einen Moment, dann sagte sie: »So wie du mich immer genannt hast. Ruf mich Geist, und ich bin bei dir.«

Er zuckte mit den Schultern. »Wenn das dein Wunsch ist.«

Sie nickte. »Ich kenne keine anderen Namen. Nur Alberich, Mütterchen, Obbo – und Löwenzahn. Alle anderen, die im Wirtshaus gerufen wurden, habe ich vergessen. Ich vergesse sehr schnell, das macht die Krankheit.«

Zweifelnd sah er sie einen Augenblick länger an und versuchte in ihren bildschönen blauen Augen zu lesen. Sie bemerkte es und wandte sich ab. »Komm jetzt, lass uns gehen«, sagte sie.

Sie führte ihn eine Weile schweigend nach Norden und hielt sich dabei unmerklich links. Das Blätterdach des Waldes sperrte das Mondlicht aus, trotzdem fand Geist ohne Mühe den richtigen Weg. Alberich hatte das Gefühl, ihr trauen zu können. Sie mochte eine Menge wirres Zeug reden, doch zumindest was ihren Orientierungssinn anging, schien sie die Wahrheit gesagt zu haben.

Nach einer Weile lichtete sich der Wald erneut, und sie kamen an eine steile Felskante. Tief, tief unter ihnen strömte der Rhein durch die Nacht. Der Schein des Mondes brach sich auf seinen schwarzen Wellen wie zahllose Silbermünzen. Ein scharfer Wind strich um die Felsen.

Alberich musste sich zu seiner Schande eingestehen, dass er seit seinem unvermittelten Schlaf im Wald tatsächlich in die falsche Richtung gelaufen war. War das auch der unheimlichen Melodie aus seinen Träumen zu verdanken? Hatte sie ihn zum Drachen führen wollen?

Nein, rief er sich zur Ruhe, das ging zu weit. Natürlich, das Horn war magisch, daran bestand kein Zweifel, und die Melodie mochte eine Folge davon sein. Aber ihn zum Drachen führen? Unmöglich.

Als wüsste sie genau, was in seinem Kopf vorging, sagte Geist plötzlich: »Das Horn bringt Unglück.«

»Wie kommst du darauf?«

»Ich habe gehört, wie du hineingestoßen hast. Mehrmals. Ich hatte große Schmerzen.«

»Das tut mir leid.« Verflucht, was war los mit ihm? Zwerge baten nicht um Verzeihung, ganz bestimmt nicht bei rotznasigen Menschenmädchen, die sich verrückte Krankheiten ausdachten.

Er folgte ihr schweigend an der Felskante entlang und betrachtete sie dabei von hinten. In ihren hellen Verbänden sah sie gleichzeitig filigran und albern aus. Noch dazu bot sie schon von weitem eine großartige Zielscheibe; selbst im Dunkeln war sie nicht zu übersehen. Die Binden lagen eng um ihren Leib. Darunter war sie schlank, fast knochig, und ihre Brust war so klein, das sie nahezu unsichtbar blieb – ganz anders als die der stämmigen Zwergenfrauen, wie

Alberich sich nicht ohne Wehmut erinnerte. Aber die Tage, in denen ihm so etwas bedeutungsvoll erschienen war, waren längst vom Dunst der Vergangenheit verhüllt. Nur selten in all den einsamen Jahren hatte Alberich sich nach Gesellschaft gesehnt, und noch viel seltener nach weiblicher.

Gerade umrundeten sie einen pockennarbigen Findling, der scheinbar gewichtslos auf der Felskante balancierte, als Geist ihn unvermittelt zurückhielt. »Langsam«, warnte sie im Flüsterton. »Von der anderen Seite aus kannst du sie sehen – und sie dich, wenn du nicht achtgibst.«

Vorsichtig pirschten sie so weit um den riesigen Stein herum, bis seine Rundung den Blick auf eine weite Heide freigab, die oberhalb einer scharfkantigen Klippe lag. Rückwärtig endete sie an einer aufstrebenden Felswand, in der eine pechschwarze Höhlenöffnung gähnte, flankiert von hohen Lindenbäumen – der Zugang zum Nest des Untiers.

Kurz vor dem Rand der Klippe lag im Schein vieler Fackeln der Drache selbst, und sein Anblick übertraf Alberichs Erwartungen bei weitem. So groß!, war alles, was er für eine Weile denken konnte, und immer wieder: so groß!

In der Tat war die Bestie gewaltig. Ihr riesiger geschuppter Leib lag verdreht im verkohlten Heidekraut, halb auf der Seite, halb auf dem Rücken. Ihre mächtigen Pranken, jede so groß wie ein Pferd, hatten sich im Todeskampf verkrallt und mannstiefe Furchen in den Boden gerissen. Die gespaltene Zunge, länger als der höchste Baum, hing schlaff und verschlungen aus einem Maul, das dem Höhlenloch an Größe kaum nachstand. Alberich begriff, dass das Horn, das er am Hals trug, aus einem der kleinsten Zähne des Drachen gefertigt worden war, denn die Eckzähne der Bestie waren so groß wie ein ausgewachsener Mensch. Sie waren auch die einzigen, die man dem Kadaver gelassen hatte; alle anderen waren aus dem Zahnfleisch gemeißelt und zu Hörnern verarbeitet worden. Überall im Maul klafften Spalten und Wunden.

Das Furchtbarste aber waren nicht der Schlund oder die schlangengleiche, dreieckige Form des Schädels, der zu Lebzeiten vorstoßen konnte wie der schnellste Armbrustbolzen; vielmehr waren es die Augen der Bestie, die ihm das höchste Grauen einjagten. Sie waren weit aufgerissen und glänzten, als könnten sie jeden Moment zu neuem Leben erwachen. Die gelben Pupillenschlitze der pechschwarzen Augäpfel schienen genau in Alberichs Richtung zu blicken, und dabei war ihr Ausdruck so gemein und mörderisch, dass der Zwerg eine Weile lang glaubte, er müsse sich sofort herumwerfen und fliehen.

Geist hob die Hand, um sie ihm zaghaft auf die Schulter zu legen, besann sich aber im letzten Augenblick anders. Ihre umwickelten Finger sanken zurück. »Du brauchst dich nicht zu fürchten«, sagte sie sanft. »Er ist tot.«

»Das weiß ich«, gab er giftig zurück, wenn er auch nicht verhehlen konnte, dass sie seinen wunden Punkt ganz richtig erkannt hatte. Der Drache sah aus, als sei er noch am Leben, er wirkte nicht einmal, als schliefe er. Vielmehr schien es Alberich, als loderte hinter den gelben Pupillen eine lauernde, tückische Intelligenz, die sich aus irgendeinem Grund entschlossen hatte, eine Weile lang alle Erniedrigungen über sich ergehen zu lassen, um dann ganz unvermittelt zuzuschlagen.

Doch welcher Drache würde zulassen, dass man ihm die Zähne aus den Kiefern stemmte?

Das Untier *musste* tot sein.

Es dauerte ein wenig, aber schließlich fand Alberich sich damit ab, dass die größte Gefahr nicht von dem Drachenkadaver, sondern von den zwei Dutzend Kriegern ausging, die emsig über die verbrannte Heide schwärmten. Einige standen Wache, einer ganz in ihrer Nähe, aber die anderen umringten den Leichnam und ein Gebiet gleich daneben, wo der Boden von einer schwarzen Schlammschicht bedeckt war.

Das ist kein Schlamm!, schoss es Alberich durch den Kopf. Es ist Blut. Der Blutsee des Drachen! Aber warum wirkte seine Oberfläche aus der Ferne so starr? Er war doch nicht etwa –

»Eingetrocknet!«, flüsterte er tonlos und ihm war, als bräche der Himmel über ihm zusammen. »Er ist eingetrocknet!«

War das wirklich so verwunderlich, nach all den Wochen, die seit dem Tod der Bestie vergangen waren? Löwenzahn und Mütterchen hatten ihre Freiheit – und vielleicht gar ihr Leben – für einen falschen Traum vergeudet.

Doch da wisperte Geist: »Das Blut ist nicht eingetrocknet.«

»Nicht?«, fragte er und versuchte, dem Wort einen höhnischen Klang zu geben. »Sieh doch, sie schlagen sogar mit Hacken darauf ein.« Das taten sie tatsächlich, wenn auch lustlos und ungezielt, dafür aber gleich an mehreren Stellen. Und nicht nur das hart gewordene Blut wurde mit Gewalt bearbeitet, auch der Drache selbst; rund um die klaffende Bauchwunde, die Siegfrieds Schwert Balmung der Bestie beigebracht hatte, hämmerten mehrere Sklaven unter der Aufsicht von Drachenkriegern auf den Kadaver ein. Doch Beile und Meißel glitten ab, ohne etwas auszurichten. Auch die Haut des Drachen war so hart wie Stahl. Trotzdem trieben die Krieger die Sklaven immer heftiger zu neuen Versuchen an, als brüllten sie sich so ihren Zorn und ihre Enttäuschung von der Seele. Und das sollte schon seit Wochen so gehen?

»Der Leichnam versteinert allmählich«, flüsterte Geist in Alberichs Ohr. »Ich habe gelauscht, als sich einige der Krieger darüber unterhielten. Sie vermuten, dass sich auf dem Blutsee nur eine feste Kruste gebildet hat, genau wie auf einer Wunde, dass aber die unteren Schichten noch flüssig sind. Wie es scheint, versuchen sie nun von unten heranzukommen.«

»Wie das?«

»Sieh mal nach vorne, zum Rand der Klippe.«

Alberich musste sich dafür weit aus ihrem Versteck beugen, was ihm keineswegs behagte. Er sah, dass kurz vor dem Abgrund eine Seilwinde aufgebaut war. Feste Stricke spannten sich straff über die Kante hinweg in die Tiefe. Von hier aus konnte er jedoch nicht sehen, wohin sie führten.

»Ich hab's mir angeschaut«, erklärte Geist. »Die Klippe springt weit vor, wie ein riesiger Vogelschnabel. Die Krieger haben an den Seiten Männer herabgelassen, die von unten einen Stollen in den Fels treiben. Offenbar ist der Weg von dort aus zu den tieferen Regionen des Blutsees kürzer, als würden sie es von oben versuchen.«

Alberich nickte nachdenklich. »Und da sie die Arbeit von Sklaven verrichten lassen, ist ihnen die Gefahr, in der die Arbeiter schweben, gleichgültig.«

»Sie haben unterhalb des Stollens ein hölzernes Auffangbecken in der Felswand verankert, das gewährleisten soll, dass kein Tropfen des Drachenblutes verlorengeht.«

Der Zwerg spähte über die Kante hinweg in die pechschwarze Nacht. »Wie hoch über dem Rhein sind wir hier?«

Geist hob die Schultern. »Zwanzig bis dreißig Mannslängen, grob geschätzt.«

»Und der Fluss strömt direkt um den Fuß der Felsen?«

»Soweit ich es sehen konnte, ja. Der Rhein macht einen engen Bogen, genau um diese Klippe.«

Alberich seufzte schwer. »Wie sollen wir jemals an das Blut herankommen, wenn es nicht einmal all diesen Männern gelingt?«

»Sie werden es schaffen«, ermutigte ihn Geist. »Früher oder später wird ihr Stollen den Grund des Blutsees erreichen.«

»Du meinst, wir sollten warten und dann versuchen, ihnen das Blut abzuluchsen?« Alberich stöhnte. »Es sind so viele! Sie werden uns erschlagen, wenn sie nur unsere Nasenspitzen sehen, erst recht, wenn wir hinüberspazieren und höflich um ein Fass von ihrem Drachenblut bitten.«

Geist nickte. »Sie sind ungeduldig. Die Krieger vermuteten, dass die Kruste des Sees immer dicker wird, bis schließlich auch der letzte Tropfen davon aufgezehrt wird. Die Zeit drängt, und ihr Anführer ist unzufrieden.«

Noch einmal blickte Alberich zur erstarrten Oberfläche des Blutsees hinüber. Sie war fast kreisrund, mit einem Durchmesser von fünfzehn Menschenschritten. Was aber die Tiefe des Sees anging, so gab es auf sie keinen Hinweis. Da die Krieger versuchten, von unten zum Drachenblut vorzustoßen, war anzunehmen, dass das Becken etliche Schritte in den Boden reichte.

Plötzlich fiel Alberich etwas auf, und der Gedanke schürte neues Misstrauen gegen seine Begleiterin in ihm. »Woher weißt du so viel über diese Männer? Du hast gesagt, du warst hier, als ich schlief. Aber als ich erwachte, war der Mond nur unmerklich weitergewandert. Du kannst also gar keine Zeit gehabt haben, dich so genau umzuschauen.« Instinktiv rückte er einen weiteren Schritt von ihr fort und fasste den Griff der Goldgeißel fester.

Ihre Augen musterten ihn voller Verwunderung. »Keine Zeit gehabt?«, wiederholte sie irritiert. »Du hast einen ganzen Tag verschlafen, Alberich. Als du aufgewacht bist, war bereits die nächste Nacht angebrochen. Weißt du das denn nicht?«

»Ist das wahr?«, fragte er voller Argwohn. Und zugleich dämmerte ihm, was das bedeuten musste. »Heißt das, Mütterchen und Löwenzahn sind schon mehr als einen Tag in der Gewalt dieser Krieger?«

»Aber ja.«

Er sprang auf, jetzt wieder im Schutz des Findlings. »Ich muss sofort zu ihnen. Wer weiß, ob sie noch am Leben sind.«

Geist zuckte mit den Achseln. »So wie es aussieht, können wir hier ohnehin nichts tun, als abzuwarten.«

Alberich wollte bereits loseilen, doch Geist rief ihn leise zurück. »Warte! Es gibt einen schnelleren Weg als den auf deinen kurzen Beinen.«

»Kurzen, kräftigen Beinen«, verbesserte er beleidigt.

»Sieh mal zur Höhle hinüber.«

Der Zwerg kauerte sich wieder in einigem Abstand von Geist auf den Boden und folgte mit seinem Blick ihrer weißverhüllten Hand.

»Kannst du es sehen?«, fragte sie.

Angestrengt starrte er zum Höhlenschlund. Das Innere war rabenschwarz. In der Finsternis regte sich etwas, ohne dass Alberich erkennen konnte, was es war.

»Was machen die da?«

»Sie plündern die Schätze des Drachen«, sagte Geist und sah

sich vorsichtshalber nach dem Wächter um, der ihnen am nächsten stand. Er stützte sich schwer auf seine Lanze, blickte dabei zu Boden und hatte ihr Flüstern nicht bemerkt. Offenbar war er im Stehen eingeschlafen.

»In regelmäßigen Abständen fahren Pferdekarren in die Höhle und kommen mit Erdreich beladen wieder heraus«, fuhr das Mädchen fort. »Darunter versteckt liegt das Gold des Drachen. Sie bringen es von hier aus zum Turm, wo deine Freunde gefangengehalten werden.«

»Du glaubst, wenn wir freundlich fragen, nehmen sie uns vielleicht mit?«

»Die Karren werden nicht bewacht. Es soll keiner auf den Einfall kommen, es könne sich etwas Wertvolles unter all dem Dreck verbergen. Wenn wir den nächsten Wagen irgendwo am Weg erwarten und es uns gelingt aufzuspringen, dann sind wir in einem Viertel der Zeit am Turm, besser noch, im Turm.«

»Narretei!«, fuhr er sie an. »Man wird uns sofort auf dem Karren entdecken. Oder willst du dich in die Erde graben?«

Wieder verschoben sich die Binden vor ihrem Gesicht, als sie leise lachte. »Das lass nur meine Sorge sein.«

Er blickte sie ohne rechtes Zutrauen an. »Das ist ein ziemlich vager Plan, Kindchen.«

»Verlass dich nur auf mich.«

»Du machst es einem nicht leicht.«

»Das weiß ich.«

Er verkniff sich ein zwergisches ›Hmpf!‹, dann nickte er zögerlich. »Na, schön«, sagte er leise. »Ich bin neugierig.«

Sie kicherte nur und lief lautlos zurück ins Gebüsch.

Wenig später hockten sie unweit eines Waldweges in dornigem Dickicht. Ein besonders scheußlicher Stachel, so lang wie ein Finger, ragte unweit von Alberichs Gesicht aus den Büschen. Bei jeder Bewegung drohte er sich in seine Nasenknolle zu bohren. Der Zwerg fluchte leise.

»Psst!«, flüsterte Geist und hob einen umwickelten Finger vors Gesicht. »Mach nicht so einen Krach.«

»Du hast gut reden«, zeterte er. »Es ist ja auch nicht deine Nase, die fast aufgespießt wird.«

»Wenn du weiter so schreist, wird es nicht nur deine Nase sein, die man aufspießt.«

Geist hatte ihn in einem weiten Bogen um die Drachenheide zu dieser Stelle im Wald geführt, mehrere Steinwürfe vom Höhleneingang entfernt. Das Unterholz war hier außerordentlich dicht und verwachsen, ein Hinweis darauf, dass der Drache seine Klippe selten verlassen hatte. Noch immer hatte das Mädchen Alberich nicht verraten, wie es sie beide ungesehen auf den Karren bekommen wollte.

»Hörst du schon etwas?«, fragte sie.

»Nur meinen Magen. Ich habe seit anderthalb Tagen nichts gegessen.«

Sie deutete auf ein paar rote Beeren, die vor ihm im Dornbusch baumelten. »Iss die. Ein paar davon werden dich nicht umbringen.«

»Klingt wie ein guter Ratschlag«, erwiderte er verbissen.

Geist kicherte wieder, dann schob sie sich rückwärts aus dem Buschwerk in die Finsternis des Waldes.

»Was tust du?«

»Meine Vorbereitungen treffen.« Sie stand jetzt so weit im Dunkel, dass sie nur noch als bleicher Schimmer zu erkennen war. Sie tat irgendetwas mit ihren Verbänden.

Es dauerte nicht lange, da hörte Alberich aus östlicher Richtung das Knirschen und Rattern von Karrenrädern, durchsetzt von leisem Pferdewiehern. »Es ist soweit«, zischte er nach hinten.

Geist antwortete nicht.

Als Alberich sich umschaute, wurde ihm mulmig. Das Mädchen war verschwunden. Hatte sie ihn im Stich gelassen? Oder gehörte das gar zu ihrem Plan?

»Hier bin ich«, flüsterte eine Stimme. Zu seinem Schrecken kam sie aus der entgegengesetzten Richtung – direkt vom Weg!

Er wirbelte herum, und da war sie. Oder auch nicht.

Sie war nicht unsichtbar, keineswegs, aber das, was sie getan hatte, kam sehr nah an Unsichtbarkeit heran. Erst glaubte er, sie hätte sich mit Erde und Grünzeug beschmiert, doch dann schienen ihm die Farben und Muster zu perfekt, zu vollkommen die Anordnung der unterschiedlichen Töne, die sie fast völlig mit dem Hintergrund verschmelzen ließen. Er verstand nicht, was sie getan hatte, aber es war zweifellos keine natürliche, keine menschliche Angelegenheit.

»Wie machst du das?«, fragte er staunend durch die Dornenzweige hindurch.

Statt einer Antwort sagte sie tonlos: »Glaubst du mir jetzt, dass ich krank bin?«

»Wie man's nimmt.«

»Es ist eine Krankheit. Wenn du dein ganzes Leben so zubringst, ist es die schlimmste Seuche von allen.«

»Auf alle Fälle ist es keine Lepra.«

»Es löst mich genauso auf, zumindest in den Augen anderer«

»Aber du bist noch da. Ich meine, ich könnte dich doch anfassen, oder?«

Ihre blauen Augen – tatsächlich waren das die beiden einzigen Punkte ihres Körpers, die nicht die Farbe des Hintergrundes angenommen hatten – ruckten herum. »Keine Zeit!«, wisperte sie, denn im gleichen Augenblick ratterte der Karren um die Wegkehre.

Alberich sah, dass sie unrecht gehabt hatte. Der Wagen war bewacht – von einem halben Dutzend schwerbewaffneter Krieger. Wahrscheinlich eine Folge seiner Flucht. Einen Augenblick später aber begriff er, dass nicht er selbst es war, den sie fürchteten. Es war der Drachenzahn an seinem Hals.

Jeder der sechs Krieger besaß ebenfalls einen. Damit schied der Versuch aus, sie durch einen Hornstoß von ihren Rössern zu werfen, denn Alberich wagte noch immer nicht, die Magie der Hörner zu kreuzen.

Der Weg war in fahles Mondlicht getaucht, und das verstärkte noch die Wirkung von Geists Chamäleonzauber. Alberich blickte sich um und entdeckte die schmutzigen Verbände des Mädchens hinter sich am Boden. Ohne zu überlegen, knüllte er sie zusammen und steckte sie unter sein Wams. Dann sah er zu, was auf dem Weg geschah.

Vier Männer ritten in Zweiergruppen vor dem Karren, die beiden anderen dahinter. Der Wagen selbst, ein Zweispänner, wurde von einem Mann mit Drachenwappen, aber ohne Rüstzeug gelenkt. Hinter ihm auf der großen Ladefläche lag ein hoher, unregelmäßiger Berg aus Erdreich.

Als die beiden ersten Reiter die Stelle erreichten, wo Geist mitten auf dem Weg stand, machten ihre Pferde plötzlich einen Satz nach vorne. Alberich glaubte schon, die Tiere hätten das Mädchen niedergetrampelt, doch einen Augenblick später sah er sie wieder, ein verschwommener Schemen, der bei jeder Bewegung die Schattierung seines Hintergrunds annahm. Hätte der Zwerg nicht genau gewusst, dass da jemand war, er hätte sie übersehen, genauso wie es die Krieger taten.

Auch die beiden nächsten Pferde scheuten, und ein Mann brüllte etwas von Schlangen auf dem Boden, woraufhin alle in noch größere Aufregung verfielen, denn nun fürchteten sich nicht nur die Tiere, sondern auch ihre Reiter. Über den Lärm hinweg glaubte Alberich das leise Kichern des Mädchens zu hören. Bei den Alben, er hatte sie wahrlich unterschätzt!

Die hintere Eskorte des Karrens sprengte an dem Wagen vorbei, wohl in der Hoffnung, dass die Schlangen durch ihre Kameraden abgelenkt waren – nicht gerade ein feiner Zug. Somit war die Rückseite des Karrens ungeschützt.

Während die Männer noch in Panik zu Boden starrten und das Gras auf dem Weg nach Schlangenleibern durchforschten, wurde Alberich plötzlich von einem schemenhaften Arm gepackt und mit einem Ruck aus dem Gestrüpp gezogen. Der Dorn blieb in seiner Nase stecken und brach ab. Mit unerhörter Kraft wurde Alberich auf die Ladefläche des Wagens geschleudert. Nur mühsam unterdrückte er einen Aufschrei, der teils vor Schreck und teils vor Schmerzen in ihm aufstieg, dann blieb er in einer Vertiefung zwischen zwei Erdwällen liegen.

Sapperlot, fluchte er im Stillen, hatte Geist denn vergessen, dass er keineswegs so unsichtbar war wie sie selbst?

Im selben Moment landete der Körper des Chamäleonmädchens auf ihm. Sie war federleicht. »Beweg dich nicht!«, wisperte ihre Stimme in sein Ohr, dann schlang sie Arme und Beine um ihn, bis sie ihn völlig bedeckte; da sie fast doppelt so groß war wie er selbst, bereitete ihr das keine Schwierigkeiten. Die Dunkelheit und die weiche Erde taten ein Übriges, die Lücken zu schließen.

Er ahnte sehr wohl, was sie plante, zweifelte aber, ob ihr Vorhaben gelingen konnte. Wenn ihr Körper wirklich die Farbe jeden Hintergrunds annahm, würden dann nicht seine eigenen Umrisse deutlich auf ihr zu erkennen sein?

Alberich schloss ergeben die Augen und hoffte das Beste. Wie sehr er sich wünschte, den schmerzhaften Stachel aus der Nase zu ziehen! Aber er wusste, dass die Bewegung sie beide verraten hätte.

Nur wenig später kehrte der Tross zu seiner alten Ordnung zurück. Zwei Männer der Eskorte ließen sich zurückfallen, bis sie wieder hinter dem Wagen ritten. Keiner der beiden bemerkte die unerwünschten Mitreisenden. Geist klammerte sich geschmeidig an Alberich. Ihre Umarmung raubte ihm den Atem. Nicht weil das Mädchen nackt war – es gab keine körperliche Anziehung zwischen Zwergen und dem Großen Volk –, sondern weil die enge Klammer ihrer Arme und Beine ihm die Brust zuschnürte. Er spürte, wie ihr eigener Brustkorb sich über ihm hob und senkte, und ihr aufgeregter Atem an seinem Ohr erschien ihm laut und verräterisch. Die Krieger aber hatten andere Sorgen, als die Erdwälle auf dem Karren im Auge zu behalten, und die Geräusche gingen im Rattern der Wagenräder unter.

Wenn Alberich die Augen aufschlug, blickte er genau auf Geists Schlüsselbein. Es war keineswegs schwarz wie der Nachthimmel hinter ihr, sondern hatte die Farbe dunkler Erde. Offenbar konnte das Mädchen nur die Farben der Wälder nachahmen.

Alberich hatte schon von Wesen wie ihr gehört, und es gab jetzt keinen Zweifel mehr, dass sie bei ihrer ersten Begegnung gelogen hatte.

»Du bist kein Mensch«, zischte er leise. »Ich kenne solche wie dich. Du bist ein Moosfräulein.«

Geist gab keine Antwort. Dennoch war er sicher, dass sie ihn trotz des Räderlärms verstanden hatte, denn sie zuckte leicht bei seinen letzten Worten.

Die Moosfräulein … Bislang hatte er angenommen, dass ihr Volk mit all den anderen Wald- und Berggeistern aus dieser Gegend verschwunden war. Seit die Magie im Sterben lag, sah man ihresgleichen nur noch selten.

War Geist, wie er selbst, die Letzte ihrer Art? Wie er selbst – und wie der Drache?

Drache, Zwerg und Waldgeist – drei Relikte eines Zeitalters, als noch der Zauber die Welt regierte. Was hatte das Schicksal mit dieser Vereinigung im Sinn?

Und war es wirklich nur der Zufall, der sie an diesem Ort zusammenführte?

Mütterchen wurde aus leichtem Schlummer gerissen. Ein metallisches Rasseln an der Gittertür ihres Kerkers. Jemand löste die Ketten. Sofort waren ihre Augen offen und blinzelten in grelle Fackelglut. Da wusste sie: Nach einer Nacht und einem Tag war es soweit. Der Geweihte kam, um sich ihrer anzunehmen. Auf welche Art auch immer.

Der Tag war düster und kühl gewesen, ein graues Einerlei, in dem niemand ihnen Beachtung geschenkt hatte. Am frühen Abend waren zwei Krieger erschienen und hatten die arme Marret fortgeschleppt, zum Turm und zu Ugo. Was das Mädchen in seinen fetten Fingern zu erdulden hatte, vermochte Mütterchen sich vorzustellen, aber die Gedanken daran taten weh. Und doch war es in Wirklichkeit nicht der wahnsinnige Graf, den sie zu fürchten hatten. Ihr Gegner war ein anderer, der Meister der Drachenkrieger.

Zwei Männer traten ein und hielten Löwenzahn mit ihren Schwertern in Schach. Mütterchen ließen sie unbehelligt.

»Ihr seid alt geworden«, sagte der Geweihte, als er zwischen zwei weiteren Kriegern in den Kerker trat und die Räuberin eingehend musterte.

»Sollte ich Euch kennen?«, fragte sie und erschrak, wie brüchig ihre Stimme klang. Sie war alt geworden, und der Aufenthalt in diesem Loch war nicht gerade ein Jungbrunnen für ihre Verfassung.

»Ich kenne Euch«, erwiderte der Geweihte, »so wie jeden hier in diesem Land. Macht Euch darüber keine Gedanken.«

Seinen Namen hatte er nicht aufgrund einer Weihe erhalten, wie Mütterchen zu Anfang vermutet hatte. Es hatte nichts mit seinem Glauben oder der alten oder neuen Religion zu tun.

Vielmehr trug der Herr der Drachenkrieger die merkwürdigste Rüstung, deren Mütterchen je ansichtig geworden war. Sie war aus den Enden von Hirschgeweihen gefertigt, ein enges, beinhartes Gitternetz, das seinen ganzen Körper umschloss wie ein Gewimmel aus warzigen Schlangen. Sie fragte sich, wie viele Hirsche er hatte erlegen müssen, um Geweihe zu finden, deren Spitzen so eng gewunden waren, dass sie um seine Arme und Beine passten. Sogar sein Kopf war von einer schützenden Geweihmaske umschlossen; es sah aus, als hätte eine riesige Spinne vom Hinterkopf aus ihre Beine um sein Gesicht gelegt. Zwischen den Hornspitzen tanzte das Fackellicht über scharfe Wangenknochen und tiefliegende Augen. Sein Schädel war kahl und narbig.

»Was wollt Ihr von uns?«, fragte Mütterchen. Ihre Stimme schwankte leicht. Es war eine dumme Frage, geeignet nur, um Zeit zu schinden. Aber wofür? Es gab keine Rettung aus diesem Verlies.

»Ihr wisst es, ich weiß es, deshalb lasst es uns kurz machen. Wer ist Euer entflohener Gefährte?«

»Was liegt Euch an ihm?«

»Sagen wir, er besitzt etwas, das mir einiges wert ist.« Lächelte er oder war es nur der flackernde Fackelschein, der die Geweihschatten auf seinem Gesicht erbeben ließ?

Er will das Horn zurück, dachte Mütterchen. Wir hätten das verfluchte Ding bei dem Toten lassen oder besser noch in den Fluss werfen sollen.

»Erwartet Ihr, dass ich einen Freund ans Messer liefere?«, fragte sie und gab sich Mühe, abfällig zu klingen, so, als könne es gar keinen Zweifel an ihrer Aufrichtigkeit geben. Aber insgeheim wusste sie, dass ihr greiser Körper einer Folter nicht standhalten würde.

Als sie ihm kühn in die Augen blickte, las sie darin zu ihrem Entsetzen, dass ihm dieselben Gedanken durch den Kopf gingen. Er wird mich auf jeden Fall foltern, schoss es ihr durch den Kopf. Auf einen Schlag vervielfachte sich ihre Furcht.

Doch dann sagte er zu ihrem Erstaunen: »Wer spricht von *päkern*?«

Päkern war ein Wort aus der Räubersprache und bedeutete ermorden. Mütterchen wunderte sich nicht, dass er die geheime Zunge der Wegelagerer beherrschte; wahrscheinlich war er selbst einst ein gewöhnlicher Räuber gewesen. Beinahe gegen ihren Willen erzeugte der Begriff, den sie so lange nicht mehr gehörte hatte, ein Gefühl von Wärme in ihr. Erinnerungen stiegen in ihr auf, an eine glorreiche, eine bessere Zeit.

»Wenn Ihr ein Kabber seid, warum verschüttet ihr mich und werft mich in die Kitte?«, fragte sie und appellierte an seine Räuberehre: *Wenn Ihr ein Diebeskamerad seid, warum nehmt Ihr mich gefangen und werft mich ins Verlies?* Sie empfand fast etwas wie Vergnügen daran. Plötzlich war alles wieder in ihr, die verschlüsselte Sprache von damals, ihre Kraft, die Freude am Leben. Vielleicht war der Geweihte kein so übler Kerl, wie es anfänglich scheinen mochte.

Er kam auf sie zu, bis sie einander fast berührten. Sein Blick bohrte sich in ihre Augen, brachte mit unsichtbaren Fühlern ganz bestimmte Saiten in ihrem Inneren zum Klingen. Sie spürte es und öffnete ihren Geist bereitwillig für sein Tasten. Wann hatte sie sich zum letzten Mal so wohl gefühlt?

»Alte Schicksel«, flüsterte er freundlich, »ich fühle, wie der Mohr Euch holt.« *Altes Mädchen, ich fühle, dass Ihr Euch fürchtet.* »Dabei war's der Kaftling, der mein Eigen gegampft, und nicht Ihr.« *Dabei war's das kleine Schwein, das mein Eigentum stahl, und nicht Ihr.* »Wisst Ihr, wo der Schottenfeiler sich verkabbert? Sagt's und schrobbert frei davon.« *Wisst Ihr, wo der Dieb sich versteckt? Sagt's und zieht unbehelligt weiter.*

Bilder flirrten durch Mütterchens Geist, von den Abenden im Kreise ihrer alten Kumpane, alle längst tot, aber in ihrer Erinnerung lebendiger denn je. Sie sah ihre Triumphe, ihre Siege über Ritter und Krieger, sah reiche Händlerschweine im Pferdedung kriechen und sich selbst mit einem Jubellied auf den Lippen.

Weiter und weiter sprach der Geweihte auf sie ein, benutzte dabei die alte Sprache der Räuberhöhlen und Verliese, ein Kauderwelsch aus deutschen und hebräischen Worten, wie es sich einst unter ihresgleichen eingebürgert hatte.

Und obgleich sie nicht wusste, wohin Alberich geflohen war, so war sie doch drauf und dran, dem Geweihten alles über den Zwerg zu erzählen, über den Hohlen Berg und den schutzlosen Hort, über ihre Reise zum Drachen und ihr Ziel, in seinem Blut zu baden.

Schon öffneten sich ihre Lippen, dem neuen Freund den alten zu verraten, als plötzlich eine Stimme schrie: »Mütterchen, komm zu dir!«

Es war Löwenzahns Stimme, und sogleich brachte ihn ein Hagel aus Fußtritten zum Schweigen. Doch die wenigen Worte reichten aus, um Mütterchen zurück in die Wirklichkeit zu reißen. Erschrocken blickte sie den Geweihten an, sah, wie sein triumphierendes Lächeln in Zorn umschlug. Blitzschnell wich sie vor ihm zurück, drei, vier Schritte weit, bis ihr Rücken gegen die Kerkerwand stieß. Das war nicht ihr eigener Wille gewesen, der sich da in ihr breitgemacht hatte.

Es sind seine Augen!, durchzuckte es sie. Seine verfluchten dunklen Augen!

Einen Moment lang sah es aus, als würde der Geweihte Befehl geben, sie zu töten. Lodernde Wut tobte über seine Züge, ein so verzehrender, mörderischer Hass, dass Mütterchen fast glaubte, ihn körperlich zu spüren. Doch dann, von einem Herzschlag zum nächsten, erlosch sein Zorn, und an seine Stelle trat der Anschein von Gleichgültigkeit.

»Gut«, sagte er sachlich. »Ihr wollt es so. Ich gebe Euch bis zum Morgengrauen. Solltet Ihr mir dann nicht sagen, was Ihr über den Zwerg wisst, wird sich mein Folterknecht Eurer annehmen. Und ich werde ihm mit größtem Vergnügen zur Seite stehen.«

Mütterchen starrte ihn in plötzlichem Begreifen an. »Es ist gar nicht das Horn, nicht wahr?«

»Wie meint Ihr das?«, fragte er, obgleich er die Antwort doch kannte.

»Es geht Euch um den Zwerg, nicht um das Horn, das er trägt. Was wollt Ihr von ihm? Was macht ihn so wertvoll für Euch?«

Der Geweihte verzog die Mundwinkel zu einem sperrigen Lächeln, dann drehte er sich auf der Stelle um und verließ den Kerker. Seine vier Krieger folgten ihm und schlangen die Kette um das Gitter. Ein Vorhängeschloss, so groß wie Löwenzahns Schädel, schnappte ein.

Mütterchen sprang vor und krallte die knochigen Finger um die Eisenstäbe.

»Ihr werdet ihn niemals fangen!«, schrie sie ihren Feinden nach. »Hört Ihr? Niemals!«

Aber das war Wunschdenken, und sie wusste es genau.

Mütterchen kümmerte sich um den angeschlagenen Löwenzahn, kühlte seine Schwellungen mit Wasser aus einem Napf, der in der Ecke stand, und betete insgeheim, dass sich seine Wunden nicht entzünden würden. Er selbst ließ sich kaum anmerken, welche Schmerzen ihn quälten. Er sprach klar, fast vergnügt, und er ließ sich nicht davon abhalten, ein weiteres Mal an dem Gitter zu rütteln, in der vergeblichen Hoffnung, es aus der Verankerung zu brechen. Danach saßen sie beide schweigend in der Ecke, dachten über diese und jene Fluchtmöglichkeit nach, nur um sie dann wieder zu verwerfen.

Durch das Gitter drang der Lärm vom Innenhof herein, das unermüdliche Klatschen der Peitschen auf Sklavenrücken, die Schmerzensschreie und groben Befehle. Spitzhacken krachten in den Tiefen der Schächte, und immer wieder wurden die Männer dort unten mit Wasser begossen. Mütterchen hatte längst aufgehört, sich über den Sinn Gedanken zu machen. Zum ersten Mal seit langer Zeit war sie nah daran, alle Hoffnung fahrenzulassen. Sie fühlte sich leer und nutzlos, und das Eindringen des Geweihten in ihren Geist hatte eine merkwürdige, unsichtbare Wunde in ihr hinterlassen. Nie in ihrem Leben hatte sie sich so gedemütigt, so hintergangen gefühlt.

Einige Stunden mochten vergangen sein, als ein weiteres Mal Gestalten vor der Gittertür erschienen. Im Gegenlicht der Feuerhecken waren es nur Silhouetten, zwei an der Zahl. Dennoch bereitete es keine Schwierigkeiten, die kleine fette Gestalt des Grafen Ugo zu erkennen. An seiner Seite führte er, an einer rasselnden Kette wie einen Hund, das Mädchen Marret. Sie schluchzte leise, folgte dem Fetten aber fügsam und treu.

Ugo, der von Nahem kleiner und jünger wirkte als oben am Fenster, trug sein Nachtgewand. Einstmals war es wohl weiß gewesen, doch jetzt war der Stoff beschmutzt von Flecken alle Art, von Essensresten bis zu Körpersäften. Sein Gestank überlagerte sogar die fauligen Gerüche des Kerkers.

Wortlos, wenn auch leise vor sich hin kichernd, zog er einen großen Schlüssel hervor und steckte ihn in das Vorhängeschloss. Ehe er ihn drehen konnte, fiel Marret plötzlich auf die nackten Knie.

»Bitte, Herr Graf, lasst mich bei Euch bleiben. Ich war immer gut zu Euch und will es auch weiterhin sein.«

»Gut?«, keifte der Fette. Mehrere Krieger drehten sich draußen auf dem Hof nach ihm um, verloren aber schnell ihre Neugier. Keiner kam näher. »Gut willst du gewesen sein? Ein Stück Fleisch bist du, rohes, grobgehauenes Fleisch. Dein Leiden bereitet mir kaum noch Freude.«

Marret missverstand ihn. »Dann wollt Ihr bald schon freundlich zu mir sein, Herr Graf? Kein Leiden mehr? Werden wir wieder

Freunde sein wie früher?« Und dann sang sie mit tränenerstickter Stimme:

Petersilie Suppenkraut
Wächst in unserm Garten.
Unser Annchen ist die Braut,
Soll nicht lang mehr warten.
Roter Wein, weißer Wein,
Morgen soll die Hochzeit sein.

Ugo holte mit seinem dicken, kurzen Bein aus und trat ihr mit aller Kraft in die Seite. Marret fiel in den Schmutz, krümmte sich keuchend zusammen. Der fette Junge setzte nach, trat ihr in den Magen und riss sie dann an den Haaren nach oben. Sie wehrte sich nicht, weinte nur bitterlich.

»Jetzt flennst du wieder, Miststück. Ich habe auch geweint in meinem Gefängnis, viele, viele Nächte lang. Aber hast du mich rausgelassen? Hast du mir geholfen?«

Marret brabbelte irgendeine Antwort. Das Einzige, was Mütterchen verstehen konnte, war das unvermeidliche ›gut zu Euch‹.

Mütterchen unterdrückte mit aller Macht den Wunsch, dem widerwärtigen Kerl an die Kehle zu gehen. Das Gitter schützte ihn sicherer als jede Kriegereskorte.

Dabei wurde ihr zum ersten Mal bewusst, dass Ugo gar keine Krieger bei sich hatte. Konnte es sein, dass der Geweihte gar nicht wusste, dass seine Marionette auf eigene Faust hierhergekommen war?

Ganz langsam, unter aller gebotenen Ruhe, näherte sie sich der Gittertür. Der Schlüssel steckte noch immer im Schloss.

»Miststück! Miststück!«, wetterte Ugo weiter und hatte dabei den Rücken zum Gitter gewandt. Mit wedelnden Armen blickte er auf Marret herab, die immer noch vor ihm im Dreck lag. »Rohes Fleisch bist du. Rohes, unbehauenes Fleisch. Mich ekelt davor, dich zu berühren.« Plötzlich stand er nur noch auf einem Bein und hatte alle Mühe, sein Gleichgewicht zu halten. »Siehst du? Mein Fuß, mit dem ich dich trat, er schmerzt vor Ekel! O wie er schmerzt!«

Mütterchen war bis auf zwei Schritte an die Gittertür herangekommen und streckte ganz langsam den Arm nach dem Vorhängeschloss aus. Noch ein Schritt.

Ugo hob die Hand, die das Ende von Marrets Kette hielt. »Ich werd' dich lehren, mir Ekel zu bereiten!«, schrie er und wollte die Kette in Marrets Gesicht schlagen.

Im selben Augenblick sprang Löwenzahn von seinem Lager auf, stieß Mütterchen beiseite, krachte gegen das Gitter und ließ seinen Arm hinausschießen. Es gelang ihm, Ugos nach hinten ausholende Hand zu packen. Der fette Junge schrie auf.

Mütterchen fluchte und rappelte sich vom Boden auf. Fast hatte sie den Schlüssel gehabt! Musste der Riese ausgerechnet jetzt den Helden spielen? Bald schon würden zwanzig Krieger am Gitter sein, um dem Grafen beizustehen.

Vielleicht, wenn sie schnell genug war, mochte sie den Schlüssel vorher packen und –

Doch so weit kam sie nicht mehr.

Im selben Moment ging der erste der drei Seilzüge in Flammen auf. Einen Herzschlag später der zweite, fast gleichzeitig der dritte. Innerhalb eines Atemzugs brach Panik aus. Der Innenhof verwandelte sich in ein einziges Chaos aus Geschrei und trampelnden Menschen. Das lauteste Brüllen aber drang aus den drei Gruben empor. Flammenregen ergoss sich von den Seilzügen in die Löcher und verbrannte die Arbeiter bei lebendigem Leibe.

Vor Schreck entglitt Löwenzahn Ugos Arm.

»Der Drache!«, schrie der Junge und schien die Attacke des Riesen noch im selben Augenblick zu vergessen. Er ließ Marrets Kette fallen und sprang in wildem Freudentaumel auf und ab. »Sie sind auf eine Feuerader gestoßen! Endlich! Endlich Feuer!«

Mütterchen verschwendete keine Zeit damit, sich über das Gestammel des Wahnsinnigen zu wundern. Sie sprang vor und streckte die Hand durchs Gitter nach dem Schlüssel aus.

Marret war schneller. In Windeseile war das Mädchen heran und zog den Schlüssel aus dem Vorhängeschloss.

»Marret, verdammt!«, rief Mütterchen. »Gib ihn her!«

Aber das Mädchen, die Augen vom Irrsinn verschleiert, schwenkte den Schlüssel in der Hand und rief dem hüpfenden Ugo zu: »Herr Graf, Ihr habt Euren Schlüssel vergessen! Hier, Euer Schlüssel, Herr Graf!«

Mütterchen brüllte vor Wut, und auch Löwenzahn begann wie ein wildgewordenes Tier an den Stangen zu rütteln. Es war offensichtlich, dass Marret gar nicht wusste, was sie tat. Sie winkte nur weiter mit dem Schlüssel, ging aber in die Knie, weil die Schmerzen von Ugos Tritten sie abermals überkamen.

Der irre Graf beachtete sie nicht. Er hatte nur Augen für den Hexenkessel, in den sich der Hof der Festung in Windeseile verwandelte. Angst und Kreischen breiteten sich schneller aus als das Feuer rund um die Seilwinden. Die Flammen rasten an den Stricken entlang in die Tiefe, aber auch nach rechts und links zu den Verankerungen am Boden und in den Mauern. Die Drachenkrieger mühten sich vergeblich, die Sklaven unter ihre Knute zu zwingen. Schon erhoben sich die ersten Arbeiter gegen ihre Peiniger. Es war, als wäre ein Bann von den geknechteten Männern und Frauen gewichen. Einige standen umher, als wüssten sie gar nicht, wie sie an diesen Ort gekommen waren.

Mütterchen erinnerte sich schmerzlich an das, was der Geweihte ihr selbst angetan hatte, das tückische Tasten und Fühlen in ihrem Geist. War seine Macht groß genug, Hunderte von Sklaven in seine Gewalt zu zwingen?

»Marret, gib den Schlüssel her!«, rief sie wieder und versuchte vergeblich, durch die Stäbe nach dem Mädchen zu greifen. Marret stand einen knappen Schritt zu weit entfernt. Der Glanz der Flammen brach sich auf der Oberfläche des Schlüssels. Das Mädchen hob ihn vors Gesicht und betrachtete ihn eingehend.

»Euer schöner Schlüssel, Herr Graf!«, weinte sie und versuchte vergeblich, wieder auf die Beine zu kommen. »Lasst uns damit spielen, Herr Graf!«

Ugo aber taumelte von ihr fort in die Richtung der Seilwinden. Ein Krieger entdeckte ihn und wollte auf ihn zustürzen, doch ein anderer hielt ihn an der Schulter zurück, schüttelte den Kopf und deutete zum Wehrgang auf der Mauer, auf einen Punkt geradewegs über dem Kerker. Mütterchen konnte vom Gitter aus nichts erkennen; wohl aber bemerkte sie, dass auch von anderen Stellen des Hofes die Drachenkrieger auf eine Treppe zurannten, die hinauf zu den Zinnen führte.

»Marret!«, schrie sie so laut sie nur konnte, denn der Lärm auf dem Hof war ohrenbetäubend.

Zum ersten Mal fruchteten ihre verzweifelten Mühen. Das Mädchen erkannte seinen Namen und wandte zögernd den Kopf zum Gitter.

»Ja, bitte?«, fragte sie leise.

»Gib mir den Schlüssel!«

»Aber er gehört nicht dir.«

»Ich brauche ihn.«

»Er gehört Klein-Ugo.«

Mütterchen zwang sich zur Ruhe, was nicht leicht war in Anbetracht des Umstands, dass Löwenzahn neben ihr wie ein zorniger Stier gegen die Stäbe rannte. Sie erkannte jetzt auch den Grund: Funkenflug war durch das Gitter hereingeweht und hatte im hinteren Teil des Verlieses das Stroh in Brand gesetzt. Ein kleines, aber rasch anwachsendes Feuer züngelte über den Boden.

»Marret, noch einmal: Gib mir den Schlüssel, oder wir werden bei lebendigem Leibe verbrennen.«

Marret schlug die Augen nieder. »Ugo hat mich auch manchmal verbrannt. Das war nicht schön.«

»Den Schlüssel!«

»Und wenn Ugo ihn wiederhaben will?«

Die Feuersbrunst wuchs beständig an, fraß sich jetzt schon aufs Gitter zu.

»Ugo will ihn nicht mehr haben. Er hat ihn dir geschenkt.«

»Wirklich?«

»Aber ja doch. Sieh nur, da läuft er fort.« Mütterchen deutete mit zitternder Hand auf den Jungen, der zwischen den brennenden Seilwinden einhertaumelte, umgeben vom Gewimmel der Sklaven und Krieger.

»Das stimmt«, stellte Marret fest.

»Und wenn der Schlüssel dir gehört, kannst du damit tun, was du willst.« Mütterchen spürte die Hitze in ihrem Nacken. Die Flammen kamen immer näher. Löwenzahn sprang um sie herum und schabte mit dem Fuß das glimmende Stroh beiseite. Ein aussichtsloses Unterfangen.

»Gehört mir«, wiederholte Marret nachdenklich.

»Du willst doch nicht, dass mein Freund und ich verbrennen, nicht wahr? Also gib mir den Schlüssel, damit wir hier rauskönnen.«

Noch hatten die Krieger anderes zu tun, als ihre Gefangenen zu beachten, aber jeden Augenblick mochte einer von ihnen erkennen, dass am Gitter ein Fluchtversuch im Gange war. Derweil ertönte von oberhalb der Mauer, fast genau über dem Kerker, das Klirren von Schwertern, die heftig aufeinanderprallten. Über eine Holztreppe, zwanzig Schritte weiter rechts, rannten immer mehr Krieger zum Wehrgang empor. Auf den Stufen entstand ein regelrechtes Gedränge. Eine ganze Heerschar von Feinden musste die Mauer über dem Verlies erstürmt haben.

Ein blechernes Prasseln ertönte, als ein toter Krieger unweit des Gitters zu Boden krachte. Er war mit gespaltenem Helm vom Wehrgang gefallen. Zwei weitere folgten. Einer verfehlte die am Boden kauernde Marret nur um Armeslänge. Sein Kopf war durch einen Schwertstreich fast von den Schultern getrennt und glotzte Mütterchen aus glänzenden Augen an.

Die vorderen Flammen waren jetzt nur noch eine Handbreit von Mütterchens und Löwenzahns Füßen entfernt. Marret starrte abwechselnd den Schlüssel, das Feuer und den umherspringenden Ugo an. Dann traf sie ihre Entscheidung.

»Hier!«

Mütterchen nahm ihr den Schlüssel mit zittrigen Fingern ab und steckte ihn ins Schloss. Augenblicke später ließ sich die Kette lösen. Das Gittertor schwang auf, und die beiden Gefangenen taumelten ins Freie.

Einige Atemzüge vergingen, in denen sie sich orientierten. Als Mütterchen sich umsah, erreichten die Flammen das Gitter. Spätestens jetzt mussten die Krieger auf sie aufmerksam werden.

»Los, wir müssen weg von hier!«, rief Mütterchen dem Riesen zu. Löwenzahn packte die verwirrte Marret, klemmte sie sich unter den Arm und rannte los. Das Mädchen leistete keinen Widerstand, ließ alles willig mit sich geschehen.

»He, ihr!«, brüllte ein Krieger und wandte sich ihnen zu. Über eine Entfernung von zehn Schritten kam er auf sie zu, in jeder Hand ein Kurzschwert.

Löwenzahn sah sich verzweifelt nach einer Waffe um. Das Schicksal meinte es gut mit ihm, denn im gleichen Moment stürzte ein weiterer Toter von den Zinnen herab, landete unweit der Gefährten am Boden. Löwenzahn setzte Marret ab, sprang vor und packte das Schwert des Leichnams. Mütterchen suchte ebenfalls nach einer Waffe, fand aber nur das Horn am Hals des Mannes. Sie ließ es hängen und kratzte stattdessen eine Hand voll Schmutz vom Boden. Während sich Löwenzahn dem Angreifer entgegenwarf, formte sie vier Kügelchen aus feuchtem Schmutz. Zwei steckte sie sich selbst in die Ohren, zwei presste sie der willenlosen Marret in die Ohrmuscheln.

Mit heftigen Attacken trieb der zornige Koloss den Drachenkrieger zurück zur Mauer. Einen Augenblick später hieb er ihm die Klinge durchs Schlüsselbein hinab in die Brust. Schweigend brach der Krieger zusammen und starb.

Die Schlacht im Hof zwischen Sklaven und Kriegern war in ihrem Gewimmel so unübersichtlich, dass nicht auszumachen war, welche Seite die Oberhand gewann. Zwar kämpften die Krieger unter voller Bewaffnung und waren durch Helme und Brünnen geschützt, doch die Sklaven waren ihnen an Zahl um ein Vielfaches überlegen. Immer wieder gingen einzelne Drachenkrieger unter dem bloßen Ansturm von Körpern zu Boden. Überall tobten Duelle zwischen den Männern des Geweihten und verzweifelten Sklaven, die die Waffen der Toten ergriffen hatten. Einige der Drachenkrieger trugen Hörner, doch niemand machte Anstalten, sie einzusetzen. Ihr Meister musste klare Befehle gegeben haben.

Mütterchen rief Löwenzahn zu, sich ebenfalls feuchte Erde in die Ohren zu stopfen. Er tat es, wenn auch widerwillig, dann liefen sie gemeinsam in die Richtung des Haupttors. Der Riese zog die stolpernde Marret hinter sich her.

Plötzlich blieb Mütterchen stehen. Sie wusste noch immer nicht, wem sie das Chaos zu verdanken hatten. Neugierig fuhr sie herum und blickte hinauf zu den Zinnen, in der Erwartung, ein feindliches Heer zu erblicken, das über die Wehrgänge quoll.

Dort aber stand, einsam und grimmig im Ansturm der Drachenkrieger, ein einzelner Mann.

Mütterchen fuhr wie vom Blitz getroffen zusammen, als sie ihn erkannte.

»Der Rabengott!«, entfuhr es ihr fassungslos.

Auch Löwenzahn starrte beeindruckt zur Mauer empor. Der Anblick verschlug ihm die Sprache.

Schwarz wehte der lange Mantel des Gottes im Wind, und grausam wütete sein Schwert unter den Kriegern des Geweihten. Der Langbogen; mit dem er die Seilwinden in Brand geschossen hatte, lag achtlos am Boden. Die langen Rabenfedern an seinen Schultern flatterten wie lebende Vogelschwingen. Aufgrund der Enge konnten ihm immer nur zwei zugleich entgegentreten. Vor ihm türmte sich bereits ein Wall aus Toten und Verwundeten auf, den er geschickt als Schutz für sich zu nutzen wusste. Und immer noch schlug und hackte seine Klinge, ließ Brustpanzer bersten und Helme zerspringen. Bereits ein gutes Dutzend Männer musste seiner Wut zum Opfer gefallen sein, und immer noch kamen mehr und mehr die Stufen heraufgestürmt, kletterten über die Leichen ihrer Kameraden und drangen auf den Kämpfer ein.

In Mütterchens Kopf herrschte eine unheimliche Stille. Durch die Erdbrocken in ihren Ohren nahm sie nichts wahr; alles, was sie hörte, war das Rauschen ihres eigenen Blutes, ihr Pulsschlag und das aufgeregte Wummern ihres Herzens. Die Schlacht um sie herum erschien ihr immer unwirklicher, und das Auftauchen des Rabengottes verstärkte diesen Eindruck. Ihr war, als stolperte sie durch einen blutrünstigen Traum.

Unterhalb der Mauer hatte eine Reihe von Armbrustschützen Aufstellung bezogen. Sorgfältig legten sie auf den schwarzen Kämpen oben auf den Zinnen an. Dann zuckten die Bolzen empor.

Alle bis auf einen schlugen in einen verwundeten Drachenkrieger, den der Kämpfer im letzten Augenblick als Schutzschild vor den eigenen Körper riss. Eine Stahlspitze aber durchschlug das Bein des Toten und bohrte sich dahinter in den Oberschenkel des Rabengottes.

»Er ist kein Gott«, flüsterte Mütterchen gebannt. Ihrer Ehrfurcht aber tat das keinen Abbruch; was für ein Mensch nahm es freiwillig mit solch einer Übermacht auf?

Ihr blieb keine Zeit, darüber nachzudenken. Löwenzahn rannte plötzlich auf sie zu, stieß sie grob an und bedeutete ihr stumm, zum Tor zu laufen. Marret war noch immer hinter ihm, ihr Handgelenk in seiner Faust, mit unglücklicher Miene und dem Glanz der lodernden Feuer in den Augen.

Noch zwanzig Schritte mochten sie vom heißumkämpften Torbogen trennen, als die ersten Krieger und Sklaven ihre Waffen fallen ließen und die Hände vor die Ohren schlugen.

Da wusste Mütterchen, dass der Zorn des Geweihten über sie kam.

Alberich lauschte wieder der Melodie, die nur in seinem Kopf ertönte, als ihn ein heftiger Ruck aus seinen Träumen riss. Er schlug die Augen auf, spürte schlagartig, dass ihn etwas zu Boden drückte und versuchte verzweifelt, sich freizukämpfen.

»Alberich!«, zischte eine Stimme in sein Ohr. Und noch einmal: »Alberich, bleib ruhig!«

Er erkannte Geist und hielt augenblicklich inne. Er wusste wieder, wo er war und in welcher Gefahr sie schwebten. Das Waldfräulein hielt ihn immer noch engumschlungen. Er fürchtete schon, sein dummes Gestrampel hätte die Krieger auf sie aufmerksam gemacht.

Irgendetwas war passiert. Der Wagen hatte angehalten, und flackerndes Licht beschien die Erdwälle auf der Ladefläche. Feuerschein loderte. Lärm ertönte. Schwerterklirren.

»Was ist los?«, flüsterte er aufgeregt.

Geist brauchte einen Moment für ihre Antwort, denn der Anblick, der sich ihr bot, hielt sie fest in seinem Bann. »Wir sind da. Es brennt überall.«

»Es brennt?«

»Ja«, wisperte sie zurück. »Und es wird gekämpft. Die Sklaven … sie haben sich gegen die Krieger erhoben.«

Der Schlachtlärm, der an Alberichs Ohren drang, unterstrich ihre Worte. »Sind die Reiter noch bei uns? Sag schon, ich kann nichts sehen!«

»Sie sind vorausgeritten, durchs Tor in die Festung.«

»Und der Kutscher?«

»Sitzt noch vorne auf dem Wagen.«

Alberich wurde noch ungeduldiger. »Worauf wartest du dann noch?«

»Womit?«

»Zieh ihm eins über den Schädel, solange er abgelenkt ist.«

»Ich bin kein Kämpfer«, gab sie schüchtern zurück.

Alberich versuchte, sich aus ihrer Klammer zu lösen. »Dann lass mich es tun.«

Zögernd zog sie sich von ihm zurück, schob sich ganz leise nach hinten. Vor dem Nachthimmel war ihr erdfarbener Leib kaum zu sehen.

Alberich rappelte sich auf und sah über die Erdhaufen nach vorne. Der Kutscher hockte etwa drei Armlängen vor ihm. Im Hintergrund stand der mächtige Turm, erleuchtet von zahlreichen Feuern, die im Inneren des Festungswalls brannten. Gleich neben dem Tor hatten mehrere Dutzend Pferde die Umzäunung einer Koppel gesprengt und preschten in Panik fort in die Nacht. Oben auf den Zinnen und am Tor wurde erbittert gekämpft. Auch die Sklavenkette zum Fluss hinunter, Hunderte von Menschen, hatte sich aufgelöst. Einige rangen mit ihren berittenen Wächtern, doch der Großteil war in die Wälder und zwischen die Felsen geflohen.

Der Kampflärm vom Torbogen übertönte die Geräusche, als Alberich sich nach vorne schob. Der Kutscher hatte ihm noch immer den Rücken zugewandt und hatte alle Mühe, seine beiden Pferde ruhig zu halten. Offenbar war er hin- und hergerissen zwischen dem Pflichtgefühl seinem Herrn gegenüber und der Möglichkeit, der Hölle der Schlacht zu entfliehen.

Alberich half ihm gern aus seinem Zwiespalt. Lautlos richtete er sich hinter dem Mann auf, verschränkte die Fäuste und lies sie mit aller Kraft auf den Schädel des Arglosen krachen. Leblos sackte der Kutscher zusammen. Alberich stieß ihn vom Bock.

Hastig wandte er sich zu dem Waldfräulein um. »Siehst du, so macht man das.«

»Ist er tot?«, fragte sie zögernd und kletterte über die Erdwälle auf Alberich zu.

»Was weiß ich. Hauptsache, er ist uns nicht im Wege.«

Sie blickte mit großen Augen zu dem reglosen Mann hinunter. »Ich glaube nicht, dass er das sein wird.«

Alberich beugte sich weit vor, um die Zügel zu ergreifen, als ihm dabei das Horn vors Gesicht schwang. Er ließ die Zügel wieder sinken und wandte sich an Geist. »Schnell, nimm dir eine Hand voll Erde und steck dir etwas davon in die Ohren!«

Sie schaute ihn verwundert an, während er daranging, zwei Erdkugeln zu formen. »Wieso denn das?«

Er deutete auf das Horn an seinem Hals. »Die haben eine ganze Menge davon. Wer weiß, was geschieht, wenn sie alle hineinblasen …«

Geist schien sich an den Schmerz zu erinnern, den sie selbst durchlitten hatte, als Alberich ins Horn gestoßen hatte, denn nun ging sie eiligst daran, ihre Ohren mit Erde zu verstopfen. »So?«, fragte sie danach, aber Alberich hörte sie schon nicht mehr; er drückte sich die Kügelchen mit den Zeigefingern in die Ohren.

Keinen Augenblick zu früh, denn plötzlich ließen die Kämpfenden am Tor ihre Waffen fallen, wälzten sich am Boden und versuchten verzweifelt, sich die Ohren zuzuhalten. Sogar der Kutscher erwachte von den Lauten, riss den Mund zu einem Schrei auf und wand sich vor Qual im Gras. Die Pferde wieherten aufgeregt und tänzelten auf den Hinterbeinen, sodass Alberich schon fürchtete, sie könnten den Wagen den Hang hinabreißen.

Geist stieß ihn an. Über die sich aufbäumenden Tiere hinweg deutete sie zum Tor. Zwischen den Männern und Frauen am Boden sprangen drei Gestalten ins Freie, drei schwarze Umrisse vor dem flammenden Hintergrund. Um sie herum begannen die gequälten Menschen im Gras zu erschlaffen. Im Feuerschein erkannte Alberich die dunklen Rinnsale, die aus ihren Ohren quollen.

»Sie sterben!«, rief er aus, aber der Einzige, der die Worte vernahm, war er selbst.

Die drei Silhouetten schauten sich nach der leeren Pferdekoppel um, dann entdeckten sie den Wagen und kamen näher.

Geist sprang nach hinten und zog Alberich mit sich. Mit der anderen Hand zerrte sie an der Decke, die auf der Sitzbank des Kutschbocks lag. Alberich wollte protestieren – noch waren seine Freunde in diesem Inferno –, aber dann zwang er sich einzugestehen, dass das Waldfräulein das Richtige tat.

Hastig schoben sie sich über die Erdwälle auf den hinteren Teil der Ladefläche. Dort blieben sie nebeneinander auf dem Bauch liegen. Geist zog die braune Decke über sich und den Zwerg. In der Dunkelheit mochte das als grobe Tarnung ausreichen.

Über den Erdhügel blinzelten sie unter der Decke hervor nach vorne. Die drei Gestalten kamen näher.

Es waren drei Männer, alle groß und massig. Der mittlere trug eine fremdartige Rüstung aus Gitterwerk. Als er den Kutschbock erreichte, erkannte Alberich, dass sein Panzer aus Geweihenden gewirkt war. Ein eisiger Schauer überkam ihn bei diesem Anblick. Er konnte die Gefahr spüren, die von dem düsteren Geweihmann ausging.

Die Begleiter des Unheimlichen trugen gewöhnliche Kleidung aus Fell und Metallschuppen. Sie hatten keine Helme auf. Ihr Haar wehte lang und strähnig im Nachtwind, ihre Gesichter waren rußig und glänzten vor Schweiß.

Alle drei trugen Breitschwerter, die vom Blut ihrer Feinde glänzten. Auf ihrem Weg zum Tor mussten sie zahlreiche Sklaven erschlagen haben.

Alberich und Geist duckten sich tiefer hinter den letzten Erdwall, als die Männer auf den Wagen sprangen. Einer der Krieger ergriff die Zügel, der Geweihmann rückte neben ihn. Der dritte hockte sich unweit des Zwerges und des Waldfräuleins auf einen Dreckhügel. Wenn sie sich regten, würde er sie unweigerlich bemerken. Auch Abspringen schied aus.

Die beiden Pferde waren immer noch aufgeregt, doch schien der Klang des Hornes nicht dieselbe Wirkung auf sie zu haben wie auf Menschen. Gleich nach der Ankunft der Männer wurden sie ruhiger. Als der Krieger sie jetzt wenden ließ, gehorchten sie und zogen den Wagen vom Turm fort, zurück auf demselben Weg, den das Gefährt eben erst gekommen war.

Das Letzte, was Alberich vom brennenden Turm sah, waren drei weitere Umrisse, die durch das Feuermaul des Tores stolperten: eine schmale, leicht gebeugte Gestalt, ein breitschultriger Riese und ein abgemagertes Mädchen, das er an der Hand führte.

Das kann nicht sein, durchfuhr es Alberich aufgeregt. Oder doch?

Im selben Augenblick riss sich das Mädchen von dem Riesen los und stürmte zurück in die Flammen.

Im selben Augenblick riss Marret sich von Löwenzahn los und stürmte zurück in die Flammen. Ihre dünnen, nackten Beine drohten über die Leichen zu stolpern, sie schwankte, stolperte, schleppte sich weiter. Ihr Gesicht erglühte im Feuerschein, ihr langes Haar wirbelte wild. Immer wieder öffnete sich ihr Mund, sie rief etwas, und obgleich weder Mütterchen noch Löwenzahn durch ihre Ohrstopfen einen Ton verstehen konnten, so gab es doch keinen Zweifel, wessen Namen sie brüllte.

Mütterchen blickte zurück in die Leichenhölle des Innenhofs, ein Meer aus leblosen Körpern, Sklaven wie Kriegern, die sich im Todeskampf ineinander verschlungen hatten, ungeachtet ihrer Feindschaft. Der Geweihte hatte keinen seiner eigenen Männer geschont, um der Rebellion ein Ende zu bereiten. Niemand, der nicht vor Ertönen des großen Hornes geflohen war oder seine Ohren geschützt hatte, hatte überlebt. Weit über hundert Tote waren es, die darauf warteten, von den Flammen verzehrt zu werden.

Eine besonders hässliche Leiche, die des Grafen Ugo, lag unweit der lodernden Seilwinden. Die erste der hölzernen Konstruktionen war bereits zusammengebrochen, die beiden anderen neigten sich unheilvoll zur Seite. Ihre Haltetaue brannten.

Ausgerechnet am Fuß der einen Winde machte Marret halt. Sie erreichte den toten Ugo im selben Moment, da Löwenzahn alle Vorsicht vergaß und ihr zurück ins Innere der Festung folgte. Mütterchen rief ihm hinterher, vergebens. Sie fluchte heftig und näherte sich abermals dem Tor. Anders als Löwenzahn blieb sie unter dem steinernen Bogen stehen und betrachtete sorgenvoll, wie ihr Freund über die Leichenberge sprang.

Marret beugte sich derweil über ihren einstigen Schützling und drückte sein Gesicht an ihre Brust. Tränen vermischten sich mit Schweiß und Ruß auf ihren Wangen. Die Hitze unweit der brennenden Seilwinden war kaum zu ertragen. Aber sie wollte nicht fort, wollte bei Ugo bleiben, mit ihm sterben, wenn es sein musste. Er war es, der ihrem Leben Sinn gegeben hatte, die Sorge um ihn, ihre liebevolle Pflege, ungeachtet all seiner Schändlichkeiten. Er war doch nur ein Kind, wäre es immer geblieben, wenn nicht ... ja, wenn nicht der Geweihte gekommen wäre. Ihr tränenverschleierter Blick glitt am Turm empor, zu einem Fenster hoch oben. Daraus ragte ein riesiges Horn hervor, fast so groß wie sie selbst. Sie fragte sich, ob daraus eine Trauermelodie für den Grafen ertönte, für ihren Freund, der tief im Herzen ein so guter Mensch gewesen war. Er hätte es verdient, gewiss. Marret hob die Hände und begann, an den Erdkrumen in ihren Ohren zu zupfen. Sie wollte teilhaben an der Trauer um Ugo, an dem Lied zu seinen Ehren.

Zwei gewaltige Pranken packten sie von hinten und rissen ihre Hände herunter, bevor sie die Pfropfen lösen konnte. Mit einem Aufschrei wirbelte sie herum. Ugos Schädel entglitt ihrem Schoß und sackte zurück auf den Boden.

Löwenzahn packte das strampelnde Mädchen und warf es sich über die Schulter. Sie kreischte und weinte, aber er hörte es nicht. Ihre Fingernägel gruben sich in seinen Hals und Nacken, rissen ihm die Haut auf, aber noch immer ließ er sie nicht los. Mit einem Satz sprang er vom Leichnam des wahnsinnigen Grafen fort.

Im selben Augenblick splitterte die nahe Seilwinde aus ihrer letzten Verankerung. Mütterchen schien es, als bliebe die Zeit stehen. Unendlich langsam knickte das lodernde Holzgerüst in sich zusammen, brach dabei zur Seite weg. Stürzte genau auf Löwenzahn und seine tobende Last zu. Brennende Balkensplitter flogen in alle Richtungen, sausten über den Riesen hinweg wie girrende Schwerter. Näher und näher kam das kippende Gerüst, vier-, fünfmal so hoch wie Löwenzahn selbst. Es war fast, als folge es dem Verlauf seines Weges, beuge sich über ihn, fiel tiefer und tiefer, schien ihn zu streifen, ließ ihn stolpern, Marret verlieren und nach vorne krachen. Kaum zwei Schritte von der Spitze der Winde entfernt schlug Löwenzahn zu Boden. Hinter ihm fauchten die Flammen zum Himmel empor, eine haushohe Feuerwand, die die Seilwinde und alles, was unter ihr begraben war, verzehrte.

Als Löwenzahn sich schmerzerfüllt aufstemmte, war das Mädchen nicht bei ihm.

Der Riese heulte auf und taumelte auf das Feuer zu, doch da war Mütterchen schon bei ihm und hielt ihn am Arm zurück. Er wollte sich losreißen, wollte gar um sich schlagen, doch sein Blick fiel auf Mütterchens Gesicht, und neue Klarheit durchdrang sein Denken.

Ein letztes Mal schaute er in die Flammen, Tränen strömten aus seinen Augen, die so gar nicht zu seinen ungeschlachten Zügen passen wollten. Er streckte die Hand nach der Stelle aus, wo Marret von den brennenden Balken erschlagen worden war, dann wandte er sich mit einem Ruck vom Feuer ab und stolperte über die Toten mit Mütterchen zum Tor.

Niemand hielt sie auf. Wer immer sich noch im Turm aufhielt und im Auftrag des Geweihten ins Horn gestoßen hatte, er wartete in der Sicherheit des Granitgemäuers, bis die Flammen im Hof von selbst erloschen.

Die Freunde waren kaum ins Freie getaumelt, als Mütterchen das Gleichgewicht verlor. Ihre Beine gaben nach, sie stürzte.

»Zu alt«, formten ihre Lippen, und sie wunderte sich, dass nicht einmal sie selbst es hörte. Sogar ihre Stimme ließ sie im Stich.

Löwenzahn wischte sich mit einer Pranke über die Augen, dann hob er die greise Räuberin kurzerhand vom Boden auf und trug sie den Hang hinunter zum Waldrand. Mehrfach stießen sie auf Leichen der berittenen Wächter. Sie waren von Sklaven aus den Sätteln gezerrt und erschlagen worden. Die Arbeiter selbst waren allesamt verschwunden. Die meisten waren zum Fluss gelaufen und durch die Fluten zur anderen Seite geschwommen.

Unter den vorderen Bäumen, unweit der Einmündung eines Weges nach Norden, legte Löwenzahn Mütterchen ins feuchte Gras. Er kniete neben ihr nieder und streichelte sanft ihr graues Haar. Er sagte etwas, als ihm die Erdklumpen in seinen Ohren einfielen. Eilig holte er sie hervor. Mütterchen schüttelte den Kopf, als er auch nach ihren Ohren langte; sie hatte noch Kraft genug, es selbst zu tun.

Schließlich fragte Löwenzahn: »Wirst du wieder laufen können?«

Mütterchen zwang sich zu einem aufmunternden Lächeln. »Ich bin vielleicht schwach, Dummkopf, aber noch lange nicht tot.«

Er grinste unbeholfen in dem augenscheinlichen Versuch, die Trauer um Marret zu verdrängen.

Da fiel Mütterchens Blick auf etwas hinter seiner Schulter. »Sieh dir das an!«

Der Riese fuhr herum und wurde eines einzelnen Ponys gewahr, das verloren am Hang stand und graste.

»Warum ist es nicht mit den anderen Pferden fortgelaufen?«, fragte Löwenzahn verblüfft.

»Ich hab dir doch gesagt, ich kann mit ihm sprechen.«

Mütterchen rief Rohlands Namen, das Tier schrak auf und erkannte die Räuberin. So schnell es konnte galoppierte es den Hang hinunter, trampelte fast über Löwenzahn hinweg und leckte voller Freude die Hand seiner Herrin.

KAPITEL 4

Es war der Rücken des Mannes, der Alberich während der Fahrt mit geradezu gespenstischer Vordringlichkeit in Anspruch nahm. Er konnte nicht anders, als wieder und wieder darauf zu starren, mit Blicken dem Verlauf der Geweihenden zu folgen, ihren Spitzen und Verzweigungen, die allesamt an einer Art äußeren Wirbelsäule zusammenliefen. Auch diese war aus Horn geformt und ähnelte in Gliederung und Oberfläche den übrigen Geweihstücken. Der Mann musste einen Weg gefunden haben, die Enden frei zu formen. Tat er es mit Hitze, wie beim Stahl? Mit Wasser oder Zaubersang? Allein mit seinem Willen?

Alberich wurde aus seinen Grübeleien gerissen, als Geist ihn unter der Decke anstieß. Sie gab ihm mit einer zaghaften Geste zu verstehen, sich tiefer hinab zu ducken. Wenn einer der Krieger sie bemerkte, war es aus mit ihnen. Nicht einmal die Tarnhaut des Waldfräuleins war dann noch ein brauchbarer Schutz.

Der Geweihmann wisperte dem Pferdelenker etwas zu, und gleich darauf brachte dieser die Tiere zum Halten. Mit einem neuerlichen Ruck blieb der Wagen auf einem engen Waldweg stehen.

Jetzt haben sie uns, dachte Alberich. Doch stattdessen sprangen die beiden Drachenkrieger vom Wagen und schlugen sich rechts und links des Weges in die Büsche. Der Geweihmann nahm die Zügel auf und trieb die Pferde zur Weiterfahrt. Wenig später hatten sie die beiden Männer hinter sich gelassen.

Ein Hinterhalt, dachte Alberich.

Ein Hinterhalt für wen?

Der Waldpfad war schmal und von hohen Bäumen umstanden, fast schon ein Hohlweg. Der Mond spendete nur spärliches Licht, und jeder Schritt wollte sorgfältig gesetzt sein; Wurzeln und Steine waren tückische Stolperfallen. Mütterchen saß auf Rohlands breitem Rücken, obgleich sie neue Kraft in ihren Beinen spürte. Es widerstrebte ihr, sich mehr zu schonen, als unbedingt nötig war. Andererseits wagte sie nicht, sich vorzustellen, was ihnen noch bevorstehen mochte. Manchmal war es unausweichlich, sich ihr eigenes Alter einzugestehen. Räuber ist man ein Leben lang, dachte sie, aber ein *brauchbarer* Räuber ist man … nun, ganz erheblich kürzer.

Löwenzahn führte das Pony am Zügel. »Horch!«, zischte er plötzlich und ließ Rohland anhalten. Das Tier schnaubte ungehalten, und Mütterchen tätschelte seine Mähne.

Von hinten, noch aus weiter Ferne, ertönte das Hämmern von Pferdehufen.

»Dort vorne!«, flüsterte Mütterchen aufgeregt und deutete auf eine Senke links des Pfades. Sie war steil, möglicherweise zu steil für das Pony, jedoch von den Wurzeln einer mächtigen Eiche überschattet. Das beste Versteck, das sich ihnen bot.

Sie eilten weiter, und Löwenzahn sprang die Böschung hinunter. Mütterchen stieg ächzend vom Pony und gab Rohland einen Klaps. Das Tier sträubte sich; erst als Mütterchen schob und Löwenzahn zog, glitt es unter Getöse hinab in die Senke. Löwenzahn konnte gerade noch beiseite springen, ehe das Pony ihn rammte.

Augenblicke später hockten sie unter den breiten Strängen der Wurzel und blickten durch die Lücken hinauf zum Weg. Es dauerte eine Weile, ehe das Pferd und sein Reiter sie passierten, doch als es endlich so weit war, stockte ihnen abermals der Atem. Es war der Krieger in Schwarz, jener Recke, den sie für Wodan selbst gehalten hatten. Über den Hals seines Rappen gebeugt, das Gesicht zwischen den buschigen Rabenfedern vergraben, wirkte er noch unheimlicher. Er mochte kein Gott sein, doch sein Anblick war angsteinflößend.

Sie warteten, bis er in den Nacht verschwunden war, dann halfen sie gemeinsam dem Pony zurück auf den Weg.

»Gehen wir weiter in der gleichen Richtung wie er?«, fragte Mütterchen. Sie schämte sich nicht länger ihrer Furcht.

»Er ist nur ein Mann«, entgegnete Löwenzahn. »Außerdem haben wir ihm unser Leben zu verdanken.«

»Trotzdem hat es ihn nicht gestört, dass die Sklaven in den Schächten bei lebendigem Leibe verbrannten. Verstehst du nicht? Er hat es in Kauf genommen. Was für ein Mensch ist das?«

»Sein Hass auf den Geweihten muss groß sein.«

In einem Anflug von Abneigung bemerkte Mütterchen, dass auch Löwenzahn der Verlust an Menschenleben nicht verwerflich schien. Allein Marrets Tod hatte ihn tief getroffen; all die Unbekannten aber, die im Feuer gestorben waren, bedeuteten ihm nichts. Ein Erbe seiner Hunnenseite? Aber Löwenzahn konnte nichts für sein Empfinden. Und vielleicht täuschte sie sich sogar. Immerhin waren sie Freunde geworden.

Schließlich einigten sie sich darauf, dem Weg ungeachtet des schwarzen Ritters weiter zu folgen, denn immer noch galt ihr Streben dem Blut des Drachen. Das immerhin waren sie Alberich schuldig; auch der Zwerg würde seinen Weg dorthin fortsetzen, falls er den Kriegern entkommen war. Ein Wiedersehen unter Freunden, fand sie, wäre ein hübscher Ausklang ihres Abenteuers.

Sie mochten eine Stunde gewandert sein, die Dämmerung zeigte sich bereits hinter den Baumkronen, als sie hinter einer Wegkehre die Laute eines Kampfes vernahmen. Schwerter prallten aufeinander, und immer wieder erklang das Keuchen und Fluchen der Kontrahenten.

Löwenzahn gab Mütterchen ein stummes Zeichen, mit dem Pony zurückzubleiben.

Sie aber schüttelte entschieden den Kopf. »Kommt gar nicht in Frage«, flüsterte sie. »Wir gehen gemeinsam.«

Sie banden Rohland an einen Ast und schlichen am Rande des Unterholzes den Weg entlang. Bald schon erkannten sie, was vor ihnen im Gange war.

Der Ritter in Schwarz focht erbittert mit zwei Kriegern des Geweihten, baumlangen Kerlen, die mit funkelnden Breitschwertern auf ihn einhieben. Beide waren wendig und wagemutig. Zudem wussten sie die Enge des Pfades geschickt für sich zu nutzen, indem sie ihren Feind von zwei Seiten bedrängten. Gerade tauchte der Ritter unter einem Hieb des einen Kriegers hinweg, als ihn der andere schon mit wilden Schwertschlägen eindeckte. Sein verletztes Bein, vom Bolzen durchbohrt, ließ ihn hinken und verminderte seine Gewandtheit.

»Er verliert«, raunte Löwenzahn.

»Sollen wir etwa zusehen?«

»Willst du, dass Löwenzahn ihm hilft?«

Mütterchen hob die Schultern. »Wir verdanken ihm unser Leben, das waren deine Worte.«

Löwenzahn nickte, packte das Schwert, das er dem toten Krieger in der Festung abgenommen hatte, und stürmte mit einem urtümlichen Kampfschrei vorwärts. Innerhalb eines Augenblickes hatte er einen der beiden Drachenkrieger erreicht und deckte ihn mit einem wahren Gewitter aus blitzenden Streichen und Stichen ein. Der schwarze Ritter schenkte ihm durch den Schlitz seines Helmes ein grimmiges Lächeln, dann widmete er sich dem zweiten Feind.

Der Drachenkrieger stellte sich schnell auf den neuen Gegner ein. Er zögerte nicht, zeigte nicht einmal Erstaunen. Jede seiner Bewegungen war tadellos einstudiert, eine mustergültige Abfolge von Attacken und Paraden, die dem grobschlächtigen Kampfstil Löwenzahns an Fintenreichtum überlegen war. Was dem Krieger jedoch abging, war Löwenzahns rohe Gewalt. Obwohl beide etwa gleich groß waren und auch der Drachenkrieger über erhebliche Kräfte verfügte, gelang es Löwenzahn doch, seinen Feind durch die Stärke seiner Hiebe in Bedrängnis zu bringen. Immer wieder ließ er sein Schwert auf die Klinge des Feindes krachen, immer schneller und ungezielter, denn er erkannte sehr wohl, worin sein Vorteil lag. Mochte der Drachenkrieger im Umgang mit der Waffe besser geschult sein, so war ihm die Wildheit des Halbhunnen fremd. Statt tückischer Finten und Figuren brach eine ungezähmte Folge von brutalen Schlägen über ihn herein, und bald schon wurde sein Arm vom ewigen Parieren lahm.

Da gelang es Löwenzahn, den Gegner in die Knie zu zwingen.

Schützend hob der Drachenkrieger sein Schwert über den Kopf, als auch schon Löwenzahns Waffe auf ihn niedersauste, seine Klinge zerbrach und ihm den Schädel spaltete. Ein Berserkerschrei entrang sich der Kehle des Riesen, als der Krieger unter ihm zusammensackte. Soweit hatte die Kampfeswut Löwenzahn schon in ihrer Gewalt, dass er gar ausholte und dem toten Feind mitten in das zerstörte Gesicht trat, letzter Triumph des Überlegenen.

Mütterchen wandte sich voller Abscheu ab. Immer wieder entdeckte sie unter der bärenhaften Gutmütigkeit des Freundes neue, unvermutete Grausamkeit. Selbst seine Art zu kämpfen und den Sieg zu feiern schien ihr fremd und abstoßend. War es nur der Tod des Mädchens, der ihn rasend machte?

Derweil war es dem schwarzen Ritter trotz der Wunde gelungen, seinen Gegner mit dem Rücken gegen die Fichtenwand zu treiben. Noch einmal versuchte der Krieger einen Ausfall, stach geradewegs vor, drehte die Klinge und zog sie flink nach oben. Nur um Haaresbreite verfehlte die Schwertspitze die Kehle des Ritters, der Krieger wurde von der eigenen Wucht nach vorne gezogen – direkt in das Schwert seines Feindes. Knirschend brach es durch den Schuppenpanzer und durchbohrte seinen Brustkorb.

Gebannt und atemlos trat Mütterchen aus dem Dickicht. Sie hatte ihr Teil an Schwertkämpfen erlebt, gerechten und heimtückischen, aber selten hatte sie erlebt, dass zwei solche Giganten Seite an Seite stritten. Der Ritter war selbst mit verletztem Bein noch jedem Krieger ebenbürtig.

Mit blutigem Schwert trat er auf Löwenzahn zu und betrachtete ihn düster mit seinem einzelnen Auge. »Ich sah Euch im Hof der Festung. Was treibt einen Hunnen in diese Gegend?«

Ehe Löwenzahn etwas – zweifellos Ungeschicktes – erwidern konnte, ergriff Mütterchen das Wort: »Seid Ihr meinem Freund nicht einen Dank schuldig, Herr Ritter, bevor Ihr ihn befragt?«

»Das bin ich«, gab der Mann zu, »doch mehr noch schulde ich Treue meinem Herrn, dem König. Und Etzels Hunnen sind seine Feinde.«

»Ich bin kein Hunne«, widersprach Löwenzahn zornig. Mütterchen vermochte nicht zu sagen, ob seine Wut ein Überbleibsel des Kampfes war oder ob ihn das Verhalten des Ritters erzürnte. Beides bereitete ihr Sorgen.

»Euer Aussehen straft Eure Worte Lüge«, sagte der Ritter. Um dennoch zu zeigen, dass ihm nicht an einem Kampf lag, packte er seinen Helm am Busch und zog ihn vom Kopf. Darunter kam ein hartes, nicht mehr ganz junges Gesicht zum Vorschein. Es war schmal, fast eingefallen, und mehrere Narben zogen sich über die Haut. Sein linkes Auge war von einer schwarzen Binde verdeckt.

Löwenzahn funkelte ihn finster an. »Ihr wollt behaupten, dass ich lüge, Mann?«

Der Ritter hob die Schultern. Sein Kragen aus Rabenfedern wallte auf und nieder. »Mir liegt nicht an voreiligen Schlüssen und weniger noch an einem neuerlichen Kampf. Ihr schuldetet mir Euer Leben, und nun habt Ihr möglicherweise das meine gerettet. Belassen wir es dabei.«

Er schaute sich nach seinem Pferd um, während Mütterchen und Löwenzahn verwunderte Blicke wechselten. Der Ritter drehte sich um und eilte zu einer Schneise im Dickicht. Er fluchte, als er etwas im Unterholz entdeckte und mit weiten Schritten im Gesträuch verschwand.

Als Mütterchen und Löwenzahn ihm folgten, sahen sie, wie er sich sorgenvoll über den blutenden Leib seines Rappen beugte. Das Tier lag auf der Seite im Dickicht und zuckte krampfend mit den Beinen. Der Schwertstreich eines Drachenkriegers hatte ihm die Seite aufgeschlitzt.

Der Ritter erhob sich, schloss für einen Moment sein verbliebenes Auge, dann hob er sein Schwert und ließ es kraftvoll in den Körper des Pferdes gleiten, mitten hinein ins Herz. Das Tier schnaubte ein letztes Mal, dann war es von seiner Qual erlöst.

Wortlos trat der Ritter an den beiden vorbei auf den Weg. Sein Gesichtsausdruck kündete von Trauer und Zorn, und selbst Löwenzahn zog es in diesem Augenblick vor zu schweigen.

Der Ritter schien einen Moment lang ungewiss, wie es weitergehen sollte, dann sagte er: »Verkauft mir Euer Pony.«

Es war keine Frage, sondern ein Befehl. Und er machte Mütterchen wirklich zornig.

»Wo denkt Ihr hin? Dieses Pony ist mein Freund.«

»Dann hat es einen Namen?«, fragte der Ritter und trat auf Rohland zu.

»So ist es«, bestätigte Mütterchen, ohne ihn indes zu verraten.

Der Ritter beugte sich an das Ohr des Ponys und flüsterte etwas hinein. Rohland stampfte mit einem Vorderhuf auf und wieherte.

Löwenzahn sah einfältig drein. »Kann denn jeder hier mit Tieren sprechen?«

Mütterchen stapfte vor und schob sich erbost zwischen Rohland und den Ritter. Jener schaute sie erst drohend, dann belustigt an. Doch sein Lächeln währte nur einen Augenblick, dann wirkte er wieder so finster wie zuvor.

»Wollt Ihr Euch gegen einen Freund des Königs stellen?«

»Wollt Ihr eine wehrlose Alte erschlagen?«

Der Ritter legte verwundert den Kopf schräg. »Ihr appelliert an meine Ehre?« Plötzlich lachte er schallend. »Verzeiht, aber damit seid Ihr an den Falschen geraten. Meine Ehre ist so viel wert wie Eure greisen Knochen.«

»Mir sind sie einiges wert.«

»Daran zweifle ich nicht.«

Löwenzahn stand da und überlegte, ob er dazwischengehen sollte. Er kam jedoch zu dem Schluss, es nicht zu tun; die Wortgefechte überließ er besser Mütterchen.

Sie begegnete dem Ritter mit Kühnheit. »Ihr wollt zum Drachen, nicht wahr?«

»Dann ist er auch Euer Ziel?«

»Wir könnten zusammen gehen. Ihr selbst und mein Freund gebt ein gutes Kampfgespann ab.«

»Ihr würdet mich nur aufhalten.«

»Vergesst nicht, bisher habt Ihr uns aufgehalten.«

Wieder lächelte er, und an den frischen Falten, die es auf seinem Gesicht erzeugte, erkannte Mütterchen, dass er dergleichen nicht oft tat. Es wirkte unbeholfen, als hätte er es nie gelernt.

»Nennt mir Euren Namen, Weggefährtin«, sagte er zu ihrem Erstaunen.

»Früher hieß man mich Mütterchen Mitternacht.«

»Die Grausame persönlich?«

»Eben jene.«

»Und Euer Gefährte?«

»Löwenzahn«, sagte Mütterchen.

Der Ritter sah verwundert von einem zum anderen, enthielt sich aber einer Bemerkung.

»Wie ist Euer Name?«, fragte die Räuberin und konzentrierte ihren Blick auf das Auge des Mannes. »Mit Verlaub, mein Freund hier hielt Euch schon für den Rabengott selbst.«

Löwenzahn fuhr voller Empörung auf. »Das warst du, nicht ich!«

Mütterchen winkte ab. »Papperlapapp!«

Der Ritter aber versank in tiefem Schweigen. Schließlich sagte er gedankenverloren: »Tatsächlich hat man mich einst so genannt. Der Rabengott … Aber das ist lange her.«

»Und wie heißt Ihr wirklich?«

»Heute nennt man mich bei meinem wahren Namen«, sagte er und fügte leiser hinzu: »Ich bin Hagen von Tronje.«

Seltsam, dachte Mütterchen, es klingt beinah, als schäme er sich dafür.

Mit einem Laut wie ein Schrei fuhr der Wind durch die Wälder. Alberich fröstelte. Nicht einmal die Decke, die ihn und das Moosfräulein vor den Blicken des Geweihmannes schützte, vermochte die Kälte aus seinen Gliedern zu vertreiben. Und vielleicht war es ja gar nicht die Kälte des Windes, die ihn schaudern ließ. Alberich gestand sich ein, dass er sich selten zuvor so unwohl gefühlt hatte. Die Ungewissheit dessen, was sie noch erwarten mochte, widersprach seinem geruhsamen Leben im Hohlen Berg und brachte ihn ganz durcheinander. Beinahe wünschte er sich, der Schmerz des Alleinseins möge zurückkehren und ihn vor allen weiteren Abenteuern behüten.

Und noch etwas beunruhigte ihn. Bei seiner ersten Begegnung mit Geist war ihm klargeworden, dass sie beide die letzten ihrer Art waren, wenigstens in dieser Gegend, und er hatte die Verbundenheit gefühlt, die daraus zwischen ihnen entstand. Je länger er aber nun auf den Rücken des Geweihmannes blickte, auf die verschlungenen Hornstränge, die gleichsam mit seinem Körper verwachsen schienen, desto deutlicher empfand er diese Verbundenheit auch mit ihm. Er war ihr Feind, ohne Zweifel, ein grausamer noch dazu, aber gleichzeitig war da eine spürbare Verbindung zwischen ihnen, als sei mit dem Geweihmann ein drittes Wesen mit dem magischen Blut der Alten an ihre Seite gestoßen.

Das vierte war der Drache.

Alberich erschrak. Wenn er selbst die Nähe eines Zauberwesens spürte, musste umgekehrt dann nicht auch der Geweihmann die Anwesenheit von Geist und Alberich fühlen? Wusste er längst, dass sie auf dem Wagen lagen? Wollte er, dass sie mit zum Kadaver des Drachen kamen?

Alberich hatte die schreckliche Vorahnung, dass ihnen etwas Grauenvolles bevorstand, wenn sie nicht sofort die Flucht ergriffen. Wir müssen hier weg!, durchfuhr es ihn. Abspringen und fortlaufen.

Lautes Hufgetrampel riss ihn aus seinen Gedanken. Ein berittener Drachenkrieger kam ihnen auf dem Weg entgegengesprengt. Erstaunt riss er sein Pferd herum, als er seines Meisters ansichtig wurde. Tänzelnd kam das Tier zum Stehen.

»Herr!«, rief der Krieger aus. »Ich wurde gesandt, Euch die Botschaft zu überbringen. Die Sklaven sind durchgestoßen! Das Blut des Drachen fließt!«

Von ihrem Versteck aus konnte Alberich nicht in das Gesicht des Geweihmannes blicken, aber ihm war fast, als könne er den Triumph ihres Feindes am eigenen Leibe spüren.

Der Krieger bot seinem Herrn das Pferd an, doch der Geweihmann lehnte ab. Stattdessen befahl er dem Reiter, den Wagen zu eskortieren. Alberich war jetzt sicher, dass sie entdeckt waren. Der Geweihmann wollte sichergehen, dass sie ihm nicht mehr entkommen konnten.

Er blickte zu Geist hinüber. Sie starrte furchtsam zurück, als wäre sie zum gleichen Schluss gekommen. Keiner von beiden wagte zu flüstern, und so war es unmöglich, eine gemeinsame Flucht zu beschließen. Alberich erwog für einen Moment, einfach die Decke zurückzuschlagen und vom Wagen zu springen; Geist würde es ihm schon gleichtun. Der Gedanke an den Krieger hielt ihn jedoch davon ab, denn obgleich das Moosfräulein aufgrund seiner Chamäleonhaut entkommen würde, wäre ihm Alberich doch ausgeliefert gewesen. Gegen einen Menschen auf einem Pferd hatte er als Zwerg kaum eine Hoffnung auf Sieg.

Er grübelte hin und her – zu lange, wie sich erwies, denn der Wald blieb mit einem Mal zurück, und der Wagen rollte hinaus auf die Heide. Wenig später schon kam er vor der Höhle des Drachen zum Stehen. Alberich sah, wie mehrere Krieger auf sie zueilten.

Er schüttelte alle Vorbehalte ab und rief: »Weg hier!«

Geist und er kamen gleichzeitig auf die Beine, doch schon im Sprung vom Wagen zeigte sich, wie flink das Mädchen und wie unbeholfen er selbst war. Ehe die Krieger überhaupt begriffen, was geschah, war Geist bereits an ihnen vorbei, ein erdfarbener Schemen mit strahlend blauen Augen, der mit weiten Sätzen zum Waldrand jagte.

Alberich hingegen kam genau fünf Schritte weit, dann packte ihn von hinten eine Hand. Er fuhr herum und ließ die Goldgeißel nach oben wirbeln. Der Krieger schrie auf, als ihm die Stachelkugeln das Gesicht zerfetzten. Zwei weitere näherten sich von rechts und links. Alberich sah noch, wie der Geweihmann mit verschränkten Armen auf dem Kutschbock stand und auf ihn herabblickte, dann beanspruchte der Kampf seine ganze Aufmerksamkeit. Die Geißel traf die Knie eines weiteren Mannes. Sogleich brach er zusammen. Derweil aber packte schon der nächste Alberich am Arm. Die Männer griffen nicht mit ihren Schwertern an; ihr Anführer musste Befehl gegeben haben, ihn lebendig zu fangen.

Wieder bissen die Kugeln in Fleisch, und schon glaubte Alberich, sich abermals Luft geschaffen zu haben, als er plötzlich gewahr wurde, dass er umzingelt war. Mindestens zehn Krieger kamen von allen Seiten auf ihn zu, und obgleich ihnen die wirbelnde Geißel Respekt abzollte, so war doch abzusehen, dass Alberich auf verlorenem Posten kämpfte. Er schlug und peitschte, fluchte und brüllte, doch schon kurz darauf brachte ihn die Überzahl der Gegner zu Boden. In Windeseile hatten sie ihm die Goldgeißel entrissen. Einer zog ihm das Horn vom Hals und verschwand damit.

Zu viert hielten sie Alberich am Boden fest. Lange Zeit mühte er sich zeternd, sie abzuschütteln. Erst als ihm klar wurde, dass die Ersten bereits über seine Anstrengungen lachten, gab er auf. Stattdessen blickte er zur heranbrechenden Morgendämmerung empor und horchte auf Kampfgeräusche. Es gab keine. Geist musste ihnen entkommen sein.

Ein schwarzer Umriss schob sich vor das aufblühende Morgenrot des Himmels, als der Anführer der Krieger sich über Alberich beugte. Die Geweihenden zuckten um sein Gesicht wie giftige Schlangen.

Es sind nur Schatten, dachte Alberich panisch. Nur der zitternde Feuerschein von Fackeln, die einige Krieger in Händen trugen.

»Sollen wir das Mädchen verfolgen?«, fragte einer der Männer, doch der Geweihte schüttelte den Kopf.

»Lasst sie laufen«, brachte er mit zischelnder Stimme hervor und wandte dabei seinen Blick nicht von Alberich.

»Dieser hier hat alles, was wir brauchen.«

Zügig und wachsam folgten die drei dem Waldpfad. Sie rechneten jederzeit mit weiteren Hinterhalten, und vor allem Löwenzahn schien der Vorstellung nicht abgeneigt, sich erneut zu beweisen. Doch sein Wunsch blieb vorerst unerfüllt. Nichts rührte sich, abgesehen von einer aufstiebenden Schleiereule, die Mütterchen einen gehörigen Schreck einjagte.

Hagen war ein wortkarger Begleiter. Nachdem er sich einmal durchgerungen hatte, die Gesellschaft der beiden zu dulden, schien er lange Zeit bemüht, ihre Anwesenheit durch ehernes Schweigen zu verdrängen. Er trug seinen Helm in der einen, das Schwert in der anderen Hand und hatte dem treuen Rohland sein Bündel übergeworfen. Mütterchen hatte den Eindruck, das Pony beobachte den Ritter verstohlen, als begreife es nicht recht, wen es da vor sich hatte. Einen einfachen Menschen? Oder mehr als das? Sicher war, dass Hagen eine Aura von Düsternis, von Melancholie verströmte, und jeder, der ihm zu nahe kam, wurde davon erfasst.

Sie waren bereits eine ganze Weile gewandert – fast gerannt, fand Mütterchen, zumindest fühlten sich ihre Beine so an –, als Hagen ganz unvermittelt sein Schweigen brach.

»Ich bezweifle, dass Ihr wisst, auf was Ihr Euch eingelassen habt«, sagte er so leise, dass Mütterchen erst glaubte, der Wind habe die Baumkronen zum Flüstern gebracht.

Löwenzahn aber hatte es sehr wohl verstanden und polterte los: »Nichts, dem Ihr Euch entgegenstellt, müsste uns Grund zum Fürchten geben!«

Hagen schenkte ihm keine Beachtung und wandte sich stattdessen an Mütterchen. »Der Geweihte ist nicht einfach irgendein Räuberhauptmann, wie Ihr sie von früher kennen mögt.«

Sie nickte bitter. »Habt Ihr es deshalb für nötig gehalten, so viele Unschuldige in den Tod zu schicken?«

Der Ritter blickte ihr kalt in die Augen. »Es *war* nötig.«

»Was war es überhaupt, das der Geweihte dort oben im Turm tat? Wozu die ganzen Sklaven?«

»Nichts als Maskerade.«

»Maskerade?« Der Grimm im schmalen Gesicht des Ritters schien ihr so verzehrend, so angsteinflößend, dass sie vor ihm zurückschrak. Der Hagen, der sich von ihr hatte überzeugen lassen, mit ihnen gemeinsam zu reisen, schien ein anderer gewesen zu sein, einer, der es sich für einen winzigen Augenblick gestattet hatte, der Welt mit einem Lächeln zu begegnen. Dieser hier aber – finster, verschlossen und ganz unnahbar – war eine bedrohliche Erscheinung.

»Selbst ein Mann wie der Geweihte ist auf bare Münze angewiesen, um seine Männer im Zaum zu halten. Außerdem wollte er den Turm.«

Mütterchen war anzusehen, dass sie noch immer nicht verstand, auf was er hinauswollte.

»Der Geweihte hat den Grafen aus seinem Gefängnis befreit, damit Ugo ihm den Turm überlässt«, fuhr Hagen fort. »Keine andere Festung liegt so nah bei der Drachenheide. Zugleich aber hat er Sklaven an Ugo verkauft.«

Löwenzahn bemühte sich eifrig, sein Interesse an den Worten des Ritters nicht einzugestehen. Er schaute gewichtig hinter jeden Baum und betonte seine Wachsamkeit, doch in Wahrheit hielt er sich immer nahe genug bei den anderen auf, um ihrem Gespräch zu folgen.

»Wieso hätte Ugo Sklaven von ihm kaufen sollen?«, fragte Mütterchen. »Ich nahm an, die armen Menschen stünden unter der Aufsicht des Geweihten.«

»Er hat Ugo weisgemacht, der Felsenkamm, auf dem der Turm steht, sei der Rücken eines schlummernden Drachen. Im Volksmund wurde das lange schon behauptet, doch niemand glaubt wirklich daran. Ugo aber ließ sich mit leichter Hand davon überzeugen. Der Geweihte behauptete, wenn es gelänge, durch Bohrungen zur Feuerader des Drachen vorzustoßen, dann sei Ugo im Besitz einer ewigen Flamme, eines Feuers, das heißer und heller brennt als jedes andere auf der Welt. Um Schächte zu dieser angeblichen Feuerader zu treiben, mussten Menschen herbeigeschafft werden, immer mehr und mehr von ihnen, auch um die Arbeiter in der Tiefe vor der Hitze des schlummernden Drachen zu bewahren. Deshalb das Wasser, deshalb die Eimerkette.«

»In Wahrheit aber gab es gar keine Hitze.«

»Natürlich nicht. Ebensowenig wie eine Feuerader oder den schlafenden Drachen. Es war alles nur ein gigantisches Gaukelspiel, um Ugo dazu zu bewegen, seine Schatzkammer zu leeren im

Austausch für die Sklaven, die die Männer des Geweihten ihm zuführten.«

»Warum hat der Geweihte die Schatzkammer nicht kurzerhand ausgeraubt? Warum so viel Mühe?«

»Um den Vorgängen den Anschein von Recht und Ordnung zu geben. König Dankrat wusste, was hier geschah, aber er konnte nicht einschreiten, solange der Geweihte nicht gegen die Gesetze verstieß. Und genaugenommen hat er das nicht getan. Ugos Befreiung war in gewisser Weise rechtmäßig – schließlich wurde er von der eigenen Familie gefangengehalten –, und seine Entscheidung, den Geweihten für seine Dienste zu bezahlen, blieb ihm freigestellt.«

»Und die Sklaven?«

»Flößer und Händler von außerhalb des Königreichs, die das Burgundenland auf dem Rhein passierten. Der Geweihte hat sich nicht an Bürgern des Reiches vergriffen.«

»Ich mag Räuberin sein«, erboste sich Mütterchen, »dennoch bin ich eine Bürgerin des Königreichs. Und der Geweihte hat sich an mir vergriffen.«

»Er hat Euch nicht versklavt. Außerdem, Ihr sagt es selbst – Ihr seid Räuberin. Eine Geächtete. Wie viel mag dem König wohl an jemandem wie Euch liegen?«

Sauertöpfisch verzichtete sie auf eine Erwiderung.

Da fragte Löwenzahn: »Was führt Euch hierher, Ritter?«

»Ich bin ein Berater des Königs.«

»Der König schickt seine *Berater* auf Räuberjagd? Allein?«, fragte Mütterchen misstrauisch. »Noch dazu, wo der Geweihte offenbar gegen kein Gesetz verstoßen hat, wie Ihr uns eben weismachen wolltet.«

Hagen schwieg eine Weile, und schon sah es aus, als würde er darauf keine Antwort geben, als er plötzlich sagte: »Ich bin auf eigenen Wunsch hier.«

»Ihr sucht Vergeltung?« Dieser Gedanke schien Löwenzahn versöhnlicher zu stimmen. Vergeltung und Rache waren Worte, die sein Kriegerherz höher schlagen ließen.

»Ihr mögt es so nennen«, gab Hagen unbestimmt zurück.

Löwenzahn grunzte zufrieden, während Mütterchen den Ritter ohne rechtes Vertrauen beobachtete. Es gefiel ihr nicht, dass Hagen es bei derart vagen Andeutungen beließ. Sie fragte sich, ob seine wahren Ziele den ihren nicht entgegenstanden.

Er hinkte, wenn auch nicht allzu offensichtlich, und sie wunderte sich, dass ihm die Verletzung keine Sorge bereitete. Der Geweihte war noch lange nicht besiegt, und das Schlimmste mochte ihnen noch bevorstehen. Mit einem lahmen Bein war selbst Hagen von Tronje dem Ansturm mehrerer Drachenkrieger nicht gewachsen.

Wo mag nur Alberich stecken?, dachte sie besorgt. Sie konnte nicht glauben, dass er den Kriegern zum Opfer gefallen war. Der Zwerg war zäh und kräftig, und trotz aller Wunderlichkeiten besaß er einen wachen Verstand.

Einen Augenblick lang erwog sie, Hagen von Alberich zu erzählen, verwarf den Gedanken aber wieder. Sie hätte kaum etwas Dümmeres tun können, als einem geheimnisvollen Fremden, der sich als Berater des Königs ausgab, von einem unermesslichen Goldschatz zu berichten. Noch dazu, wo auch dem König ein solcher Hort kaum ungelegen käme.

Sie wandte sich abermals an den schweigsamen Ritter. »Ihr habt gesagt, der Geweihte habe Ugos Reichtümer benötigt, um damit seine Krieger zu entlohnen. Wofür aber braucht er all diese Männer?«

»Sie bewachen für ihn den Drachen.«

»Dann ist auch er hinter dem Blut her?«

Hagens eines Auge verengte sich zu einem Schlitz. »So wie Ihr?«

»Ich dachte dabei eher an Euch«, gab Mütterchen zurück.

Der Ritter sah sie mit aufrichtigem Erstaunen an. »Ihr glaubt, es ginge mir um das Blut?«

»Um was sonst?«

Er schnaubte verächtlich. »Ich werde Euch keinen Tropfen Eures kostbaren Drachenblutes streitig machen, Mütterchen Mitternacht.«

Löwenzahn grinste zufrieden. »Dann sind wir uns ja einig.«

Einig?, dachte Mütterchen. Nie und nimmer. Aber sie wagte nicht, tiefer in den Ritter zu dringen. Sie wollte seine Begleitung nicht aufs Spiel setzen; selbst verwundet mochte er sich noch als brauchbarer Beschützer erweisen.

»Seht doch!« Löwenzahn blieb wie angewurzelt stehen.

Auch Mütterchen und Hagen verharrten. Das Pony beendete widerwillig seinen Trott und wieherte leise an Mütterchens Ohr.

Vor ihnen huschte etwas in wildem Zickzack auf sie zu, ein dunkler Schemen, der in rasender Eile näher kam.

»Ein Zauber des Geweihten!«, rief Mütterchen aufgeregt.

Hagen sprang mit dem Schwert in der Hand vor, breitbeinig versperrte er den Weg. Er schien die Magie seines Feindes nicht zu fürchten.

Zehn Schritte vor ihnen verharrte der Schemen. Seine Form war die eines Menschen. Aber was war mit seiner Haut geschehen?

»Mütterchen! Löwenzahn!«, rief eine helle Stimme. Sie gehörte einem jungen Mädchen. »Fürchtet Euch nicht vor mir!«

Hagen blieb ganz ruhig. »Ein Moosfräulein«, sagte er leise, als fürchtete er, es mit seiner Stimme zu verscheuchen.

Mütterchen atmete tief durch. »Ich habe seit Jahrzehnten keines mehr gesehen.«

Der Ritter nickte unmerklich. »Es hieß, sie seien ausgestorben.«

Das Mädchen kam langsam auf sie zu. Es hatte die Farbe des Waldes, ein schlieriges Grün und Braun, das sich laufend zu wandeln schien. Nur die Augen glänzten in beständigem Blau. Der nackte Chamäleonkörper war mager, fast knochig.

»Seht mich bitte nicht so an«, sagte das Moosfräulein scheu.

Mütterchen glaubte erst, es schäme sich seiner Nacktheit. Doch das Mädchen machte keine Anstalten, seine Hände schützend auf Brüste oder Scham zu legen, auch nicht, als es näher kam. Und da begriff sie: Es schämte sich nicht seiner Blößen, sondern dessen, was es *war*.

Das Mädchen räusperte sich verlegen. »Ich bringe schlimme Nachricht von Eurem Freund Alberich.«

Hagen fuhr herum und starrte Mütterchen in plötzlichem Begreifen an. »Alberich?«, fragte er lauernd. »Der Horthüter?«

Die Melodie wurde klarer, erkennbarer. Sie schwebte durch Alberichs Kopf wie ein Seidenschleier, den der Wind durch ein Fenster in die Nacht hinausträgt. Ganz leicht, ganz locker. Es war keine Melodie, wie die Sänger sie spielten, kein Klang von dieser Welt. Man hätte keine Worte dazu reimen können, und doch wusste Alberich, wenn man ihm jetzt ein Horn geben würde, dann hätte er ihm dieselben Töne entlocken können. Es war in ihm, in seinem Blut, im Erbe seiner Ahnen. Es war, und daran hatte er jetzt keinen Zweifel mehr, die reinste und herrlichste Albenmagie.

Je näher er dem Kadaver des Drachen kam, desto deutlicher wurde sie, desto größer wurde der Zwang, sie spielen zu müssen.

Alberich ging an der Seite des Geweihten, die Hände gebunden, ansonsten aber frei. Die Wächter, die vorher nicht von seiner Seite gewichen waren, hatte der Geweihte zurücktreten lassen. Ohnehin war die Heide von ihnen bevölkert, und ein Fluchtversuch war zum Scheitern verurteilt. Nur rund um den Drachen, in einem Umkreis von zwanzig Schritten, hielt sich keiner von ihnen auf. Die Versuche, dem Untier mit Spitzhacken beizukommen, waren eingestellt worden.

»Sie fürchten ihn von Tag zu Tag mehr«, erklärte der Geweihte mit tuschelnder Stimme. »Das ist gut so.« Er ließ offen, wie er die letzte Bemerkung meinte.

Alberich trug grimmigen Trotz zur Schau, aber insgeheim wunderte er sich, warum der Geweihte ihn am Leben ließ. Es hatte etwas mit der Magie seines Volkes zu tun, dem gleichen Zauber, den auch das Moosfräulein in sich trug. Wie auch der Drache, als er noch lebte. Und der Geweihte selbst?

»Die Totenstarre wird bald ihren Höhepunkt erreichen«, sagte der Geweihte, als sie den Kadaver fast erreicht hatten. »Sein Äußeres ist bereits versteinert, die Starre frisst sich durch seine Eingeweide zum Herz. Erst dann wird er aufhören, Botschaften auszusenden.«

»Botschaften?«, fragte Alberich verwundert.

Der Geweihte blinzelte abschätzend auf den Zwerg herab, als hätte er ihn beleidigt. »Die Melodie. Ich weiß, dass Ihr sie hören könnt, gerade jetzt, in diesem Augenblick.«

»Dann hört Ihr sie auch?«

»Leiser als Ihr, schwächer und nicht vollständig. Deshalb brauche ich Eure Hilfe.«

»Meine … Hilfe?«, wiederholte Alberich befremdet.

Der Geweihte nickte knapp. »Eure oder die des Moosfräuleins. Das ist einerlei. Und genaugenommen bin nicht ich es, dem Ihr helfen sollt, sondern er!« Er deutete auf den Drachen. Aus der Nähe wirkte das Untier noch größer, wie ein Hügel aus versteinerten Schuppen und Muskelsträngen, die dicker waren als die mächtigsten Eichen. Der verdrehte Leib, halb auf der Seite, halb auf dem Rücken liegend, war so hoch wie ein Haus. Alberich sah, dass die Kruste des Blutsees mit weißgrauen Pilzen bedeckt war.

»Welche Art von *Hilfe* meint Ihr?« Er legte Schärfe in das Wort, um ihm den freundlichen Klang zu nehmen. Hilfe wurde freiwillig gegeben; er aber bezweifelte, dass man ihm eine Wahl lassen würde.

Die Mundwinkel des Geweihten zuckten unter den Hornsträngen seiner Maske. »Seht selbst …«

Er führte Alberich um den Leichnam herum, bis sie jene Seite des Tieres erreichten, die von der Höhle, den Kriegern und den Sklaven am Klippenrand abgewandt war. Dort, wo der Zwerg den Brustkorb des Drachen vermutete, klaffte ein Loch im Schuppenpanzer der Bestie. Dahinter führte zwischen freiliegenden Rippen ein enger schwarzer Tunnel mitten in den Kadaverberg.

»Ihr wollt doch nicht, dass ich dort hineingehe?«

»Später. Erst aber …«

Der Zwerg unterbrach ihn lautstark. »Ich denke nicht daran.«

Ruckartig beugte sich der Geweihte zu ihm herunter. Sein Blick bohrte sich stechend in Alberichs Augen. Seine Stimme bekam einen düster-melodiösen Klang. »Wenn ich es für richtig halte, *werdet Ihr es tun*!«

Zu seinem Erstaunen hielt der Zwerg der Beeinflussung stand. »Nein«, sagte er hart. »Werft mich von der Klippe oder erschlagt mich gleich, aber ich werde nicht für Euch in dieses … Ding klettern.«

Allein der Gestank, der ihm aus dem Inneren des Kadavers entgegenwehte, gab ihm den Mut, sich zu widersetzen. »Warum gebt Ihr nicht einem Eurer Männer den Befehl dazu, wenn es Euch so wichtig ist?«

»Was glaubt ihr, wer den Tunnel durch das Fleisch des Drachen gegraben hat? Sklaven, Krieger, gewöhnliche Menschen. Nicht einer von ihnen ist wieder herausgekommen. Der Drachenleib hat sie verschlungen, sogar noch im Tode.«

»Das bestärkt mich nicht gerade in dem Wunsch, Euch behilflich zu sein.«

»Ihr seid anders«, zischte der Geweihte zornig. »Ihr seid von seinem Blut. Ihr seid wie er.«

»Und Ihr? Was ist mit Euch? Habt Ihr etwa Angst, dort hineinzugehen?«

Einige Herzschläge lang wich die Finsternis aus dem Blick des Geweihten, und an ihre Stelle trat ein Hauch von Verletzlichkeit. »Mag sein, dass es mir gelingt, den Gang ins Innere zu überleben. Genausogut aber könnte er mich töten.«

Alberich bemerkte mit Genugtuung, dass er die wunde Stelle des Geweihten entdeckt hatte. Im Gegensatz zu Geist, die darunter litt, kein gewöhnlicher Mensch zu sein, so grämte den Geweihten das Bewusstsein, dass viel zu viel Menschliches in ihm steckte.

»Was wollt Ihr überhaupt dort drinnen?«, fragte Alberich.

»Das werdet Ihr früh genug erfahren.«

»Dann geht es Euch gar nicht um das Blut?«

»Das Blut bedingt alles andere«, erwiderte der Geweihte geheimnisvoll. Als hätte ihm dieser Gedanke etwas in Erinnerung gerufen, ging plötzlich ein Ruck durch seinen Körper. Die Geweihenden schabten hörbar aneinander. Es klang, als kämpften zwei Hirsche auf einer Waldlichtung.

»Kommt jetzt! Es ist an der Zeit.«

Für was?, wollte Alberich fragen, aber der Geweihte eilte bereits voraus zum Klippenrand. Einen Moment lang fragte er sich, was wohl geschähe, wenn er ihn angreifen würde. Offenbar war Alberich für ihn nur lebendig von Nutzen. War der Versuch den Einsatz wert?

Er entschied sich dagegen. Noch mochte er die Möglichkeit haben, lebend aus dieser ganzen Sache herauszukommen und zum Hohlen Berg zurückzukehren. Beinahe erschrocken wurde er sich bewusst, dass er seit Tagen nicht mehr an den Hort gedacht hatte. Lag er noch sicher im Berg? Oder waren bereits die ersten Räuberbanden eingetroffen, um die Schatzkammern zu plündern?

Unwillig folgte er dem Geweihten. Auf der anderen Seite des Kadavers, am Abgrund der Klippe, drängte sich im rotgoldenen Licht der Morgensonne eine Schar von Sklaven aneinander. Eine Hand voll Krieger hielt sie mit blitzenden Waffen in Schach. Weitere Vasallen des Geweihten standen rund um die Seilwinde am Felsrand. Sie traten ehrfürchtig zur Seite, als ihr Anführer sich näherte.

Als Alberich bei ihnen eintraf, überkam ihn abermals das Flüstern der Melodie. Jetzt klang sie verzweifelt wie ein Hilfeschrei.

Schlagartig drehte sich der Geweihte zu ihm um. »Habt Ihr es gehört? Er fleht Euch an, ihm zu helfen.«

»Der Drache?«, flüsterte Alberich, und ein Raunen ging durch die Kriegerschar.

»Er hat Euch hierhergeführt«, sagte der Geweihte. Die Strahlen der aufgehenden Sonne schmiegten sich wie Goldgeschmeide um seine Hornrüstung. »Euch und das Moosfräulein.« Leiser fügte er hinzu: »Genauso wie mich.«

Von jenseits der Klippe drang ein leises Plätschern herauf. Alberich hatte Mühe, es von der Melodie in seinem Kopf zu unterscheiden. Er spürte, wie ihn ein Schwindel überkam. Das musste an der Höhe der Klippe liegen, an dem Ausblick über die weite Hügellandschaft am Westufer. Zwerge sind für die Tiefen der Erde geschaffen, nicht für die luftigen Bergeshöhen.

Die Gesichter und Gestalten um ihn herum begannen zu verschwimmen, sich zu vermischen wie unterschiedliche Farben in einem Tiegel. Die Melodie wurde lauter, misstönender, bis er glaubte, er müsse die Hände in seinen Schädel graben und die fremden Klänge herausreißen.

Schlagartig verstummten sie und verschwanden in den Tiefen seines Bewusstseins.

Auch das Plätschern brach ab.

Alberich hatte angenommen, es sei vom Fluss heraufgedrungen. Doch als jetzt immer mehr Krieger mit sorgenvollen Blicken in den Abgrund schauten und ein Murren unter ihnen laut wurde, da begriff er, dass etwas Unerwartetes geschehen war.

Er blickte den Geweihten an und sah zu seinem Erstaunen, dass er lächelte. Nur einen Augenblick lang, dann war seine Miene wieder so starr und abweisend wie zuvor. Es war kein freundliches Lächeln gewesen.

»Das Blut ist versiegt«, rief einer der Männer und wandte sich beinahe vorwurfsvoll an den Geweihten.

Alberich erinnerte sich wieder an das hölzerne Auffangbecken in der Steilwand, von dem Geist ihm erzählt hatte. Also war es das Plätschern des Blutes gewesen, das in das Becken strömte.

Immer mehr Krieger begannen zu murren. »Wie sollen wir darin baden?« – »Das ist nicht mal ein halbes Fass voll!« – »Jemand muss es heraufholen!«

Alberich durchschaute allmählich, was vor sich ging. Der Geweihte hatte seinen Männern nicht nur Gold versprochen. Für Krieger wie sie war Unverwundbarkeit weit verlockender als feines Geschmeide.

Der Geweihte breitete in einer herrischen Geste die Arme aus. Sofort verstummten die Krieger und sahen ihn an.

»Jemand wird das Blut heraufholen«, rief er so laut, dass die Worte in der Tiefe widerhallten. »Ihr habt es Euch verdient. Vorher aber …« Er verstummte und deutete in weitem Bogen auf die verängstigten Sklaven am Rand der Klippe.

Ein neuer Blutdurst loderte in den Augen der Krieger auf und verdrängte für einen Augenblick Enttäuschung und Zorn. Und nun war es nicht mehr das Blut des Drachen, nach dem es sie gelüstete.

Mütterchen schauderte, als sie sich am Waldrand zwischen Hagen und Löwenzahn zwängte. Ihrer aller Augen waren auf das Geschehen gerichtet, das jenseits der Heide seinen unausweichlichen Verlauf nahm.

»Das können sie doch nicht wirklich tun«, flüsterte sogar Löwenzahn mit bebender Stimme.

Hagen runzelte die Stirn. »Natürlich können sie.« Er klang ruhig, fast gleichgültig, doch seine Wangen zuckten, als gelänge es ihm nur mit Mühe, seine Wut im Zaum zu halten. Dann erkannte Mütterchen, dass es der Schmerz seiner Wunde war, der ihm zu schaffen machte, nicht die Unmenschlichkeit der Drachenkrieger. Die Verletzung schien sich zu entzünden.

Sie blickte ihn bösartig an. »Was macht es schon, dass noch ein paar Sklaven sterben – das ist es doch, was Ihr meint, nicht wahr?«

Ohne den Blick von den Sklaven zu wenden, die sich in einer langen Reihe an der Felskante aufstellen mussten, erwiderte Hagen: »Ohne die brennenden Seilwinden wäre es schlecht um Eure Flucht bestellt gewesen.«

»Macht Euch nicht lächerlich«, gab Mütterchen wütend zurück. »Wir haben in Eurem Feuer eine Freundin verloren. Und Ihr habt die Dreistigkeit, Euch ...«

»Schaut doch nur!«, fiel Löwenzahn ihr ins Wort.

Jäh verstummten alle drei.

Mütterchen hatte einundzwanzig Krieger gezählt. Ein Großteil von ihnen trat jetzt hinter die Reihe der Sklaven.

Jene, die um ihr Leben flehten, die weinten und auf die Knie fielen, wurden als Erste gestoßen. Kreischend verschwanden sie im Abgrund. Ihnen folgten nach und nach die Übrigen, einige sichtbar gleichgültig, weil sie längst mit dem Leben abgeschlossen hatten, andere mit Flüchen und Beleidigungen auf den Lippen. Ein paar von ihnen hatten vielleicht Glück und überlebten den Sturz in die Tiefe – obgleich die Wasseroberfläche aus dieser Höhe mit der Gewalt einer Felsplatte auf sie zuraste. Die meisten aber wurden beim Aufprall zerschmettert wie Figuren aus Lehm.

Mit tränenfeuchten Augen erkannte Mütterchen Alberich, der mit gebundenen Händen an der Seite des Geweihten stand, gleich neben der hohen Seilwinde. Er verfolgte den Mord an den Sklaven mit wutverzerrten Zügen.

Nachdem sie sich selbst zur Ruhe gezwungen hatte, fragte sie sich, wohin das Moosfräulein verschwunden war. Geist hatte ihnen berichtet, was ihr und Alberich widerfahren war, hatte ihnen auf dem Weg hierher auch die Einzelheiten der Heide geschildert – den gigantischen Kadaver, die Höhle, den Seilzug, das Auffangbecken und den Stollen in der Felswand.

Kurz darauf war das seltsame Geschöpf verschwunden, hatte seine Haut dem Dunkel des Waldes angeglichen und war darin untergetaucht. Hagen hatte ihr misstraut, aber Mütterchen hatte gespürt, dass sie die Wahrheit sagte. Welchen Grund hätte sie auch haben sollen, sie anzulügen? Mütterchen hatte sich beim besten Willen nicht vorstellen können, dass Geist auf der Seite des Geweihten stand.

Wohl hatte sie sich gefragt, was das Moosfräulein sich vom Blut des Drachen erhoffte. Die Antwort darauf hatte sie nach einer Weile selbst gefunden. Der Blutsee hatte in ihren Hirnen längst ein Eigenleben gewonnen, verhieß dem einen Unverwundbarkeit, dem anderen Heilung von Krankheit. Geist wünschte sich, das Zauberblut des Drachen würde einen Menschen aus ihr machen. War das weniger abwegig als Alberichs Hornhaut, Löwenzahns Streben nach Heldentum und ihr eigener Wunsch nach den Kräften der Jugend?

War die Hoffnung des Mädchens auf Menschlichkeit nicht gar der redlichste Wunsch von allen?

»Greifen wir an?«, fragte Löwenzahn nach einem Augenblick beklemmenden Schweigens.

»Um zu sterben?«, flüsterte Hagen verächtlich.

Der Riese funkelte ihn zornig an. »Was für ein Ritter seid Ihr eigentlich, Hagen von Tronje?«

»Einer, der des Heldentums müde ist. Aber wie könntet Ihr das verstehen …«

Löwenzahn wollte auffahren, doch Mütterchen legte ihm besänftigend eine Hand auf den Unterarm. »Ich glaube«, sagte sie dann und blickte dabei Hagen eingehend an, »dies ist der Augenblick, an dem wir uns entscheiden müssen, welches unsere Ziele sind. Falls es unterschiedliche sind, sollten wir uns trennen.«

»Trennen?« Hagen starrte hochmütig zurück. »Glaubt Ihr denn, es könnte Euch gelingen, allein gegen die Männer dort draußen zu bestehen?«

»Genauso wenig wie Euch. Eure Wunde nässt und entzündet sich. Wie schnell könnt Ihr noch laufen, Ritter? Gegen wen wolltet Ihr kämpfen, wenn es dazu kommt? Gegen den toten Drachen?«

Hagen seufzte leise. »Was also gedenkt Ihr zu tun, Frau Räuberin?«

Sie fragte sich, ob er ihr durch die Betonung ihrer Vergangenheit zu verstehen geben wollte, wie lange es her war, dass sie zuletzt eine solche Entscheidung getroffen hatte. Plötzlich fühlte sie wieder die Last der Verantwortung – wenigstens für Löwenzahn und sich selbst –, und Zweifel brachen über sie herein. Vielleicht war sie wirklich zu alt. Vielleicht sollte sie das tun, was Hagen wollte. Aber sie zweifelte nicht, dass Alberich dann den Tag nicht überleben würde.

Es sei denn, so kam es ihr in den Sinn, dass Hagen mehr an dem Horthüter lag, als er zugeben wollte. War es nur das Gold, auf das er aus war? Hatten ihn die Schätze des Geweihten hierhergeführt, ohne Wissen seines Königs? War es jetzt der Nibelungenhort selbst, der ihn lockte?

Mit einem scharfen Blick in die Augen des Ritters erklärte sie ihren Plan.

KAPITEL 5

Mit versteinerter Miene stand Alberich am Fuß der hohen Seilwinde und beobachtete die Vorbereitungen der Krieger. Eben noch hatten sie geflucht über die geringe Menge von Drachenblut, die sich im Auffangbecken gesammelt hatte; jetzt aber schienen sie ihre Enttäuschung vergessen zu haben und machten einen von ihnen für den Abstieg in die Tiefe bereit. Sie legten ihm eine Seilschlinge um, die ihn sicher tragen sollte, dann schwangen sie ihn über die Kante und ließen ihn langsam an der Winde hinab.

Der Geweihte stand einige Schritte abseits seiner Männer und beobachtete erhobenen Hauptes deren Mühen. Äußerlich wirkte er überlegen und ruhig, aber Alberich spürte, wie verzehrend die Gier in ihm brannte.

Die Männer hatten nicht auf den Befehl ihres Anführers gewartet, sondern auf eigene Faust mit den Vorbereitungen für den Abstieg begonnen. Alberich hatte den Geist der Rebellion gefühlt, der in der Luft lag. Und er hatte begriffen, dass der Geweihte die Sklaven nur aus einem einzigen Grund geopfert hatte: um seine Männer auf andere Gedanken zu bringen und ihre Wut von ihm selbst abzulenken. Er konnte nicht riskieren, dass sie ihn der Lüge überführten – denn nichts anderes war es gewesen, als er jedem von ihnen ein Bad im Drachenblut versprochen hatte. Eine Meuterei aber war das Letzte, das er in diesem Augenblick gebrauchen konnte.

Trotzdem verstand Alberich noch immer nicht die weiteren Pläne des Geweihten. Warum der Tunnel in den Kadaver des Drachen? Und was hatte er, Alberich Horthüter, damit zu schaffen?

»Langsamer!«, rief einer der Krieger, der auf dem Bauch am Rand der Klippe lag und über sie hinaus in den Abgrund blickte. »Er ist gleich da.«

Andere gesellten sich neugierig neben ihn und schauten gleichfalls hinunter. »Jetzt steigt er ins Becken«, brüllte einer erwartungsvoll den Zurückgebliebenen an der Seilwinde zu.

Alberich sah, dass ein bitteres Lächeln über das Gesicht des Geweihten zuckte. Oder war es wieder nur ein Schattenspiel der Hornspitzen? Nein, er war ganz sicher: Etwas erheiterte den Geweihten.

Ein qualvoller Schrei drang aus der Tiefe empor, erst nur verhalten, dann in plötzlichem Begreifen so gellend, dass einige der Männer die Hände vor die Ohren schlugen. Er wurde nicht leiser, ganz im Gegenteil; der Mann stürzte also nicht. Irgendetwas anderes war geschehen.

Alberich sprang vor, robbte an die Felskante und blickte nach unten.

Zum ersten Mal sah er das Becken und das Blut darin.

Er sah auch das, was das Blut aus dem Mann gemacht hatte.

Der Krieger hatte sich am Seil direkt in das rechteckige Becken geschwungen und war mit den Stiefeln darin zum Stehen gekommen. Das dunkelrote Blut des Drachen reichte ihm bis zu den Knöcheln. Wie unsichtbares Feuer hatte es sich in Windeseile durch Leder, Fleisch und Knochen gebrannt und die Füße des kreischenden Mannes verzehrt. Alberich sah noch, wie der Krieger nach vorne stürzte, sich mit Knien und Fingern im Blut aufstützte. Seine Hände und Unterschenkel zerfielen zu braunem Schlamm. Er begann in höchster Qual zu strampeln und um sich zu schlagen, rollte dabei mit Brust und Gesicht in die zähe Brühe. Seine Schreie verstummten, als das Drachenblut seine Kiefer zerfraß.

Augenblicke später erinnerten nur noch blasige Schlieren auf der Oberfläche an den Mann.

Einige Atemzüge lang herrschte völlige Stille. Niemand rührte sich, keiner wagte zu sprechen.

Dann, auf einen Schlag, brachen Chaos und Entsetzen über die Krieger herein. Jähes Begreifen zeichnete sich auf ihren Gesichtern ab. Die an der Kante gelegen hatten, sprangen auf, einer zog gar sein Schwert, als wolle er seinen Zorn damit in Stücke schlagen.

Allmählich ordnete sich das wilde Durcheinander zu einer einzigen Anschuldigung: »Betrug!«, rief einer und deutete dabei auf den Geweihten.

Alberich dachte, dies sei ein feiner Weg, alle seine Sorgen loszuwerden. Die Krieger würden ihren eigenen Herrn angreifen, einige würden sich auf seine Seite stellen, und am Ende meuchelten sich alle gegenseitig. Ja, das wäre eine gute Sache gewesen.

Aber natürlich war das Schicksal anderer Ansicht.

»Haltet ein!«, rief der Geweihte; ihm waren wohl ähnliche Gedanken durch den Kopf gegangen. »Ihr lasst euch von eurer Ungeduld leiten. Warum musste einer von euch dort hinuntersteigen, ohne meinen Befehl abzuwarten? Warum verzehrt euch die Gier nach etwas, das ihr längst besitzt? Das Blut des Drachen ist unser, und niemand kann daran etwas ändern.«

»Aber es tötet uns!«, brüllte einer erzürnt, fuhr aber zusammen, als der Blick des Geweihten ihn traf.

»Nein! Es ist eure Ungeduld, die euch tötet. Das Blut muss behandelt werden, mit der Magie des Alten Volkes. Mit einer Magie, die allein unser Zwerg hier besitzt!« Dabei deutete er triumphierend auf den verwirrten Alberich, der gleich den Kopf zwischen die Schultern zog.

Aller Augen richteten sich auf ihn. Einige abschätzig, andere mit unverhohlener Wut. Aus manchen sprach sogar Neid, und es waren jene, die Alberich die größte Furcht einflößten.

»Was wollt ihr von mir?«, fragte er kleinlaut. Wenn er seine Geißel noch gehabt hätte, dann hätte er ihnen gezeigt, was in ihm steckte. Aber unbewaffnet, einer vielfachen Übermacht von Menschen ausgeliefert, die allesamt doppelt so groß waren wie er selbst – was blieb ihm da schon, als klein beizugeben?

Zwei Krieger sprangen vor und packten ihn grob an den Armen. »Was sollen wir mit ihm tun, Herr?«

Ihr Vertrauen in die Worte des Geweihten schien nach wie vor unerschütterlich. Alberich wehrte sich nur halbherzig. Von einem Augenblick zum nächsten war die Treue der Männer wiederhergestellt, keiner schien die Worte des Geweihten in Frage zu stellen. Jeder Gedanke an Meuterei war wie ausgelöscht.

Stattdessen richteten sich Zorn und Gier der Krieger nun auf den Zwerg.

Der Geweihte bemerkte es mit Genugtuung. »Bindet ihn an die Seilwinde. Dann lasst ihn hinunter. Er soll uns einen Krug voll Drachenblut heraufbringen.«

»Ihr wollt, dass es mir ebenso ergeht wie Eurem Krieger?«, rief Alberich voller Entsetzen aus, doch die Worte gingen im Lärm der Kriegerschar unter, die gleich mit einer Vielzahl von Händen daran ging, den Befehl ihres Herrn in die Tat umzusetzen.

Wenige Augenblicke später wurde er mit einem hölzernen Eimer in der Hand über die Kante gestoßen. Er schrie auf, als er die ersten zwei Schritte in freiem Fall in die Tiefe sauste, dann hielt ihn die Seilschlaufe mit einem grausamen Ruck in der Schwebe. Seine Brust und seine Schultern schienen in Flammen zu stehen, so schrecklich war der Schmerz, als sich der Strick um seine Glieder zusammenzog. Einen Moment lang fürchtete er, sein ganzer Leib würde auseinandergerissen, doch dann ließ der Schmerz schlagartig nach. Mit strampelnden Beinen wurde Alberich in den Abgrund herabgelassen.

Sein Verstand arbeitete fieberhaft. Geist hatte recht gehabt mit ihrem Vergleich, dass die Klippe wie ein Vogelschnabel vorsprang. Die Felswand fiel nicht gerade nach unten ab, sie wölbte sich vielmehr unterhalb des Plateaus nach innen. Alberich würde am Seil hin und her schwingen müssen, um den Rand des Auffangbeckens zu erreichen. Das Schwindelgefühl machte ihn ganz verrückt, die Landschaft um ihn herum verschwamm zu grellem Farbflackern. Weit, weit unter ihm umspülte der Rhein den Fuß der Klippe. Die Leichen der Sklaven waren verschwunden, die Strömung musste sie fortgerissen haben.

Und wenn sie doch noch da waren, gleich unter der Oberfläche? Wenn Alberich in die Tiefe stürzte und den Aufprall überlebte – nur um dann von eisigen Totenhänden zum Grund des Flusses gezerrt zu werden? Diese Vorstellung nahm auf einmal sein ganzes Denken ein. Immer wieder sah er sich in der düsteren Tiefe, während die Leichen mit schnappenden Klauen um ihn in der Dunkelheit schwebten.

Auch die Melodie stellte sich wieder ein, ein schrilles Auf und Ab von Tönen, das sich immer tiefer in seine Erinnerung brannte.

Als die Krieger bemerkten, dass der Zwerg nicht von selbst die Kraft aufbrachte, vor und zurück zu schaukeln, brachten sie selbst die Seile zum Schwingen. Die plötzliche Bewegung riss Alberich aus dem panischen Taumel seiner Schreckensbilder. Der Beckenrand kam näher, er versuchte, ihn zu fassen, doch seine freie Hand griff ins Nichts. Schon schwang er wieder zurück, fort von der Felswand, in die absolute Leere über dem Fluss. Wieder vor, wieder zurück.

So ging es mehrmals, und dabei gelang es ihm zum ersten Mal, die Konstruktion des Beckens genauer zu betrachten. Es war ein viereckiges Gebilde aus Balken, von einem Spinnennetz aus Brettern und Stämmen waagerecht in der Steilwand gehalten. Eine Brüstung, die Alberich fast bis zur Schulter reichte, umgab das eigentliche Becken, das mit einer schwarzen Schicht, augenscheinlich Pech, abgedichtet war. Wenn er sich nicht täuschte, maß es mindestens sechs mal vier Menschenschritte.

Er fragte sich, wie viele Sklaven beim Bau dieser Konstruktion ihr Leben gelassen hatten. Er stellte sich vor, wie sie an Stricken vor den Felsen gebaumelt hatten wie ein Heer von emsigen Spinnen, bewaffnet mit Hämmern und Nägeln und Balken.

Wieder raste er mit Schwung auf das Becken zu, und diesmal gelang es ihm, sich mit beiden Armen daran festzuklammern. Der Eimer schepperte aus seiner Hand lautstark in die Mitte des Beckens. Von oben erklangen aufmunternde Rufe, der schlimmste Hohn von allem.

Ächzend kämpfte Alberich sich auf den oberen Rand der Brüstung und blieb dort sitzen. Vor ihm lag das rote Rechteck des Beckenbodens, doppelt handbreit mit dem Blut des Drachen bedeckt. Er blickte an der Steilwand nach oben und entdeckte den Stollen, der zwei Schritte über dem Becken in den Fels führte. Der Blutstrom war längst versiegt. Unterhalb der Öffnung war ein Rinnsal am Stein zu brauner Schlacke geronnen.

Was war mit den Männern geschehen, die sich im Stollen befunden hatten, als der Durchbruch zum Grund des Blutsees gelang? Hatte das hervorschießende Blut sie in den Rhein gespült? Oder war es ihnen ebenso ergangen wie dem Krieger? Letzteres, vermutete Alberich und wurde sich im selben Augenblick erneut seiner Lage bewusst. Die Anstrengung, das Becken zu erreichen, hatte ihn eine Weile lang so sehr beschäftigt, dass alles andere nebensächlich geworden war. Jetzt aber, da er auf dem Balkenrand kauerte und auf die Oberfläche des Drachenblutes hinabstarrte, traten ihm wieder die Bilder des zerfressenen Mannes vor Augen.

Oben wurden abermals Rufe laut. Die Krieger forderten ihn auf, endlich hinab ins Blut zu steigen und einen Eimer voll herauszuschöpfen.

Der Eimer! Da lag er, inmitten des Beckens. Unversehrt!

Wie war das möglich? Das Blut hatte auch die Kleidung des Kriegers zersetzt. Nichts war übriggeblieben. Warum also blieb der Eimer heil? Und, überhaupt, weshalb konnte das Becken selbst der zerstörerischen Macht des Blutes widerstehen?

Alberich glaubte nicht, dass es am Holz lag. Der Krieger hatte Fell und Leder und Eisen getragen, und sicher auch den einen oder anderen Holzknopf. Wären sie unbeschädigt geblieben, hätten sie an der Oberfläche schwimmen müssen, Aber da war nichts, gar nichts!

Ein heftiger Ruck an den Seilen ließ ihn beinahe wieder nach hinten stürzen. Gerade noch gelang es ihm, sich am Balken festzuklammern und seinen Fall zu verhindern. Die Krieger an der Winde wurden ungeduldig. Mehr als das: Sie schrien und fluchten vor Zorn, drohten ihm mit Höllenqualen und Schlimmerem. (Das war es tatsächlich, was sie riefen – ›Schlimmeres‹ –, was auch immer sie darunter verstehen mochten; Alberich war allerdings nicht begierig darauf, es am eigenen Leibe zu erfahren.)

Instinktiv zerrte er an den Knoten und Schlaufen, die ihn hielten. Doch jeder Versuch, sie zu lösen, war vergebens. Die Männer hatten ganze Arbeit geleistet, als sie ihn derart verschnürten. Auch besaß er kein Messer, mit dem er das Seil hätte kappen können. Die Erkenntnis, dass er ihnen auf Gedeih und Verderben ausgeliefert war, warf ihn in tiefe Verzweiflung. Er musste tun, was sie verlangten. Mit den Füßen ins Blut steigen.

Er versuchte, ein Stück Stoff aus seinem Wams zu reißen, um es versuchsweise unterzutauchen, aber selbst das wollte ihm nicht gelingen. Seine Finger zitterten – allein von der Höhe, sagte er sich wieder und wieder –, und er fürchtete, seine Füße würden ihn nicht tragen, wenn er sie ins Becken stellte. Vorausgesetzt, das Blut zerfraß sie nicht innerhalb eines einzigen Herzschlags.

Wieder wurde an den Seilen gezerrt, und das gab den Ausschlag. Alberich schloss die Augen und ließ sich vom Rand ins Becken gleiten. Das Blut umschloss seine Füße, reichte ihm bis zu den Waden.

Wenigstens tut es nicht weh, dachte er.

Als er zaghaft die Augen öffnete, waren seine Füße noch da, wo sie hingehörten. Kein unsichtbares Feuer, das sie verzehrte. Nur das allmählich dickflüssig werdende Blut, das sie aufgesogen hatte wie roter Morast. Die Krieger oben auf der Klippe machten schäbige Witze über ihn; jedenfalls lachten sie grob. Vielleicht war es auch nur ein Zeichen ihrer Erleichterung.

Einen Augenblick lang fragte er sich, was der Geweihte gerade tat. Er schien nicht bei ihnen zu sein, denn er hörte seine Stimme nicht mehr. Möglicherweise stand er wieder stumm im Hintergrund, ein dräuender Schatten, halb Mensch, halb Zauberwesen.

Angewidert stapfte Alberich vorwärts, packte den Eimer und schabte damit über den Beckenboden. Er füllte sich zu zwei Dritteln.

»Und nun?«, brüllte er mit schwankender Stimme nach oben.

Zu seinem jähen Schrecken schwankte nicht allein seine Stimme – auch das Becken hatte unter seinen Schritten zu beben begonnen. Offenbar war es weniger fest verankert, als er angenommen hatte.

Als Antwort auf seine Frage sauste ein einzelnes Seilende in die Tiefe, beschwert mit einem Stein. Hastig wurde es drei-, viermal vor und zurück geschwungen, dann gelang es Alberich, den Stein zu packen. Er war viel schwerer, als er vermutet hatte, und so groß wie sein Kopf. Das Gewicht ließ ihn stolpern. Mit den Knien fiel er mitten ins Blut. Wieder wackelte die ganze Konstruktion.

Auf der Klippe wurde neuerliches Lachen laut. Die Gesichter, die sich über die Felskante reckten, grinsten schadenfroh.

»Binde den Eimer am Seil fest!«, rief eine Stimme von oben. »Aber gib acht! Wehe, du vergießt einen Tropfen!«

Was willst du dann tun?, dachte er wütend. Runterkommen und mich erschlagen? Aber er sagte nichts und versuchte, den Stein vom Seil loszubinden.

»Es geht nicht!«, rief er schließlich hinauf. »Ihr habt die Knoten zu fest gemacht.« Das war die Wahrheit; der Stein ließ sich mit aller Mühe nicht von dem Strick lösen.

»Dann knote das Seil eben mit dem Stein am Eimer fest!«, kam die ungeduldige Antwort.

»Unmöglich. Der Stein passt nicht unter den Griff. Ich muss ihn abschneiden.«

Was er selbst nicht für möglich gehalten hatte, geschah: In weitem Bogen wurde etwas auf ihn zugeschleudert und fiel unweit von ihm ins Blut. So dumm konnten sie nicht sein!, durchfuhr es Alberich ungläubig. Aber als er die Hand ins Blut tauchte und mit den Fingern über den Grund des Beckens tastete, bewahrheitete sich seine Hoffnung. Es war ein Dolch!

Über ihm brach ein Streit aus. Der Krieger, der seine Klinge hinabgeworfen hatte, wurde lautstark gescholten.

Schließlich brüllte eine Stimme: »Pass auf, was du tust, Zwerg! Wir haben dich schneller hochgezogen, als du glaubst!«

Damit mochten sie wohl recht haben. Tatsächlich aber beschäftigte Alberich in diesem Moment etwas völlig anderes. Immer noch steckte seine Hand im dickflüssigen Blut des Drachen. Es war das erste Mal, dass es direkt mit seiner nackten Haut in Berührung kam.

Die Melodie überkam ihn mit solcher Wucht, dass er abermals

zurücktaumelte, aufs Hinterteil fiel und sich mit beiden Händen abstützen musste. Das Blut umschloss zäh seine Finger, kroch an seinen Armen hinauf bis zu den Ellbogen. *Kroch wie ein lebendes Wesen!*

Diesmal war die Melodie nicht irgendwo in den Weiten seines Hirns, sondern direkt hinter der Stirn, auch in seinen Ohren. Und sie klang mehr und mehr wie Hilferufe.

Es lebt!, schoss es ihm durch den Kopf.

Nur deshalb war noch immer ein Teil davon flüssig. Nur deshalb vermochte es selbst zu entscheiden, wen oder was es zersetzte und wer davon unberührt blieb.

Das Blut, in dessen Mitte er saß, *lebte*!

Doch warum verschonte es gerade ihn?

Die Melodie trat abermals hinter seine eigenen Gedanken zurück. Sie war nicht fort, aber doch leise genug, dass er versuchen konnte, wieder zu klarem Verstand zu kommen.

Die Rufe und Drohungen der Krieger wurden lauter. Eilig machte er sich daran, den Stein vom Seil zu schneiden. Dann knotete er das Ende um den Eimergriff und gab den Kriegern zu verstehen, sie sollten ihn vorsichtig hinaufziehen.

Aller Augen waren auf den Eimer gerichtet, der jetzt langsam und pendelnd nach oben schwebte.

Das war genau die Ablenkung, auf die Alberich gewartet hatte. Eilig machte er sich daran, das Seil, das sie ihm um Brust und Schultern geschlungen hatten, zu zerschneiden. Es ging viel schwerer, als er gehofft hatte, denn der Strick war dicker und fester gedreht als jener, der den Eimer trug. Jeden Moment konnten sie bemerken, was er tat. Sie würden ihn aus dem Becken zerren, bevor er sich gänzlich befreien konnte. Wenn er Pech hatte, würde das Seil gerade dann reißen, wenn er frei in der Luft hing.

Der Eimer hatte die Felskante fast erreicht, als das Unvermeidliche geschah.

»Zieht den kleinen Bastard hoch!«, schrie einer. »Er zerschneidet den Strick!«

Sogleich straffte sich die Schlaufe um Alberichs Körper. Noch immer hielt das Seil, war etwa bis zur Hälfte durchgesägt. Der Ruck zerrte den Zwerg quer durch das Drachenblut, bis er von oben bis unten damit bedeckt war. Sein Kopf prallte gegen die Brüstung, doch immer noch schnitt er tiefer und tiefer ins Seil. Seine Schultern glitten an den Balken empor, als die Seilwinde sich unaufhaltsam drehte und ihn nach oben zog. Schon blickte er über den Rand hinweg in den Abgrund, wieder schwindelte ihm – und da endlich riss das Seil. Peitschend lösten sich die Schlaufen, schnitten heiß in seine Haut. Mit einem Klatschen fiel er zurück ins Becken. Die Seilenden tanzten wie zappelnde Schlangen über dem Abgrund.

Der Eimer hingegen gelangte nach oben und wurde über die Kante gehoben. Alberich hörte, wie der Geweihte Befehle schrie, konnte sie aber nicht verstehen.

Beinahe gleichzeitig ging ein Pfeilhagel auf das Becken nieder, doch keines der Geschosse kam ihm näher als zwei Schritte. Die Krieger hatten beträchtliche Mühe mit dem Zielen, während sie mit dem Oberkörper über der Kante hingen. Dass sie dabei ihr Leben ihren Kameraden anvertrauen mussten, die sie an den Beinen festhielten, war ihrem Geschick nicht eben zuträglich.

Alberich ging hinter der Brüstung in Deckung, blutbesudelt von den Zehen bis zur Nasenspitze. Ein wahnwitziger Gedanke durchfuhr ihn: War er jetzt unverletzlich? Hatte er bereits die gleiche Panzerhaut, wie Siegfried sie angeblich sein Eigen nannte?

Er war versucht, die Dolchspitze gegen sich selbst zu richten und es einfach auszuprobieren, als er bemerkte, dass die Bogenschützen ihre sinnlosen Mühen aufgegeben hatten. Stattdessen wurde ein einzelner Krieger an einem Seil heruntergelassen, bewaffnet mit Schwert und Dolch und einer Axt im Gürtel.

Alberich erhob sich und wurde sich gleichzeitig bewusst, dass er eine furchterregende Erscheinung abgeben musste. Das Blut war bereits so zäh geworden, dass es sich wie eine dunkelrote Haut um ihn legte. Für den Krieger musste es aussehen, als habe das Drachenblut selbst Form angenommen, das Zerrbild eines Menschen. Trotzdem schwirrte er näher und näher, begann bereits hin und her zu schaukeln, um den Beckenrand zu fassen zu bekommen.

Alberich war unbewaffnet bis auf den Dolch, und der mochte ihm kaum eine Hilfe sein. Aber er hatte einen besseren Einfall.

Ungeduldig wartete er, bis der Krieger sich auf seiner Höhe befand und dem Becken gefährlich nahe kam. Beim nächsten Schwung musste er es erreichen.

Da packte Alberich mit beiden Händen den Stein, den er vom Seil geschnitten hatte, stemmte ihn so schnell er konnte in die Höhe und schleuderte ihn dem heranschwingenden Krieger entgegen.

Er hätte gar nicht besser zielen können. Der Stein krachte im selben Moment in die entsetzte Grimasse des Kriegers, als er Alberichs Absicht erkannte, zerschmetterte sein Gesicht und stürzte in die Tiefe. Zuckend pendelte der Krieger hin und her, verlor Schwert und Dolch und war schließlich nicht mehr als lebloser Ballast am Ende des Seiles.

Alberich achtete nicht auf die Drohungen und Verwünschungen von oben.

Stattdessen nahm er endlich in Angriff, was er die ganze Zeit über vorgehabt hatte.

Er zerstörte das Becken.

Geist lag flach im Heidekraut und beobachtete, wie der Geweihte den Bluteimer entgegennahm. Ihre Haut hatte die braungrüne Farbe des Untergrunds angenommen, und sie presste sich eng in die niedrigen Büsche; so hoffte sie, unbemerkt zu bleiben. Zumal die Krieger kaum damit rechnen würden, dass sie hierher zurückgekehrt war.

Der Geweihte gab seinen Männern Befehl, den Zwerg, egal mit welchen Mitteln, wieder nach oben zu holen. Dann sollten sie ein Fass aufstellen und es von Alberich Eimer um Eimer auffüllen lassen. Danach wollte der Geweihte selbst, so sagte er, mit Hilfe Alberichs den Zauber durchführen, der dem Blut die Gefährlichkeit nehmen sollte.

Ein vages Misstrauen ließ Geist an den Worten des Geweihten

zweifeln. Vermochte er wirklich, was er behauptete, oder wollte er nur Zeit gewinnen und seine Männer ablenken? Die Krieger jedenfalls schenkten ihm Glauben, und das konnte auch Geist nur recht sein. Die Gefahr, entdeckt zu werden, verringerte sich dadurch beträchtlich.

Sie sah, wie der Geweihte sich vom Klippenrand abwandte und mit dem Bluteimer in Händen auf den Drachenkadaver zuschritt. Ihre Gedanken überschlugen sich. Sie musste in Erfahrung bringen, was er vorhatte, selbst wenn es nötig war, sich dafür in seine Nähe zu begeben.

So flach am Boden wie nur möglich kroch sie durch das Heidekraut auf den versteinerten Leib des Untiers zu. Die Büsche kratzten und schnitten in ihr Fleisch, vereinzelte Brennesseln und Disteln schienen ihren Körper in Flammen zu setzen. Noch zehn Schritte, dann würde sie den klaffenden Schlund des Drachen erreichen. Der Schädel lag kopfüber da, Stirn und Oberkiefer ruhten im Heidekraut. Die zahnlosen Kiefer standen offen wie ein furchterregendes Tor.

Der Geweihte war hinter dem Kadaver verschwunden, das Schuppengebirge des Drachen schützte ihn vor Geists Blicken. Schnell kroch sie am Drachen vorbei und bemühte sich, ihren Blick von den Augen der Bestie fernzuhalten. Die gelben Pupillen machten ihr Angst, mehr noch als das riesige Maul, denn es schien, als seien sie von der Versteinerung ausgeschlossen. Es war, als sei immer noch Leben in ihnen, ganz tief in ihrem Inneren. Vielleicht, so versuchte Geist sich zu beruhigen, waren es auch nur die Strahlen der Morgensonne, die sich in der glasigen Oberfläche brachen.

Als sie die andere Seite des Kadavers erreichte, hatte sich der Geweihte in Luft aufgelöst. Aber sie hatte doch genau gesehen, wie er den gewaltigen Schuppenschwanz des Leichnams umrundet hatte! Wo, verflucht, war er jetzt hin?

Sie entdeckte ihn, als er sich nur wenige Schritte von ihr entfernt hinter einer breiten Hautfalte des Untiers erhob. Einen schrecklichen Augenblick lang glaubte sie, er habe ihr aufgelauert; dann aber erkannte sie, dass er sich nur nach etwas gebückt hatte, das verborgen hinter der Falte lag.

Es war ein Horn, deutlich größer als jene der Krieger und mit einem Spinnennetz haarfeiner Runen überzogen.

Wenn sie sich ihm noch weiter näherte, war die Gefahr, von ihm erspäht zu werden, kaum noch abzuschätzen. Einen Augenblick lang erwog sie allen Ernstes, ins Maul des Drachen zu kriechen und den Geweihten über den aufgerissenen Kiefer der Bestie hinweg zu beobachten. Er ist versteinert, sagte sie sich immer wieder; nichts als ein Felsbrocken, der nur noch aussieht wie ein Drache.

Letztlich überwogen Angst und Ekel, und sie beschloss, noch ein wenig weiter um die Kiefer herumzukriechen, bis sich ihr ein besserer Blick auf die verdrehte Flanke des Tieres bot. Aus dem Maul wehte ein furchtbarer Gestank ins Freie und umschloss sie wie eine giftige Wolke.

Der Geweihte ging mit ehrfurchtsvollen Schritten auf ein großes Loch in der Seite des Drachen zu. Seine Bewegungen waren langsam, fast zögernd. Das Schleifen der Geweihenden klang leiser als sonst.

Geist fragte sich, ob er sich fürchtete. Die Zurückhaltung, mit der er seine Schritte setzte, die angedeutete Demut seiner Körperhaltung, all das sprach für eine tiefe Unruhe.

Hatte er Angst vor dem Drachen? Nein, dachte sie, nicht vor dem versteinerten Koloss selbst – vielmehr scheute er den Blick in das Innere der Öffnung. Es war das Bewusstsein um den Weg, den er offenbar gehen wollte, denn nun blieb er vor dem Loch in der Drachenflanke stehen, überlegte noch einen Augenblick, dann setzte er einen Fuß auf den Steinrand der Wunde. In der linken Hand hielt er den Bluteimer, in der anderen das Horn.

Geist fluchte im Stillen. Von ihrer Lage aus konnte sie nicht in die Öffnung hineinsehen.

Zögernd, aber in der Gewissheit, dass es nun einmal ihr Schicksal war, schob Geist sich weiter vorwärts. Sie verließ jetzt den Schutz des Kadavers, und sie war sich bewusst, dass der Geweihte sie entdecken würde, wenn er den Blick zufällig in ihre Richtung wandte. Ihre Chamäleonhaut war eine gute Tarnung, aber mehr als einem flüchtigen Blick hielt sie nicht stand. Und immerhin wusste der Geweihte, dass sie noch irgendwo hier draußen war.

Andererseits schien ihn die bevorstehende Aufgabe völlig für sich einzunehmen. Er blickte nicht nach links, nicht nach rechts, nur geradewegs in die dunkle Wunde, die als niedriger Tunnel ins Innere des Drachen führte. Zwei freigeschabte Rippen umrahmten die Öffnung wie bleiche Säulen.

Ein wildes Brüllen ertönte aus der Richtung des Waldrandes. Der Geweihte wirbelte herum. Der Schrecken auf seinen Zügen wollte so gar nicht zu seiner furchterregenden Erscheinung passen, und Geist wurde zum ersten Mal bewusst, wie angespannt er wirklich war.

Das Brüllen kam näher. Geist musste sich zusammenreißen, um sich nicht ebenfalls umzudrehen. Jede hastige Bewegung mochte sie verraten.

Doch die Moosfräulein sind bekannt für ihre kindliche Neugier, und Geist war keine Ausnahme. Schließlich gab sie ihrem angeborenen Vorwitz nach, hob die Schultern vom Heidekraut und drehte ihren Kopf.

Ein Koloss stürmte vom Waldrand über die Heide. Schwertschwingend stieß er eine Reihe wilder Schreie aus und rannte auf die Krieger am Klippenrand zu.

Es war Löwenzahn, und sein Gesicht brannte.

Nicht sein Gesicht!, erkannte Geist mit kaltem Schrecken. Sein Bart stand in Flammen, ein lodernder Feuerball, der eine schwarze Spur aus Rauch hinter sich herzog. Für die Krieger musste es aussehen, als sei der Feuergott selbst vom Himmel herabgestiegen.

Der Schmerz musste grauenvoll sein, aber gleichzeitig schien er Löwenzahn anzutreiben, stürzte ihn in einen Berserkerzorn, dem keiner der zwanzig Drachenkrieger entrinnen konnte.

Die Ersten ließen von der Seilwinde ab und liefen dem Riesen mit zögernden Schritten entgegen. Auf halbem Weg zwischen Wald und Klippe trafen sie aufeinander. Löwenzahns Schreie wurden immer grauenvoller, er fällte die beiden ersten Gegner mit einem einzigen Schlag und riss die Klinge empor, um sich den nächsten entgegenzustellen. Einer brach zusammen, bevor er den Koloss überhaupt erreichte; ein Pfeilschaft mit schwarzen Rabenfedern ragte aus seiner Kehle.

Löwenzahn nutzte die Atempause, um die Flammen vor seiner Brust mit dem Umhang des Toten zu löschen. Sein Gesicht rauchte, und sein Kinn war von Blasen entstellt, doch er schien die Schmerzen nicht mehr zu spüren. Immer mehr Krieger warfen sich ihm nun entgegen, einige wurden von Pfeilen gefällt, doch viele kamen bis zu ihm durch. Ein wildes Gerangel aus blitzenden Schwertern, blutigen Leibern und dem Schreien der Verwundeten nahm seinen Anfang, immer wieder übertönt von Löwenzahns Gebrüll.

Am Waldrand erkannte Geist eine Gestalt mit wallendem grauen Haar, die einen Langbogen in Händen hielt. Pfeil um Pfeil sandte sie zu Löwenzahns Unterstützung über die Heide. Ein finsteres Lächeln spielte um Mütterchens Lippen, als sie feststellte, dass ihre Zielsicherheit in den vergangenen Jahren kaum nachgelassen hatte.

Und noch jemanden entdeckte das Moosfräulein. Ein finsterer Krieger, ganz in Schwarz gekleidet, mit flatterndem Umhang und einem Kragen aus Rabenfedern, pirschte in weitem Bogen um die Kämpfenden herum und näherte sich der Seilwinde. Hagen von Tronje zog das verletzte Bein noch stärker nach als vor wenigen Stunden, als sie den dreien im Wald begegnet war. Mit verbissener Miene näherte er sich seinem Ziel. Auch die letzten Drachenkrieger hatten ihren Platz an der Klippe verlassen und waren dem wütenden Löwenzahn entgegengestürmt. Die Winde war unbewacht.

In all der Aufregung hatte Geist fast vergessen, in welcher Gefahr sie selbst sich befand. Als sie nun hastig zurück zum Drachen schaute, wurde ihr der Blick von den Beinen des Geweihten versperrt. Er hatte Horn und Bluteimer am Kadaver zurückgelassen und stand nur noch einen Schritt vor ihr, starrte kalt zu ihr herab. Im gleichen Moment schossen seine Hände vor, die Finger zu Klauen gekrummt.

Geist wälzte sich blitzschnell herum, um seinem Griff zu entgehen. Flink wollte sie auf die Beine springen und die Flucht ergreifen, doch der Geweihte entwickelte eine unerhörte Schnelligkeit und Kraft. Seine Hände packten das nackte Mädchen am linken Arm. Ein seltsames Kribbeln durchfuhr sie, wo seine Finger sie berührten. Ein bestimmter Teil ihrer selbst schien etwas in ihm zu erkennen, seine Gleichartigkeit zu begreifen, die Verwandtschaft zu akzeptieren. Doch als seine Hände fester zudrückten und sie mit Gewalt vom Boden rissen, da verflüchtigten sich solche Gedanken. Was blieb, waren Furcht und tiefempfundene Abscheu.

Sie versuchte, ihn zu treten und mit den Zähnen nach ihm zu schnappen, doch der Geweihte lachte nur leise über ihre vergebliche Gegenwehr. Wie ein unwilliges Stück Vieh zerrte er sie zur offenen Flanke des Drachen, direkt vor den Spalt zwischen den Rippen. Der Tunnel durch die Eingeweide der Bestie war pechschwarz.

»Du wirst etwas für mich tun«, zischte der Geweihte ihr ins Ohr. »Ich will, dass du …«

Geists Aufschrei unterbrach ihn. Gellend rief sie nach Löwenzahn und Mütterchen, bis sich die Hand des Geweihten auf ihren Mund legte und sie zum Schweigen brachte.

»Dein Freund, der Zwerg, hat sich verkrochen. Bedank dich bei ihm, dass es nun dich trifft, mein Kind.« Sein starrer Blick senkte sich böse in das unschuldige Blau ihrer Augen. »Du wirst mir gehorchen! Deine Gefährten werden dir nicht zu Hilfe kommen. Du bist kein Mensch wie sie, du bedeutest ihnen nicht mehr als der Baum, den sie fällen, damit es warm wird in ihren Stuben. Begreif das endlich! Wir sind anders als sie, vollkommen anders.«

Es gelang Geist, ihre Zähne in seine Finger zu schlagen. Ruckartig zog er seine Hand von ihrem Mund. »Irgendwann werde ich ein Mensch sein«, spie sie ihm verächtlich entgegen. »Ich bin jetzt schon menschlicher als du.«

Er lächelte. »In deinen Träumen und Hoffnungen. Gleich wird

sich erweisen, ob wirklich etwas Menschliches in dir steckt. Ich wollte es selbst wagen, aber besser ist, du gehst voraus.«

»Was hast du vor?« Sie überlegte, ob sie abermals um Hilfe rufen sollte, als sie plötzlich die Melodie hörte. Sie hatte sie schon vorher vernommen, auf ihrem Weg hierher, einmal sogar daheim, in den Wäldern rund um Obbos Wirtshaus. Ihr war nie der Gedanke gekommen, dass die Folge klingender Töne ein Lockruf, ein Wegweiser sein könnte.

»Jetzt hörst du es wieder, nicht wahr?«, wisperte der Geweihte ihr ins Ohr. »Ich kann es auch hören, leiser als du, aber ich höre es. Willst du ihm nicht helfen? Spürst du nicht auch das Verlangen, die Qualen dieser Kreatur zu beenden?«

»Welcher Kreatur?«, stammelte sie verwirrt, obgleich sie es ahnte.

Der Geweihte deutete auf den Kadaver. »Sieh ihn dir an! Schau, wie er daliegt, verstümmelt, entstellt.«

»Deine Männer waren es, die ihm die Zähne aus den Kiefern rissen, und die ihm … das hier antaten.« Sie zeigte auf das klaffende Loch in der Flanke.

»In seinem Auftrag«, widersprach der Geweihte, »zu seinem Besten.«

»Du willst ihn zurück ins Leben rufen?«

»Ihn befreien aus den Ketten des Todes, ihm das Leben geben, das sein war, länger als jedem anderen Wesen. Er ist so alt wie die Berge selbst, älter als der Fluss und die Reiche an seinen Ufern. Und er ist der Letzte seiner Art. Er hat es nicht verdient zu sterben. Seine Stärke, seine Klugheit, die List, die er in sich trägt – kein Wesen kommt ihm darin gleich. Er ist der Drache, von dem wir alle irgendwann gehört haben, in Legenden und den Geschichten der Alten. Und jetzt liegt er vor dir, du hörst seine Hilfeschreie, und du willst dich ihm verweigern? Ist das wirklich dein Ernst?«

Sie zitterte am ganzen Leib, hatte keine Gewalt mehr über ihre Glieder. »Warum tust du es nicht selbst, so wie du es vorgehabt hast?«

»Weil mir an seiner Dankbarkeit liegt. Was nutzt sie mir, wenn ich tot bin? Wird er den Zauber in mir erkennen, wenn ich seinen Leib betrete? Oder wird er mich verschlingen, so wie jene, die diesen Tunnel gruben? Niemand weiß es. Wir allein, die wir das magische Blut der Alten in uns tragen – der Zwerg und du und ich –, vermögen seinen Ruf zu hören. Er schadet nicht jenen, die von seiner Art sind, so wie ihr beiden. Du wirst in ihn eindringen und seinem Herzen das eigene Blut darbringen, während ich das Drachenlied spiele, als Antwort auf seine Klagegesänge. Und der Lindwurm wird zu neuem Leben erwachen, geschwächt zwar, aber mächtiger als jede Kreatur diesseits und jenseits des Stroms.« Ein schwarzes Lodern zuckte in seinen Augen. »Er wird wissen, wem er Dankbarkeit und Demut schuldet.«

Geist fragte sich, was aus Mütterchen, Löwenzahn und dem Ritter geworden war. Sie hatten ihre Hilfeschreie nicht gehört. Oder wollten sie sie nicht hören? Das Klirren aufeinanderschmetternder Klingen dröhnte über den Kadaver hinweg an ihr Ohr. Löwenzahn schien den Gegnern immer noch standzuhalten.

»Du wirst es tun!«, sagte der Geweihte noch einmal. Wieder schien es, als bewegten sich die Schatten der Geweihmaske über sein Gesicht. Was immer an Menschlichem noch in ihm war, es hatte den Widerstand gegen den Zauber längst aufgegeben. Geist fragte sich, ob ein Großteil dieses Zaubers nicht schlichter Wahnsinn war, von uralten Mächten verdreht und verrenkt, bis er den Anschein von etwas Magischem hatte.

Als er seinen Griff um ihre Oberarme lockerte, da war ihr, als weiche ein Gespenst aus ihrem Denken, ein Hauch von Kälte, der alle ihre Sinne erbeben ließ. An seine Stelle trat wieder die Melodie, die Qual des Drachen, die sich mehr und mehr auf sie selbst übertrug. Sie musste es beenden, musste ihm geben, was er verlangte, damit die Pein dieses Wesens vorüberging.

Sie nickte dem Geweihten zu, mit der Selbstverständlichkeit eines Traumes. Ja, sie würde in den Drachen eindringen. Und sie würde tun, was nötig war, seinen Leib mit neuem Leben zu befruchten.

Er war ihresgleichen, sie war wie er. Sie spürte diese Verwandtschaft mit jedem Augenblick deutlicher, und sie erfüllte sie mit heißem Glück.

Geist akzeptierte ihr eigenes Wesen gemeinsam mit dem seinen, sie wusste, wer sie war.

Endlich war sie bereit.

Für den Drachen, für sich selbst.

Kreischend brach der erste Balken aus seiner Verankerung. Alberich trat und stampfte, bis das Drachenblut über seinen Kopf hinaus spritzte, sprang voller Wut umher, bis abzusehen war, dass die gesamte wacklige Konstruktion in den nächsten Augenblicken aus der Wand splittern würde. Da stieß er sich mit beiden Füßen ab, bekam den Rand der Stollenöffnung zu fassen und zog sich mit letzter Kraft nach oben. Unter ihm gaben die Stützbalken nach, Seile rissen, und Nägel wurden aus dem Holz gezerrt. Einen Augenblick lang sah es aus, als wollte sich das ganze Becken zusammenfalten wie ein Stück Pergament, dann ertönte ein Knirschen, und das sperrige Gebilde stürzte taumelnd in die Tiefe. Immer wieder prallten seine Ecken unter Getöse an die Felswand, weitere Bretter lösten sich, und eine dunkelrote Blutfontäne ergoss sich in den Abgrund. Als das Becken auf dem Fluss zerschellte, breitete sich rundherum ein Strudel aus rotem Schaum aus, der eilig von den Wogen davongetragen wurde. Innerhalb weniger Herzschläge waren nur noch ein paar Latten zu sehen, die wie Spuren eines Schiffsuntergangs nach Norden trieben, schwarzes, splittriges Treibholz.

Alberich kauerte im Eingang des Stollens und blickte den Trümmern mit wilder Befriedigung nach. Der Geweihte und seine Männer würden das Drachenblut nicht mehr missbrauchen. Die Melodie in seinem Schädel setzte einen Moment lang aus, kehrte aber wieder, als er durch den Stollen ins Innere der Felswand blickte. Es war noch nicht vorüber.

Erst allmählich dämmerte ihm die Ausweglosigkeit seiner Lage. Der Stollen musste im leeren Hohlraum des Blutsees enden, unterhalb der oberen, versteinerten Schichten. Von dort aus gab es keinen

Ausgang. Oben an der Kante wiederum lauerten die Krieger des Geweihten, und er sah bereits bildhaft vor sich, wonach ihnen der Sinn stehen würde, wenn sie ihn in die Finger bekämen.

Eines aber stimmte ihn nachdenklich: Eine ganze Weile schon war kein Versuch mehr unternommen worden, ihn von seinem Zerstörungswerk abzuhalten. Keine Pfeile und Armbrustbolzen mehr, keine weiteren Männer, die abgeseilt wurden. Der Tote baumelte noch immer auf Höhe des Stollens im Wind, sein zertrümmertes Gesicht war Alberich anklagend zugewandt. Niemand schien es für nötig zu halten, ihn abzuschneiden oder hochzuziehen.

Reichte dem Geweihten ein einziger Eimer mit Drachenblut? Seine Männer zumindest würden sich kaum damit zufriedengeben.

Ein eiskalter Wind peitschte um die Klippe. Der zugige Stolleneingang wurde von tückischen Böen heimgesucht, die Alberich fast in den Abgrund rissen. Gerade wollte er sich tiefer in den Gang zurückziehen, als er einer Bewegung am oberen Felsrand gewahr wurde.

Ein hageres Gesicht schob sich über die Kante. Der Mann hatte nur ein Auge. Ein Windstoß trieb einen Kranz aus Rabenfedern um seinen Hinterkopf, es sah aus wie ein schwarzer Heiligenschein.

Alberich begann am ganzen Leib zu zittern, als er sich an die Gestalt aus der Sturmnacht erinnerte. An Wodan, den Herrn aller Götter. An den Rabengott.

Die Erscheinung riss den Mund auf, brüllte gegen den tosenden Wind etwas zu ihm herunter und zog sich wieder zurück. Wenig später wurde eine Seilschlaufe herabgelassen, abermals beschwert mit einem Stein. Alberich bekam sie zu fassen, fragte sich verzweifelt, auf was er sich da einließ, und schlang sich den Strick um den Leib. Er zog und zerrte, bis die Schlaufe fest um seine Brust und Achseln lag.

Dann stieß er sich mit geschlossenen Augen von der Felswand ab und raste hinaus in den Abgrund.

Das blutrote Licht des Morgens verblasste, als das Moosfräulein den ersten Schritt ins Innere des Drachen tat. Fremde Gerüche umwogten sie. Ihre Haut verfärbte sich unkontrolliert in rasender Folge, mal braun, mal grün, mal schwarz, dann wieder alle Farben zugleich, ohne dass sie selbst einen Einfluss darauf hatte. Rote Muster zuckten über ihre Glieder, vermischt mit Gelb und Blau und Weiß – Farben, die ihr früher fremd gewesen waren. Seltsame Linien und Zeichen erschienen, manche wie Runen, andere wie die Kritzelei eines Kindes. Etwas geschah mit ihr, mit ihrem Körper, und schließlich begriff sie, was es war.

Sie erblühte.

Die gelben und roten Schlieren und Punkte waren wie Knospen auf ihrem Leib, als sei der Weg des Heranreifens abgeschlossen und zeige nun stolz seine Früchte.

Ein seltsames Gefühl ergriff von ihr Besitz. Zum ersten Mal glaubte sie sich selbst als vollendetes Wesen zu begreifen, nicht als Anschein von etwas, das sie nicht war. Nicht als Mensch, der sich durch Krankheit von allen Übrigen unterschied und sich schamvoll vor ihnen versteckte, sondern als ein Geschöpf aus gestaltgewordenem Zauber. Sie wollte nie wieder etwas anderes sein.

Blind tastete sich das blühende Moosfräulein durch den Tunnel im Leib des Drachen, fühlte mit der einen Hand über Wände aus versteinerten Muskeln und Eingeweiden, hielt mit der anderen den Eimer voller Blut. Von weit, weit hinten rief ihr der Geweihte etwas zu, doch es war längst unwichtig geworden. Seine Worte, seine Gesten – ohne Bedeutung. Alles, was zählte, war ihre Dankbarkeit, ihre Ehrfurcht vor dem Drachen für das, was er ihr schenkte. Er *hatte* es verdient zu leben; und es war nur recht, dass sie diejenige war, die seine Auferstehung vollbrachte. Ein Akt des gegenseitigen Gebens stand kurz vor der Vollendung.

Der Drache war eine Kreatur wie sie selbst, der schwindende Schatten eines vergangenen Zeitalters. Vielleicht war es ja das, was ihnen allen bevorstand, ihr selbst, Alberich und dem Geweihten: das Verblassen im Morgengrauen einer neuen Zeit. Sie waren die letzten Rätsel einer Nacht, in der Geheimnis und Dunkel regiert hatten, und die Dämmerung drohte sie ein für alle Mal zu vertreiben.

Der Tunnel erstreckte sich länger und länger, schlängelte sich um blasige Hüllen, die zu Stein erstarrte Organe sein mochten, kalt wie Kuppeln aus Eis. Geist hatte das Gefühl, sich längst nicht mehr im Inneren des Drachen zu befinden, denn obgleich er groß und massig war, so war dieser Stollen doch viel zu lang, um in dem Kadaver Platz zu finden. Die Rippensäulen am Eingang waren ein Tor zum gestaltgewordenen Dilemma ihrer Art. Geists Eintreten in den Leichnam war gleichzeitig ihr Einlass in eine andere Welt. Sie tastete sich nicht durch den Drachen, sondern durch das, für was er stand, und in seinem Zentrum lag das Herz seiner Magie, das nur von einer wie ihr aus seiner Starre erweckt werden konnte.

Sie spürte, dass ihr Ziel nicht mehr fern war, irgendwo vor ihr in der Schwärze. Die Finsternis erfüllte sie mit einem Gefühl von Vertrautheit, denn es war die Finsternis des Mutterleibs, der sie geboren, nein, geschaffen hatte.

Und dann lag das Herz vor ihr, ohne Form, ohne Körper, nur Erinnerung und Wärme. Geist versprühte das Drachenblut in die Dunkelheit, längst in der Gewissheit, dass es ein leerer, bedeutungsloser Akt war. War es nicht vielmehr ihre Anwesenheit, die den Zauber zu neuem Leben erweckte? Wieder dachte sie an den Vorgang der Befruchtung, und sie verstand, dass alles, was sie tat, damit im Einklang stand. Der Geweihte hatte nichts begriffen. Instinktiv hatte er bestimmte Dinge erkannt, etwa den Eintritt in den Drachen und was er verursachen würde, doch seine Mittel waren sinnlos. Das Blut, die Hörner – sie waren nur Wegweiser wie das Drachenlied selbst, die Melodie, die sie hierhergeführt hatte. Am Ende aber waren sie unwichtig.

Vor ihren Augen löste sich auch das letzte Rätsel, das sie mehr als alle anderen beschäftigt hatte: Warum hatte der Drache dem Xantener, nachdem dieser ihn doch erschlagen hatte, das Geschenk der Unverwundbarkeit gemacht? Die Frage hatte ihr während der ganzen Reise keine Ruhe gelassen. Jetzt aber stand ihr die Antwort so klar und deutlich vor Augen, dass es ihr wie ein Wunder erschien, dass sie sie nicht vorher erkannt hatte: Sogar der Tod des Drachen war nur eine Stufe auf dem Weg. Denn nicht der Lindwurm war es, der die Fäden der Ereignisse zog. Es war der Zauber selbst, die Magie, die im Gefängnis des uralten Drachen geschlummert hatte und nach einem neuen, frischen Körper verlangte.

Jemand musste kommen und sie zu neuer Blüte bringen. Es war eine Befruchtung, im einfachsten, natürlichen Sinne. Die Magie war eine Blume, die nach langem Winter zu neuer Pracht gedeihen wollte. Alles, was es brauchte, war die Biene, die den Samen in ihr Herz trug.

Vielleicht hätte der Geweihte selbst es vollbringen können, mit Sicherheit aber Alberich. Doch Geist war glücklich, dass die Wahl auf sie gefallen war.

Und nun war sie hier. Im Mittelpunkt dessen, wo alles begonnen hatte und von Neuem beginnen würde.

Um sie herum erstrahlte die Dunkelheit in neuem Leben, Farben schlugen wie Meereswogen empor. Die Magie, so lange im Leib des greisen Drachen gefangen, war erwacht und gedieh mit der Macht des jungen Frühlings.

Es begann, als Alberich und Hagen gemeinsam zum Drachen eilten. Wie ein Spinnennetz rasten Risse über die Schuppenhaut, schwarze Blitze, vielfach verästelt.

Alberich sah, wie der Geweihte mit einem Horn in der Hand zurücktaumelte, bevor er noch die Zeit fand, hineinzustoßen. Der Drachenzahn entglitt seiner Hand und fiel achtlos zu Boden.

Jene Drachenkrieger, die nicht Löwenzahns Hieben oder Mütterchens Pfeilen zum Opfer gefallen waren, stolperten verwirrt auseinander, die Blicke gebannt auf den Kadaver gerichtet. Löwenzahn erschlug sie der Reihe nach, ohne Gnade und ohne zu begreifen, was vor sich ging. Dann erst folgte er ihren letzten Blicken und erstarrte.

Mütterchen taumelte aus dem Unterholz des Waldes und ließ Hagens Bogen fallen. Sie zog den schwarzen Köcher vom Rücken und schleuderte ihn beiseite; die letzten Pfeile wurden über die Heide verstreut. Mit offenem Mund kam sie näher, unfähig, ihren Blick vom Leichnam des Untiers zu wenden.

Hagen blieb schlagartig stehen, das verwundete Bein drohte einzuknicken. Sein schwarzer Handschuh spannte sich über den Fingerknöcheln, als seine Faust sich immer fester um den Schwertgriff krallte. Sein einzelnes Auge weitete sich.

Alberich lief einige Schritte weiter als der Ritter. Er musste aus der Nähe sehen, was geschah. Ihm war, als sei nicht er ein Teil der Ereignisse, sondern vielmehr das Ereignis ein Teil von ihm selbst. Tief in sich spürte er, wie sich etwas regte, veränderte.

Die Steinkruste des Drachen zersplitterte.

»Er erwacht!«, schrie Löwenzahn.

Doch Alberich dachte: Nein, nicht er, nicht der Drache. Etwas anderes stieg aus todesähnlichem Schlaf empor, aber es war nichts Schlechtes, nichts Böses.

Es ist wie ich, durchfuhr es den Zwerg.

Um sie herum begann die Heide zu blühen, in Rosa, Weiß und Lila.

Der Drache zerbarst in einer Eruption aus Staub und Gestein. Eine graue Wolke legte sich über die Klippe, und winzige Teilchen rieselten wie Asche eines Scheiterhaufens vom Himmel herab.

Und dort, wo eben noch der Drache gelegen hatte, in einem kargen Trümmerfeld wie Lavagestein, kauerte Geist mit angezogenen Knien, fest zusammengerollt und nackt wie ein Neugeborenes. Ihre Haut war rosa, weiß und lila, ein farbenprächtiges Abbild der Heide. Das Moosfräulein regte sich, streckte sich und schaute sich mit zusammengekniffenen Augen um.

Alberich rappelte sich von der Stelle auf, an die ihn der Druck der Eruption gestoßen hatte. So schnell ihn seine Beine trugen, rannte er auf das Mädchen zu.

Aus den grauen Wogen der Staubwolke brach eine weitere Gestalt hervor. Der Geweihte hatte das Drachenhorn mit beiden Händen gepackt, hielt es mit der Spitze nach unten über den Kopf. Schreiend schleppte er sich auf das Moosfräulein zu, um es mit dem Horn zu durchbohren.

Ein schwarzer Wirbel fuhr neben Alberich durch den Dunst,

schoss an ihm vorüber auf den Geweihten zu. Stahl schimmerte blass durch Aschewolken.

Es gab keinen Endkampf.

Hagen holte noch im Humpeln aus, traf auf den Geweihten, bevor der seinerseits das Mädchen erreichen konnte. Die Klinge wirbelte in weitem Bogen herum, brach durch die Hornrüstung wie durch morsches Geäst und schlug dem Geweihten den Kopf von den Schultern. Sein Torso wurde von der Wucht herumgestoßen, wirbelte zuckend zu Boden. Hagen brach neben ihm in die Knie.

Alberich und Mütterchen trafen gleichzeitig bei dem Moosfräulein ein, nahmen es sanft bei den Armen und führten es aus dem Trümmerfeld. Seine Farben flimmerten und flirrten, kamen erst zur Ruhe, als seine Füße die Heide berührten.

»Es ist vorbei«, sagte Mütterchen leise.

Geist sah aus, als wollte sie widersprechen, doch dann senkte sie nur ihren Blick und schwieg.

Als der Staub sich legte, ließen sie die Heide hinter sich. Der Weg führte sie entlang der Felskante nach Süden. Mütterchen ging neben Löwenzahn. An einer Hand führte sie das Pony. Sie hatte das Gesicht des Riesen dick mit Salbe und Kräutern bestrichen. Es sah aus, als sei ihm ein neuer Bart aus Unkraut gewachsen. Er klagte nicht über Schmerzen, obgleich sie doch alle wussten, wie weh seine Brandwunden tun mussten. Sie waren stolz auf ihn, und da war keiner, der es ihm nicht mehrfach versichert hatte.

»Sie werden Lieder über deine Heldentat singen«, sagte Mütterchen, und unter der Salbe verzog sich Löwenzahns Mund zu einem glücklichen Grinsen.

Alberich und Geist gingen schweigend, als dem Zwerg etwas einfiel. Er griff unter sein schmutziges Wams und zog ein Knäul aus Binden und Tüchern hervor.

»Das gehört dir«, sagte er und reichte es dem Mädchen.

Das Moosfräulein zögerte einen Augenblick, dann nahm sie die Verbände widerstrebend entgegen. Als sie sie vor ihren schillernden

Körper hielt, vor das Bunt des Frühlings auf ihrer Haut, da wirkten die Stoffe ungleich grauer und hässlicher.

Wortlos trat sie an den Rand der Felswand und warf die Verbände in den Abgrund. Flatternd schwebten sie in die Tiefe, wurden von Böen hin und her geschüttelt, von Aufwinden wieder emporgetragen, um dann schließlich doch noch unten im Rhein zu landen. Eine Weile tanzten sie auf der Oberfläche, dann riss der Sog sie davon.

Die vier Gefährten standen am Abhang, blickten stumm auf den Fluss, und jeder hing stillen Gedanken nach, als Mütterchen plötzlich rief:

»Seht nur, der Ritter!« Ihre Hand deutete zurück zur Heide, hoch oben auf der Klippe.

Hagen von Tronje stand an der Felsenkante, ein dräuender schwarzer Scherenschnitt, gestützt auf eine Krücke. Neben ihm erkannten sie den Pferdekarren. Die Hinterräder standen unweit des Abgrunds. Darüber funkelte und glitzerte es. Das Gold auf der Ladefläche war nicht mehr mit Erde bedeckt, es war um ein Vielfaches höher als zuvor. Hagen musste den restlichen Schatz aus der Drachenhöhle aufgeladen haben.

Jetzt wandte der Ritter sich dem Karren zu, doch statt auf den Bock zu steigen und die Pferde voranzutreiben, löste er eine Klappe an der Rückseite. Das Holz kippte nach unten, und von der Ladefläche sanken Gold und Edelsteine, eine gleißende Flut, die sich an der Felswand hinunter in die Wogen des Rheins ergoss.

»Er ist wahnsinnig!«, rief Mütterchen aufgebracht und wollte schon den Weg zurücklaufen, doch Alberich hielt sie zurück.

»Lass ihn.« Er wunderte sich ebenso wie die anderen, doch er ahnte auch, dass die grimmige Maskerade des Ritters ein tieferes Geheimnis barg.

»Er versenkt all das schöne Gold im Rhein«, jammerte Mütterchen; es war die Räuberin, die aus ihr sprach.

Löwenzahn deutete lächelnd auf zwei Säcke, die er auf dem Rücken des Ponys befestigt hatte. »Nicht alles.«

»Aber …«, wollte Mütterchen widersprechen, doch ihr Ringen nach Worten blieb vergeblich. Der Anblick verschlug ihr schlichtweg die Sprache.

Alberich grinste verhalten und ging voraus, den Weg hinab nach Süden. »Lasst ihn in Ruhe«, sagte er noch einmal, und Geist sprang frohgemut an seine Seite. »Er ist Hagen von Tronje, und er allein kennt seine Gründe.«

Als sich auch die anderen abgewandt hatten, erschien ein Schatten auf der Wasseroberfläche und schob sich träge auf die Klippe zu, dorthin, wo das Gold versank.

Keiner von ihnen bemerkte es.

Vielleicht war es nur eine Wolke, die sich auf den Wellen spiegelte.

EPILOG

Beim traditionellen Fußnägelrauchen schnitt Alberich sich in den Zeh. Ein Blutstropfen quoll hervor, und einen Moment lang verzog er gequält das Gesicht.

So viel zur Unverwundbarkeit, dachte er schmerzlich; doch die alte Enttäuschung war längst verklungen. Bemüht, sich sein Missgeschick nicht anmerken zu lassen, schälte er sich ein Stück vom Nagel und stopfte es in die Pfeife, die von Hand zu Hand durch den *Wolfswinkel* gereicht wurde. Frohes Gegröle wurde laut, als sie den letzten in der Reihe erreichte. Sodann wurde die Pfeife entzündet und dem Bemitleidenswerten übergeben, der sich freiwillig gemeldet hatte.

Alberich wartete nicht ab, wie der Pfeifenstreit ausging. Er schob seinen Fuß zurück in den Stiefel und trat zur Tür hinaus ins Abenddunkel. Nach dem Gestank aus der glimmenden Pfeife war die kühle Nachtluft eine Wohltat. Er lehnte sich an die Hauswand, verdrängte den Lärm aus der Schänke und wandte den Blick hinauf zum Sternenhimmel. Es war eine schöne Nacht. Er fragte sich, ob Menschen sich bei diesem Anblick genauso klein wie Zwerge fühlten.

Damals hatte Geist ihm berichtet, was ihr widerfahren war, und er teilte ihre Ansichten. Der Drache war nur eine Hülle gewesen, ein Körper für das, was tatsächlich in ihm schlummerte: eine Magie, so mächtig, dass sie den Kräften der Götter nahekam. Für die Magie aber war der Drache längst zum Kerker geworden, alt und träge und von allen gehasst, und es dürstete sie nach einem Neubeginn. So hatte sie sich Wesen herbeigerufen, deren Natur es gestattete, ihr als neue Träger zu dienen; Wesen, die ihre Macht in ein neues Zeitalter, zu neuer Blüte zu führen vermochten. Geist, das zierliche, unschuldige Moosfräulein, war eine gute Wahl gewesen, viel besser als Alberich selbst. Was hätte er auch mit solchen Kräften anfangen sollen? Er war ein Zwerg, ein Krieger, und der Hauch von Zauberei, den er selbst in sich trug, genügte ihm vollkommen. Liebe Güte, die Magie eines Drachen! Nur ein so unbeschwertes Wesen wie Geist vermochte solche Macht zu bändigen, ohne daran zu verzweifeln.

Siegfried von Xanten war nur ein winziges Glied in der Kette gewesen. Ohne es zu wissen, hatte er etwas viel Größeres in Gang gesetzt, als er den Drachen erschlug. Als Dank dafür war ihm die Panzerhaut zu eigen geworden; ob sie ihm Glück oder Unglück brachte, musste sich erst noch erweisen.

Der Geweihte schließlich hatte geglaubt, er habe die Vorgänge durchschaut. Ja, er hatte gedacht, er könne selbst Einfluss darauf nehmen. Dabei war auch er nur ein Werkzeug gewesen. Er hatte davon geträumt, den Drachen zum Leben zu erwecken und in seine Gewalt zu bringen. Wäre er nur ein wenig mutiger gewesen und selbst in den Leib des Lindwurms gestiegen, vielleicht hätte sich die Macht des Zaubers dann auf ihn übertragen. Doch als er Geist den Vortritt ließ, hatte er seinen eigenen Niedergang verursacht. Nicht der Drache war erwacht, sondern seine magische Essenz. Und nun war es Geist, die sie beherbergte.

Die Tür des Wirtshauses wurde aufgezogen. Kerzenlicht und Rauch drangen hinaus auf den Waldweg. Mütterchen trat ins Freie und hustete lautstark.

»Sag bloß, du hast es versucht?«, fragte Alberich.

Sie schüttelte den Kopf und musste abermals husten. »Ich hab' nur ein Stück Ei im Hals.« Sie atmete tief durch, es klang wie ein Blasebalg am Kaminfeuer. »Gehen wir zurück zum Berg. Löwenzahn ist ungeduldig. Er wird noch seinen Posten am Tor verlassen, um uns zu suchen.«

»Geist wird ihn schon beruhigen. Beim letzten Mal erschien eine Rosenblüte in ihrem Gesicht, als er wütend wurde.« Alberich kicherte krächzend. »Ich glaube, unser Riese ist verliebt.«

Mütterchen rümpfte die Nase und streckte den Kopf zurück in den Schankraum. »Obbo!«, brüllte sie, um den Lärm der Feier zu übertönen. »Bring uns zwei große Krüge Bier!«

Wenig später erschien der Wirt und drückte jedem einen schäumenden Humpen in die Hand. »Ihr geht schon?«

Die greise Räuberin nahm einen Schluck und nickte; dabei tauchte sie versehentlich ihr halbes Gesicht in den Schaum. Sie spuckte und schnaubte. »Wir können nicht immer so viel Glück haben wie bei der letzten Bande, die am Berg aufgetaucht ist.«

»Löwenzahns Bart wächst nicht mehr so gut wie früher«, pflichtete Alberich bei.

Obbo lächelte verständnisvoll und verschränkte die Hände über seinem Kugelbauch. Sein Blick wanderte hinauf zu den Sternen. »Schöne Nacht, was?«

»Gab schon schönere«, erwiderte Alberich missmutig.

Mütterchen grinste. »Obbo, ich glaube, da drinnen hat jemand deinen Namen gerufen.«

Der Wirt seufzte in gespielter Schwermut. »Manchmal denke ich, das ist das einzige Wort, das sie kennen.« Damit drehte er sich um und eilte zurück in den Schankraum. Hinter ihm fiel die Tür zu.

Mütterchen und Alberich blickten auf ihre Krüge, dann zur geschlossenen Wirtshaustür. Einen Augenblick später stahlen sich beide wie auf ein geheimes Zeichen davon. Nach einigen Schritten stimmten sie das Lied vom Räuber Rohland an. Mütterchen legte eine Hand auf Alberichs Schulter, und so gingen sie und schwenkten vergnügt die gestohlenen Krüge, bis der Schatten des Berges sie verschluckte.

DER ZWERGENKRIEG

PROLOG

Zweihundert Jahre früher

Trommeln dröhnten in der Tiefe des Berges, dumpfe Paukenschläge in einem quälend langsamen Rhythmus. Waffengeklirr drang aus den unteren Ebenen herauf, Stahl auf Stahl, dazwischen das Schreien der Verwundeten und Sterbenden. Hornstöße hallten empor, gebrüllte Befehle, das Trampeln hunderter Stiefelpaare.

Grimma, dritte Heerführerin der Zwerge vom Hohlen Berg, packte den fellumwickelten Schaft ihrer Axt mit beiden Händen; die schweißgetränkte Schafswolle quoll feucht zwischen ihren Fingern hervor. Grimma hetzte den Treppenschacht nach oben, über breite, flache Stufen, gefolgt von fünf Zwergenkriegern, dem Rest ihrer besten Einheit.

Sie hasste es, der Schlacht den Rücken zu kehren. Sie fühlte sich dabei wie ein Feigling. Aber sie wusste auch, dass jemand die drei Nordlinge aufhalten musste, denen es gelungen war, sich einen Weg in die oberen Ebenen freizukämpfen. Bis zuletzt hatte sie an der Seite König Thorhâls gekämpft, doch die Schlacht ging dem Ende entgegen, und der Zwergenherrscher selbst hatte Grimma den Befehl gegeben, die Flüchtigen zu verfolgen.

Die fünf Männer in Grimmas Gefolge waren eigentlich zu wenige, um sich den drei Nordlingen entgegenzustellen. Jeder Nordling konnte es mühelos mit zwei oder drei der besten Zwergenkämpfer aufnehmen. Grimma hatte den König nicht ohne ausreichenden Schutz zurücklassen wollen, und seit der Feind die königliche Leibgarde beim Gemetzel in der Großen Säulenhalle aufgerieben hatte, waren Grimmas Einheiten für das Leben Thorhâls verantwortlich. Daher hatte sie auf weitere Männer verzichtet und sich nur mit diesen fünf auf den Weg gemacht. Es war gewagt, aber nicht aussichtslos. Grimma selbst hatte einmal ganz allein zwei Nordlinge niedergemacht, ohne jede Unterstützung, und seither wusste sie, dass nicht jeder ihrer Feinde über gleich große Kraft und Fertigkeit im Kampf verfügte. Zudem war einer der Gejagten verwundet, das verriet die Spur aus Blutstropfen, die vor den Zwergen die Stufen hinaufführte.

Einen Augenblick lang verstummte das Trommeln in der Ferne, nur um einige Atemzüge später wieder aufgenommen zu werden. Die Pause war lang genug gewesen, um Grimma mit wildem Triumph zu erfüllen. Erst ein einziges Mal seit Beginn der Kämpfe vor mehr als zwei Wochen war das Trommeln der Nordlinge aus dem Rhythmus geraten; damals hatte der Bolzen einer Zwergenarmbrust einen der feindlichen Häuptlinge niedergestreckt. Grimma hoffte, dass die neuerliche Unterbrechung einen ähnlichen Grund hatte. Ein weiterer Nordling-Führer war gefallen, und wenn die Berichte der Späher richtig waren, war dies der zweite und letzte gewesen.

Mögen die Götter geben, dachte sie finster, dass die Schlacht bald zu Ende und der Angriff der Nordlinge abgewehrt ist – doch um welchen Preis? Die Verluste unter den Zwergen waren entsetzlich, viel höher als auf der Seite ihrer Feinde. Die Nordlinge, die den Hohlen Berg angegriffen hatten, waren kaum mehr als eine Bande gewesen, keinesfalls eine Armee, und doch hatten sie das halbe Zwergenheer vernichtet. Auch deshalb durfte keiner der Nordlinge überleben; sollte einer von ihnen in seine Heimat zurückkehren und eine neue, größere Truppe um sich scharen, so wäre das Schicksal der Zwerge vom Hohlen Berg besiegelt und damit der Untergang des letzten Zwergengeschlechts am Rhein.

Grimma schaute zur Seite, als Egil, einer ihrer Krieger, neben ihr erschien. »Da sind sie!«, zischte er ihr atemlos zu und deutete nach vorne, den Treppenschacht hinauf. »Oben, am Ende der Stufen.«

Eine Falle? Grimma blinzelte zum Ausgang des Treppentunnels. Hatten ihre Gedanken sie derart abgelenkt, dass sie die sicheren Anzeichen eines Hinterhalts übersehen hatte? Liebe Güte, sie wurde alt.

Sie nickte Egil dankbar zu, blieb stehen und hob die Hand. Sogleich bildeten die fünf Krieger eine hufeisenförmige Formation um ihre Anführerin, die Augen wachsam nach außen gewandt, die Streitäxte fest in den schwieligen Händen.

Grimma schaute zwischen den gepanzerten Schultern zweier Krieger hinauf zu dem hohen Torbogen, der den Übergang der Treppe in eine düstere Halle markierte. Die oberste Stufe lag noch gut zwanzig Schritte von ihnen entfernt. Sollten dort oben tatsächlich die drei Nordlinge lauern, so war deren List missglückt. Doch immer noch konnte Grimma unter dem Bogen nichts erkennen. Keine gehörnte Silhouette, keinen verräterischen Schatten. Und doch – wenn Egil behauptete, etwas gesehen zu haben, dann gab es keinen Zweifel, dass dort tatsächlich etwas war. Zwerge hatten von Natur aus gute Augen, und selbst unter ihnen stach Egil mit seinem scharfen Blick hervor.

Kein ungewohntes Geräusch ertönte, nur das vertraute Plätschern der Wasserrinne, die jeden Korridor und Flur des Hohlen Berges flankierte. Das schmale Rinnsal, kaum breiter als zwei Finger, zeigte an jedem Ort des Zwergenreiches an, ob der Weg nach oben oder unten führte. Mochten die Böden der meisten Gänge und Hallen noch so ebenerdig erscheinen, sie waren es nicht. Kluge Baumeister hatten einstmals diesen Einfall gehabt, um im Labyrinth der Stollen und Säle die Orientierung zu erleichtern. Sogar hier, in diesem Treppenschacht, wo es keinerlei Zweifel am Oben und Unten geben konnte, verlief zu Grimmas Rechten eine Wasserrinne wie ein silbrig glitzernder Faden.

Gellir, ein rotbärtiger Zwerg mit eiserner Augenklappe, schaute über die Schulter zu Grimma. »Da oben ist nichts«, wisperte er. »Wir sollten weiter …«

»Nein!«, widersprach Egil in scharfem Flüsterton. »Ich hab' einen von ihnen gesehen.«

»Vielleicht eine Ratte«, sagte Kjartan, der jüngste der fünf Krieger. Er hatte drei Frauen, für die ihn mancher seiner Kameraden beneidete. Auch Grimma hatte er einmal beigelegen – vor dreißig, vierzig Jahren –, und sie schätzte ihn noch heute als engen Freund und Kampfgefährten.

»Eine wahrlich große Ratte muss das gewesen sein«, spottete Egil leise. »Sie lief auf den Hinterbeinen, hatte Hörner und ein Breitschwert. Geh, Kjartan, und zieh an ihrem Schwanz!«

Grimma überhörte das Gerede ihrer Krieger. Alle fünf hatten lange und tapfer gekämpft, und sie wollte ihnen jetzt nicht den Mund verbieten. Wenn die Nordlinge wirklich dort oben warteten, wussten sie ohnehin längst, dass ihre Verfolger nahten.

»Nordlinge verstecken sich nicht«, warf Odd ein, dessen Bart so gerstengelb war wie das Bier, das er meist aus eimergroßen Krügen trank.

Dem mussten alle zustimmen. Nordlinge waren zu groß und grob und ungeduldig, um Hinterhalte zu legen. Anderseits waren die Erfahrungen der Zwerge mit diesem Feind erst zwei Wochen alt, und es mochte manches geben, das sie noch nicht über ihn herausgefunden hatten. Und wer weiß, dachte Grimma argwöhnisch, vielleicht sind die drei ja verzweifelt. Oder todesmutig. Oder beides.

»Es hilft nichts«, entschied sie, »wir müssen weiter. Der König wäre gewiss nicht erfreut, wenn wir ohne ihre Hörner zurückkehrten.«

Im selben Augenblick erstarb in der Tiefe der Trommelschlag, und diesmal wurde er nicht wieder aufgenommen. Zugleich ertönte das Echo vielstimmigen Gebrülls. Da wussten die sechs Zwerge auf der Treppe, dass die Schlacht in den Minen entschieden war. Die letzten Nordlinge waren gefallen. Bis auf jene drei, deren Spur sie folgten. Das gab ihnen Auftrieb, und unter lautem Kampfgeschrei stürmten sie die Stufen empor, dem Torbogen und der Halle entgegen.

Sie waren keine zehn Schritte vom oberen Treppenabsatz entfernt, als Grimma plötzlich aufschrie.

»Halt!«

Ihr Blick war noch einmal auf die schmale Wasserrinne neben den Stufen gefallen, und diesmal verriet ihr das Rinnsal weit mehr als nur den offensichtlichen Weg nach oben.

Das Wasser hatte sich rot gefärbt. Rot vom Blut des verwundeten Nordlings, der hinter dem Torbogen lauerte!

Sie wollte Befehle brüllen, doch es war bereits zu spät. Odd behielt recht: Die Nordlinge waren nicht geschaffen für Hinterhalte, und auch jetzt war ihre Ungeduld zu groß. Brüllend sprangen sie hinter den turmhohen Steinpfosten des Portals hervor, die mächtigen Breitschwerter im Anschlag, jedes einzelne so lang wie ein Zwerg.

Grimma stand an der Spitze ihrer Einheit, und so galt ihr der erste Schlag des vorderen Nordlings. Seine Klinge fuhr herab und hätte sie von Kopf bis Fuß gespalten, hätte sie nicht im Reflex ihre Streitaxt emporgerissen und den Hieb damit aufgehalten. Die rohe Gewalt des Angriffs ließ sie schwanken, und schon holte der Nordling zum zweiten Mal aus. Wie die Gesichter seiner beiden Gefährten waren auch seine Züge hinter einem Schleier aus Kettengewebe verborgen. Bei jeder Bewegung verursachten die Eisenglieder ein leises Klingeln.

Abermals sauste das Breitschwert herab, doch diesmal tauchte Grimma mit einem Ächzen darunter hinweg, wirbelte die Axt herum und hieb die schartige Schneide tief in den Beinschutz des Nordlings. Zwergenstahl fraß sich knirschend durch das grobe Eisen, schnitt durch Haut und Knochen. Kreischend fiel der Nordling vornüber, warf mit seinem Gewicht Kjartan nach hinten und riss ihn mit sich die Treppe hinunter. Polternd verschwanden die beiden in der Tiefe.

Grimma schaute sich besorgt um. Die vier übrigen Zwergenkrieger hatten sich geteilt und kämpften nun jeweils zu zweit mit einem der beiden Nordlinge. Egil und Odd hieben gemeinsam mit Äxten auf ihren Gegner ein, der jedoch beider Angriffe mühelos abwehrte. Der Nordling überragte sie fast um das Doppelte, und Grimma sah, dass er derjenige war, der aus einer tiefen Wunde am Oberschenkel Blut verlor. Der Schmerz behinderte ihn nicht; der Nordling schien die Verletzung nicht einmal zu spüren, und das war kein gutes Zeichen. Offenbar stand er kurz davor, in Raserei zu verfallen. Grimma hatte in den vergangenen Wochen mehrfach mit angesehen, wie einige der Feinde vom Berserkerwahn überkommen worden waren, und bei aller Tapferkeit hatte sie ihren Göttern gedankt, in diesen Augenblicken nicht in der Reichweite der tobenden Nordlinge zu stehen.

Mit einem hohen Kriegsschrei stürzte sie sich in den Kampf, gerade als der Nordling Odd mit einem machtvollen Schlag den bärtigen Schädel von den Schultern trennen wollte. Grimma stieß den Zwergenkrieger beiseite und rettete ihm so das Leben, hätte aber ihr eigenes verloren, wenn nicht Egil den Hieb des Nordlings im letzten Moment mit seiner Axt blockiert hätte. Die Wucht des Schlages fegte Egil von den Beinen und warf ihn mehrere Treppenstufen nach unten. Der Nordling ließ sein Schwert ein weiteres Mal rotieren, verfehlte Grimma um Haaresbreite und traf stattdessen Odd, der sich gerade wieder aufrichten wollte. Die Klinge drang in seine Seite, tötete ihn innerhalb eines Wimpernschlages – und blieb in der stählernen Brust- und Rückenpanzerung des Zwerges stecken. Der Nordling zog und zerrte daran. Grimma holte aus und hieb ihm ihre Axt bis zum Schaft in den Unterleib. Der Krieger sackte ohne einen Laut zusammen, sein Blut mischte sich mit dem Odds und sprudelte durch die Wasserrinne hinab in die Tiefen des Berges.

Als Grimma benommen ihre Waffe aus der Leiche löste, taumelte Egil bereits an ihr vorbei, um den beiden anderen Zwergen, Gellir und Bollis, im Kampf gegen den letzten Nordling beizustehen. Grimma folgte ihm, und es dauerte nur wenige Augenblicke, da lag ihr Gegner tot auf den Stufen.

»Wir müssen sehen, was aus Kjartan geworden ist«, rief sie außer Atem, und schon stürmte sie mit Egil und Gellir die Treppe hinunter, während Bollis noch einen Moment zurückblieb, um die Hörner der Nordlinge abzutrennen.

Viele hundert Stufen tiefer kam ihnen Kjartan entgegen, auf seine Axt gestützt wie auf eine Krücke, und die Wunde in seiner Brust verriet ihnen, dass er sterben würde. Er konnte nicht einmal mehr sprechen vor Schmerz und Erschöpfung. Als er in Grimmas Armen zusammenbrach, drang nur noch ein tonloses Murmeln über seine

Lippen. Sanft legte sie ihn auf einer Stufe ab und schloss seine Augen, faltete seine Hände über der Brustwunde und legte die blutige Axt obenauf.

»Er hat gewusst, dass er sterben würde«, sagte sie leise, »und dennoch wollte er noch die Treppe hinaufsteigen und uns beistehen.«

Egil und Gellir nahmen ihre Helme ab, um dem toten Gefährten Achtung zu zollen, ebenso Bollis, als er wenig später hinzukam. Grimma sandte ein Gebet an die Götter, in das sie auch den gefallenen Odd einschloss, dann ließen sie Kjartan zurück und machten sich schweigend auf den Weg in die Minen. Unterwegs, am Fuß der Treppe, fanden sie den Leichnam des dritten Nordlings, den Schädel von Kjartans Axt zertrümmert, und diesmal musste Bollis die beiden Hörner nur noch vom Boden aufsammeln.

Als sie nach langem Abstieg endlich auf die feiernde Zwergenarmee stießen, war ihnen nicht nach Gesang und Bier zu Mute. Bollis reichte Grimma die sechs Hörner der Nordlinge, und sie wiederum brachte sie zu Thorhâl, dem König der Zwerge vom Hohlen Berg.

Thorhâl war hochgewachsen für einen Mann seines Volkes, fast so groß wie ein kleiner Mensch, und sein brauner, hüftlanger Bart war von Silberfäden durchzogen wie die Wand eines Bergwerkstollens. Seine grauen Augen blitzten weise und wach. Nicht einmal das Bier, das er zur Feier des Sieges krügeweise trank, vermochte einen Schleier von Trunkenheit über seinen klaren Blick zu legen. Er nahm die Hörner mit ehrfurchtsvoller Geste entgegen, schob sie wie Dolche unter seinen Gürtel, drei an jede Seite, dann legte er Grimma seine schwere Hand auf die Schulter.

»Einmal mehr hast du bewiesen, dass es eine richtige Entscheidung war, eine Frau zur Heerführerin zu bestimmen«, sagte er laut, und dabei blickte er streitlustig in den Kreis seiner Berater. Sie alle hatten die Nasen gerümpft, als er Grimma den Posten angeboten hatte. Zwerge leben lange, zweihundert Jahre und mehr, und sie vergessen kaum etwas, und der Disput mit seinen Ratgebern war Thorhâl so frisch im Gedächtnis, als hätte er erst am Tag zuvor stattgefunden.

Grimma mochte es nicht, wenn der König auf ihr Geschlecht anspielte, ganz gleich wie wohlmeinend. »Erst der Kampf macht Krieger aus uns, und fortan ist es ohne Bedeutung, ob wir von Natur aus Kinder oder dumme Ideen gebären.«

Die Zwergenratgeber in ihren langen Roben zuckten merklich, doch Thorhâl brüllte vor Lachen, umarmte Grimma, wie er jeden seiner männlichen Heerführer umarmt hätte, und zog sie dann von den anderen fort.

»Ich brauche deinen Rat, Grimma«, sagte er, als die übrigen Zwerge außer Hörweite waren. »Die Nordlinge sind geschlagen, aber ich glaube, unser Kampf mit ihnen ist noch lange nicht am Ende.«

»Ihr fürchtet, es könnten noch mehr von ihnen hierherkommen?« Grimma war nicht überrascht. Ein jeder hegte diese Angst, und die kommenden Tage würden zeigen, ob sich etwas gegen diese Gefahr unternehmen ließ.

»Es wird zu weiteren Kämpfen kommen«, sagte Thorhâl, »aber nicht hier im Hohlen Berg.«

»Was habt Ihr vor?« Eine Ahnung beschlich sie, es war jedoch kein Gedanke, bei dem sie länger als nur einen Augenblick verweilen wollte.

Der König nahm Grimma beim Arm und wanderte einige Schritte mit ihr in einen verlassenen Minenstollen, der von dem breiten Hauptschacht fortführte, in dem die entscheidende Schlacht stattgefunden hatte. Grimma schätzte solche Vertrautheiten nicht; sie fürchtete, sie könnten Thorhâls listige Ratgeber zu ein paar lästigen Gerüchten ermuntern.

»Seit wie vielen Jahren sind wir nun schon dem Nibelungengeschlecht zur Treue verpflichtet, Grimma? Seit vierhundert, vielleicht fünfhundert?« Es war keine Frage, auf die er eine Antwort erwartete. Als die Nibelungenfürsten sich die Zwerge vom Hohlen Berg untertan gemacht hatten, hatten sie zugleich jegliche Geschichtsschreibung des Zwergenvolkes ausgelöscht. Obwohl seither erst wenige Generationen vergangen waren, gab es längst mehrere Fassungen derselben Geschichte. Was hatte Thorhâls Vorgänger wirklich dazu bewogen, sich dem damaligen Fürsten der Nibelungen unterzuordnen? War es ein Duell gewesen, in dem der Zwergenkönig dem Fürsten Nibelung – dem ersten einer ganzen Reihe von Herrschern dieses Namens – unterlegen war? Oder war der Grund vielmehr eine misslungene Wette, wie einige behaupteten? Oder aber, und das schien manchem die wahrscheinlichste, wenn auch beschämendste Möglichkeit, hatte der Zwergenherrscher dem Fürsten diesen Pakt vorgeschlagen, um als Preis dafür eine Nacht mit Nibelungs schöner Tochter zu verbringen? Für gewöhnlich fanden Zwerge nichts an den großen, dürren Menschenweibern, doch die enge Freundschaft des alten Königs zu den Menschen war bekannt und hatte manchen Anlass für Vermutungen gegeben.

Was immer auch die wahre Ursache für die Bindung der Zwerge vom Hohlen Berg an die Nachfahren des Fürsten Nibelung war, so waren die Beziehungen zwischen beiden doch in all den Jahrhunderten niemals offen in Frage gestellt worden. Zwerge standen zu ihrem Wort, auch zu dem ihrer Urahnen, und so schürfte das Volk vom Hohlen Berg auch heute noch Tag für Tag in den Tiefen der alten Minen nach Gold und Silber, um daraus für Nibelungs Kinder und Kindeskinder den prachtvollsten aller Schätze zu fertigen. Schon jetzt war der Hort, der in der tiefsten Halle des Berges aufbewahrt wurde, der größte und herrlichste, von dem die Schreiber und Weisen je gehört hatten. Und obgleich die Nibelungen die Zwerge niemals wie Sklaven oder Leibeigene behandelt hatten, so gab es doch keinen Zweifel, dass sie in Wahrheit genau das waren – willige Arbeiter, die mit jedem Tag den Reichtum der Nachfahren Nibelungs mehrten.

Gewiss, im Geheimen hatte es gelegentlich Pläne für eine Rebellion gegeben, für friedlichen, aber auch bewaffneten Widerstand, doch keines dieser Vorhaben war je in die Tat umgesetzt worden. Das Wort des einstigen Königs galt, auch heute noch, und selbst kommende Generationen würden sich daran halten müssen.

Als Thorhâl die Frage stellte, wie lange die Zwerge schon im

Dienste der Nibelungen standen, wusste Grimma, auf was er hinauswollte. Und es erschütterte sie zutiefst.

»Ihr könnt nicht ernsthaft vorhaben …«, begann sie, wurde aber vom König unterbrochen.

»Die Nordlinge sind *von unten* in den Hohlen Berg eingedrungen«, sagte er mit fester Stimme, und da wurde Grimma klar, dass er seine Entscheidung längst getroffen hatte. »Wir haben immer gewusst, dass es unterirdische Wege gibt, über die unsere Vorfahren einst in dieses Land kamen. Doch nie hat jemand den geheimen Zugang zur alten Zwergenstraße wiedergefunden.«

Auch das war eine unumstößliche Tatsache. Die Lage des Zugangs war längst vergessen, und selbst die besten Höhlenspäher des Zwergenvolkes hatten ihn nicht mehr finden können – und das, obwohl Zwerge bekannt waren für ihre hervorragende Nase beim Aufspüren geheimer Türen und Tunnel.

Die Nordlinge waren vor zwei Wochen vollkommen unvermittelt im Inneren des Hohlen Berges aufgetaucht, und nur deshalb war es ihnen gelungen, die Zwerge derart in Bedrängnis zu bringen. Es hatte mehrere Tage gedauert, bis auch der letzte Zweifler einsah, dass die Feinde ganz offensichtlich die unterirdische Zwergenstraße benutzt hatten, um aus ihrer Heimat hierherzugelangen. Sie hatten den verborgenen Zugang von unten aufgestoßen und waren geradewegs ins Herz des Berges einmarschiert.

»Das Tor ist offen«, sagte Thorhâl, hielt Grimma am Arm zurück und blieb stehen. Eindringlich schaute er sie an. »Seit Jahrhunderten ist dies unsere erste Möglichkeit, dem Joch der Nibelungen zu entkommen, ohne mit ihnen in offenen Streit zu treten. Es wird keinen Kampf geben, kein Blutvergießen. Wir werden einfach verschwinden, auf Wegen, die sie nicht kennen und auf denen sie uns nicht folgen können. Sie haben den Hort, und wenn er auch nicht weiter anwachsen wird, so sollte er ausreichen, um zwanzig Menschengenerationen unermesslichen Reichtum zu bescheren.«

Grimma konnte es noch immer nicht glauben. »Ihr wollt tatsächlich von hier fliehen?«

»Wenn nicht jetzt, dann nie. Begreifst du denn nicht? Es ist unsere erste und einzige Möglichkeit!« Ein tatendurstiges Funkeln stand in seinen Augen, und Grimma las darin die klare Botschaft, dass er Widerspruch nicht dulden würde.

»Ihr habt mich um meinen Rat gebeten«, erinnerte sie ihn vorsichtig und kämpfte das zornige Brodeln in ihrem Inneren nieder. »Ich will ihn Euch geben, Thorhâl, ganz gleich, was Ihr darüber denken mögt.« Ihr Blick bohrte sich in seine Augen, und einen Moment lang war ihr, als zucke er unter ihrer Entschlossenheit zusammen. »Noch nie hat ein Zwergenkönig sein Wort gebrochen, ganz gleich ob gegenüber seinem eigenen Volk oder einem anderen. *Noch nie*, Thorhâl! Was Ihr vorhabt, ist ein Treuebruch ohnegleichen, und er wird das Geschlecht der Zwerge vom Hohlen Berg noch in Jahrhunderten wie ein böser Geist verfolgen. Selbst wenn es Euch gelingen sollte, jeden Einzelnen unserer Brüder und Schwestern von Eurem Plan zu überzeugen, so nehmt Ihr damit eine Schuld auf Euch, die in der Geschichte der Zwerge einzigartig ist.«

Er sah plötzlich müde aus, und das war nicht allein eine Folge der Schlacht. »Wenn diese Schuld der Preis für unsere Freiheit ist, Grimma, dann bin ich bereit, ihn zu zahlen.«

»Aber der Eid unserer Ahnen, das Versprechen …« Ihre Hilflosigkeit erfüllte Grimma mit immer größerem Zorn. »Die Männer Nibelungs haben jede Gefahr, die sich uns von außen näherte, zurückgeschlagen. Sie haben dafür mehr als einmal mit ihrem Blut bezahlt. Habt Ihr das vergessen?«

Thorhâl nahm seine Helmkrone ab und fuhr sich durch sein buschiges Haupthaar. »Sie haben niemals für uns gekämpft, und das weißt du genau, Grimma. Sie taten es immer nur für ihr Gold, für diesen verfluchten Hort, auf dem wir sitzen wie ein Volk von Glucken.« Plötzlich fuhr er auf: »Verdammt, es ist mir gleichgültig, was die Schreiber einst über die Ehre und den Treuebruch des Königs Thorhâl berichten werden. Ich will, dass unsere Leute wieder ein Leben in Freiheit führen können. Das allein ist es, worauf es ankommt!«

»Und Ihr glaubt wirklich, dass am anderen Ende der Zwergenstraße die Freiheit auf uns wartet? Denkt Ihr das wirklich, nach diesen zwei Wochen des Sterbens und der zahllosen Niederlagen?«

»Am Ende haben wir gesiegt.«

»Und teuer wurde dieser Sieg erkauft, Thorhâl. Mit wie vielen weggeworfenen Leben? Mit wie vielen Witwen und Tränen und wie vielen Fässern voller Blut?« Sie schüttelte niedergeschlagen den Kopf. »Wir wissen nicht einmal, ob oben im Norden, in der alten Heimat, noch ein einziger Zwerg am Leben ist. Was, wenn die Nordlinge längst alle ausgerottet haben? Wir würden geradewegs in unser Verderben laufen.«

»Das werden wir nicht«, erklärte der König und atmete tief durch. »Auch deshalb wollte ich mit dir reden.«

Grimma starrte ihn schweigend an. Noch bevor er es aussprach, wusste sie, was er von ihr verlangen würde.

»Wir werden Späher durch den alten Tunnel nach Norden schicken«, fuhr er fort. »Wir werden herausfinden, wie es dort aussieht und ob unser Volk dort überleben kann.«

»Eine solche Expedition könnte Jahre unterwegs sein. Sie könnte zerschlagen werden und niemals zurückkehren.«

»Das darf um keinen Preis geschehen!« Thorhâl packte sie hart an den Schultern. »Und genau deshalb will ich, dass du sie anführst, Grimma!«

KAPITEL 1

Der Karren rumpelte schaukelnd den Berg hinauf. Prallgefüllte Säcke und Kisten waren auf seiner Ladefläche gestapelt, vor allem aber zahlreiche Fässer, die schon von weitem den herrlichen Duft von Wein und Bier verströmten. Obbo, der Gastwirt des *Wolfswinkel*, saß auf dem Kutschbock und fluchte über den langsamen Trab des Ponys, obwohl sich das Tier beileibe alle Mühe gab, den schweren Wagen den Pfad heraufzuziehen.

Mütterchen Mitternacht stand vor dem eisernen Portal des Hohlen Berges und blinzelte dem schwankenden Karren entgegen. Nach den Wochen im Inneren des Berges blendete sie das Tageslicht. Trotzdem lächelte sie, als sie sah, dass Obbo der Schweiß in Strömen übers Gesicht lief, ganz so, als sei er selbst es, der die Last des Wagens zu ziehen hätte. Der dicke Wirt trug seine lederne Schürze und einen aus der Form geratenen Hut, von dem er behauptete, er würde die Mücken vertreiben; dabei war doch jedem seiner Freunde im Hohlen Berg klar, dass er damit nur sein schütteres Haar verbarg, mochte der Teufel wissen, vor wem.

Einmal in jedem Mond, manchmal auch öfter, kam Obbo und versorgte sie mit allem, was die vier Verteidiger des Nibelungenhortes nötig hatten: Gemüse, Pökelfleisch, Süßigkeiten für Löwenzahn und natürlich Kostproben aus Obbos vortrefflichem Weinkeller, dazu das würzige Bier, das er eigenhändig im Hinterhaus seines Gasthofs braute. Ohne ihn hätten die vier längst aufgeben müssen, vor allem während des ersten Jahres ihrer Wache im Hohlen Berg, als kaum ein Tag vergangen war, an dem nicht ein neuer Räuberhauptmann am Portal geklopft und die Herausgabe der Schätze verlangt hatte.

Heute, fast zwei Jahre nach dem Raub der Tarnkappe durch Siegfried von Xanten und der Suche der vier Gefährten nach dem Leichnam des letzten Drachen, waren die Angriffe auf den Berg seltener geworden. Dennoch war es nicht allein loses Geröll, das den Weg für Pony und Karren so beschwerlich machte. Der dichte Tannenhain vor dem Tor des Berges war übersät mit Teilen alter Rüstungen, mit alten Gerippen und den Kadavern der letzten Übermütigen, die Einlass in den Berg gefordert hatten. Immer wieder holperten die Karrenräder über einen Helm oder leeren Brustpanzer, immer wieder stießen die Hufe des Tieres gegen modrige Schädel und verrostete Schilde. Obbo hatte seine Freunde oft angefleht, diesen ›Unrat‹, wie er es nannte, fortzuräumen, doch Alberich, der Horthüter, bestand darauf, alles liegen zu lassen. Zur Abschreckung, meinte er, und Mütterchen gab ihm recht. Das hohe Eisenportal des Berges schützte sie vor dem erbärmlichen Kadavergestank des Schlachtfeldes, und Obbo wurde reichlich dafür entlohnt, dass er hier heraufkam; ein wenig Übelkeit musste er dafür in Kauf nehmen.

»Obbo!«, rief Mütterchen dem fluchenden Wirt entgegen, als er dem Pony mit einer Rute aufs Hinterteil klatschte. »Wann wirst du Geizkragen dir endlich ein Lastpferd kaufen? Der alte Rohland ist für solche Ausflüge zu alt geworden.«

Rohland, das Pony vor Obbos Karren, hatte ihnen vor zwei Jahren während ihrer Reise zum toten Drachen gute Dienste geleistet, und Mütterchen hatte das Tier ins Herz geschlossen. Sie hätte es dem Wirt längst abgekauft, wenn es denn eine Möglichkeit gegeben hätte, es im Hohlen Berg auf angemessene Weise zu halten. Doch in den unermesslichen Tiefen des verlassenen Zwergenreiches gab es weder Gras noch Sonnenlicht, und sie hätte dem Tier schwerlich einen Gefallen getan, hätte sie es dort hinabgeführt.

Obbo hatte das Portal fast erreicht. Er grummelte irgendeine Antwort auf Mütterchens Zuruf, die sie nicht verstand, und das war wahrscheinlich gut so.

Der *Wolfswinkel* lag in den Wäldern am Ostufer des Rheins. Der Hohle Berg dagegen bildete, gemeinsam mit seinem Zwillingsgipfel, auf dem sich die verlassene Burg der toten Fürsten Nibelung und Schilbung erhob, eine Halbinsel mitten im Fluss, die nur über eine bewaldete Landbrücke zu erreichen war. Vor zwei Jahren hatte Siegfried die beiden Nibelungenfürsten und ihre tapfersten Ritter erschlagen und den Hort im Hohlen Berg für sich beansprucht. Alberich aber, der letzte Zwerg am Rhein, war weiterhin Hüter des Schatzes geblieben, bis zu jenem Tag, an dem Siegfried zurückkehren und den Hort abtransportieren würde. Der Xantener hatte dem Zwerg die magische Tarnkappe gestohlen, was Alberich vor die Schwierigkeit stellte, den Schatz ohne Zauberwerk verteidigen zu müssen. Drei Gefährten hatten sich ihm zur Seite gesellt: zum einen Mütterchen Mitternacht, ehemalige Räuberbraut und einstmals das schönste Weib der Wälder, heute eine rüstige Greisin – ein Wort, für das manch einer schon ein Ohr, einen Finger oder gar das Leben eingebüßt hatte. Dann war da Löwenzahn, ein tumber, aber liebenswerter Hüne, in dessen Adern ein Anteil Hunnenblut floss. Und zuletzt Geist, das rätselhafte Moosfräulein, auf das die Magie des toten Drachen übergegangen war; keiner vermochte genau zu sagen, ob in ihrem Inneren wirklich nur der Zauber oder auch ein Stück vom Drachen selbst weiterlebte.

»Ho!«, rief Obbo aus und brachte den Karren vor dem haushohen Portal zum Stehen. Die mächtigen Torflügel waren mit filigranen Einlegearbeiten verziert. Albenschmiede hatten den einzigen Eingang des Hohlen Berges vor vielen Jahrhunderten geschaffen, damals, als noch ein ganzes Zwergenvolk in den unterirdischen Hallen und Fluren lebte.

Doch das war lange her. Heute hauste hier nur noch ein einziger Zwerg, und der drängte sich in eben diesem Augenblick auf höchst unhöfliche Art und Weise an Mütterchen vorbei und trat aus dem Schatten des Torbogens. Seine gespannte Armbrust wies auf Obbos Wanst, sodass der arme Wirt ganz fahl um die Nase wurde.

Obbo hob die Hände und stotterte: »Freund Alberich, ich bitte dich allerfreundlichst, dich zu …«

Alberich raunzte mit grimmiger Miene dazwischen: »Hast du alles dabei, so wie ich es dir aufgetragen habe?«

Mütterchen verzog hinter dem Rücken des Zwerges das Gesicht. *Wie ich es dir aufgetragen habe* – pah! Hätte sie nicht regelmäßig Listen geschrieben und hinab zu Obbo ins Wirtshaus gebracht, würde ihnen allen schon längst der Magen knurren. Alberich hatte sich nie um dergleichen gekümmert. Aber sie wusste auch, dass es dem Zwerg gefiel, mit seiner Wildheit und Kratzbürstigkeit zu prahlen.

Mit einem Blick über Alberichs Schulter vergewisserte sie sich, dass die Armbrust gesichert war. Der Zwerg mochte damit noch so aufgebracht vor Obbos Nase fuchteln, der Bolzen würde sich nicht lösen. Alberich wollte Obbo nur einen Schrecken einjagen, wie er es regelmäßig tat, um den Preis zu drücken. Dabei spielte es für ihn keine Rolle, dass er über einen Schatz von unermesslicher Größe verfügte. Er knauserte mit jeder Münze, vor allem dem armen Obbo gegenüber.

»Ich habe alles dabei«, versicherte der Wirt. Das Pony stieß ein Schnauben aus, und Obbo zuckte zusammen, als hätte er das Geräusch mit dem Pfeifen der Armbrustsehne verwechselt.

Alberich lachte schadenfroh und senkte die Waffe. »Tut mir leid, Freund Obbo, aber es könnte immerhin sein, dass du Räuber an unser offenes Tor führst.«

»Das glaubst du nicht wirklich!«, empörte sich der Wirt.

Der Zwerg stieß ein knarrendes Kichern aus. Mütterchen hatte allmählich Mitleid mit Obbo, der Alberichs Attacken nicht gewachsen war. Natürlich würde der Wirt sie niemals betrügen, ganz gewiss nicht freiwillig, und falls ihn irgendwer dazu zwingen sollte, würde man es ihm mit Sicherheit schon von weitem ansehen. Er war viel zu sehr Wirt mit Leib und Seele, um ein Geheimnis für sich behalten zu können, sogar mit einer Dolchspitze im Rücken.

Zu dritt luden sie die Waren vom Karren und trugen sie durch den offenen Spalt des Tores. Mütterchen verfluchte die Tatsache, dass Löwenzahn mit seinen Bärenkräften nicht bei ihnen war, doch der Halbhunne hatte sich mit Geist in die Tiefen des Berges zurückgezogen, um ein verstopftes Aquädukt zu bereinigen. Löwenzahn war gerne allein mit Geist, und manchmal hänselte Alberich ihn mit seiner Verliebtheit.

Nachdem sie mit dem Abladen fertig waren, kümmerte sich Alberich um die Bezahlung, während Mütterchen zu Rohland ging und ihm die Mähne streichelte. »Bist ein braves Tier«, flüsterte sie ihm ins Ohr und dann noch etwas, das niemand außer ihr selbst und dem Pony verstand. Die Jahrzehnte, die sie an der Spitze ihrer Räuberschar in den Wäldern gehaust hatte, hatten sie viele Dinge gelehrt. Eines davon war, mit Tieren zu sprechen. Sie wusste, dass Rohland jedes ihrer Worte verstand. Zärtlich sprach sie ihm Mut zu, wünschte ihm Kraft für den Rückweg und versprach ihm daheim im Gasthof eine Belohnung. Dann ging sie zurück zu den anderen, drückte Obbo eine Münze für eine große Portion Hafer in die Hand und umarmte ihn zum Abschied.

»Passt gut auf euch auf!«, rief der Wirt über die Schulter, als er den Karren durch den Tannenhain hangabwärts lenkte.

»Und du auf dich!«

Mütterchen und Alberich traten zurück in den Schatten des Tores, in die hohe, düstere Eingangshalle des Hohlen Berges. Alberich machte sich an einer Winde zu schaffen. Krachend schlossen sich die Torflügel, und das Echo hallte vielfach in den Abgründen der ausgestorbenen Zwergenstadt wider.

Nachdem das Tageslicht ausgesperrt war, sah Mütterchen einen Moment lang nichts mehr als Schwärze. Das sonderbare Zwielicht im Hohlen Berg war so schwach, dass sie eine Weile brauchte, ehe sie sich von Neuem daran gewöhnte.

Man mag es drehen und wenden, wie man will, dachte sie, aber dieser Berg ist nicht für uns Menschen geschaffen. Er will uns nicht in sich haben. Er wehrt sich gegen uns wie ein Körper, der eine Krankheit austreibt.

Sie fragte sich nicht zum ersten Mal, wie lange es noch dauern mochte, bis das Fieber ausbrach.

Löwenzahn stand auf einem Felssims oben in der Wand der Halle, viel zu schmal für seine riesigen Füße. Geist wartete am Boden auf ihn. Der Halbhunne hatte ihr den Rücken zugewandt und beugte sich über eine Steinrinne, die in einer Höhe von zwei Mannslängen an der Wand entlangführte, eines der Hauptaquädukte für die Wasserversorgung im Hohlen Berg. Seit Tagen war es durch irgendetwas verstopft.

Auf dem weiten Hallenboden hatten sich große Pfützen gebildet. Geist suchte missmutig nach einem Fleck, an dem sie keine nassen Füße bekommen würde. Sie trug keine Schuhe, auch Kleidung war ihr fremd. Ihr zierlicher Körper war mit einem Pelz aus grünbraunem Moos bewachsen, der es ihr draußen in den Wäldern erlaubte, wie ein Chamäleon mit dem Hintergrund zu verschmelzen. Hier aber, in den Tiefen dieser abscheulichen Zwergenstadt, hatte sie diese Fähigkeit verloren. Sie wusste, dass es der Stein war, der ihr derart zusetzte. Sie war ein Moosfräulein, ein Waldgeist, und sie litt unter dem Gewicht des Berges. Der kahle Fels machte sie unglücklich, manchmal gar krank, und ohne ihre gelegentlichen Ausflüge hinaus in die Wälder wäre sie in der nasskalten Dunkelheit zu Grunde gegangen. Auch die Magie des Drachen trug dazu bei, dass sie hier unten überleben konnte. Ein wenig von der Vorliebe des Lindwurms für tiefe Gebirgshöhlen war auf sie übergegangen, genug, um im Hohlen Berg existieren zu können.

»Was ist es?«, rief sie zu Löwenzahn hinauf, der mit beiden Händen in der Rinne hantierte.

»Es wird dir gefallen!«, rief er polternd. Die Wände warfen seine Stimme zurück, viel zu laut und zu häufig. Das unheimliche Echo der endlosen Hallen und Gänge machte Geist Angst. Sie vermisste das Singen der Vögel und das Rauschen der Baumkronen weit mehr, als sie hätte in Worte fassen können.

»Wie meinst du das?« Sie rieb sich die Arme, aber auch dadurch wurde ihr nicht wärmer. Die Kälte, die sie spürte, kam von innen, aus ihrem Kopf, und das beunruhigte sie auch heute noch, nach zwei Jahren in diesem Felsenlabyrinth.

Etwas flog von oben auf sie zu. Geist erschrak und machte einen Schritt zurück. Ein feuchtes Knäuel klatschte vor ihr auf den Boden. Löwenzahn lachte wie ein zu groß geratenes Kind, verlor darüber plötzlich seinen Halt und rutschte ab. Mit einem wilden Aufschrei stürzte er zu Boden und landete mit dem Hinterteil in einer Pfütze. Nun war es Geist, die in Gelächter ausbrach. Löwenzahn knurrte etwas, stand schwerfällig auf und rieb sich das Steißbein.

Geist sprang flink auf ihn zu und streckte ihm ihre schmale, moosbedeckte Hand entgegen. »Komm schon«, sagte sie vergnügt und zog ihn mit sich zu der Stelle, an der das, was er von oben herabgeworfen hatte, gelandet war. Gemeinsam beugten sie sich darüber.

Obwohl Geist dem riesenhaften Halbhunnen nicht einmal bis zur Brust reichte, kam sie sich in seiner Gegenwart niemals klein vor. Sie mochte ihn gern, und natürlich war ihr nicht entgangen, dass er sie anhimmelte. Nachdem sie ihr ganzes Leben allein in den Wäldern verbracht hatte, war das eine sonderbare Erkenntnis. Manchmal, wenn sie ihm für etwas danken wollte, ließ sie eine bunte Blume aus ihrem Körper erblühen. Sie wusste, dass ihn das glücklich machte.

»Das ist Moos!«, entfuhr es ihr erfreut, als sie das verschlungene Wirrwarr zu ihren Füßen betrachtete.

Löwenzahn nickte. »Moos und ein paar andere widerliche Pflanzen.«

Sie knuffte ihn mahnend gegen den Oberschenkel. »Magst du etwa kein Moos?«

Selbst im ewigen Halblicht des Hohlen Berges konnte sie sehen, dass er rot wurde. Sie kicherte leise und wandte ihre Aufmerksamkeit wieder dem nassen Knäuel zu. Mit beiden Händen hob sie es vom Boden und schnüffelte daran. »Riecht merkwürdig«, gab sie zu.

»Das ist die Nässe«, meinte Löwenzahn. »Wahrscheinlich schimmelt das Zeug schon eine ganze Weile vor sich hin.«

»Schimmel!«, stieß Geist wie einen Jubelschrei aus. »Pilze! Wunderbar! Glaubst du, es gibt hier noch mehr davon?«

Ein Seufzer stieg aus Löwenzahns mächtigem Brustkorb empor. »Wird es wohl, bei der Feuchtigkeit.«

»Aber ich habe in der ganzen Zeit noch keine einzige Pflanze hier im Berg gesehen, nicht die winzigste.«

»Es muss doch irgendwo eine Art Sammelbecken oder Quelle für die Wasserversorgung geben«, sagte Löwenzahn. »Vielleicht gibt es dort noch mehr davon.«

Geist richtete sich begeistert auf. »Aber ja doch!«, rief sie. »Wir müssen diesen Ort suchen, ja?«

»Sicher«, meinte Löwenzahn ohne große Begeisterung. Seine Fell- und Lederkleidung war von der Arbeit am Aquädukt völlig durchnässt, und der Gedanke an noch mehr Wasser war ihm zuwider.

»Schon gut«, meinte Geist verständnisvoll. Ihre Moosfinger streichelten hauchzart über seine narbige Wange, eine Bewegung, so schnell, dass er sie beinahe nicht bemerkt hätte. »Ich gehe allein.« Und im selben Augenblick hatte sie sich bereits herumgedreht und verschwand in der Dunkelheit unter dem nächsten Torbogen.

»Geist!«, rief Löwenzahn ihr hinterher. »Warte auf mich!«

»Geh ruhig allein nach oben«, rief sie aus dem benachbarten Höhlensaal. Dann hörte er nicht einmal mehr ihre tänzelnden Schritte.

Löwenzahn stand allein in der riesigen Halle, wassertriefend und besorgt. Er fluchte, ganz leise nur, um das geisterhafte Echo nicht herauszufordern. Geist war so erfreut über die Aussicht, irgendwo in den öden Weiten des Hohlen Berges Pflanzen aufzuspüren, dass sie eine Weile brauchte, ehe ihr klar wurde, dass sie mit einem Mal ganz auf sich gestellt war.

Sie selbst, Mütterchen und Löwenzahn hatten es sich zur Regel gemacht, niemals einzeln durch das untergegangene Zwergenreich zu streifen. Im Gegensatz zu Alberich, der sein ganzes Leben allein im Berg verbracht hatte, fiel es ihnen schwer, in den labyrinthischen Anlagen die Orientierung zu behalten. Sicher, es gab die schmalen Wasserrinnen im Boden, die einem anzeigten, in welcher Richtung der Weg nach oben oder unten führte, doch waren da ansonsten weder Pfeile noch andere Wegmarken, die es einem gestatteten, sich zurechtzufinden.

Geist folgte auf der Suche nach einem Wasserbecken dem Verlauf des Aquädukts. Immer wieder verschwand die breite Rinne inmitten der Wände. Anders als für die schmalen, weitverzweigten Rinnsale am Boden hatte man für die Wasserleitung den schnellsten Weg nach unten geschaffen. Geist musste zahlreiche Umwege in Kauf nehmen, in der Hoffnung, das Aquädukt auf der anderen Seite der Mauern und Monumente wiederzufinden.

Einmal kam sie an einen bodenlosen Abgrund. Von unten wehte ein eisiger, übelriechender Wind herauf. Die Böen schienen mit unsichtbaren Fingern nach ihren Gliedern zu tasten, als wollten sie sie hinab in die Tiefe zerren. Es gab weit und breit keine Brücke, allein das Aquädukt reichte von einer Felskante zur anderen. Es war auf eine einzelne Säule gestützt, die endlos hinab in die Tiefe abfiel, und bei genauem Hinsehen erkannte Geist, dass schmale Stufen rund um die Säule nach unten führten. Es gab viele solcher sinnloser Treppen und Stiegen im Hohlen Berg, Stufen, die scheinbar ins Nichts wiesen, inmitten glatter Steilwände endeten oder als Sackgassen vor kahlen Mauern. Das Gleiche galt für die verwinkelten Tunnel und Flure. Wer sich, wie Alberichs drei Gefährten, nicht auskannte, musste jederzeit damit rechnen, hinter der nächsten Biegung vor einer Wand oder einem tiefen Felsenschlund zu stehen. Die Zwerge waren ein sonderbares Volk, und noch sonderbarer waren die Gedankengänge ihrer Baumeister. Geist, die alles an den Gesetzmäßigkeiten der Natur und des Waldes maß, fand keinen Zugang zur Denkweise dieser Wesen, schlimmer noch, die Absurdität ihrer Architektur erfüllte sie mit Unruhe.

Vorsichtig näherte sie sich dem Abgrund und der Wasserrinne, die ihn überspannte. Sie setzte einen Fuß in das offene Aquädukt und zitterte, als das eiskalte Wasser ihre Haut umspülte. Nach einem tiefen Luftholen begann sie, zur anderen Seite zu balancieren, geradewegs über den schwarzen Schlund. Geist war es gewohnt, über die Äste der Bäume zu klettern, und so behielt sie auch jetzt mühelos ihr Gleichgewicht. Manchmal schien es ihr, als rührte sich etwas in der Finsternis unter ihr, vielleicht die Schwärze selbst; und doch ängstigte sie die absolute Leere weit mehr als die Vorstellung, dass etwas darin lauern mochte. Erstens war der Berg verlassen, das hatte Alberich ihnen versichert, und was immer Geist dort unten sehen mochte, konnte nur ein Wesen ihrer überreizten Fantasie sein; zum Zweiten aber flößten ihr nach ihrem behaglichen Leben im Wald große, leere Räume Furcht ein, und davon gab es wahrlich genug in dieser schrecklichen Höhlenwelt.

Sie erreichte die andere Seite ohne Zwischenfälle. Dort entdeckte sie, dass sich die Wasserrinne mit einem zweiten Aquädukt vereinigte und in einer mannshohen Öffnung verschwand. Zu ihrer maßlosen Freude entdeckte sie an den Rändern weitere Spuren von Moos und Algen, und sie hatte jetzt keine Zweifel mehr, dass sie an ihrem Ziel tatsächlich finden würde, was sie suchte.

Ohne länger zu zögern, stieg sie durch die Öffnung in einen abschüssigen Kanal, in dem ihr das Wasser bis zu den Knien reichte. Die Strömung war hier schneller und riss sie mehrmals fast von den Füßen. Dennoch dachte Geist nicht daran umzukehren. Irgendwo vor ihr, unter ihr, befand sich ein Ort, an dem sie sich erstmals seit zwei Jahren wieder ein wenig wie zu Hause fühlen würde.

Löwenzahn fluchte noch immer, von Mal zu Mal lauter, und allmählich verlor das Echo seine Schrecken. Der Widerhall seiner Flüche wurde ihm zum ständigen Begleiter, und das milderte ein wenig das Unbehagen, das er angesichts der Einsamkeit in den düsteren Katakomben empfand.

Geists nasse Fußabdrücke hatten ihn ein gehöriges Stück tiefer in den Irrgarten der Hallen und Gänge geführt, doch irgendwann verblasste die Feuchtigkeit, und die Spur endete im Nichts.

Eines der Wunder des Hohlen Berges war es, dass nahezu jeder seiner Winkel von diffusem Zwielicht erfüllt war. Mütterchen behauptete, es dränge geradewegs aus den Wänden, genauso wie die Nässe, doch Alberich bestand darauf, dass es der Glanz des Nibelungenhortes sei, der den Berg durchleuchtete. Freilich lag der Schatz an der tiefsten Stelle des Zwergenreiches, und es hätte eines ausgefeilten Netzes aus Spiegeln bedurft, um seinen Glanz im ganzen Berg zu verbreiten. So blieb die Wahrheit über das wundersame Halblicht ungeklärt.

Für Löwenzahn hatte das Ganze ohnehin keine Bedeutung. Hauptsache, er konnte erkennen, wohin er die Füße setzte – und das war leider nicht immer der Fall. Das Licht nämlich schien für die empfindlichen Augen der Zwerge gemacht, nicht aber für die weit gröberen der Menschen. Und gerade jetzt, während seiner Suche nach Geist, hätte er gegen eine Fackel oder Öllampe nichts einzuwenden gehabt.

Nach einer Weile gelangte er an einen Abgrund, und dort sah er gerade noch, wie eine zierliche Gestalt auf der gegenüberliegenden Seite in einem runden Schacht verschwand. Geist musste an dem Aquädukt entlanggeklettert sein, das sich über die Tiefe spannte. Löwenzahn musste nicht einmal einen Fuß darauf setzen, um zu wissen, dass die Konstruktion aus Tonziegeln für ihn selbst viel zu schmal und baufällig war. Er rief Geists Namen, doch sie war bereits fort. Abermals fluchte er, und das Echo schien ihm aus der Tiefe zu antworten, nicht mit einer Wiederholung, sondern mit eigenen unverständlichen Silben. Löwenzahn lief es eiskalt den Rücken hinunter.

Er wandte sich nach rechts und ging lange Zeit an der schroffen Felskante entlang. Endlich, als er das Aquädukt bereits nicht mehr hinter sich sehen konnte, stieß er auf eine steinerne Brücke. Sie war nicht breit und schien ihm keineswegs Vertrauen erweckend. Mit vorsichtigen Schritten lief er zur anderen Seite und kam dort wohlbehalten an. Von dort aus rannte er so schnell er konnte zurück zum Aquädukt und zu der Öffnung, in der er Geist hatte verschwinden sehen. Als er den Schacht erreichte, rief er noch einmal den Namen des Moosfräuleins, doch auch diesmal bekam er keine Antwort.

Missmutig prüfte er mit den Fingern die Wassertiefe des Kanals, dann zuckte er seufzend mit den Schultern und stieg hinein. Er musste sich während des ganzen Weges in der Röhre bücken, um nicht mit dem Kopf anzustoßen, und ihm fielen kaum mehr neue Flüche ein, mit denen er seine verdammenswerte Lage bedenken konnte. Er würde ein ernstes Wort mit Geist reden müssen, wenn er sie denn jemals in diesem Wirrwarr aus Tunneln, Schächten und Sälen wiederfand.

Er verlor allmählich jegliches Zeitgefühl. Wie lange lief er dem Moosfräulein nun schon hinterher? Bald einen halben Tag, fürchtete er, und da der Weg beständig abwärts führte, musste dies bedeuten, dass er in Kürze den alten Wohnbereich der Zwerge verlassen und in die leer stehenden Minenschächte vordringen würde. Dort unten aber, das wusste er von gelegentlichen Abstiegen an Alberichs Seite, fiel es noch schwerer, den Überblick über Richtung und Entfernung zu behalten.

Er kam an eine Gabelung, an der sich zwei weitere Kanäle mit jenem, den er benutzte, vereinigten. Das Wasser stieg noch höher und floss immer schneller, ohne dass der Hauptkanal breiter wurde. Mittlerweile reichte die Oberfläche bis zu Löwenzahns Hüften, und er begann, erbärmlich zu frieren.

Und dann, als er schon glaubte, dass er niemals an ein Ende der Wasserwege gelangen würde, spuckte ihn der Kanal in einen unterirdischen See. Löwenzahn wurde von der Strömung unter die Oberfläche gerissen, schluckte Wasser und schlug voller Panik um sich, bis es ihm endlich gelang, zurück an die Oberfläche zu gelangen und sich umzuschauen.

Er befand sich in einer domartigen Grotte, deren Wände unbehauen und über und über mit Moos und einer Art Efeu bewachsen waren. Die Decke vermochte er nicht zu erkennen, so hoch schwebte sie über ihm; sie verschmolz in der Ferne mit dem grünlichen Zwielicht. Der See war nicht besonders groß, vielleicht dreißig Schritte von einer Seite zur anderen. Allerdings bemerkte Löwenzahn am gegenüberliegenden Ende einen Strudel, der auf den ersten Blick harmlos wirkte, wohl aber groß genug war, um einen ausgewachsenen Menschen in die Tiefe zu ziehen. Offenbar hatte Löwenzahn Glück gehabt, dass er an dieser Seite hineingespült worden war. Mindestens zwei Dutzend Kanäle mündeten rund um den See in die Grotte, und aus allen rauschte das Wasser in weißen Säulen hinab zur aufgeschäumten Oberfläche.

Löwenzahn war alles andere als ein geübter Schwimmer, trotzdem gelang es ihm, mit unbeholfenen Arm- und Beinstößen zum Ufer zu gelangen. Der sichtbare Teil des Sees nahm nur etwa zwei Drittel des Höhlenbodens ein, der Rest bestand aus einer glatten Felsplatte. Sie schien über der Wasseroberfläche zu schweben, denn der See setzte sich unter ihr fort, aber das erkannte Löwenzahn erst im Näherkommen. Nur um Haaresbreite gelang es ihm, einer plötzlichen Strömung zu entkommen, die ihn unter die Felsscholle ziehen wollte.

Prustend und keuchend zog er sich ins Trockene. Das seltsame Dämmerlicht schien hier noch eine Spur düsterer zu sein als in den höhergelegenen Ebenen des Berges, und so erkannte er die kleine Gestalt vor der moosüberwucherten Wand erst beim zweiten Hinsehen.

»Geist!«, rief er erleichtert aus. »Da bist du ja!«

Die Gestalt schrak zusammen, ein schwarzer Scherenschnitt vor dem Dunkelgrün der Mooswand, machte erst einen Schritt auf Löwenzahn zu, dann wandte sie sich plötzlich ab und stürmte zum entfernten Rand der Felsscholle.

Löwenzahn sprang auf und lief verständnislos hinterher, rief immer wieder Geists Namen, doch die Gestalt rannte weiter vor ihm davon, blieb noch einmal an der Kante der Scholle stehen und stürzte sich dann kopfüber in die Fluten.

Löwenzahn schrie auf und wollte hinterherspringen, ungeachtet des nahen Strudels und der gefahrvollen Strömungen, als plötzlich hinter ihm ein helles Stimmchen fragte: »Was tust du denn hier?«

Er fuhr herum, und da stand Geist, am anderen Ende der Scholle, unweit eines schmalen Durchgangs in der Felswand. Ihr Moospelz war trocken, und ihre hellblauen Augen glänzten wie Himmelssplitter.

»Bist du mir den ganzen Weg hinterhergelaufen?«, fragte sie laut, um den Lärm des sprudelnden Wassers zu übertönen. Eilig huschte sie näher.

Vor Erleichterung vergaß Löwenzahn für einen Moment die

Frage, wer sich gerade vor seinen Augen in den See gestürzt hatte. Er umarmte das Moosfräulein herzlich, und die Begeisterung in ihrem Blick trieb ihm fast die Tränen in die Augen.

»Siehst du das?«, rief sie euphorisch aus und umfasste mit einer weiten Geste die ganze Grotte. »All diese herrlichen Pflanzen! Das ist Moos, Löwenzahn! Echtes Moos!« Sie löste sich von ihm und sprang aufgeregt umher. »Dass es tatsächlich zwei Jahre dauern musste, um diesen Ort zu finden! Sag selbst, ist das alles nicht wunderschön?«

Löwenzahn nickte, auch wenn er in Wahrheit wenig beim Anblick der feuchtglänzenden Moos- und Pilzkulturen an den Wänden empfand. Er wollte Geist nicht die Freude verderben, und doch konnte er nicht anders, als an die Kante der Scholle zu treten und hinab zur Wasseroberfläche zu blicken. Er suchte etwas, einen Schemen, Luftblasen vielleicht, irgendetwas, das ihm bewies, dass ihm seine Augen vorhin keinen Streich gespielt hatten. Er hatte jemanden gesehen. Oder hatten ihn das schwache Licht und die ungewohnte Umgebung getäuscht?

»Hast du irgendwas im Wasser verloren?«, fragte Geist verwundert.

»Ich dachte, ich hätte etwas gesehen.« Löwenzahn verstand im Lärm der Kanäle kaum seine eigenen Worte.

»Ach, komm schon!«, rief sie ausgelassen und fasste ihn am Arm. »Ich zeige dir noch etwas.«

Sie führte ihn zu dem schmalen Durchlass im Fels. Dahinter lag eine zweite Grotte, viel kleiner als die erste. Wände und Decke waren hinter dichten Vorhängen aus Pflanzen verborgen, langen, kleinblättrigen Ranken, die an manchen Stellen bis zum Boden baumelten. Die Luft in der kuppelförmigen Grotte war drückend vor Feuchtigkeit und Wärme.

Löwenzahn sah sich verblüfft um. »Warum ist es so heiß hier drinnen?«

»Von den Wänden fließt warmes Wasser«, meinte Geist schulterzuckend. »Irgendwo muss eine heiße Quelle sein. Ist das nicht herrlich?«

Insgeheim schauderte Löwenzahn. Er hatte schon von heißen Quellen erzählen hören, auch von feuerspeienden Bergen, aus denen glühendes Gestein hervorplatzte wie Eiter aus einer Pestbeule. Mit einem Mal fühlte er sich hier unten trotz der Wärme alles andere als wohl. Er wünschte sich, er hätte Geist überzeugen können, so schnell wie möglich von hier zu verschwinden. Aber er wusste auch, dass sie viel zu glücklich war, um seine Sorgen teilen zu können.

Geist tanzte umher wie ein kleines Mädchen beim ersten Schneefall, sprang fröhlich von Ranke zu Ranke, legte sich die Enden wie Schmuck um den Hals und lachte vergnügt.

»Glaubst du«, fragte Löwenzahn argwöhnisch, »dass es hier unten irgendwelche Tiere gibt?«

»Ich habe keine gesehen«, erwiderte Geist, ohne von ihrem Spiel mit den Pflanzen abzulassen. »Sag bloß, du fürchtest dich?«

»Niemals!«, grollte er. »Löwenzahn hat bestimmt keine Angst vor Kraut, das von der Decke wächst.«

»Dann komm her und fass es an.«

Löwenzahn blieb am Eingang der Grotte stehen. »Ich glaube, wir sollten besser wieder nach oben gehen. Die anderen werden sich Sorgen machen. Es wird Abend sein, bis wir bei ihnen sind.«

Geist verzog das Gesicht. »Nur noch ein wenig.«

»Willst du, dass sie uns suchen müssen?«

Sie seufzte schwer, dann drehte sie sich um und rieb eine der Ranken zärtlich an ihrer Wange. »Ich verspreche euch, dass ich wiederkomme«, sagte sie zu den Pflanzen. »Gleich morgen.«

Löwenzahn fasste insgeheim den Entschluss, dass er sie niemals allein hierher gehen lassen würde. Noch immer rätselte er, was sich da vor seinen Augen in den See gestürzt hatte. Er fragte sich, ob es vielleicht im schmalen Hohlraum unter der Felsscholle wartete, bis sie fort waren.

Narretei, schalt er sich. Niemand hätte der Strömung standhalten können. Geist und er hatten lediglich Glück gehabt, dass sie an einer Stelle im See gelandet waren, die ungefährlich war. Ein paar Schritte näher am Strudel, und keiner von ihnen hätte überlebt.

Das brachte ihn gleich zur nächsten Schwierigkeit. »Wie sollen wir eigentlich wieder hier herauskommen?« Der Wasserstrom aus den Kanälen war viel zu stark, um von außen hineinzuklettern.

Geist lächelte. Inmitten ihrer bemoosten Züge wirkten ihre Zähne unnatürlich weiß. »Schau«, sagte sie und sprang zwischen den Ranken zur anderen Seite der Grotte. Als sie mit beiden Händen einen Teil des nassglänzenden Dickichts beiseiteschob, kam ein schmaler Riss im Felsen zum Vorschein. Dahinter führten grob behauene Stufen nach oben.

»Was hältst du davon?«, fragte sie triumphierend und trat durch die Öffnung.

Löwenzahn schaute sich ein letztes Mal zur großen Grotte um, sah nichts außer Stein und tobender Strömung, dann folgte er Geist. Die Ranken, die ihn streiften, fühlten sich an wie die feuchten Finger einer Wasserleiche. Geist lief voraus, die engen Stufen hinauf. Der Treppenschacht umschloss sie mit kaltem, ödem Fels. Löwenzahn hätte nie geglaubt, dass er dafür einmal dankbar sein würde.

KAPITEL 2

Trommeln. Trommeln in der Tiefe!

Alberich schrak auf. Er lehnte an der Innenseite des Portals, und die Kälte des eisernen Torflügels biss wie Ameisengift in seinen Rücken. Einen Augenblick lang war er verwirrt, wusste nicht, wo er sich befand. Dann dämmerte es ihm: Er war während seiner Nachtwache am Tor eingeschlafen. Und als wäre das nicht Schande genug, hatte er dabei noch seine Waffe fallen gelassen. Hastig hob er die Geißel mit den sieben goldenen Stachelkugeln vom Boden auf und sah sich um. Gut, niemand hatte bemerkt, dass er eingenickt war. Die anderen lagen in ihren Quartieren, weiter unten im Berg.

Sein nächster Blick ging durch die Sichtluke nach draußen, über den winzigen Vorplatz hinweg zum dunklen Tannenhain. Der Mond schien hell vom Nachthimmel herab und überzog die Wipfel mit Silbertau. Keine Menschenseele war zu sehen, nur ein Uhu gurrte leise im Geäst.

Trommeln!

Die Erinnerung kehrte auf einen Schlag zurück. Er hatte Trommeln gehört!

Ach was, er musste geträumt haben. So sehr er jetzt auch horchte, er hörte doch nur seinen eigenen Atem und das Blut, das in seinen Ohren rauschte.

Er hätte es niemals zugegeben, nicht unter der schrecklichsten Folter, aber er war froh, dass er seine drei Gefährten hatte, mit denen er sich die Wacht über den Hohlen Berg teilen konnte. Nicht, dass er ihnen je offen dafür gedankt hätte – sie wären nur übermütig geworden, und überhaupt, lieber hätte er sich eigenhändig die Zunge herausgeschnitten –, doch ohne sie wäre der Nibelungenhort längst in die Hände von Dieben und Raubrittern gefallen. All die Angriffe, die sie in den vergangenen zwei Jahren gemeinsam abgewehrt hatten, all die Kämpfe, all das Blutvergießen – er allein wäre dem nicht gewachsen gewesen.

Dass er neuerdings während der Nachtwache am Tor einnickte, war nur ein weiterer Hinweis darauf, dass seine Kräfte nachließen. Er war nicht mehr der junge Zwerg, der einst mit Hilfe der Tarnkappe den Berg vor Eindringlingen bewahrt hatte. Schon seine schmähliche Niederlage gegen den Xantener hatte angekündigt, dass auch der größte aller Zwergenkrieger älter wurde. Als Nächstes würden die Gelenke knirschen, der Rücken schmerzen, die Hände zittern. Sogar sein Bart würde schütter werden.

Der Traum hatte eine Erinnerung in ihm geweckt. An etwas, das ihm jemand erzählt hatte, vor vielen, vielen Jahren. Etwas aus seiner Kindheit, über Angriffe aus dem Inneren der Erde, über einen Feind, der so grausam war, dass die Zwerge ihn nur mit Glück und dem Beistand der Götter hatten zurückschlagen können. Das war noch zu Zeiten des alten Thorhâl gewesen, des letzten Königs unter dem Berg. Thorhâl der Schwächling. Thorhâl der Verräter, wie die Nibelungen ihn genannt hatten. Und Alberich hatte ihnen beigepflichtet.

Er betrachtete die Goldgeißel in seiner Hand, die sieben glänzenden Stachelkugeln, lauschte auf das zarte Klirren, wenn sie aneinanderschlugen. Er hatte schon mit dieser Waffe gekämpft, als seine drei Gefährten noch nicht geboren waren. Alberich war um ein Vielfaches älter als sie, und doch hatte er in seinem langen Leben nichts gesehen als das Innere des Hohlen Berges und den Weg über die Landbrücke zu Obbos Gasthof. Erst seine Reise zur Drachenhöhle hatte ihn für eine Weile von hier fortgeführt, und seine Erinnerung daran war wenig erquicklich. Die Ereignisse dort hatten ihn beinahe das Leben gekostet.

Vielleicht war ja alles vorherbestimmt. Vielleicht hatten die Götter nicht gewollt, dass er den Hohlen Berg verließ.

Nun, er hatte die Lektion begriffen.

Trommeln!

Alberich ließ die Geißel fast ein zweites Mal fallen. Es war kein Traum! Diesmal hatte er die Laute ganz deutlich gehört. Zwei, drei pochende Trommelschläge, die im Echo des Berges ein geisterhaftes Eigenleben gewannen. Das konnte nicht sein! *Durfte* nicht sein!

Mit bebenden Fingern verriegelte er die Sichtluke des Portals, eilte dann durch die riesige Eingangshalle mit ihren haushohen steinernen Türwächtern bis zum Absatz einer breiten, flachstufigen Treppe. So schnell wie nie zuvor sprang er sie hinunter, erreichte eine Plattform über einem tiefen Abgrund und nahm dort eine Abzweigung in einen Seitengang. Hier befanden sich, hinter Vorhängen aus grobem Stoff, die Schlafquartiere der Gefährten.

Alberich riss Löwenzahns Vorhang zur Seite, baute sich vor dem Lager des Halbhunnen auf und rüttelte kräftig an dessen Schultern; sie waren fast so breit, wie Alberich hoch war.

Der Krieger öffnete knurrend ein Auge. »Was willst du?«

»Du musst hoch zum Tor, meine Wache übernehmen!«, rief Alberich atemlos. »Sofort!«

Löwenzahns Auge fiel wieder zu. »Ja, ja.« Und schon schlief er weiter. Alberich schüttelte ihn und fluchte. Vergebens. Löwenzahn und Geist waren erst am späten Abend zurückgekehrt, vollkommen erschöpft, und schon nach wenigen Worten waren sie in ihren Quartieren verschwunden. Wahrscheinlich würde Löwenzahn auch dann weiterschlafen, wenn der Berg um ihn zusammenbrach.

Alberich sprang zurück auf den Gang und versuchte es bei Mütterchen. Die alte Räuberin war in Windeseile hellwach, obgleich sie keinen Zweifel daran ließ, dass ihr die Störung alles andere als behagte.

»Du bist eine Plage, Alberich Horthüter!«, schimpfte sie und rieb sich die Augen.

»Bitte«, flehte er, »übernimm meine Wache am Tor. Ich muss hinunter zum Hort.«

Mütterchen riss die Augen auf. »Mitten in der Nacht?«

»Ich habe …« Und er brach ab, um zu überlegen, ob er Mütterchen von den Trommelschlägen erzählen sollte. Er beschloss, vorerst zu schweigen. Mütterchen würde ihm nur vorwerfen, dass er eingeschlafen war und geträumt hatte. »Es ist wichtig«, sagte er deshalb nur und hoffte, Mütterchen würde keine weiteren Fragen stellen.

Tatsächlich seufzte sie nur und stand auf. So viel Gleichmut war für sie höchst ungewöhnlich und musste daran liegen, dass sie noch immer furchtbar müde war.

Alberich wartete nicht ab, bis sie sich angekleidet und bewaffnet hatte. Stattdessen lief er hinaus auf den Gang, rief über die Schulter ein knappes ›Danke!‹ und eilte von der Plattform aus eine zweite Treppe hinab, die tiefer ins Herz des alten Zwergenreiches führte.

Er durchquerte mehrere Ebenen, die zum Teil so wirr miteinander verschachtelt waren, dass nur ein Zwerg die Grenzen zwischen den Stockwerken ausmachen konnte. Alberich lief achtlos durch die Große Halle der Schnitzwerke, ein hoher Saal, in dem hölzerne Skulpturen eines verrückten Zwergenkünstlers vermoderten. Gleich daran schloss sich eine Halle an, in der Statuen aus Stein über reich verzierte Wände wachten, Werke begabter Steinmetze, deren Arbeiten den felsverliebten Zwergen viel näher waren als der verhasste Umgang mit Holz.

Weitere Treppen, weitere Kammern und Säle, und immer noch hatte Alberich nicht einmal das obere Drittel des Zwergenreiches hinter sich gelassen. Im magischen Zwielicht des Felslabyrinths sah er so deutlich wie ein Mensch bei Tageslicht, und doch erfüllte ihn die Weite und Leere der endlosen Flure und Hallen zum ersten Mal mit Schaudern. Er stellte sich vor, wie es einst gewesen war, als hier ein gnadenloser Krieg getobt hatte. Ein Krieg, der sich durch fernes Trommeln angekündigt hatte.

Atemlos, mit rasendem Herzen, blieb er einen Augenblick stehen, am Grunde einer künstlichen Schlucht aus behauenen Felswänden, die übersät waren mit einer Heerschar grinsender Wasserspeier. Hoch über ihm wölbte sich ein Himmel aus Granit, so weit entfernt wie Gewitterwolken über dem Rhein. Die stumme Majestät dieses Anblicks hätte Alberich zu jedem anderen Zeitpunkt vor Ehrfurcht erstarren lassen, schwärmend im Angesicht solcher Pracht. Doch jetzt hatte er für solche Dinge keine Zeit.

Er horchte. Beinahe hoffte er, das unheimliche Trommeln möge sich noch einmal wiederholen, nur damit er Gewissheit hatte, dass er sich nicht täuschte. Doch jetzt herrschte Stille im verlassenen Zwergenreich, abgesehen vom Brausen unterirdischer Luftströme und dem leisen Plätschern der Wasserrinnen. Kein Trommeln mehr und auch kein anderer Laut, den man dafür hätte halten können.

Alberich wickelte die Ketten der Goldgeißel mit einer beiläufigen Handbewegung um den Griff. Schlimm genug, dass sein Atem so raste und sein Herz laut genug schlug, um selbst Löwenzahn aus seinem Schlummer zu reißen. Er musste seine Anwesenheit nicht auch noch durch das Klingen der Stachelkugeln verraten.

Er verharrte noch einen Augenblick, dann setzte er seinen Weg fort. Das Trommeln konnte von überall hergekommen sein, aus jedem Winkel der Zwergenstadt, und doch sagte ihm eine innere Stimme, dass sein Ursprung in den unteren Ebenen zu finden war, in den alten Minenschächten oder, schlimmer noch, in der Horthalle.

Im Grunde aber sprach alles für ein Hirngespinst. Warum sollte jemand, dem es wider Erwarten gelungen war, in den Berg einzudringen, eine Trommel schlagen? Würde er nicht so leise wie möglich einstecken, was es einzustecken gab, und sich ohne viel Aufhebens davonmachen? Alberich war kein Dieb, doch er verstand genug von der Räuberei, dass ihm die Geräusche einige Rätsel aufgaben. Wenn er ehrlich zu sich war, konnte es nur eine Lösung geben. In Wahrheit hatte es gar keine Geräusche gegeben, ganz gewiss kein Trommeln. Sollte er nicht genug Ehrgefühl aufbringen, sich seinen Fehler – schlimmer: seine Panik – einzugestehen?

Doch so einfach war das nicht. Er war der Horthüter, der Wächter vom Hohlen Berg. Und es war seine Aufgabe, ungewöhnlichen Lauten nachzugehen, noch dazu, wenn sie wie das Dröhnen fremder Kriegstrommeln klangen.

Unter den feindseligen Blicken der Wasserspeier durchquerte er die Schlucht, stieg an ihrem Ende eine enorme Freitreppe hinab und machte sich auf zum nächstbesten Schacht, der ihn auf geradem Weg in die Minen führen würde.

Er hatte gerade den Zugang zum höchstgelegenen Minenstollen erreicht, als das Trommeln von Neuem begann.

Und diesmal klang es nah!

Die Stollen waren nur grob aus dem Fels gehauen, kein Vergleich zu den reliefgeschmückten Fluren und Hallen des Wohnbereichs. Decken und Wände der Minen waren durch Balken abgestützt. Wasserrinnen gab es hier nicht. Alberich mochte sich täuschen, aber er hatte das Gefühl, als sei das Licht hier unten schwächer, trotz der größeren Nähe zum Hort. Fast, als würde der magische Glanz des Goldes von den kantigen, hässlichen Wänden der Minenstollen abgestoßen; eine Flucht der Anmut vor dem Unvollkommenen. Ein weiterer Beweis dafür, dass der Hortglanz einen eigenen Willen, ein eigenes Leben besaß. Alberich war sicher, dass der ganze Berg in Finsternis versinken würde, wenn der verfluchte Xantener seine Drohung wahrmachen und den Schatz von hier fortbringen würde. Alberich würde lieber sterben, als diesen Tag mitzuerleben.

Das Trommeln ging weiter, dumpfes, träges Dröhnen. Alberich lockerte die Ketten der Goldgeißel und stieg tiefer in das Labyrinth der Stollen. Nach einigen hundert Schritten gelangte er an eine Stelle, an der die Arbeiter auf eine Blase im Fels gestoßen waren, ein natürlicher Hohlraum, in dessen oberen Teil der Stollen mündete. Der Weg endete an einer Steilwand, und jenseits davon lag nichts als Schwärze. Weder Wände noch Boden waren zu erkennen. Das undurchdringliche Dunkel schien sogar das Trommeln aufzusaugen wie ein Schwamm; die Laute klangen hier weniger hallend, fast stumpf.

Alberich wusste, dass vor vielen Jahren einige Zwerge in diese Schwärze hinabgestiegen waren und nach tagelangem Klettern und Abseilen den Grund erreicht hatten, eine finstere, unbewegte Wasseroberfläche, unterhalb deren nichts zu leben schien, gewiss keine

Fische. Sicher war nur, dass es keinen unterseeischen Zugang zu dem Gewässer geben konnte, denn da sich die Minen unterhalb des Rheins befanden, hätte eine Verbindung zwischen dem Fluss und dem See unwillkürlich die unteren Ebenen überflutet. Die Zwerge waren zurückgekehrt, kaum klüger als zuvor; sie hatten mehrere ihrer Kameraden verloren, die während des Abstiegs abgestürzt waren, und auch am Ufer des unterirdischen Gewässers hatte es keine Spur mehr von ihnen gegeben. Der schwarze See hatte sie einfach verschluckt.

Alberich hatte vermutet, dass die Quelle des Trommelns hier zu finden sei, nur eine Ahnung, die sich jetzt jedoch als falsch erwies. Während er an der Kante stand und in die lichtlose Finsternis blickte, ertönte das Trommeln ganz eindeutig in seinem Rücken.

Er wollte umkehren, hatte schon den ersten Schritt gemacht, als er sah, dass er nicht mehr allein im Stollen war.

Etwas, jemand, kam auf ihn zu, jagte heran, blitzschnell, und in seinen Händen funkelte Stahl.

Alberich sprang zur Seite, konnte dem Schlag der Axt gerade noch ausweichen. Er war geübt im Kampf und hatte in dutzenden, in hunderten solcher Duelle gesiegt. Jetzt aber lähmte ihn der Anblick seines Gegners bis ins Mark. Es war kein Mensch, der ihm da entgegentrat, auch keine Ausgeburt dämonischer Felsenschlünde.

Es war ein Zwerg.

Und das war vollkommen unmöglich.

Alberich blieb keine Zeit, sich zu wundern oder gar Fragen zu stellen. Der nächste Angriff seines Gegners kam schneller, als er erwartet hatte, und mit mörderischer Präzision.

Die feindliche Axt sauste auf ihn zu, Alberich riss seine Goldgeißel empor und wehrte den Hieb mit dem stählernen Griff seiner Waffe ab. Noch in derselben Bewegung holte er mit den Stachelkugeln Schwung und ließ sie in die Richtung seines Gegners wirbeln, geradewegs auf dessen Gesicht zu. Der andere warf sich zur Seite, doch eine der Kugeln streifte seine Schulter und schlug eine tiefe Kerbe in seinen Lederharnisch. Blut drang aus der Wunde. Die

Züge des Verwundeten verzerrten sich, er fletschte die Zähne wie ein wildes Tier.

Die kurze Kampfpause gab Alberich Zeit, seinen Feind genauer zu betrachten. Es war ein Zwerg, daran bestand kein Zweifel. Er war eine Hand breit größer als er selbst und um einiges jünger, fast noch ein Frischling, vielleicht vierzig, fünfzig Jahre alt. Sein lederner Panzer wies kaum Kerben oder Kratzer auf, so als hätte sein Träger ihn noch nie in einem echten Kampf erprobt. Langes braunes Haar wucherte unter einem halbrunden Helm hervor, der Bart des Zwerges war kurz geschnitten. Sein Gesicht war eingefallen und grau, er wirkte ausgehungert wie nach einem langen Marsch, bei dem ihm die Verpflegung ausgegangen war.

»Warum greifst du mich an?«, fragte Alberich in der alten Zwergensprache. Als er sie zuletzt benutzt hatte, war er noch ein Kind gewesen.

Die Züge seines Gegners verzogen sich zu einem wilden Grinsen. »Du wirst sterben, Alter«, zischte er zwischen aufgeplatzten Lippen. Seine Aussprache klang seltsam, ohne dass Alberich hätte sagen können, was ihn daran so irritierte.

»Ich bin viermal so alt wie du, Junge«, sagte Alberich, »und ich habe in mehr Schlachten gekämpft, als du zählen könntest. Sei nicht dumm und gib endlich auf.«

Die Antwort war ein aufgebrachter Schrei, und dann schlug auch schon erneut die Axt auf ihn ein. Die scharfe Schneide verfehlte ihn nur um Fingerbreite, und da wurde ihm endlich klar, dass es in diesem Kampf keine friedliche Übereinkunft geben würde.

Es war Wahnsinn. Vollkommener Wahnsinn. Es gab keine Zwerge mehr am Rhein, sie waren vor zwei Jahrhunderten von hier verschwunden. Alberich war der letzte, hatte sein ganzes einsames Leben mit dieser Gewissheit zugebracht. Und jetzt, wie aus dem Nichts, tauchte einer von seinem Volk auf, und statt sich zu verbrüdern und ihre gegenseitige Neugier zu stillen, kämpften sie miteinander auf Leben und Tod.

Alberich ließ die Goldgeißel in engem Winkel vorschnellen, ihre

Ketten wickelten sich um den Stiel der Axt, und eine der Kugeln bohrte ihre Stacheln in den Handrücken des jungen Zwerges. Er schrie auf und zerrte an seiner Waffe, ohne sie jedoch freizubekommen.

»Hör endlich auf!«, verlangte Alberich noch einmal, doch er hatte kaum zu Ende gesprochen, da ließ der Junge die Axt los und riss ein Kurzschwert aus seinem Gürtel. Alberich taumelte zurück und purzelte über einen Stein, schlug der Länge nach hin, mit dem Oberkörper über das Wirrwarr aus Axt und Geißel. Der junge Zwerg reagierte zu spät, konnte seinen Lauf nicht mehr bremsen, stolperte ebenfalls und wurde von seinem eigenen Schwung über Alberich hinweggetragen. Mit einem gellenden Kreischen schlitterte er über die Felskante hinweg. Als Alberich wieder auf die Beine kam, war sein Gegner bereits in der Schwärze verschwunden.

Niedergeschlagen und enttäuscht vom unnötigen Tod des Jungen trat er von der Kante zurück, löste die Geißelketten vom Griff der Axt und schleuderte die zweischneidige Waffe in hohem Bogen hinaus in die Finsternis. Dann drehte er sich um und machte sich durch den leeren Minenstollen auf den Rückweg.

Die Trommeln waren verstummt.

KAPITEL 3

Grimma blickte noch einmal zurück zu dem offenen Viereck in der Höhlendecke. König Thorhâl stand am Rande der Öffnung, in einer bunten Reihe mit einer Vielzahl seiner Untertanen, und winkte ihr huldvoll zu. Nahezu das ganze Volk hatte sich am Einstieg zur alten Zwergenstraße versammelt, um den Kundschaftern die Ehre des Abschieds zukommen zu lassen.

Der Lärm der zahllosen Zurufe wurde allmählich leiser, als Grimmas Trupp sich dem Fuß der steilen Geröllrampe näherte. Fast hundert Schritte weit führte die Schräge nach unten, ehe der Boden wieder eben wurde. Grimma hatte oft Erzählungen und Legenden über die unterirdische Zwergenstraße ins Nordland gehört, doch nichts davon hatte sie auf die überwältigende Größe des uralten Höhlenweges vorbereitet.

Sie hatte einen schmalen Gang erwartet, mit niedriger Decke und kaum breit genug, um zu mehreren nebeneinander zu gehen. Stattdessen aber öffnete sich vor ihr ein gigantischer Tunnel, mindestens siebzig Schritte hoch und ebenso breit. Tausende von Zwergen waren einst über diesen Weg aus dem Nordland gen Süden gezogen, und Grimma fragte sich, wie viele Generationen von Arbeitern an diesem Tunnel zu Grunde gegangen waren.

Schon vor Jahrhunderten war das Wissen um die Lage der Straße aus dem Gedächtnis der Zwerge geschwunden. Zuletzt waren selbst die Ältesten der Ansicht gewesen, sie sei längst verschüttet – falls sie überhaupt je existiert hatte. Erst das Auftauchen der Nordlinge hatte sie eines Besseren belehrt.

Jetzt, nachdem der Feind geschlagen war, betraten zum ersten Mal seit undenklicher Zeit wieder Zwerge die Höhlenstraße ihrer Ahnen. Vor Staunen waren sie alle in andachtsvolles Schweigen verfallen. Die einzigen Geräusche waren das Scharren ihrer Stiefel auf dem losen Geröll und das Raunen der Menge hoch über ihnen.

Grimma führte den zwanzigköpfigen Zwergentrupp an. Neben ihr gingen Egil, Bollis und Gellir. Alle drei hatten Prellungen und kleinere Wunden vom Kampf mit den Nordlingen auf der Treppe zurückbehalten. Dennoch hätte nichts sie davon abhalten können, Grimma zu folgen. Vor allem Gellir Rotbart, der eigens für die Reise seine eiserne Augenklappe poliert hatte, brannte darauf, die alte Zwergenstraße zu erforschen. Egil und Bollis hatten sich von seiner Begeisterung anstecken lassen, und Grimma dankte den Göttern im Geheimen dafür, dass sie mit solchen Freunden gesegnet war.

Die übrigen sechzehn Mitglieder der Reisegemeinschaft waren zum überwiegenden Teil Krieger, die Grimma selbst ausgewählt hatte, mutige Zwerge, die den Tod nicht fürchteten und sich im Kampf mit den Nordlingen tapfer geschlagen hatten. Dazu kamen zwei Heilkundige, ein Zeichner, der unterwegs eine Karte des Weges anfertigen sollte, die beiden besten Armbrustschützen des Reiches (für die Jagd auf Fledermäuse) und, zuletzt, Styrmir, ein junger Berater des Königs, der darauf bestanden hatte, an der Expedition teilzunehmen.

Styrmir war einer der wenigen Zwergenmänner im Berg, denen die Götter keinen Bartwuchs geschenkt hatten, und um von dieser Schmach abzulenken, hatte er sich Kinn und Wangen mit einem Muster tätowieren lassen, das aussah wie ein Gewimmel roter Ameisen. Die Ämter der königlichen Berater wurden seit jeher vom Vater an den Sohn weitergegeben, und das war einer der Gründe, weshalb Thorhâl sich mit wichtigen Fragen häufiger an Grimma und die übrigen Heerführer wandte als an die Männer, die ihm die Tradition zur Seite gestellt hatte. Auch Styrmir hatte den Posten geerbt, und Grimma hatte das ungute Gefühl, dass Thorhâl ihn nur mitgehen ließ, um sich eine Weile von seinen lästigen Einflüsterungen zu befreien. Keiner der Krieger war froh über Styrmirs Begleitung, sie alle fühlten sich beobachtet. Schon wenige Augenblicke nach dem Aufbruch hielten die Männer mehrere Schritte Abstand zu dem königlichen Berater, und Grimma erkannte an Styrmirs Gesichtsausdruck, dass er die Ablehnung der anderen spürte, wenn auch nicht verstand. Eine Art kindliche Verwunderung lag über seinen glatten, gepflegten Zügen.

Der Einstieg blieb hinter ihnen zurück. Thorhâl verteilte Wachen am Rand der Öffnung, die den Zugang zur Zwergenstraße Tag und Nacht bewachen würden. Eine zweite Invasion aus den Tiefen durfte es nicht geben, nicht, nachdem das Heer vom Hohlen Berg der Hälfte seiner Krieger beraubt worden war.

»Wir werden ein Jahr lang auf euch warten«, hatte der König Grimma in einem ihrer vielen vertraulichen Gespräche vor der Abreise erklärt. »Auch wenn ihr das Nordland nach sechs Monden noch nicht erreicht habt, kehrt um. Vor allem, wenn ihr in dieser Zeit auf keine Feinde stoßt. Der Weg sollte dann sicher sein.«

»Sicher?«, wiederholte Grimma und runzelte die Stirn. »Ihr wollt mit einem ganzen Volk ausziehen, bevor Ihr überhaupt wisst, wohin Euch der Weg führen wird?«

»Du verstehst das nicht, Grimma«, sagte Thorhâl kopfschüttelnd. »Du bist eine Kriegerin, eine ganz hervorragende, aber du musst dich nicht mit den Belangen hunderter Untertanen auseinandersetzen. Seit dem Ende der Kämpfe erreichen mich Tag für Tag Bittgesuche von Männern und Frauen, die auf eigene Faust losziehen wollen. Sie alle brennen darauf, den Berg zu verlassen und ihr Glück im Norden zu versuchen. Ich kann sie vertrösten, ein paar Wochen, vielleicht einige Monde. Das Jahr, das ich dir gebe, Grimma, ist mehr, als ich in meinem Herzen gutheißen kann.«

»Ihr fürchtet einen Aufstand?«, fragte Grimma verblüfft. »Nach all den Jahrhunderten, die sich die Zwerge vom Hohlen Berg den Wünschen der Nibelungenfürsten unterworfen haben, soll gerade jetzt ein Umsturz drohen?«

Thorhâl lächelte bitter. »Ach, Grimma. Ich beneide dich um deine Gutgläubigkeit. Die Zwerge haben sich nur deshalb so lange in ihr Schicksal gefügt, weil es keinen Ausweg zu geben schien. Aber jetzt ist da plötzlich diese Verheißung eines freien Lebens im Nordland.

Plötzlich ist unseren Leuten klargeworden, dass es noch etwas anderes gibt als die Kavernen dieses Berges und die Arbeit am Hort. Ich weiß nicht, wie lange ich das Volk davon abhalten kann, Hals über Kopf von hier fortzulaufen.« Er sah sehr müde aus. Grimma hatte ihn nie zuvor in so düsterer Stimmung erlebt. Von seiner Begeisterung, als er den Entschluss gefasst hatte, Grimma als Kundschafterin auszusenden, war nichts geblieben. Mit einem Mal sah er sich Zwängen ausgesetzt, die er nicht vorausgeahnt hatte.

»Ein Jahr, Grimma«, setzte er entschlossen hinzu. »Ein einziger Tag länger, und ich muss den Befehl zum Aufbruch geben.«

So waren sie verblieben, gegen Thorhâls und Grimmas besseres Wissen. In spätestens zwölf Monden mussten Grimma und ihre Männer zurück sein. Der Ernst dieses Ultimatums hatte sich wie eine unaufhaltsame Sanduhr in ihrer Brust verankert, sie trug so schwer daran wie an einem zweiten Herz.

Natürlich hatten sie auch echte Sanduhren dabei, jeder der beiden Schreiber trug eine in seinem Gepäck. Da es in den Tiefen des Erdreichs nicht möglich war, den Lauf des Mondes zu bestimmen, musste die Zeit auf andere Weise gemessen werden. Jede Uhr lief genau einen Tag und eine Nacht lang, dann musste sie gedreht werden. Es war Aufgabe der Schreiber, darüber Buch zu führen. Nach spätestens hundertachtzig Sandläufen würde Grimma den Befehl zur Umkehr geben.

Sie hatten eine Strecke von zwanzig Speerwürfen zurückgelegt, als das magische Licht des Hohlen Berges zurückblieb und die Dunkelheit des Tunnels den Trupp wie schwarzer Nebel umschloss. Obwohl die Zwerge in der Finsternis leidlich gut sehen konnten, ordnete Grimma an, die ersten Fackeln zu entzünden, in der Hoffnung, die Helligkeit würde die gedrückte Stimmung heben. Die groben Felsvorsprünge der Tunnelwände warfen zuckende Schatten, und da die Zwerge den gleichmäßigen Schein des Hortes gewohnt waren, erschien ihnen das gelbe Licht der Flammen alsbald fremdartig, sogar beängstigend. Grimma gestand sich ihre erste Fehlentscheidung ein und ließ die Fackeln löschen.

Fortan zogen sie lichtlos dahin, eingelullt von jahrtausendealter Dunkelheit wie von einem Lied in einer alten, vergessenen Sprache.

Nach den ersten Tagen ihrer Reise bemerkte Grimma, dass sich das Verhalten der Krieger gegenüber Styrmir wandelte. Aus stillschweigender Ablehnung wurde offene Feindschaft.

Der Berater des Königs marschierte tagsüber stets einige Schritte von den anderen entfernt, und auch nachts bereitete er sein Lager abseits der Übrigen. Grimma nahm an, dass einige der Männer Bemerkungen gemacht hatten, die Styrmir zu solch einer Vorsichtsmaßnahme veranlasst hatten. Obwohl sie einen Kampf nicht zugelassen hätte, rümpfte sie insgeheim die Nase über Styrmirs Zurückhaltung. Beleidigungen oder Drohungen unter den Kriegern hätten bei jedem anderen zu wüsten Prügeleien geführt. Nicht so bei Styrmir, er war aus anderem Stein gehauen. Er zog sich zurück, sprach nie ein Wort und tat, als stünde er weit über den Rangeleien der Krieger. Grimma aber sah ihm an, wie unglücklich er in Wahrheit war, und sie war sicher, dass er seine Entscheidung, sie zu begleiten, längst bereut hatte. Nicht ohne Häme dachte sie, dass ihm das ganz recht geschah. Was hatte er sich ihnen auch derart aufdrängen müssen?

Trotzdem gefiel es ihr nicht, dass es innerhalb ihrer Gruppe Spannungen gab. Eine Weile lang schaute sie zu und tat, als berühre sie Styrmirs Schicksal nicht, doch dann geschah etwas, das ihr schlagartig klarmachte, dass es an der Zeit war, einzuschreiten.

Am Abend des neunten Tages saß sie mit Egil, Gellir und Bollis rund um die knisternden Flammen eines Lagerfeuers. Es war kühl in dem endlosen Tunnel, und obwohl sie als Zwerge an die Kälte der Bergestiefen gewöhnt waren, machte ihnen der ewige Luftzug zu schaffen, der ihnen von Norden entgegenwehte. Der Brennholzvorrat, den sie mit sich führten, war äußerst begrenzt, doch sie hatten am Nachmittag ein eisiges Gewässer durchqueren müssen, und so hatte Grimma die Order ausgegeben, vier kleine Feuer anzuzünden. Für gewöhnlich kamen sie mit einem aus, doch heute mussten sie ihre Kleider trocknen und entsprechend nah an die Flammen rücken. So saßen sie in vier Gruppen um die Feuerstellen und unterhielten sich leise.

Plötzlich wies Gellir ins Dunkel, zur Westwand der Zwergenstraße. »Seht ihn euch an!«, brummte er abfällig. »Hockt da und schreibt alles auf, was wir reden.«

Grimma erkannte in der Düsternis Styrmir, der abseits der Feuer dasaß und mit einer Feder etwas in ein gebundenes Büchlein schabte.

»Verfluchter Schnüffler!«, schimpfte Egil. »Er horcht, ob irgendwer ein böses Wort über den König verliert.« Er hatte laut genug gesprochen, dass auch einige der Krieger an den anderen Feuern aufhorchten.

Bollis fiel kichernd mit ein. »Am besten wäre es, wenn er in irgendeine Felsspalte fiele.«

»Ja«, pflichtete ein Zwerg am Nebenfeuer bei. »Ein Unfall. Sehr traurig.«

Grimma traute ihren Ohren kaum. »Seid ihr des Wahnsinns?«, zischte sie und sprang auf. »Unter meinem Befehl wird es nichts dergleichen geben!« Sie deutete auf den Zwerg, der zuletzt gesprochen hatte, dann auf Bollis. »Ihr beiden, steht auf!«

Die Krieger sprangen blitzschnell auf die Füße.

»Ich habe etwas verloren«, sagte Grimma schneidend. »Heute Nachmittag, als wir durch dieses Wasserloch gewatet sind. Es ist ein Siegelring König Thorhâls. Ihr zwei werdet zurückgehen und ihn suchen. Wenn ihr stramm durchmarschiert, solltet ihr am Morgen wieder bei uns sein.«

Sie hatte nie einen solchen Ring besessen, und jeder ihrer Krieger wusste das. Der Zwerg vom Nebenfeuer wollte aufbegehren, doch Bollis schlug ihm hart gegen die Schulter. »Du hast gehört, was Grimma gesagt hat. Gehen wir!« Der Zwerg straffte sich einen Moment lang, dann nickte er verdattert. Wenig später waren die beiden in der Düsternis verschwunden.

Grimma drehte sich um und ging hinüber zu Styrmir. Sie spürte, wie ihr die Blicke aller anderen folgten, dann hörte sie zufrieden, dass Egil die Krieger anschnauzte, sich gefälligst nur um das zu kümmern, was sie etwas anginge.

Styrmir schaute ihr finster, aber auch voller Neugier entgegen. Spielte da ein leises Lächeln um seine Lippen? Grimma wünschte sich, ihn im Dämmerlicht besser erkennen zu können. Als sie näher kam, klappte er das Büchlein zu, verkorkte sein Tintenfass und legte beides zusammen mit der Feder in den Rucksack.

Grimma setzte sich ohne Aufforderung zu ihm. So weit von den Feuern entfernt, spürte sie die Kälte noch deutlicher, und sie fragte sich, ob ihre Strafe für Bollis und den anderen Krieger nicht zu hart gewesen war. Aber nein, sie hatte richtig gehandelt. Sie durfte nicht zulassen, dass ihre Männer auf solche Gedanken kamen, geschweige denn sie aussprachen.

»Deine Krieger haben es nicht leicht mit dir«, bemerkte Styrmir, und jetzt sah sie, dass tatsächlich ein Schmunzeln um seine Mundwinkel zuckte. Seine glatte Haut und das bartlose, tätowierte Kinn konnten nicht darüber hinwegtäuschen, dass er den kantigen Unterkiefer und die markanten Züge seiner Ahnen geerbt hatte.

»Die beiden hatten Strafe verdient«, sagte sie und blickte fest in seine braunen Augen. »Ich werde nicht zusehen, wie irgendein dummer Zwist diese Truppe spaltet.«

»Oh«, sagte er mit einem Lachen, das frische Milch hätte gerinnen lassen, »von spalten kann keine Rede sein. Hättest du den beiden ihren Willen gelassen, so hättest du deine Männer wohl nie in größerer Einigkeit erlebt.«

»Für die Dauer dieser Reise bist du einer meiner Männer, Styrmir.«

»Ich fürchte, die anderen sind nicht dieser Meinung.«

»Sie glauben, du belauschst sie, um sie beim König zu verleumden.«

Er hob eine Augenbraue. »So, so.«

»Ist es die Wahrheit?«, fragte Grimma geradeheraus.

»Du glaubst, weil mich meine Geburt zu Thorhâls Berater gemacht hat, müsste ich ihm jedes Wort zutragen, das ich mit anhöre? Liebe Güte, ich müsste Ohren haben, so groß wie die Pechkessel oben am Portal, und eine Zunge, ausgefranst wie ein Pferdeschwanz!«

»Das ist keine Antwort auf meine Frage.«

Er schüttelte den Kopf. »Ich bin nicht bei euch, um Thorhâl über irgendetwas Bericht zu erstatten. Es war ganz allein mein Wunsch, mit euch zu gehen.«

»Du hast gewusst, dass du nicht willkommen bist.« Sie sah keinen Grund, ihm gegenüber unaufrichtig zu sein. »Meine Krieger mögen keine Männer, die …«

»Die keine Axt führen können.« Er lächelte. »Das wolltest du doch sagen, nicht wahr?«

»Ich wollte sagen: Männer, die besser mit der Zunge als mit der Waffe umgehen können. Aber ich schätze, das läuft auf das Gleiche hinaus.«

»Um ehrlich zu sein, Grimma, es ist mir gleichgültig, was deine Männer über mich denken. Diese Reise bedeutet mir mehr als mein Leben. Falls sie mich in eine Felsspalte stoßen, gut, dann ist es eben so. Das war es mir wert.«

»Niemand wird dich in eine Felsspalte stoßen«, widersprach sie zornig. »Nicht, solange ich hier den Befehl führe.« Dann erst wurde ihr klar, was er noch gesagt hatte. »Wie meinst du das, die Reise bedeutet dir mehr …«

»Als mein Leben.« Er nickte bestätigend. »Wir Königsberater werden in unsere Stellung hineingeboren, das weißt du. Ich hatte nie die Möglichkeit, den Umgang mit Axt oder Schwert zu erlernen.« Er klang verbittert, und das verwirrte sie. »Nie habe ich die Möglichkeit gehabt, irgendetwas zu erleben, das aufregender war als die täglichen Beratungen mit Thorhâl und dem Rest seiner Höflinge.«

»Dann bist du auf ein Abenteuer aus?«, fragte sie irritiert.

»Auf ein Abenteuer, auf einen Marsch bis ans Ende der Welt, von mir aus auch auf den Tod.« Er schnaubte verbittert. »Auf alles, das sich vom öden Trott in Thorhâls Fußvolk unterscheidet.«

Grimma versuchte, ihre Einschätzung Styrmirs zu überdenken,

ihn ganz neu einzuschätzen, als hätte sie ihn gerade erst getroffen, doch dazu ließ er ihr keine Zeit.

»Als ich Thorhâl mein Anliegen vorbrachte, wusste ich, dass deine Männer mich vom ersten Augenblick an verabscheuen würden«, fuhr er fort. »Ich habe es in Kauf genommen. Und ich kann ihr Verhalten verstehen, Grimma. Sie täuschen sich nicht, wenn sie mich für jemanden halten, den das Leben bei Hofe verweichlicht hat. Ich bin kein Krieger und werde nie einer sein. Aber wenn wir jemals von dieser Reise zurückkehren, und wenn es uns gelingt, das zu finden, was wir suchen, dann werde ich meinen Kindern dereinst erzählen können, was ich erlebt habe. An deiner Seite, Grimma, und an der Seite dieser Männer, die mich hassen. Und ich werde einen Grund haben, stolz zu sein auf etwas, das ich getan habe. Zum ersten und vielleicht zum einzigen Mal.«

Grimmas Blick huschte zurück zu den Lagerfeuern und den Kriegern, die dort murmelnd beieinandersaßen. Ihre Augen verengten sich, als sie über das nachdachte, was Styrmir gesagt hatte. Sie hatte sich nie zuvor in einem anderen so getäuscht wie in ihm. Dafür schämte sie sich, und sie besaß genug Anstand, sich das einzugestehen.

»Ich entschuldige mich bei dir, Styrmir.«

Ein jungenhaftes Grinsen flimmerte wie der Feuerschein über seine Züge. »Du hast mir das Leben gerettet. Das ist kein Grund, sich zu entschuldigen.« Feixend fügte er hinzu: »Höchstens bei deinen Männern.«

Sie atmete tief durch. »Ich werde mit ihnen reden. Sollte noch einer die Stimme gegen dich erheben, wird er es bereuen.«

»Nein!«, widersprach er scharf. »Tu das nicht. Sprich nicht mit ihnen über mich. Ich wollte mir mit dem, was ich dir erzählt habe, keinen Respekt erkaufen. Sollten deine Krieger je lernen, mich zu achten, so sollen sie gute Gründe dafür haben, keine, die du ihnen vorgibst.«

Grimma verstand, was er meinte, und nickte langsam. »Wirst du mir noch eine Frage beantworten?«

»Gewiss.«

»Du hast eben etwas aufgeschrieben.«

»Das tue ich jeden Abend.«

»Die Männer glauben, du hältst fest, worüber sie reden.«

»Da haben sie nicht einmal Unrecht.«

»Erklär mir das.«

Lächelnd griff er nach seinem Rucksack und zog das Büchlein hervor. Aus der Nähe erkannte Grimma, dass es in das Leder grauer Fledermausschwingen gebunden war. Ein wertvolles Stück.

Styrmir drehte den handgroßen Band zwischen den Fingern. »Wie soll ich meinen Kindern erzählen, was ich erlebt habe, wenn ich die Hälfte davon vergessen habe? Deshalb schreibe ich alles auf. Das Aussehen des Tunnels, die Hindernisse auf unserem Weg, meine Gedanken, auch einiges vom Gerede der anderen. Und irgendwann, vielleicht, eine Beschreibung des Nordlandes, wie es sich den Augen eines Zwerges darbietet, der sein Leben lang nur das Innere des Hohlen Berges gesehen hat.«

Er schlug das Buch auf den vorderen Seiten auf und reichte es Grimma. Sie warf einen neugierigen Blick darauf, doch dann gestand sie kleinlaut: »Ich kann nicht lesen, Styrmir.«

Er lachte nicht, verzog nicht einmal das Gesicht. »Wenn du willst, werde ich dir daraus vorlesen.«

Sie nickte ihm zu, dankbar, dass er nicht über ihr Unvermögen spottete, so wie sie selbst sich in den vergangenen Tagen insgeheim über seine mangelnden Kampfkünste lustig gemacht hatte. »Ein andermal will ich dir gerne zuhören. Falls dein Angebot dann noch gilt.«

»Das wird es.«

Sie schenkte ihm ein flüchtiges Lächeln, dann stand sie auf und ging zurück zum Feuer. Sie bat Styrmir nicht, mit ihr zu kommen. Er hätte doch nur abgelehnt.

In der sechsten Woche ihres Marsches durch die Dunkelheit entdeckten sie etwas, das ihnen wahrscheinlich das Leben rettete.

Grimma selbst führte die Vorhut des Trupps an, und so war sie eine der Ersten, die sah, wie sich etwas Großes aus dem Dämmerlicht schälte, das nicht in die eintönige Ödnis des Tunnels gehörte.

Es war ein großer Holzkarren mit gesplitterter Achse. Seine Ladefläche war leer. Der Größe nach mussten ihn die Nordlinge während ihres Weges zum Hohlen Berg zurückgelassen haben.

Sogleich machten sich die Zwerge daran, ihn mit ihren Äxten in kleine, tragbare Stücke zu zerlegen. Vor mehr als zwei Wochen war ihnen das Brennholz ausgegangen, und während der vergangenen Tage hatten sich die Stellen im Tunnel gehäuft, an denen sie Wasserflächen durchwaten mussten. Unter ihnen war keiner, der sich dabei nicht erkältet hatte, und ihnen allen klebte die Kleidung feucht und klamm an den Körpern.

Jetzt aber, nachdem sie den Wagen bis aufs letzte Stück zerkleinert hatten, gab Grimma den Befehl, große Feuer zu schüren und Hosen und Wämser zu trocknen. Bald schon war ihnen zum ersten Mal seit vielen Tagen wieder warm, und selbst Styrmir gesellte sich zu ihnen, ohne dass jemand Anstoß daran nahm.

Nach einer Weile zogen sie weiter, und da war nicht einer, der das zusätzliche Gewicht auf seinem Rücken bejammerte. Sie alle dankten den Göttern für ihr Glück, das sie zu dem Karrenwrack geführt hatte, und die Laune der meisten hob sich beträchtlich. Die Zwerge fassten neuen Mut, und ihr Ziel, das Nordland, gewann für sie nach den ernüchternden letzten Tagen neue Reize. Sie erzählten einander, was sie dort als Erstes tun würden – tief durchatmen, schlafen, Met trinken –, und plötzlich stimmte jemand eines der alten Lieder ihrer Vorfahren an. Es war Styrmir, und er sang hell und schön und mit ansteckender Begeisterung. Es dauerte nicht lange, da war auch der Letzte in den frohen Gesang mit eingefallen, und die uralten Melodien hallten herrlich von den Felswänden wider und verscheuchten die bedrohlichen Schatten des dunklen Höhlengangs. Grimma sang aus vollem Halse, und sie schob jeden Gedanken an die Gefahren von sich, die der Lärm heraufbeschwören mochte. Wenn der Gesang den angeschlagenen Mut ihrer Männer hob, war sie bereit, das Risiko dafür in Kauf zu nehmen.

Sie sangen den ganzen Tag, und einige sangen noch abends am Feuer, als der Rest von ihnen schon schlief. Styrmir hatte sich erneut zurückgezogen, beugte sich über sein Buch, und er schrieb nieder, was der Tag ihnen gebracht hatte: neue Hoffnung, Lebensmut und, für ihn selbst zum ersten Mal, einen leisen Hauch von Gemeinsamkeit.

KAPITEL 4

Alberich versammelte die anderen in der Eingangshalle. Es war früh am Morgen. Sie alle waren unausgeschlafen und übellaunig. Geist und Löwenzahn wegen ihres anstrengenden Ausflugs in die Mooshöhle; Mütterchen Mitternacht, weil sie Alberichs Wache am Tor übernommen hatte; und Alberich selbst – ja, das wusste keiner der anderen so genau.

Der Saal, viele Mannslängen hoch, wurde von dem gewaltigen Eisenportal beherrscht. An beiden Seitenwänden standen mächtige Statuen, vier zur Rechten, vier zur Linken, turmhohe Darstellungen von Zwergen in Rüstungen, bewaffnet mit Äxten und Streitkolben. Als stumme Torwächter blickten sie aus Granitaugen zum Boden der Halle herab. Mütterchen hatte stets den Eindruck, als folgten ihre leblosen Blicke jeder ihrer Bewegungen. Besonders schlimm war es während der Nachtwache, wenn sie allein im Dunkeln kauerte. Meist saß sie dabei in Decken gehüllt am Tor und blickte abwechselnd durch den Sehschlitz ins Freie, dann wieder hinauf zu den steinernen Gesichtern. Im Grunde war es fast albern, dass sich ausgerechnet die Zwerge als Riesen dargestellt hatten, und doch hatte Mütterchen nie über diesen Umstand lachen können. Viel zu sehr beunruhigte sie die schweigsame Starre der acht Granitgiganten, und sie wusste, dass es Geist und sogar Löwenzahn genauso erging.

Alberich berichtete ausführlich, was ihm in der Nacht widerfahren war, und je eingehender er versuchte, sich an jede Einzelheit zu erinnern, desto zorniger wurde er. Schließlich schnaubte er beim Sprechen so sehr, dass Geist und Mütterchen ihn erst einmal durch besänftigendes Zureden beruhigen mussten, ehe er fortfahren konnte.

Nachdem Alberich zum Ende gekommen war, platzte es übermütig aus Löwenzahn heraus. »Es ist doch ganz einfach! Wir gehen runter, suchen alles ab und erschlagen jeden Zwergling, der uns über den Weg läuft!«

Mütterchen fasste sich ob so wenig Taktgefühl an die Stirn, Geist blickte verlegen zu Boden, und Alberich sah aus, als würde ihm vor Wut gleich der Schädel platzen.

»Dummkopf!«, tobte er mit hochrotem Gesicht. »Du blöder, halbhunnischer Dummkopf!« Alberich hasste es, wenn Löwenzahn ihn oder einen anderen seines Volkes Zwergling nannte, doch diesmal machte ihn etwas ganz anderes wütend. »Seit zweihundert Jahren gibt es außer mir keinen Zwerg mehr im Hohlen Berg, ach, was sag' ich, im ganzen Land! Und du willst hingehen und einfach jeden erschlagen, der drei Köpfe kleiner ist als du!« Seine Augen glühten vor Wut, als wollten sie gleich in Flammen aufgehen.

Löwenzahn grinste. »Nicht jeden«, sagte er mit einem Seitenblick auf Geist. »Nur alle, die Zipfelmützen und Bärte tragen.«

Alberichs Gesichtsfarbe schien von Rot zu Violett zu wechseln, und Mütterchen sah sich genötigt, einzuschreiten. Löwenzahn liebte es, den Zwerg mit seinen Sticheleien zur Weißglut zu bringen. Entschlossen trat sie zwischen die beiden Streithähne.

»Schluss jetzt!«, verlangte sie scharf und gab sich den Anschein der würdevollen Schlichterin. Geist grinste verhalten.

»Alberich hat recht«, sagte Mütterchen. »Wir sollten uns genau überlegen, wie wir vorgehen wollen. Wir wissen nicht, wie dieser Zwerg in den Berg gelangt ist, aber wir sollten besser davon ausgehen, dass dort, wo er herkommt, noch weitere von seiner Sorte ... verzeih, Alberich, von seinem Volke sind.«

Geist zupfte gedankenverloren an einem kleinen Farnwedel, der zwischen ihren flachen Brüsten wuchs. Die Bewegung irritierte Mütterchen; gestern war das Blatt noch nicht da gewesen. Die Magie, die in dem zarten Moosfräulein schlummerte, war gewaltig. Geist wusste nicht, wie sie damit umgehen sollte, und so beschränkte sie sich darauf, ihre Macht an Spielereien wie bunte Blüten und wuchernde Blätter zu verschwenden.

Heute aber sah das Moosfräulein aus, als beschäftige es irgendetwas ganz Bestimmtes, und dabei schien es sich keineswegs um Alberichs Erlebnis zu handeln.

»Was ist los?«, fragte Mütterchen.

»Ich wollte heute ohnehin nach unten gehen«, sagte Geist, ohne sie anzusehen. »Auf dem Weg könnte ich ja die Augen offenhalten.« Es war klar, dass sie nur eine Ausrede suchte, wieder hinab in die Mooshöhle zu klettern. Löwenzahn hatte Mütterchen gleich nach dem Aufstehen davon erzählt, als sie sich an einer Felsquelle nahe ihrer Schlafquartiere gewaschen hatten. Es beunruhigte die alte Räuberin ein wenig, dass Geist den Ernst der Lage offenbar nicht einzuschätzen wusste.

»Niemand geht allein irgendwohin!«, entschied Alberich in jenem überflüssigen Befehlston, den er selbst so liebte, der aber die Geduld aller anderen aufs Äußerste strapazierte. Auch nach zwei Jahren hatte er noch immer nicht bemerkt, dass er damit den Widerspruch seiner Gefährten regelrecht herausforderte, begründet oder nicht. Auch jetzt prasselte von drei Seiten gleichzeitig eine Flut von Bemerkungen, Vorschlägen und trotzigen Entgegnungen auf ihn ein, bis er grimmig die Arme vor der Brust verschränkte und die Stirn runzelte, sodass er kaum noch unter seinen buschigen Augenbrauen hervorschauen konnte. Beleidigt kniff er die Lippen zusammen und schwieg.

Stur wie ein alter Ziegenbock, dachte Mütterchen seufzend.

»Also«, begann sie von Neuem. »Hat irgendjemand einen Einfall, wo wir mit der Suche beginnen sollen? Darauf läuft es doch hinaus, oder?«

Löwenzahn knetete nachdenklich sein Kinn. »Wenn wir davon ausgehen, dass alle Zwerglinge so goldgierig sind wie unser Freund hier, dann sollten wir es wohl zuerst beim Hort versuchen.«

Alberich rümpfte pikiert die Nase und zog es weiterhin vor zu schmollen.

Auch Geist sagte nichts. Ihre bildhübschen blauen Augen glänzten traurig.

»Ich denke, Löwenzahn hat recht«, sagte Mütterchen. »Die Horthalle scheint mir ein guter Anfang zu sein. Irgendwelche Einwände?«

»Wir werden einen ganzen Tag brauchen, ehe wir dort unten ankommen«, gab Alberich finster zu bedenken.

»Wir wissen, dass du es nicht magst, wenn wir in die Nähe deiner Schätze gehen, Freund Alberich«, gab Mütterchen lächelnd zurück. »Aber ich fürchte, dieses eine Mal wirst du deinen Widerwillen überwinden müssen.« Löwenzahn hatte einmal versucht, einen goldenen Harnisch anzulegen, den er am Rand des Hortes gefunden hatte, und Alberich trug ihm noch heute nach, was er damals einen *dreisten Diebstahl* genannt hatte, *ganz wie man ihn von einem räuberischen Hunnenbastard erwarten musste*. Dabei war Mütterchen sicher, dass Alberich den ungeschickten Löwenzahn tiefer ins Herz geschlossen hatte, als er je zugeben würde. Ein Glück, dass der bärenstarke Halbhunne so gutmütig wie Obbos braves Pony war; jeder andere hätte dem jähzornigen Zwerg wahrscheinlich längst den Dickschädel eingeschlagen.

»Die Horthalle also!«, sagte sie entschieden, und damit war es beschlossene Sache. Geist und Löwenzahn bekamen die Aufgabe, Vorräte für mehrere Tage einzupacken, während sie und der Horthüter noch einmal die alten Zwergenkarten der unteren Ebenen durchsehen wollten. Zwar behauptete Alberich, jeden Winkel des Berges in- und auswendig zu kennen, doch sogar er gab zu, dass es vielleicht keine dumme Idee war, seine Erinnerung noch einmal aufzufrischen.

Zuletzt verriegelten sie den Sehschlitz des Portals und ließen an einem Seilzug zwei große Glocken herab, die auf halber Höhe an die Innenseiten der Torflügel stießen. Sollte jemand versuchen, von außen den Eingang aufzurammen, würde das Läuten der Glocken bis in die tiefsten Stollen der Zwergenminen schallen.

Bald darauf machten sie sich auf den Weg in die Tiefe. Alberich, Löwenzahn und Mütterchen waren bis an die Zähne gerüstet, nur Geist lehnte wie üblich jede Bewaffnung ab. Sie ritt auf Löwenzahns breiten Schultern wie ein Kind, während aus ihrem Hinterkopf die Ranke einer Trauerweide spross.

Es dauerte einen halben Tag, ehe sie das Tor der Horthalle erreichten. Es war ein hohes, doppelflügeliges Portal, ganz ähnlich jenem am Einstieg des Berges. Eine Vielzahl altertümlicher Runen war in die Oberfläche eingelassen, und nicht zum ersten Mal fragte sich Mütterchen, ob Alberich sie wohl zu entziffern vermochte. Sie selbst konnte zwar lesen und schreiben, doch die alte Zwergenschrift war ihr unbekannt. Gerade wollte sie Alberich danach fragen, als Geist sich schüttelte.

»Wir sind nicht allein hier unten«, flüsterte das Moosfräulein. Es saß immer noch auf Löwenzahns Schultern, ohne dass der Krieger eine Spur von Erschöpfung zeigte.

»Wie meint du das?« Mütterchen hatte die Frage kaum ausgesprochen, da kam sie ihr schon überflüssig vor. Alarmiert wechselte sie ihren Wanderstab in die linke Hand und zog mit der Rechten ihr Schwert. Sichernd schaute sie in die Mündungen der drei Gänge, die sich vor dem Portal der Horthalle trafen.

»Ich spüre etwas«, wisperte Geist. Sie hatte jetzt die Augen geschlossen und streckte mit Hilfe der Drachenmagie unsichtbare Fühler in die Umgebung aus. Der armlange Weidenzweig in ihrem Nacken peitschte wie der Schwanz eines aufgeregten Hundes.

Alberich grummelte etwas und packte die Ketten seiner Goldgeißel, damit die Kugeln nicht zusammenstießen und mit ihrem Klirren Geists Konzentration störten.

Plötzlich ging ein Ruck durch Geists schmalen Körper, sie sprang von Löwenzahns Schultern und rief: »Kommt mit! Schnell!« Sie hatte noch nicht zu Ende gesprochen, da verschwand sie schon im nördlichen der drei Gänge. Der Boden war hier leicht abschüssig und machte nach dreißig oder vierzig Schritten eine leichte Linksbiegung.

»Wo läuft sie denn hin?«, fragte der Zwerg verblüfft, doch Mütterchen und Löwenzahn hatten sich bereits in Bewegung gesetzt und folgten dem Moosfräulein.

»Steh nicht rum«, rief Mütterchen über die Schulter, »und tu schon, was sie sagt!«

Für Mütterchens alte Augen reichte das Zwielicht des Hohlen Berges nicht weiter als fünfzehn Schritte, dahinter verschmolz alles in trüber Düsternis. Löwenzahn mochte ein wenig besser sehen als sie, wenn auch lange nicht so gut wie Alberich. Doch selbst der Zwerg gab bald zu, dass er Geist aus den Augen verloren hatte.

Mütterchen wunderte sich. Sie hatten ausgemacht, sich vorerst nicht zu trennen, und umso mehr verblüffte sie, dass Geist sich so leichtsinnig von ihnen entfernt hatte. Irgendetwas hatte das Moosfräulein alle Vorsicht vergessen lassen.

»Wohin führt dieser Gang?«, fragte sie im Laufen.

Alberich atmete angestrengt ein und aus. »Er geht irgendwann in einen Treppenschacht über, der in den unteren Grotten endet.«

»Was für Grotten sind das?«, wollte Löwenzahn wissen.

»Es gibt dort unten einen See, in dem sich das Wasser aus dem ganzen Berg sammelt.«

Mütterchen und Löwenzahn wechselten einen Blick. »Glaubst du ...?«, begann die Räuberin.

Der Krieger nickte. »Das wird es sein.«

Alberich hatte Mühe, mit den langen Beinen der beiden anderen mitzuhalten, sogar mit Mütterchen, der ihr Alter mehr zu schaffen machte, als sie sich eingestehen wollte. »Könntet ihr mir verraten, wovon ihr sprecht?«, fragte der Zwerg.

Mütterchen erklärte ihm Geists Entdeckung in wenigen Worten, und Löwenzahn nickte bestätigend, ohne seine Geschwindigkeit zu verlangsamen.

Mütterchen überlegte. »Wenn das, was Geist gespürt hat, sie derart aufregt, dass sie sogar ohne uns dort hinläuft, muss es etwas sein, das ...«

Löwenzahn unterbrach sie, und Schrecken überzog seine Züge wie eine Maske aus Eis: »Etwas, das den Pflanzen schadet!« Und mit diesen Worten raste er los, und kein Zurufen der beiden anderen konnte ihn davon abhalten, sie hinter sich zu lassen. Bald war auch er hinter der Biegung des Felskorridors verschwunden.

»Sind denn plötzlich alle verrückt geworden?«, fauchte Alberich. Diesmal sah Mütterchen keinen Grund, ihm zu widersprechen. Löwenzahns Sorge um Geist war begreiflich, doch es half niemandem, wenn er blindlings in eine Horde feindseliger Zwerge stolperte – falls es tatsächlich Zwerge waren und nicht etwas noch Schlimmeres. Mütterchen wusste selbst nicht, wie sie auf diesen Gedanken kam – verdammt, alles was sie entdeckt hatten, war ein einziger Zwerg! –, doch ihr Gefühl sagte ihr, dass es tödlich sein mochte, jetzt vorschnelle Schlüsse zu ziehen.

Wie Alberich vorausgesagt hatte, kamen sie nach einer Weile an den oberen Absatz einer steilen, schier ins Endlose abfallenden Treppe. Die Schachtdecke war sehr hoch, mehrere Mannslängen, dafür aber standen die Wände ungemein eng beieinander. Von Geist und Löwenzahn war nichts zu sehen, nur in weiter Ferne hörten sie das hallende Trommeln von Stiefelabsätzen auf den Stufen.

Die Treppe machte wie schon der Korridor eine leichte Biegung, allerdings in die entgegengesetzte Richtung. Das bedeutete, dass sich ihr Verlauf vom Umriss der Horthalle löste. Allein die Vorstellung, all diese Stufen wieder hinaufsteigen zu müssen, ließ Mütterchens alte Knochen schmerzen.

»Es ist … nicht … mehr weit«, stammelte Alberich atemlos.

Bald erkannte Mütterchen in der Tiefe einen niedrigen Torbogen, kaum mehr als ein Spalt. Er war von etwas Dunkelgrünem ausgefüllt, möglicherweise von einem Vorhang oder, ja, tatsächlich, von einem Dickicht aus Pflanzen.

Mütterchen und Alberich erreichten den unteren Treppenabsatz und blieben mit vorgebeugten Oberkörpern stehen. Sie konnten nicht anders, sie mussten einen Augenblick lang verschnaufen.

Da ertönte von der anderen Seite des Pflanzenvorhangs ein metallisches Scheppern, und einen Wimpernschlag später stolperte Löwenzahn rückwärts in den Treppenschacht. Er hielt seinen gewaltigen Zweihänder fest umklammert, hatte allerdings viel zu wenig freien Raum, um ihn wirksam einzusetzen. Zwei Zwerge drängten hinter ihm durch das Dickicht und setzten ihm mit Äxten zu, die alt und schartig waren. Trotzdem führten die beiden sie mit solcher Kraft und so viel Geschick, dass Löwenzahn Mühe hatte, ihren Hieben zu entgehen.

Mütterchen wollte ihm zur Hilfe eilen, doch da klirrte schon Alberichs Goldgeißel, und mit einem wilden Aufschrei stürzte sich der graubärtige Horthüter auf die beiden jüngeren Zwergenkrieger. Er und Löwenzahn behinderten sich dabei gegenseitig, doch nicht einmal das hielt Alberich davon ab, einem seiner Gegner die goldenen Stachelkugeln mitten ins Gesicht zu wirbeln. Kreischend brach der getroffene Zwerg in die Knie, und einen Herzschlag später machte ihm Löwenzahns mächtige Klinge ein Ende.

Der zweite Zwerg sah seinen Gefährten sterben und zog sich durch den Rankenvorhang zurück in die Grotte. Löwenzahn und Alberich drängten hinterher. Für einen Augenblick war Mütterchen ganz allein in dem hohen Treppenschacht.

Sie wollte ihren Freunden gerade folgen, als ihr auffiel, dass die vorderen Stufen mit vertrockneten Algen und Moosen bedeckt waren; Gleiches galt für die Wände. Es konnte noch nicht allzu lange her sein, da musste der untere Bereich der Treppe unter Wasser gestanden haben. Das wunderte Mütterchen zwar, erschien ihr im Moment aber nebensächlich. Sie schleuderte ihren Stab beiseite, packte ihr Schwert mit beiden Händen und sprang mit einem kühnen Kriegsruf durch die klammen Pflanzenfinger ins Innere der Grotte.

Keine zwei Schritte von ihr entfernt kämpften Alberich und Löwenzahn Seite an Seite gegen drei Zwerge, darunter jener, der im Treppenschacht vor ihnen zurückgewichen war. Zwei weitere Zwerge, so jung wie ihre Brüder und mit ebensolchen kränklichen, eingefallenen Gesichtern, standen bereit, um in den Kampf einzugreifen, falls einer der anderen verletzt wurde oder fiel. Als sie Mütterchen erblickten, zögerten sie nicht und stürmten mit Axt und stählernem Streitkolben auf sie ein. Der Räuberin blieb gerade noch genug Zeit, um Geist zu entdecken, die inmitten der Pflanzenranken unter der Decke hing wie eine Spinne im Netz. Sie musste dort hinaufgeklettert sein, um den Axthieben ihrer Feinde zu entgehen. Ihre großen Augen schauten tiefunglücklich drein.

Mütterchen wusste, dass sie zu schwach war, um den Schlag zu parieren. Stattdessen sprang sie zurück, sah noch, wie der Stahlkopf des Kolbens den Fels vor ihren Füßen splittern ließ, dann taumelte sie nach hinten durch den Rankenvorhang in den Treppenschacht. Kaum war sie auf der anderen Seite, da wurden die Pflanzen schon von einem Axthieb zur Seite geschleudert. Mütterchens Gedanken rasten; die Zwerge würden einen Moment lang zögern, um zu sehen, ob ihre Gegnerin vor ihnen floh oder jenseits des Dickichts auf sie wartete. Bevor aber die beiden zwischen den Ranken hindurchtreten konnten, bohrte Mütterchen schon ihr Schwert in gerader Bahn nach vorne. Die Spitze fuhr durch die Pflanzenwand und drang in den Hals des Axtkriegers. Seine Waffe fiel scheppernd zu Boden, er stolperte zurück, die Klinge kam frei, und ein raues Röcheln drang aus der zerfetzten Kehle des Zwerges. Dann brach er zusammen, zuckte und starb.

Mütterchens Überraschungsmoment war damit verloren. Und schon stieg der zweite Zwerg über den Leichnam seines Kameraden hinweg, das Gesicht unter dem wuchernden Bart verzerrt vor Hass, den schweren Streitkolben mit beiden Händen zum Schlag erhoben. Mütterchen wich zurück und spürte, wie Panik sie überkam. Sie wusste, dass ihr Schwert unter dem ersten Anprall des Kolbens zersplittern würde. Sie war noch immer erschöpft vom langen Abstieg. Eine Flucht die Treppe hinauf kam nicht in Frage.

In einem Aufwallen von Todesmut – nicht zum ersten Mal hätte sie damit ihr Leben gerettet – blieb sie stehen und stellte sich ihrem Feind entgegen. Der Zwerg schrie zornig auf, vielleicht um seinem Hieb noch mehr Kraft zu verleihen. Doch er machte den Fehler, nicht von oben herab, sondern seitwärts nach Mütterchen zu schlagen. Damit gab er ihr die Möglichkeit, unter dem Angriff hinwegzutauchen, was ihr mit einem schmerzerfüllten Ächzen gelang.

Der Stahlkopf des Kolbens krachte in die Seitenwand des Treppenschachts, der Fels zerbarst, und ein Hagel aus Staub und Steinsplittern prasselte auf Mütterchen herab.

Sie führte einen blitzartigen Stich nach oben, in der Hoffnung, ihre Klinge von unten in den Schädel des Zwerges zu treiben. Doch ihr Gegner war schneller. Er sprang zurück, wich Mütterchens Attacke mühelos aus und holte abermals Schwung, um ihr mit dem Streitkolben den Schädel zu zertrümmern.

Mütterchen, immer noch in der Hocke, taumelte nach hinten, stieß mit der Ferse gegen die unterste Treppenstufe, suchte mit den Händen nach Halt, rutschte jedoch auf dem Algenteppich aus und verlor das Gleichgewicht. Ihr Rücken prallte auf die Kanten der Treppe, sie schrie auf, und vor ihren Augen explodierte ein Kranz aus Feuer. Sie glaubte, der Kolben hätte sie getroffen, und das Lodern und die tanzenden Lichter um sie herum seien die Vorboten des Todes. Dann aber klärte sich ihr Blick, und jemand streckte ihr eine riesenhafte Pranke entgegen. Löwenzahn! Mütterchen ließ sich von ihm aufhelfen und sah zugleich, dass der Zweihänder des Kriegers den Zwerg von hinten beinahe in zwei Hälften geschlagen hatte.

»Geist …«, stotterte sie mühsam, »und Alberich …«

»Den beiden geht es gut«, sagte Löwenzahn beschwichtigend und fügte ein wenig leiser hinzu: »Wenigstens glaube ich das.«

»Du *glaubst*?«, fragte sie verwirrt und hatte immer noch Mühe, sich auf den Beinen zu halten.

Er nickte. »Der Kampf ist vorbei. Du solltest dir das ansehen.«

Sie ließ sich von ihm durch den Pflanzenvorhang führen. Da begriff sie, was er meinte.

Die drei verbliebenen Zwerge standen aufrecht in der Mitte der Höhle – wenigstens nahm Mütterchen das so lange an, bis sie entdeckte, dass die Fußspitzen der drei einen Finger breit über dem Boden schwebten. Ihre Gesichter waren verzerrt, einem hing die Zunge blau angeschwollen aus dem Mund. Um ihre Hälse lagen Schlingen wie von Peitschensträngen, aus deren holziger Oberfläche winzige

Blätter wuchsen. Die Enden der Schlingen führten geradewegs zur Decke empor, aus Zweigen geflochtene Henkersstricke.

Geist hing immer noch dort oben. Ihr Rücken und ihr Hinterkopf lagen flach am Fels, ihre abgespreizten Arme und Beine wurden von einem Netz aus Ranken an der Decke gehalten. Der Farnwedel zwischen ihren Brüsten war verschwunden. Statt seiner entsprangen aus ihrem Moospelz die drei Zweige, mit denen sie die Zwergenkrieger erdrosselt hatte. Geists Augen waren geschlossen, ihr Mund stand leicht offen, und es sah aus, als schliefe sie. Ihr Brustkorb hob und senkte sich regelmäßig, während sich die Ranken raschelnd um ihre Arme und Beine wanden wie Schlangennester.

Alberich stand vor den drei toten Zwergen und starrte fassungslos hinauf zu dem Moosfräulein. »Wir müssen sie irgendwie runterholen«, flüsterte er, als hätte irgendwer das in Frage gestellt.

Löwenzahn vergewisserte sich, dass Mütterchen aus eigener Kraft stehen konnte, dann trat er vor, wobei er den Zweihänder über seine Schulter schwang. Auch er blickte an den drei Ranken empor zu Geist. Tiefe Sorge sprach aus seiner Miene.

»Vielleicht sollten wir die drei erst einmal losschneiden«, schlug Alberich unsicher vor.

Mütterchen humpelte aufgebracht auf ihn zu. »Du bist wahrlich ein zu kurz geratener Hornochse, Alberich Horthüter! Diese Ranken kommen aus Geists Körper! Wie würde es dir gefallen, wenn wir dir drei Finger abschneiden?«

»Aber es sind bloß Zweige!«, widersprach er, obwohl Mütterchen ihm ansah, dass er Zweifel an seinen eigenen Worten hatte. »Ich meine, sie sind aus Holz und …«

»Nichts da!«, widersprach Mütterchen. »Gar nichts wird hier durchgeschnitten!«

Je länger Löwenzahn Geists rankenumschlungenen Leib anstarrte, desto bleicher wurde sein Gesicht. »Trotzdem müssen wir irgendwas tun.«

Alberich zuckte mit den Schultern. »Vielleicht fällt sie ja nach einer Weile von alleine runter.«

»Hoffentlich wenn du gerade druntерstehst!«, entfuhr es Mütterchen lakonisch, und sie verdrehte dabei die Augen. »Manchmal frage ich mich ernsthaft, wie du jemals Hüter dieses Berges geworden bist.«

Zornig fuhr der Zwerg herum. »Ich habe es mir nicht ausgesucht, das kannst du mir glauben!«

Löwenzahn streckte vorsichtig die Finger aus und versuchte, die Schlinge am Hals eines der Zwerge zu lockern. Doch der Peitschenzweig zog sich unter der Berührung nur noch enger zusammen. Löwenzahn zuckte erschrocken zurück.

»Geist?«, fragte er zaghaft. Bislang hatte noch keiner von ihnen versucht, das Moosfräulein anzusprechen.

Und tatsächlich, der einfachste Weg war der richtige. Geist schlug die Augen auf, als sie ihren Namen vernahm, und noch im selben Moment lösten sich die drei Schlingen mit einem blitzschnellen Ruck. Alberich und Löwenzahn traten eilig einen Schritt zurück, als die Toten polternd zu Boden fielen. Das Moosfräulein löste den Kopf von der Decke und sah an sich herab zu ihren Füßen. Wie auf ein stummes Kommando lösten sich die Ranken an ihren Fußgelenken, und wenige Herzschläge später baumelte Geist nur noch mit den Händen an der Decke. Löwenzahn fing sie sanft auf, als sich die Schlingen auch von ihren Fingern und Handgelenken zurückzogen.

»Lass mich bitte runter«, bat sie und lächelte den Hunnenkrieger zaghaft an. Löwenzahn hob eine Augenbraue, im Zweifel, ob sie wirklich kräftig genug war, um stehen zu können, erfüllte ihr dann aber den Wunsch.

Geist schwankte ein wenig, fand jedoch schließlich ihr Gleichgewicht wieder. Jetzt erst blickte sie auf die drei Leichen herab.

»War *ich* das?«, fragte sie betroffen. Zugleich huschte ein Schatten über ihre Züge, als bekäme sie plötzlich Angst vor sich selbst.

Mütterchen legte ihr eine Hand auf die Schulter. »Du hast uns das Leben gerettet«, sagte sie stolz.

Geist konnte ihren Blick nicht von den Toten nehmen. »Ich wusste nicht … ich meine, ich hatte ja keine Ahnung, dass ich …!«

»Das hatte wohl keiner von uns«, meinte Alberich düster.

Mütterchen sah ihn streng an, sagte aber nichts.

Die drei Ranken aus Geists Brust baumelten an ihrem Körper herab und ringelten sich auf dem feuchten Felsboden. Das Moosfräulein hob eine Hand und streichelte zärtlich darüber, und wenig später zogen sich die Zweige zurück, wurden kürzer und verschwanden schließlich völlig zwischen ihren Brüsten.

»Wenn ich es nicht mit eigenen Augen gesehen hätte«, begann Löwenzahn, führte den Satz aber nie zu Ende, denn Mütterchen sagte laut: »Ich glaube, wir sollten allmählich herausfinden, wo diese Kerle hergekommen sind.«

Alberich nickte hastig, offenbar dankbar, dass ihn jemand von Geists gespenstischen Fähigkeiten ablenkte.

Löwenzahn sagte: »Es gibt noch eine größere Grotte, gleich nebenan.« Er deutete auf die Öffnung, durch die Geist und er am Vortag hereingekommen waren. Das Rauschen der Wasserstrahlen, die sich dort aus den Kanallöchern in den See ergossen, schien schlagartig an Lautstärke zuzunehmen, als hätte das Geräusch nur darauf gewartet, endlich wahrgenommen zu werden.

Alberich packte entschlossen seine Axt und ging voran, ihm folgten Löwenzahn, dann Geist und zuletzt Mütterchen. Als sie schließlich alle auf der Felsscholle standen, die sich über einen Teil des unterirdischen Sees erstreckte, schüttelte der Zwerg nachdenklich den Kopf.

»Früher war der Wasserspiegel viel höher«, meinte er misstrauisch.

Mütterchen fiel ihre Beobachtung im Treppenschacht ein. »Auch die Stufen standen bis vor Kurzem unter Wasser.«

Alberich nickte und deutete über den See. »Der Strudel war beim letzten Mal, als ich hier war, noch nicht da.«

»Wie lange ist das her?«, fragte Mütterchen.

Er hob unsicher die Schultern. »Acht, neun Jahre.«

»In der Zeit kann hier unten viel geschehen sein«, meinte Löwenzahn.

Mütterchen trat auf ihren Stab gestützt näher an den Rand der Scholle. »Unter dem Fels ist ein Hohlraum«, stellte sie fest. »Der See geht darunter weiter.«

Löwenzahn stimmte zu. »Gestern, als Geist und ich hier unten waren, dachte ich, ich hätte jemanden gesehen. Er sprang vor meinen Augen ins Wasser und verschwand.«

Alberich schlug sich fassungslos vor die Stirn. »Und das erzählst du uns erst jetzt?«

»Ich hab's Mütterchen erzählt«, verteidigte sich der Krieger.

»Das stimmt«, sagte die Räuberin grübelnd. »Aber seit wann haben Zwerge Kiemen?«

»Zwerge hassen das Wasser«, knurrte Alberich, verärgert, dass man ihm Löwenzahns Beobachtung bisher vorenthalten hatte.

Geist mischte sich ein. »Er könnte sich unter dem Felsen versteckt haben, bis Löwenzahn und ich wieder fort waren. Wenn es wirklich einen schmalen Hohlraum zwischen Stein und Wasser gibt, hätte er dort atmen können.«

»Trotzdem wissen wir noch immer nicht, woher all diese Zwerge plötzlich kommen«, sagte Mütterchen.

»Und was sie hier wollen«, fügte Alberich hinzu.

Löwenzahn rollte mit den Augen. »Natürlich das, was alle wollen.«

»Das Gold«, stimmte Mütterchen zu.

»Dann sollten wir uns endlich die Horthalle ansehen«, meinte Löwenzahn, wollte sich abwenden und zurück in die Nebengrotte gehen. Da fiel sein Blick auf Geist. Das Moosfräulein war an eine der Wände getreten, auf der anderen Seite des begehbaren Teils der Höhle. Im Dämmerlicht verschmolz sie beinahe völlig mit dem moos- und algenbedeckten Hintergrund.

»Das war es also, was ich gespürt habe«, sagte sie leise, ohne sich zu den anderen umzudrehen.

Sogleich eilten die anderen zu ihr und blickten verwundert auf eine Stelle an der Wand, etwa zwei mal zwei Schritte groß, an der die fünf Zwerge den Pflanzenbelag zerschnitten und abgeschabt hatten.

»*Das* hast du gespürt?«, fragte Löwenzahn staunend.

Geist nickte stumm.

»Warum haben sie das getan?«, wunderte sich Mütterchen.

Alberich deutete ein Stück nach rechts. Dort lehnten im Schatten eines Vorsprungs sechs Spitzhacken an der Wand, außerdem mehrere Hämmer, Meißel und andere Arbeitsutensilien der Zwerge. »Sie wollten einen Stollen graben«, stellte er fest und schüttelte ungläubig den Kopf.

»Oder einen Durchbruch«, fügte Mütterchen hinzu.

Der Zwerg starrte sie aus großen Augen an. »Unmöglich! Es gibt dahinter nur massiven Fels, keinen Hohlraum.«

Mütterchen winkte ab. »Wie Löwenzahn schon richtig erkannt hat: Seit du zuletzt hier unten warst, kann vieles geschehen sein.« Sie deutete auf den Strudel, der das Wasser in eine Öffnung riss, die, laut Alberich, vor einigen Jahren noch nicht existiert hatte. »Ich fürchte, mein Freund«, sagte sie unheilschwanger, »irgendwer ist schon seit längerer Zeit dabei, deinen Berg zu untergraben.«

Alberichs Lippen bebten. Er brachte vor Erschütterung kein Wort heraus.

»Sag«, meinte Mütterchen und zeigte auf die Stelle, an der die Zwerge die Pflanzen entfernt hatten, »was liegt in dieser Richtung?« Sie ahnte die Antwort bereits, bevor Alberich endlich die Kraft fand, die beiden Worte auszusprechen.

»Die Horthalle«, sagte er heiser.

Mütterchen trat an Alberichs Seite durch das hohe Portal und wappnete sich für den schlimmsten aller Anblicke: dutzende Zwerge, die mit Kisten und Säcken wie Ameisen über die Schätze der Nibelungen schwärmten.

Als sie von der kleinen, geländerlosen Plattform im oberen Teil der Hallenwand hinab in die Tiefe blickte, blendete sie das Glitzern und Funkeln des Hortes wie der Feuerstoß eines Drachen. Erst als sich ihre Augen an die unnatürliche Helligkeit gewöhnten, erkannte sie erleichtert, dass ihre Sorge unbegründet war. Zwar war es unmöglich, von so hoch oben Einzelheiten zu erkennen, doch jedes Lebewesen, das sich dort unten aufhielt, hätte sich von der unermesslichen Pracht des Schatzes abheben müssen wie eine Regenwolke vom Sommerhimmel.

Die Halle war rund und so weitläufig, dass die gegenüberliegende Seite nur schwer auszumachen war. Aus der Tiefe funkelte der Goldglanz des Hortes empor und schien die unteren Regionen der Halle mit einem Dunst aus purem Licht zu erfüllen. Eine Wendeltreppe schlängelte sich spiralförmig um die Wände. Beim ersten und einzigen Mal, dass Alberich Mütterchen und die beiden anderen mit hinab zur Oberfläche des Hortes genommen hatte, waren sie am Mittag von der Portalplattform aufgebrochen und hatten am frühen Abend den Fuß der Treppe erreicht. Es war ein langer, eintöniger Marsch, und noch dazu ein Wagnis, denn die Treppe war schmal und besaß auf ihrer gesamten Länge kein Geländer. Die Gefahr, nach innen abzustürzen, war groß, wenn man die Stufen nicht ruhig und mit Bedacht hinabstieg. Unter der Decke der Halle, genau in der Mitte, hing ein beschädigter Seilzug, mit dem einst die Schätze nach unten transportiert worden waren. Die Holzbrücke, die ihn früher mit der Plattform verbunden hatte, war schon vor langer Zeit eingestürzt.

»Niemand hier«, bemerkte Löwenzahn ohne jede Spur von Erleichterung. Er hatte sich bereits auf einen weiteren Kampf gefreut.

Alberich dagegen war anzusehen, dass ihm ein Stein vom Herzen fiel. Er wollte etwas sagen, doch Mütterchen kam ihm zuvor.

»*Noch* ist niemand hier«, meinte sie, »aber das könnte sich bald ändern. Hört ihr das?«

Ein dumpfes Knirschen und Schleifen ertönte, ohne dass jemand hätte sagen können, woher es rührte. Es kam von irgendwo aus dem Inneren der Felsen.

»Da sind noch mehr von ihnen«, fuhr Mütterchen fort. »Und wer weiß, wie lange sie noch brauchen, um bis zur Halle durchzubrechen.«

»Aber wo kommen die her?«, fragte Löwenzahn. »Zwerge sind

doch keine Pilze, die einfach aus dem Boden schießen.« Grinsend fügte er hinzu: »Auch wenn sie mit ihren Mützen so aussehen.«

Alberichs Gesicht schien mit jedem Atemzug die Farbe zu wechseln, doch das hatte nichts mit Löwenzahns Bemerkung zu tun. Seine faltigen Züge waren mal bleich wie die Leichen der erdrosselten Zwerge, mal hochrot vor Zorn und Hilflosigkeit. »Von unten«, sagte er mit schwerer Zunge. »Sie kommen von unten.«

»Aber ich denke, da ist nichts?«, wandte Mütterchen ein, schaute ihn dabei jedoch neugierig, fast ein wenig argwöhnisch an.

»Es gibt nur diese Möglichkeit«, stieß Alberich atemlos hervor. »Sie müssen über die alte Zwergenstraße gekommen sein.«

»Alte Zwergenstraße?«, fragte Geist. »Was ist das?«

Auch Löwenzahn und Mütterchen blickten verständnislos.

»Ein Tunnel«, sagte er, und jeder merkte ihm an, dass ihm im Augenblick nicht nach weitschweifigen Erklärungen zu Mute war. »Er führt durch die Tiefen der Erde hinauf ins Nordland. Vor gut zweihundert Jahren zog das Volk vom Hohlen Berg über die alte Zwergenstraße zurück in seine frühere Heimat, dorthin, von wo aus unsere Ahnen einst nach Süden aufgebrochen waren.«

»Du meinst, es gibt einen Tunnel unter dem Hohlen Berg?«, fragte Mütterchen verblüfft, aber auch ein wenig verärgert, dass Alberich ihnen erst jetzt davon erzählte.

»Niemand kennt den Einstieg«, verteidigte sich der Zwerg.

»Abgesehen von dir, natürlich«, brummte Löwenzahn.

»Ich bin der Hüter des Hortes!«, fuhr Alberich ihn an. Falls er weihevoll klingen wollte, so misslang es ihm in der Hitze seiner Erregung. »Natürlich kenne ich den Einstieg! Aber außer mir weiß keiner davon.«

»Nun«, meinte Mütterchen, »offenbar ist vor zweihundert Jahren ein ganzes Volk hindurchgezogen. So alt wie ihr Zwerge werdet, liegt das höchstens zwei Generationen zurück, nicht wahr?«

Alberich nickte verdrossen.

Geist riss vor Staunen den Mund auf. »Heißt das, die Zwerge kehren zurück?«

»Möglich«, sagte Mütterchen grübelnd. »Aber ich glaube eher, dass es sich nur um einige wenige handelt. Eine Bande, höchstens zwei, drei Dutzend.«

»Woher willst du das wissen?«, fragte Löwenzahn.

»Wenn es ein ganzes Volk wäre oder eine Armee, dann hätten wir in der Wassergrotte gewiss mehr als nur diese sechs angetroffen.« Sie wandte sich an Alberich. »Wo genau befindet sich der Einstieg zur Zwergenstraße?«

»Das darf ich nicht sagen!«

»Wir sind deine Freunde!«, entfuhr es Mütterchen aufgebracht.

»Ihr seid keine Zwerge«, meinte er beharrlich, wagte aber nicht, der Räuberin dabei in die Augen zu blicken.

Löwenzahn wollte auffahren, doch Mütterchen schnitt ihm mit einer Handbewegung das Wort ab. »Wie du meinst, Horthüter«, sagte sie zu Alberich. Und damit drehte sie sich zum Portal um und ging davon.

»Wo willst du denn hin?«, rief Alberich ihr hinterher.

Löwenzahn schenkte ihm einen finsteren Blick, und sogar Geist sah verärgert aus. Beide machten sich wortlos auf, Mütterchen zu folgen.

Alberich stand einen Augenblick lang da wie versteinert, dann setzte er sich in Bewegung. Wild gestikulierend überholte er die beiden, lief hinaus auf den Gang und hielt Mütterchen am Ärmel ihres Gewandes fest. Widerwillig blieb sie stehen, während die beiden anderen aufholten. Alberich stellte sich ihnen in den Weg, mit hängenden Schultern und schuldbewusster Miene. Nach Worten ringend, trat er von einem Fuß auf den anderen.

»Ihr könnt das nicht verstehen«, murmelte er fahrig.

»Du vertraust uns nicht, das verstehen wir sehr wohl«, gab Mütterchen zornig zurück. »Wir sind keine Zwerge, das ist wahr, und ich bin heilfroh darüber. Und doch haben wir zwei Jahre lang für dich und das Vermächtnis deines Volkes gekämpft. Hast du das vergessen?«

»Was für eine Frage!«, gab er aufgebracht zurück. »Nichts ist vergessen, und nichts wird jemals vergessen sein. Mein Volk« – er verbesserte sich widerwillig – »*ich* werde euch immer dankbar sein.«

»Nicht dankbar genug, uns ins Vertrauen zu ziehen«, sagte Löwenzahn. Geist an seiner Seite schwieg, nickte nur langsam. Ganz andere Gedanken beschäftigten sie. Noch immer war sie im Zweifel über sich selbst und ihre Fähigkeiten.

Ein Feuerwerk aus Gefühlen und Regungen spiegelte sich auf Alberichs faltigen Zügen wider. Sein Ringen mit sich selbst blieb den Gefährten nicht verborgen. Mütterchen und die anderen warteten geduldig ab, bis er neuerlich das Wort ergriff.

»Gut«, sagte er schließlich, und plötzlich klang seine Stimme wieder fest und entschlossen, wie sie es von ihm gewohnt waren. »Ich werde euch alles erzählen. Lasst uns hinuntergehen zum Hort, und auf dem Weg dorthin sollt ihr erfahren, was damals geschah, beim letzten Mal, als der Zugang zur alten Zwergenstraße geöffnet wurde.«

Mütterchen und Löwenzahn wechselten einen Blick, dann nickte die Räuberin. »Alles?«, fragte sie den Zwerg mit hochgezogener Augenbraue.

Er brummte etwas Unverständliches, dann sagte er: »Alles!«

So brachen sie auf und traten zum zweiten Mal an diesem Tag durch das Portal auf die Plattform über dem Nibelungenhort. Abermals schlug sie der überwältigende Goldglanz aus der Tiefe in seinen Bann, doch diesmal verharrten sie nicht angesichts dieses Anblicks. Was immer ihnen zu tun blieb, musste sehr schnell getan werden. Alberich betrat als Erster die schmale Treppe in der Wand der Halle, Mütterchen, Geist und Löwenzahn folgten ihm. Die Stufen waren zu schmal, um zu mehreren oder auch nur zu zweit nebeneinander zu gehen, und so machten sie sich hintereinander auf den Weg. Ein kühler Luftzug spielte in ihrem Haar, in Alberichs Bart und im Fellbesatz von Löwenzahns Rüstzeug. Es roch anders als in den übrigen Sälen und Fluren des Berges, nicht feucht und modrig, sondern metallisch, fast wie Blut. Mütterchen hatte nicht gewusst, dass Gold einen eigenen Geruch besaß, aber sie hatte auch nie vor ihrer Zeit im

Hohlen Berg solche Mengen davon auf einem Haufen gesehen. Sie fragte sich sorgenvoll, welche anderen neuen Erfahrungen ihnen der Abstieg in die Tiefe der Horthalle bringen würde.

Dann aber hob Alberich seine Stimme, und die Gedanken der anderen wandten sich dem zu, was er zu berichten hatte. »Vor zwei Jahrhunderten war der Hohle Berg ein Ort voller Leben. Kein zweites Zwergenvolk gab es südlich der Nordlande, das es zu solcher Blüte gebracht hatte. Hunderte, tausende meiner Brüder und Schwestern bevölkerten die tiefen Hallen des Berges, sie schürften Gold und Silber und Erz in den Minen und fertigten daraus den prächtigsten Schatz, den je das Auge eines Sterblichen gesehen hat.

Doch das Volk vom Hohlen Berg war kein glückliches Volk, denn es war nicht sein eigener Herr, und der letzte König unter dem Berg, Thorhâl, war ein König ohne Macht. Die wahren Herrscher waren die Nibelungen, denen sich einer von Thorhâls Vorgängern verpflichtet hatte, und das Geschmeide, das die Zwerge schufen, fiel allein dem Fürsten Nibelung und seinen Erben anheim. Meine Vorfahren trugen keine Sklavenketten, und es gab keine Wächter oder Aufseher im Hohlen Berg; und doch fesselte der Eid des alten Königs die Zwerge fester an die Faust der Nibelungen als jeder Reif aus Stahl und jede schmiedeeiserne Kette. Vergessen war der Zugang zur alten Zwergenstraße, durch die vor Urzeiten die ersten Zwerge aus dem Nordland zum Hohlen Berg gekommen waren, und so lebten meine Vorfahren friedvoll, aber betrübt in diesen Hallen und mehrten den Reichtum der Nibelungenfürsten.

Da begab es sich eines Tages, dass Eindringlinge im Hohlen Berg gesichtet wurden, erst einzelne, dann immer mehr, bis schließlich eine ganze Heerschar aus den Tiefen heraufstieg und Krieg über mein Volk brachte. Nordlinge waren es, gewaltige Krieger, vielleicht den Menschen verwandt, vielleicht auch den Riesen, oder gar eine bösartige Kreuzung aus beiden. König Thorhâl und seine Kämpfer erkannten, dass die Nordlinge nur über einen einzigen Weg in den Berg gelangt sein konnten: Es musste ihnen gelungen sein, die alte Zwergenstraße zu durchqueren, vom eisigen Nordland aus bis hierher, mitten ins Herz des Hohlen Berges. Sie hatten den vergessenen Zugang von unten aufgestoßen und waren geradewegs in Thorhâls Reich marschiert, und mit sich brachten sie Tod und Verderben. Ihr scharfer Stahl blitzte im Goldglanz des Hortes, und ihre Augen leuchteten vor Gier. So kamen sie über meine Vorfahren, und viele meiner Brüder fielen unter ihrem ersten Ansturm. Schlacht um Schlacht entbrannte in den Hallen des Berges, wochenlang wüteten die Kämpfe. Die Nibelungen weigerten sich einzugreifen, sie versperrten das Portal des Hohlen Berges von außen und warteten ab, wer als Sieger aus dem Krieg in der Tiefe hervorgehen würde. Seit Generationen hatten die Zwerge nicht mehr kämpfen müssen. Alles, was sie kannten, war die Arbeit in den Minen, das Schürfen nach Gold, das nicht ihnen gehörte. Die Hälfte der Zwergenarmee fiel im Kampf gegen die Nordlinge, und doch gelang es dem Rest, den Feind vernichtend zu schlagen. Hunderte Zwerge hatten ihr Leben gelassen, obwohl die Angreifer ihnen an Zahl weit unterlegen waren.

Teile des Berges waren verschüttet, neue Durchbrüche und Höhlen entstanden, und trotz ihrer Verluste hatten die Zwerge zumindest einen Gewinn aus dem Krieg mit den Nordlingen gezogen: Ihr Wille zu kämpfen, ihr Wunsch nach Freiheit und Sieg war zurückgekehrt.

Da nun der Zugang zur Zwergenstraße wiederentdeckt war, fasste König Thorhâl den Beschluss, eine kleine Gruppe von Kriegern gen Norden zu schicken. Ihre Aufgabe sollte es sein, den Tunnel selbst, vor allem aber die Lage im Nordland zu erkunden. Gab es dort oben noch Zwerge, oder waren sie alle dem Hass der Nordlinge zum Opfer gefallen? Unterschied sich ihre Lebensweise von jener ihrer Verwandten im Hohlen Berg? Und musste man mit Widerstand rechnen, wenn mit einem Mal mehrere tausend Flüchtlinge aus dem Tunnel stiegen und einen Teil des alten Zwergenlandes zurückforderten?

Der Plan des Königs nämlich war es, den uralten Eid zu brechen, die Arbeit am Hort zu beenden und mit seinem ganzen Volk in die Heimat der Zwerge zurückzukehren.

Der König wählte eine Frau, um die Gruppe der Auserwählten anzuführen. Grimma war ihr Name, eine Heerführerin, mit der es kein anderer Krieger im Berg an Klugheit oder Kampfkraft aufnehmen konnte. Ihr zur Seite stellte er einige der besten Kämpfer des Reiches.

Wagemutig machte sich der Erkundungstrupp auf den Weg, und zum ersten Mal seit Beginn der Nibelungenknechtschaft hallte wieder lauter Jubel durch die Flure und Säle des Berges. Vergessen geglaubte Lieder ertönten aus zahllosen Kehlen, die alten Instrumente wurden hervorgeholt, und Geschichten vom einstigen Ruhm des Zwergenvolkes machten die Runde. Jedermann war voller Hoffnung und Freude, und da war nicht einer, der bezweifelte, dass Grimmas Mission erfolgreich sein würde. Bald, so hoffte man, würde man dem Berg den Rücken kehren und dorthin gehen, wo es noch ein Leben in Freiheit gab und Ehre und Reichtum im Überfluss.«

Mütterchen unterbrach Alberichs Redefluss. »Hat denn keiner daran gedacht, dass es gewiss einen guten Grund gab, der die Zwerge dereinst veranlasst hatte, das Nordland zu verlassen?«

»Im Jahr des Krieges mit den Nordlingen war ich noch nicht geboren«, erwiderte der Zwerg, ohne beim Abstieg die Treppe hinab innezuhalten, »und ich weiß nicht, ob sich jemand diese Frage gestellt hat. Aber Thorhâl war kein dummer König, und sicher hat er alle Möglichkeiten in Betracht gezogen.«

Mütterchen war damit keineswegs zufriedengestellt, doch Löwenzahn rief von hinten: »Erzähl schon weiter, Alberich! Wie erging es Grimma und ihren Männern? Was geschah dort unten im Tunnel?«

Der Horthüter räusperte sich würdevoll. »Groß waren die Mühen der Reisenden und verwegen ihre Abenteuer, ehe sie schließlich ans Ende der alten Zwergenstraße gelangten. Schon Tage zuvor wehte ihnen die Kälte der Nordlandgletscher entgegen, und die Wände des Tunnels waren mit Eis überzogen. Selbst die wärmste Kleidung vermochte den Frost nicht fernzuhalten. Doch obgleich sie alle froren und zitterten, glaubten sie mit aller Kraft an ihre Mission und an Thorhâls Plan. Vor allem Grimma verließ in keinem

Augenblick der Mut. Wahrlich, sie war eine große Anführerin, eine, die nicht nur wusste, wie man gegen Schwerter und Äxte kämpft, sondern auch gegen schwindende Hoffnung und die Wut der Elemente.« Alberich verstummte für einen Moment, und Mütterchen glaubte schon, er wollte nicht fortfahren. Doch der Zwerg holte tief Luft, und als er weitersprach, verriet seine Stimme, wie sehr ihn der Gedanke an die vergangenen Heldentaten bewegte. Er klang sanft, fast traurig, als er sagte: »Grimma war nicht wie die anderen, und jeder ihrer Begleiter wusste das. Von ihren Männern wurde sie verehrt und gefürchtet zugleich, ganz so, wie es sich jeder Hauptmann wünscht.«

Mütterchen fragte sich, woher Alberich, der sein ganzes Leben allein im Hohlen Berg verbracht und nie einen Hauptmann kennen gelernt hatte, das wissen wollte. Doch schien ihr dies kein guter Augenblick für eine erneute Unterbrechung. Alberichs Stimme klang belegt, teilnahmsvoll. Beinahe so, als wüsste er besser Bescheid über die Geschehnisse von damals, als er zugeben wollte. Zum ersten Mal beschlichen Mütterchen leise Zweifel, ob der Horthüter ihr und den anderen tatsächlich in allem die Wahrheit gesagt hatte. Über sich selbst, den Hohlen Berg und über das Verschwinden der Zwerge.

Alberich schwelgte immer noch im Lob für eine Kriegerin, die vor vielen Jahrzehnten gestorben sein musste. Mütterchen drehte sich im Gehen irritiert zu Geist und Löwenzahn um. Das Moosfräulein zuckte nur mit den Schultern, und nicht einmal der Halbhunne wagte, Alberichs Hymne auf Grimma zu unterbrechen, so als spürte er instinktiv, dass es hier um weit mehr ging als nur um den Ruhm einer alten Zwergenheldin.

»Stark war Grimmas Axtarm«, sagte Alberich, »und weise ihr Zuspruch. Sie verdrängte die Kälte aus ihrem Körper und mit ihr die Angst vor dem, was sie im Nordland erwarten mochte. Kein anderer hätte den Trupp so weit führen können, und keinen hätte das, was später geschah, härter treffen können als sie.«

Abermals hielt er inne, und nachdem eine Weile lang das Klappern ihrer Schritte auf den Felsstufen der einzige Laut in der Halle gewesen war, fuhr er tonlos fort: »Grimma und ihre Männer erklommen die Steinrampe, die hinauf zum Ausstieg der Zwergenstraße führte, und weit über sich sahen sie den Himmel des Nordlandes, schwer von Wolken aus Schnee und Eis. Die Kälte biss durch ihre Kleidung, stach wie Pfeilspitzen in ihre Leiber, doch in diesem Augenblick war aller Schmerz vergessen. Sie waren am Ziel, endlich am Ziel, und sie hatten kaum mehr als fünf Monde dafür gebraucht. Es war eine Zeit voller Entbehrungen gewesen, eine Zeit des Hungers, der Kälte und der Einsamkeit im Dunkeln. Zwei von ihnen waren dabei auf der Strecke geblieben, zwei weitere konnten vor Erschöpfung kaum mehr laufen. Jetzt aber, da das Nordland in greifbarer Nähe lag, waren das Elend und die Qual des Weges vergessen, und vor sich glaubten sie die Zukunft ihres Volkes, die lang ersehnte Freiheit.

Sie erreichten den Rand der Öffnung und sahen, dass sich um sie herum steile Schrägen erhoben, ein Rund aus steinernen Stufen. Eine Arena war es, ein Amphitheater von gewaltigen Ausmaßen, und in seiner Mitte klaffte der Zugang zum Tunnel. Grimma und die Krieger kletterten die verschneiten Ränge empor, und oben angekommen entdeckten sie, dass sich die Arena im Herzen einer Stadt befand und die Stadt in einem Tal und das Tal in einem hohen, zerklüfteten Gebirge. Kein lebendes Wesen war weit und breit zu sehen. Die Stadt war ein Labyrinth aus Ruinen, aus Mauerresten, eingestürzten Torbögen und zerfallenen Dächern, und ringsum türmten sich gewaltige Felsbrocken, manche nicht größer als ein Pferd, andere aber so schwer wie ein Haus, und es sah aus, als seien sie geradewegs vom Himmel herabgefallen. Alles war von einer Schneedecke überzogen, die es schwierig machte, Einzelheiten zu erkennen. Doch je länger Grimma und die anderen über den Rand der Arena hinausschauten, desto größer wurde ihre Gewissheit, dass diese Stadt nicht immer im Freien gelegen hatte. Denn die Felsen waren augenscheinlich die Überreste einer mächtigen Höhlendecke, die das ganze Tal überspannt hatte, und die Berghänge rundherum waren die Wände einer riesigen Grotte. Die Häuser, Plätze und Straßen hatten einst im Inneren eines Berges gelegen, bis irgendetwas – oder irgendwer – die Felsdecke zum Einsturz gebracht hatte.

Grimma hatte nach so langer Zeit endlich die alte Heimat ihrer Väter wiedergefunden, und nun genügte ein einziger Blick, um zu erkennen, weshalb die Zwerge sie damals verlassen hatten.«

KAPITEL 5

Sie lagen in einer Reihe am Rande der Arenamauer, achtzehn Zwerge nebeneinander, jeder in Felle gehüllt. Fassungslos blickten sie über die schneebedeckte Ruinenlandschaft. Viel war von der Stadt nicht mehr zu erkennen, weit über zwei Drittel lagen unter den Trümmern der eingestürzten Höhlendecke begraben. Anders als das Reich im Hohlen Berg, das aus einem System von Höhlenkammern und Stollen bestand, war dies eine Stadt beinahe nach dem Vorbild der Menschen gewesen. Sie war ebenerdig angelegt worden, mit Häusern und Türmen und offenen Straßen. Der einzige Unterschied war, dass sie am Boden einer gewaltigen Grotte errichtet worden war.

Styrmir, der Berater des Königs, lag rechts neben Grimma. Er hatte offenbar den gleichen Gedanken wie sie. »Kein Zwerg vermag es heutzutage mehr, einen Hohlraum von solcher Größe in den Fels zu treiben«, flüsterte er beeindruckt.

»Einen ganzen Berg abzustützen«, meinte Egil, »das ist unglaublich!«

»Unglaublich, ja, und anscheinend auch ziemlich unbedacht«, setzte Gellir Rotbart mürrisch hinzu. »Immerhin ist die Decke eingestürzt.«

Styrmir ließ seinen Blick weit über die untergegangene Stadt schweifen. »Da unten ist kein Leben mehr«, stellte er fest. Er wollte aufstehen, doch Grimma riss ihn an der Schulter zurück auf den vereisten Stein.

»Warte!«, befahl sie. »Falls doch noch jemand da ist, muss er nicht wissen, dass wir in seiner Nähe sind.«

»Nordlinge?«, fragte Bollis, der zu ihrer Linken lag.

»Wer weiß?« Sie gab den anderen ein Zeichen, sich auf dem

Bauch ein Stück zurückzuziehen, fort von der offenen Mauerkante. »Wir sind während der fünf Monde im Tunnel nicht einem einzigen Nordling begegnet. Sie müssen von hier gekommen sein.«

»Aber das hier ist Zwergenland!«, entfuhr es Bollis erzürnt.

»*War* Zwergenland, du Dummkopf!«, verbesserte ihn Gellir. Die grellweiße Sonne des Nordlandes spiegelte sich auf seiner eisernen Augenklappe, ließ sie leuchten wie ein Zyklopenauge.

Bis zum Einfall der Berserker im Hohlen Berg waren die Nordlinge für die Zwerge nicht mehr als eine Legende gewesen, ein sagenumwobenes Kriegervolk, das durch die Erzählungen der Alten geisterte. Nichts war über sie bekannt, nicht ihre genaue Herkunft, nicht ihre Lebensweise. Allein ihre Kampfkraft war überliefert, und mit ihr die Berichte von Mord und Zerstörung.

Styrmir wandte sich im Liegen abermals an Grimma. »Du glaubst also, dort unten in den Ruinen leben Nordlinge?«

»Vielleicht«, sagte sie finster. »Oder Schlimmeres.«

»Was ist schlimmer als Nordlinge?«, fragte ein junger Schreiber. Der zweite war vor drei Monden in einem unterirdischen Flusslauf ertrunken.

»Wir werden einen Erkundungstrupp bilden«, sagte Grimma. »Acht Mann gehen hinunter und schauen sich um, der Rest bleibt hier und wartet.«

»Ich gehe!«, verkündete Gellir Rotbart entschlossen. »Ich werde nicht hier oben auf dieser Mauer herumliegen und warten, bis meine Axt eingeschneit ist.«

Andere pflichteten ihm bei, nur der Schreiber fragte ein zweites Mal: »Was ist schlimmer als Nordlinge?« Auch diesmal erhielt er keine Antwort.

Grimma erklärte, dass sie selbst den Spähtrupp anführen würde. Gellir, Bollis und Egil sollten gleichfalls mitgehen, dazu vier der anderen Krieger, nicht die besten, damit auch die Zurückbleibenden im Falle eines Angriffs über ausreichende Kampfkraft verfügten.

Nachdem Grimma die letzten Anweisungen gegeben hatte, wollten sie und die anderen aufbrechen. Doch Styrmir hielt sie zurück. »Ich will auch mitgehen«, sagte er.

»Nein«, widersprach sie, »du bleibst hier.«

»Jemand wird dem König über die Lage dort unten Bericht erstatten müssen.«

Grimma lächelte; sie wusste, dass das nur ein Vorwand war. Styrmir ging es nicht um den König, erst recht nicht um seine Pflichten als Berater. Er wollte dabei sein, wenn sie etwas fanden, das war alles. Ihn reizte das Wagnis, der Lockruf des Unbekannten. Während der vergangenen Monde hatte er sich mehr als einmal freiwillig gemeldet, wenn es galt, dunkle Felsspalten zu erkunden und stille, schwarze Seen zu durchschwimmen. Grimma hatte jedes Mal abgelehnt und den übrigen Zwergen den Vorzug gegeben. Nicht, weil sie Styrmirs Drängen nicht zu schätzen wusste. Aber die anderen waren Krieger, und sie waren sich der Tatsache bewusst, dass einige von ihnen diese Reise nicht überleben würden. Der Gedanke an den Tod war ihnen vertraut, sie hatten sich längst damit abgefunden. Styrmir aber war neugierig, wißbegierig, und Grimma fand nicht, dass es sich dafür zu sterben lohnte.

Sie wollte sich abwenden und mit den anderen davonkriechen, doch Styrmir packte sie am Arm. »Lass mich mitgehen«, bat er noch einmal. »Sollte es mein Tod sein, dann habe ich selbst es so gewollt.«

»Es wäre ein unnützer Tod.« Ungeduldig schüttelte Grimma seine Hand ab. »Es mag sich lohnen, im Kampf zu sterben, für das Leben anderer oder eine gerechte Sache. Aber dein Tod wäre niemandem zum Vorteil, nicht einem von uns und nicht unserem Ziel.«

Ein Lächeln huschte über Styrmirs tätowiertes Gesicht. »Du willst nicht, dass ich sterbe?«

»Natürlich nicht.« Sie hatte die Worte kaum ausgesprochen, als ihr die Frage durch den Kopf schoss, ob er damit irgendetwas andeuten wollte. Zu ihrem Erstaunen zog Styrmir sich zurück, doch das vage Lächeln blieb.

»Was ist so lustig?«, zischte sie, zum ersten Mal verunsichert.

»Nichts«, gab er leise zurück. »Ich wünsche dir viel Glück, Grimma.«

Sie musste an sich halten, um nicht nach ihm zu greifen und den Grund dieses dreisten Lächelns aus ihm herauszuprügeln. Aber alle anderen beobachteten sie, und sie durfte sich nicht die Blöße geben, sich derart von Styrmir aus der Fassung bringen zu lassen. Jemand hüstelte betont, zwei andere flüsterten grinsend miteinander. Was, bei allen Göttern, ging hier vor?

Gellir legte ihr eine Hand auf die Schulter. »Gehen wir?«

Mit einem letzten Blick auf die Zurückbleibenden – bemüht, ihre Augen nicht auf Styrmir ruhen zu lassen – wandte Grimma sich um und kroch mit einem verächtlichen Schnauben an die Spitze des Spähtrupps. Gebückt huschten sie am inneren Rand der Arenamauer entlang. Ein Rundweg, etwa zehn Schritte breit, führte wie ein Wehrgang um das ganze Theater. Die Ränge waren wie die ganze Stadt von gewaltigen Felsbrocken übersät, dennoch glaubte Grimma, dass sich in der Arena keine Feinde verbargen. Solange sich ihr Trupp an der Innenkante der Ummauerung aufhielt, war er von der Stadt aus nicht zu sehen.

Ein Trümmerstück, so groß wie Thorhâls Thronsaal, hatte eine tiefe Kerbe in die äußere Wand gerissen, einen V-förmigen Einschnitt, der fast bis zum Boden herabreichte, mindestens zwanzig Schritte tief. Hier kletterten sie im Schutz von Geröll und Mauerresten nach unten und erreichten nach einer Weile ebene Erde. Der Vorplatz des Amphitheaters war zu einem Labyrinth aus Spalten geworden, die sich weit zwischen den herabgefallenen Felsbrocken verzweigten. Grimma ärgerte sich über sich selbst; sie hätte von oben einen Weg durch diesen Irrgarten auskundschaften müssen. Nun aber standen sie vor turmhohen Felsflanken und mussten sich allein auf ihr Gespür für die richtige Richtung verlassen.

Der Weg war mühsam und führte nur an wenigen Stellen über den gepflasterten Boden des Vorplatzes. Die meiste Zeit über kletterten sie grobkantige Schrägen hinauf und hinunter, und Eis und Schnee vervielfachten die Erschwernisse. Oft verlor einer von ihnen den Halt und riss einige der anderen mit sich. Als sie endlich die ersten Häuserruinen erreichten, war keiner unter ihnen, der nicht zahllose blaue Flecken, Schürfwunden und Prellungen davongetragen hatte.

Aus der Nähe erkannte Grimma, dass die meisten Gebäude von der herabgestürzten Höhlendecke zerschmettert worden waren. Vielfach standen noch einige der Außenmauern, aber im Inneren stießen die Zwerge auf Gesteinsbrocken, die nicht nur die Dächer, sondern auch die Zwischenböden durchschlagen hatten. Grimma hielt Ausschau nach Leichen, doch im Grunde war ihr klar, dass sie keine finden würde. Die Katastrophe, die das alte Zwergenreich vernichtet hatte, lag viele Jahrhunderte zurück, und das raue Wetter des Nordlandes musste jede Spur seiner Bewohner verwischt haben. Selbst wenn es noch irgendwo Knochen oder Kleiderreste geben sollte, lagen sie unter meterhohem Stein und Schnee begraben.

Der Wind, der durch die schmalen Freiräume zwischen Mauern und Felstrümmern wehte, verursachte sonderbare Geräusche, so als sei die ganze Albtraumlandschaft von einem bedrohlichen Flüstern erfüllt. Die Zwerge wurden mit jedem Schritt vorsichtiger, und Grimma war darauf bedacht, zu jeder Zeit persönlich an der Spitze des Trupps zu gehen. Mehrmals fuhr einer oder auch alle von ihnen herum, wenn sie glaubten, Stimmen oder Schritte zu hören, doch jedes Mal erwiesen sich die Laute als Hirngespinst oder als das geisterhafte Pfeifen der Winterwinde.

Unter all den Trümmerbergen und Eismassen war es schwierig, sich das ursprüngliche Bild der Zwergenstadt vorzustellen. Die Arena schien einst der Mittelpunkt der riesigen Anlage gewesen zu sein. Gassen führten von dort aus sternförmig in alle Richtungen und waren untereinander durch weitere Schneisen und Durchgänge verbunden. Aus der Luft mussten die Wege ein Muster bilden, das einem Spinnennetz sehr ähnlich war. Die Gebäude hatten ein bis zwei Stockwerke, zudem gab es Reste einiger Aussichtstürme, von denen nur noch ein einziger aufrecht stand. Wie durch ein Wunder hatte ihn der Gesteinsregen unversehrt gelassen.

Die gleißende Nordlandsonne näherte sich bereits dem Rand der zerschrundeten Felswände, als Grimma den Männern die Erlaubnis gab zu rasten. Sie alle waren erschöpft, manche von Stürzen leicht verletzt, und obwohl sie nach Grimmas Einschätzung etwa ein Drittel der Stadt grob ausgekundschaftet hatten, fühlte sie sich schutzlos und unsicher. Als Anführerin durfte sie ihre Gefühle keinem ihrer Gefährten offenbaren, und so tat sie gelassen und versuchte zugleich, den anderen Mut zuzusprechen. Sie fand selbst, dass sie dabei reichlich unbeholfen vorging, und sie kam sich unehrlich vor. Dennoch hatte sie bald das Gefühl, dass sich die niedergeschlagene Stimmung der Krieger ein wenig hob.

»Werden wir die Nacht hier draußen verbringen?«, fragte Gellir, während sie alle sich in einer überdachten Nische aneinanderrückten. Sie wagten nicht, ein Feuer zu entzünden, an dem sie sich hätten wärmen können. Solange nicht geklärt war, ob sich Nordlinge in den Ruinen aufhielten, durften sie durch nichts Aufmerksamkeit erregen.

»Haben wir eine andere Wahl?«, erwiderte Grimma auf Gellirs Frage. »Außerdem ist es in der Arena auch nicht wärmer.« Sie fühlte sich selbst nicht wohl bei dem Gedanken, in der untergegangenen Stadt zu übernachten. Andererseits gab es nirgends einen besseren Platz. Immerhin hatten sie hier ein Dach über dem Kopf, das sie vor neuen Schneefällen schützte.

»Wenn die Nordlinge wirklich in der Nähe sind, müsste es dann nicht Hütten geben?«, fragte einer der Krieger. »Sie schlafen doch kaum ein Leben lang unter freiem Himmel.«

Grimma nickte. »Morgen Früh werden wir als Erstes versuchen, den Aussichtsturm zu besteigen. Vielleicht sieht man von dort oben mehr.«

Bollis zog sich sein Fell enger um die Schultern. »Ich bin dafür, dass wir es heute noch versuchen. Sicher entzünden die Nordlinge Feuer. Wir könnten vom Turm aus nach Rauch suchen, der zwischen den Ruinen aufsteigt.«

»Wir würden den Turm vor Sonnenuntergang nicht mehr erreichen«, entgegnete Grimma.

»Nicht alle zusammen«, sagte Bollis, »aber wenn zwei von uns, die Schnellsten, loslaufen, konnten sie noch rechtzeitig dort sein.«

Grimma wusste, worauf er hinauswollte. Bollis und sie selbst liefen schneller als jeder andere. Gewiss hatte er recht: Sie konnten es schaffen. Vorausgesetzt, sie zögerte den Entschluss nicht länger hinaus.

»Nun gut.« Sie stand auf. »Egil, du führst unterdessen den Befehl. Sollten Bollis und ich im Morgengrauen nicht wieder bei euch sein, bringst du die anderen zur Arena. Kehrt zurück zum Hohlen Berg und berichtet Thorhâl, was wir gefunden haben. Soll er die Entscheidung treffen, was zu tun ist.«

Wenig später waren sie und Bollis unterwegs. Mit weiten Sätzen liefen sie durch die Ruinen, in jene Richtung, in der oberhalb von Mauerresten und Felskanten der schlanke Aussichtsturm emporstach. Sein schwarzer Umriss stand da wie eine Säule, die den graublauen Himmel stützte. Die Sonne war zur Hälfte hinter den spitzen Graten der Berge versunken, ihre verbleibenden Strahlen weckten die Nachtschatten aus ihrem Schlaf. Dunkelheit stieg vom Boden auf wie schwarzer Dunst.

Sie brauchten länger, als sie vermutet hatten, bis sie endlich, völlig außer Atem, den Fuß des Turmes erreichten. Sein Eingang wurde nahezu gänzlich von einem Granitbrocken versperrt, und nur mit Mühe gelang es Grimma und Bollis, sich durch den engen Spalt ins Innere zu zwängen. Dort erwartete sie die nächste Enttäuschung: Der untere Teil der Wendeltreppe, die an den Wänden nach oben führte, war eingestürzt – ein Trümmerstück, das geradewegs von oben in den Turm gefallen war, hatte die Aussichtsplattform zerstört und bei seinem Fall in die Tiefe einen Teil der Stufen mit sich gerissen.

»Wir können es trotzdem schaffen«, munterte Grimma den enttäuschten Bollis auf und deutete auf die Fensternischen, die in regelmäßigen Abständen den Verlauf der Wendeltreppe unterbrachen. »Die obere Plattform mag zerstört sein, aber wenn es uns gelingt, irgendwie auf die Treppe zu kommen, können wir aus einem der oberen Fenster schauen.«

Bald hatten sie eine Möglichkeit gefunden, sich über eine Trümmerrampe zur untersten der heilgebliebenen Stufen hinaufzuhangeln. Jenseits des Lochs, das der Felsbrocken in den oberen Teil des Turmes gerissen hatte, färbte sich der Himmel dunkel. Sie mussten sich beeilen.

Vorsichtig kletterten sie die Treppe hinauf, immer in der Angst, das mürbe Gestein könnte unter ihnen zusammenbrechen. Sie gelangten zum ersten Fenster, dann zum zweiten und stiegen ohne Pause weiter nach oben. Das fünfte und letzte Fenster befand sich nur ein kleines Stück unterhalb der ehemaligen Turmplattform. Grimma beugte sich hinaus, so weit, dass Bollis sie von hinten festhalten musste. Es gelang ihr, einen Großteil der Stadt zu überblicken. Als Erstes schaute sie zurück zur Arena. Auf dem Rundgang der Außenmauer war niemand zu erkennen. Die Zurückgebliebenen mussten sich ins Innere zurückgezogen haben. Sie schaute weiter in die Runde, über die zerfallenen Ruinen hinweg. Sie versuchte den Ort auszumachen, an dem sie den Rest des Spähtrupps zurückgelassen hatten, gestand sich jedoch ein, dass sie angesichts des labyrinthischen Wirrwarrs aus Felsen, Gassen und Geröllhalden die Orientierung verloren hatte.

Da durchlief sie ein eiskalter Schauder. Bollis' Vermutung war richtig gewesen. Rechts von ihr, weit vom Rand der Arena entfernt, stieg eine schwarze Rauchsäule zwischen den Trümmern empor.

Zwerge lebten gewiss keine mehr in dieser Gegend. Vielleicht weiter im Norden, aber bestimmt nicht in der Stadt. Ob dieses Land noch andere Bewohner hatte, wusste Grimma nicht, doch ihr Gefühl sagte ihr, dass nur Nordlinge das Feuer dort unten entzündet haben konnten. Sie konnte die Anwesenheit der feindlichen Krieger spüren wie einen schlechten Odem, der die klare Winterluft durchzog.

»Sieh selbst«, sagte sie atemlos und machte Platz, sodass auch Bollis hinausschauen konnte.

»Das sind sie«, hörte sie ihn über das Säuseln des Windes sagen. »Das müssen sie sein!«

»Was denkst du, wie weit sie entfernt sind?«

»Sieben, acht Speerwürfe, nicht weiter.«

Das entsprach ihrer eigenen Schätzung. »Wir müssen zurück zu den anderen.«

Bollis zog den Oberkörper zurück ins Innere des Turms. Eiskristalle glitzerten in seinem schwarzen Bart. »Das ist ungefähr die Richtung, aus der wir gekommen sind, nicht wahr?«

Grimma hob die Schultern. »Möglich, dass sie nicht allzu weit von unserem Lager entfernt sind.«

Bollis' Augen verrieten sein Erschrecken, doch er sagte nichts. Eilig stürmten sie die Stufen hinunter, sprangen auf die Geröllrampe, zwängten sich durch den Eingangsspalt und liefen hinaus ins Freie. Sie hielten einen Moment an, um sich erneut zu orientieren, und beide suchten mit verkniffenen Augen den Himmel ab, um über den Rändern der Ruinen die Rauchfahne wiederzufinden.

»Dort!«, rief Grimma aus und deutete über die Trümmerlandschaft.

Bollis folgte ihrem Blick und nickte düster. »Ja«, presste er hervor, »das sind sie. Ich verwette meinen Sold für ein Jahr, dass das Nordlinge sind.«

»Hoffen wir, dass du an einem Stück zurückkehrst, um noch Freude an deinem Sold zu haben«, murmelte Grimma und rannte los.

Sie benutzten denselben Weg, auf dem sie hergekommen waren. Einen Augenblick lang hoffte Grimma, dass ihre Gefährten das Feuer entzündet hatten – aber nein, Egil würde niemals gegen ihren Befehl verstoßen.

Beide hielten ihre Äxte fest umklammert. Die Kälte der Griffe schien sogar durch ihre Handschuhe zu dringen, und Grimma fragte sich, ob es nicht vielleicht ihr Herz war, das allmählich zu Eis erstarrte. Seit sie den Rauch zum ersten Mal entdeckt hatten, war der frostige Schauder nicht mehr aus ihren Gliedern gewichen. Eine Mischung aus angstvoller Vorahnung und der kühlen Gewissheit, dass ein Kampf nicht mehr abzuwenden war, hatte sich ihrer bemächtigt. Sie sah Bollis' starren Zügen an, dass es ihm ähnlich erging.

Sie stolperten, sprangen und kletterten vorwärts, immer weiter, so schnell sie nur konnten. Anders als auf dem Hinweg schien sich die Strecke zu dehnen wie eine Bogensehne, sie erschien Grimma jetzt länger und beschwerlicher.

»Sollten wir nicht erst die Feuerstelle auskundschaften, bevor wir zu den anderen zurückkehren?«, fragte Bollis.

Grimma schüttelte im Laufen den Kopf. »Wir müssen sie warnen, dann können wir weitersehen. Ich will nicht, dass uns die Nordlinge überwältigen, ohne dass Egil weiß, wo er uns suchen muss.«

Bollis zog eine Grimasse. »Wenn uns die Nordlinge überwältigen, wird es nicht mehr nötig sein, nach uns zu suchen.«

Sie gab keine Antwort. Er hatte recht, natürlich. Was für eine dumme Hoffnung, ihre Feinde könnten sie gefangennehmen und am Leben lassen. Weshalb kam sie auf solche Gedanken? Sie war eine Kriegerin, und sie wusste, wie man mit Ehre und Anstand starb. Früher wäre es ihr nie in den Sinn gekommen, dass ein Gegner sie schlug, ohne sie zu töten; lieber wäre sie in ein offenes Schwert gelaufen, als mit solch einer Schande weiterzuleben. Was brachte sie heute dazu, anders darüber zu denken? Wer brachte sie dazu? Liebe Güte, dachte sie, du bist nicht mehr die alte Grimma! Warum nur hatte Styrmir so gelächelt? Und was gab es dabei für die anderen zu flüstern?

Sie verdrängte die Antwort, auch wenn es ihr von Tag zu Tag schwerer fiel. Styrmir der Bartlose! Ausgerechnet ein Berater des Königs! Einer, der kaum wusste, an welchem Ende man eine Axt hielt!

Aber es gab anderes, über das sie nachdenken musste. Lebenswichtiges. Über Nordlinge, zum Beispiel. Und vielleicht darüber, warum es mit einem Mal nach verbranntem Fleisch roch.

Bollis blieb stehen. »Riechst du das?« Sein Gesicht war so weiß geworden wie die Schneedecke zwischen den Ruinen.

Grimma brachte nur ein ruckartiges Nicken zu Stande. Die Worte steckten in ihrem Hals fest, einige Herzschläge lang bekam sie vor Entsetzen kaum Luft.

Sie liefen weiter, noch schneller als zuvor. Das Feuer war nicht mehr weit entfernt, sie konnten schon sehen, wie sein gelbroter

Schein über Hauswände flackerte. Sie hörten Stimmen, Gelächter, die Laute eines Festes. Oder einer Siegesfeier.

Die Stimmen erklangen in einer Sprache, die ihnen fremd war.

Grimma und Bollis ahnten, was sie erwarten würde, als sie um die letzte Felskante traten. Und doch überstieg der Anblick bei weitem das Maß dessen, was sie verkraften konnten. Grimma prallte zurück, als wäre sie gegen eine unsichtbare Mauer gelaufen, während Bollis wie angewurzelt stehen blieb.

Keiner ihrer sechs Gefährten war mehr am Leben. Die Feinde hatten ihre Leichen achtlos übereinandergeworfen, mit brennbaren Ölen übergossen und angezündet. Die reglosen Körper brannten lichterloh. Die Flammen schlugen zu hoch, als dass Grimma Gesichter in ihnen hätte erkennen können; sie dankte den Göttern für diese Gnade. Irgendwo in diesem Inferno lagen Egil und Gellir, zwei ihrer ältesten und engsten Freunde. Die Axt schien in Grimmas Händen zu erglühen, als käme sie gerade erst aus dem Schmiedefeuer. Der messerscharfe Stahl wog leichter als je zuvor, eine unmissverständliche Aufforderung, ihn zu benutzen.

Das Dutzend Nordlinge, das rund um den Scheiterhaufen stand und seine Waffen im Schnee reinigte, hatte die beiden Neuankömmlinge noch nicht bemerkt. Die Krieger trugen Helme und Rüstzeug aus Stahl, darunter warme Fellkleidung. Einer, offenbar der Anführer, hatte ein mächtiges Geweih hinter seinen Schultern befestigt. Die verzweigten Enden standen ab wie ein Paar erstarrter Schwingen. Es ähnelte dem eines Hirsches, wirkte jedoch breiter, schwerer und weniger feingliedrig. Von welchem Tier es stammte, wusste Grimma nicht zu sagen; gewiss von keinem, das in den Ländern rund um den Hohlen Berg anzutreffen war. Das Schwert des Anführers steckte in einer ledernen Scheide, und in seinen Händen hielt er einen langen Stab, auf dessen Spitze der Knochenschädel eines Wolfes thronte; aus Augen und Maul baumelten getrocknete Tiersehnen, an deren Enden menschliche Fingerknochen befestigt waren. Bei jeder Bewegung des Nordlings schlugen sie gegeneinander wie ein Windglockenspiel.

Grimma zog Bollis zurück in den Schatten eines Felsbrockens. Dort starrte sie ihm fest in die Augen und sah das hasserfüllte Glühen darin.

»Wir töten sie!«, stieß er leise hervor. »Wir töten sie alle!«

»Sei kein Narr«, gab sie zischend zurück. »Wir werden genauso enden wie die anderen.«

Einen Augenblick lang befürchtete Grimma, Bollis' Hass könnte sich gegen sie richten. »Du willst Egil und Gellir nicht rächen?«, fragte er lauernd.

»Bollis, verdammt!« Sie packte ihn hart an der Schulter. »Natürlich will ich das. Aber wir müssen die anderen am Tunnel warnen. Oder willst du auch sie noch verlieren?«

»Was scheren mich die anderen? Meine Freunde verbrennen dort drüben. Kannst du sie riechen? Riechst du, wie Egil und Gellir brennen?« Seine Stimme drohte sich zu überschlagen. Panik lauerte hinter der Fassade seines Zorns.

»Das Leben der anderen ist wichtiger als unser Hass auf die Nordlinge!«

»Das Leben *eines* anderen! Das meinst du doch, nicht wahr?« Er streifte ihre Hand ab, sein Gesicht war verzerrt. »Geh' du nur zu Styrmir und dem Rest, wenn du willst! Ich bleibe und räche meine Freunde.«

»Das ist Wahnsinn, und das weißt du!« Auf seine Bemerkung über Styrmir ging sie nicht ein. Es war sein Zorn, der ihm die Worte diktierte, nicht sein Verstand.

»Was für eine Kriegerin ist nur aus dir geworden?« Bollis packte seine Axt mit beiden Händen und hob sie wie eine heilige Reliquie vor seine Brust. »Du warst immer eine von uns, Grimma. Früher hättest du dein Leben für jeden deiner Freunde gegeben – oder für sein Andenken. Und jetzt?« Er schüttelte in bitterer Enttäuschung den Kopf. »Vielleicht bist du doch bloß …«

»Eine Frau wie jede andere?«, fuhr sie ihn an, und ihre Stimme war so scharf, dass Grimma vor sich selbst erschrak. Nur mit Mühe hielt sie ihre Wut im Zaum. »Hör mir gut zu, Bollis Erzgräber!

Wenn es Blindheit und Dummheit sind, die unsere Geschlechter unterscheiden, dann, glaube mir, bin ich froh, eine Frau zu sein. Was du vorhast, ist dein sicherer Tod, und er wird so schnell kommen, dass es dir nicht mal gelingt, auch nur einen einzigen Nordling mitzunehmen. Das dort draußen sind zwölf von ihnen! Zu zweit hätten wir kaum eine Aussicht, auch nur einen oder zwei von ihnen zu erschlagen. Aber zwölf? Bei den Göttern, Bollis, komm zu dir!«

Er hielt ihrem Blick weiterhin stand, aber sie sah, dass es hinter seiner Stirn arbeitete. Ein Teil seiner alten Vernunft hatte die Oberhand gewonnen, als er schließlich sagte: »Vielleicht hast du recht. Vielleicht …«

Die Entscheidung wurde ihnen abgenommen.

Ein Nordling bog um die Kante des Felsbrockens. Ehe sie sich versahen, stand er neben ihnen, riss sein Schwert aus der Scheide und ließ es in hohem Bogen auf Grimma herabrasen. Bollis schrie auf und gab Grimma einen Stoß, der sie zur Seite und aus der Reichweite des Angreifers taumeln ließ. Er parierte den Hieb mit der Axt. Der Nordling rief etwas in seiner Sprache, und innerhalb weniger Atemzüge stürmten drei weitere Krieger herbei.

Grimma sah, wie Bollis seine Axt in einem tödlichen Halbkreis herumsausen ließ, um sie in die Hüfte des ersten Nordlings zu schlagen. Bollis war ein flinker und geschickter Krieger, doch Zorn dämpfte seine Sinne, und die plumpe Attacke hätte niemals Erfolg gehabt, wären die drei Neuankömmlinge nicht schlagartig stehen geblieben und in übermütiges Gelächter ausgebrochen; offenbar zweifelten sie nicht, dass ihr Gefährte mit den beiden Zwergen allein fertig werden würde. Spottend warteten sie auf den Ausgang des Kampfes. Den einzelnen Nordling aber irritierte das Zögern der anderen so sehr, dass er einen Moment lang unaufmerksam wurde. Bollis' Axt grub sich tief in den Hüftknochen des Kriegers. Kreischend brach der Mann zusammen, sein Helm rollte ihm vom Kopf, und keinen Atemzug später hieb Grimmas Axt ihm den Schädel entzwei.

Mehrere Herzschläge lang schien die Zeit stehen zu bleiben. Die drei Nordlinge erstarrten, ihr Lachen und Grölen verhallte. Grimma riss ihre Waffe in einem Halbmond aus Blut aus der Wunde und stellte sich breitbeinig an Bollis' Seite, den feindlichen Kriegern entgegen.

Jetzt winkte einer der drei seinen Kameraden am Feuer zu. Lautes Gebrüll ertönte, als der Anführer Befehle gab.

Bollis kam endlich zur Vernunft.

»Komm, weg hier!«, rief er Grimma zu, und noch bevor er zu Ende gesprochen hatte, warfen sie sich bereits herum und rannten davon, fort aus dem Dunstkreis des Leichenfeuers, fort aus der Reichweite der Nordlingschwerter.

Grimma übernahm die Führung, und obwohl ihr Instinkt sie trieb, den Weg zur Arena einzuschlagen, riet ihr Verstand ihr, in eine andere Richtung zu laufen. Sie durften die Feinde nicht zu den anderen führen. Styrmir und den übrigen neun Zwergen konnte vielleicht die Flucht aus der Stadt gelingen, zurück in den Tunnel, heimwärts nach Süden zum Hohlen Berg. Aber was würden sie Thorhâl sagen? Styrmir und die anderen wussten nicht, was aus Grimma und dem Rest des Spähtrupps geworden war. Würden sie dem König empfehlen, mit seinem ganzen Volk den Berg zu verlassen und über die alte Zwergenstraße ins Nordland zu ziehen? Nein, gewiss nicht. Vielmehr befürchtete sie, dass Styrmir oder einige der anderen Zwergenkrieger gegen ihren Befehl verstoßen und einen zweiten Trupp aufstellen würden, um die Verschollenen zu suchen. Allerdings, und das war Grimmas größte Hoffnung, würden sie dergleichen nicht vor dem Morgengrauen tun; das bedeutete, dass ihr noch die ganze Nacht blieb, um die anderen zu warnen. Wenn sie nur schnell genug vor den Nordlingen fliehen konnten!

Sie nahmen den Weg zurück zum Turm, die einzige Strecke in der Stadt, die ihnen mittlerweile vertraut war. Zumindest drohte ihnen hier nicht die Gefahr, sich überraschend in einer Sackgasse oder Falle wiederzufinden. Sie rutschten und schlitterten auf der vereisten Schneedecke, setzten über Geröll und Mauerreste hinweg, ohne ein einziges Mal nach hinten zu blicken. Die Nordlinge waren keineswegs so behäbig und träge, wie ihre Größe sie erscheinen ließ, und sie hatten die längeren und kräftigeren Beine. Auf Dauer würden Grimma und Bollis nicht vor ihnen davonlaufen können.

Die beiden Zwerge erreichten den Turm und erwogen, sich im Inneren zu verschanzen. Grimma drehte sich um und erwartete, eine ganze Horde von Nordlingen zu sehen, die nur noch wenige Schritte von ihnen entfernt waren.

Doch der Einschnitt zwischen den Trümmern, durch den sie und Bollis gekommen waren, blieb leer. Niemand verfolgte sie.

»Vielleicht beobachten sie uns«, meinte Bollis verwundert. »Sicher warten sie ab, wohin wir gehen.«

Grimma nickte und kämpfte gegen ihre Erleichterung an. Erleichterung war ein nutzloses Gefühl. Es half niemandem, schwächte nur die Aufmerksamkeit. Und möglicherweise war es gerade das, was die Nordlinge wollten.

»Lass uns hineingehen«, sagte sie und deutete mit der Axt auf den Spalt, der ins Innere des Turmes führte.

»Vielleicht können wir an einem der Fenster ein Feuer entzünden, um die anderen zu warnen.«

»Feuer entzünden?«, fragte Bollis, ohne seinen wachsamen Blick von der Umgebung des Turmes zu nehmen. »Womit denn?«

Grimma zeigte auf den Beutel an ihrem Gürtel. »Alles dabei.«

Zum ersten Mal löste sich die Anspannung auf Bollis' Gesicht. »Das, was ich vorhin sagen wollte, tut mir leid.«

»Du hast es ja nicht gesagt.«

»Ich bitte dich trotzdem um Verzeihung.«

Grimma schenkte ihm ein Lächeln. »Ich werde dich dafür zum Zweikampf fordern, wenn wir wieder daheim im Hohlen Berg sind.«

»Klingt gut.« Und auch Bollis verzog die Mundwinkel.

Nach einem letzten Blick in die Schatten der Ruinen und Felsen drückten sie sich durch den Eingangsspalt ins Innere. Drinnen war es noch dunkler als im Freien, der winzige Himmelsausschnitt hoch über ihnen hatte sich nahezu schwarz gefärbt.

Grimma schaute sich angestrengt um. »Siehst du hier irgendetwas Brennbares?«

Bollis scharrte mit seinem Stiefel im Geröll. »Nichts«, meinte er enttäuscht.

Nach kurzem Zögern streifte Grimma ihren Überwurf ab und zog die Weste aus, die sie darunter trug. Sie wickelte sie um die Doppelschneide ihrer Axt, warf sich das Fell wieder um die Schultern und stapfte mit der Waffe in der Hand die Halde hinauf zur Treppe. »Pass du hier unten auf«, wies sie Bollis an. »Es gibt nur den einen Eingang. Wenn sie kommen, müssen sie an dir vorbei. Egal, was geschieht, du musst sie aufhalten, bis ich das Feuer am Fenster entzündet habe.«

Bollis bezog Stellung vor dem Spalt und starrte hinaus in die Finsternis. Die Nacht hatte sich endgültig auf das Nordland herabgesenkt. Er würde die Gegner erst sehen können, wenn sie direkt vor ihm standen.

Grimma wünschte ihm im Stillen viel Glück, dann lief sie die steinerne Treppe hinauf. Erst am oberen Fenster machte sie halt, zog zwei Feuersteine aus ihrem Bündel und schlug sie so lange gegeneinander, bis ihre Hände schmerzten und die ersten Funken auf den Stoff der Weste übersprangen. Sie schirmte die winzige Flamme gegen den Durchzug im Turm ab, trotzdem erlosch sie schon nach wenigen Augenblicken. Grimma blickte verzweifelt nach unten. Bollis war immer noch auf seinem Posten. Keine Anzeichen für einen Angriff. Sie versuchte es erneut, und diesmal brannte die Flamme heiß genug; der Luftzug konnte ihr nichts mehr anhaben. Bald schon loderte der Stoff der Weste lichterloh. Grimma beugte sich aus dem Fenster und schwenkte die brennende Axt wie eine Fackel hin und her. Die Zwerge in der Arena würden Wächter aufgestellt haben. In der Dunkelheit mussten sie das Feuer unterhalb der Turmspitze auf jeden Fall bemerken. Hoffentlich würden sie die richtigen Schlüsse ziehen.

»Wie sieht es unten aus?«, rief sie über die Schulter ins Innere des Turms.

»Keine Spur von ihnen«, klang es gedämpft zurück.

Grimma fragte sich, ob irgendwo in der Nacht gerade eine Pfeilspitze auf sie gerichtet wurde. Mit der lodernden Axt in der Hand gab sie ein Ziel ab, das nicht einmal ein Kind verfehlen konnte. Der Gedanke beunruhigte sie zutiefst, und das Eingeständnis ihrer Hilflosigkeit machte alles nur noch schlimmer. Trotzdem winkte sie weiter. Schon lösten sich die ersten brennenden Fetzen der Weste von der Axtschneide und verschwanden mit sanftem Schaukeln in der Tiefe. Grimma blickte ihnen gedankenverloren nach, bis sie am Boden erloschen.

Die Arena war in der Dunkelheit nur als formloser schwarzer Umriss auszumachen, der sich schwach vom dunkelgrauen Nachthimmel abhob. Regte sich auf ihrem Rand etwas, oder war das nur eine Täuschung? Grimma blickte angestrengt hinüber, bis ihre Augen tränten. Sie war jetzt ziemlich sicher, dass sich in der Finsternis etwas bewegte.

Plötzlich glomm über dem Rand der Arenamauer ein Funke auf, ein winziges Glühen, das rasch heller wurde.

Liebe Güte, durchfuhr es Grimma, was machten diese Hornochsen denn? Hatten sie ihr Zeichen etwa als Aufforderung verstanden, gleichfalls ein Feuer zu entzünden?

Jetzt gab es keinen Zweifel mehr: Dort oben loderte eine Flamme. Spätestens jetzt musste auch der letzte Nordling begreifen, dass sich in der Arena jemand aufhielt. Jemand, der dort nichts zu suchen hatte.

Und in diesem Augenblick, mit der Kraft und Plötzlichkeit eines Schwerthiebes aus dem Hinterhalt, begriff Grimma ihren Fehler. Zorn, Verzweiflung und Hass formten in ihrer Kehle einen stummen Schrei.

Das Feuer auf der Arenamauer loderte höher.

Es war kein Signal.

Grimma warf sich herum, schlug die Axt mit der Breitseite gegen die Wand, bis auch die letzten Flammen erloschen, und stürmte die Stufen hinunter, zur Tür und zu Bollis. Der Zwergenkrieger schaute ihr alarmiert entgegen.

»Was …«, begann er, doch Grimma unterbrach ihn.

»Was waren wir für Narren!« Konnte er die Tränen der Wut in ihren Augen sehen? Sie blinzelte und drängte an ihm vorbei zum Ausgang. »*Deshalb* haben sie uns nicht verfolgt!«

»Ich verstehe nicht«, stammelte er bleich.

Grimma fuhr zu ihm herum. »Sie wussten, dass es nur einen Weg geben konnte, auf dem wir in die Stadt gelangt sein konnten. Die Arena, verdammt! Sie haben es im selben Moment begriffen, da sie auf Egil und die anderen stießen. Statt uns, die wir nur zu zweit sind, zu jagen, sind sie geradewegs zur Arena marschiert – wer weiß, wie viele von ihnen.«

»Willst du damit sagen …«

»Jemand hat ein Feuer oben auf der Mauer entzündet. Ich glaube nicht, dass unsere Leute das waren.«

Bollis schrie auf, voller Zorn und Qual, und hieb seine Axt so heftig in den Boden, dass nur noch das Heft hervorschaute. »Das darf nicht sein!«, brüllte er. »Nicht auch noch sie!«

»Komm!«, sagte Grimma und rang vergeblich um ihre Fassung. »Machen wir uns auf den Weg.«

Sie waren kaum ins Freie getreten, als Bollis einen warnenden Ruf ausstieß. Beide nahmen ihre Kampfstellung ein, als vor ihnen die Finsternis in Bewegung geriet.

»Bevor sie mich verbrennen wie die anderen, will ich mindestens drei von ihnen zur Hölle schicken!«, zischte Bollis mit finsterer Entschlossenheit.

»Und drei für mich«, gab Grimma zurück.

Aber es war kein Nordling, der vor ihnen aus dem Dunkel trat. Es war Styrmir.

Grimma ließ ihre Waffe sinken. »Du?«, entfuhr es ihr.

Styrmir nickte und kam eilig näher. »Hast du wirklich geglaubt, du könntest mich einfach zurücklassen?«

Bollis' Miene änderte sich nicht. Er starrte den Berater an, als sei er der Anführer der Nordlinge persönlich. »Ist es immer deine Art, gegen Befehle zu verstoßen?«

»Ich bin kein Krieger«, gab Styrmir zurück, »und unterstehe keinem Befehl außer dem des Königs. Außerdem hätte ich in der Arena ohnehin niemandem nutzen können. Und um Nutzen geht es doch, Grimma, das hast du mir doch unmissverständlich klargemacht, nicht wahr?« Ein Lächeln stahl sich auf seine Züge.

Grimma wollte etwas erwidern, doch Bollis kam ihr zuvor: »Der Feigling ist vor ihnen davongelaufen. War es nicht so, Königsberater? Du hast sie kommen sehen und hast dich aus dem Staub gemacht, so schnell dich deine Beine trugen.«

Styrmirs Blick verriet ehrliche Verwirrung. »Wen meinst du mit ›sie‹?«

»Nordlinge«, sagte Grimma hart. Und an Bollis gewandt fuhr sie fort: »So schnell hätte er nicht hier sein können. Er muss die Arena lange vor dem Angriff verlassen haben.«

»Von was für einem Angriff sprecht ihr?« Styrmir wurde immer ungeduldiger; er war merklich blass geworden. Der Mond brach durch die Wolken, und seine Strahlen entzogen dem Gesicht des Beraters auch den letzten Rest von Farbe.

»Wenn es wahr ist, was wir befürchten, ist in der Arena kein Zwerg mehr am Leben«, erwiderte Grimma und wünschte sich, ihre Stimme würde nicht so schwanken.

»Aber als ich fortging, waren noch alle …«

»Lebendig, ja«, sagte Bollis kalt. »Und jetzt sind sie tot. Wie Egil und Gellir und all die anderen.«

»Wollt ihr damit sagen, ihr seid die Letzten?«, fragte Styrmir leise. Er klang betroffen, aber nicht halb so ängstlich, wie Grimma erwartet hatte.

»Wir drei sind die einzigen Überlebenden«, bestätigte sie. »Zumindest nehmen wir das an. Wir müssen zurück zur Arena, um Gewissheit zu haben. Hast du irgendetwas, um dich zu verteidigen?«

Styrmir deutete auf eine Axt in seinem Gürtel. Bei den Göttern, dachte Grimma, er streift mitten in der Nacht durch die Ruinen und hält seine Waffe nicht einmal kampfbereit in der Hand! Sie schüttelte stumm den Kopf und sagte: »Du solltest dich daran gewöhnen, sie zu benutzen, Styrmir. In dieser Nacht wird sich deine Axt mit mehr als nur einem Nordlingschwert kreuzen.«

»Wenn ihn das erste nicht gleich einen Kopf kürzer macht«, bemerkte Bollis verächtlich.

»Nicht Styrmir ist dein Feind, Bollis!«, fuhr Grimma ihren Kampfgefährten an. »Ihr werdet Seite an Seite kämpfen, wenn es sein muss, und jeder von euch wird für den anderen sterben, falls es nötig ist. Habt ihr beiden das verstanden?«

Bollis nickte zackig, befehlsgewohnt, wie er es während seiner Ausbildung zum Krieger gelernt hatte. Styrmir trat auf ihn zu und reichte ihm zur Versöhnung die Hand. Bollis ergriff sie, doch Grimma bezweifelte, dass es ihm ernst war mit dieser Geste. Bollis hatte einen unverbesserlichen Dickschädel, und daran würde sich nichts ändern, bis ihn eines Tages eine Klinge von seinen Schultern schlug.

»Gehen wir«, wies Grimma die beiden an, und sogleich liefen sie los, durch nachtdunkle Gassen, aus denen schon vor Jahrhunderten alles Leben gewichen war.

Das frühere Zwergenreich war zu einem Ort des Todes geworden, und daran vermochte auch die Anwesenheit der Nordlinge nichts zu ändern. Die Spuren der Zerstörung von damals waren wie ein Echo der Verzweiflung, die die einstigen Bewohner beim Hereinbrechen der Katastrophe verspürt haben mussten. Grimma fragte sich, ob im Hohlen Berg eine ähnliche Atmosphäre herrschen würde, wenn Thorhâl erst sein Volk von dort fortgeführt hatte. Der Gedanke schmerzte sie. Sie liebte den Berg, seine kühlen Stollen und Hallen, er war ihre Heimat. Sie war dort geboren, hatte dort ihr ganzes Leben verbracht. Ihn zurückzulassen, leer und tot, kam ihr vor wie ein Verrat am Erbe ihrer Ahnen, aber auch am Hohlen Berg selbst. Stein war etwas Lebendiges, niemand wusste das besser als das Volk der Zwerge, und ihn achtlos dem Verfall kommender Jahrhunderte anheim zu geben schien Grimma grausam und falsch. Immer mehr verfestigte sich in ihr die Überzeugung, dass sie den König um jeden Preis von seinem Plan abbringen musste, nicht allein, weil hier im Nordland Krieg und Verderben auf das Zwergenvolk warteten.

Sie näherten sich der Arena von einer Seite, die der Spähtrupp bislang noch nicht erforscht hatte. Es war gefährlich, sich in ihrer verzweifelten Lage auf unbekanntes Gebiet zu wagen, doch dies schien der schnellste Weg zu sein. Sie konnten die Flammen auf der Ummauerung der Arena jetzt deutlich erkennen, ein Leuchtfeuer, das ihnen den Weg wies, ein Symbol ihres Scheiterns. Grimma fragte sich, ob der Anführer der Nordlinge es für nötig gehalten hatte, Wachen rund um das Amphitheater zu postieren. Oder würde er warten, bis die drei Zwerge von sich aus die Arena betraten und sich damit selbst in die Falle manövrierten?

Sie hatten längst keine andere Wahl mehr. Sie mussten zurück zum Hohlen Berg, koste es, was es wolle, und der einzige bekannte Zugang zur alten Zwergenstraße lag am Grunde der Arena. Selbst wenn der Nordlingführer hundert seiner Männer dorthin beordert hatte, würden sie sich durch ihre Reihen hindurchkämpfen müssen.

Sie erreichten den Fuß der hohen Arenamauer ohne Hindernisse. Den Weg durch die Trümmer wertete Grimma kaum mehr als ernst zu nehmende Schwierigkeit. In der Erwartung dessen, was ihnen bevorstand, verblasste alles andere, so wie auch die Welt um sie herum an Dichte und Bedrohlichkeit zu verlieren schien. Sie kam sich vor wie in einem Tunnel, an dessen Ende ein einziges Ziel auf sie wartete: der Kampf mit den Nordlingen. Alles, was auf dem Weg dorthin lag, war ohne Bedeutung.

Eine Stimme meldete sich in Grimmas Innerem: und Styrmir?, fragte sie. Was ist mit ihm? Er ist kein Kämpfer, und mit der Axt ist er ebenso wehrlos wie ohne sie. Du wirst auf ihn achtgeben müssen.

Die Außenwand der Arena wurde in weiten Abständen von Torbögen durchbrochen. Die meisten lagen verborgen hinter Trümmerbergen, andere wurden von innen durch herabgestürzte Teile der Ränge versperrt. Trotzdem gelang es den dreien, ein Tor ausfindig zu machen, das zumindest von außen den Eindruck erweckte, Zugang zu den Räumen und Gängen unterhalb der Tribünen zu gestatten. Von dort aus mochte es ihnen gelingen, ins Herz der Arena vorzudringen, ohne dabei auf eine Armee von Nordlingen zu stoßen. Aber natürlich gab Grimma sich keiner falschen Illusion hin: Sie würden ihren Gegnern noch früh genug begegnen.

Nachdem sie durch den Torbogen getreten waren, versank die Umgebung endgültig in einem Meer aus Schwärze. Grimma hatte immer noch ihre Feuersteine dabei, und sie fürchtete, es würde ihr bald nichts anderes übrigbleiben, als sie zu benutzen. Blind würden sie nirgendwohin gelangen, und die Annahme, dass in der Dunkelheit zumindest keine Nordlinge auf sie lauern würden, war ein schwacher Trost. Sie mussten sich beeilen. Der Nordlingführer würde ungeduldig werden. Das Risiko, dass er noch weitere Krieger herbeibeorderte, war zu groß.

Eine vage Hoffnung glomm in Grimmas düsteren Gedanken auf. Was, wenn es gar keine weiteren Nordlinge gab, sondern nur das Dutzend, das sie gesehen hatten? Würde sich ein solcher Trupp nicht weit verteilen müssen, um eine Anlage wie diese abzusichern? Mit einzelnen Nordlingen konnten sie zu dritt fertig werden, vielleicht auch mit einer Zweiergruppe. Grimma schöpfte aus dieser Vorstellung neuen Mut. Trotzdem wagte sie nicht, ihre Hoffnung den anderen gegenüber zu erwähnen, aus der absurden Furcht heraus, Bollis und Styrmir könnten sie widerlegen. Grimma wollte daran glauben, wollte sich zumindest diese winzige Aussicht auf Erfolg gönnen.

Im harschen Gegensatz dazu stand die undurchdringliche Finsternis, die sie wie Vorhänge umgab und schwer auf ihre Gemüter drückte. Die Vorstellung, dass irgendwo über ihnen die Leichen ihrer Gefährten verbrannten, bereitete Grimma Übelkeit, und sie spürte, vielleicht zum ersten Mal seit ihren frühen Jahren als Kriegerin, dass ihre Knie weniger standfest waren als sonst. Sie hatte Angst, und sie war ehrlich genug, sie sich einzugestehen.

»Wir brauchen Licht«, flüsterte Bollis, nachdem sie etwa dreißig Schritte durch die Finsternis gegangen waren, immer geradeaus und ohne auf Mauern oder – den Göttern sei Dank! – auf Gruben im Boden zu stoßen. Auch hier war alles vereist, doch zumindest lag, von den Verwehungen am Eingang abgesehen, kein Schnee, was das Gehen weniger anstrengend machte. Die Schwärze machte ihnen trotz des angeborenen Zwergentalents, im Dunkeln sehen zu können, ungemein zu schaffen; die Lichtlosigkeit eines Bergwerkstollens oder einer Höhle hätte ihnen keine Schwierigkeiten bereitet, doch dies war ein gemauertes Gebäude, und aus Gründen, die nur die Götter kannten, war die Finsternis in einem künstlichen Bauwerk eine andere als jene in natürlichem Fels – zumindest für die empfindlichen Augen der Zwerge. Grimma wunderte sich, dass ihre Vorfahren überhaupt auf so menschliche Gewohnheiten wie das Aufeinandermauern gehauener Steine zurückgegriffen hatten, wo sie doch ebensogut Hohlräume ins Gebirge hätten schlagen können, so wie sie es später im Hohlen Berg getan hatten.

»Ich glaube, da vorne wird es heller«, sagte Styrmir.

Ein Augenblick verging, dann entgegnete Bollis: »Unsinn! Da ist nichts.«

»Doch«, sagte Styrmir beharrlich. »Bleib stehen und schau geradeaus. Deine Augen müssen sich erst daran gewöhnen.«

Grimma wusste nicht, ob Bollis Styrmirs Anweisungen folgte; sie selbst jedenfalls tat es. Und, tatsächlich, da war etwas. Ein leichter Schimmer nur, eine Öffnung, durch die eine mondbeschienene Steinfläche zu erkennen war. Entweder waren dort einige der Ränge eingestürzt, oder aber sie hatten den Ausgang zum Innenhof der Arena erreicht.

»Jetzt kann ich es sehen«, sagte auch Bollis.

»Ruhe!«, wies Grimma die beiden im Flüsterton an. »Falls das dort vorn wirklich ein Ausgang ist, werden Nordlinge in der Nähe sein.«

Sie wagten nicht, das letzte Stück durch die Finsternis schneller zu bestreiten als die bisherige Strecke, obgleich die fahle Helligkeit sie lockte. Noch aber konnten sie nicht einmal sehen, wohin sie ihre Füße setzten. Ausgerechnet jetzt durch eine eingebrochene Kellerdecke zu stürzen hätte das sichere Ende ihrer Mission bedeutet.

Sie erreichten die Öffnung voller Ungeduld, aber auch in der unheilvollen Erwartung eines Angriffs aus dem Hinterhalt. Der gemauerte Torbogen war kleiner als jener auf der Stadtseite, und er führte zu ihrer Enttäuschung nicht ins Herz der Arena, sondern auf einen breiten Weg, der sich im unteren Drittel der Zuschauerränge rund um die ganze Anlage schlängelte. Der Boden der Arena lag mindestens zwanzig Schritte tiefer. Grimma versuchte, einen Blick nach oben zur Ummauerung zu werfen, doch der Winkel war ungünstig, und sie konnte nicht einmal erkennen, ob das Feuer noch brannte. Wohl hing der Geruch von Rauch in der Luft, und von oben erklangen ferne Stimmen und das metallische Scharren der Rüstungen.

Vorsichtig schauten sie sich um, die Waffen kampfbereit. In unmittelbarer Nähe schienen sich keine Nordlinge aufzuhalten. Der Zugang zum Tunnel, ein kreisrunder Krater in der Mitte des Arenabodens, war nur als schwarze Fläche zu erkennen. Ob sich dort unten Wächter befanden, war nicht zu sehen, doch Grimma hatte keine Zweifel daran.

»Sieht aus«, raunte sie den anderen zu, »als müssten wir das letzte Stück des Weges im Freien zurücklegen.«

»Alles ist besser als diese Dunkelheit«, meinte Bollis mürrisch. Wie Grimma und Styrmir hatte auch er nie zuvor einen solchen Mangel an Licht erlebt – schließlich waren sie alle im Hohlen Berg aufgewachsen, in dem es keine absolute Dunkelheit gab –, und er war bereit, es lieber mit den Nordlingen aufzunehmen, als sich noch einmal zurück ins Innere der Anlage zu wagen.

Vorsichtig pirschten sie im Schatten gewaltiger Deckentrümmer von Rang zu Rang, langsam und nahezu geräuschlos, bis sie die untere Sitzreihe erreichten. Von hier aus fiel eine Mauer fünf Schritte tief ins Innere der Arena ab; früher hatte es hier ein Geländer gegeben, doch davon kündeten heute nur noch leere Verankerungen im Gestein. Wahrscheinlich hatten die Nordlinge das Metall eingeschmolzen, um daraus Schwerter zu schmieden.

»Wie sollen wir da runterkommen?«, fragte Bollis.

»Springen«, entgegnete Styrmir knapp. »Oder siehst du eine andere Möglichkeit?«

Grimma runzelte die Stirn. »Wir werden uns alle Knochen brechen.«

Styrmir rümpfte höhnisch die Nase, warf seine Axt über die Brüstung, und ehe einer der anderen ihn aufhalten konnte, schwang er sich todesmutig in die Tiefe. Mit einem Stöhnen und einem dumpfen Laut kam er am Boden auf. Grimma schaute besorgt hinterher, sah aber, dass er sich bereits wieder aufrappelte.

»Er ist verrückt«, zischte Bollis.

»Ja«, sagte Grimma, und ihre Stimme war voller Anerkennung. »Genauso verrückt, wie man wohl sein muss, wenn man lebend hier herauskommen will.«

Und damit ließ sie ihre Waffe in die Tiefe fallen, setzte sich auf die Kante und stieß sich mit beiden Händen ab. Vom Fall selbst spürte sie nichts, konnte sich im Nachhinein nicht einmal wirklich daran erinnern. Alles, was sie fühlte, war der Schmerz in ihren Beinen und, als sie sich abrollte, ein Knirschen in ihrem Rücken. Styrmir war sofort bei ihr und begann, sie abzutasten. Sie aber schob seine Hände eilig von sich und knurrte, alles sei in Ordnung. Sie kam schwankend auf die Knie, und diesmal war sie froh, dass Styrmir sie packte, denn sonst wären ihre Beine wohl unter ihr eingeknickt. Ihr war schwindelig, doch einen Moment später stand sie leidlich sicher auf beiden Füßen und hob ihre Axt vom Boden.

Bollis zögerte noch immer, und obwohl er einer der tapfersten Kämpfer war, die Grimma je getroffen hatte, tat er sich mit dem Sprung sichtlich schwer. Schließlich aber schloss er die Augen, verlor erst im Fall die Axt und kam unglücklich mit dem rechten Knie auf. Er keuchte vor Schmerz und humpelte leicht, als er sich wortlos aufmachte, seine Waffe zu suchen.

»Geht's?«, fragte Styrmir sorgenvoll, doch Bollis murmelte nur etwas Unverständliches, fand seine Axt und gesellte sich ohne einen weiteren Ton zu Grimma.

Von hier aus waren es noch rund dreißig Mannslängen bis zum Rand des Lochs. Der Mond tauchte die freie Fläche in dumpfes Grau. Würden die drei sie jetzt überqueren, waren sie von jedem Punkt der Arena aus deutlich zu sehen. Sie mussten warten, bis der Mond hinter einer Wolke verschwand. Vorausgesetzt, so viel Zeit blieb ihnen noch und ihr Sprung in die Tiefe war nicht bemerkt worden.

Grimma wagte sich einige Schritte weit aus dem Schatten der Mauer und blickte nach oben. Sie konnte das Feuer auf dem Rundweg jetzt deutlich erkennen, sah auch, dass sich mehrere Silhouetten davon abhoben.

»Komm zurück!«, wisperte Styrmir ihr aus dem Schatten zu. »Sie können dich sehen.«

Grimma löste sich vom Anblick der Flammen und trat zu ihren beiden Gefährten ins Dunkel. Bollis starrte ungeduldig zum Mond empor. »Gleich ist es soweit«, raunte er ihnen zu.

Er behielt recht. Wenig später verschwand die Mondsichel hinter einer dunklen Wolkenmasse, und der Schein, der die Arena mit fahlem Dämmerlicht erfüllt hatte, erlosch.

Hastig liefen sie los. Grimma sah mit einigem Unbehagen, dass Bollis ein Bein nachzog. Kein Wort der Beschwerde oder des Jammers kam über seine verkniffenen Lippen. In diesem Augenblick galt ihm Grimmas uneingeschränkte Bewunderung, aber auch ihre Besorgnis. Sie sandte ein Stoßgebet zu den Göttern, dass sie ihn nicht im Stich lassen würden.

Styrmir dagegen lief flink, ohne sich aber allzu weit von dem verletzten Gefährten zu entfernen. Er würde sofort zur Stelle sein, falls Bollis stolpern oder gar zusammenbrechen sollte. Zumindest von seiner Seite aus schien ihr Streit beigelegt zu sein. Grimma beobachtete ihn verstohlen und dachte, dass es schade wäre, wenn sie gerade jetzt sterben müssten; schade, weil es das eine oder andere gab, das sie Styrmir gerne noch gesagt hätte. Dass sie seine Tätowierung am Kinn albern fand, zum Beispiel, aber auch ein, zwei freundlichere Dinge. Doch sie war nie besonders gut in diesen Dingen gewesen, und vielleicht war es ja gegen den Willen der Götter, dass sie eine weitere Möglichkeit bekam, sich darin zu üben.

Die runde Öffnung im Boden der Arena, über zehn Schritte im Durchmesser, war in der Dunkelheit kaum mehr als solche zu erkennen. Ebensogut hätte es sich um eine schwarze Rauchwolke oder eine Wasserfläche handeln können. Falls dort wirklich Feinde auf sie warteten, liefen Grimma und die beiden anderen ihnen blind vor die Klingen. Ihr einziger Vorteil war, dass die Nordlinge in der Finsternis noch weniger sehen konnten als sie selbst; so viel immerhin hatten sie während des Krieges im Hohlen Berg herausgefunden.

Sie erreichten den Rand der Öffnung schneller, als sie erwartet hatten. Im gleichen Moment ertönte von den Rängen der Arena ein schriller Alarmruf. Als Grimma aufblickte, erkannte sie eine Gruppe von drei Nordlingen, die dort standen, wo sie, Styrmir und Bollis eben herabgesprungen waren. Die drei Männer hatten ihre Spuren im Schnee entdeckt.

Der Zugang zur Zwergenstraße war augenscheinlich verlassen. Eine steile Rampe führte in die Tiefe. Die Zwerge wollten sie gerade hinablaufen, als von unten das Scharren zahlreicher Füße an ihre Ohren drang.

»Sie haben auf uns gewartet!«, presste Bollis hervor. »Nicht hier draußen, sondern im Tunnel!«

»Dann soll es eben so sein«, gab Grimma verbissen zurück. »Wir können nichts mehr daran ändern.«

Und schon war der erste Feind heran. In der Finsternis war er nicht mehr als ein schwarzer Umriss, breit, kräftig und mit einem schweren Streitkolben bewaffnet. Die Waffe sauste auf Styrmir zu, der sich plump nach hinten fallen ließ, sodass der Kolben über ihn hinwegzischte. Zugleich stieß er die Axt vor, ohne großes Geschick, aber doch kraftvoll genug, um den anderen im Magen zu treffen. Es war gewiss kein tödlicher Treffer, aber er warf seinen Gegner zurück, sodass er stolperte, aufstöhnte und die Rampe hinabpolterte.

Grimma starrte ihm fassungslos hinterher. Der Angreifer war kein Nordling gewesen. Sie hatte nur seine Silhouette sehen können, die

Form seines Körpers, doch das reichte aus, um zu erkennen, dass er zu klein war. Zu klein für einen Nordling, zu klein auch für einen gewöhnlichen Menschen. Ein Kind aber hätte niemals den Streitkolben mit solcher Kraft handhaben können.

»Zwerge!«, entfuhr es Bollis, der die gleiche Beobachtung gemacht hatte. »Es sind Zwerge wie wir!«

»Warum kämpfen sie auf der Seite der Nordlinge?«

Styrmir sprang auf und packte seine Axt mit beiden Händen. Keiner wusste eine Antwort auf seine Frage.

Der stürzende Angreifer hatte die Attacke ihrer Gegner für kurze Zeit aufgehalten, als er einige von ihnen mit sich nach unten riss. Erst jetzt stürmten die nächsten die Rampe herauf, stürzten sich wortlos auf Grimma und Bollis. Es waren zwei, und sie wussten mit ihren Waffen umzugehen, dennoch hatten sie den Kriegern vom Hohlen Berg nichts entgegenzusetzen. Grimmas Axt spaltete dem einen Helm und Schädel – ein gehörnter Helm, wie ihn die Nordlinge trugen –, während Bollis dem anderen seine Waffe tief in den Brustkorb hieb.

Von unten ertönten weitere Schritte, noch mehr Zwerge kamen herauf, während auf den Rängen ein halbes Dutzend Nordlinge zusammenströmte und sich auf den Weg zum Boden der Arena machte.

Grimma blieb keine Zeit, sich Gedanken zu machen, weshalb sie plötzlich gegen ihresgleichen kämpften. Unbändige Wut überkam sie, Hass auf die Mörder ihrer Gefährten. Ob Zwerge oder Nordlinge oder gar die Götter selbst – in diesem Augenblick hätte sie es mit jedem aufgenommen. Zwerge verfielen nicht in Berserkerwahn wie die Nordlandkrieger, und doch kam das, was Grimma jetzt fühlte, der Kampfwut der Nordlinge gefährlich nahe. Sie hieb und schlug und hackte, die Schneiden ihrer Axt spalteten Leiber, durchtrennten Glieder und richteten ein Gemetzel unter ihren Feinden an. Durch einen Schleier aus Blut und Zorn überkam sie die Gewissheit, dass sie verloren waren, falls die Nordlinge von den Rängen sie erreichten. Ihnen blieb nur die Möglichkeit, sich einen

Weg durch die Reihen der Zwergenwächter hinab in die Tiefe zu kämpfen.

Grimma sah, dass Bollis einen Gegner nach dem anderen fällte, und sogar Styrmir schlug sich tapfer. Er blutete aus einer Schnittwunde an der Stirn und aus einer anderen an der linken Schulter, doch seine Durchhaltekraft war bemerkenswert. Während Grimma einem Feind den Schädel von den Schultern hieb, durchfuhr es sie, dass Styrmir ihr vielleicht trotz allem ein würdiger Gefährte wäre. In mehr als nur in der Schlacht. Der Gedanke schien ihr in dieser Lage so absurd, dass sie fast laut aufgelacht hätte. Sie wusste, es war der Kampfrausch, der ihr Blut derart zum Kochen brachte, und sie hatte das Gefühl, als wüchse ihre Kraft mit jedem Gegner, dem sie den Garaus machte. Sie verspürte keinen Triumph, keinen Hohn oder Spott für die Gefallenen, nur den Willen durchzuhalten, ganz gleich, was sie am Ende dieses Weges erwarten mochte; der Tod, vielleicht, oder das blanke Überleben. Einen echten Sieg, das wusste sie, konnte es für sie nicht mehr geben. Sie würde immer die Unterlegene bleiben, wenn nicht in dieser Schlacht, dann spätestens, wenn sie Thorhâl vor den Gefahren des Nordlandes warnte. Er würde nicht auf sie hören. Diese ganze Mission war sinnlos, und tatsächlich hatte sie das bereits damals geahnt, im selben Moment, da der König ihr seine Pläne mitgeteilt hatte. Sinnlos wie der Tod all ihrer Freunde.

Sie schaute zurück über ihre Schulter, sah, dass die Nordlinge vom unteren Zuschauerrang hinab in die Arena sprangen. Ihnen bereitete die Höhe keine Schwierigkeiten. Sie kamen sicher mit beiden Füßen am Boden auf, stolperten nicht, liefen aus dem Stand los und schwangen mit wütendem Gebrüll ihre Schwerter.

»Wir müssen hier weg!«, stieß Bollis atemlos aus und wich mühsam dem Streitkolben eines Zwerges aus.

Grimma blockierte die Attacke ihres Gegners, schlug mit der Axt nach seiner Seite, verfehlte ihn, nutzte seine Drehung aber, ihm einen kraftvollen Tritt in den Unterleib zu geben. Der Zwerg ächzte und fiel nach hinten, rollte strampelnd die Schräge hinunter.

Diesmal wartete Grimma nicht, bis ihr die nächsten Gegner von unten entgegentraten. Sie sprang mit einem wilden Kriegsschrei die Rampe hinab, rammte einen überraschten Feind mit der Schulter beiseite, zog einem anderen im Vorbeilaufen die Axtschneide über den Oberarm und stolperte mit wirbelnder Waffe weiter. Aus den Augenwinkeln sah sie, dass Bollis und Styrmir es ihr gleichtaten. Bollis blieb während des gesamten Kampfes einige Schritte vor dem Königsberater und hielt einen Großteil der Angreifer von ihm fern; wie ein Schiffsbug pflügte er durch die Feinde, während Styrmir in seinem Fahrwasser hinterherlief.

Auf der Rampe hielten sich weniger Zwerge auf, als sie befürchtet hatten. Bollis mähte zwei mit grausamen Axthieben nieder, einen anderen brachte Styrmir mit einem Faustschlag zu Fall. Grimma hinterließ eine Spur aus drei Verletzten, verzichtete aber darauf, sie zu töten. Sie verachtete die gegnerischen Zwerge mehr noch als die Nordlinge, denn es waren Verräter, die sich gegen ihr eigenes Volk stellten. Grimma hätte es gewiss genossen, jedem Einzelnen von ihnen den Garaus zu machen, doch dazu blieb jetzt keine Zeit. Sie mussten weiter, tiefer in den Tunnel, um ihren Vorsprung vor den Nordlandkriegern zu vergrößern.

Am Fuß der Rampe lagen mehrere Tote und Verletzte, die von oben den Hang herabgerollt waren. Grimma und die anderen beachteten sie nicht. Keiner von ihnen hätte es nach dem eintönigen Marsch der vergangenen fünf Monde für möglich gehalten, jemals Freude beim Anblick des endlosen Tunnels zu empfinden; und doch hätte Grimma in diesem Augenblick jubeln können vor Erleichterung. Das erste und gewiss gefährlichste Hindernis auf dem Weg in die Heimat war bewältigt – falls es ihnen gelang, der Horde von Nordlingen zu entkommen, die sich in diesem Augenblick anschickte, die Rampe herabzustürmen.

»Schneller!«, rief Grimma ihren beiden Gefährten zu. »Bei den Göttern, ihr müsst noch schneller laufen!«

»Wir sollten uns ihnen stellen!«, keuchte Bollis. Styrmir stützte ihn, und zu Grimmas Erstaunen ließ der Krieger sich die Hilfe widerspruchslos gefallen. Sie selbst packte Bollis am anderen Arm, und so rannten sie zu dritt, fest ineinander verhakt, den Tunnel entlang nach Süden. Fünf Monde lagen vor ihnen, wenn die Nordlinge sie nicht vorher stellten, fünf Monde, in denen sie sich von Fledermäusen, Echsen und den Fischen der unterirdischen Flüsse ernähren würden. Aber daran mochte jetzt noch keiner von ihnen denken.

Es wurde dunkler, das Sternenlicht vom Eingang blieb hinter ihnen zurück, und sie mussten sich jetzt ganz auf die Schärfe ihrer Zwergenaugen verlassen. Zumindest darin waren sie den Nordlingen hier unten überlegen. Ihre Gegner würden erst Fackeln herbeischaffen müssen, um die Verfolgung fortzusetzen. Und tatsächlich verstummte das Geschrei der Nordlandkrieger allmählich hinter ihnen, als die Männer angesichts der Finsternis am Fuß der Rampe zurückblieben.

Die drei Zwerge liefen lange Zeit ohne Unterbrechung weiter, bis schließlich immer offensichtlicher wurde, dass Bollis die Schmerzen in seinem Bein zwar so gut es ging überspielte, ihnen aber letzten Endes unterliegen würde. Keiner von ihnen vermochte zu sagen, wie groß die Entfernung war, die sie zwischen sich und die Rampe gebracht hatten, und auch die Zeit selbst hatte längst an Bedeutung verloren. Sie ließen sich am Rande des Tunnels nieder, gleich am Fuß der Höhlenwände, und Grimma massierte Bollis' Bein mit geschickten, wenn auch erschöpften Händen. Er verzog das Gesicht, sagte aber kein Wort. Styrmir warf Grimma einen besorgten Blick zu.

»Ich halte euch auf«, stöhnte Bollis nach einer Weile. »Das Beste ist, wenn ihr mich liegen lasst.«

Grimma lächelte bitter. »Das also hättest du hinter dich gebracht. Vielleicht können wir jetzt ernsthaft bereden, wie es weitergehen soll.«

Bollis wollte widersprechen, doch Grimma fiel ihm scharf ins Wort: »Ich habe heute fünfzehn Männer verloren. Fünfzehn hervorragende Krieger, darunter einige meiner besten Freunde! Sie haben mir vertraut, und ich habe sie geradewegs in den Untergang geführt. Glaub mir, Bollis, selbst wenn ich dich den ganzen Weg zurück zum Hohlen Berg auf meinen Schultern tragen müsste, würde ich dich gewiss nicht hier unten verrotten lassen. Ist das ein für alle Mal klar?«

Bollis blickte an ihr vorbei ins Dunkel, nickte steif. Er verzichtete auf eine Antwort, aber Grimma sah ihm an, dass er angestrengt nachdachte. Gut, dachte sie erleichtert, vielleicht würde er so zur Vernunft kommen.

Vernunft?, spottete die Stimme in ihrem Inneren. Vernünftig wäre es, Bollis zurückzulassen. Du hast es immer gewusst, nicht wahr? Wenn es ein Einziger zurück zum König schafft, war die Mission ein Erfolg. Ein Einziger genügt. Noch hast du nicht verloren, noch nicht.

Sie hasste sich selbst für solche Gedanken.

»Lange sind wir hier nicht sicher«, sagte Styrmir.

»Ach, nein?«, gab Grimma streitlustig zurück. »Gut, dass wir einen so scharfen Beobachter unter uns haben.«

Zu ihrer Überraschung war es Bollis, der sagte: »Lass deine Wut nicht an Styrmir aus, Grimma. Er hat sich tapfer geschlagen.«

Einen Moment lang hielt sie dem stechenden Blick ihres verletzten Freundes stand, dann nickte sie in Styrmirs Richtung. »Es tut mir leid. Du hast recht, sie werden uns folgen. Aber wir werden ihre Fackeln sehen, wenn sie näher kommen, das ist unser Vorteil.«

Eine Weile lang sagte keiner von ihnen ein Wort, während Grimma weiter Bollis' Bein massierte und Styrmir nachdenklich seine blutige Axt betrachtete. Plötzlich schaute er auf.

»Hört ihr das?«

Grimma sah ihn alarmiert an und horchte ins Dunkel.

»Schritte, von Norden«, sagte Styrmir.

»Das müssen Dutzende sein.« Bollis versuchte vergeblich, aus eigener Kraft auf die Beine zu kommen.

Grimma sprang auf und starrte in die Richtung, aus der sie gekommen waren. Der Tunnelschlund schien ihren Blick gleichgültig zu erwidern, ein gewaltiges, finsteres Auge. Da waren keine Fackeln, keine Spur von Feuerschein. Sie begriff schlagartig, was das bedeuten musste.

»Zwerge!«

Schweigend hoben sie Bollis vom Boden und machten sich auf den Weg nach Süden.

»Es waren glorreiche Tage, damals, und glorreich waren Grimmas Taten«, schwärmte Alberich. »Es gibt ein Lied über sie. Vielleicht sollte ich …«

»Nein«, brummte Löwenzahn. »Solltest du nicht.«

Auch Mütterchen meinte: »Das ist wirklich nicht nötig.«

Nur Geist sagte: »Ich würde es gerne hören. Du hast eine so schöne Stimme, Alberich.«

»Ein andermal«, verlangte Mütterchen hastig.

Löwenzahn wuchtete seinen Zweihänder von einer Schulter auf die andere. »Erzähl uns lieber, was in der Zwergenstadt geschehen ist.«

»War es wirklich eine Arena?«, fragte Mütterchen.

»Was ist eine Arena?«, wollte Geist wissen, die sich nach all ihren Jahren im Wald nichts darunter vorstellen konnte.

Löwenzahn machte ein ernstes Gesicht. Er war froh, dass er dem Moosfräulein etwas erklären konnte, und hatte es eilig, den anderen zuvorzukommen. »Man schlägt darin einem anderen den Schädel ein und wird dafür mit Blumen beworfen.«

Geist ließ eine Nelke an ihrem Hinterkopf erblühen. »Mit solchen Blumen?«

Der Halbhunne nickte. »Und mit Münzen.«

Alberich warf einen grimmigen Blick nach hinten. »Wenn du dabei noch einmal derart gierig auf meinen Hort schielst, Hunne, drehen wir sofort um.«

»*Deinen* Hort?« Löwenzahn lachte. »Wenn das so ist, sollten wir allmählich über Besoldung sprechen.«

Ihr Abstieg die Treppe hinunter war beschwerlicher, als Mütterchen angenommen hatte. Die Stufen schienen kein Ende zu nehmen. Zudem waren die Absätze für Zwergenfüße geschaffen und viel zu kurz und zu niedrig für menschliche Schritte; das verdoppelte die Anstrengung. Am schlimmsten aber war, dass sie bislang nicht einmal ein Viertel der Strecke bis zum Boden der Horthalle bewältigt hatten.

Mütterchen klopfte Alberich im Gehen auf die Schulter. »Nun sag schon, was weiter geschah. Zumindest vergeht dabei die Zeit schneller.«

»Hm«, meinte der Zwerg und kratzte sich unter seiner Mütze. »Wo war ich stehengeblieben?«

Löwenzahn beugte sich vor und roch an der Nelkenblüte auf Geists Kopf. »Grimma und die anderen hatten den Tunnel verlassen und lagen auf dem Rand der Arena«, sagte er. »Von dort aus schauten sie über die Ruinen dieser Stadt und …«

»Jetzt weiß ich!«, unterbrach ihn Alberich. »Ich wollte ein Lied über Grimma singen.«

»Du wolltest erzählen, wie es weiterging«, ermahnte ihn Mütterchen.

Alberich grummelte etwas in seinen Bart und meinte schließlich: »Nun denn, hört gut zu!« Er straffte seinen Rücken. »Nach langen Monden des Marsches also kamen Grimma und ihre Gefährten im Nordland an. Sie stiegen aus dem Tunnel, fanden die Arena und entdeckten, dass die alte Stadt der Zwerge in Ruinen lag. Vielleicht war diese Stadt der Ursprung meines Volkes, vielleicht nur eine abgelegene Kolonie, das weiß heute keiner mehr. Auch was die Höhlendecke zum Einsturz gebracht hat, ist längst vergessen. Ich vermute, es war irgendeine Teufelei der Nordlinge, wie immer sie es bewerkstelligt haben mögen.

Nun, auf jeden Fall betraten Grimma und die anderen kühn die Stadt und erforschten jeden Winkel. Oft stießen sie dabei auf die verfluchten Nordlandkrieger und erschlugen ihrer Hunderte. All die Schmach, all das Verderben, das die Nordlinge mit ihrem Angriff auf den Hohlen Berg über das Zwergenvolk gebracht hatten, wurde ihnen jetzt dutzendfach heimgezahlt. Immer mehr dieser Barbaren verließen ihre stinkenden Unterschlüpfe in den Ruinen, und sie liefen Grimma und ihren Freunden geradewegs in die Klingen. Schrecklich war die Schlacht und ruhmreich der Sieg, denn bald schon war die Stadt von diesem Ungeziefer bereinigt.«

Löwenzahn runzelte ungläubig die Stirn. »Du meinst, ein paar Zwerge haben das ganze Volk der Nordlinge ausgerottet?«

Alberich hielt es nicht einmal für nötig, sich angesichts solch frevlerischen Zweifels umzudrehen. »Genauso war es«, erklärte er mit triumphaler Gebärde, »jedes Wort ist wahr! Die Zwerge waren immer ein Volk, das viele mächtige Krieger hervorgebracht hat.«

Mütterchen entging keineswegs, dass Alberich sich damit selbst widersprach; vorhin hatte er noch behauptet, in den Jahrhunderten des Frondienstes im Hohlen Berg hätten die Zwerge den Kampf verlernt. Sie schmunzelte still vor sich hin, verzichtete aber auf einen Einwand.

Der Horthüter fuhr fort: »Nachdem die Ruinenstadt von allen Feinden befreit war, machten Grimma und die ihren sich daran, nach Spuren der hehren Vergangenheit der Zwerge zu suchen. Vielerlei fanden sie, Zeugnisse der großen Taten und Erfindungen ihrer Ahnen, und als sie alles zusammengetragen und geordnet hatten, machten sie sich auf den Rückweg. Mit lautem Gesang und in bester Stimmung stiegen sie hinab in den Tunnel und fühlten sich dort sogleich wie zu Hause. Die Mühen des Hinweges waren durch ihre glorreichen Taten von ihnen abgefallen, und sie konnten es kaum mehr erwarten, jene, die in der Heimat ungeduldig auf ihre Rückkehr warteten, mit den Schilderungen ihrer Entdeckung zu verblüffen.«

»Sie kommen näher.«

Es hätte Styrmirs Worte nicht bedurft, um Grimma den ausweglosen Ernst ihrer Lage zu verdeutlichen. Auch sie konnte es hören: das Scharren zahlloser Stiefel auf dem nassen Felsboden, das Murmeln ferner Stimmen, das metallische Klirren von Rüstzeug und scharfen Klingen. Ihre Gegner holten auf, daran bestand kein Zweifel, ebensowenig wie an der Tatsache, dass das Glück der drei Flüchtigen allmählich aufgebraucht sein musste.

Der Schmerz in Bollis' Bein schien nachzulassen, er lief jetzt schneller, obgleich er ebenso erschöpft sein musste wie Styrmir und Grimma. Seine Selbstbeherrschung war außerordentlich, und Grimma fragte sich besorgt, ob dies vielleicht das letzte große Aufwallen von Kraft vor dem Ende war. Doch ein Blick in Bollis' Gesicht beschwichtigte ihre Sorgen; er wirkte ausgezehrt und müde, gewiss, doch keineswegs wie ein Mann an der Schwelle zum Tod. Nein, Bollis würde leben, vorausgesetzt es gelang ihnen, die feindlichen Zwerge von ihren Fersen zu schütteln.

Das aber, darüber machte Grimma sich keine Illusionen, schien derzeit äußerst unwahrscheinlich.

»Was sollen wir tun?«, fragte Styrmir leise. Er klang nicht ängstlich oder gar panisch, ganz im Gegenteil: Grimma fragte sich, woher er die Ruhe nahm, mit der er Dinge aussprach, die jeden anderen zur Verzweiflung getrieben hätten. *Sie kommen näher,* hatte er gesagt, aber mit einer Gelassenheit, als ginge es um eine aufziehende Regenwolke. *Was sollen wir tun?,* fragte er jetzt; es klang, als wüsste er sehr genau, dass es darauf keine überzeugende Antwort gab. Er sagte so etwas, weil er glaubte, dies sei der Augenblick, in dem dergleichen gesagt werden *müsse.* In seinen Augen gehörte das zum großen Abenteuer, zur Legende der Nordlandreise, die fraglos in seinem Kopf Gestalt annahm, um später – falls es ein Später geben würde – von der Feder auf das Papier seines Büchleins zu fließen.

Doch immer, wenn Grimma glaubte, ihn endlich durchschaut zu haben, sagte er Dinge wie: »Sie werden uns nicht töten, nicht jeden von uns. Das kann ich spüren.« Und dann fragte sie sich allen Ernstes, ob ihm die Ereignisse nicht vielleicht einen Teil seines Verstandes geraubt hatten.

Aber Styrmir war nicht verrückt, ganz gewiss nicht im Sinne einer Krankheit. Vielleicht ein wenig unbesonnen in seiner Einschätzung der Lage, vielleicht etwas wirr in seiner Vorstellung von Kampf und Niederlage und Tod. Aber nicht verrückt. Und Grimma wunderte sich, ob es das war, was ihr an ihm so gefiel: seine Andersartigkeit, der deutliche Unterschied zwischen ihm und den rohen Kriegern, mit denen sie früher das Lager geteilt hatte.

Das Lager teilen – liebe Güte. Als hätte sie keine anderen Sorgen.

Ein Schrei riss sie aus ihren Gedanken. Im ersten Augenblick glaubte sie, Bollis hätte ihn ausgestoßen, denn er wurde mit einem Mal ungemein schwer in ihrem Griff, dann stolperte er und fiel. Doch als sie erschrocken zu ihm herabblickte, sah sie die Wurfaxt, die bis zum Anschlag zwischen seinen Schulterblättern steckte, und da wusste sie, dass dem Freund keine Zeit mehr geblieben war, einen Schrei auszustoßen.

Es war ein Kampfruf gewesen, und keine zwei Atemzüge später sah sie hinter sich mehrere Zwerge aus dem Dämmerlicht preschen, eine schnelle Vorhut der großen Streitmacht, die ihnen in größerer Entfernung folgte.

Es kam nicht zum Kampf. Nicht im Sinne eines Schlagabtauschs.

Grimma stürzte zwischen die überraschten Feinde, und ihre Axt hinterließ eine Spur aus Blut und zerschmetterten Leibern. Wie eine Furie kam sie über ihre Gegner, vier waren es, dann nur noch zwei und schließlich ein einziger, der sich umdrehen und fliehen wollte, doch Grimma spaltete ihm von hinten den Schädel und stieß ein schauriges Lachen aus, das die Kunde ihres Sieges weithin durch den Tunnel trug, hinauf gen Norden zur näher rückenden Schar der Verfolger, aber auch zurück zu Styrmir, und als sie zu ihm zurückkehrte, da sah sie ihm an, dass er sie mit einem gänzlich anderen Blick als zuvor betrachtete.

Sie beugte sich zu Bollis hinunter. Styrmir hatte die Axt bereits aus der Wunde entfernt, und jetzt war deutlich zu sehen, was die Waffe dem Zwergenkrieger angetan hatte. Grimma rollte den toten Freund auf den Rücken, küsste ihn auf die bärtigen Wangen, dann stand sie ohne ein weiteres Wort auf und gab Styrmir das Zeichen, weiterzulaufen.

Sie kamen jetzt schneller voran. Warum hatte die Wurfaxt gerade Bollis getroffen, warum den Schwächsten, denjenigen, der ihre

Flucht verlangsamt hatte? Sie werden uns nicht töten, hatte Styrmir gesagt, nicht jeden von uns. Das Schicksal meint es gut mit uns, dachte Grimma kalt, und wir werden einen Preis dafür zahlen. Am Ende werden wir zahlen für all unser Glück.

Sie fragte sich, was dieser Preis sein würde. Sie wusste nur, er würde höher sein als der Gewinn, den sie aus dieser Sache ziehen konnten – was kaum verwunderlich war, denn es gab keinen Gewinn, würde nie einen geben.

Und, wer weiß, vielleicht besaß das Schicksal ja Humor, und gerade die Tatsache, dass sie keinen Preis zahlen konnten, war ihm Preis genug?

»Es war ein Zug der Helden, ein Zug der Freude und der Hoffnung, in dem Grimma und ihre Krieger nach Süden eilten, und ihre Lieder und Gespräche waren bestimmt von der Gewissheit, dass sie das fast Unmögliche vollbracht hatten.«

Alberich schwadronierte nun schon seit einer halben Ewigkeit über die Großtaten seiner Ahnen, und Mütterchen bereute längst, dass sie ihn überhaupt gebeten hatte, über das Vergangene zu sprechen. Zumal sie noch immer nichts über die Lage des versteckten Tunneleingangs erfahren hatten.

Sie hatten mittlerweile über die Hälfte des Abstiegs bewältigt. Der Goldglanz des Hortes leuchtete unter ihnen wie ein See aus Feuer. Der Schatz hatte regelrechte Landschaften gebildet, sanfte Hügel und Täler aus glitzerndem Geschmeide, schroffe Verwerfungen und Steilwände aus purem Gold. Das Rund der Halle mochte einen Durchmesser von über hundert Mannslängen haben, und nirgends in dieser gewaltigen Fläche gab es auch nur eine Stelle, die nicht mit funkelnden Reichtümern bedeckt war. Vermutlich lag der eigentliche Höhlenboden mehrere Schritte unterhalb der Goldoberfläche, und einen Augenblick lang überkam Mütterchen die absurde Vision, inmitten all dieser Pracht unterzugehen wie in einem Gewässer, tiefer und tiefer zu sinken, durch Schichten aus Schmuck und Münzen zu tauchen, ohne jemals auf festen Grund zu stoßen. Sie schüttelte sich bei dieser Vorstellung, und doch vermochte sie den wohligen Schauder, der dabei in ihrem Räuberherz aufstieg, nicht völlig zu unterdrücken.

»Viele Wochen zogen die Zwerge durch den Tunnel«, fuhr Alberich fort, »und viele neue Geschichten und Verse entstanden während dieser Zeit. Denn was sonst hatten Grimma und die anderen zu tun, als Gedichte zu verfassen, Gesänge zu komponieren und ihre schartigen Waffen zu schärfen? Wie gerne wäre ich dabei gewesen, wie gerne wäre ich siegreich an Grimmas Seite zum Hohlen Berg zurückgekehrt und hätte dem König stolz Bericht erstattet ...« Er seufzte tief und fügte dann weinerlich hinzu: »Aber was hilft es, der Vergangenheit nachzutrauern? Hier sind wir nun, wir vier, Seite an Seite, und eine neue Herausforderung harrt unserer Klingen, unseres Geschicks und unserer ...«

Löwenzahn unterbrach ihn mit einem langgestreckten Gähnen. »Sehr schön, Zwergling, wirklich, sehr schön. Gewiss hast du mit allem recht, was du sagst. Aber wie ging es denn nun weiter? Was für ein Empfang wurde Grimma bereitet, nachdem sie zurückkehrte zum Hohlen Berg und zu diesem König – wie hieß er noch gleich?«

»Thorhâl«, versetzte Alberich giftig. »Sein Name war Thorhâl, und er war ein größerer Herrscher als jeder, den das Hunnenvolk zwischen seinen Fellhütten und Pferdeställen jemals hervorgebracht hat!«

Löwenzahn zuckte nur mit den Schultern; Alberichs Worte berührten ihn nicht, er hatte sich nie wie ein wirklicher Hunne gefühlt. »Thorhall also«, meinte er.

»Nicht Thor*hall*!«, schimpfte Alberich aufgebracht. »Hâl, hörst du, Dummkopf, Thor*hâl*. Mit langem, klangvollem A!«

»Von mir aus«, brummte Löwenzahn und verlagerte das Gewicht seines Bihänders einmal mehr auf die andere Schulter.

»Erzähl schon«, wandte Mütterchen sich an den Zwerg, um das Wortgeplänkel der beiden zu einem Ende zu bringen. »Wie war das nun, als Grimma zum König zurückkehrte?«

»Wie es war?«, wiederholte Alberich naserümpfend. »Wie es war, willst du wissen? Was denkst du denn, wie es war?«

Mütterchen verdrehte die Augen.

»Lass uns raten«, meinte Löwenzahn trocken, und Geist piepste leise:

»Glorreich, nicht wahr?«

Zeit existierte nicht im Tunnel, jetzt nicht mehr, da die beiden Schreiber tot waren und ihre Sanduhren zerbrochen zwischen den Ruinen lagen. Es gab keinen Tag und keine Nacht, und schließlich wussten Grimma und Styrmir nicht einmal mehr eindeutig zu sagen, ob sie müde waren oder nicht. Sie schliefen dann, wenn ihre Füße sie nicht mehr weitertragen wollten, und sie aßen, wenn es ihnen gelang, in einem Wasserlauf einen blinden grauen Fisch zu fangen, der träge durch die Schwärze schwebte. Mitunter geschah das mehrmals in kurzen Abständen hintereinander, manchmal über lange Zeiträume überhaupt nicht. Aber waren die Zeiträume wirklich lang oder schienen sie ihnen nur so? Und spielten ihre Körper ihnen vielleicht nur hämische Streiche, wenn sie ihnen Schwäche signalisierten? Gab es überhaupt so etwas wie eine zeitliche Ordnung hier unten, wenn sie sich diese Ordnung nicht selbst erschufen, sei es durch Sanduhren oder das Zählen ihrer Schritte?

Irgendwann verklangen die Laute ihrer Verfolger hinter ihnen. Waren seit dem Beginn ihrer Flucht Tage vergangen, Wochen oder gar ganze Monde? Gelegentlich, aber nur sehr selten, erkannten sie bestimmte Stellen wieder, die ihnen bereits auf dem Hinweg aufgefallen waren. Manchmal waren das so unbedeutende Dinge wie eine ungewöhnliche Felsformation oder eine schillernde Ader im Gestein, manchmal auch Bäche und Wasserlöcher, die sich in ihrem Weg auftaten. Meistens begannen sie dann miteinander zu streiten, denn es kam selten vor, dass sie gleicher Meinung waren über den Zeitpunkt, da sie diese Stelle auf dem Weg nach Norden passiert hatten. Styrmir mochte sagen: »Hier waren wir im dritten Mond«, während Grimma sogleich widersprach und erklärte: »Es war im fünften, da bin ich vollkommen sicher.«

Doch trotz solcher Meinungsverschiedenheiten war Grimma

froh, dass Styrmir an ihrer Seite war, und sie hörte ihm gerne zu, wenn er sich über die Berater des Königs und ihre hanebüchenen Ratschläge lustig machte. »Man wird dazu erzogen, Unsinn zu reden«, erklärte er ihr einmal. »Es geht nicht darum, was man sagt, sondern darum, dass man überhaupt etwas sagt und der König es zur Kenntnis nimmt. Für die meisten Berater gibt es nichts Wichtigeres als einen Seitenblick Thorhâls, ein anerkennendes Nicken, sogar ein Schulterzucken. Sie sind selbst dann überglücklich, wenn er ihre Meinung mit einem Kopfschütteln abtut – sie haben dann das Gefühl, sie hätten eine mögliche Fehlentscheidung abgewandt.« Er lachte bitter. »Alles nur eine Frage der Sichtweise, schätze ich.«

Grimma lehrte ihn ihrerseits viel über das Kriegshandwerk. Dabei verschwieg sie nicht, dass auch sie das meiste davon nur aus den Erzählungen ihrer Ausbilder kannte. Vor dem Angriff der Nordlinge hatte es lange Zeit keinen offenen Kampf mehr im Hohlen Berg gegeben, und die Aufgaben der Krieger waren lediglich die einer Schutztruppe gewesen, die dafür sorgte, dass es keine Verbrechen oder gar Aufstände gab. »Aber so hatte sich keiner von uns seine Zukunft vorgestellt. Wir waren nicht Krieger geworden, um Taschendieben das Handwerk zu legen. Zumindest war es das, was wir uns Tag für Tag sagten, und hinter vorgehaltener Hand gab es viel Murren und Unzufriedenheit. Viele von uns waren froh, als die Nordlinge auftauchten. Endlich, so schien es, war die Zeit gekommen, unsere Fähigkeiten unter Beweis zu stellen. Wir waren Narren, fürchte ich. Wir haben nicht weiter gedacht als bis zum Ende der Äxte, die wir in unseren Händen hielten.« Sie schüttelte traurig den Kopf. »Bollis, Egil und all die anderen wissen es heute vielleicht besser.«

»Und du selbst?«

»Ich bin Heerführerin der Armee vom Hohlen Berg«, sagte sie steif, »und das werde ich bleiben, bis ich selbst der Klinge eines Feindes unterliege oder mich das Alter dahinrafft, mögen die Götter mich davor bewahren! Ich kann nichts anderes sein als das, was ich bin, und ich kann keine andere Meinung vertreten als die einer Kämpferin. Ich kann mich nicht selbst verraten.«

»Aber du weißt, dass du Unrecht hast«, sagte Styrmir beharrlich. »Du weißt, dass dieser Krieg falsch war – auch wenn du nichts an ihm ändern konntest –, und du weißt, dass diese Mission ein Fehler war. Wie kannst du immer noch dazu stehen?«

»Ich habe mich einmal darauf eingelassen, oder?«, entgegnete sie müde. »Ich habe mich entschlossen, meine Krieger in den Kampf zu führen, und ich habe nicht abgelehnt, als Thorhâl mir auftrug, ins Nordland zu gehen. Ich habe nicht daran geglaubt, dass es richtig war, aber ich habe einem Befehl gehorcht, und zumindest das war richtig.«

»Unsinn!«

Sein Widerspruch machte sie nicht wütend, und das erstaunte sie selbst. »Du verstehst das nicht. Du bist kein Krieger. Du bist nicht erzogen worden wie ich.«

»Soll denn alles immer nur eine Frage dessen sein, was uns als Kindern beigebracht wurde? Damit machst du es dir sehr einfach, Grimma.«

»Vielleicht, aber es ist das, was ich gelernt habe«, sagte sie, sich des unheilvollen Kreislaufs, den sie damit eingestand, durchaus bewusst. Dennoch weigerte sie sich, ihre Vergangenheit zu verleugnen, all die Jahre, die sie an ihre Pflichten als Kriegerin geglaubt hatte. Sie konnte nicht über ihren eigenen Schatten springen, denn darauf lief es hinaus. Sie war – und es tat weh, sich das einzugestehen – zu schwach, um gegen sich selbst und ihr besseres Wissen anzukämpfen. Das war eine Schlacht, der sie aus dem Weg ging, vor der sie davonlief wie ein Schwächling vor der anrückenden Streitmacht der Feinde.

Sie mochten die Hälfte des Weges zurückgelegt haben, als Styrmir eines Tages (oder eines Nachts) etwas entdeckte.

»Das ist sonderbar«, sagte er, nachdem er in einem eiskalten Wasserloch nach Fischen getaucht und schließlich spuckend und keuchend an die Oberfläche zurückgekehrt war. »Dort unten ist eine Öffnung«, sagte er und rieb sich die Augen.

Grimma zuckte nur mit den Achseln. »Irgendwie muss das Wasser schließlich hierhergekommen sein.« Ihr Magen knurrte, und die Vorstellung, selbst in das Wasserloch hinabzutauchen, trug keineswegs dazu bei, ihre Laune zu heben.

»Es ist ein *Tor*, Grimma!«

»Wie meinst du das, ein …«

»Es ist viereckig, die Kanten sind gemauert, und dort drüben« – er zeigte zur anderen Seite des Gewässers – »führen Stufen nach unten.«

Grimmas Magenknurren wich einer anderen Art von Rumoren. Die Gleichgültigkeit, die seit einiger Zeit wie ein Kokon um ihr Gemüt zu liegen schien, verschwand auf einen Schlag. Erregung trat an ihre Stelle. Grimma sprang auf, umrundete die Wasseroberfläche und ging am gegenüberliegenden Ufer in die Hocke. Styrmir hatte recht. Sie konnte tatsächlich den oberen Absatz einer Treppe ausmachen, die geradewegs ins Wasser führte. Die Senke im Boden des Tunnels war nicht immer überflutet gewesen.

»Und du bist sicher, dass es ein Tor ist?«, fragte sie Styrmir, der trotz der Kälte immer noch bis zur Brust im Wasser stand. Sie sah ihm an, dass er darauf brannte, seine Entdeckung genauer zu erkunden.

»Ein Durchgang, ungefähr so hoch wie ich selbst«, bestätigte er mit leuchtenden Augen. »Von Zwergen für Zwerge geschaffen. Wir sollten es uns genauer ansehen.«

»Wir würden beide ertrinken.«

»Du bleibst hier und wartest. Komme ich nicht schnell genug zurück, gehst du weiter und warnst den König.«

»Und was, wenn ich nicht will, dass du ertrinkst?«, fragte Grimma lakonisch.

»Ich kann vielleicht nicht mit einer Axt umgehen, aber was Schwimmen und Tauchen angeht, gibt es gewiss manchen Zwerg, der sich dabei ungeschickter anstellt.«

Grimma schaute über das Wasser hinweg nach Norden. Der Tunnel lag weithin verlassen da, in der Ferne verschwamm alles in einem Dunst aus Dunkelheit. Ihre Verfolger schienen die Jagd schon vor geraumer Zeit abgebrochen zu haben. Dennoch hatten sie es eilig. Ausgedehnte Expeditionen in benachbarte Grotten oder Höhlensysteme kamen nicht in Frage.

»Ich komme mit«, entschied sie. »Und wenn auch nur, um darauf zu achten, dass du keine Zeit vergeudest.«

Styrmir grinste, und als er sah, wie Grimma zögerlich in das kalte Wasser stieg, lachte er lauthals auf. »Ich wusste gar nicht, dass du wasserscheu bist, große Kriegerin.«

»Kümmere dich um dich selbst, Königsberater.« Grimma hatte das Gefühl, als müsste ihr ganzer Körper zu Eis erstarren. »Wie hältst du es nur in dieser verfluchten Kälte aus?«

»Dein Anblick wärmt mein Herz.«

»Mach dich nur lustig.« Mit einem Keuchen ließ sie sich gänzlich ins Wasser gleiten, und wenig später folgte sie Styrmir in die Tiefe. Beide hatten ihre Äxte an ihren Gürteln befestigt. Das Wasserloch war tiefer, als Grimma vermutet hatte, und die undurchdringliche Schwärze unter ihr erschreckte sie. Sie hatte Wasser noch nie gemocht, und selbst die ungefährlichen Seen im Hohlen Berg hatten sie stets mit Unbehagen erfüllt. Die Tatsache, dass sie nicht sehen konnte, ob irgendetwas unter ihr in der Tiefe lauerte, machte sie unsicher.

Schon nach wenigen Herzschlägen erkannte sie in der Wand der Senke das Tor, von dem Styrmir gesprochen hatte. Ohne Zögern tauchte er als Erster hindurch. Als Grimma ihm folgte, bemerkte sie zu ihrer Erleichterung, dass dahinter kein langer überfluteter Stollen lag, sondern schon nach zwei, drei Schritten eine weitere Höhle. Prustend und nach Atem schnappend durchbrach Grimma die Oberfläche. Styrmir war neben ihr und schaute sich neugierig um.

Es war kein grob in den Fels geschlagener Hohlraum wie der Haupttunnel. Vielmehr befanden sie sich in einer Höhle, deren Wände mit Ziegelsteinen verkleidet waren, rechtwinklig nach oben gemauert und sauber verfugt, ganz anders also, als es die Zwerge heute gemacht hätten. Die Erbauer dieser Anlage waren zweifellos dieselben gewesen, die auch die Stadt im Nordland errichtet hatten;

auch dort war mit Steinen gearbeitet worden. Damals, vor werweiß-wie-vielen Jahrhunderten, war die Baukunst der Zwerge jener der Menschen noch sehr viel ähnlicher gewesen, ein Umstand, der im Hohlen Berg längst in Vergessenheit geraten war.

Der Raum war sechseckig und maß in der Breite etwa zwanzig Schritte. Der Boden war nicht ebenerdig, sondern wurde nahezu vollständig von Treppenstufen eingenommen, deren untere Hälfte überflutet war. Hier herrschte das gleiche Dämmerlicht wie im Tunnel, ein fahles Schimmern des Gesteins, das nur von Zwergen wahrgenommen werden konnte.

Grimma und Styrmir schwammen mit wenigen Stößen ans Ufer und kletterten auf die trockenen Stufen. Weiter oben endete die Treppe an einer Plattform, die von vier schmucklosen Säulen begrenzt wurde. In der Rückwand der Plattform gab es einen weiteren schmalen Durchgang.

»Sieht aus wie eine Art Thronsaal«, sagte Grimma und spürte in sich einen Anflug von Ehrfurcht, den sie sich nicht recht erklären konnte.

»Oder wie ein Tempel«, bemerkte Styrmir.

Im Hohlen Berg gab es keine Tempel, jeder Zwerg betete, wann und wo er es für richtig hielt. Die meisten hatten es gänzlich verlernt. Götter taugten nur noch für Flüche und Fürbitten. Damals aber, als die alte Zwergenstraße durch die Felsen des Erdinneren getrieben worden war, mochte das anders gewesen sein.

Styrmir hatte die gleichen Gedanken. »Es ist genau wie bei den Menschen«, sagte er staunend.

»Wie meinst du das?«

»Die Christen errichten an ihren großen Handelsstraßen Kapellen, in denen sie einkehren und ihrem Gott huldigen. Genauso muss es bei unseren Vorfahren gewesen sein. Sie haben diesen Tempel angelegt, damit diejenigen, die auf der Zwergenstraße reisten, unterwegs nicht auf den Beistand der Götter verzichten mussten.«

»Aber warum gibt es im Hohlen Berg keine solchen Räume?«

Styrmir rieb sich Wasser aus den Augen. »Vielleicht haben die Bewohner der Nordlandstadt nach der Katastrophe, die ihre Höhlendecke zum Einsturz brachte, den Glauben an die Götter verloren. Als die Überlebenden nach Süden zogen, um ein neues Zuhause zu finden, sprachen sie sich von ihrem alten Glauben los und verzichteten fortan auf jede Art von Huldigung.«

Styrmirs Worte klangen überzeugend. Grimma ärgerte sich ein wenig, dass sie nicht allein darauf gekommen war.

»Lass uns nachschauen, was hinter dem Durchgang ist«, sagte sie und bemerkte plötzlich, dass Müdigkeit und Schwäche mit einem Mal wie fortgewischt waren. Sie spürte in sich einen Tatendrang, wie sie ihn zum letzten Mal während der Schlacht im Hohlen Berg gefühlt hatte.

Gemeinsam mit Styrmir stieg sie die steile Treppe hinauf, bis sie die Plattform erreichten. Vorsichtig schauten sie um die beiden inneren Säulen zur Öffnung in der Rückwand. Dahinter lag im Dämmerlicht ein weiterer Höhlenraum. Die einzigen Geräusche, die sie hörten, stammten von Wassertropfen, die von der Decke hinab zur Oberfläche fielen. Vielleicht verlief hoch über ihnen ein Fluss. Oder aber – und dieser Gedanke flößte Grimma schlagartig Entsetzen ein – sie befanden sich unter dem Meeresboden, und über den Felsen erstreckte sich ein endloser Ozean.

Nein, beruhigte sie sich hastig, das war unmöglich. Sie waren schon zu weit gelaufen, sie mussten bereits irgendwo in den Ländern östlich des Rheins sein. Zwerge verabscheuten das Meer, mehr noch als das unruhige Grün der Wälder, und Grimma war keine Ausnahme. Die Vorstellung, dass sich über ihren Köpfen die Wellen eines Ozeans brachen, verursachte ihr Übelkeit.

»Ich gehe vor«, zischte sie Styrmir zu. Ehe er widersprechen konnte, hatte sie die Plattform bereits überquert und huschte mit gezogener Axt durch die Tür.

Die Kammer dahinter war kleiner als der Vorraum und doch um ein Vielfaches eindrucksvoller. Ihre Wände waren über und über mit Reliefs geschmückt, die meisten von Moos und Schimmelpilzen überzogen, und in den Boden war ein aufwändiges Mosaik eingelassen. Sämtliche Darstellungen zeigten Zwerge bei der Anbetung ihrer Götter. Letztere waren größer und filigraner gearbeitet, und obgleich sie lange Bärte trugen, glichen sie doch in ihrer Gestalt weit mehr den Menschen als den gedrungenen, breitschultrigen Zwergen. Grimma fragte sich einmal mehr, in welcher Beziehung Zwerge und Menschen dereinst gestanden hatten. Waren die Zustände im Hohlen Berg gar keine Ausnahme? Waren ihre Urahnen ein Dienervolk der Menschen gewesen? Der Gedanke erfüllte sie mit Abscheu.

Am anderen Ende des Höhlenraumes befand sich ein erhöhtes Podest, vielleicht eine Art Altar. Davor lagen auf einem Haufen allerlei alte Waffen, vom Schimmel zerfressene Kleidungsstücke, dazwischen Teile einer Rüstung. Auf Grimma wirkte dieser Anblick, als hätte irgendwer in größter Eile wahllose Opfergaben abgelegt, ohne sich die Zeit zu nehmen, sie zu sortieren oder entsprechend weihevoll darzubringen. Dies musste während des großen Auszugs nach Süden geschehen sein. Die Hast, mit der die Gaben an die Götter abgeladen worden waren, ließ darauf schließen, dass die Zwerge damals überstürzt, beinahe panisch gehandelt hatten. Als wären sie vor etwas auf der Flucht gewesen. Hatten die Nordlinge sie schon damals nach Süden verfolgt und den Weg zum Berg ausgekundschaftet?

Styrmir trat hinter Grimma durch die Tür und blickte sich aufmerksam um. Mit unverhohlener Enttäuschung sagte er schließlich: »Sieht nicht aus, als würde uns das irgendwie weiterhelfen!«

»Was hast du denn erwartet? Eine Speisekammer?«

»Ich weiß nicht«, sagte er schulterzuckend. »Bessere Waffen vielleicht. Oder einen Hauch von Albenmagie.« Die Alben galten als die Urahnen der Zwerge, und ihr Zaubergeschick war der Stoff vieler Sagen.

Grimma schenkte ihm ein schiefes Lächeln. »Nichts als Legenden. Zwerge und Zauberei, das kann nicht gutgehen.« Je länger sie die Reliefs an den Wänden betrachtete, auf denen sich Zwerge demütig vor menschlichen Göttern verneigten, desto absurder erschien ihr die Vorstellung von der legendären Albenmagie und der Abstammung ihres Volkes von lange verschollenen Fabelwesen. Lügen, dachte sie erbost, seit Generationen erzählt man uns nichts als Lügen!

Am schlimmsten von allem aber war ein Gedanke, der ihr jetzt zum ersten Mal kam: Waren die angeblichen Götter die Vorfahren der heutigen Nordlinge gewesen? War ihr Volk vor einem Stamm wilder Barbaren auf die Knie gesunken? Und waren die Zwerge, die in der Arena an der Seite der Nordlinge gekämpft hatten, nichts anderes als die Nachkommen jener Zwerge, die, aus welchen Gründen auch immer, in den Ruinen zurückgeblieben waren? Sie verbesserte sich selbst: Die Zwerge hatten nicht *an der Seite* der Nordlandkrieger gekämpft, sondern *an deren Stelle*. Der Unterschied war fein, aber bezeichnend: Noch heute waren die Zwerge im Nordland nichts als Sklaven, die im Kampf den Feinden vor die Klingen geworfen wurden. Falls es Grimma nicht gelang, Thorhâl von seinem Plan abzubringen, würde das Volk vom Hohlen Berg das ungestörte Leben im Dienst der Nibelungen geradewegs gegen die Sklavenketten der Nordlinge eintauschen.

Wer wusste schon noch, was damals wirklich geschehen war? Wann war der Zeitpunkt gekommen, an dem die Nordlinge von Göttern zu Gegnern geworden waren? Und wie konnte das stolze Volk der Zwerge zu einer Meute unterdrückter Handlanger verkommen?

Gerade wollte Grimma Styrmir auf die Reliefs und ihre mögliche Bedeutung aufmerksam machen, als er sagte: »Das sind Nordlinge, nicht wahr?« Dabei deutete er auf die steinernen Wandbilder. Er hatte längst dieselben Schlüsse gezogen.

Grimma gab keine Antwort, sondern nickte nur. Es tat viel zu weh, die Wahrheit auszusprechen.

»Wir müssen Thorhâl warnen.« Styrmir presste die Worte widerwillig hervor, als beginge er damit einen Verrat. Schon wollte er sich abwenden und zurück in den Vorraum gehen, als Grimma sagte:

»Warte!« Sie eilte mit wenigen Schritten zu den Opfergaben, wischte mit der Axt Spinnweben und Staub beiseite. »Wenn das hier wirklich den Nordlingen dargebracht wurde, dann will ich wenigstens sichergehen, dass nichts darunter ist, das bei uns besser aufgehoben wäre.«

Styrmir trat neben sie und beugte sich ebenfalls über die Gegenstände. Grimma zog ein paar Kurzschwerter, Beile und Dolche aus dem Haufen, doch die meisten waren rostig oder von Grünspan überzogen. Die Kleider zerfielen schon bei der leichtesten Berührung zu faserigem Brei. Darunter lagen mehrere Schriftrollen, so brüchig, dass sie sich nicht öffnen ließen. Als Styrmir einige der Fetzen untersuchte, schüttelte er nur verständnislos den Kopf, die Schrift darauf hatte er nie zuvor gesehen. Grimma untersuchte derweil Teile einer Rüstung, Helm und Handschuhe aus Stahl, ein verrostetes Kettenhemd und Armschienen. Sie legte alles beiseite, grub tiefer in dem verrottenden Opferhaufen und beförderte schließlich etwas Sonderbares ans Licht. Styrmir zog scharf die Luft durch die Zähne.

»Was ist das?«, fragte Grimma und hob das Ding mit spitzen Fingern in die Luft.

Es war ein feines Metallgewebe, aus winzigen Gliedern gefertigt, und es hatte die Form einer Kapuze, rundherum von gleicher Länge, sodass es das ganze Gesicht bis zum Kinn verbarg. Zwei Öffnungen waren für die Augen freigelassen worden. Die Oberfläche hatte sich im Laufe der Jahre dunkel gefärbt, aber Rost war keiner zu sehen.

»Pures Silber!«, entfuhr es Grimma beeindruckt. Nicht der Wert verblüffte sie, sondern die kunstvolle Verarbeitung. Die Kettenglieder, aus denen die Kapuze gewebt war, waren so klein, dass sie mit bloßem Auge kaum zu erkennen waren. Niemals zuvor hatte Grimma etwas Derartiges gesehen. Trotz aller Pracht des Nibelungenhortes gab es im Hohlen Berg nichts von vergleichbarer Kunstfertigkeit.

Styrmir betrachtete es sachlicher, doch auch er konnte sein Erstaunen nicht gänzlich verhehlen. »Warum hat man so etwas einfach hier liegen gelassen?«

»Nicht liegen gelassen«, verbesserte Grimma düster. »Geopfert. Das ist ein Unterschied. Für die Götter nur das Beste.« Sie betrachtete die Kapuze von allen Seiten. »Ich frage mich nur, wofür das

Ding gut sein soll? Im Kampf bietet es keinen Schutz, dazu ist Silber viel zu weich. Und als Schmuckstück verhüllt es das Gesicht des Trägers. Das ergibt doch keinen Sinn.«

»Zieh es über«, verlangte Styrmir.

»Ich?« Grimma hob eine Augenbraue. »Warum nicht du?«

»Du bist eine Frau. An dir wird es besser aussehen.«

Grimma tat geschmeichelt, rollte die Ränder der Kapuze auf, hob sie mit beiden Händen hoch – und stülpte sie mit einer blitzschnellen Bewegung über Styrmirs Kopf.

Styrmir verschwand. Löste sich einfach in Luft auf. Im einen Augenblick stand er da, das Silbergewebe halb über das Gesicht gezogen, im nächsten war er fort.

Grimma ließ die Kapuze mit einem entsetzten Aufschrei los, taumelte zwei Schritte zurück und wäre fast über die Stufen des Altars gestolpert. Mit einer Hand fing sie ihren Sturz ab, mit der anderen riss sie ihre Axt vom Gürtel.

Ein wilder Fluch ertönte – Styrmirs Stimme! –, und nur wenige Herzschläge später war der verschwundene Zwerg wieder zu sehen, stand unverändert an derselben Stelle und schleuderte die Kapuze in weitem Bogen von sich.

»Was, bei allen Göttern, war *das*?«, rief er aus, das Gesicht zur Grimasse verzerrt.

Grimma näherte sich zögernd dem verschlungen daliegenden Silbergewebe, sehr langsam, als fürchtete sie, die Kapuze könnte davonhuschen oder sie gar angreifen wie ein bizarres Lebewesen. Mit der Stiefelspitze stieß sie dagegen, hob sie dann mit der Axt vom Boden.

»Albenmagie!«, flüsterte sie beeindruckt. »Also doch.«

Styrmirs Stimme klang flattrig, seine Züge unter der Gesichtstätowierung waren kreidebleich. »Ich konnte mich nicht mehr sehen … ich meine, ich hab' an mir runtergeschaut, und ich war … einfach weg!«

»Unsichtbar«, murmelte Grimma zu sich selbst. Dann drehte sie sich zu Styrmir um. »Weißt du, was das ist?«

»Natürlich weiß ich das!«, gab er giftig zurück, als hätte sie ihn in seiner Ehre gekränkt. »Eine Tarnkappe. Genau wie in den alten Legenden.« Und plötzlich wurde ihm klar, was er da gesagt hatte. »Dann ist es wahr«, flüsterte er atemlos.

Grimma nahm die Kapuze zaghaft von der Axtklinge und rieb das Silbergewebe zwischen den Fingern. »Was sonst, außer Magie, könnte so etwas erschaffen? Diese Glieder wurden nicht von Händen geformt.«

Styrmir lief aufgeregt im Raum auf und ab. »Vielleicht ist es gefährlich. Warum sonst, um alles in der Welt, hätte jemand dieses Ding einfach fortwerfen sollen?«

»Es wurde nicht fortgeworfen«, wies Grimma ihn zurecht. »Begreifst du das denn noch immer nicht? Die Zwerge, die nach dem Untergang ihrer Stadt hier vorbeizogen, haben ihren Göttern das Kostbarste geopfert, das sie besaßen. Sie waren verstört, völlig verzweifelt. Sie glaubten, nur so könnte es für sie noch eine Zukunft geben.« Grimma legte die Axt am Boden ab, krempelte die Kapuze auf und hielt sie sich über den Kopf.

»Du willst doch nicht …«

Sie grinste breit. »Du hast es doch gut überstanden, oder?«

»Trotzdem könnte es gefährlich sein.«

»Gefährlich war das, was wir im Nordland erlebt haben. Gefährlich war unsere Flucht durch den Tunnel und sogar das Tauchen durch das Wasserloch.« Sie setzte die Kapuze sanft auf ihr Haar und schob langsam die Seiten herunter. »Aber das hier? Wenn das die einzige Gefahr ist, mit der wir es von nun an zu tun haben, dann ist sie mir mehr als willkommen.«

Schon während ihrer letzten Worte war sie nicht mehr zu sehen. Ihre Stimme erklang aus vollkommener Leere. Sie machte einige Schritte durch den Raum und wäre fast gestolpert. Ohne den eigenen Körper sehen zu können, wurde jede Bewegung zu etwas Ungewohntem, Schwierigem. Styrmir stand da und drängte sie, sofort aufzuhören, doch Grimma beachtete ihn nicht. Mit jedem Schritt wurde sie sicherer. Schließlich beugte sie sich herab und hob ihre Axt vom Boden. Die Waffe schien sich in Luft aufzulösen. Zuletzt berührte sie Styrmir an der Schulter. Erschrocken fuhr er zusammen. Sein Fellwams blieb sichtbar, auch als Grimma ihre Hand darauf ruhen ließ. »Sie lässt nur den verschwinden, der sie trägt. Das ist großartig!«

Styrmir wollte nach ihr greifen, doch sie entzog sich ihm ohne jede Mühe. »Einen Moment noch«, bat sie. »Ich will mich erst daran gewöhnen.«

»Wer weiß, was du dir damit antust«, murrte er. »Vielleicht wird man krank davon, vielleicht hängt irgendetwas Ansteckendes daran.«

»Du bist doch kein Feigling, Styrmir, oder? Warum also jammerst du jetzt herum wie ein Waschweib?«

»Wenn du mich schon beleidigst, würde ich dir gerne dabei in die Augen sehen.«

Grimma seufzte und zog die Tarnkappe vom Kopf. »Du gibst keine Ruhe, was? Willst du es auch noch mal versuchen?«

Er hob abwehrend beide Hände. »Bleib mir damit nur vom Hals!«

»Du bist mir ein schöner Königsberater«, stichelte sie schmunzelnd. »Stürzt dich in den Kampf wie einer, der sein Leben lang nichts anderes getan hat. Aber vor solch einem Stück Silber läufst du davon.«

»Es ist Magie. Damit hat es selten etwas Gutes auf sich.«

Grimma stopfte die Tarnkappe in ihren Hosenbund. »Lass uns weitergehen. Wir können unterwegs überlegen, was wir mit der Kappe tun.«

»Du würdest gerne zurückgehen und es den Nordlingen zeigen, nicht wahr?«, sagte Styrmir, als sie die Treppe zum Wasser hinabstiegen.

Grimma befestigte die Axt am Gürtel und watete in die nasse Kälte. »Vielleicht später«, zischte sie knapp, dann tauchte sie unter.

Styrmir war in der Tat ein guter Schwimmer. Obwohl Grimma zuerst ins Wasser gestiegen war, überholte er sie unter der Oberfläche und tauchte vor ihr durch das Verbindungstor zum Tunnel. Einen Moment später hatte Grimma ihn im Dunkeln aus den Augen verloren. Ein Anflug von Panik überkam sie, und sie wollte ihm übereilt hinterhergleiten. Doch im Gegensatz zu Styrmir hatte sie vor dem Untertauchen wegen der Aufregung über den Fund nicht auf ihre Atmung geachtet. Jetzt ging ihr die Luft aus, noch bevor sie das Tor passierte, und sie hatte keine andere Wahl, als so schnell wie möglich aufzusteigen. Hustend durchbrach sie die Oberfläche, immer noch innerhalb des Tempels. Sie rief sich zur Ruhe und wartete ungeduldig, bis ihr Atem besänftigt war. Dann tauchte sie abermals unter, durchschwamm das Tor und blickte aus der schwarzen Tiefe zur helleren Wasseroberfläche im Tunnel empor. Styrmir schwamm immer noch dort oben umher, sie konnte ihn von unten schemenhaft erkennen. Sicher machte er sich Sorgen um sie.

Gelassen stieg sie auf und überlegte, ob sie ihn von unten am Bein packen sollte, um ihn zu erschrecken. Sie schaute hinauf und sah, dass er ihr entgegenblickte. Sein Gesicht war unter Wasser, schaute nach unten und wirkte durch die Fluten bleich und verschwommen. Konnte er sie schon sehen? Grimma verwarf den Gedanken an ihren Streich. Was war überhaupt in sie gefahren? Sie waren keine Kinder mehr. Und nur, weil sie ihn mochte, musste sie sich nicht aufführen wie ein junges Mädchen. Als Nächstes würde sie sich noch Blumen ins Haar stecken!

Sie hatte die Oberfläche fast erreicht, als ihr etwas Sonderbares auffiel. Der Lichtschimmer, der von oben herabfiel, war dunkler geworden. Und er war rot.

Mit einem Aufschrei, der in einer Flut von Luftblasen erstickte, bremste Grimma ihren Aufstieg und ließ sich zurück in die Tiefe sinken. Die Luft ging ihr aus. Ihre Brust fühlte sich an, als müsste sie jeden Augenblick auseinanderplatzen.

Hoch über ihr trieb Styrmirs Körper in einer blutroten Aura aus Dämmerlicht. Seine Beine und Arme waren abgespreizt, vollkommen reglos. Sein Gesicht schaute immer noch nach unten, die Augen weit aufgerissen und dennoch blind. Dunkelrote Wolken wogten in pulsierenden Schüben um seinen Schädel.

Strampelnd, jetzt vollends in Panik, stieß Grimma gegen die Felswand. Ihre Hände tasteten umher, fanden den Rand des Tores, zogen sich hindurch. Auf der anderen Seite, im Vorraum des Tempels, raste sie dem Licht entgegen. Brach mit einem wilden Schrei durch die Oberfläche. Sog die Luft ein, bis sich ihre Lungen zu verkrampfen schienen.

Abgekämpft schleppte sie sich die vorderen Stufen empor ins Trockene, saß da, die Hände vors Gesicht geschlagen und dennoch unfähig, Tränen zu vergießen.

Sie hätte nicht jedes der Gefühle benennen können, die in ihr tobten, und doch war da eines, das alle anderen überwog, mehr noch als ihre Trauer um den Freund: Hass loderte wie ein verzehrendes Feuer in ihr, und als sie die Tarnkappe aus dem Hosenbund zog und über ihren Kopf streifte, da tat sie es mit keinem anderen Gedanken, als mit ihrer Hilfe so viele Leben wie möglich zu vernichten.

Sie packte mit unsichtbarer Hand ihre Axt, watete zurück ins Wasser und tauchte abermals hinab zum Tor. Sie stieß mit der Schulter gegen den Rand, weil sie kein Gefühl für ihre eigene Breite und Form hatte, schwamm trotzdem weiter und jagte auf der Tunnelseite der Wasseroberfläche entgegen. Sie war unsichtbar, gewiss, und doch würde das Wasser sie verraten. Ihre Gegner mussten Styrmir erwartet haben, als sein Kopf durch die Oberfläche stieß. Wahrscheinlich hatte er sie nicht einmal gesehen; sie hatten ihn erschlagen, bevor er sich noch die Nässe aus den Augen reiben konnte. Grimma konnte das Gleiche passieren, unsichtbar oder nicht, falls einer der Feinde zuschlagen würde, sobald sich die Oberfläche bewegte. Aber sie hatte keine andere Wahl. Ihr einziger Wunsch war es, so viele Gegner wie möglich mit in den Tod zu nehmen. Selbst Thorhâl und das Volk vom Hohlen Berg waren in diesem Augen blick vergessen.

Das Licht kam näher und mit ihm Styrmirs Leichnam und die Klingen der Feinde. Grimma raste wie ein Geschoss empor, brach durch die Oberfläche und zog sich ins Trockene, ohne sich umzuschauen. Ihr einziger Vorteil war die Überraschung. Wenn das Staunen ihrer Gegner über das aufgewühlte Wasser erst in Begreifen umschlug, war es zu spät.

Grimma sprang auf, eine Explosion aus Wassertropfen, die von ihrem unsichtbaren Körper in alle Richtungen spritzten. Doch ihre Befürchtung, sich dadurch zu verraten, war unbegründet. Die neun Nordlandzwerge, die am Ufer des Wasserlochs standen, waren starr vor Staunen. Sie hatten noch immer nicht begriffen, weshalb sich das Wasser bewegte, als sei etwas von unten heraufgestiegen, obwohl nicht das Geringste zu sehen war.

Grimma lachte, ein eisiges Lachen als Vorspiel des Tötens. Ungeachtet aller Regeln ehrenvollen Kampfes fuhr sie unter die Feinde, spaltete mit ihrer unsichtbaren Waffe Schädel, hieb Glieder entzwei und zertrümmerte Gesichter. Sie schlug nicht gezielt zu, ließ einfach die Axt umherwirbeln, als besäße sie eigenes, unheilvolles Leben. Blut sprühte aus Wunden und Stümpfen, Knochen splitterten und Innereien ergossen sich prasselnd über den Höhlenboden. Und noch immer gab es keine Gegenwehr. Innerhalb weniger Augenblicke lag ein halbes Dutzend Zwerge tot oder sterbend am Boden, und der Rest ergriff in heilloser Panik die Flucht. Grimma ließ keinen davonkommen. Unsichtbar stürmte sie ihnen hinterher und erschlug zwei von hinten. Der Letzte ließ sich schreiend zu Boden fallen, rollte sich zusammen wie ein junger Hund und schlug die Hände vors Gesicht. Seine Waffe hatte er längst verloren, sie war gemeinsam mit seinem Verstand auf der Strecke geblieben. Einen Herzschlag lang erwog Grimma, ihn am Leben zu lassen, dann aber erinnerte sie sich an Styrmirs fahles Gesicht, das mit leeren Augen von der Wasseroberfläche in die Tiefe starrte, als suche er dort nach einem besonders schönen Fisch. Die Axt schien in ihrer Hand vor Erregung zu vibrieren. Der Zwerg am Boden konnte sie nicht sehen, zuckte nur zusammen, als die Doppelklinge seine Seite aufriss. Das Leben entwich wie Wasser aus einem leckgeschlagenen Schlauch, und seine Glieder zitterten noch, als der Tod längst an seiner Seite stand.

Grimma verharrte über dem Leichnam und fragte sich mit grotesker Sachlichkeit, weshalb ihr Herz plötzlich in ihren Ohren zu schlagen schien statt in ihrer Brust – da, sie konnte es doch ganz genau hören, ein dumpfes Klopfen, so schnell, dass es fast zu einem einzigen, langgestreckten Ton verschmolz. Sie blickte auf den Toten herab, ohne ihn wirklich zu sehen, als sei er unsichtbar wie sie selbst und mit ihm der Tunnelboden und alles, was darunterlag. Sie schaute geradewegs hinab zum glühenden Kern der Welt, ein gleißendes Licht, das ihr aus der Tiefe entgegenflammte und mit feurigen Armen nach ihr zu greifen schien. Sie musste davor davonlaufen, jetzt gleich, so schnell sie nur konnte, weiter nach Süden, dem Ende ihrer Mission entgegen.

Dem Ende entgegen, dachte sie noch einmal, und der Gedanke erfüllte sie mit neuer, ungewohnter Ruhe.

KAPITEL 6

Grimma und ihr Trupp marschierten eilig wie der Wind, der durch den Tunnel streifte, und endlich, nach vielen, vielen Monden, kehrten sie zurück zum Hohlen Berg.« Alberich breitete in einer pompösen Geste die Arme aus, als wollte er selbst die Heimkehrer in die Arme schließen. »Die Krieger wurden unter großem Jubel empfangen, und König Thorhâl begrüßte Grimma wie seine eigene Schwester. Fest schloss er sie in seine Arme und dankte ihr für all die Mühen und Entbehrungen, die sie für das Volk der Zwerge auf sich genommen hatte. Grimma berichtete ihrerseits, was sie und ihre Männer im Nordland vorgefunden hatten. Stolz gab sie Kunde vom Kampf gegen die verhassten Nordlinge, und wie es gelungen war, ihnen in der Ruinenstadt den Garaus zu machen. Thorhâl ernannte die Helden, die an Grimmas Seite gekämpft hatten, zu Heerführern, und Grimma selbst sollte fortan seine engste Beraterin sein. Nie zuvor war einer Kriegerin solche Ehre zuteil geworden.«

Mütterchen hatte Mühe, Alberich länger zuzuhören. Nicht, weil er sie langweilte. Der wahre Grund war, dass sie den Boden der Horthalle fast erreicht hatten. Nur noch wenige Stufen, dann würden sie die Oberfläche des Schatzes betreten können. Mütterchens Herzschlag raste beim Anblick des Goldes, und ihre Knie zitterten leicht. Das Räuberblut floss heiß wie eh und je in ihren Adern, und obgleich sie die Wegelagerei seit vielen Jahren aufgegeben hatte und mancher sie für eine Greisin halten mochte (wobei er sich besser hüten sollte, dergleichen auszusprechen), konnte sie ihre alten Instinkte nicht unterdrücken. Am liebsten hätte sie sich sämtliche Taschen mit den Reichtümern der Nibelungen vollgestopft.

Löwenzahn ging Ähnliches durch den Kopf, das sah sie ihm an. Seine schmalen Hunnenaugen waren starr auf die goldene Landschaft gerichtet; sie hatten den Blick einer Katze, die sich im nächsten Moment in totem Fisch wälzen würde.

Allein Geist hatte ihre Sinne ganz auf Alberichs Erzählung gerichtet. Gespannt hatte sie den Berichten von Grimmas Heldentaten gelauscht, und jetzt wollte sie auch den Schluss der Geschichte hören. »Wie ging es weiter, Alberich? Zogen die Zwerge wirklich ins Nordland?«

»O ja, das taten sie. Schon bald nach Grimmas Rückkehr begannen die Vorbereitungen, und wenige Wochen später nahmen Thorhâl und sein Volk Abschied vom Hohlen Berg. Sie verließen das Reich ihrer Väter durch den Zugang zur alten Zwergenstraße und ließen die Hallen und Kammern ihrer Heimat hinter sich. Doch kaum einem war dabei schwer ums Herz, denn alle wussten, dass sie im Norden etwas Besseres erwartete: die Freiheit vor allem, aber auch die Möglichkeit, das Schicksal in die eigene Hand zu nehmen. Grimma marschierte mit Thorhâl an der Spitze des Zuges, und obgleich niemals eine Nachricht aus dem Nordland gen Süden drang, glaube ich doch, dass sie in späteren Jahren selbst den Thron des Zwergenreiches bestieg, denn jedermann liebte sie und verehrte sie für ihre Taten.«

Löwenzahn zeigte mit einer weiten Geste auf den Hort. Er konnte seinen Unglauben ebensowenig verhehlen wie seine Begeisterung für den Schatz. »Und das alles ließen sie einfach zurück?«

»Sonst wäre es ja nicht mehr hier, oder?«, gab Alberich beleidigt zurück. Schon der geringste Zweifel an seinem Heldenlied traf ihn zutiefst.

Die vier verließen der Reihe nach die Treppe und betraten die goldgleißende Oberfläche des Hortes. Es knirschte, als sich Diademe und Armreifen unter Löwenzahns enormem Gewicht verbogen. Mütterchen erwartete, dass Alberich den Halbhunnen unter viel Geschrei zurück auf die Treppe jagen würde, doch der Horthüter kümmerte sich nicht um die Zerstörung unter Löwenzahns Stiefelsohlen. Stattdessen schaute er über die Hügel und Täler der Hortlandschaft wie ein Fährtensucher. Bereits von der Treppe aus hatten sie den Hort nach Eindringlingen abgesucht, dabei jedoch niemanden entdeckt.

Sie entfernten sich einige Schritte vom Fuß der Treppe und erklommen eine doppelt mannshohe Erhebung aus goldenen Weinbechern und Tellern. Auch von dort aus war nichts zu sehen. Ihr erster Eindruck, dass der Hort unangetastet war, bestätigte sich. Allerdings hörten sie immer noch das Knirschen aus der Tiefe der Felswände, verzerrt vom Echo der Halle. Es gab keinen Zweifel, dass die räuberischen Zwerge ihrem Ziel immer näher kamen.

Alberich stampfte wütend mit einem seiner dürren Beine auf und verbeulte dabei einen Goldbecher. Er hob ihn auf, betrachtete ihn naserümpfend und schleuderte ihn zornig davon.

»Du gehst nicht besonders pfleglich mit deinem Hort um«, bemerkte Mütterchen.

»Ich gehe damit um, wie ich es für richtig halte«, gab er gereizt zurück. »Wenn du mir schon gute Ratschläge geben willst, sag mir lieber, wie du an der Stelle dieser Hundesöhne vorgehen würdest.«

»Ich bin kein Zwerg.«

»Du bist eine Räuberin. Und erzähl mir nicht, du hättest noch nie mit dem Gedanken gespielt, dich zu irgendeiner Schatzkammer durchzugraben.«

Mütterchen grinste. »Ich hab's getan, mehr als einmal.«

»Mit dem Gedanken gespielt?«, fragte Löwenzahn träge.

»Mich durchgegraben, Holzkopf!« Stolz überkam sie, als sie der alten Zeiten gedachte. »Damals, in den Tagen, als noch alles …«

»Besser war.« Alberich zupfte an seinem Bart. »Sag uns nicht *wann*, sondern lieber *wie*!«

»Mit Spitzhacke und Schaufel natürlich.«

Der Zwerg fuchtelte ungeduldig mit beiden Händen in der Luft umher. »Von oben, von der Seite oder …«

»Von unten«, sagte sie ruhig. »Aber ich gebe zu, das war keine gute Idee.«

»Was ist passiert?«, fragte Geist mit spitzem Stimmchen.

»Wir schlugen ein Loch in die Decke unseres Stollens«, erzählte

Mütterchen. »Wir hatten geplant, nur einen winzigen Durchbruch zu schaffen und die Goldstücke abfließen zu lassen wie Wasser aus einer Wanne. Aber wir hatten die Stärke der Decke überschätzt. Sie riss ein, sobald wir den ersten Spalt hineingeschlagen hatten, und der Schatz des Grafen ergoss sich über uns. Die Hälfte meiner Männer wurde vom Gold verschüttet, die meisten anderen gefasst und in den Kerker geworfen.«

»Und du?«, fragte Löwenzahn neugierig.

Mütterchen schenkte ihm ein diebisches Grinsen. »Ich habe eine neue Bande um mich geschart, die Burg des Grafen von außen gestürmt und sein Gold durch das offene Tor hinausgetragen. Zusammen mit seinem Kopf auf einer Lanze.«

Geist verzog das Gesicht, doch Mütterchen fügte hinzu: »Herrliche Zeiten waren das. Das Leben im Wald an der Spitze meiner Räuberschar, begehrt von jedem Mann im Umkreis von zwanzig Tagesritten und …«

»Nicht von mir«, warf Alberich sauertöpfisch ein.

»Du bist ein Zwerg.«

»Sind Zwerge etwa keine Männer?«, keifte er giftig.

Löwenzahn grölte vor Lachen. »Zwergling, Zwergling … Wenn Mütterchen wirklich eine solche Schönheit war, wie sie behauptet, hätte sie sich gewiss lieber mit einem richtigen Mann abgegeben als mit einem kleinwüchsigen … nun, mit einem Zwergling eben.«

Alberichs Stirn war gefurcht wie ein frischgepflügtes Rübenfeld. »Dachtest du da an jemanden Bestimmtes? Vielleicht an einen Hunnenbastard, dessen Hirn im kleinen Finger eines *Zwerglings* Platz finden würde?«

Mütterchen, keineswegs uneitel, kicherte über das Gerangel der beiden. Bevor es jedoch zu Handgreiflichkeiten kommen konnte, ging sie dazwischen. »Horcht, fällt euch etwas auf?«

Alle lauschten.

»Es hat aufgehört«, flüsterte Geist. Und tatsächlich: Das Knirschen war verstummt.

Mütterchen nickte. »Sie arbeiten nicht mehr.«

»Vielleicht sind sie müde geworden«, meinte Löwenzahn.

»Zwerge unterbrechen niemals eine begonnene Arbeit«, sagte Mütterchen und erntete zustimmendes Gegrummel von Alberich. »Sie arbeiten in Gruppen. Wenn die einen verschnaufen, machen die anderen weiter. So besagen es zumindest die alten Überlieferungen.«

»Und wenn sie aufgegeben haben?«, schlug Löwenzahn vor.

Mütterchen tat den Einwurf mit einer barschen Handbewegung ab. »Du glaubst, sie sind den langen Weg vom Nordland hierhergekommen, um so kurz vor dem Ziel aufzugeben?«

Geist machte große Augen. »Dann denkst du, sie kommen tatsächlich von dort? Aus der Ruinenstadt?«

»Woher sonst?« Mütterchen blickte Alberich an, doch er hüllte sich in Schweigen. Dann fügte sie hinzu: »Nur dass es vielleicht heute keine Ruine mehr ist. Immerhin ist Alberichs Volk ins Nordland gezogen, um sich dort niederzulassen.«

»Aber wenn das wahr ist«, sagte Löwenzahn nachdenklich, »wenn die Nachkommen von Alberichs Vorfahren zurückkehren, um den Hort für sich zu beanspruchen, dann hätten wir es ja …«

»Mit einem ganzen Volk zu tun«, stimmte Mütterchen zu, »und nicht nur mit einer kleinen Bande.«

Geist schaute unglücklich von einem zum anderen, während Löwenzahn entschlossen seinen Zweihänder von der Schulter nahm und vor sich in den Goldboden rammte.

Alberich schüttelte langsam den Kopf. »Es ist nicht das Volk vom Hohlen Berg, das zurückkehrt«, sagte er fest.

»Woher willst du das wissen?«, fragte Mütterchen.

»Gestern Nacht, als ich dem ersten Zwerg begegnet bin, habe ich Trommeln gehört.«

»Und?«

»Zwerge schlagen keine Trommeln.«

»Vielleicht haben sie in zweihundert Jahren ihre Gewohnheiten geändert«, entgegnete Mütterchen schulterzuckend.

»Nein. Niemals. Zwerge schlagen keine Trommeln«, wiederholte er stur.

»Wer dann?«, fragte Geist.

Alberich holte tief Luft. »Nordlinge.«

Mütterchen musterte ihn überrascht. »Du glaubst, Nordlinge sind in der Nähe? Hier, im Hohlen Berg?«

Löwenzahn kratzte sich am Kopf. »Ich dachte, diese Grimma hat alle erschlagen?« Niemand hielt es für nötig, darauf zu antworten.

Mütterchen spann Alberichs Gedanken weiter. »Wenn sich irgendwo dort unten tatsächlich Nordlinge herumtreiben, was hat es dann mit den Zwergen auf sich, die uns angegriffen haben? Ich dachte, sie und die Nordlinge sind Todfeinde?«

Alberichs Gesicht war so grau geworden wie sein Bart. »Sie sind ihre Sklaven. Sie arbeiten und kämpfen für sie.«

»Zwerge als Sklaven?«, fragte Löwenzahn erstaunt.

Aus Mütterchens Blick sprach mit einem Mal Argwohn. »Alberich«, sagte sie in rüdem Tonfall, »du hast uns doch die Wahrheit versprochen. Bist du uns vielleicht noch etwas schuldig?«

Der Zwerg wand sich unter ihrem strafenden Blick wie ein Kind, das mit dem Finger im Eingemachten ertappt worden war. Er rang sichtlich nach Worten.

Geist trat unruhig von einem Fuß auf den anderen. »Kann mir irgendwer erklären, was das alles zu bedeuten hat?«

Alberich schaute auf und sah dem Moosfräulein geradewegs in die hellblauen Augen. »Es bedeutet«, sagte er dumpf, »dass meine Ahnen im Nordland nicht das gefunden haben, was sie sich erhofften.« Nach einer Pause fügte er hinzu: »Oder dass sie niemals dort angekommen sind.«

Das Knirschen begann von Neuem, und nun bemerkten alle mit Schrecken, dass es lauter geworden war. Auch die Richtung ließ sich jetzt ausmachen. Besser: die Richtungen. Denn die Laute drangen an zwei entgegengesetzten Stellen aus dem Schatz empor.

»Sie nehmen uns in die Zange«, stieß Löwenzahn aus und schaute sich alarmiert um.

»Nicht uns«, sagte Mütterchen. »Den Hort. Und mit ziemlicher

Sicherheit planen sie noch weitere Vorstöße. Um all das Gold von hier fortzubringen, werden sie mehr als nur zwei Wege brauchen.«

Geist nickte. »Die Zwerge, die das Moos getötet haben, drüben in der Wasserhöhle …«

»Nur ein Trupp von vielen«, vermutete Mütterchen. »Wahrscheinlich sind sie schon überall und treiben aus allen Richtungen Stollen hierher. Und sie sind unglaublich schnell!«

»Zwergenwissen«, murmelte Alberich.

Mütterchen sah ihn mit erhobener Braue an. »Was meinst du damit?«

»Sie benutzen nicht einfach nur Hammer, Meißel und Spitzhacke«, erklärte Alberich, »sondern die alten Minenbohrer meines Volkes.«

»Könntest du dich wohl etwas klarer ausdrücken?«, verlangte Mütterchen ungeduldig.

»Wir Zwerge graben uns in die Berge, seit die Götter die Welt zur Scheibe formten und dabei die ersten Gebirge schufen. Schon vor unzähligen Generationen, als noch die frühen Völker über die Gipfel wandelten, begannen einige unserer klügsten Köpfe mit dem Bau gewisser Hilfsmittel.«

»Magie?«, entfuhr es Löwenzahn erschrocken. Dann fiel ihm ein, dass er damit Geist beleidigt haben könnte. Doch das Moosfräulein schaute nur Alberich an und hörte aufmerksam zu.

»Keine Magie«, widersprach der Horthüter kopfschüttelnd. »Uraltes Wissen, zu etwas Neuem geformt. Viele kluge Einfälle, zusammengebracht zu etwas, das es vorher nicht gab.«

»Du sprichst in Rätseln«, sagte Mütterchen unwirsch.

»Bei allem Gold des Nordlandes!«, fluchte Alberich. »Wie soll ich es denn sonst erklären?«

»Wie sehen diese Hilfsmittel aus?«, fragte Geist.

»Sie sind aus Holz und Stahl. Vor allem aus Stahl, vielfach gehärtet, stärker als die beste Klinge und so scharf, dass schon ein Blick darauf verletzen kann.«

»Dein Stolz auf die Errungenschaften deiner Ahnen ehrt dich«, sagte Mütterchen. Schärfer fügte sie hinzu: »Aber wir haben nicht mehr viel Zeit.«

»Die meisten haben Räder«, erwiderte Alberich säuerlich, »andere riesige Kessel. Vorne sind Spitzen, die sich drehen und den Fels wie Butter durchdringen.«

Noch immer konnte sich keiner vorstellen, wie solch ein Ding aussehen sollte.

Mütterchen horchte auf das unheimliche Knirschen und wandte sich abermals an Alberich: »Haben deine Vorfahren diese seltsamen Hilfsmittel mitgenommen, als sie von hier fortgingen?«

Der Horthüter schüttelte den Kopf. »Sie sind viel zu schwer, um sie einen so langen Weg zu schieben.«

»Also gibt es noch welche davon hier im Berg?«

»Gewiss.«

Mütterchen packte ihn an den Schultern. »Wo genau sind diese Geräte?«

»Einige stehen noch in den alten Minen, dort, wo sie zuletzt eingesetzt wurden. Aber die meisten befinden sich in einem großen Saal in der unteren Ebene.«

»Wie weit ist das von hier?«, fragte Mütterchen.

Alberich dachte nach. »Nun, erst einmal ein halber Tag bis hoch zur Plattform. Vom Eingang der Horthalle aus ist es dann nicht mehr allzu weit – zumindest im Vergleich zum Aufstieg.«

»Du willst wirklich dorthin und dir dieses alte Gerümpel ansehen?«, fragte Löwenzahn Mütterchen verwundert.

Die alte Räuberin verzog das Gesicht. »Alberich hat gesagt, diese Geräte sind zu schwer, um sie aus dem Nordland hierher zu schaffen. Wenn die Nordlinge und ihre Zwergensklaven sie dennoch einsetzen, muss das bedeuten …«

»Dass sie von hier stammen«, führte Alberich den Satz erschrocken zu Ende. »Hier aus dem Berg!«

Mütterchen nickte grimmig. »Die Nordlinge müssen als Erstes diesen Saal aufgesucht haben, von dem du gesprochen hast. Das heißt, dass zumindest einige unter ihnen sind, die sich hervorragend im Hohlen Berg auskennen. Und es heißt weiterhin, dass es von diesem Saal aus höchstwahrscheinlich einen direkten Zugang zur alten Zwergenstraße gibt.«

Alberich legt den Kopf schief. »Das ist nicht der Zugang, den ich kenne.«

»Dann verrat' uns endlich, wo der Haupteinstieg liegt!«, fuhr Mütterchen ihn scharf an.

Alberich zeigte auf seine Fußspitzen. »Ihr steht gerade darauf.« Mütterchen riss die Augen auf, und der Zwerg grinste verlegen. »Der Zugang zum Tunnel liegt unter dem Hort, und niemand wird ihn je von unten öffnen können. Thorhâl ließ einen Weg durch das Gold graben, um sein Volk hindurchzuführen. Anschließend wurden die Stützen zum Einsturz gebracht. Der Schatz hat den Zugang für immer verschüttet.«

»Bis wieder einer kommt und gräbt«, sagte Löwenzahn.

»Es gibt kein Zwergenvolk mehr im Hohlen Berg«, entgegnete Alberich. »Einer allein, selbst eine Schar von fünfzig oder hundert Arbeitern müsste jahrelang graben, um das Tor freizulegen.«

Mütterchen zog scharf die Luft ein. »Also haben die Nordlinge von ihren Zwergensklaven einen neuen Stollen vom Tunnel aus zu diesem Saal graben lassen, in dem die Minenbohrer aufbewahrt werden. Sie wussten, dass sie den Hauptzugang nicht auf normalem Wege öffnen können, darum versuchen sie es nun auf andere Weise. Sie haben die Bohrer hinab in die Zwergenstraße geschafft und treiben sie nun von unten durch die Tunneldecke geradewegs in den Boden der Horthalle. Sie öffnen das Tor mit Gewalt.«

Der Weg die Treppe hinauf beraubte sie fast ihrer letzten Kräfte. Auf dem oberen Drittel des Weges trug Löwenzahn Geist auf seinen Schultern, das Moosfräulein konnte vor Erschöpfung kaum mehr sprechen. Alberich und Mütterchen stöhnten und schimpften, doch als Löwenzahn sich erbot, auch die Räuberin zu tragen, lehnte sie beleidigt ab.

Diesmal gab es unterwegs keine Geschichte, die ihnen die Zeit vertrieb, und so wurde der Marsch zu einer eintönigen, kräftezehrenden Tortur. Sie hatten gehofft, am Grunde der Horthalle auf ihre Feinde zu stoßen und den Kampf ein für alle Mal zu entscheiden. Stattdessen aber hatte sich der Abstieg als sinnlos erwiesen, und nicht nur Mütterchen schäumte darüber vor Wut.

Dennoch, als sie endlich oben ankamen, war jeglicher Zorn verraucht. Mütterchen war froh, dass sie sich noch auf den Beinen halten konnte. Sie hatten keine andere Wahl, als auf der Plattform eine Weile zu verschnaufen. Müdigkeit stellte sich ein, denn über die Ufer des Rheins war mittlerweile tiefste Nacht hereingebrochen. Geist hatte ein wenig auf Löwenzahns Schultern geschlafen und wirkte von allen noch am muntersten. Auch der Halbhunne hielt sich bemerkenswert gut, während Alberich und Mütterchen tapfer gegen ihre Schläfrigkeit ankämpften. Doch Mütterchen wusste: Wenn sie noch eine Weile aushielten, würde der schlimmste Punkt überschritten sein. Danach würden ihre Körper für einen neuen Kräfteschub sorgen.

Alberich führte sie vom Portal der Horthalle aus einen Gang hinab in die verlassenen Zwergenminen. Die grob gehauenen Stollen waren erstaunlich breit und wurden von hölzernen Stützbögen gehalten. Alberich erklärte, dass die meisten Stollen in Form eines Sterns auseinanderliefen, in dessen Zentrum sich die Halle mit den alten Gerätschaften der Zwerge befand.

Gelegentlich blieben die vier Gefährten stehen und lauschten auf die Trommeln der Nordlinge, doch nie hörten sie etwas anderes als ihren eigenen hastigen Atem und das dumpfe Knirschen der Minenbohrer in der Tiefe des Berges.

»Dort vorne«, sagte Alberich, als der Bergwerksgang steiler nach unten führte. In weiter Ferne mündete er in eine breitere Grotte. »Das ist die Kreuzung, an der die meisten Stollen zusammenlaufen. Hinter einem Tor liegt die Halle der Minenbohrer.«

Vorsichtig huschten sie weiter, eng an die Wände gepresst, Schwerter und Goldgeißel fest in den Händen. Nur Geist war unbewaffnet. Sie hielt sich eng hinter Löwenzahn.

Sie hatten die Hälfte des Weges zurückgelegt, als ihnen Lärm entgegentönte.

»Du hattest recht«, zischte Alberich Mütterchen zu. »Sie verschieben die Bohrer.«

Mütterchen horchte aufmerksam. Es war ein lautes Knirschen wie von Stein, der unter riesigen Rädern zermahlen wurde. Die Bohrer mussten gewaltig sein. Sie fragte sich, ob nicht doch ein wenig der alten Albenmagie im Spiel gewesen war, als diese Geräte erschaffen worden waren.

Sie erreichten die Kreuzung und blickten aus ihren Verstecken hinter den Felskanten durch ein breites Tor, größer noch als das der Horthalle. Der Saal dahinter war niedrig, aber weitläufig. Zu beiden Seiten standen in langen Reihen die Minenbohrer. Sie sahen aus wie Drachen aus Holz und Stahl, etwa zweimal so hoch wie ein Pferd und ebenso lang, gebuckelte Formen, die auf brusthohen Rädern ruhten. An den Vorderseiten waren Rammböcke angebracht – zumindest hielt Mütterchen sie dafür –, deren Enden in stählernen, vielfach gewundenen Spitzen ausliefen. Nordlinge oder Zwerge waren nirgends zu entdecken. Der Lärm hatte seine Quelle offenbar im hinteren Teil der Halle, der von hier aus nicht einzusehen war.

»Wie sollen wir vorgehen?«, fragte Mütterchen.

Löwenzahn tätschelte zärtlich den Knauf seines Zweihänders. »Wir gehen rein. Wir erschlagen sie. Wir haben gewonnen.«

»Sehr klug«, giftete Alberich. »Wirklich sehr, sehr klug.«

Mütterchen zuckte mit den Achseln. »Wie es aussieht, haben wir gar keine andere Möglichkeit, oder?«

»Aber wir sind nur zu viert«, gab Alberich zu bedenken.

»Vergiss nicht, dass wir Geist bei uns haben.« Mütterchen warf dem Moosfräulein einen stolzen Blick zu. »Mit ihren Fähigkeiten sind wir kaum zu schlagen. Sie hat bewiesen, dass sie besser kämpft als jeder andere von uns.«

Geist schaute betroffen zu Boden. »Kämpfen, du liebe Güte! Ich bin doch keine Kriegerin!«

»Immerhin hast du unser aller Leben gerettet«, erwiderte Mütterchen.

»Das war ...«, begann Geist, verstummte kurz und begann von Neuem. »Das war nicht mein Verdienst. Es ist einfach geschehen, versteht ihr? Ich wusste doch gar nicht, was ich da tat. Es waren die Pflanzen. Es war das Moos.«

Löwenzahn fuhr sich durch seine schwarze Haarmähne. »Das begreife ich nicht.«

Geist tapste unruhig von einem Fuß auf den anderen. Sie sah aus, als kämpfte sie mit den Tränen. »Ich habe die ganz Zeit darüber nachgedacht. Ich glaube, ich weiß jetzt endlich, was geschehen ist.«

»Es ist die Magie des Drachen in dir«, sagte Alberich ungeduldig. Immer wieder schaute er sich besorgt zum Tor der Halle um.

»Lass sie ausreden!«, fuhr Mütterchen ihn an und tätschelte Geists bemoosten Handrücken.

»Alberich hat recht«, bestätigte Geist, »es *ist* die Magie. Aber nicht immer habe ich Einfluss darauf. Was in dieser Grotte geschehen ist, das war nicht mein Tun. Oder zumindest nicht meines allein.« Sie rang verzweifelt nach Worten. Mütterchen lächelte ihr beruhigend zu, während Alberich immer ungeduldiger wurde. »Das Moos an den Wänden, die Pflanzen in dieser Höhle, sie haben *durch* mich gewirkt. Ich war ihre Waffe. Die Zwerge hatten Teile des Mooses vernichtet und damit die Pflanzen gegen sich aufgebracht. Ihr Zorn hat mich verwandelt, hat mich zu dem gemacht, was ihr gesehen habt, diesem Ding an der Decke, das mit seinen Ästen tötet wie Löwenzahn mit seinem Schwert.« Nun weinte sie wirklich, doch als Mütterchen sie tröstend in den Arm nehmen wollte, schüttelte das Moosfräulein den Kopf. »Ich trage das Erbe des Drachen in mir, aber ich weiß nicht, ob es wirklich ein Segen ist. Ich habe keine Macht darüber. Es tut mit mir, was es will, die Pflanzen tun mit mir, was sie wollen. Ja, vielleicht könnte ich kämpfen, vielleicht könnte ich noch mehr Zwerge töten, sogar einige dieser Nordlinge. Aber keiner fragt mich, ob ich töten will. Das Moos an den Wänden hat es gewollt, und es hat mich dazu gebracht, seinem Willen zu gehorchen. Aber was, wenn es dort, wo wir auf unsere Gegner treffen, kein Moos gibt, keine Pflanzen, die diese Mächte in mir steuern?« Sie schüttelte bedrückt den Kopf. »Ich allein kann es nicht.«

Mütterchen versuchte nachzufühlen, was tatsächlich in Geist vorging, welche Qualen sie litt. Alberich aber war ein Mann der Tat, und für ihn zählte im Augenblick nur die Vertreibung der Nordlinge. »Heißt das«, fragte er unwirsch, »solange kein Grünzeug in der Nähe ist, kannst du nichts tun, als dich von Löwenzahn auf den Schultern herumtragen zu lassen?«

»Alberich!«, zischte Mütterchen warnend. Auch Löwenzahn starrte den Zwerg zornig an und wollte gerade etwas sagen, als Geist ihm zuvorkam:

»Das heißt es, ja. Ich bin für euch ohne jeden Nutzen.«

»Ohne Nutzen?«, wiederholte Mütterchen fassungslos. »Mein Gott, Kindchen, wir sind Freunde! Seit wann wird so was an Nutzen gemessen?«

Geist hob die Schultern. »Weiß nicht. Ich hatte noch nie Freunde.« Bis vor zwei Jahren hatte sie völlig vereinsamt im Wald gehaust, und jeder der drei anderen wusste das. Sogar Alberichs Gesichtsausdruck wurde plötzlich weich und milde, und er trat auf das Moosfräulein zu, legte ihm eine Hand auf die Schulter und sagte: »Verzeih mir. Ich war aufgeregt. Wir werden bald gegen einen Feind antreten, der vor zweihundert Jahren mein ganzes Volk unterworfen hat. Meine Worte waren unbesonnen.«

»Allerdings«, rügte Mütterchen ihn scharf. Zu Geist sagte sie sanfter: »Wir werden es auch ohne deine Kräfte schaffen, verlass dich darauf. Nicht wahr, Löwenzahn?«

Der Halbhunne grinste schief. »Aber sicher.«

»Dann lasst uns gehen«, entschied Mütterchen. »Willst du lieber hierbleiben, Kindchen?«

Geist schüttelte vehement den Kopf. »Ich komme mit. Ich will bei euch sein.«

Damit war ihr Vorgehen beschlossene Sache. Ohne länger zu zögern, schlichen sie über die leere Stollenkreuzung und durch das Tor der Halle. Der Lärm war gedämpfter geworden, und bald erkannten sie auch den Grund.

Am entgegengesetzten Ende der Halle klaffte eine Öffnung in der Wand, grob aus dem Fels geschlagen, mit gezackten Rändern wie gewaltige Kiefer. Gerade noch sahen die Gefährten in diesem Schlund einen der Minenbohrer verschwinden, geschoben von einem halben Dutzend Zwerge. Wachen gab es keine in der Halle, offenbar setzten die Nordlinge jeden ihrer Lakaien für die Grabungsarbeiten ein. Das Knirschen der Räder wurde leise, dann hatte der abschüssige Stollen jenseits der Öffnung das schwere Bohrgerät und die sechs Zwerge verschluckt.

Mütterchen und die anderen schauten sich fasziniert um. Mindestens zehn weitere der plumpen Geräte standen noch in zwei Reihen zu beiden Seiten der Halle. Die riesigen Rammböcke mit ihren Korkenzieherspitzen wirkten aus der Nähe viel gefährlicher als von weitem. Mütterchen hatte nicht die geringste Ahnung, wie die Minenbohrer arbeiteten, doch ihre Achtung vor Alberichs Vorfahren wuchs. Der Zwerg wiederum schien das Staunen seiner Freunde zu genießen.

Nach einem Augenblick zogen sich die Gefährten in den Schatten eines der Bohrer zurück.

»Wie viele davon gab es hier ursprünglich?«, flüsterte Mütterchen.

»Sechzehn«, erwiderte der Horthüter leise. »Dazu noch jene, die damals in den unfertigen Stollen stehen geblieben sind.«

»Die werden wahrscheinlich noch an Ort und Stelle sein. Es dürfte einfacher sein, sich hier zu bedienen, als diese Kolosse im ganzen Berg zusammenzusuchen. Das bedeutet, dass fünf wahrscheinlich schon im Einsatz sind, dazu bald noch ein sechster.«

»Die Zwerge in der Moosgrotte hatten aber nur Spitzhacken dabei«, sagte Geist.

»Zu wenig Platz für einen der Bohrer«, mutmaßte Mütterchen. »Vielleicht versuchen sie es auf unterschiedlichen Wegen. Weiß der Teufel, was in den Köpfen der Nordlinge vor sich geht. Sicher scheint mir aber zu sein, dass fünf Tunnel bereits in Arbeit sind. Zwei Bohrer haben wir in der Horthalle gehört, was hoffentlich bedeutet, dass die drei anderen noch zu weit entfernt waren.«

»Und nun?«, fragte Alberich. »Gehen wir endlich hinterher und erschlagen die Bastarde?«

»Immer mit der Ruhe«, beschwichtigte ihn Mütterchen. Sie deutete auf den Bohrer, neben dem sie sich versteckten. »Weißt du, wie man mit diesen Dingern umgeht?«, fragte sie Alberich.

Der Horthüter nickte, ohne zu begreifen, auf was sie hinauswollte.

Mütterchen blickte zu der Öffnung, die die Nordlandzwerge in die Hallenwand gebrochen hatten. Niemand war zu sehen.

Hastig erklärte sie den anderen ihren Plan. Alberich blieb argwöhnisch (vermutlich, weil er nicht selbst darauf gekommen war), doch Löwenzahn zeigte sich begeistert, vor allem, weil das Gelingen von Mütterchens List allein von ihm abhing. Er liebte es, sich vor seinen Freunden zu beweisen, und wie es aussah, würde sich ihm bald die beste Gelegenheit dazu bieten.

Die sechs Nordlandzwerge hatten ihre Last gerade aus dem Stollen hinaus in die Weite des Tunnels geschoben, als hinter ihnen Lärm laut wurde. Ihr Köpfe ruckten herum. Aus ihren Kehlen löste sich ein vielstimmiger Aufschrei, als sie sahen, was hinter ihnen den Stollen herabdonnerte – geradewegs auf sie zu.

Der Minenbohrer rollte mit enormer Geschwindigkeit aus dem Stollenausgang, rammte seine Spitze in den Rücken des vorderen Gerätes und riss ihn auseinander. Die Zwerge, die sich zwischen den beiden Holz- und Stahlgiganten befanden, versuchten sich mit weiten Sprüngen in Sicherheit zu bringen, doch nur zweien gelang es. Die vier anderen wurden zwischen den schweren Geräten zerquetscht, und ihr Kreischen verhallte abrupt. Der vordere Minenbohrer brach in Stücke, sein Kammbock löste sich aus der Verankerung und polterte mit einem ohrenbetäubenden Krachen zu Boden.

Im Stollenausgang standen die vier Gefährten, bewaffnet und

kampfbereit mit Ausnahme von Geist. Löwenzahns Kleidung war durchnässt vom Schweiß, und seine Klinge zitterte leicht. Den riesigen Minenbohrer ganz allein den Stollen hinabzuschieben war selbst für ihn fast zu viel gewesen. Doch Geists aufmunterndes Lächeln hatte ihm immer dann neue Kraft gegeben, wenn er geglaubt hatte, aufgeben zu müssen. Irgendwann hatte das Gerät in dem abschüssigen Gang durch sein eigenes Gewicht so viel Schwung entwickelt, dass die Mühsal erträglicher wurde. Als der Minenbohrer schließlich hinaus auf die Zwergenstraße gerollt war, war das beinahe ohne Löwenzahns Zutun geschehen.

»Grundgütiger«, brummte Mütterchen jetzt, als sie hinaus in den Tunnel blickte, »seht euch das an!«

Sie befanden sich kurz vor dem Ende der Zwergenstraße. Fünfzig Schritte weiter südlich erhob sich die Geröllrampe, die zum einstigen Zugang hinaufführte. An ihrem Fuß befand sich ein mannshoher Haufen aus Gold und Geschmeide, Teile des Hortes, die beim Schließen des Tores vor zweihundert Jahren hinabgefallen waren; die Nordlinge hatten sie aufsammeln lassen, damit nicht das kleinste Stück verlorenging. Fünf Stollen, das Werk der Minenbohrer, schnitten rund um die Rampe ins Gestein der Tunnelwände. Anders als Mütterchen erwartet hatte, versuchten die Nordlinge nicht, die Bohrer geradewegs durch die riesige steinerne Falltür in der Decke zu treiben. Offenbar waren die Geräte zu schwer, um sie in derart steilem Winkel anzusetzen. Stattdessen führten die fünf Stollen mit vergleichsweise sanfter Steigung in die Seitenwände der Zwergenstraße. Die plumpe Form der Bohrer machte es unumgänglich, die Tunnel wie Spiralen nach oben zu schrauben, nicht zu steil, damit die Zwerge, die die Bohrer schoben, nicht unter deren Last zerdrückt wurden. Nur deshalb dauerten die Arbeiten so lange, und allein diesem Umstand hatten die Gefährten es zu verdanken, dass die Feinde noch nicht bis zum Hort vorgedrungen waren.

»Die müssen schon seit einer halben Ewigkeit hier unten zugange sein«, entfuhr es Alberich atemlos.

Mütterchen wollte etwas erwidern, doch im selben Augenblick

entdeckte sie vier Nordlinge, die, angelockt vom Lärm der kollidierenden Minenbohrer, aus einem der Stollen gelaufen kamen. Die Krieger trugen Kleidung aus Fell und Eisenschalen, jener Löwenzahns nicht unähnlich. Ihre vor dem Gesicht geschlossenen Helme hatten schmale Augenschlitze, obenauf erhoben sich mächtige Hörnerpaare. Alle vier waren mit wuchtigen Breitschwertern bewaffnet.

»Zurück in den Stollen!«, wies Mütterchen die anderen an. Die Freunde zogen sich zurück und beobachteten aus ihrem Versteck, wie die vier Krieger sich zögernd dem zerschmetterten Minenbohrer näherten. Das zweite Gerät, jenes, das Löwenzahn geschoben hatte, stand über den Trümmern wie eine triumphierende Urzeitbestie. Die beiden überlebenden Zwerge kauerten verletzt am Boden, der eine schleppte sich gerade zurück zu den Resten des Bohrers, um nach seinen toten Kameraden zu sehen.

Die Nordlinge erreichten die Trümmer. Einer stieß den kriechenden Zwerg grob mit dem Fuß zur Seite, ein anderer lief eilig davon und verschwand in einem der Stollen. Mütterchen fluchte im Stillen. Sobald der Krieger seine Befehlshaber über den Vorfall in Kenntnis gesetzt hatte, würde es hier unten von Nordlingen nur so wimmeln. Sie hatte gehofft, ihre Gegner einzeln oder in kleinen Gruppen überraschen zu können; mit einer ganzen Heerschar aber würden sie es schwerlich aufnehmen können.

»Sie sind nur noch zu dritt«, zischte sie den anderen entschlossen zu. »Jetzt oder nie!«

Und schon stürmten Löwenzahn und Alberich vor, Mütterchen lief hinterher. Geist blieb am Eingang des Stollens zurück und schaute sich angestrengt nach einer Spur von pflanzlichem Leben um, irgendetwas, das ihr helfen würde, die Mächte, die in ihr schlummerten, aufzuwecken und einzusetzen. Doch hier unten gab es nicht einmal Schimmelpilze.

Alberich ließ die Goldgeißel klirrend über seinem Kopf kreisen, aber Löwenzahn war schneller. Seine Erschöpfung war geschwunden. Mit weiten Schritten raste er auf den ersten Nordling zu. Löwenzahn war ihm an Größe ebenbürtig, dabei sogar noch eine Spur breitschultriger. Einem Zwerg mussten die Männer aus dem Nordland wie Riesen erscheinen, doch für den Halbhunnen waren sie gleichberechtigte Gegner.

Löwenzahn mochte nicht besonders gewitzt sein, und manchmal stand seine Verliebtheit klaren Entscheidungen im Wege, doch mit dem Schwert vermochte er umzugehen wie kaum ein anderer. Der Nordling riss seine Waffe hoch und parierte Löwenzahns Hieb im letzten Moment, geriet dabei aus dem Gleichgewicht und stolperte nach hinten. Bevor Löwenzahn nachsetzen und zustoßen konnte, sprang bereits ein zweiter Nordlandkrieger herbei und attackierte ihn mit einer Serie heftiger Schläge und Stiche. Kurz sah es aus, als würde Löwenzahn unterliegen, doch dann gelang ihm ein Ausbruch aus seiner Defensive, er sprang vor, führte einen Stoß nach dem Hals des Gegners, nutzte dessen Abwehrschlag und zog sein Schwert in einer Drehung hinab zur Hüfte des Nordlings. Die Klinge des Zweihänders fuhr durch Fellwams und Fleisch des Kriegers, der Mann schrie unter seinem Helm dumpf auf, dann tötete Löwenzahn ihn mit einem zweiten Hieb in die Seite.

Alberich schlug mit der Goldgeißel auf den dritten Nordling ein. Die vergoldeten Stachelkugeln krachten gegen den Brustpanzer des Kriegers, brachten ihn jedoch eher aus der Fassung als in echte Bedrängnis. Bald schon ließ der Mann sein Schwert herumwirbeln und drang damit auf den Horthüter ein. Die Geißel war eine hervorragende Waffe zum Angriff, doch zur Parade war sie denkbar ungeeignet. Alberich fing zwei Schläge mit dem Stahlgriff ab, musste dann jedoch mehrere Schritte zurückweichen. Im selben Augenblick sprang Mütterchen an seine Seite. An Kraft hatte sie dem Nordling nichts entgegenzusetzen, doch was das Geschick mit der Klinge anging, war sie ihm durchaus gewachsen. Schneller, als ihr greises Äußeres es vermuten ließ, tauchte sie unter einem Angriff hinweg und rammte dabei ihre Spitze ins rechte Bein des Kriegers, oberhalb seines Knies. Der Mann brüllte vor Zorn und Schmerz, fegte Mütterchen mit einem wütenden Handschlag beiseite, holte aus, um sie zu erschlagen – und wurde von Alberichs Goldgeißel kraftvoll am

Helm getroffen. Der eiserne Gesichtsschutz zerriss unter dem Anprall der ersten Kugeln wie Papier, die Stacheln der nächsten zerfetzten seine Nase und Augenpartie. Mütterchen stieß noch im Liegen ihr Schwert nach oben und tötete den Nordling mit einem geraden Stich in die Eingeweide.

Derweil hatte sich Löwenzahn jenem Nordling zugewandt, der unter seinem ersten Angriff zu Boden gestürzt war. Das Duell zwischen beiden war schnell entschieden. Löwenzahns Zweihänder fuhr mit unglaublicher Kraft in die Schulter des Mannes, schnitt schräg hinab bis in die Brust. Der Schlag fällte den Nordling wie eine Handpuppe, aus der ein Puppenspieler seine Finger zieht; stumm und leblos sackte der Krieger zusammen.

Mütterchen packte einen der beiden verschüchterten Zwerge am Kragen. »Wie viele von diesen Kerlen gibt es hier unten? Los, rede!«

Der Zwergenarbeiter versuchte vergeblich, Worte zu formen. Der Schreck saß ihm zu tief in den Knochen. Wahrscheinlich hatte er nie zuvor erlebt, dass einer seiner Herren erschlagen wurde, geschweige denn gleich drei auf einmal.

Alberich drängte Mütterchen zur Seite. »Lass mich das machen.« In der kehligen, hastigen Sprache seines Volkes redete er auf den Zwerg am Boden ein, und es vergingen nur Augenblicke, da erhielt er eine Antwort.

»Dreißig Nordlinge«, übersetzte Alberich für die anderen, »und etwa sechzig Zwerge.«

»Neunzig!«, entfuhr es Mütterchen. Sie war kreidebleich geworden. Auch Löwenzahn verzichtete auf aufmunternde Parolen; eine solche Zahl erschreckte selbst ihn.

Geist trat neben sie. »Es gibt hier unten keine Pflanzen. Nicht einmal eine Spur davon«, sagte sie in einem Tonfall, als sei es nötig, sich dafür zu entschuldigen.

Aus dem Bohrerstollen, in dem der vierte Nordling verschwunden war, erklangen jetzt Geräusche. Das Schaben von Schritten, Befehle in einer fremden, unverständlichen Sprache. Noch war niemand zu sehen.

»Wenn wir den Bohrer hineinschieben«, begann Löwenzahn und deutete auf den unversehrten Koloss, aber Mütterchen unterbrach ihn: »Keine Zeit. Außerdem könntest selbst du ihn nicht gegen einen Ansturm der Nordlinge halten.« Ihre Gedanken überschlugen sich. »Alberich, frag den *Zwerg*, welche der beiden Stollen zu jenen Bohrern führen, die als Erste zur Horthalle vorstoßen werden.«

Alberich tat es und wies bald darauf auf zwei der Stolleneingänge. Jener, in dem die Nordlinge immer näher kamen, war nicht darunter. Trotzdem bestand nicht der geringste Zweifel, dass sich auch in den übrigen feindliche Krieger aufhielten, ganz abgesehen von dutzenden von Zwergen.

Mütterchen eilte zu einem der Eingänge, über den sie noch nichts wussten. Im Näherkommen erkannte sie, dass daraus ein Wasserlauf strömte, zwei Schritte breit und etwa fingertief. Am Boden des Tunnels verzweigte sich das Wasser in eine Vielzahl schmaler Rinnsale und verschwand in Spalten und Löchern.

»Was ist hiermit?«, fragte sie und nickte dem Zwergenarbeiter zu.

Er verstand auch ohne Übersetzung und redete eilig auf Alberich ein.

»Ein Fehlschlag«, sagte der Horthüter. »Der Stollen ist verlassen. Der Minenbohrer ist vor einigen Tagen auf Wasser gestoßen. Die Nordlinge gaben Befehl, ihn stehen zu lassen, und zogen die Arbeiter in die anderen Stollen ab. Unser Freund hier sagt, etwas Ähnliches sei schon einmal passiert, vor ungefähr zwei Wochen.« Alberich deutete auf den letzten Stollen. Auch dort glitzerte Feuchtigkeit, allerdings sehr viel weniger. »Ich nehme an, sie sind auf den See in der Moosgrotte gestoßen. Deshalb war so viel von dem Wasser abgelaufen.«

»Der Strudel«, murmelte Geist gedankenverloren.

Alberich nickte. »Weil die Bohrerspitze noch in der Öffnung steckt, läuft das Wasser nur langsam ab.«

»Wartet, wartet«, sagte Löwenzahn schwerfällig. »Die Nordlinge sind zweimal auf Wasser gestoßen, nicht wahr? Das da« – er zeigte auf den Stollen mit dem schwächeren Rinnsal – »kommt aus der

Moosgrotte.« Er drehte sich um zu dem anderen Stollen, aus dem der Bach strömte. »Woher aber stammt dann dieses Wasser?«

»Mir fällt nur eine Möglichkeit ein«, meinte Mütterchen und horchte zugleich auf den Lärm der Nordlinge. Der Fels verzerrte das Echo, es war unmöglich zu sagen, wie nahe sie bereits waren.

Alberich wurde immer unruhiger. »Sie sind mit den Bohrern zu weit nach Westen vorgestoßen, außerdem viel zu weit nach oben.« Er verzog das Gesicht zu einem grimmigen Lächeln. »Weil sie keine Ahnung von dem haben, was sie tun.«

»Zu weit nach Westen«, wiederholte Geist leise, »zu weit nach oben. Heißt das, am Ende dieses Stollens fließt …«

»Der Rhein«, führte Mütterchen den Satz zu Ende.

»So, wie es aussieht, hat nicht viel gefehlt, und unsere Freunde hätten den ganzen Tunnel unter Wasser gesetzt.«

Und alle, sogar Löwenzahn, hatten plötzlich den gleichen Gedanken.

Geist huschte ganz allein durch die Halle der Minenbohrer, vorbei an den Reihen der schlummernden Kolosse. Sie fürchtete sich beim Anblick dieser bedrohlichen Monstrositäten (oder blickten vielmehr *sie* auf Geist?), und es hätte sie kaum verwundert, wären sie mit einem Mal reihum zum Leben erwacht, um Jagd auf sie zu machen.

Sie erreichte das Portal der Halle, ohne aufgehalten zu werden, nicht von Nordling, Zwerg oder Bohrungetüm. Noch einmal schaute sie zurück über den breiten Gang zwischen den Bohrern, zerfurcht von Rädern, die so hoch waren wie Geist selbst. Ein sonderbares Gefühl beschlich sie, die Vorstellung, dass all dies zweihundert Jahre lang unberührt dagestanden hatte und dabei doch so aussah, als wartete es nur darauf, erneut mit Leben erfüllt zu werden.

Sie schüttelte sich, als eine Gänsehaut unter ihren Moospelz kroch. Mit einem Blinzeln, um sich vom geisterhaften Bild der verlassenen Halle zu befreien, warf sie sich herum und sprang durch das offene Tor. Die riesigen Flügel waren aus Stein und ließen sich nur mit Hilfe eines komplizierten Zwergenmechanismus bewegen.

Eine eiserne Kurbel an der Außenseite musste betätigt werden, um ihn in Gang zu setzen.

Geist war überrascht; nach all der Zeit war die Eisenkurbel weder eingerostet noch verkantet. Sie musste dennoch all ihre Kraft einsetzen, um den Hebel zu drehen. Tief im Felsen setzten sich mit einem Knirschen, gefolgt von leisem Surren, gewaltige Zahnräder in Bewegung. Langsam, sehr langsam, schoben sich die gewaltigen Steinflügel aufeinander zu. Erst als nur noch ein Spalt offen stand, gerade breit genug, um Löwenzahns Schultern hindurchzulassen, brachte Geist das Portal zum Stillstand.

Sie trat in den Spalt, schaute zur Stollenöffnung auf der anderen Seite und lauschte. Auf Stimmen vielleicht; auf das Kampfgeschrei der Nordlandkrieger; auf das Donnern einer Wasserflut.

Doch da war nur Stille, das eherne Schweigen der Minenbohrer, träumend von den glanzvollen Zeiten des Zwergenvolkes. Eine Stille, beängstigender als jeder Feind. Und in einem Moment vollkommener Klarheit erkannte Geist, dass es genau das war, was sie in den vergangenen zwei Jahren so gefürchtet hatte und doch jetzt erst völlig verstand: Die Stille, das lautlose Sterben dieses uralten Berges, war vielleicht der schlimmste Feind von allen.

Alberich saß in einer Schneise im Holzbuckel des Minenbohrers und legte einen Hebel um, der halb so groß war wie er selbst. Irgendwo im Inneren des Ungetüms löste sich eine Sperre.

»Jetzt!«, rief er über die Schulter nach hinten. »Du musst schieben!«

Löwenzahn knurrte etwas, doch der Lärm der Nordlinge, die hinter ihnen den Stollen heraufströmten, übertönte seinen Fluch. Mit all seiner Kraft stemmte er sich gegen die Rückseite des Bohrers, und Mütterchen glaubte das Anschwellen seiner riesenhaften Muskelberge sogar durch seine dicke Fellkleidung zu erkennen.

Sie selbst stand hinter ihm, mit gezücktem Schwert, um ihm den Rücken von Angreifern freizuhalten. Unruhig, gespannt bis in die Zehenspitzen, blickte sie zurück zur letzten Biegung des spiralförmigen Stollens. Das Wasser umspülte ihre Füße bis zu den Knöcheln, das Rauschen wurde von den Felswänden zurückgeworfen. Sie war zu schwach, um Löwenzahn beim Schieben des Minenbohrers zu helfen. Irgendetwas aber wollte auch sie beitragen, und wenn es nur die Kunde vom Näherkommen der Gegner war. »Sie sind gleich hier!«, rief sie über die Schulter zu Löwenzahn und Alberich. »Beeilt euch!«

Der Horthüter drehte im Inneren des Bohrers mit aller Kraft eine große Kurbel. Ähnlich wie beim Schließmechanismus des Portals wurde auch seine Anstrengung durch die Übertragung auf zahlreiche Räder und Federn vervielfacht. Die Korkenzieherspitze des Rammbocks, halb im Fels vergraben und von weißen Wasserfontänen umstrahlt, geriet in Bewegung, drehte sich, fraß sich tiefer ins Gestein. Der Wasserdruck verstärkte sich, winzige Felspartikel brachen von den Rändern der verstopften Öffnung, noch mehr Wasser ergoss sich in den Stollen.

»Da sind sie!«, brüllte Mütterchen über das Getöse hinweg.

Mehr als ein Dutzend Nordlinge, gefolgt von noch mehr bewaffneten Zwergen, schob sich um die Biegung. Das Wasser am Boden spritzte unter ihren Stiefeln empor, eine Gischt wie vor dem Bug einer Galeere.

Sie waren bis auf zehn Schritte an den Minenbohrer und die Gefährten herangekommen, als die Vorderen schlagartig stehen blieben. Ein wüstes Gerangel entstand, als die hinteren Reihen nachdrängten. Schließlich verharrte der ganze Trupp, unruhig, zeternd, mit wilder Drohgebärde.

Mütterchen hätte sich gerne eingeredet, dass es ihr eigener Respekt einflößender Anblick war, der ihre Gegner zögern ließ. Tatsächlich aber hatten die Nordlinge und Zwerge entdeckt, dass sich der Bohrer immer tiefer in die Felsschicht grub, dem reißenden Strom entgegen, der über ihnen die Lande durchschnitt. Das Wasser im Stollen reichte Mütterchen bereits bis über die Waden, und mit jedem Herzschlag stieg es höher.

Im nächsten Augenblick würde die Entscheidung fallen. Falls

die Nordlinge kühn genug waren, ihren Weg fortzusetzen und die Gefährten zu töten, mochte es ihnen gelingen, das beinahe Unausweichliche aufzuhalten.

Doch bei all ihrer Größe und Furcht einflößenden Körperkraft waren sie nicht bereit, ihr eigenes Leben für das Gelingen ihrer Mission zu opfern. Einer, der Anführer, gab den Befehl zum Rückzug. Für ihn schien festzustehen, dass seine Sache verloren war.

Mütterchen frohlockte, ein herrliches, triumphierendes Gefühl. Leider ein ausgesprochen kurzes. Denn als sie sich umdrehte und den anderen zufrieden die frohe Nachricht mitteilen wollte, sah sie, was auch die Nordlinge gesehen hatten. Und sie erkannte, dass die Sache verloren war. Verloren wie sie und ihre Gefährten, wenn sie sich nicht beeilten, von hier zu verschwinden.

Vom Rammbock des Minenbohrers war nichts mehr zu sehen. Eine Explosion aus Wasserstrahlen, weiß wie glühender Stahl, verhüllte die vordere Partie des Ungetüms. Alberich kletterte geschwind wie ein Insekt aus der Holzverkleidung und rutschte den Buckel hinab zu Boden. Auch Löwenzahn hörte auf zu schieben. Er packte den langsameren Zwerg am Arm, warf sich herum, gab Mütterchen im Laufen einen Stoß und trieb sie neben sich her den Stollen hinunter. Das Letzte, was Mütterchen vom Ende des Ganges sah, war ein Netz aus schwarzen Spalten, das sich mit höllischer Geschwindigkeit über die Felswände ausbreitete. Wassergeysire sprühten aus allen Richtungen.

Die drei Gefährten rannten so eilig sie konnten bergab, durch kniehohes Wasser, die reißende Strömung im Rücken. Die Stollenspirale schien sich endlos nach unten zu schrauben, und immer schneller kroch die Wasseroberfläche an ihren Körpern empor, immer kräftiger wurde der Sog.

Dann, plötzlich, sank der Wasserspiegel, und sie wussten, vor ihnen lag die Zwergenstraße. Sie stürmten durch die Öffnung in den breiten Tunnel und sahen in einiger Entfernung ein Gewimmel aus Nordlandkriegern und Zwergen. Keiner versuchte, die drei Freunde aufzuhalten, jeder rannte nur um sein eigenes Leben. Eine Hand voll Feinde war klug genug, den Weg zur Halle der Minenbohrer einzuschlagen; sie lag höher als der Tunnel, und es gab dort einen Ausgang zu den oberen Ebenen des Hohlen Berges. Der ganze Rest aber, siebzig, achtzig Krieger und Sklaven, floh die alte Zwergenstraße entlang nach Norden, in ihrer Panik nicht ahnend, dass sie damit ihr Schicksal besiegelten. Wenn die obere Felsschicht erst barst und die Wassermassen des Rheins sich durch die Spalten ergossen, würden sie den gesamten Tunnel viele hundert Schritte weit überfluten. Niemand, der sich dann noch hier unten aufhielt, würde mit dem Leben davonkommen.

Mütterchen, Alberich und Löwenzahn stürmten den Stollen zur Halle hinauf, vor sich mehrere Zwerge und Nordlinge. Hinter ihnen ertönte ein Fauchen wie von einem lebenden Wesen. Ein Donnern wie der Weltuntergang, ein Kreischen und Splittern und Bersten, als rissen die Götter selbst den Himmel entzwei. Schlagartig wurde das Fauchen zum Prasseln und das Prasseln zu einem einzigen, infernalen Getöse.

»Die Flut kommt!«, brüllte Mütterchen, aber es war gleichgültig, ob irgendwer sie hörte. Alle wussten, dass der Tod ihnen eng auf den Fersen war.

Die Felsschicht, die der Bohrer zerstört hatte, gehörte nicht zum eigentlichen Flussbett – der Rhein strömte viel weiter oben, höher noch als die Horthalle –, war offenbar aber durch eine Vielzahl von Spalten mit dem Strom verbunden. Hätte der Fluss selbst sich durch den Tunnel gewälzt, so wäre wohl keinem von ihnen auch nur die Zeit für einen letzten Atemzug geblieben. So aber kam die Flut zwar schnell und mit einer Kraft, die die einer jeden Kreatur tausendfach überstieg; trotzdem blieb allen, die in diesem Augenblick in die Horthalle stürmten, eine leise Spur von Hoffnung. Hoffnung, der Katastrophe doch noch zu entrinnen. Hoffnung, am Leben zu bleiben.

Es war ein aufwühlendes, zugleich auch beängstigendes Gefühl, dieses Hoffen auf ein wenig Glück.

Ein trügerisches noch dazu.

Denn im selben Augenblick wehte ihnen allen ein Schub eisiger Kälte in den Rücken.

Mit der Kälte kam Nässe.

Und die Nässe war nur der Vorbote einer Flutwelle, die alles übertraf, was sich selbst ein Schwarzseher wie Alberich hätte ausmalen können.

Am Eingang der Halle stand Geist und sah mit Entsetzen, wie sich hinter ihren Freunden eine Wand aus weißer, brodelnder Gischt aufbaute. Als Vorbote der Flut schoss ein hüfthoher Wasserteppich durch den Saal, riss die drei Gefährten von den Beinen, warf Nordlinge und Zwerge durcheinander. Geist war einen Moment lang wie versteinert, konnte nichts anderes tun als dazustehen und zuzusehen, wie der Tod ihre einzigen Freunde holen würde, und bald, in drei, vier Herzschlägen, auch sie selbst.

Und dann *spürte* sie es.

Wasser schnellte über den Hallenboden auf das Tor und auf das Moosfräulein im Spalt zwischen den Flügeln zu. Als die ersten Ausläufer Geists Fußspitzen berührten, durchfuhr sie ein Hitzestoß wie der Einschlag eines Blitzes. Irgendwo in ihrem Inneren – nicht nur in ihrem Kopf, überall, in ihrem ganzen Körper – regte sich etwas. Eine Bewegung, ein Pulsieren, ein Druck, der ihre Sinne aufblähte, ihre Empfindungen schärfte. Der Drache erwachte aus seinem Schlummer, nicht die schuppige, bösartige Bestie selbst, sondern das, was sie beherbergt hatte. Das Erbe einer Magie, die jenseits aller Taschenspielertricks der Alben lag, jenseits simpler Hexerei und Nekromantie.

Alles geschah im Bruchteil eines Augenblicks. Für Geist war es, als wäre das Rad der Zeit aus seiner Spur geraten, als drehte es sich langsamer, um dann ganz stillzustehen. Die Umgebung erstarrte. Das Wasser zu ihren Füßen, die herandonnernde Flutwelle, der vergebliche Kampf ihrer Gefährten gegen den Untergang, all das versteinerte zu einem einzigen, scharf umrissenen Augenblick. Geist wusste, dass es eine Täuschung war, dass sie selbst sich mit einem

Mal *zwischen* den Augenblicken befand, wie ein Leser, der zwischen den Zeilen eines Buches verharrt.

Es war das Wasser. Millionen und Abermillionen pflanzlicher Lebewesen, zu klein, um sie mit bloßem Auge zu erspähen. Und doch war die heranbrausende Flut derart davon durchsetzt, dass Geist unter dem Ansturm fremder Empfindungen fast zusammenbrach. Mühsam versuchte sie, bei Verstand zu bleiben, bis der erste Moment der Überraschung und des Schmerzes vergangen war. Anders als in der Grotte, wo sie sich vom Bewusstsein der zornigen Moospflanzen hatte lenken lassen, versuchte sie nun, den Vorgang umzukehren. Diesmal wollte sie diejenige sein, die die Kräfte in ihrem Inneren steuerte, es war ihr Körper, und sie allein hatte das Erbe des Drachen angetreten. Aber sie wusste auch, dass sie auf die Pflanzenwesen im Wasser angewiesen war, dass sie sie brauchte, um von ihrer Kraft zu zehren. Nur so konnte sie die Magie in sich zwingen, ihr zu Diensten zu sein.

Sie schuf geistige Kanäle, durch die magische Ströme mit der Geschwindigkeit von hundert Flutwellen schossen, und endlich bekam Geist sie unter ihre Kontrolle. Ein stummes Beben raste durch die erstarrten Wassermassen, als sich alles Leben in ihnen zusammenzog und etwas formte, das wie verlängerte Arme Geists Befehlen gehorchte.

Sie tastete nach Mütterchen, fand sie und trug sie auf den Wogen durchs Tor. Auch Löwenzahn packte sie, zerrte ihn an ertrinkenden Nordlingen vorbei zum Spalt, hinaus auf die Kreuzung, ins Trockene. Die Suche nach Alberich gestaltete sich schwieriger, war er doch kleiner als die anderen und inmitten der tobenden Wassermassen kaum auszumachen. Dennoch spürte sie ihn auf, wenn auch mit großer Verzögerung, und sie fürchtete schon, die Flut hätte ihn getötet. Doch als sie ihn in den sicheren Stollen zog, spürte sie seinen Herzschlag.

Zuletzt warf sie die Flügel des Portals zu, nicht mit dem Kurbelmechanismus, sondern kraft ihrer magischen Macht. Der Wasserstrom brach ab, Geist verlor die Verbindung zu den Pflanzenpartikeln, und sofort zog sich die Kraft in ihr zurück, in jenen abgelegenen Winkel ihrer selbst, auf den sie allein keinen Zugriff hatte.

Im Inneren der Halle floss der Zeitstrom zurück in seine alte Bahn, der nächste Augenblick brach an. Die Flut donnerte weiter und warf sich mit gewaltiger Macht gegen das Tor. Der Eingang erbebte, Wasserstrahlen schossen durch die Ritzen.

Auch für Geist beschleunigte sich die Zeit, doch sie bemerkte es nicht mehr. Sie spürte auch nicht die Hände ihrer Freunde, die sie hochhoben und bewusstlos durch einen der Stollen nach oben trugen, in die höheren Ebenen, hinauf in die Stille des Bergmassivs.

EPILOG

Die Kammer, in der Geist den Horthüter fand, war klein und lag fernab aller großen Verbindungsflure. Sie hatte lange nach ihm gesucht, ihr Weg hatte sie durch weite Teile der oberen Ebenen geführt. Doch entdeckt hatte sie ihn letztlich nur aufgrund eines Zufalls. Sie hatte sich verlaufen und war dabei in einen hohen, dunklen Korridor gelangt. Zu ihrer Rechten befand sich ein Durchgang, durch den sanfter Kerzenschein fiel; das Licht flackerte verloren über den Fels der gegenüberliegenden Wand.

Einen Moment lang stockte Geists Atem. Mütterchen und Löwenzahn waren oben am Eingang, das wusste sie genau. Alberich dagegen benötigte kein künstliches Licht. Wer also trieb sich hier unten herum? Gab es immer noch Nordlinge und Zwerge im Berg, die sich in diesem abgeschiedenen Winkel versteckten?

Sie fasste all ihren Mut und schaute zaghaft um die Ecke des Durchgangs. Erleichtert atmete sie auf. Es war Alberich. Der Horthüter stand mit dem Rücken zur Tür vor einem steinernen Sarkophag, der sich in der Mitte der Kammer auf einem Podest erhob. An den Rändern hatte er mehrere Kerzen aufgestellt. Ihre Flammen zitterten, als Geist langsam in den Raum trat.

Alberich schaute nur kurz über die Schulter, wandte sich dann wieder dem Sarkophag zu. Mit beiden Händen stützte er sich auf den Stiel seiner Goldgeißel.

»Verzeih«, sagte Geist leise. Etwas in ihr sträubte sich, neben ihn zu treten, und so blieb sie einige Schritte hinter seinem Rücken stehen. »Störe ich?«

Was für eine dumme Frage, durchfuhr es sie.

Alberich sprach, ohne sie anzusehen. »Früher bin ich jeden Tag hierhergekommen. Aber in den letzten zwei Jahren sind meine Besuche selten geworden.« Er zögerte. »Sie würde es verstehen«, fuhr er dann gedankenverloren fort. »Ich weiß, dass sie es verstehen würde. Der Berg hat Vorrang vor allem anderen, das hat sie selbst immer gesagt. Sie hat ihn geliebt, den Berg, jede Felsspalte, jeden Stein, jedes noch so kleine Relief. Wenn die Nordlinge ihn in ihre Gewalt bekommen hätten … das hätte alles zerstört, für das sie so sehr gelitten hat.« Alberich wandte sich kurz zu dem Moosfräulein um. »Ich habe ihr erzählt, dass unser Sieg dein Verdienst war.«

»Aber das ist nicht wahr«, widersprach sie. »Ihr wart es, die den Minenbohrer bis zum Wasser vorgetrieben habt. Ich habe nur …«

»Unser aller Leben gerettet. Zweimal. Hättest du es nicht getan, wäre all dies jetzt in der Gewalt der Nordlinge. Erst haben sie das Land der Zwerge zerstört, dann mein Volk vernichtet, und sie hätten das Gleiche mit dem Hohlen Berg getan. Dir haben wir zu verdanken, dass es nicht so weit gekommen ist.«

»Nicht mir. Dem Drachen.«

Alberich schüttelte den Kopf »Der Drache ist tot. Der Xantener hat ihn erschlagen. Die Magie, die in ihm war, hat nie wirklich ihm gehört, sie war nicht einmal ein echter Teil von ihm. Sie wurde ihm nur für eine Weile anvertraut. Und jetzt ist sie in dir.«

Geist wusste nicht, was sie darauf entgegnen sollte. Stattdessen rieb sie sich die Oberarme und sagte nach einer Weile: »Manchmal habe ich das Gefühl, dass es hier unten von Tag zu Tag kälter wird.«

»Es *wird* kälter.« Alberich schaute trübsinnig über die Felswände. »Der Berg liegt im Sterben.«

Geist schaute ihn verständnislos an, und so fuhr der Horthüter fort: »Ein Großteil seiner Kraft verließ ihn gemeinsam mit den Zwergen. Sie haben ihn zu dem gemacht, was er einst war, sie haben ihm Leben geschenkt. Als sie fortgingen, wurde er schwach und gebrechlich. Niemand kann etwas daran ändern. Und es wird schlimmer werden, wenn der Xantener zurückkehrt und den Hort einfordert.«

»Wir werden auch ihn besiegen«, sagte Geist, um Alberich aufzumuntern.

Der Zwerg aber lächelte verbittert. »Siegfried von Xanten hat mich im Kampf bezwungen. Er hat mir die Tarnkappe entrissen und die Fürsten des Nibelungengeschlechts erschlagen. Nun ist er der wahre Herr des Hohlen Berges, Herr über ein sterbendes Reich.« Der Kerzenschein geisterte über Alberichs faltige Züge und ließ ihn noch älter erscheinen. »Vielleicht ist es ja am besten so. Am Ende wird alles, was wir heute tun und getan haben, zwecklos sein.«

»So darfst du nicht reden«, sagte Geist, aber ihre Empörung war nur schwach angesichts seiner Traurigkeit.

Alberich schwieg sehr lange, doch dann versuchte er erneut zu lächeln. »Du hast mich gesucht. Warum?«

»Ich will das Ende der Geschichte hören. Grimmas Geschichte.«

»Hat dir mein anderes Ende nicht gefallen?«

»Es war nicht die Wahrheit, alle wissen das. Den anderen ist es egal. Aber ich möchte hören, was wirklich geschah. Erzählst du es mir?«

Alberich lehnte die Goldgeißel an die Treppe des Podests und ließ sich selbst auf einer Stufe nieder. »Wenn nicht du es verdient hättest, wer sonst?«

Wie ein Lichtflimmern durchfuhr Geist die Erinnerung an ihre erste Begegnung. Sie war Alberich und den beiden anderen auf ihrer Suche nach dem Leichnam des Drachen gefolgt, erst heimlich, dann an ihrer Seite. Sie hatten damals – und seither – vieles gemeinsam durchgemacht, vieles erlebt. Und doch war es nur selten vorgekommen, dass Geist und der Horthüter allein miteinander waren. In beiden floss das Blut magischer Vorfahren, und doch war es, als wären sie sich in den vergangenen zwei Jahren unbewusst aus dem Wege gegangen.

»Setz dich zu mir«, forderte Alberich das Moosfräulein auf.

Geist kam näher, hockte sich mit angezogenen Knien auf eine Treppenstufe. Ihr Blick huschte zu dem Sarkophag empor, der jetzt Ehrfurcht gebietend über ihnen thronte. Sie wollte endlich die eine Frage stellen, die ihr schon die ganze Zeit über auf der Zunge brannte, doch Alberich schien ihre Gedanken zu lesen und legte seinen Zeigefinger an die Lippen.

Er nickte niedergeschlagen und sagte dann leise. »Es ging nie um das Gold. Immer nur um sie.«

Tage. Oder Wochen. Monde vielleicht.

Grimma hatte aufgehört, in zeitlichen Größen zu denken. Zeit war für sie etwas ebenso Verschwommenes geworden wie das ferne Ende der Zwergenstraße, dunkel und diffus, ohne einen Licht- oder Hoffnungsschimmer.

Seit Styrmirs Tod und dem Fund der Tarnkappe lief sie stetig nach Süden. Frierend fing sie Fische, aß sie roh, und gelegentlich sprach sie mit sich selbst; vorausgesetzt, es gab etwas zu bereden, und das war selten der Fall.

Das Alleinsein, dachte sie manchmal, hat auch seine guten Seiten. Man muss niemanden in seiner Nähe ertragen. Ist ganz für sich. Ganz ungestört.

Dabei war sie nicht wirklich einsam. Sie hatte immer noch sich selbst, ihre Gedanken, die mit jedem Aufwachen wirrer wurden, ihre Stimme, die so heiser war, dass sie selbst sie kaum mehr verstehen konnte. Oftmals war gerade das die schlimmste aller Qualen, das Alleinsein mit sich selbst, dem eigenen Ich schutzlos ausgeliefert. Wenn sie diese Erkenntnis besonders heftig traf, zog sie die Tarnkappe über, blickte an sich hinab und dachte: Sieh nur, sie ist weg! Endlich bin ich ganz allein!

Ihr Leben war zu einem morschen Geflecht aus zwei grauen Fäden geworden. Der eine hieß Schlaf, der andere Laufen. Wenn sie nur lange genug einen Fuß vor den anderen setzte, lange genug sich selbst und die Kälte ertrug, dann würde sie irgendwann ankommen. Im Schutz des Hohlen Berges, bei Thorhâl. Alles würde sein wie früher. Allein dafür lohnte es sich, sich nach jedem Erwachen auf die Beine zu stemmen und weiterzuschleppen, ganz gleich, wie schwer es auch fiel. Denn schon seit einer Weile erschien ihr der Felsboden immer einladender, als wollte er sie auffordern, für immer liegen zu bleiben. Manchmal gehörte viel Kraft dazu, ein so verlockendes Angebot auszuschlagen.

Irgendwann bemerkte Grimma in einiger Entfernung vor sich ein Licht. Als sie sich ihm näherte, zerfaserte die Lichtquelle, wurde zu einer Vielzahl flackernder Punkte. Darunter wogte etwas, erst ein vager Schemen, dann eine wimmelnde Masse von Körpern.

Eine Stimme rief etwas, eine Warnung, und mehrere Gestalten lösten sich aus dem lärmenden Verbund, kamen näher, tuschelten, hantierten mit ihren Waffen. Einer schließlich erkannte sie, erinnerte sich an das Gesicht unter den zottigen Haaren, an die Augen, die nur noch vage Ähnlichkeit mit denen der Grimma von einst hatten.

Eine Weile später – man hatte ihr Wasser und Nahrung gereicht, dazu Decken und frische Kleidung, und irgendjemand hatte ihr Gesicht mit einer kühlenden Salbe bestrichen – kam Thorhâl an ihr Krankenlager.

Der König vom Hohlen Berg ging vor ihr in die Hocke, hob ihr Kinn, betrachtete sorgenvoll ihre ausgezehrten Züge und erkannte den Schatten des Irrsinns, der in ihren Blicken gedieh. Sehr langsam und traurig fragte er, was geschehen sei.

Grimmas Stimme war rau, gar nicht mehr die ihre, und jeder, der zuhörte, hatte Mühe, sie zu verstehen. Sie sprach in kurzen, abgehackten Sätzen, und sie hatte die Befürchtung, dass vieles davon keinen Sinn ergab. Die Erinnerung schmerzte, und Grimma weinte, während sie sprach. Dennoch tat es gut, sich das Grauen und die Pein von der Seele zu reden.

Schließlich wurden ihre Schilderungen flüssiger, die Silben und Worte verständlicher. Sie spürte, dass Klarheit in ihre Gedanken einkehrte, nicht durch und durch, vielleicht nicht bleibend. Doch endlich war sie weit genug bei Verstand, um sich an das zu erinnern, was Vorrang vor allem anderen hatte.

Sie musste Thorhâl warnen.

Es war in eben jenem Augenblick, als sie auf einen Schlag begriff, dass sie sich nicht im Hohlen Berg befand. Sie war noch immer im Tunnel, und Thorhâl war bei ihr und mit ihm sein ganzes Volk. Und da wusste sie, dass sie zu spät kam. Der Auszug nach Norden hatte längst begonnen.

Wie lange die Zwerge schon unterwegs seien, fragte sie mit bebender Stimme, und der König unter dem Berg erwiderte, man befände sich gerade im Aufbruch. Dann sei wohl der Hohle Berg ganz in der Nähe, entfuhr es Grimma aufgebracht, und als Thorhâl nickte, da lachte seine Heerführerin, lachte, bis sie kaum noch Luft bekam und der König besorgt nach dem Heiler rief. Grimma aber ließ sich nicht beruhigen. Sie hatte die Heimat tatsächlich erreicht, nach allen Niederlagen der vergangenen Monde, all dem Sterben ohne Sinn, und sie kam einen einzigen Tag zu spät. Einen verfluchten Tag! Die Ironie war so köstlich wie grausam, die Folge jedoch ungleich grausamer. Denn nun, da Thorhâl einmal zum Zug ins Nordland aufgerufen hatte, konnte er seinen Befehl nicht mehr rückgängig machen, ohne vor dem ganzen Volk das Gesicht zu verlieren. Grimma kannte ihn viel zu gut, als dass sie sich der Illusion hingegeben hätte, er würde auch nur in Erwägung ziehen, sich auf derlei einzulassen.

Oh, gewiss versuchte sie, ihn umzustimmen. Sie schilderte die Öde und den klirrenden Frost des Nordlandes, die Trümmerschluchten der untergegangenen Zwergenstadt; sie warnte vor der Mordlust der Nordlinge, die die Ruinen wie ein Rudel Aasfresser beherrschten; sie bat, sie schrie und sie flehte, Thorhâl möge seinen verhängnisvollen Plan aufgeben, er möge daheimbleiben im Hohlen Berg und sich zufriedengeben mit dem, was das Schicksal ihnen zugestanden hatte.

Doch Thorhâl schüttelte nur betrübt den Kopf, ein geschlagener Mann, gefesselt an die Marionettenschnüre seines Volkes. Im Hinausgehen befahl er dem Heiler, alles in seinen Kräften Stehende für die verwirrte Kriegerin zu tun. Dann war er fort, und Grimma sah ihn niemals wieder.

Die Bemühungen des Heilers schienen für Grimma an einer anderen vorgenommen zu werden, nicht an ihr. Sie verfolgte sie unbeteiligt wie durch einen Schleier. Dann, als der Mann endlich fort war, zog sie die Tarnkappe über und stahl sich unsichtbar aus dem Schatten der Versorgungskarren, neben denen man ihr Lager errichtet hatte. Mühelos schlich sie an Thorhâls Wachen vorbei zur

Rampe. Die steile Schräge wuchs ehrfurchtgebietend vor ihr empor. Auf Grimma wirkte sie wie der Eingang in eine andere Welt.

Die beiden Steinflügel der riesigen Falltür, hoch oben in der Tunneldecke, wurden durch ein gewaltiges Gerüst aus Holz abgestützt. Grimma erkannte Thorhâls Plan: Sobald der Zug weit genug fort war, würde er die Gerüstkonstruktion zerstören lassen. Die Flügel würden zufallen, der Hort darüber zusammenschlagen wie die Wogen eines goldenen Ozeans. Kein Eroberer würde danach noch in der Lage sein, den Hohlen Berg von unten zu betreten.

Unsichtbar erklomm Grimma die Rampe. Sie hatte Bauchschmerzen. Das starke Aufgebot an Wachtposten, die an den Rändern der Falltür postiert waren, verriet ihr, dass das Zwergenreich bereits geräumt, die Kammern und Hallen durchsucht und gesichert waren. Niemand würde zurückbleiben. Niemand außer Grimma.

Sie huschte zwischen zwei Wachen hindurch, kletterte über die Goldwälle der Nibelungenschätze und machte sich daran, die lange Treppe in der Wand der Horthalle hinaufzusteigen.

Sie hatte mehr als drei Viertel des Weges bewältigt – demnach war fast ein halber Tag vergangen –, als tief unter ihr ein scharfes Bersten ertönte, gefolgt von einem Donnern. Thorhâl ließ die Stützpfeiler fällen. Nur Augenblicke später sackte das Gerüst in sich zusammen, die mächtigen Torflügel schlossen sich mit ohrenbetäubendem Krachen. Darüber ergoss sich von allen Seiten die Goldflut des Hortes, verschüttete den geheimen Zugang zum Tunnel innerhalb weniger Atemzüge. Das Zwergenreich vom Hohlen Berg existierte nicht mehr.

Grimma erreichte die Plattform, beherrscht von einem Wirrwarr starker Empfindungen. Schmerzvolle Trauer um all jene Männer, Frauen und Kinder, die ihrem König ins sichere Verderben folgten. Trauer auch um die Freunde, die ihr Leben für ein Ziel gelassen hatten, das von Anfang an eine Illusion gewesen war.

Und sie weinte um Styrmir, der ihr mehr gegeben hatte als nur seine Liebe.

Sie zog sich die Tarnkappe vom Kopf und streichelte das überirdische Schmiedewerk des Kettengewebes, als wäre es der Haarschopf ihres toten Gefährten. Albenmagie, dachte sie verträumt.

Neues Leben, tief in mir. Ich kann es fühlen.

Sie berührte mit der Tarnkappe ihren Bauch, rieb sanft darüber hinweg. Albenmagie, durchfuhr es sie noch einmal. Vielleicht ging ja etwas davon auf die Frucht ihres Leibes über, auf Styrmirs Kind, das unter ihrem Herzen heranwuchs.

Sie wusste schon, welchen Namen sie ihm geben würde.

DIE HEXENKÖNIGIN

KAPITEL 1

Auf dem Höhepunkt der Geburtstagsfeier begab es sich, dass sich Graubart der Zauberer mitsamt seinem Feuerwerk in die Luft sprengte, und alle waren ganz hingerissen von diesem Schauspiel.

Die Zuschauer spendeten begeisterten Beifall. Noch ahnte keiner, dass dies keine von Graubarts beliebten Gaukeleien war. Doch auch später, als die schlimme Kunde vom unrühmlichen Heimgang des Zauberers die Runde gemacht hatte, wollte niemand so recht um ihn trauern. Sicher, da war der eine oder andere, der meinte, man würde ihn wohl bei künftigen Festlichkeiten vermissen. Die meisten aber waren immer noch viel zu beeindruckt von den bunten Feuerrädern, Glutwolken und Springflammen, mit denen der Zauberer den Geburtstag des Königs versüßt hatte, als dass sie ernsthaft die Folgen hätten abwägen können.

Eine dieser Folgen war, dass Kriemhild, des Königs schöne Schwester, sich aufmachte, ihre Unschuld zu verlieren.

Um der Vollständigkeit Genüge zu tun: Graubarts Tod hatte mehr als nur eine Folge, und nicht wenige waren sonderbar, ja geradezu grotesk (tatsächlich entfachten sie abermals den Streit um des seligen Zauberers magische Macht). Doch nichts von all dem, was das missglückte Feuerwerk an jenem Tag heraufbeschwor, war so wundersam wie Kriemhilds Reise durch das Pestland, ihre unglückliche Begegnung mit den Göttern und das vermeintliche Opfer ihrer königlichen Jungfräulichkeit.

So geschah es also, dass sich Graubarts Asche mit dem Sand des Burghofs mischte, und selbst Jahre später behauptete noch mancher, in lauen Vollmondnächten merkwürdige Verwehungen im Sand entdeckt zu haben, sternförmige Anhäufungen, farbige Muster und sprühende Quellen, aus denen kein Wasser, sondern Staub hervorschoss, als wollte der Sand des Burghofs das letzte Feuerwerk des Toten nachahmen.

Die Geburtstagsfeier des Königs fand ihr Ende erst am späten Abend, nach dem großen Bankett im Thronsaal, und die Anwesenden taten ihr Bestes, sich vom Elend, das der Stadt von Osten entgegenrückte, abzulenken. Denn dies war der wichtigste der Gründe, die Gunther bewegt hatten, zur Feier seines Jubeltages ganz Worms zu laden, vom niedersten Bettler bis zum tapfersten Kämpen: Er wollte die Menschen vergessen machen, was östlich der Stadttore näher rückte – die Plage, die Pest, der Schwarze Tod.

Und während im Thronsaal der Adel seinen Vergnügungen nachging und auf dem Burghof die Bürger ihren eigenen frönten (wobei es zwischen beiden keine nennenswerten Unterschiede gab, abgesehen vom Münzwert des Gesöffs), saß Kriemhild, sechzehn Lenze jung, in ihrer Kammer und dachte nach. Dachte nach, wie sie noch heute Nacht aus der Königsburg entfliehen und den Weg nach Osten einschlagen könnte. Dachte nach, wie es sein würde, auf eigene Faust ein ganzes Volk zu retten.

Sie hatte sich früh vom Bankett zurückgezogen, unter dem Vorwand, die Festlichkeiten hätten sie ermüdet. Jetzt aber legte sie ihr langes Kleid ab, schlüpfte stattdessen in die ledernen Hosen, die sie bei langen Ausritten zu tragen pflegte, zog sich ein dunkles Hemd mit weiten Ärmeln über und packte ihre hohen Reitstiefel in ein Bündel aus Tuch. Anschließend legte sie erneut ihr Kleid an, in der Hoffnung, es würde das, was sie darunter trug, leidlich gut verhüllen. Einen Moment lang erwog sie, auch den goldenen Zierdolch, ihre einzige Waffe, einzustecken, entschied sich dann aber dagegen; es würde sich ein besseres Werkzeug zu ihrer Verteidigung finden.

Mit wehendem Kleid und dem Bündel unterm Arm, das ihre Stiefel verbarg, verließ sie ihre Gemächer. Den beiden Männern, die draußen Wache standen, sagte sie, sie habe es sich anders überlegt und wolle noch einmal hinab zu den Feiernden gehen.

Hinter der nächsten Ecke wurde sie schneller, eilte mit klappernden Schritten durch die menschenleeren Flure der Burg. Fackeln spendeten Licht in Schwefeltönen, gelb und ungesund. Durch die Mauern drang der Lärm vom Hof: die Musik der Spielleute, das Lallen der Betrunkenen, das Klirren leerer Krüge auf den langen Holztafeln. Allzu vergnügt klangen Lachen und Gesang in Kriemhilds Ohren, als wollten die Menschen die drohende Seuche allein durch ihren Frohsinn bezwingen.

Noch hatte es in Worms keine Opfer gegeben, noch trug niemand die tückischen Male der Plage. Dennoch, die Nachrichten aus dem Osten, überbracht von Brieftauben, die gleich nach der Ankunft verbrannt wurden, machten deutlich, dass es kein Entrinnen gab. Die Pest breitete sich mit der Geschwindigkeit eines Lauffeuers aus; schwelend, fast unbemerkt, kreiste sie ihre Opfer ein, um dann, von einem Augenblick zum nächsten, hochlodernd über sie herzufallen.

Kriemhild betrat den Gang, an den die Gemächer ihrer Brüder Gernot und Giselher grenzten. Beide feierten unten im Thronsaal, Seite an Seite mit Gunther, dem ältesten der Geschwister und König aller Burgunden.

Vor Gernots Tür standen zwei Wachen und tranken Wein aus einem großen Krug. Als sie Kriemhild bemerkten, vertrieb die Scham den Glanz der Trunkenheit aus ihren Augen. Der Krug verschwand hinter dem Rücken des einen, beide strafften sich, bemühten sich schwankend um Haltung. Als sie Kriemhild grüßten, war nicht zu überhören, dass sie dem Wein schon geraume Zeit zugesprochen hatten.

»Mein Bruder schickt mich«, sagte Kriemhild und setzte ihr lieblichstes Lächeln auf. »Er hat mich gebeten, ein Schwert aus seinen Gemächern zu holen.«

»Ein Schwert?« Benebeltes Erstaunen erschien auf den Gesichtern der Männer.

»Er und der König wollen sich einen Schaukampf liefern, und Gernot wünscht dafür seine Waffe.«

»Aber Prinzessin«, meinte der linke Wächter vorsichtig und wischte sich nervös über die rote Nase, »Ihr wisst doch, dass wir Order haben, niemandem Eintritt zu gewähren, solange Euer Bruder nicht den Befehl dazu gibt.«

Zorn blitzte in Kriemhilds Augen. »Ist es denn nicht sein Befehl, den ich Euch überbringe, Dummkopf?«

Die beiden Männer, verdiente Krieger in so mancher Schlacht, zuckten unter der Schelte des Mädchens zusammen. Kriemhild war hoch angesehen bei allen in Worms, und kaum einen Mann gab es, der sie nicht im Traum bereits gefreit, sie gar für sich gewonnen hatte. Von ihr zurechtgewiesen zu werden war schmählicher als eine Schelte vom König persönlich; zumal der Wein die Sinne der beiden Wächter berauschte und ihnen die Maid um so herrlicher erschien.

Bald schon erlahmte ihr Widerspruch, und Kriemhild wurde eingelassen. Sie bat um eine Fackel, bevor sie den Wächtern die Tür vor der Nase zuwarf. Der Schein des Feuers zuckte über die Einrichtung des Schlafgemachs, erhellte prachtvolle Wandteppiche, Kerzenleuchter und zahlreiche Truhen. In einer davon verwahrte Gernot seine Waffen, wie Kriemhild wusste.

Als sie wenig später wieder hinaus auf den Gang trat, trug sie das schmucklose Schwert ihres Bruders offen in beiden Händen, tat gar, als ziehe sie die Last der Waffe leicht vornüber. Einer der Wächter erbot sich, an ihrer statt hinab in den Thronsaal zu gehen, doch Kriemhild lehnte ab und drückte ihm die Fackel in die Hand. Keiner der beiden bemerkte, dass das Bündel unter ihrem Arm an Gewicht gewonnen hatte; zwischen den Stiefeln steckten jetzt zwei von Gernots schärfsten Dolchen.

Ein Besuch in Giselhers Kammer erübrigte sich. Kriemhild hatte jetzt alles, was sie benötigte. Durch lange Korridore eilte sie zu einer hohen Doppeltür, die den Wohntrakt der Burg mit dem Wormser Münster verband. Die mächtige Kathedrale bildete den Südflügel des hufeisenförmigen Burgkerns; in der Mitte lag der dreigeschossige Wohntrakt, im Norden lagen Thronsaal und Burgkapelle. Um ungesehen über den Hof zu einer der Stallungen zu gelangen, musste

Kriemhild einen Weg wählen, der nicht durch die Menge der Feiernden führte.

Im Inneren der Kathedrale roch es nach kaltem Weihrauch, nach Holz und uraltem Stein. Niemand hielt sich hier auf, die Priester feierten mit dem Adel im Thronsaal. Es war stockdunkel, bis auf einen schwachen Abglanz der Hoffeuer, der durch die hohen Fenster hereinfiel. Kriemhild packte ihr Bündel fester und blickte stur geradeaus. Den tiefschwarzen Schatten in Winkeln und Nischen schenkte sie keine Beachtung.

Sie atmete erleichtert auf, als sie das Südportal erreichte und hinaus auf den Johannes-Friedhof huschte. Ein schmaler Weg führte zwischen den Gräbern zum Burgwall, einem kreisrunden Ring aus Häusern, Türmen und Stallungen, der nur vom Haupttor im Osten und dem kleineren Bürgertor im Süden durchbrochen wurde. Obgleich sich überall auf dem Burggelände feiernde Menschen herumtrieben, lag doch der Friedhof still und verlassen da. Lediglich an seinem Rand saßen ein paar Betrunkene am Boden und schmetterten ein Lied, das Kriemhild die Schamröte ins Gesicht trieb. Niemand beachtete sie, als sie zu einem der Ställe eilte, in dem Lavendel, ihr Lieblingspferd, untergebracht war. Die prachtvolle Schimmelstute schnaubte aufgeregt, als Kriemhild aus den Schatten trat, ihr Bündel ins Stroh warf und das Kleid ablegte. Die enganliegende Reithose knirschte leise, als Kriemhild prüfend in die Knie ging, um das selten getragene Leder zu dehnen. Dann streifte sie ihre Schuhe ab und schlüpfte in die Stiefel. Ihr langes blondes Haar fasste sie straff mit einem Band zu einem Pferdeschwanz zusammen, den sie am Hinterkopf zu einem Knoten feststeckte. Zuletzt schob sie die beiden Dolche in die Stiefel, eine Klinge in jeden Schaft, sattelte Lavendel und befestigte Gernots Schwert am Sattelknauf.

Augenblicke später trug der Schimmel sie zum Stall hinaus. Die letzte Hürde waren die Wachen am Bürgertor. In dieser Nacht aber, da ganz Worms die Erlaubnis hatte, im Burghof den Geburtstag des Königs zu feiern, waren die Kontrollen vereinzelt und oberflächlich. Kriemhild hatte sich eine Decke aus dem Stall um die Schultern geworfen und die Ränder so weit über Lavendels Rücken gezogen, dass sie auch das Schwert bedeckten. Sie senkte den Kopf und tat schläfrig, als forderten Wein und Bier ihren Tribut. Sie wagte nicht aufzublicken, als sie die Wachen passierte, und so sah sie nicht, ob man ihr überhaupt Aufmerksamkeit schenkte. Ohne Zwischenfälle verließ sie die Burg und schaute erst wieder auf, als die hohe, zinnengekrönte Ummauerung hinter ihr zurückblieb.

Die Stadt lag südlich der Burg und bildete am Westufer des Rheins ein dichtes Knäuel aus verschlungenen Gassen, spitzgiebeligen Fachwerkbauten und kleinen, verwunschenen Plätzen. Auch hier wurde gefeiert, und mehr als einmal erntete das junge Mädchen auf seinem weißen Ross unflätige Zurufe betrunkener Kerle. Kriemhild war mehr als erleichtert, als sie die Stadtgrenze unbeschadet hinter sich ließ und zum Ufer des Rheins hinabritt. Der alte Fährmann, der sie schon ungezählte Male zur anderen Seite gebracht hatte, war auch in dieser Nacht auf seinem Posten.

»Wenn das nicht …«, entfuhr es ihm verblüfft, doch Kriemhild schnitt ihm mit einem Wink das Wort ab.

»Schweig«, verlangte sie und setzte freundlicher hinzu: »Ich bitte dich, schweig still. Und stell mir keine Fragen. Bring mich hinüber zum Ostufer.«

»Aber Prinzessin«, flehte der Alte, »das kann nicht Euer Ernst sein. Niemand will in diesen Tagen dort hinüber. Im Osten wütet die Pest.«

Sie gab keine Antwort und lenkte Lavendel auf die Fähre. Die Hufe der Stute hämmerten lautstark über das Holz.

Der alte Fährmann öffnete den Mund, um weiter auf sie einzuwirken, dann aber bemerkte er den entschlossenen Ausdruck auf Kriemhilds Gesicht. Er war weise genug, um zu wissen, dass junge Mädchen ihres Alters auf ihren eigenen Willen beharrten, und er erkannte auch, dass jeder Widerspruch ihren Entschluss nur gefestigt hätte.

»Ich sah ein herrliches Feuerwerk am Himmel«, sagte er stattdessen, während er die Fähre vom Ufer löste. Das breite Floß bot Platz für zehn Pferde und war an zwei Seilen verankert, die quer über den Strom führten. Mit Hilfe einer mächtigen Kurbel, die ihrerseits eine komplizierte Mechanik aus hölzernen Zahnrädern antrieb, brachte der Alte die Fähre in Bewegung. Unter seinem Wams schwollen Muskeln, die manchen Jüngling mit Neid erfüllt hätten. Schon glitt die Fähre hinaus auf den Rhein. Das Wasser spülte schwarz und eisig um den hölzernen Rumpf, als verlangten die Flussgeister Einlass.

Als Kriemhild schweigend zum anderen Ufer starrte, sagte der Alte noch einmal: »Ich sah ein Feuerwerk, das schönste, das mir je vor die Augen gekommen ist. Graubart ist ein Meister seines Fachs.«

»War«, verbesserte Kriemhild düster.

»Wie meint Ihr das?«

»Graubart ist tot. Die schönste Flamme, die du gesehen hast, die hellste Sonne, der gleißendste Stern – das war Graubart Ungestüm, Graubart Himmelsglut, Graubart der Narr.«

»Ihr redet schlecht von einem Toten.«

Sie schüttelte den Kopf, als gelte es, ein Schreckgespenst aus ihrem Schädel zu vertreiben. Zum ersten Mal sah sie den Fährmann an und lächelte. »Verzeih mir, mein Freund. Das wollte ich nicht. Es ist nur …« Und sie verstummte erneut.

»Sprecht, wenn Ihr mögt, Prinzessin. Von mir erfährt niemand ein Wort, und hier draußen auf dem Fluss ist keiner sonst, der Euch hören könnte.« Sie sah ihm an, dass er es ehrlich meinte.

»Es ist nur«, begann sie noch einmal, »dass ich Angst habe.« Plötzlich kicherte sie, aber es klang gereizt, nicht fröhlich. »Ich könnte nicht vom Pferd steigen, selbst wenn ich wollte. Meine Beine würden mich kaum tragen, so zittern sie.«

Der Fährmann verharrte und hielt die Kurbel fest. Die Strömung wollte das Floß nach Norden zerren; die Wellen brausten und tobten vor Wut. »Wenn es die Pest ist, die Euch ängstigt, warum wollt Ihr dann …«

»Weil ich es muss, verstehst du?« Sternenlicht brach sich in ihren

Augen, und der Fährmann fragte sich betrübt, ob es Tränen waren, die da blitzten. »Ich muss es tun.«

Und fortan sprach Kriemhild kein Wort mehr. Nicht, während die Fähre weiterglitt zur anderen Seite; nicht, als der Rumpf über Uferkies knirschte.

Traurig blickte der Fährmann ihr nach, als sie die Rampe emporritt, ihrem Ross die Stiefel in die Flanken hieb und eilig davongaloppierte, dem Heerweg nach Osten, den Wäldern, der Plage entgegen.

»Prinzessin!«, rief er ihr nach, als sie nur noch ein vager Fleck in der Finsternis war. »Ich wünsche Euch …«

Aber da war sie schon fort, und der Fluss übertönte den Ruf mit Strudeln und Wispern, mit dem glucksenden Lachen der Strömung.

Sie folgte der Heerstraße nach Osten, tiefer ins Dickicht des Odenwaldes. Die Pest hatte selbst Räuber und Wegelagerer vertrieben. Niemand begegnete ihr in dieser Nacht, keiner hielt sie auf. Kriemhild war nicht wohl dabei, die bucklige, gepflasterte Straße zu benutzen, aber sie wusste auch, dass dies ihre einzige Möglichkeit war, ans Ziel zu gelangen. Sie kannte sich in dieser Gegend nicht aus, weniger noch, je tiefer sie in die Wälder ritt. Die Straße würde irgendwann in Würzburg enden, doch die Stadt wollte Kriemhild umgehen; dort sollte die Pest besonders übel wüten. Zudem galt: Umso weniger Menschen ihrer ansichtig wurden, desto besser für sie.

Sie überließ den Rhythmus der Reise gänzlich ihrem Ross. Der Schimmel sollte verschnaufen, wenn ihm danach war. Lavendel war eines der besten Tiere im königlichen Stall, Erschöpfung und Hunger waren ihm fremd, und so ritten sie die Nacht hindurch und auch den ganzen Tag. Erst als die Dämmerung hereinbrach, wurde der Trab des Pferdes langsamer. Kriemhild ließ das brave Tier an einem Waldsee trinken und vom Gras am Wegesrand fressen, so lange es nur mochte. Dann legte sie sich abseits der Straße, hinter einem schützenden Kiefernhain, zur Ruhe.

Ehe sie einschlief, dachte Kriemhild, dass es seltsam war, wie prächtig sich doch die sommerliche Landschaft rund um sie erstreckte, der tiefe, kühle Odenwald auf seinen sanften Bergrücken und in düsteren, einsamen Tälern. Von den Boten der Plage, die das Land heimsuchte, war nirgends etwas zu entdecken. Sie hatte Schwärme schwarzer Krähen erwartet, Rattenrudel überall, auch wildes Getier, das sich an Toten labte, doch da war nichts dergleichen. Selbst von Leichen keine Spur. Das machte ihr ein wenig Hoffnung, und als der Schlaf sie endlich übermannte, hatte sie zum ersten Mal seit ihrer Abreise ein wenig von der nagenden Angst verloren.

Der Morgen kam schnell und mit Sonnenschein, der die Wipfel der Wälder mit Gold übertünchte. Nach einem Frühstück aus Beeren wischte Kriemhild den Tau von Lavendels Fell und machte sich erneut auf den Weg. Der zweite Tag ihrer Reise hatte begonnen, sie fühlte sich ausgeruht und frisch.

Bis zum Mittag hatte sie bereits ein gutes Stück zurückgelegt, und Kriemhilds Laune besserte sich mit jeder Hügelkuppe, die hinter ihr zurückblieb. Sie dachte an Worms und an den Aufruhr, den ihr Verschwinden erregt haben würde. Sie hatte einen kurzen Brief auf dem Schreibpult am Kammerfenster zurückgelassen, in dem sie weder Ziel noch Sinn ihrer Reise angegeben hatte; nur dass sie bald zurück zu sein hoffe, stand darin geschrieben, zusammen mit den besten Wünschen an ihre drei Brüder und ihre Mutter Ute.

Sie wusste natürlich, dass Gunther toben würde und dass Gernot und Giselher zur Suche nach ihr aufbrechen würden. Freilich würde niemand auf die Idee kommen, sie habe sich ausgerechnet ins Herz der Pestepidemie aufgemacht. Vielleicht würde man den Fährmann befragen, und sicher würde er dann die Wahrheit erzählen, doch bis dahin war ihr Vorsprung viel zu groß.

Wie es aussah, war sie vor Verfolgern vorerst sicher. Zumindest, solange sie ihre Reise zügig und ohne unnötige Unterbrechungen fortsetzte. Und, immerhin, sie war bereit, ihr Leben für das eines ganzen Volkes zu geben, für das gesamte Reich von Burgund. Ihre Sache, dessen war sie gewiss, war eine gerechte, die jedes Opfer wert war. Auch jenes, das sie selbst zu bringen gedachte. Sie hatte nie einer Menschenseele davon erzählt, und wenn es nach ihr ging, sollte auch in Zukunft niemand davon erfahren. Sie folgte nur ihrem Instinkt, nicht dem Verstand, aber etwas sagte ihr, dass sie das Richtige tat. Und das einzig Mögliche.

Es war am frühen Nachmittag, als sie aus der Ferne am Wegrand ein Anwesen entdeckte. Im Näherkommen erkannte sie, dass es ein Gasthaus war, mit einem Pferdestall als Anbau. Ein wettergegerbtes Holzschild schaukelte knirschend im warmen Sommerwind. Tür und Fenster waren geschlossen, weit und breit war kein Mensch zu sehen. Ein zäher, süßlicher Geruch lag in der Luft, ein wenig wie von gekochten Rüben.

Erst als sie auf einer Höhe mit dem Haus war, sah sie den schwarzen Stofffetzen, der am Knauf des Eingangs angebracht war. Das Zeichen, dass in diesen Mauern die Pest umging.

Kriemhild stieg nicht vom Pferd und lenkte Lavendel auf die andere Straßenseite.

»Ist da wer?«, rief sie so laut sie konnte zum Gasthaus hinüber.

Nichts regte sich.

»He da!«, versuchte sie es noch einmal. »Eine Reisende erbittet Auskunft!«

Die Antwort war Schweigen. Nur das Schild über der Tür knarrte leise, als eine neuerliche Brise es schrägstellte.

Kriemhild war drauf und dran, den Schimmel weiterzutreiben, doch ihre Neugier überwog. Wie konnte sie etwas besiegen, das ihr nie von Angesicht zu Angesicht begegnet war?

Sie sprang aus dem Sattel und band Lavendel an einen Baum. Dann überquerte sie die verlassene Straße und näherte sich zögernd dem Gasthaus. Der Rübengeruch wurde stärker. Noch einmal blieb sie stehen, zweifelte an ihrem Tun. Dann trat sie entschlossen an ein Butzenfenster rechts der Tür und presste das Gesicht ans Glas. Im Inneren herrschte düsteres Zwielicht. Sie konnte nur zwei oder drei Schritte weit sehen, bis zu den vorderen der langgestreckten Tische. Darauf lag etwas, reglos und still.

Kriemhild zuckte zurück. Der Geruch schien ihr schlagartig durch jede Pore zu dringen, verklebte ihren Mund, ihre Augen, ihre Nase. Einen Augenblick lang hatte sie das Gefühl, sie würde nie wieder atmen können.

Es waren Kinder. Die Leichen von Jungen und Mädchen, mindestens ein halbes Dutzend allein auf den vorderen Tischen. Die Menschen aus den umliegenden Wäldern, Holzfäller, Köhler und Wilddiebe, mussten ihre Kinder hierhergebracht haben, vielleicht, weil sie geglaubt hatten, sie seien hier sicherer als draußen im einsamen Tann. Vielleicht hatten sie gehofft, hier würden die Kleinen alle Hilfe bekommen, die sie nötig hatten.

Jetzt aber lebte hier niemand mehr. Irgendwer musste die Körper auf den Tischen aufgebahrt haben. Wahrscheinlich war er selbst längst tot.

Kriemhild warf sich herum, löste Lavendel vom Baumstamm und zog sich hinauf in den Sattel. In rasendem Galopp sprengte das Tier mit ihr von dannen, schnell, immer schneller. Es war, als würde der Geruch ihr folgen, eine giftige Wolke Verwesungsgestank, der sie über die Heerstraße jagte wie ein hungriges Ungetüm. Kriemhild fürchtete, jetzt, wo ihr der Gestank einmal bewusst geworden war, würde er sie nie wieder loslassen. War es möglich, dass bereits das ganze Land so roch und sie es nur nicht bemerkt hatte?

Unermüdlich trug Lavendel sie weiter, die Hügel hinauf und hinunter, bis es ihr vorkam, als läge das halbe Burgundenreich zwischen ihr und dem Gasthaus der toten Kinder. Schließlich riss sie an den Zügeln des Schimmels und übergab sich aufs Pflaster, brach Beeren und Galle hervor und hoffte, der entsetzliche Gestank des Todes würde mit ihrem Mageninhalt zu Boden prasseln.

Doch der Geruch blieb, ganz wie sie befürchtet hatte. Er durchzog die Wälder, füllte die Täler und umwogte die Bergspitzen wie Wolkenringe. An manchen Stellen wurde er schwächer, doch niemals verschwand er gänzlich. Kriemhild hatte das Gefühl, als hätte der Geruch sich in ihrer Kleidung verfangen, doch es war die einzige, die sie hatte. Sie verfluchte sich für ihr Ungeschick, nichts zum Wechseln eingepackt zu haben.

Gegen Abend, die Sonne stand tief hinter den Tannenspitzen, kam sie an ein Ufer. Sie versuchte, sich die Karten in Erinnerung zu rufen, doch die meisten waren ungenau, und Kriemhild hatte sie nie so eingehend studiert, wie ihre Lehrer es von ihr verlangt hatten. Mochte sein, dass dies schon der Fluss Tauber war, eher aber wohl eines der schmaleren Gewässer, die diese Gegend von Süden nach Norden durchzogen. Die Strömung schien nicht allzu stark, und das gegenüberliegende Ufer war nicht fern. Doch im Dämmerlicht war schwer auszumachen, wie tief der Fluss war; schon wenige Armlängen vom Rand entfernt konnte sie keinen Grund mehr erkennen.

Die Heerstraße endete an einigen Holzpflöcken, die aus dem dunklen Wasser ragten. Jetzt, bei genauem Hinsehen, entdeckte Kriemhild auch weitere Bretter und Latten, die die Oberfläche durchbrachen oder sich treibend zwischen einigen der Pfähle verfangen hatten. Hier musste ernst eine Brücke gewesen sein. Wahrscheinlich hatten Menschen aus dem Osten, auf der Flucht vor der nachrückenden Plage, sie zerstört, um zu verhindern, dass Kranke diese Seite des Flusses erreichten. Wie erfolgreich dieser Plan gewesen war, hatte das Gasthaus gezeigt. Vermutlich hatten die Flüchtlinge selbst die Seuche eingeschleppt.

Bald darauf fand Kriemhild unweit der Straße den Leichnam eines Mannes. Sommerwärme und die Tiere des Waldes hatten bereits ihre Spuren hinterlassen, er musste schon Tage hier liegen. Der Brückenwächter, nahm sie an und wandte sich angewidert ab. Sie hatte früher schon Tote gesehen, sogar ihren eigenen Vater, König Dankrat, und auch hässliche Krankheiten hatte es gelegentlich im Schloss gegeben. Trotzdem war ihr Leben weitgehend wohlbehütet verlaufen, und der Anblick des Todes, mehr noch der Verwesung, traf sie zutiefst.

Eine Weile blickte sie ratlos übers Wasser und überlegte, wie sie auf die andere Seite gelangen könnte. Ihr Ziel lag nordöstlich, falls ihr Orientierungssinn sie nicht täuschte. Es blieb ihr keine andere Möglichkeit, als am Ufer des Flusses entlangzureiten und eine Furt zu suchen.

Die Sonne war gerade hinter den Wäldern verschwunden, und ein goldroter Schein floss über den Himmel, als sie jenseits einer Flusskehre Stimmen vernahm. Alarmiert lenkte sie Lavendel dichter an den Waldrand, ließ das Tier aber nicht anhalten. Der weiche Uferboden dämpfte die Geräusche der Hufe. Außerdem verriet die Lautstärke der Stimmen und die Aufregung, die daraus sprach, dass die Leute anderes zu tun hatten, als nach Reisenden Ausschau zu halten.

Noch fünfzig Schritte bis zur Flusskehre. Der Boden stieg dort leicht an, ein niedriger Hügel, der seitlich steil zum Fluss hin abfiel. Was immer dort vorne vorging, es spielte sich auf der anderen Seite der Erhebung ab.

Kriemhild brachte den Schimmel erst unterhalb der Kuppe zum Stehen. Dort führte sie ihn einige Schritte in den Wald hinein und band ihn fest. Das Schwert ließ sie am Sattel hängen, sie konnte ohnehin nicht allzugut damit umgehen. Stattdessen zog sie einen von Gernots Dolchen aus dem Stiefel. Ihr Bruder hatte sie gelehrt, wie man einen Gegner damit in Schach hielt, und sie hatte sich als geschickte Schülerin erwiesen. Sie würde es nicht mit einem ausgebildeten Kämpfer aufnehmen können, doch einen frechen Bauernlümmel, vielleicht auch den einen oder anderen Räuber, vermochte sie durchaus in die Flucht zu schlagen.

Geduckt, Muskeln und Nerven gespannt, huschte sie durchs Dickicht, über die Erhebung hinweg und auf der anderen Seite zum Waldrand. Hinter einem Brombeerbusch verharrte sie, erhob sich vorsichtig und spähte über Blätter und Geäst hinweg zum Ufer.

Dort unten, keine zwanzig Schritte von ihr entfernt, war der baumlose Uferstreifen ein wenig breiter. Vier, fünf Mannslängen, schätzte sie. Mindestens zwei Dutzend Menschen hatten sich dort versammelt, einige hielten lodernde Fackeln. Die meisten standen im Halbrund um etwas, das sich am Rand des Gewässers abspielte, etwas, das Kriemhild von hier aus nicht erkennen konnte. Sie würde noch näher heranschleichen müssen.

Wenig später hatte sie sich der Menge so weit genähert, wie es gerade eben möglich war, ohne entdeckt zu werden. Hier gab es keine Sträucher mehr, nur Bäume, hinter denen sie Schutz suchen konnte. Sie entschloss sich, auf einen hinaufzuklettern und das Geschehen von oben zu beobachten.

Flink erklomm sie den Stamm einer Eiche, bis sie zwei Mannslängen über dem Boden auf einer Astgabel hockte. Dichtes Blattwerk schützte sie vor zufälligen Blicken. Schräg unter ihr stand eine Gruppe von sieben Frauen, offenbar die Weiber der Männer am Ufer. Sie betrachteten die Ereignisse am Wasser aus einigen Schritten Entfernung, stachelten die Übrigen aber durch Rufe zur Eile auf.

Im Halbrund der Fackelträger, nur eine Armlänge vom Fluss entfernt, lagen zwei Männer am Boden. Der eine, ein junger Kerl mit kurzem, hellem Haar, angetan wie ein Waldbewohner in Grün und Braun, wehrte sich erbittert gegen drei Gestalten, die ihn brutal in den Uferschlamm drückten. Der zweite Mann wehrte sich nicht, ja, er bewegte sich nicht einmal. Etwas an seiner sonderbaren Lage, die Arme und Beine achtlos abgewinkelt, verriet, dass er tot war.

Die Männer und Frauen, die um die beiden am Boden herumstanden, schienen keineswegs Räuber zu sein, wie Kriemhild befürchtet hatte. Mit Ausnahme einiger Knüppel und Dreschflegel waren sie unbewaffnet. Kriemhild hielt sie für Bauern, einfache Dorfbewohner, die aus irgendeinem Grunde Blut geleckt hatten. Vielleicht hatte der Junge sie bestohlen oder sich an einem der hübscheren Mädchen vergriffen.

Kriemhild war schon Zeugin so mancher Hinrichtung geworden – im Burghof zu Worms, beinahe gleich vor ihrem Fenster –, doch eine so sonderbare wie diese hier hatte sie noch nie gesehen.

Der strampelnde Junge wurde mit Hilfe zahlreicher Schläge und Tritte auf den Bauch gerollt und festgehalten. Erstaunt sah Kriemhild, dass der Junge einen Buckel hatte; deutlich hob er sich am linken Schulterblatt unter seinem Lederwams ab.

Zwei andere Männer zerrten jetzt den Toten heran, banden ihn mit Seilen auf den Körper des Jungen, Rücken an Rücken. Als ein Mann mit einer Fackel sich zu dem verschnürten Bündel herabbeugte und höhnisch auf den Wehrlosen einbrüllte, erkannte Kriemhild im zuckenden Feuerschein, dass der Tote mit schwarzen Flecken übersät war. Entsetzen verschlug ihr den Atem. Allmächtiger, diese Menschen berührten ein Pestopfer, als ginge keinerlei Gefahr von ihm aus! Sie mussten wahnsinnig sein – oder bereits angesteckt!

Im selben Moment begriff sie, dass sie von hier verschwinden musste. Doch als sie nach unten blickte, entdeckte sie voller Grausen, dass sich die Gruppe der Frauen einige Schritte zum Waldrand hin zurückgezogen hatte. Die aufgebrachten Weiber standen nun genau unter Kriemhilds Baum. Wenn eine von ihnen nach oben blickte, war es um Kriemhild geschehen. Schlimmer noch: Es war unmöglich geworden, unbemerkt hinabzuklettern. Sie musste in den Ästen ausharren, bis alles vorbei war.

Der schreiende Junge und der Tote wurden in einen Kahn geworfen. Einige Männer ruderten ihn geschwind zur Mitte des Flusses. Schwankend stellten sich zwei von ihnen auf, packten den Toten an Armen und Beinen und hoben damit zugleich auch den Jungen von den Planken. Zweimal holten sie Schwung, dann schleuderten sie das armselige Bündel über die Reling ins Wasser. Sogleich verstummten die Schreie des Jünglings; die Leiche schwamm oben, er aber trieb unter Wasser. Jetzt erst begriff Kriemhild, wie perfide diese Art des Tötens tatsächlich war. Es war fraglich, ob der Junge es überhaupt schaffen konnte, sich mitsamt dem Toten im Wasser zu drehen, um dadurch selbst an die Oberfläche zu gelangen. Fraglicher noch war, wie lange er sich so würde halten können, denn die Strömung spielte ihr eigenes Spiel mit ihm. Kriemhild hatte Mitleid mit ihm, ganz gleich, was er verbrochen hatte. Doch sie wusste auch, dass sie nicht das Geringste unternehmen konnte, um ihn zu retten.

Hätte man sie in diesem Augenblick gefragt, so hätte sie wohl bestätigt, dass es kaum noch schlimmer hätte kommen können. Doch, freilich, auch das erwies sich als frommer Wunsch.

Denn plötzlich ertönte ein Knacken, und die Astgabel, auf der sie saß, neigte sich nach unten – ganz langsam, unmerklich fast, aber doch unaufhaltsam. In blinder Panik griff Kriemhild nach einem anderen Ast, irgendwo über ihr. Sie hatte Glück … etwa drei Herzschläge lang. Dann brach die Gabel vollends ab, und obgleich Kriemhild mit beiden Händen an dem oberen Ast baumelte, polterte das geborstene Holz in die Gruppe der Frauen am Fuß der Eiche. Zwei, die getroffen wurden, schrien vor Schmerz und Überraschung auf, während die Blicke der anderen nach oben zuckten.

Kriemhild schenkte ihnen ein unschuldiges Lächeln – dann trafen sie schon die ersten Steine, die die empörten Weiber nach ihr schleuderten. Einige der Männer am Ufer wurden aufmerksam, und bald schon stand die keifende Menge unterhalb der Eiche, traktierte Kriemhild mit Wurfgeschossen und schrie nach ihrem Blut.

Ein tückischer Wurf traf sie am Kopf, ein anderer am rechten Arm. Ihre Finger gaben nach, dann fiel sie. Stürzte mitten in die brüllende Meute.

Jeder Ansatz von Gegenwehr, jedes Wort der Vermittlung, sogar jeder Schmerzensschrei ging im Tumult der Rasenden unter. Hiebe und Tritte prasselten auf Kriemhild ein, ohne dass sie verstand, was sie diesen Leuten angetan hatte. Manche zerrten an ihren Armen, ihrer Kleidung, dann auch an ihrem Haar. Brüllend wurde sie ans Ufer geschleift. Sie hörte, was die Menschen riefen, aber es machte keinen Sinn. Sie vernahm Bruchstücke von Sätzen, dann nur einzelne Wörter, Silben. Die Angst vor der Plage musste sie alle um den Verstand gebracht haben.

Hände und Füße pressten Kriemhild mit Bauch und Gesicht in den weichen Schlamm. Feuchtigkeit und Dreck drangen in ihre Ohren, und einen seltsamen, unwirklichen Augenblick lang herrschte

Stille – dann bekam sie keine Luft mehr, riss den Kopf zurück und fand sich gleich wieder inmitten des tobenden Gekeifes. Kriemhild spürte, wie Seile um ihren Körper geschlungen wurden, und ihr dämmerte, was ihr bevorstand. Noch einmal bäumte sie sich voller Verzweiflung auf, und da sah sie, dass man den Jungen und den Toten zurück an Land gezogen hatte. Alles Weitere aber verblasste angesichts neuerlicher Schläge und Schreie, als man Kriemhild zurück in den Schmutz drückte. Etwas wurde auf ihren Rücken gebunden, fest angezurrt. Das Etwas bewegte sich schwach, halb ertrunken, völlig erschöpft. Der Jüngling!

Hände rissen sie hoch, schleuderten beide gemeinsam wie verwachsene Missgeburten in den Kahn, ruderten sie hinaus auf den Strom.

Dann – Wasser!

Kriemhild strampelte in wilder Panik, und der Junge tat es ihr gleich. Herzschläge lang trieb er an der Oberfläche, dann gelang es Kriemhild, ihn mit einem Ellbogenstoß in die Rippen zu überraschen. Er gab nach, sie drehten sich, und Luft strömte in Kriemhilds Lungen. Doch nur einen Augenblick lang. Dann wurde sie selbst schon wieder zur Seite gerissen. Sie rotierten um sich selbst, und abermals geriet Kriemhild unter Wasser, während der Junge über ihr durchatmen konnte.

Das Brausen und Gurgeln des Flusses war ohrenbetäubend. Luftblasen umwirbelten sie wie ein Insektenschwarm. Panisch schlug und trat Kriemhild um sich, und irgendwie gelang es ihr – vielleicht mit Hilfe der Strömung –, erneut nach oben zu kommen. Hustend und sich krümmend hing der Junge wie ein Anhängsel an ihrem Rücken. Und während sie selbst wieder durchatmen konnte, dachte sie: Er ertrinkt, wenn ich ihm nicht helfe!

Noch einmal schnappte sie verzweifelt nach Luft, dann drehte sie sich freiwillig zur Seite, wurde unter die Oberfläche gerissen und hoffte, dass ihre Hilfe für den Jungen nicht zu spät kam. Sie betete, dass er das gleiche Mitleid mit ihr zeigen würde! Wenn sie sich abwechselten, wenn es ihnen trotz aller Panik und Angst gelang, einen klaren Kopf zu behalten, dann konnten sie überleben. Zumindest eine Weile. Vielleicht, bis sie ans andere Ufer geschwemmt wurden. Vielleicht bis –

Das Gewicht des Jungen riss sie herum, und nun war sie es, die oben trieb. Er hat es begriffen!, jubelte sie in Gedanken. Er ist freiwillig untergetaucht! Sie holte Luft, einmal, zweimal, dann rollte sie sich zur Seite, gab ihm Gelegenheit zum Atmen. So machten sie es vier- oder fünfmal, dann bemühte sich Kriemhild neben dem Atemholen um einen Blick ans Ufer. Verschwommen sah sie eine Ansammlung heller Punkte, sehr klein, fast wie Glühwürmchen – Fackeln, die schnell in der Ferne zurückblieben. Ja, bei Gott, der Fluss trug sie stromabwärts, fort von den Wahnsinnigen!

Die Anstrengung des ständigen Drehens, Luftholens, Untertauchens drohte Kriemhild zu überwältigen. Lange würde sie nicht mehr durchhalten. Sie hätten ihre Bewegungen besser aufeinander abstimmen müssen, doch so lange sie sich untereinander nicht verständigen konnten, war das unmöglich. Sie konnten nur darauf vertrauen, innerhalb der nächsten Augenblicke ans Ufer gespült zu werden.

Sie hatte den Gedanken kaum zu Ende gedacht, als ihre Knie über harten Stein schrammten. Dann wurde sie auch schon wieder herumgerissen, schnappte nach Luft und sah durch einen Wasserschleier die riesenhaften Silhouetten hoher Bäume vor dem goldenen Abendhimmel. Unter ihr bäumte sich der Junge auf, und ein Schmerzensschrei drang durch das Wasser empor. Fester Grund, endlich!

Wenig später lagen sie im seichten Uferwasser, beide auf der Seite, immer noch gefesselt, und atmeten tief und lange durch.

Der Junge brachte als Erster ein paar zusammenhängende Worte hervor. »Wer … wer bist du?«

Kriemhild hustete, Wasser lief ihr aus dem Mund.

»Wer, zum Teufel, bist *du*? Und warum hast du uns das eingebrockt?«

»Uns?« Er verrenkte sich fast den Hals bei dem Versuch, sie anzusehen. Vergeblich. Die Fesseln saßen zu eng, und beide keuchten schmerzerfüllt auf.

»Bleib gefälligst ruhig liegen!«, fauchte Kriemhild ihn an. »Oder willst du uns beide erdrosseln?«

Ihre Kratzbürstigkeit verwirrte ihn. »Hab ich dich vorher schon mal gesehen?«

»Du siehst mich ja nicht einmal jetzt!« Mittlerweile hatte sie ihre Sinne so weit beieinander, dass sie vorsichtiger wurde. Niemand durfte erfahren, wer sie war. Zu leicht konnte sie Spitzbuben in die Hände fallen, die sich ein schönes Lösegeld für sie ausrechnen mochten. »Warte«, sagte sie dann, als sie sich an den verbliebenen Dolch in ihrem Stiefel erinnerte; den anderen hatte sie beim Gerangel mit der aufgebrachten Meute verloren. »Ich will versuchen …«

Beide stöhnten vor Schmerz, als Kriemhild das Bein anzog und mit den Fingern nach dem Stiefelschaft tastete. Die Seile schnürten ihnen Brust und Bauch ab.

»Ich hab ihn!«, presste sie schließlich triumphierend hervor. Als er nicht reagierte, fragte sie: »He, lebst du noch?«

»Nein.«

Das Abendrot brach sich auf der blanken Dolchklinge, als Kriemhild vorsichtig die Seile über ihrem Oberkörper durchtrennte. Augenblicke später waren sie frei, rollten voneinander fort und blieben erschöpft auf dem Bauch im seichten Wasser liegen.

Als Kriemhild zu dem Jungen hinüberschaute, bemerkte sie, dass er sie eingehend musterte.

»Was glotzt du so?«, zischte sie empört.

»Wenn du mir schon deinen Namen nicht verrätst, muss ich mir wenigstens merken, wie du aussiehst, meinst du nicht?«

»Hast du mir denn deinen verraten?«

»Jodokus.« Und nach einer Pause setzte er hinzu: »Jodokus der Sänger.«

»Was für ein Name ist das?«, entfuhr es ihr amüsiert.

Seine Augenbrauen stellten sich schräg. »Hast du einen besseren?«, fragte er gereizt.

»Fine«, sagte sie zögernd. Das war der Name einer ihrer Kammerzofen, und der einzige, der ihr ohne nachzudenken einfiel. »Ich heiße Fine.«

Einen Moment lang war da etwas wie Misstrauen im Blick seiner braunen Augen, dann aber rappelte er sich auf alle viere hoch. »Gut, Fine. Ich schätze, du hast mir das Leben gerettet.« Zweifelnd fügte er hinzu: »Irgendwie, zumindest.«

Auch Kriemhild setzte sich im Schlamm auf, taumelte dann auf die Füße. »Ich hab's nicht gern getan, das darfst du mir glauben.«

»Wie liebenswürdig.«

Sie schenkte ihm ein giftiges Lächeln und schob sich die feuchten Strähnen ihres Goldhaars aus dem Gesicht.

Wieder starrte er sie eingehend an. Ihr nasses Hemd klebte durchscheinend an ihren Brüsten. Als sie es bemerkte, raffte sie zornig ihre Weste zurecht.

Jodokus wurde rot und lachte leise, sagte aber nichts.

Kriemhild schaute sich um. »Wir sind am anderen Ufer, oder?«

»Ansonsten hätten sie uns längst wieder eingefangen.«

»Dann sind wir hier sicher?«

»Nicht lange, fürchte ich. Das Dorf dieser Leute liegt an der einzigen Furt weit und breit, ein wenig weiter nördlich. Kann sein, dass sie uns über den Fluss folgen werden.«

Kriemhild suchte das andere Ufer ab, konnte aber weit und breit keinen Fackelzug erkennen. »Warum wollten sie dich überhaupt umbringen?«

»Aus dem gleichen Grund wie dich.«

»Der da wäre?«

»Sie sind verrückt. Schlicht und einfach.«

Kriemhild musterte ihn abschätzend, während sich beide ins Trockene schleppten.

»Wer sagt mir, dass du kein gesuchter Verbrecher bist? Ein Mörder, vielleicht. Möglicherweise hatten sie ja recht mit dem, was sie vorhatten.« In Wahrheit aber glaubte sie nicht daran. Jodokus entsprach nicht gerade dem Bild jener Mordbuben, die sie während der Hinrichtungen bei Hofe zu Gesicht bekommen hatte. Abgesehen von dem leichten Buckel auf seinem Rücken, war er eigentlich recht ansehnlich, sogar jetzt noch, da das Wasser aus seiner Kleidung triefte. Tropfen glitzerten wie Diamanten in seinem kurzgeschorenen Haar, und das schalkhafte Blitzen in seinen Augen war frech und anziehend zugleich. Kriemhild schätzte ihn grob auf siebzehn Jahre, nicht viel älter als sie selbst. Eine kleine Narbe zog sich von seinem linken Mundwinkel Richtung Wange, als hätte jemand versucht, ihm ein bleibendes Lächeln zu verpassen.

»Du glaubst also, ich bin ein Halunke, ja?«, fragte er, als sie sich matt gegen einen Baumstamm lehnten und in entgegengesetzte Richtungen blickten.

Kriemhild unterdrückte ein Lächeln. »Sagen wir, der Gedanke liegt mir nicht allzu fern.«

Er verzichtete, näher darauf einzugehen, und fragte stattdessen: »Was verschlägt ein Mädchen wie dich in diese Gegend?« Er senkte seine Stimme ein wenig. »Weißt du nicht, dass hier die …«

»Die Pest wütet?«, ergänzte sie. »O doch.«

»Fürchtest du dich nicht davor?«

»Nicht mehr als du.«

»Ich mache mir fast in die Hosen vor Angst.«

»Welch bezaubernde Vorstellung.«

»Was hast du hier zu suchen? Bist du auf der Flucht?«

»Ich will nach Osten.«

»Aber alle Flüchtlinge ziehen in westliche Richtung.«

»Dann bedeutet das wohl, dass ich kein Flüchtling bin, nicht wahr? Wer war der andere Mann, der Tote?«

Jodokus hob die Schultern. »Jemand aus dem Dorf, nehme ich an. Sie wollten wohl, dass ich mich bei ihm anstecke.« Er rückte am Baumstamm zu ihr herum, bis sich ihre Schultern fast berührten. Eingehend betrachtete er ihr feines Profil. »Du bist zu schön für eine einfache Herumtreiberin. Deine Haut ist zu glatt und ebenmäßig. Du hast nie in deinem Leben mit den Händen gearbeitet, deine

Finger sind zu zart und unversehrt. Du stammst aus gutem Hause. Lass mich raten: Eine Ausreißerin, stimmt's?«

Sie war überrascht und auch ein wenig besorgt. Wenn er sie so mühelos durchschaute, würde das wahrscheinlich jedem anderen genauso gelingen. »Kann schon sein«, erwiderte sie vage, weil sie ahnte, dass es wenig Sinn hatte, ihn zu belügen. »Da du anscheinend alles über mich weißt, ist es jetzt wohl an dir, etwas über dich zu erzählen.«

»Ich hab nur geraten. Versuch du es doch auch.«

Sie beugte sich vor und schaute ihn über die Schulter hinweg an. Sie hatte angenommen, dass er sie nur necken wollte, doch jetzt erkannte sie den Ernst in seinen Zügen. »Gut«, meinte sie widerwillig, wenn auch nicht vollkommen abgeneigt. »Du bist Sänger, hast du gesagt. Wahrscheinlich ein schlechter, sonst wärest du nicht hier, sondern bei Hofe oder in einer Stadt. Außerdem hast du kein Instrument dabei.«

»Die Leute am Fluss haben es mir abgenommen.«

»Wollten sie dich deshalb töten?«, fragte sie verschmitzt. »Weil dein Gesang so grauenvoll war?«

Sie fürchtete einen Moment lang, das sei eine Spitze zu viel gewesen, doch dann grinste er breit. »Mag schon sein, dass ihnen mein Gesang missfallen hätte. Aber soweit ist es gar nicht erst gekommen. Sie haben mich vom Pferd gezerrt, als ich durch ihr Dorf ritt, und dann schleppten sie mich gleich zu dieser Stelle am Ufer. Hier ist es tiefer als anderswo, glaube ich.«

»Dann muss ihnen einiges daran gelegen haben, dass du auch wirklich ersäufst.«

»Sieh an, sieh an: Die kleine Prinzessin spricht wie eine Räuberbraut.«

Bei der Anrede ›Prinzessin‹ zuckte sie zusammen. Eine Redensart, nichts sonst. Sie fragte sich, ob er ihre heftige Reaktion bemerkt hatte. Falls ja, so zeigte er es nicht.

»Und du behauptest, du wüsstest wirklich nicht, warum sie es auf dich abgesehen hatten?«

»Genausowenig wie du.«

So kamen sie nicht weiter. Vorerst saßen sie gemeinsam in diesem Schlamassel. Lavendel wartete auf der anderen Seite des Flusses, und obgleich es Kriemhild traurig stimmte, die Stute zurückzulassen, war das Wagnis, die Furt zu benutzen, viel zu groß. Andererseits: Wie sollte sie ohne Pferd ihr Ziel erreichen, bevor die Plage nach Worms vorrückte?

Als er sah, dass sie plötzlich Verzweiflung überkam, ergriff er zögernd ihre Hand. »Du hast es eilig, nicht wahr?«

»Ich …«, begann sie zögernd, sagte dann aber nur: »Ja. Ich muss nach Osten, und zwar so schnell wie möglich.« Warum hätte sie das leugnen sollen? »Mein Pferd ist am anderen Ufer, und ohne es …«

Er drückte ihre Hand, um sie aufzumuntern, aber sie zog ihre Finger geschwind zurück.

»Wir besorgen dir ein neues«, sagte er, um ihr Mut zu machen. »Und mir auch. Wenn du willst, reiten wir zu zweit, wo immer du auch hinwillst.«

»Du willst mitkommen?« Sie lachte auf, aber es war ein bitterer, verletzender Laut. »Ich kenne dich ja nicht einmal.«

»Du wirst mich schon kennen lernen.«

»Wenn du mich anrührst …«

»Niemals. Versprochen!«

Sie suchte in seinen Augen nach einem Hinweis, ob er das ernst meinte. »Ich weiß nicht, ob ich dir trauen kann.«

»Natürlich weißt du das nicht. Aber wer sagt mir denn, ob ich dir trauen kann?«

»Ich werde wohl kaum bei Nacht über dich herfallen, dessen sei versichert.«

Strahlend sprang er auf. »Dann brauchen wir voreinander ja keine Angst zu haben. Komm, lass uns aufbrechen. In den Wäldern laufen eine ganze Menge Pferde herum. Sie sind aus ihren Stallungen ausgebrochen, als niemand mehr kam, um sie zu füttern. Mittlerweile gibt es in dieser Gegend mehr freilaufende Pferde als Menschen.«

»Die Leute aus dem Dorf schienen mir recht lebendig zu sein.«

»Die wenigen, die übrig waren. Aber ich habe das Dorf gesehen. Die vielen Totenfeuer, die schwarzen Fetzen an den Türen. Die zwanzig oder dreißig am Ufer waren nur der armselige Rest.«

»Glaubst du, sie waren schon krank?«

»Einige gewiss.«

»Und wir?«

Er zuckte mit den Achseln. »Warten wir's ab.«

»Du nimmst den Tod nicht allzu schwer.«

»Noch leben wir, oder? Außerdem fürchte ich den Tod nicht. Die Pest, ja, sicher. Die Krankheit, das Siechtum. Aber nicht das Ende.«

Kriemhild warf noch einen betrübten Blick zum anderen Ufer, aber Lavendel war nirgends zu sehen. Dann trat sie Seite an Seite mit dem buckligen Jungen in den Wald, auf der Suche nach einem Pfad Richtung Osten.

»Warum?«, fragte sie nach einer Weile.

»Warum was?«

»Weshalb hast du keine Angst vor dem Tod?«

Da verdüsterte sich sein Blick, und als er sprach, da klang es, als habe sie eine böse Erinnerung in ihm geweckt. »Ich kenne ihn viel zu gut, um ihn noch zu fürchten.«

»Niemand kennt den Tod. Keiner weiß, was einen erwartet, auch du nicht.«

»Ich schon. Ich war da.«

»Du musst ein fürchterlicher Sänger sein, wenn deine Lügen alle so schlecht sind wie diese.«

Abrupt blieb er stehen. Sein Gesicht war bleich geworden. »Ich war einem Tod so nah wie kein anderer.«

»*Einem* Tod?«, fragte sie verwundert. »Glaubst du denn, es gibt mehrere?«

»Es gibt einen leichten und einen schweren Tod, und wahrscheinlich noch einige dazwischen.«

Kriemhild grinste. »Dann ist dir gewiss der allerschwerste über den Weg gelaufen«, bemerkte sie scharfzüngig. Sie konnte ihn immer noch nicht ernst nehmen.

»Ja.«

»Das dachte ich mir.«

Kopfschüttelnd wollte sie weitergehen, doch er legte ihr eine eiskalte Hand auf die Schulter. Kriemhild schauderte und streifte die Finger eilig ab, wie die Beine einer besonders ekelhaften Spinne.

»Kein Tod«, sagte er leise, »ist so schrecklich wie der, den die Götter selbst einem wünschen.«

KAPITEL 2

Jodokus war ein sonderbarer Kauz, daran gab es gar keinen Zweifel. Nach seinem merkwürdigen Gerede über den Tod sprach er eine ganze Weile überhaupt nicht mehr, doch als er schließlich erneut das Wort ergriff, war er wieder ganz der Alte. Bissig spottete er über Kriemhilds vermeintlich hohe Herkunft, machte ihr aber auch ein paar nette Komplimente. Vor allem ihr Haar hatte es ihm angetan, wiederholt bewunderte er dessen Glanz und ungewöhnliche Länge.

Einmal fragte sie sich, ob er vielleicht nicht ganz richtig im Kopf sei, verwarf den Gedanken aber hastig. Die Vorstellung, mit einem Verrückten durch die Lande zu ziehen, war mehr als nur unbehaglich.

Sie erreichten bald einen Waldweg, zweifach gekerbt von Wagenrädern. Zwar fanden sie keine wilden Pferde, wie Jodokus versprochen hatte, doch bevor die Nacht vollends hereingebrochen war, stießen sie auf einer Lichtung auf ein einsames Gehöft. Die Bewohner hatten das Anwesen mit einem Großteil ihrer Tiere verlassen, nur auf einer kleinen Koppel standen noch vier alte, magere Mähren. Kein Vergleich zu Lavendel, aber besser als nichts, und bald schon kamen Kriemhild und der verwachsene Sänger schneller auf ihrem Weg nach Osten voran.

Die Sättel, die sie im Stall gefunden hatten, waren unbequem und sperrig, und es dauerte nicht lange, da schmerzten beiden die Hinterteile. Während Jodokus ausgiebig die genaue Natur seines Gesäßschmerzes erörterte, zog Kriemhild es vor, ihr eigenes Leid damenhaft zu verschweigen. Es waren vor allem Kleinigkeiten wie diese, in denen der Unterschied ihrer Herkunft besonders deutlich zu Tage trat, und Kriemhild fragte sich, wie der Junge allen Ernstes annehmen konnte, es sei vorzuziehen, als Hungerleider statt in reichen Verhältnissen aufzuwachsen. Sie jedenfalls fand es wenig erstrebenswert, jedem dahergelaufenen Fremden ihre peinlichsten Beschwerden zu offenbaren.

Längst lag die Nacht kühl und sternenklar über dem Land, als sie beschlossen, sich endlich zur Ruhe zu legen. Sie hatten mittlerweile die alte Heerstraße nach Würzburg wieder aufgespürt und waren ihr schon geraume Zeit gefolgt. Jetzt aber schlugen sie sich nach rechts ins Unterholz und knoteten die klapprigen Pferde an Zweigen fest. Alsdann legten sie sich auf gegenüberliegenden Seiten eines kleinen Feuers nieder, leidlich weich auf Laub und Gras gebettet. Trockene Tannennadeln knisterten in den Flammen und verbreiteten einen angenehm herben Waldduft.

»Wer übernimmt die erste Wache?«, fragte Jodokus, während er einen Haufen Blätter unter seinem Kopf zurechtrückte.

Erste Wache. An so etwas hätte Kriemhild nicht im Traum gedacht. Sie hätte sich schlafen gelegt und Gottes nimmermüder Vorsehung vertraut. Aber natürlich hatte der Sänger recht: Es war klüger, wenn einer von ihnen auf den anderen achtgab.

»Du siehst müde aus«, sagte sie. »Ich bleibe wach.«

Gelinde Empörung lag in seiner Stimme, als er sagte: »Du bist mindestens genauso müde.«

»Mag sein. Aber es gibt eine Menge, über die ich nachdenken muss. Schlaf du nur. Ich wecke dich schon, wenn du an der Reihe bist.«

»Nachdenken?« Er legte seinen Kopf zufrieden auf das Blätterkissen und murmelte mit geschlossenen Augen: »Mir scheint, das edle Fräulein hütet ein kleines Geheimnis.«

Er war eingeschlafen, ehe Kriemhild eine Antwort darauf fand. Eine Weile lang beobachtete sie sein Gesicht im gelblichen Feuerschein, die feinen Falten links und rechts seines Mundes, die nicht vom Lachen stammen konnten. Die schmale Narbe im Mundwinkel schimmerte heller als der Rest seiner Wange, fast als leuchte sie aus sich selbst heraus. So, wie Jodokus dalag, fiel der Buckel auf seinem Rücken kaum auf. Kriemhild fragte sich, wie es sein mochte, wenn man von Kind an unter solch einer Missbildung litt. Er tat ihr plötzlich leid, und eine Woge unverhoffter Zuneigung überkam sie. Er war so ganz anders als die geckenhaften Hofjünglinge, die sie in Worms kannte, ganz anders auch als die Fürstensöhne und Ritter, die Gunther ihr in regelmäßigen Abständen als Gemahl vorschlug.

Ein fahrender Sänger, einer aus dem Heer der Armen – und dennoch wirkte Jodokus auf seine Weise zufrieden, glücklich sogar, wenn man seine Bemerkungen über den Tod außer Acht ließ. Möglich, dass sie einiges von ihm lernen konnte.

Seit Kriemhild aus dem Wasser gestiegen war, hatte sie ihr zerzaustes Haar offen getragen. Jetzt band sie es wieder im Nacken zusammen und erneuerte den Knoten am Hinterkopf. Andere, denen ihr Haar genauso gut gefiel wie Jodokus, mochten nicht so zurückhaltend auf der gegenüberliegenden Seite des Feuers schlafen wie er.

Die Geräusche des nächtlichen Waldes waren unheimlich – die Schreie der Eulen und Käuzchen, das gelegentliche Flattern von Schwingen in den Fichtenwipfeln, das Rascheln im Unterholz –, aber Kriemhild hatte keine wirkliche Angst. Im Grunde war sie von sich selbst überrascht. Sie war hinter den sichersten Mauern des Reiches aufgewachsen, hatte nie im Freien schlafen müssen – und nun lag sie hier, inmitten eines Landstrichs, den die Pest regierte, in einem Wald, der dunkler und tiefer war als jeder andere, den sie bislang gesehen hatte. An der Seite eines vollkommen Fremden zudem, der aus Verhältnissen stammte, vor denen ihre Ammen und Zofen sie stets gewarnt hatten.

Dennoch verspürte sie keine Furcht, nicht vor Jodokus und nicht vor dem Wald. Sie war ziemlich stolz auf sich.

Als sie bemerkte, dass ihre Müdigkeit trotz der späten Stunde nachließ – die Aufregung, sagte sie sich –, stand sie auf und entfernte sich einige Schritte vom Feuer. Sie wollte zurück zur Straße gehen und das moosüberwucherte Pflaster im Mondlicht betrachten, die Verheißung von Ferne und von Reisen spüren, das seltsame Gefühl der Freiheit, das sie immer stärker überkam.

Aber als sie aus dem Unterholz trat und einen Blick auf die Heerstraße warf, erkannte sie, dass sie nicht mehr allein war. Keine zweihundert Schritte östlich entdeckte sie Gestalten, einen Trupp gerüsteter Männer. Vierzig oder fünfzig, schätzte sie. Sie hatten sich am Straßenrand niedergelassen, einige lagen zusammengerollt im Gras und schliefen, andere hielten Wache. Im Mondlicht schimmerten Eisenpanzer und Helme, schartige Waffen und Schilde, von denen die Farben abblätterten. Pferde gab es nur drei oder vier, der Rest des Trupps war zu Fuß unterwegs. Der Marsch musste lang und anstrengend gewesen sein, denn trotz ihrer großen Zahl machten die Männer kaum ein Geräusch. Die meisten schliefen bereits.

Kriemhilds erste Empfindung war Sorge, dass man sie entdecken und zur Rede stellen würde. *Zur Rede stellen* – von wegen! In einer Gegend wie dieser, ein Haufen verwegener Soldaten und ein hübsches Mädchen, ganz allein im Wald … Diese Art von Unterhaltung würde eher wortkarg ausfallen.

Dann aber sagte sie sich, dass die Männer von Osten kamen und fraglos Neuigkeiten von dort zu berichten wussten. Neuigkeiten, die für Kriemhild große Bedeutung haben mochten. Entgegen jeder Vernunft überlegte sie, wie es ihr gelingen könnte, die Soldaten auszuhorchen, ohne ihnen selbst zum Opfer zu fallen.

Es war Wahnsinn, gewiss – doch nachdem sie ihren Entschluss einmal gefasst hatte, brannte sie darauf, ihn in die Tat umzusetzen. Sie hatte oft genug die Gespräche ihrer Brüder belauscht, um zu wissen, dass es unter Kriegern nicht immer nur heldenhaft zuging; sie wusste sehr wohl, was ihr bevorstand, wenn ihr Plan misslang.

Lautlos schlich sie zurück zur Feuerstelle. Jodokus lag zusammengerollt da wie ein junger Hund, er schlief tief und fest. Die beiden Pferde gaben keinen Laut von sich, als Kriemhild ihnen die Satteldecken abnahm. Dann nahm sie ein verkohltes Holzstück aus der Asche des Feuers und malte sich damit schwarze Flecken auf Gesicht, Hände und Unterarme. Anschließend schlang sie die beiden übelriechenden Decken um ihren Körper wie die Gewänder einer alten Vettel und huschte zurück zur Straße. Unterwegs hob sie einen Stock auf, der leidlich glaubhaft als Krücke herhalten musste.

Vornübergebeugt, das Gesicht im Schatten der Decke verborgen, humpelte sie über die mondbeschienene Straße auf das Lager der Soldaten zu.

Sie war bis auf zwanzig Schritte heran, als ein schläfriger Wachtposten sie bemerkte. »He da!«, rief er sie an, nicht allzu laut, um seine schlafenden Kameraden zu schonen. »Wer ist da?« Er klang müde und nicht besonders glücklich darüber, dass er sich von seinem Platz am Lagerfeuer erheben musste.

Kriemhild hatte eigentlich vorgehabt, ihre Stimme zu verstellen, aber jetzt überfiel sie mit einem Mal Sorge, dass man ihr die armselige Alte nicht abnehmen würde. Deshalb sagte sie in ihrem eigenen, klaren Tonfall: »Eine Wanderin in schlimmen Zeiten.«

Als der Soldat hörte, wie jung sie noch war, wurde er aufmerksamer. Einige der anderen rollten sich herum, setzten sich im Gras auf. Einer flüsterte einem anderen etwas zu; beide sprangen auf und starrten Kriemhild aus schattenverhangenen Augen entgegen.

»Komm heran, damit wir dich sehen können, Mädchen«, rief der Wächter und zog ein loderndes Scheit aus dem Lagerfeuer.

Kriemhilds Herz raste, und plötzlich war sie froh, dass sie die Krücke hatte, um sich aufzustützen; wer wusste schon, ob ihre zitternden Knie sonst nicht einfach unter ihr eingeknickt wären?

Sehr langsam hob sie beim Näherkommen ihr Gesicht. Der Wächter beleuchtete sie mit der Fackel. Einer seiner Kameraden entdeckte als Erster die schwarzen Flecken auf ihren Zügen und taumelte zwei Schritte nach hinten, stolperte dabei über einen Schlafenden und stürzte rückwärts zu Boden. Sogleich erwachten noch einige mehr und knurrten Flüche, wütend über die Störung.

»Sie hat die Plage!«, rief jetzt der Wächter aus. Sogleich ging ein Raunen durch die Reihen. Ein Soldat griff nach Pfeil und Bogen, doch ein anderer hielt ihn zurück. »Warte!« Er trat vor und nahm dem Wächter das brennende Holzscheit aus der Hand.

»Bleib stehen, Mädchen«, sagte er ruhig. Er musste der Anführer der Rotte sein. Kriemhild war längst klar, dass sie es hier nicht mit Kriegern ihres Bruders zu tun hatte, und das erhöhte ihre Furcht um ein Vielfaches. Jetzt gab es kein Zurück mehr, kein *Seht-doch-her-ich-bin-des-Königs-Schwester*. Dies waren Plünderer, herrenlose Söldner wahrscheinlich, die marodierend durch das sterbende Land zogen.

Der Anführer kam vorsichtig näher, und das Raunen der anderen in seinem Rücken verstärkte sich. Ihn schien die Krankheit weniger zu ängstigen als seine Männer. Kriemhild fürchtete schon, sie sei durchschaut. In einer Bewegung, die beiläufig erscheinen sollte, ließ sie ihre nackten Oberarme unter dem Deckenrand hervorschauen. Die schwarzen Flecken sorgten abermals für aufgeregtes Flüstern. Auch der Anführer blieb zögernd stehen.

»Du kommst aus dem Westen, Mädchen, ist es nicht so?«

»Ja, Herr«, gab sie mit schwankender Stimme zurück. Wäre sie doch nur bei Jodokus im Dickicht geblieben!

»Hast du auf deinem Weg eine Ansiedlung gesehen? Ein Dorf, vielleicht?«

»Ich …« Sie stockte. »Warum wollt Ihr das wissen, Herr? Die Pest ist überall.«

»Wir sind nur müde Kämpfer, auf der Suche nach einem Dach über dem Kopf und ein wenig jungfräulichem Fleisch.« Rohes Lachen aus dem Dunkel unterstrich seine Worte.

Kriemhild schauderte. Zugleich aber dachte sie an die Dorfbewohner, die sie und Jodokus hatten umbringen wollen. Dies mochte eine Gelegenheit sein, ihnen ihr böses Trachten heimzuzahlen.

»Es gibt ein Dorf«, sagte sie schließlich gepresst. »Etwa einen halben Tag westlich von hier. Es liegt an einer Furt, nördlich der Straße. Ihr könnt es nicht verfehlen.«

»Und lebt dort noch einer?«

Ein anderer grölte: »Leben noch Weiber dort? Schnell, sag es uns, dann schonen wir dich.«

Der Anführer fuhr herum und bedachte den Schreihals mit einem finsteren Blick. Sogleich sank der Mann zu Boden und blieb mürrisch und schweigend am Feuer sitzen.

»Es leben noch welche, allerdings.« Kriemhild wunderte sich über sich selbst. Ihr Hass und ihr Zorn auf die Dörfler, die sie ganz ohne Grund hatten töten wollen, war ungebrochen. »Aber sagt, wollt auch Ihr mir eine Auskunft geben?«

»Was willst du mit einer Auskunft, Mädchen? Du wirst bald sterben, das weißt du doch.«

»Sterben werde ich, gewiss«, entgegnete sie, nun ein wenig gefasster. »Doch verratet mir, wie sieht es im Osten aus?«

Der Anführer murmelte etwas zu sich selbst, dann gab er seinen Männern Zeichen, sich wieder schlafen zu legen. »Schlecht sieht es aus. Die Plage ist überall. Der Schwarze Tod hat reichlich Ernte gehalten. Ich habe viele meiner Männer verloren.«

»Kennt Ihr einen Ort namens Salomes Zopf?«

Der Söldnerführer blickte sie düster an. »Was für ein Ort soll das sein?«

Kriemhild setzte zu einer Erwiderung an, doch im selben Augenblick erhob sich im Hintergrund ein Mann, der eilig auf den Anführer zustolperte; eine Reihe von Flüchen verriet, wo seine Füße im Dunkeln gegen Schlafende stießen. Er trug eine braune Mönchskutte, an seinem Hals baumelte ein Rosenkranz aus Holzperlen. Ohne Kriemhild aus den Augen zu lassen, beugte er die Lippen an das Ohr des Söldnerführers und raunte ihm sichtlich erregt etwas zu. Die Augen das Anführers weiteten sich überrascht, dann streckte er Kriemhild abwehrend seine Fackel entgegen.

»Bist du des Teufels, Weib?«

»Des Teufels, Herr?«, fragte sie unschuldig.

»Warum sonst fragst du nach Salomes Zopf?«

Der Mönch trat einen Schritt zurück. »Es heißt, dort …« Der Rest ging unter, als er furchtsam die Stimme senkte. Einige Männer in seiner Nähe keuchten erschrocken auf.

Kriemhild fragte sich, ob sie vom Regen in die Traufe geraten war. Wann wirst du nur lernen, dein loses Mundwerk zu halten?

So sagte sie das Erstbeste, das ihr einfiel: »Es heißt, man könne dort Heilung finden.«

Der Anführer lachte höhnisch. »Wie lange hast du die Krankheit schon?«

»Zwei Tage, Herr.«

»Was glaubst du denn, wie lange du noch leben wirst?«

»Ich weiß es nicht, Herr.«

»Einen Tag, höchstens anderthalb. Zu Fuß brauchst du sehr viel länger, um zu Salomes Zopf zu gelangen. Ein Wunder, dass du überhaupt noch laufen kannst.«

Kriemhild schluckte. »Ich hoffte, einem Herrn wie Euch meine Leibesdienste anzutragen, damit er mich auf seinem Ross mitnimmt.«

Der Söldner und seine Kumpane stießen ein grässliches Gelächter aus. »Leibesdienste, so, so«, meinte der Anführer. »Wer soll Gefallen an einer pestkranken Hure finden, Weib?« Er schüttelte verächtlich den Kopf und hob seine Stimme: »Nun mach schon, dass du fortkommst, bevor ich Befehl gebe, einen Pfeil an dich zu verschwenden!«

»Habt Dank, Herr«, zischte Kriemhild zwischen zusammengepressten Zähnen.

»Verschwinde von hier und krepiere irgendwo, wo du keine ehrbaren Krieger mit deinem Elend ansteckst.« Beim Wort ›ehrbar‹ erntete er neuerliches Gelächter. Der Anführer drehte sich abrupt zu seinen Kumpanen um. »Und ihr, faules Gesindel, steht schon auf! Noch vor Tagesanbruch will ich unter einem festen Dach sitzen und Bier saufen, in jedem Arm ein Weib, das schöner ist als dieses hier!«

Johlende Zustimmung schlug ihm entgegen, während Kriemhild schwankend an den Lagernden vorüberhumpelte. Ehern bekämpfte sie den Drang, sich nach den Männern umzusehen. Jeden Augenblick erwartete sie eine Klinge oder Bolzenspitze im Rücken.

Doch die grölende Horde ließ sie tatsächlich ziehen. Zu groß war die Vorfreude, um auch nur einen weiteren Gedanken an die kranke Wanderin zu verschwenden.

Kriemhild hatte sich noch keine hundert Schritte nach Osten entfernt, als der Trupp bereit zum Abmarsch war. Wenig später schon verschwanden die Männer im Dunkel, nur ihre Stimmen drangen noch gedämpft durch die Nacht.

Aufatmend blieb Kriemhild stehen, schleuderte den Stock beiseite und raffte sich die Decken vom Leib. Mit dem Bündel unterm Arm rannte sie links des Weges zurück zu der Stelle, von der sie gekommen war.

Plötzlich schoss aus dem Gebüsch ein Arm hervor, packte sie schmerzhaft an der Schulter. Kriemhild zuckte herum, duckte sich zugleich in der Befürchtung eines Hiebes mit Faust oder Schwert.

Doch es war nur Jodokus, der das Geschehen vom Dickicht aus beobachtet hatte.

»Was, zum Teufel, ist in dich gefahren?«, fuhr er sie wutentbrannt an.

Trotzig versuchte Kriemhild, seine Hand abzuschütteln, doch er ließ nicht locker. »Es ist gutgegangen, oder?«

»Das ist es nicht, was ich meine. Wenn du glaubst, du müsstest dich umbringen, dann ist das deine Sache!« Seine Augen waren schwarz wie gefärbte Glaskugeln. Er sah mit einem Mal älter aus, älter und sehr viel erfahrener. Es war fast, als hätte statt seiner selbst sein Schatten Gestalt angenommen; dies war die dunkle, die unheilvolle Seite des Sängers Jodokus. Dieselbe, die vom Tod durch Götterhand gesprochen hatte. »Wie konntest du das nur tun?«

Sie stellte sich dumm. »Ich weiß nicht, was du meinst.«

Seine zweite Hand zuckte vor und umfasste ihre andere Schulter. Einen Moment lang fürchtete sie, er würde sie schlagen. »Wie konntest du ihnen nur von dem Dorf erzählen?«

Sie erwiderte seinen finsteren Blick. »Diese Leute haben versucht, uns zu töten. Schon vergessen?«

»Das ist kein Grund, ihnen diese Hunde auf den Hals zu hetzen!«

»Nein? Was wäre denn ein Grund? Wenn wir beide im Fluss ertrunken wären?«

»Niemand hat es verdient, dass eine Horde Plünderer über sie herfällt. Niemand!«

»Ich …«

Er schnitt ihr wutentbrannt das Wort ab. »Du hast diese Menschen gerade zum Tode verurteilt, ist dir das überhaupt klar? Männer, Frauen und Kinder! Alle schon so gut wie tot!«

»Sie suchen nur ein Dach über dem Kopf und …« Kriemhild verstummte, als sie spürte, wie schwach ihre Stimme klang. Sie konnte ihm nicht widersprechen und dabei so tun, als sei sie selbst überzeugt von dem, was sie sagte.

»Zum Tode verurteilt!«, wiederholte er und starrte ihr dabei fest in die Augen, bis sie ihren Blick zu Boden wandte. »Und, glaub mir, es wird kein leichter Tod sein! Ich habe gesehen, zu was solche Kerle fähig sind. Sie fallen wie die Tiere über alles her, nach dem es ihnen verlangt. Nicht einer, nicht zwei – ein halbes Dutzend nimmt sich ein Mädchen vor, und sie töten es erst, wenn sie alle fertig sind und auch sonst keiner mehr Verwendung für es hat. Das ist es, was du den Menschen in diesem Dorf angetan hast!«

Kriemhild schwieg. Was hätte sie darauf auch erwidern können?

Aber Jodokus war noch nicht am Ende. »Die Pest hat die Menschen in diesem Dorf dazu gebracht, uns in den Fluss zu werfen. Sie haben gedacht, sie seien im Recht. Sie dachten, sie tun Gutes.«

»Was ist gut daran, uns zu töten?«

Er ließ sie los und atmete tief durch. Als hätte ihn sein Redeschwall gar zu sehr erschöpft, sank er mit dem Rücken gegen einen Baumstamm. »Sie haben geglaubt, dass ich es sei, der ihnen die Pest gebracht hat.«

»Du?« Sie sah ihn an, als hätte er endgültig den Verstand verloren. »So ein Unsinn.«

»Natürlich ist es Unsinn. Aber sie glaubten ganz fest daran. Dich hielten sie wahrscheinlich für meine Gefährtin oder weiß der Teufel was … Aber von mir glaubten sie, ich sei König Pest persönlich.«

»König Pest? Wer soll das sein?«

»Es gibt eine Legende«, sagte er und wischte sich mit dem Ärmel Schweiß von der Stirn. Seine Nasenflügel blähten sich, als er wie unter Schmerzen die Luft einsog. »In Zeiten wie diesen, wenn der

Schwarze Tod über die Länder kommt und die Menschen zu Tausenden und Abertausenden auslöscht, dann entstehen solche Geschichten von einem Tag auf den anderen. Märchen oder Legenden, die möglicherweise einen wahren Kern haben. Wie die Geschichte von König Pest. Es heißt, er sei ein Wanderer, ein Reisender auf schwarzem Ross, der kreuz und quer durch das Land zieht und die Plage verbreitet. Ohne Ziel, ohne Herkunft. Plötzlich ist er da, und wo er geht, bleiben Krankheit und Tod zurück.«

Kriemhild schüttelte ungläubig den Kopf. »Und die Dorfbewohner hielten dich für diesen … diesen König Pest? Das ist doch völlig absurd!«

»Sie waren verzweifelt. Sie hätten jeden dafür gehalten, der gerade vorbeikam. Es war Pech, dass es ausgerechnet mich getroffen hat. Mein Pferd war schwarz, und offenbar hat ihnen das gereicht. Die Seuche hat sie so weit getrieben, vielleicht auch ihre Beschränktheit. Doch was immer sie getan haben, sie haben es nicht verdient, diesen Söldnern in die Hände zu fallen.«

Kriemhild hockte sich auf den kühlen Waldboden nieder und zog die Knie an den Oberkörper.

Allmählich wurde ihr bewusst, was sie getan hatte. Und ebenso deutlich begriff sie, dass es zu spät war, um noch irgendetwas daran zu ändern. »Es tut mir leid«, flüsterte sie, nicht zu Jodokus, sondern nur zu sich selbst.

»So einfach ist das, nicht wahr?«, fuhr er sie verächtlich an und äffte ihren Tonfall nach: »Es tut mir leid … Pah, Fine, oder wie auch immer du wirklich heißen magst, in Wahrheit ist es dir doch vollkommen gleichgültig. Vielleicht nicht jetzt, nicht in diesem Augenblick. Aber lass einen halben Tag vergehen, und du wirst keinen Gedanken mehr an diese armen Geschöpfe verschwenden. Sie stehen ja so weit unter dir, nicht wahr?«

Ihr Blick raste hoch. »Wie meinst du das?«, rief sie.

»Das weißt du ganz genau, edles Fräulein. Es sind nur Bauern, nur Fußvolk, nur Hungerleider. Niemand von deinem Stand. Keiner, der es wert wäre, einen Finger für sie zu rühren.«

»Du glaubst tatsächlich, ich habe das getan, weil es arme Schlucker und keine Edelleute waren?« Sie sprang auf und stemmte die Hände in die Hüften. »Das glaubst du wirklich?« Sie wollte ihn anschreien so laut sie nur konnte: *Ist dir klar, dass ich mein Leben für dieses Volk aufs Spiel setze? Dass ich mich für dich und jeden anderen in diesem gottverfluchten Land opfern werde?* Aber natürlich sagte sie nichts von alldem; es war unter ihrer Würde.

Würde! Du liebe Güte …

Plötzlich drehte er sich um und machte sich mit schnellen Schritten auf den Rückweg zum Lagerplatz.

»Komm«, sagte er leise, »lass uns aufhören. Wir können ohnehin nichts mehr daran ändern.«

Sie lief hinter ihm her, aufgewühlt wie selten zuvor. »Wir haben doch Pferde. Wir könnten vor den Söldnern im Dorf sein und …«

»Und uns umbringen lassen? Glaubst du wirklich, man würde uns auch nur ein Wort glauben? Die Dorfbewohner würden nur zu Ende bringen, was sie begonnen haben. Und die Söldner würden sie trotzdem töten.« Er schüttelte traurig den Kopf. »Was jetzt geschieht, liegt nicht mehr in unserer Hand.«

Kriemhild senkte schweigend den Kopf, bis sie ihre Feuerstelle und die Pferde erreichten. Wortlos wischte sie sich die Ascheflecken von der Haut, legte dann die beiden Decken auf die Rücken der Tiere und sattelte sie von Neuem.

Jodokus sah ihr eine Weile lang zu, dann nickte er nachdenklich. »Ich schätze, ich kann auch nicht mehr schlafen. Wir können ebensogut weiterreiten.«

Das überraschte sie, nachdem er doch gehört haben musste, was am Ziel ihrer Reise lag. »Willst du immer noch mitkommen?«

»Zu Salomes Zopf? Warum nicht?«

»Du hast keine Angst?«

»Ich habe dir doch gesagt, dass ich keine Angst vorm Tod …«

»Ja«, unterbrach sie ihn scharf, »das hast du.« Sie machte eine kurze Pause, während sie die Riemen der Pferde festzurrte. Dann drehte sie sich mit einem Ruck zu ihm um. »Wirst du mir verraten, womit du die Götter gegen dich aufgebracht hast?«

Er raffte ihre Sachen am Boden zusammen. »Lass uns erst aufbrechen«, sagte er, ohne sie anzusehen. Einen Moment lang hatte Kriemhild den Eindruck, der Buckel an seiner Schulter habe sich unmerklich nach rechts verschoben.

»Ich erzähle dir alles, wenn wir unterwegs sind«, flüsterte er tonlos.

KAPITEL 3

Das schwarze Ross schnaubte voller Ungeduld, als sein Reiter die Zügel straffer zog. Der lange dunkle Mantel des Mannes schlug Wellen, während das Tier unter ihm protestierend mit den Hufen scharrte. Es war ebenso unduldsam wie sein Reiter, wenn auch aus eigenen, den Menschen unverständlichen Gründen; der Mann hatte kein Verlangen, sie zu durchschauen. Er zeigte Nachsicht mit jeder Art von Geheimnis. Oft hatte er das Gefühl, er selbst lebe nur für seine eigenen dunklen Mysterien.

Ross und Reiter standen im Dickicht nahe der Furt und blickten aus schwarz glänzenden Augen zum Dorf hinüber. Die riedgedeckten Dächer der Hütten standen in Flammen, finstere Qualmfahnen stiegen zum Himmel empor und verfinsterten Mond und Sterne. Im Osten dämmerte der Tag herauf, doch selbst das ferne Morgenrot verblasste angesichts des glutgelben Infernos auf beiden Seiten der Dorfstraße. Ganz aus der Nähe ertönte das schrille Kreischen einer Frau, dann folgte ein stumpfer Laut, ein Hieb. Die Schreie verstummten. Zwei Männer taumelten lallend aus einer der letzten unbeschadeten Hütten und zerrten sich im Gehen die Hosen hoch. Einer stolperte über die Leiche eines Bauern und stürzte zu Boden, der andere lachte trunken und half seinem Gefährten auf die Beine.

Die meisten Söldner waren bereits weitergezogen, nur noch ein paar Nachzügler streiften durch die lodernden Ruinen, auf der Suche nach Überlebenden oder ein paar Münzen, die andere übersehen hatten. Sie fanden weder das eine noch das andere. Schätze hatte es hier nie gegeben, nur das, was die Dorfbewohner zum Leben benötigt hatten. Jetzt benötigten sie nichts mehr.

Der einsame Reiter gab seinem Pferd einen sanften Stoß mit der Ferse. Sogleich trug es ihn aus seinem Versteck ins Licht der prasselnden Feuer. Die Straße war übersät mit Toten, die meisten übel zugerichtet.

Der Reiter lenkte sein Pferd in langsamem Trab um ein paar aufgeschlitzte Hunde. Auf einer Weide lag zerstückeltes Vieh, sogar ein paar Hühner waren mit Pfeilschüssen niedergestreckt worden. Der Reiter im schwarzen, wallenden Mantel hatte viele Kriege und Raubzüge miterlebt, und der Anblick des Dorfes und seiner Bewohner vermochte ihn kaum zu berühren. Tod war sein ständiger Begleiter, hier wie anderswo.

Durch den Sehschlitz seines Helmes beobachtete er die betrunkenen Söldner, die ziellos zwischen den Leichen umherstreiften, die eine oder andere mit den Füßen herumrollten und Scherze darüber machten. Ein halbes Dutzend Plünderer hielt sich noch im Dorf auf, die übrigen waren schon weiter nach Westen gezogen, immer dem Weg der Plage nach. Vermutlich hatten die Zurückgebliebenen vor, ihre Kumpane in ein oder zwei Tagen einzuholen.

Die meisten von ihnen waren viel zu betrunken, um zu bemerken, dass ein schwarzer Schatten auf sie fiel.

Das Schwert des Reiters mähte sensengleich durch den Oberkörper des Ersten. Der zweite Plünderer wirbelte herum und erkannte voller Entsetzen die finstere Silhouette, die sich ihm von hinten genähert hatte. Mit mehr Glück als Geschick tauchte er unter der Klinge des Angreifers hinweg und wollte sein eigenes Schwert aus der Scheide zerren. Da aber tänzelte das Streitross des Angreifers schon herum, der Reiter zertrümmerte das Nasenbein des Söldners mit einem heftigen Stiefeltritt. Ein jammervoller Schrei entfuhr der Kehle des Mannes, der letzte Laut, der aus ihr drang – dann wurde sie vom scharfen Stahl des Reiters zerfetzt.

Der Schmerzensschrei hatte die vier übrigen Plünderer alarmiert. Der Vorteil der Überraschung war dahin. Der Gerüstete sprang aus dem Sattel und jagte das Ross mit einem Klaps davon. Breitbeinig, den Schwertgriff mit beiden Händen umfasst, erwartete er die heranstürmenden Männer.

Der Erste beging den Fehler, sich im Suff zu überschätzen. Mit geradewegs vorgestreckter Klinge und einem hohen Kampfschrei auf den Lippen raste er auf den Bezwinger seiner Gefährten zu, hoffte wohl, ihn allein durch seinen lärmenden Auftritt einzuschüchtern. Der Mann im schwarzen Mantel lachte nur voller Hohn, wich flink zur Seite und hieb dem Vorbeitaumelnden die angespitzte Eisenschale seines Ellbogenschutzes ins Kreuz. Kreischend polterte der Verletzte zu Boden, bis sein Gegner ihm den Gnadenstoß gab.

Die drei Übrigen verharrten. Zumindest zwei von ihnen hatten sich noch nicht um den Verstand getrunken. Sie wechselten knappe Blicke und Handzeichen. Innerhalb eines Atemzuges kamen sie überein, den Feind von zwei Seiten zugleich anzugreifen. Der dritte Plünderer stand unentschlossen da, wartete ab. Er schwankte leicht, seine Schwertspitze zitterte.

Der Mann in Schwarz erwartete seine Widersacher mit einem Lächeln unter dem schweren Helm. Sein Auge blitzte erwartungsvoll. Sie kommen, dachte er, und sie sterben. Genau wie all die anderen.

Der linke der beiden Angreifer stellte sich einigermaßen geschickt an, und es gelang ihm, mit seinem zweiten Hieb den Arm des Kriegers zu streifen. Die Schwertschneide glitt am Kettenhemd ab, doch einen Augenblick lang brachte der Treffer den Mann aus dem Gleichgewicht. Sofort setzte der zweite Plünderer nach, während der dritte immer noch in einigem Abstand verharrte und sich volltrunken fragte, welchen der Kämpfenden er angreifen sollte.

Die Irritation des schwarzen Kriegers dauerte nur einen Herzschlag lang. Dann duckte er sich unter zwei parallel geführten Schwerthieben, rollte sich über den Rücken ab, sprang zwei Schritte entfernt auf die Beine und warf den flatternden Umhang zurück. Seine beiden Gegner wechselten einen erstaunten Blick, dann zuckte die Klinge ihres Feindes heran und hieb dem einen den Kopf von den Schultern. Der andere taumelte voller Entsetzen zurück, fing sich wieder und warf sich dem Angreifer entgegen. Der Krieger ließ dem Plünderer gerade genug Zeit, seine Niederlage zu begreifen, dann rammte er ihm das Schwert durch die Brust.

Danach blickte er sich gelassen um. Der Betrunkene mit der zitternden Klinge stand unverändert da und starrte den Sieger entgeistert an. Allmählich begriff er, was um ihn herum geschehen war.

»König Pest?«, entfuhr es ihm, ein zischender, zweifelnder Laut wie der letzte Atemzug eines Sterbenden. Dann wirbelte der Söldner herum und ergriff die Flucht.

Der Mann in Schwarz schleuderte sein Schwert in einem geraden, gezielten Wurf. Es sollte nicht töten, nur aufhalten. Tatsächlich geriet es zwischen die Unterschenkel des Fliehenden, zerschnitt ihm die Haut und ließ ihn schreiend zu Boden poltern. Unweit eines toten Mädchens schlitterte er mit Brust und Gesicht über den blutigen Staub, rollte mit fuchtelnden Armen auf den Rücken und starrte dem Krieger voller Todesangst entgegen.

Der schwarze Ritter blieb breitbeinig vor ihm stehen und hob sein Schwert vom Boden. »Verzeih mir eine Frage«, bat er. Der Helm verwandelte seine Stimme in ein dumpfes, beängstigendes Dröhnen.

Die Lippen des Plünderers bebten, als sie stumme Worte formten. Nichts als heiseres Röcheln drang aus seiner Kehle, raues, sinnloses Keuchen. Seine Augen waren groß und weiß wie Schneebälle.

Der Krieger stellte seine Frage, aber es dauerte eine Weile, ehe er eine verständliche Antwort erhielt. Dann rammte er seine Klinge senkrecht und mit beiden Händen in den Brustkorb des Söldners, wartete geduldig, bis kein Leben mehr in ihm war.

Zuletzt rief er sein Ross herbei, schwang sich in den Sattel und führte aus dem Dickicht ein zweites Pferd, das er unweit des Dorfes im Wald entdeckt hatte. Beide lenkte er durch die Furt gen Osten. Die Strömung verwischte alle Hufspuren im Schlamm, und bald darauf war es, als habe weder Mensch noch Tier jemals diesen Weg beschritten.

Jodokus hielt sein Versprechen, wenn auch erst, nachdem Kriemhild ihm den Rest der Nacht über wortreich zugesetzt hatte. Sie war neugierig, war es immer gewesen, doch unter den gegebenen Umständen drängte es sie ganz besonders, die Wahrheit über den buckligen

Sänger zu erfahren; sie hoffte, dass es sie vom brennenden Gefühl der Schuld ablenken würde, das ihr die Brust zusammenschnürte. Sie hatte Mühe durchzuatmen, und gelegentlich überkamen sie kurze Anfälle von Schüttelfrost. Zuerst hatte sie geglaubt, es seien die Vorboten der Pest, die sich ihrer bemächtigten, doch dann wurde ihr klar, dass etwas in ihr selbst es war, das sie derart empfinden ließ. Etwas in ihrem Kopf. Der Gedanke an das, was sie getan hatte. Die Fessel ihrer Sünde.

Immer wieder fragte sie sich, ob die Söldner das Dorf schon erreicht haben mochten, und jedes Mal hoffte sie, dass den Bewohnern vielleicht Gott, und wenn nicht er, dann der Zufall zur Hilfe kommen würde. Aber sie wusste auch, dass sie sich damit nur selbst belog, und als der Morgen heraufdämmerte, da ahnte sie, dass das Schicksal des Dorfes besiegelt war. Spätestens jetzt würde alles vorüber sein.

Endlich, als der erste Sonnenstrahl ihre Nasenspitzen kitzelte, ergriff Jodokus das Wort. Er begann seine Erzählung, ohne Kriemhild anzusehen, blickte nur verbissen geradeaus, als hoffte er allein dadurch, den Verlauf der Heerstraße zu verkürzen.

»Ich bin kein guter Sänger, fürchte ich, aber auch kein allzu schlechter. Ganz gewiss aber bin ich ein viel besserer Dieb als die meisten anderen meiner Zunft.« Welche Zunft er damit meinte, die der Diebe oder Sänger, ließ er offen; er erwähnte beides, als gehörte das eine ganz selbstverständlich zum anderen.

»Ich werde dir keine meiner Methoden verraten, du hast auch so schon genug Unheil angerichtet«, fuhr er fort, und Kriemhild schenkte ihm einen vernichtenden Blick. »Sag, hast du je vom Dichtermet gehört?«

Sie überlegte kurz, schüttelte dann den Kopf. »Was soll …«

»Der Dichtermet«, unterbrach er sie rasch, »hat einst den Göttern gehört. Wodan selbst zählte ihn zu seinen teuersten Gütern, bis …« Er verstummte, als sei er sich nicht mehr sicher, ob er wirklich fortfahren solle.

»Bis?«, fragte Kriemhild beharrlich.

»Nun«, meinte Jodokus gepresst, »bis ich ihn gestohlen habe.«

Kriemhild lachte leise. »Natürlich.«

Er wirkte weder beleidigt noch sonderlich überrascht. »Mir ist schon klar, dass du mir nicht glaubst.«

»Dann sind wir uns einig.«

»Willst du die Geschichte trotzdem hören?«

»Haben wir etwas Besseres, um uns die Zeit zu vertreiben?« Bis Würzburg war es noch mindestens ein halber Tagesritt, und vorher mussten sie die Straße verlassen, um die Stadt zu umgehen. Von dort aus würden sie weitere zwei Tage brauchen, um Salomes Zopf zu erreichen. Mit ein paar Geschichten, mochten sie auch noch so versponnen sein, würde die Zeit ein wenig schneller vergehen.

Jodokus schien die Tatsache, dass Kriemhild ihm kein Wort glaubte, nicht zu stören. Mit fester Stimme setzte er seine Erzählung fort. »Es tut nichts zur Sache, wie es mir gelang, an den Dichtermet heranzukommen. Es war nicht einfach, ganz bestimmt nicht, aber, um ehrlich zu sein, auch lange nicht so schwer, wie man vermuten möchte. Fest steht, ich brachte ihn an mich, und die Götter zürnen mir dafür.«

»Warum schicken sie nicht einfach einen Blitz herab, der dich in Asche verwandelt?«, fragte Kriemhild schmunzelnd. »Warum fahren nicht die Furien vom Himmel und reißen dich in Stücke?« Sie schüttelte lachend den Kopf. »Komm schon, Jodokus, du musst überzeugender schwindeln, um mich hereinzulegen.«

»Du bist Christin, nicht wahr?«

»Sicher. Ganz Worms ist christlich.«

»Dann glaubst du nicht an die alten Götter?«

»Ich bin nicht so dumm, sie offen zu verleugnen, wenn du das meinst.« Sie legte den Kopf schräg und überdachte ihre Wortwahl. »Sagen wir, ich kann verstehen, warum die Menschen jahrtausendelang zu ihnen gebetet haben.«

»Viele tun es auch heute noch.«

»Natürlich. Sogar der König zeigt Verständnis dafür, weshalb also sollte ich es nicht tun?«

»Dann weißt du auch, dass die Götter das Spiel lieben. Denn genau das tun sie: Sie spielen mit mir.« Er klang plötzlich gar nicht mehr so gelöst wie noch vor wenigen Augenblicken. »Sie wissen, dass ich es war, der ihnen den Dichtermet stahl, und sie lachen mich aus dafür. Ich, Jodokus der Sänger, bin der niederste ihrer Narren, der traurigste ihrer Scherzbolde und das einsamste unter den Wesen der Welt.«

»Du rührst mich zu Tränen.« Was für ein Unfug, dachte sie bei sich. »Erzähl mir lieber vom Dichtermet.«

»Das ist eine andere Geschichte.«

»Jeder gute Erzähler schätzt die Geschichte in der Geschichte, sagt meine Mutter immer.« Die Erinnerung an die Königinmutter Ute tat weh; seit ihrer Flucht aus Worms hatte Kriemhild viel zu selten an sie gedacht, und jetzt fühlte sie sich mit einem Mal schuldig deswegen. »Sie sagt, ein gutes Garn besteht wie ein guter Kuchen aus vielen Zutaten, und jede ist eine Geschichte in sich.«

»Deine Mutter ist eine weise Frau.«

»Das muss sie sein.«

»Dann ist sie fraglos auch eine mächtige Frau.«

Kriemhild lachte heiter. »Versuch nicht, mich zu überlisten, Jodokus-der-Dieb-und-Sänger!«

Er schmunzelte und hob abwehrend beide Hände. Dabei ließ er versehentlich die Zügel los, und der lahme Ackergaul wäre beinahe wie ein Wildpferd mit ihm durchgegangen. Kriemhild lachte noch lauter über sein Ungeschick, und als Jodokus das Tier wieder im Griff hatte, fiel er mit in ihr Gelächter ein.

Schließlich aber, nachdem beide sich beruhigt hatten, räusperte sich der Sänger und begann: »Einst schufen die Götter einen weisen Mann, den sie Kvasir nannten. Sie sandten ihn aus, um unter Menschen, Zwergen und Alben Vertrauen und Freundschaft zu säen. Bald schon liebte und schätzte man ihn überall auf der Welt. Allein zwei tückische Zwerge, Galar und Fjalar, wollten Kvasirs Weisheit für sich allein, und so lockten sie ihn in eine Falle, schlugen ihm den Kopf ab und fingen sein Blut in einem Kessel auf. Sie gaben Honig dazu und brauten daraus einen Met, wie es zuvor noch keinen gegeben hatte, denn wer davon trank, der wurde ein Dichter oder Weiser.

Die beiden Zwerge taten vor den Göttern unschuldig, ja, sie berichteten Wodan, Kvasir sei an seiner eigenen Weisheit ertrunken. Der Göttervater misstraute ihnen, ließ sie aber laufen. Da frohlockten die beiden üblen Kreaturen ob der gelungenen List und prahlten vor ihren finsteren Freunden mit ihrem Verbrechen.

Es vergingen nur wenige Monde, da fühlten Galar und Fjalar sich sicher genug, eine neuerliche Untat zu begehen. Sie luden einen ihrer ältesten Feinde, den Riesen Gilling, zu sich ein und ertränkten ihn im Ozean. Gillings Frau erschlugen sie mit einem Mühlstein. Darüber empfanden die Zwerge solche Freude, dass sie auch dies all ihren Freunden erzählten. Jene aber neideten ihnen den Besitz des Dichtermets und erzählten Suttung, Gillings Sohn, von den Morden. Suttung stürmte sogleich voller Rachsucht zum Haus der Zwerge und quälte sie so lange, bis sie ihm als Wiedergutmachung den Met anboten. Suttung stimmte zu und brachte den Kessel in seinen Berg. Zur Wächterin des Zaubergesöffs bestimmte er seine Tochter Gunnlöd.

Wodan aber erfuhr durch seine treuen Raben vom Handel der Zwerge mit dem Riesensohn, und er beschloss, den Met zurückzugewinnen. Denn wenn es eines gab, das die Götter verhindern wollten, dann war es, dass alle Riesen zu Dichtern und Weisen wurden.

In Gestalt eines stattlichen Mannes machte Wodan sich auf zu Suttungs Berg. Er bohrte ein Loch in den Fels, verwandelte sich in eine Schlange und glitt in die Höhlengemächer des Riesen. Dort suchte er die Kammer, in der Gunnlöd den Kessel bewachte. Wieder zum Mann geworden, schmeichelte er sich bei der Riesentochter ein, es gelang ihm gar, echte Liebe in ihr zu entfachen. Unter Treueschwüren lag er ihr drei Nächte lang bei, dann endlich gestattete sie ihm für jede Nacht einen Schluck aus dem Kessel. Sie wusste nicht, dass sie es mit dem höchsten der Götter zu tun hatte, und wie hätte sie ahnen können, dass er den ganzen Kessel mit nur drei Zügen leertrinken würde? Sodann nahm er die Gestalt eines Adlers an und floh aus der Höhle.

Der Riese Suttung aber, der Vater der betrogenen Wächterin, schlüpfte in sein eigenes Adlerkleid und folgte dem Dieb hinauf in die Wolken. Die beiden lieferten sich eine halsbrecherische Jagd. Wodan hatte schwer an seiner Diebeslast zu tragen und wurde mit jedem Flügelschlag langsamer. Die übrigen Götter sahen ihren Herrn von den Zinnen aus nahen, stellten eilig Töpfe und Schalen im Hof der Götterburg auf und holten ihre Waffen. Wodan aber blieb keine Wahl, als noch außerhalb der Mauern einen Teil des Mets zu Boden zu spucken, und jener Teil ist es, der noch heute den schlechten Reimeschmieden und Wichtigtuern unter den Menschen zugutekommt. Das meiste aber spie Wodan in die Gefäße im Burghof, während die übrigen Götter den Riesenadler mit ihren Spießen und Pfeilen verjagten. So kam es, dass Wodan den Dichtermet zurückgewann, um ausgewählte Menschen davon trinken zu lassen, denn nur so werden Poeten und Gelehrte geboren.

Die Riesen zürnten Wodans Betrug, hatten sie den Met doch als Wiedergutmachung für Gillings Tod erhalten. So kam es, dass sich die Götter die Riesen zu Feinden machten, und ihr Krieg wütet bis heute auf den höchsten Gebirgsspitzen und in den tiefsten Höhlen der Erde.«

Jodokus beendete seinen Bericht mit einer seltsamen Handbewegung, einem angedeuteten Streich über ein unsichtbares Musikinstrument.

Die ganze Zeit über hatte Kriemhild begeistert zugehört, doch als der Sänger zum Ende seines Vortrags kam, traten ihr wieder Zweifel in den Sinn. »Wenn Götter und Riesen ganze Schlachten um den Besitz des Mets geschlagen haben, wie kommt es dann, dass ausgerechnet du ihn stehlen konntest?«

Jodokus tat, als hätte er die Häme in ihrem Tonfall nicht bemerkt. »In diesem Krieg geht es längst nicht mehr um den Met allein. Beide Seiten kämpfen um des Kämpfens willen. Da die Götter nur mit einem Diebstahl durch Riesen rechneten, achteten sie nicht auf die winzigen Lücken in ihrer Verteidigung – viel zu klein für einen Riesen, für mich aber gerade groß genug.«

Kriemhild seufzte. »Du bleibst dabei, nicht wahr? Ganz egal, was ich dagegen einwende.«

»Weil es die Wahrheit ist«, entgegnete er, doch er klang dabei weniger störrisch als stolz.

»Wie du meinst.« Sie hatte nicht vor mit ihm zu streiten, es hatte ohnehin keinen Zweck. Was immer ihn dazu gebracht hatte, sich solch einen Unsinn auszudenken, würde wohl auf ewig sein Geheimnis bleiben. Gut, dachte sie, damit sind die Seiten ausgeglichen. Schließlich hatte sie selbst ein Geheimnis, das es zu hüten galt.

Nachdem sie aber eine Weile lang schweigend weitergeritten waren, der aufsteigenden Sonne entgegen und träumend in ihrem goldenen Schein, konnte Kriemhild eine Frage nicht länger zurückhalten: »Wenn du den Dichtermet wirklich gestohlen hast, sag, wo hast du ihn dann? Haben ihn dir die Dorfbewohner mitsamt deinen übrigen Sachen abgenommen?«

Ein listiges Grinsen zuckte über seine Züge. »Du hältst mich doch nicht etwa für so einfältig, ihnen einen solchen Schatz zu überlassen, oder?«

Aber Kriemhild dachte triumphierend: Aus dieser Schlinge ziehst du deinen Kopf nicht so geschwind.

Jodokus trieb sein Pferd in den Schatten der Bäume am Straßenrand, schaute sich sichernd nach allen Seiten um und zügelte sein Pferd. »Du glaubst mir noch immer nicht? Na schön, dann sieh her.«

Vor Kriemhilds fassungslosen Augen streifte er sein Wams über den Kopf und präsentierte ihr seinen nackten Oberkörper. Er war nicht allzu kräftig, eher drahtig als muskulös. Mehrere Lederbänder lagen um seine Brust, und als er ihr lächelnd den Rücken zukehrte, erkannte sie, dass der vermeintliche Buckel nichts anderes war als ein lederner Weinschlauch, leicht gebogen und durch die festgezurrten Bänder der Form des Rückens angepasst.

Kriemhild konnte nicht anders: Sie lehnte sich im Sattel zurück und lachte, schüttelte sich aus vor schallendem Gelächter. »Du bist wirklich verrückt, Jodokus Meträuber!« Er fuhr herum und funkelte sie verwirrt und zornig an. Doch Kriemhild gelang es nicht, ihr Lachen zu bezwingen. Schniefend und mit Tränen in den Augen meinte sie: »Du behauptest, da drin sei der Dichtermet der Götter? *Da drin?* Du liebe Zeit …«

Wütend beeilte er sich, seinen Schatz wieder unter dem Wams in Sicherheit zu bringen. »Ich glaube nicht, dass ich deinen Hohn verdient habe!«

Sie fuhr sich mit dem Handrücken über die Augen. »Verzeih mir«, stammelte sie und kämpfte einen neuerlichen Heiterkeitsanfall nieder. »Ich wollte dich nicht verletzen, wirklich nicht. Aber wie soll ich dir glauben, dass du Wodans Met allen Ernstes in einem gewöhnlichen Lederschlauch spazieren trägst? Das ist einfach zu …« Und wieder gingen ihre Worte in unterdrücktem Gelächter unter.

Jodokus lenkte sein Pferd vergrätzt zurück auf die Straße und setzte die Reise fort. »Lach du nur. Mach dich lustig über mich, solange es dir gefällt. Ich weiß sehr gut, was ich getan habe, und ich brauche keine Bestätigung von einer wie dir!«

Sie hieb ihrem Gaul die Hacken in die Flanken, bis sie und der Sänger wieder auf einer Höhe ritten. »Hast du davon getrunken?«, fragte sie und blickte ihn von der Seite an.

Jodokus starrte beleidigt geradeaus. »Was geht dich das an?«

»Du müsstest der beste Sänger weit und breit sein, hättest du den Dichtermet gekostet.«

»Und?«

»Beweis es mir!«

Sein Kopf zuckte, als er sich zu ihr umwenden wollte; dann aber fiel ihm ein, dass er noch immer eingeschnappt war, und würdigte sie mit keinem Blick. »Ich habe es nicht nötig, dir irgendetwas zu beweisen.«

»Natürlich nicht«, gab sie zurück. »Aber was für ein Sänger bist denn du, wenn du nicht singst, wenn dich eine Dame darum bittet?«

»Ich werde nicht für jemanden singen, der meine Kunst nicht zu würdigen weiß.« Pikiert fügte er hinzu: »Außerdem, wer beweist mir denn, dass du eine Dame bist?«

»Du selbst hast es gesagt.«

»Auch Sänger täuschen sich.«

So ging es weiter, den ganzen Vormittag über. Sie hänselten und stritten sich, mal verspielt, mal wirklich zornig, und doch gewann keiner die Oberhand. Jodokus sang keine einzige Zeile, und Kriemhild verriet ihm nichts von ihrer Herkunft. Am Ende, als beiden die Argumente ausgingen, kamen sie überein, dass ihr Streit im Großen und Ganzen ein Zeitvertreib gewesen sei und man ihn als solchen abtun solle; sie bekräftigten diesen Beschluss mit einem Handschlag und lautem Gelächter.

Hätte jemand sie so dahinziehen sehen, kichernd und scherzend auf der Straße durchs Land der Toten, so hätte er sie vielleicht für verrückt gehalten – vielleicht aber auch nur für zwei junge Leute, die das Leid, das sie umgab, nicht wahrhaben wollten und mit ihren eigenen niederen Nöten überspielten.

Wie hätte der Wanderer, der sie aus der Ferne sah, auch ahnen können, dass diese Nöte weder klein noch allein ihre eigenen waren?

»Was ist das?«

Jodokus' Stimme riss Kriemhild aus dem eintönigen Trott, der sich von ihrem Pferd auf sie selbst übertragen hatte.

»Hm?« Sie schaute sich verwundert um. »Was meinst du?«

Der Junge zerrte an den Zügeln. »Horch! Hörst du es nicht?«

Sie hatten die Straße eine Weile zuvor verlassen und waren in südliche Richtung eingeschwenkt, um Würzburg in weitem Bogen zu umgehen. Der Pfad, auf dem sie sich bewegten, war kaum mehr als solcher zu bezeichnen: ein natürlicher Hohlweg zwischen dichten, weit vornübergebeugten Buchen und Eichenbäumen, ein dunkelgrüner Tunnel, den ein verworrenes Geflecht aus Wurzelsträngen überwucherte. Die Pferde hatten Mühe, zwischen den steinharten

Ranken Raum für ihre Hufe zu finden, und Kriemhild betete in Gedanken zu Gott, dass sich keines der Tiere die Läufe brach. Wenn sie eines vermeiden wollte, dann war es, mit Jodokus im selben Sattel sitzen zu müssen.

»Was sollte ich denn hören?«

Jodokus' Blick war in die Richtung gewandt, aus der sie gekommen waren – offenbar ertönten die Geräusche, die er zu hören glaubte, von hinten. Als er wieder herumfuhr, waren seine Augen geweitet, sein Gesicht aschfahl. »Komm!«, zischte er Kriemhild zu. »Wir müssen runter von diesem Weg.«

Sie hätte gerne gewusst, was ihn so verstört hatte, und die Ungewissheit verstärkte nur das unheilvolle Rumoren in ihrem Bauch. Seine Geheimnistuerei ärgerte sie, aber mehr noch steckte sie seine Furcht an, und sie spürte unwillkürlich, dass dies nicht der richtige Zeitpunkt war, seine fehlende Mitteilsamkeit zu bemängeln.

Kriemhild trieb ihr Pferd zur Eile, wusste aber zugleich, dass sie kaum schneller als bisher vorankommen würden. Das Wurzelgeflecht war gar zu hinderlich, und die Seiten des Hohlwegs zu verfilzt und verwoben, als dass sie nach rechts oder links hätten ausweichen können. Sie hatten keine andere Wahl, als weiter geradeaus zu reiten, ganz gleich, was sich ihnen von hinten nähern mochte.

»Beeil dich!«, presste Jodokus hervor, der auf Armlänge hinter ihr ritt.

Sie verzichtete auf eine Erwiderung und blickte starr nach vorne. Irgendwo in der Ferne schwebte ein grauer Fleck, das Ende des Hohlwegs. Noch mindestens zweihundert Schritte.

Einmal schaute sie kurz über ihre Schulter nach hinten, doch alles, was sie sah, war Jodokus' gehetztes Gesicht über der strähnigen Mähne seines Pferdes; sein Körper verwehrte jede Sicht auf das, was sich hinter ihm befinden mochte, und insgeheim war Kriemhild froh darüber. Der Junge, der angeblich den Tod nicht fürchtete, sah aus, als säße ihm der Leibhaftige selbst im Nacken.

Holpernd stürmten die Pferde den Weg entlang, drohten im dichten Netzwerk der Wurzelstränge stecken zu bleiben, stolperten und scheuten. Immer wieder stieß Jodokus Rufe aus, um die Tiere anzutreiben, doch alles, was sie bewirkten, war, dass Kriemhilds Sorge ins Unermessliche wuchs. Sie versuchte, über das Chaos der hämmernden Hufe, das Pferdewiehern und Gebrüll des Sängers etwas zu hören, das auf die Natur ihrer Verfolger schließen ließ, doch ihre Mühen waren vergeblich. Ebensogut hätten sie vor leerer Luft davonlaufen können.

Da kam Kriemhild ein Gedanke: Was, wenn es genau das war? Wenn sie vor Luft, vor nichts, vor einem Hirngespinst flohen? Etwas, das nur im Kopf des Sängers existierte? So wie der Dichtermet, so wie die Götter, die ihn angeblich verfolgten?

Kriemhild traf Hals über Kopf eine Entscheidung. Mit einem Ruck riss sie an den Zügeln und brachte ihr Pferd zum Stehen. Mit verkrampften Fingern machte sie sich bereit für den Aufprall, falls Jodokus' Ross gegen das ihre preschen würde.

Doch der Zusammenstoß blieb aus. Die beiden Pferde hatten zu lange gemeinsam auf einer Weide gestanden, zu oft denselben Karren gezogen. In jenem Augenblick, da das vordere stehen blieb, tat das hintere das Gleiche, egal wie laut Jodokus fluchen mochte.

Kriemhild wandte sich atemlos um und blickte hinter sich. Der Sänger starrte sie an, als wollte er ihr mit bloßen Händen die Kehle zerfleischen.

»Was tust du?«, kreischte er fassungslos.

Sie nahm all ihre Kraft zusammen und sagte: »Ich bleibe stehen, das siehst du doch.«

Seine Augen ruckten herum, schauten zurück. Kriemhild ließ ihr Pferd einen Schritt zur Seite treten und blickte an Jodokus vorbei zum hinteren Ende des Hohlwegs.

Da war nichts. Nur Dunkelheit, die Schatten der Bäume und das Dämmerlicht, das spärlich durchs Blätterdach fiel. Eine felsenschwere Last wich von Kriemhilds Herzen.

Jodokus aber war keineswegs erleichtert. Im Gegenteil: Seine Panik schraubte sich höher und höher.

»Weiter!«, kommandierte er mit überschnappender Stimme. »Wir müssen weiter!« Und schon drängte er sein Pferd an ihr vorbei und hieb ihm die Fersen mit so viel Kraft in die Seiten, dass es sich schmerzerfüllt aufbäumte.

»Jodokus!«, schrie sie ihn an. »Jodokus, komm zu dir!«

»Ich …«

»Da ist niemand!« Sie streckte die Hand aus, als wollte sie nach ihm greifen, obwohl er längst einige Schritte entfernt war. »Wir sind allein. Es ist niemand hier. Was immer du gehört hast, es war nicht wirklich.«

»Nicht wirklich?« Er zügelte sein Pferd und wandte sich im Sattel herum. In seinen Augen loderte etwas, das Wahnsinn gefährlich nahekam. »Nicht … wirklich?«, stammelte er noch einmal.

»Nein, Jodokus. Es gibt keine Gefahr. Nicht hier.«

Ein irres Lachen flackerte wie der Widerschein eines Scheiterhaufens über seine Züge. »Du weißt ja nicht, wovon du sprichst. Nichts weißt du!«

»Sind es die Götter, Jodokus? Glaubst du wirklich, sie wären hinter dir her? Jetzt, in diesem Augenblick?«

Er schüttelte den Kopf. »Ich bleibe nicht hier. Komm mit mir oder lass es, aber ich bleibe nicht!«

Sie ahnte, dass ihr die Argumente ausgehen würden, wenn er sich auf das Eine, das Einzige nicht einließ. Dennoch versuchte sie es erneut: »Auf diesem Weg, in diesem ganzen Wald ist niemand! Keiner will uns etwas Böses antun! Herrgott, schau doch hin – es ist niemand zu sehen!«

Zu ihrem Erstaunen verharrte er einen Moment lang wie versteinert, dann verzogen sich seine Mundwinkel zu einem bösen Grinsen. »Niemand zu sehen«, wiederholte er ihre Worte. »Natürlich nicht. Aber ich höre sie, begreifst du? Ich kann sie hören!«

Und als wollte die Natur seine Worte unterstreichen, ging plötzlich ein Beben durch die laue Luft der Abenddämmerung. Tatsächlich war es nichts, das man mit menschlichen Augen hätte wahrnehmen können. Kriemhild spürte es nur, sie fühlte, wie etwas in ihrem

Inneren in Regung geriet, zu zittern begann, Alarm schlug wie eine Glocke auf dem höchsten Turm einer Fluchtburg.

Dann hörte sie es. Hörte endlich, was Jodokus meinte.

Zuerst klang es wie ferner Donner, die ersten Vorboten eines Sommergewitters. Dann wurde es lauter, rasend schnell, als triebe etwas die Wolken mit gewaltigen Schwingen über den Himmel, triebe sie genau auf den Hohlweg zu, erst unbestimmt aus allen Richtungen zugleich, dann von hinten, von dort, woher sie gekommen waren.

Jodokus hatte recht.

Der Sänger schrie gequält auf, als hätte ihn ein Schwertstreich getroffen. Sein Gesicht verzerrte sich vollends zur Grimasse, dann trat er erneut auf sein Pferd ein. Diesmal gehorchte es, fast so als spüre es selbst, dass etwas näher kam, das sie alle vernichten würde.

Kriemhild starrte zum hinteren Ende des Hohlwegs, erschüttert und wie versteinert. Noch immer war nichts zu sehen. Aber sie konnte es doch hören! Hörte doch, wie es auf sie zuraste, viel zu schnell, als dass irgendwer ihm hätte entkommen können. Jodokus' Flucht war so lächerlich wie zwecklos. Es hatte ihn längst in seiner Gewalt, ihn und Kriemhild und jeden anderen, den es fangen, packen, zermalmen wollte. Längst war ihnen jede freie Entscheidung, jede Wahl, jede Hoffnung genommen worden. Es kam näher, und es würde sie einholen. Bald schon, gleich –

Jetzt.

Es war kein Donner – es waren Pferdehufe! Lauter als alles, was Kriemhild je vernommen hatte. Hufe, so dröhnend, als würden sie über Holzbohlen trampeln, nur unendlich kraftvoller, als trügen sie ihr eigenes Echo in sich, das wieder und wieder und wieder ertönte. Sie kamen von Norden, sprengten auf sie zu, aber nicht durch den Hohlweg, sondern *über ihn hinweg*. Kriemhild presste beide Hände auf die Ohren, kniff die Augen zusammen und schrie vor Pein. Ihr Kopf drohte auseinanderzubrechen, zu platzen wie eine reife Frucht in der Sommerhitze. Unter ihr verschwanden Sattel und Pferd, als das Tier sich aufbäumte, auf die Hinterbeine stieg und sie abwarf. Mit dem Rücken krachte Kriemhild auf die harten Wurzelstränge, doch dieser Schmerz war nichts verglichen mit dem in ihrem Schädel.

Und immer noch waren die Hufe nicht gänzlich herangekommen, immer noch wurden sie lauter, mächtiger, vernichtender. Das Blätterdach über dem Hohlweg vibrierte wie eine Brücke unter dem Aufmarsch einer Armee. Die Bewegung raste auf sie zu, erst fern, dann nah, dann über ihnen. Zweige und armdicke Äste regneten herab, schlugen rechts und links am Boden auf. Eine Astgabel traf Kriemhilds Pferd am Kopf, es stellte sich zum zweiten Mal auf und ging gleich darauf durch. In einem Wirbel aus Grau und Weiß und Dämmerlicht stob es davon, verschwand blitzartig wie Treibholz inmitten eines Wasserstrudels.

Kriemhild wälzte sich am Boden, blind und gefühllos, nur noch Gehör, eine einzige verletzliche Membran, die unter machtvollen Paukenschlägen erbebte.

Aber was immer es auch war, es tötete sie nicht.

Irgendwie gelang es ihr, sich auf die Füße zu stemmen, ungeachtet des ohrenbetäubenden Lärms und der prasselnden Zweige. Wenige Schritte vor ihr wälzte sich Jodokus am Boden. Sein Pferd war ebenso wie ihr eigenes am Ende des Hohlwegs verschwunden. Kriemhild brüllte seinen Namen, zerrte an seinen Armen, und schließlich schlug er die Augen auf und blickte sie an. Der Schmerz darin entsetzte sie. Es war der stumme Aufschrei einer geschundenen Seele, die viel zu lange schon von etwas gequält wurde, das sie nicht wirklich erfassen konnte.

»Wir müssen hier weg!«

Der Sänger schüttelte hastig den Kopf. »Zu spät!«, formten seine Lippen, aber kaum ein Laut drang hervor.

Kriemhild packte ihn, riss ihn mit aller Kraft auf die Beine. Stolperte mit ihm vorwärts, durch einen Regen aus Holz und Laub. Immer wieder verhakten sich ihre Füße in den Wurzelsträngen, immer wieder brach Jodokus in die Knie, um von Kriemhild weitergezerrt zu werden. Das Ende des Hohlwegs kam näher, doch mittlerweile war es auch dort kaum noch heller.

Einmal schaute Kriemhild sich um und sah, dass sich das Getöse in ihrem Rücken legte, dass sich das Blätterdach hinter ihnen beruhigte und keine weiteren Zweige zu Boden fielen. Doch als sie stehen blieb, um das monströse Hufgetrampel über ihren Köpfen vorbeiziehen zu lassen, verharrten Lärm und Erschütterung mit ihnen. Noch immer konnte sie nicht erkennen, was es war, das dort oben über den Baumkronen tobte. Es war schier unmöglich, den Blick hinaufzuwenden, ohne dass ihr Splitter und Rinde in die Augen drangen.

Weiter rannten sie, schneller noch und dennoch ohne Hoffnung. Das Ende des Weges tat sich vor ihnen auf wie der Ausgang einer Höhle. Sie stolperten auf eine Lichtung, keine fünfzig Schritte im Durchmesser, an deren Südseite mehrere Hütten standen. Dahinter, tiefer im Wald, erkannte Kriemhild weitere Bauten, von denen einige die Baumstämme als Eckpfosten nutzten.

Jodokus stürzte zu Boden, mitten in kniehohes Gras, immer noch erwärmt vom vergangenen Sonnenschein des Tages. Über ihnen, am dunkelblauen Abendhimmel, stand eine feine, aber ungewöhnlich grelle Mondsichel. Kriemhild wollte den Sänger auf die Füße ziehen, doch er lag schwer wie ein Fels am Boden, völlig erschöpft.

Sie wirbelte herum und blickte zu den Wipfeln der Bäume empor, die sich zum Laubdach des Hohlwegs vereinten. Was immer sie erwartet hatte – sie wurde enttäuscht. Das Chaos hatte schlagartig aufgehört, nur ein sanfter Abendwind strich durch die Äste und Blätter, erfüllte die Lichtung mit gespenstischem Flüstern. Dort oben war nichts mehr, keine dämonischen Pferde mit brennenden Hufen, keine riesenhaften Walküren in göttlichem Rüstzeug. Nichts, das irgendwie ungewöhnlich war. Nur der Himmel, der Mond und ein paar schimmernde Sterne.

Kriemhild fiel auf die Knie, stützte sich mit beiden Händen auf und atmete keuchend ein und aus. Sie hatte das Gefühl, sich übergeben zu müssen, doch ihr Magen war leer. Nur ihr Mund wurde von einem sauren, widerwärtigen Geschmack ausgefüllt. Voller Abscheu spuckte sie ins Gras, aber der Geschmack blieb. Es wurde Zeit, dass sie etwas zu essen bekam, keine Beeren, wie seit ihrer Flucht aus Worms, sondern etwas Vernünftiges, Fleisch vielleicht, zumindest ein wenig Gemüse.

Irgendwann, sie wusste nicht, wie viel Zeit vergangen war, hob sie den Kopf und sah Jodokus ins Gesicht. Er starrte unverwandt in die Höhe, mit großen, dunklen Augen, als stünden die Antworten auf alle seine Fragen am rabenschwarzen Himmel geschrieben.

Kriemhild kroch auf ihn zu und legte eine Hand auf seine Stirn. Sie erwartete, dass er fieberte, doch seine Haut war so kalt, dass sie erschrocken die Finger zurückzog. Seine Augen bewegten sich von rechts nach links und wieder zurück, doch als Kriemhild zögernd seinen Blicken folgte, sah sie über sich nichts als Leere.

»Was war das?«, fragte sie leise. »Du weißt es doch, nicht wahr?«

Seine Lippen bebten. Es sah aus, als versuchte er zu sprechen, brachte aber keinen Ton heraus. Doch dann erklang seine Stimme, und sie war klar und hell und ohne jede Spur von Erschöpfung.

»Warum soll ich dir eine Antwort darauf geben«, sagte er, ohne sie anzuschauen, »wenn du mir doch nicht glauben wirst.«

Ihre Haare hatten sich wieder gelöst und hingen wie goldene Vorhänge zu beiden Seiten ihres Gesichts herab, berührten sanft seine Wangen. Mit bebenden Fingern strich Kriemhild sie zurück.

Ihre Blicke kreuzten sich, und plötzlich lächelte er. »Angst?«

Entgeistert starrte sie ihn an. »Angst? Lieber Himmel, ich habe gedacht …«

»Das meine ich nicht. Hast du Angst vor mir?«

Eine Weile länger blickte sie auf ihn herab, schweigend, staunend, dann mit einem Kopfschütteln. Sie gab sich einen Ruck und stand auf. »Nein«, sagte sie dann und blickte über ihn hinweg zu den Hütten am Rand der Lichtung. »Sollte ich denn?«

Er zog die Knie an und stemmte sich nach oben. Er schwankte leicht, als er auf den Füßen stand, aber wenn er gedacht hatte, Kriemhild würde sogleich herbeispringen und ihn stützen, so hatte er sich getäuscht.

»Ich habe Angst vor mir selbst«, sagte er so leise, dass die Worte kaum zu hören waren.

Kriemhild lächelte fahrig. »Und ich dachte schon, du kennst wirklich keine Angst.«

Er schüttelte den Kopf, sagte aber nichts darauf.

»Also«, meinte sie, »was ist vorhin geschehen?«

»Ich habe nicht mehr gesehen als du.«

»Eher weniger, würde ich sagen. Du hast am Boden gelegen und dir die Augen zugehalten.« Die Bemerkung tat ihr gleich darauf leid. Es war gemein, sich über seine Furcht lustig zu machen. Aber was tat er auch so geheimnisvoll?

»Vielleicht sollten wir uns trennen«, sagte er bedrückt. »Es ist gefährlich, an meiner Seite zu reisen.«

»Es ist gefährlich, mir zu Salomes Zopf zu folgen«, entgegnete sie.

»Was willst du dort überhaupt?«

»Später«, sagte sie. »Erst sagst du mir, was du weißt.«

Er seufzte, trat neben sie und betrachtete die Hütten. »Ich habe dir gesagt, was es ist, das mir folgt.«

»Ja«, bemerkte sie spitz, »die Götter.« Sie machte einen halben Schritt um ihn herum und baute sich mit den Händen an den Hüften vor ihm auf. Ihre Brauen waren zwei steile, dunkle Striche. »Ich will die Wahrheit wissen.«

»Es ist die Wahrheit.« Damit ließ er sie stehen und ging langsam auf die Ansiedlung am Waldrand zu. Niemand zeigte sich. Mittlerweile war es zu dunkel, um jenseits der vorderen Hüttenreihe noch etwas zu erkennen. Nirgendwo brannte ein Feuer, nicht einmal Kerzen.

Kriemhild blickte ihm fassungslos nach, dann setzte sie sich in Bewegung, um aufzuholen. Plötzlich fiel ihr etwas ein. »Wir müssen die Pferde suchen!«

»Vergiss die Pferde.«

»Aber …«

»Sie sind fort«, unterbrach er sie barsch. »Wir werden sie nicht finden. Das gehört zum Spiel.«

»Zum Spiel, zum Spiel«, ahmte sie ihn verärgert nach. »Sag mir endlich …«

Er fuhr ruckartig herum, noch bevor er die äußeren Hütten erreichte. »Sie spielen mit mir. Oder um mich. Weiß der Teufel nach welchen Regeln. Sie jagen mich, sie zerbrechen mich, aber sie tun mir nichts zu Leide. Noch nicht.«

Da war etwas in seinen Augen, das sie zum ersten Mal zaudern ließ. Und wenn das, was er sagte, doch die Wahrheit war? Oder wenigstens ein Teil der Wahrheit? Wenn er wirklich verfolgt wurde, von wem auch immer?

»Gut«, sagte sie fest und hoffte, dass es das Richtige war, »ich glaube dir. Ein wenig zumindest.«

Er verzog das Gesicht zu einer Grimasse, die deutlich machte, dass er ihren Worten nicht traute. »Tu, was du willst. Aber du solltest nicht dort im Freien herumstehen. Es wird gleich von Neuem losgehen.«

Kriemhilds Körper versteifte sich. Ein Stein schien von ihrer Brust hinab in den Magen zu sacken. »Sie kommen wieder?«, presste sie tonlos hervor.

Er nickte ungerührt. »So ist es jedes Mal. Auf jeden Zug folgt ein Gegenzug.«

Jetzt beeilte sie sich, mit weiten Schritten an seine Seite zu gelangen. »Gegenzug?« Sie packte seine Schulter und zog ihn herum. »Sie hätten uns doch vorhin schon töten können, wenn sie es gewollt hätten.« Wer immer sie waren, fügte sie im Stillen hinzu.

»Sie sind vertrieben worden.«

»Von wem?«

»Von einem der Gegenspieler.«

Ganz allmählich begann sie zu begreifen. »Du willst damit sagen, dass es …«

»Mehrere Spieler gibt, ganz genau. Stell es dir vor wie eine Reihe von Leuten, die rund um eine Arena sitzen. Am Boden der Arena läuft eine kleine Maus umher, kreuz und quer, in Panik. Und jeder, der auf den Rängen sitzt, gebietet über eine Katze. Alle Katzen werden zugleich in die Arena gelassen. Keine gönnt der anderen die Maus. Immer, wenn eine Katze der Maus zu nahe kommt, vielleicht schon mit den Krallen nach ihr ausholt, kommt eine zweite Katze heran und verjagt die erste. Dann setzt die zweite Katze zum Schlag an, und vielleicht wird sie die Maus erwischen, vielleicht aber wird auch sie selbst in die Flucht geschlagen, und eine dritte Katze nimmt ihren Platz ein. Der, dessen Katze die Maus am Ende frisst, ist der Sieger.«

»Die Maus bist du«, flüsterte Kriemhild und schauderte, nicht sicher, ob das, was er sagte, ihr solche Furcht einjagte oder vielmehr das wirre Flackern in seinen Augen. »Und die Wesen auf den Rängen sind … Götter?« Sie lachte auf, nahe an einer Hysterie; sie fand, dass sie schon genauso wahnsinnig klang wie Jodokus. »Das ist das Verrückteste, das ich in meinem ganzen Leben gehört habe.«

Er rümpfte verächtlich die Nase. »Wie verrückt sind denn die Dinge, die einem wohlbehüteten Fräulein wie dir hinter seinen Turmmauern und Seidenschleiern zu Ohren kommen?«

Sie ließ sich auf keinen weiteren Streit mit ihm ein. Der Schrecken über das, was ihnen bevorstehen mochte, saß viel zu tief, als dass sie seine kindischen Sticheleien noch hätte ernst nehmen können.

»Was können wir tun?«, fragte sie mit schwankender Stimme.

»Erst einmal müssen wir von dieser Lichtung verschwinden.«

»Aber wenn es tatsächlich Götter sind, die es auf dich abgesehen haben, wird sie ein Hüttendach oder ein Baum kaum aufhalten.«

»Nein«, gab er kühl zurück. »Aber ein Dach oder Baum gibt mir zumindest das *Gefühl*, ein wenig sicherer zu sein.«

Damit trat er an die erste Hütte und blickte durch ein offenes Fenster hinein.

Kriemhild ging derweil zu einem anderen Gebäude, klopfte an die Tür und erhielt keine Antwort.

»Niemand da!«, rief Jodokus ihr zu. »Ich wette, die Hütten sind alle leer.«

Er deutete mit ausgestrecktem Arm auf etwas, das sich am Rande der Ansiedlung befand und bislang von Bauten verdeckt worden war. In der Finsternis vermochte Kriemhild dort nicht mehr als eine große dunkle Form auszumachen, vielleicht ein weiteres Gebäude oder …

»Ein Totenfeuer«, sagte Jodokus. »Dort haben sie ihre Kranken verbrannt. Der Rest ist wahrscheinlich nach Westen geflohen.«

Kriemhild ging langsam auf den unförmigen Umriss zu und bemerkte im Näherkommen einen durchdringenden, widerlichen Geruch, stärker noch als der Verwesungsgestank, der ihr seit dem Gasthaus zu folgen schien. Zugleich entdeckte sie zwischen verkohltem Holz und Asche die Überreste menschlicher Körper. Ausgeglühte Rippenkäfige, Arm- und Beinknochen, dazwischen einige Schädel. Der Totenberg überragte sie um Haupteslänge.

Angeekelt wandte sie sich ab. »Wir werden uns die Pest holen, wenn wir länger hier bleiben.«

Jodokus hob im Dunkeln die Schultern. »Ich werde nicht krank.«

Ihr Tonfall klang viel bitterer, als sie beabsichtigt hatte: »Ihr Spielzeug ist den Göttern zu wichtig, um es an der Seuche verrecken zu lassen, nicht wahr?«

»Nicht zu wichtig. Zu amüsant.«

Kriemhild beeilte sich, zur anderen Seite der Ansiedlung zu laufen, dort, wo die Hütten zwischen die Stämme des Waldes gebaut waren. Bevor sie unter das raschelnde Blätterdach trat, schaute sie noch einmal zum Himmel empor. Keine Spur von göttlichen Todesengeln. Vielleicht war das, was ihnen im Hohlweg begegnet war, doch nichts weiter als eine kräftige Windhose gewesen. Der Ausläufer eines Sturms vielleicht.

»Ohne Pferde werden wir Salomes Zopf niemals erreichen«, murmelte sie.

Jodokus war nahe genug, um die Worte zu hören. »Warum hast du es so eilig, dorthin zu kommen? Salomes Zopf ist ein schlechter Ort. Nichts für ein Edelfräulein wie dich.«

»Hör schon auf damit!«, fuhr sie ihn zornig an. »Ich weiß, dass du nichts von mir hältst, nur weil ich ein Essbesteck benutzen kann und mir von Zeit zu Zeit die Haare bürste. Mir soll's recht sein. Aber es ist wirklich nicht nötig, mir deine Meinung ständig um die Ohren zu hauen.«

Einen Augenblick wirkte er betroffen. »Ich wollte dir nicht wehtun.«

»Dann halt endlich den Mund.«

Er sah sie in der Finsternis an, aber sie konnte kaum mehr als seine Silhouette vor dem blassen Schein der Lichtung erkennen. »Wirst du mir trotzdem von Salomes Zopf erzählen?«

Während sie tiefer in den Wald hineingingen und kaum mehr die Hand vor Augen sehen konnten, sagte Kriemhild: »Salomes Zopf ist eine Bergkette östlich von hier.«

»Ich weiß. Man erzählt sich üble Geschichten darüber. Was aber hast du dort zu suchen?«

»Die alte Berenike lebt dort. Ich muss mit ihr sprechen.«

Sogar im Nachtdunkel bemerkte sie, wie er zusammenfuhr. »Die Erzhexe? Du willst freiwillig mit der Erzhexe sprechen?«

»Ja.«

»Niemand weiß, ob sie wirklich existiert.«

»Ich schon.«

»Woher solltest du das wohl wissen?«

»Fang nicht schon wieder damit an.«

»Nein, im Ernst: Woher weißt du, dass sie mehr ist als ein Schreckgespenst, mit dem Mütter ihren Kindern drohen?«

»Ich hab sie gesehen.«

Das verschlug ihm die Sprache, und so setzte sie möglichst gelassen hinzu: »Und ich habe schon einmal mit ihr gesprochen.«

Tatsächlich war die ehrwürdige Berenike vor wenigen Jahren zu Gast im Wormser Königsschloss gewesen – entgegen erheblicher Einwände der Priesterschaft und aller Würdenträger. Berenike selbst hatte Kriemhild erklärt, dass ihr das Bild, das die Menschen von ihr hatten, äußerst genehm sei; denn, so hatte sie kichernd verkündet, auf diese Weise falle niemandem ein, ihren Frieden zu stören.

In der Tat war es so, dass alle Welt es vermied, in die Nähe von Salomes Zopf zu geraten. Selbst die fahrenden Händler, immer auf den schnellsten Weg bedacht, machten einen weiten Bogen um die Berge. Allein der Name der Hexe löste bei den meisten haltloses Grauen aus.

Nach Worms war sie auf Einladung der Königinmutter Ute gekommen, gegen den ausdrücklichen Wunsch Gunthers und seiner Berater. Die meisten hatten Utes Ansinnen nicht allzu ernst genommen, da sie die Hexe ohnehin für eine Legende hielten. Doch den wenigen, die es besser wussten, sträubten sich die Haare bei dem Gedanken, sie in der Nähe der Krone zu wissen.

Aber Ute war eine eigenwillige Frau und ihr Einfluss auf Gunther nicht zu unterschätzen. Auch war sie manch Übersinnlichem sehr zugetan, vor allem aber der Macht der Träume, und Berenike galt als eine, die jeden Traum zu deuten wusste. Utes Wunsch war es, von ihr zu lernen, und sie vertraute darauf, dass nicht einmal die sagenumwobene Erzhexe eine Einladung an den königlichen Hof ausschlagen würde.

Tatsächlich sollte Ute recht behalten. An einem eisigen Wintermorgen, als der Schnee so hoch lag, dass kein Reiter sich ins Freie wagte, stand die Hexe plötzlich vor dem Tor, ganz allein, nur auf einen Stab gebeugt, wie aus dem Nichts erschienen. (Ein Wachmann verfolgte ihre Fußabdrücke im Schnee bis zurück zum Rheinufer, was ein Erscheinen auf magischem Wege widerlegte. Offen blieb allerdings, wie sie ohne Boot die eiskalten Fluten überquert hatte.)

Manche munkelten, Berenike unterhielte in einem unwegsamen Tal von Salomes Zopf eine Hexenschule, wo sie junge Mädchen zu Gespielinnen Beelzebubs heranzog. Das war wohl einer der Hauptgründe, weshalb König Gunther seiner Schwester Kriemhild jedes Gespräch mit der Hexe verboten hatte. Nicht einmal Ute vermochte dagegen Einwände zu erheben.

Natürlich gelang es Kriemhild dennoch, Berenike zu begegnen. Die zahllosen Gerüchte, die durch die Flure des Schlosses geisterten, hatten sie neugierig gemacht. Und so schlich sie in einer Nacht aus ihrer Kammer, um Berenikes Gastgemach aufzusuchen. Als sie eintrat, schien es, als hätte die Erzhexe sie bereits erwartet.

Kriemhild erzählte ihr von einem Traum, den sie gehabt hatte. Darin regnete es Feuer vom Himmel über dem Schloss, und alle Welt lag krank und darbend darnieder.

»Hast du oft solche Träume?«, fragte die Alte. Sie trug ein weites Gewand aus schillernden Stoffen, gänzlich formlos, sodass ihr Körper darunter verborgen blieb. Fremdartige Muster waren sichelförmig über ihrer Brust eingestickt. Magische Runen, vermutete Kriemhild und war beeindruckt.

»Ich träume jede Nacht«, gestand Kriemhild. »Oft träumt mir von einem prachtvollen Falken, den ich voller Liebe heranziehe wie mein eigen Fleisch und Blut. Er steigt hoch in den Himmel hinauf und zieht dort seine Kreise. Aber nach einer Weile ist er plötzlich verschwunden, und statt seiner sitzen zwei weiße Adler auf den Spitzen des Münsters und blicken zu mir herab.«

»Haben sie den Falken getötet?«

»Ich weiß es nicht. Es ist, als ob ein Stück des Traumes fehlt. Etwas Wichtiges.«

Berenike lächelte gütig. »Es wird sich finden, glaube mir. Wenn die rechte Zeit gekommen ist, wirst du die Wahrheit über den Falken und die Adler erfahren.«

Kriemhild, die nicht oft über derlei Dinge nachgedacht hatte, zuckte mit den Schultern. »Was aber ist mit meinem anderen Traum?«

Berenike ließ sich mit einem leisen Ächzen auf dem Rand ihrer Bettstatt nieder, doch der Laut wirkte falsch, als wolle sie ihre Erschöpfung nur vortäuschen. »Beschreib mir genau das Feuer, das vom Himmel regnet.«

»Es ist bunt. Anders als bei einem Brand.« Das Dach eines Burgturms hatte einmal in Flammen gestanden, und Kriemhild hatte angstvoll, aber auch fasziniert von ihrem Fenster aus zugesehen, wie der Brand gelöscht worden war. Auch damals waren Funken in den

Himmel gestiegen und mit dünnen schwarzen Rauchfahnen wieder zu Boden gesunken. Doch das Feuer in ihrem Traum war anders gewesen. »Es sprüht wie eine Quelle und strahlt wie tausend große Sterne. Manchmal prasselt es wie ein Wasserfall darnieder, und manchmal verhält es beinahe reglos zwischen den Wolken, um sich im nächsten Moment in Luft aufzulösen.«

»Ein Zeichen«, sagte die Hexe nickend, »ganz gewiss.« Sie dachte einen Augenblick lang nach oder tat zumindest so. Bei ihr konnte man nie sicher sein, was wirklich und was schnöder Schein war, heraufbeschworen um ihrer eigenen, rätselhaften Ziele willen. »Und du sagst, du siehst Krankheit und Tod in deinem Traum?«

Kriemhild schüttelte den Kopf. »Ich sehe sie nicht, aber ich kann sie fühlen.« Sie hatte Mühe, ihre Empfindungen in Worte zu kleiden, doch Berenike schien sie auch so zu verstehen.

»Ich habe den Eindruck«, sagte die Alte gewichtig, »das Feuer am Himmel bedeutet, dass dein Gott ein Opfer von dir verlangt. Er offenbart dir seine Herrlichkeit, um dir zu zeigen, dass du seine Erwählte bist.«

Kriemhild wurde bei diesen Worten blass, und ein Zittern durchlief ihren Körper. »Ein Opfer? Wofür?«

»Um die Plage, die dein Land dereinst heimsuchen wird, zu bezwingen.«

Eine sonderbare Aura schien die Hexe zu umgeben, eine Überzeugungskraft, die beinahe greifbar war. Kriemhild sah plötzlich keinen Grund mehr, ihren Worten zu misstrauen. Nicht, dass die Alte ihr den eigenen Willen nahm, mitnichten – vielmehr war es, als verstärke die Macht der Erzhexe Kriemhilds Einsicht in Dinge, die den Menschen gemeinhin verborgen blieben. Die Hexe öffnete in ihrem Geist ein Fenster, und jenseits davon lag eine neue, fremdartige Welt voller Wunder. Kriemhild fragte sich unwillkürlich, ob ihre Mutter dasselbe empfunden hatte, als sie Berenike zum ersten Mal gegenübergestanden hatte. Plötzlich verstand sie, weshalb Ute so erpicht auf den Besuch der Hexe gewesen war. Es gab so vieles zu lernen, so vieles zu begreifen.

»Wie erkenne ich, wann es soweit ist?«, fragte Kriemhild. »Und was werde ich dann tun müssen?«

»Von den Unschuldigen verlangt der Christengott stets das größte Opfer: ihre Unschuld. Komm zu mir, wenn es soweit ist.« Der Blick der Hexe sengte heiß in Kriemhilds Hirn, prägte die Worte in ihren Geist wie Brandzeichen. »Komm zu mir, und ich werde dir den Weg zur Wahrheit weisen.«

»Sie hat dich behext«, sagte Jodokus, als Kriemhild ihren Bericht beendet hatte. »Da gibt es gar keinen Zweifel. Sie hat dir ihren Willen aufgezwungen.«

Kriemhild war empört. »Aber ich weiß, dass sie recht hat.«

»Weil sie es dir eingeredet hat. Sie hat irgendetwas mit dir angestellt.«

»So ein Blödsinn. Das hätte ich wohl bemerken müssen.«

»Dann nenn mir einen guten Grund, mit dem sie dich überzeugt hat.«

»Ich …« Und plötzlich gingen ihr die Worte aus. Es war, als weigere sich etwas in ihrem Kopf, derartige Gedanken zuzulassen, eine Art Sperre, die jeden Argwohn, jede ernsthafte Überlegung in dieser Richtung blockierte.

»Siehst du«, meinte Jodokus überzeugt.

»Aber es ist wahr«, sagte sie. »Ich weiß es ganz genau.«

Sie saßen inmitten einer Bodensenke, über der sich wie ein Dach die Arme einer mächtigen Wurzel spannten. Der Wald um sie herum war hinter einer Mauer aus Schwärze verborgen. Nicht einmal das kleine Feuer, das sie entzündet hatten, vermochte der Nacht die Umrisse der nahen Bäume zu entreißen. Geisterhaftes Rascheln und Wispern erfüllte die Wälder, und einige Male waren sie durch glühende Augenpaare in der Dunkelheit aufgeschreckt worden. Kriemhild hatte längst die Orientierung verloren, doch der Sänger schien sich in dieser Gegend auszukennen. Am übernächsten Morgen, so hatte er gesagt, würden sie Salomes Zopf erreichen – falls Kriemhild immer noch dorthin gehen wolle.

Der befürchtete ›Gegenzug‹, wie Jodokus es genannt hatte, war bislang ausgeblieben, und Kriemhild war mittlerweile überzeugt, dass der Vorfall im Hohlweg nur ein Streich wilder Winde gewesen war. Sie hatte es aufgegeben, mit Jodokus darüber zu streiten; er würde niemals von seiner Überzeugung lassen.

»Sie hat dich mit ihrer Hexerei umgarnt«, behauptete Jodokus beharrlich, »genau wie deine Mutter.«

Kriemhild hatte ihm verschwiegen, wer ihre Mutter war, aber allmählich schien er etwas zu ahnen. Zwangsläufig musste er sich fragen, weshalb die legendäre Berenike ihren Hexenhort verlassen hatte, um einem jungen Mädchen die Träume zu deuten. Für ein einfaches Edelfräulein, eine angehende Hofdame, hätte sie kaum den beschwerlichen Weg nach Worms auf sich genommen.

Kriemhild versuchte erneut, ihre Gefühle zu erforschen, doch jedes Mal, wenn sie die Worte der Hexe durchschauen wollte, traf sie auf eine Barriere. Alles, was mit Berenike zu tun hatte, war über jeden Zweifel erhaben. Genausogut hätte Jodokus beanstanden können, dass sie die Nacht für dunkel, das Laub für grün und das Wasser eines Baches für flüssig hielt.

Natürlich bin ich im Recht, dachte sie, und die Gewissheit dieses Gedankens erfüllte sie mit wonniger Genugtuung.

KAPITEL 4

Der kleine Junge kauerte im Dämmer des anbrechenden Tages hinter einem Baumstumpf und wünschte sich, er wäre daheim in Würzburg geblieben. Er und seine Eltern hätten die Stadt nie verlassen dürfen. Die Familien des Flüchtlingszuges, der auf einer nahen Lichtung lagerte, hatten geglaubt, sie könnten vor der Seuche davonlaufen. Hier draußen in den Wäldern wären sie sicher, hatten sie gehofft. Es war ein Trugschluss, und Jorin Sorgebrecht hatte es als Erster erkannt. Aber er war nur ein Junge, ein Kind, und niemand würde ihm Glauben schenken.

Doch es war nicht die Überheblichkeit der Erwachsenen, die ihm in diesem Augenblick Sorge bereitete – es war der Schatten des Reiters, der sich von Norden her näherte. Sein Schatten, der jeden Augenblick über den Baumstumpf und über Jorin fallen würde. Sein Schatten, der den sicheren Tod verhieß.

Jorin hätte aufspringen können, aber er wusste, dass der Reiter keine Gnade kannte. Sein schwarzer Mantel fiel weit über mächtige Schultern, über Sattel und Hinterteil des Rosses. Ein langes Schwert hing an seiner Seite, und doch war es nicht die Klinge, die Vernichtung säte. Der Reiter selbst war es, eine finstere Legende, in Fleisch und Stahl gegossen. Gestaltgewordener Aberglaube. Der Herrscher ohne Hofstaat, der Regent aus dem Herzen der Nacht. König Pest.

Jorin presste sein Gesicht enger an den Stumpf. Der würzige Duft von Rinde und Moos drang in seine Nase. Er kniff die Augen zusammen, wie er es als kleines Kind getan hatte, wenn er gehofft hatte, andere würden ihn nicht finden. Doch dies hier war kein Versteckspiel.

Der Schatten des Reiters kam näher, glitt wabernd über Sträucher und wildes Gras, über Dickicht und zerbrochene Zweige. Jorin wagte kaum mehr zu atmen. Wenn er sich jetzt zu erkennen gab, war es um ihn geschehen. Aber sterben würde er so oder so. Wer wusste schon, ob nicht einige der Flüchtlinge längst die Male der Plage unter der Kleidung trugen, ob sie die Seuche nicht mit sich schleppten wie den Geruch der Totenfeuer, der sie noch lange über die Stadt hinaus verfolgt hatte. Der Schwarze Tod war längst überall, nur verbarg er sich hier draußen hinter Bäumen und Bergen. Alle, selbst die Kinder, fühlten, dass er sie umschlich wie ein Wolfsrudel, hungrig, pirschend, auf lautlosen Pfoten.

Jorin war der Erste, der ihn mit eigenen Augen sah, ihn erblickte wie einen anderen Menschen, greifbar, hörbar und doch aus einer fremden Welt. König Pest, von dem erst die Alten und plötzlich jedermann gesprochen hatte. König Pest, der Plagenbringer.

Die Hufe seines dunklen Rosses schlugen hart auf den Boden der Schneise, sodass im Umkreis die Erde erbebte. Jorin hörte das Schnauben der Nüstern, das Rascheln des schlagenden Schweifs. Hinter dem ersten trabte ein zweites Pferd, gesattelt, aber nicht beritten, geführt an einem Strick. Im Gegensatz zum Ross des Königs war es weiß und voller Anmut. Jorin dachte: Das muss die Unschuld sein, vom Bösen in feste Ketten gelegt. Der Gedanke brachte ihn trotz seiner Ängste zum Weinen.

Eine Idee nahm in ihm Gestalt an. Mit jedem Herzschlag verstärkte sich seine Entschlossenheit. Er war fast noch ein Kind, zwölf Sommer jung, aber jetzt würde er versuchen, der Welt die Erlösung zu bringen.

Der Schatten huschte mit jedem Schritt des Pferdes näher heran. Jorin wusste genau, dass er es fühlen würde, wenn ihn der Schatten erreichte. Er fragte sich, ob es wehtun würde.

Das Hämmern der Hufe war jetzt auf einer Höhe mit dem Baumstumpf. Das vordere Pferd mit seinem schrecklichen Reiter trabte vorüber, das zweite folgte. Weder Schmerz noch Kälte stellten sich ein. Dennoch musste der Schatten ihn gestreift haben. Möglich, dass die Krämpfe in Jorins angespannten Gliedern die Pein verschleiert hatten.

Zögernd schlug er die Augen auf. Das hintere Pferd war bereits eine gute Mannslänge entfernt. Der Reiter schien ihn nicht bemerkt zu haben, denn er saß immer noch starr im Sattel, von hinten nur mehr ein finsterer Umriss, ein Helm über schwarzem Gewand.

Jorins Plan stand fest, und mit dem Mut eines Todgeweihten machte er sich auf, ihn in die Tat umzusetzen.

Bemüht, keinen Laut zu verursachen, schob er sich hinter dem Baumstumpf hervor. Geschickt stiegen seine Füße über zerbrochenes Geäst hinweg, senkten sich dann in weiches Gras. Das schmale Himmelsband über dem Einschnitt färbte sich allmählich blau, im Osten ging die Sonne auf, der halbe Tag würde vergehen, ehe ihre Strahlen den Grund der Schneise berührten.

Früher hatten Jorin und seine Freunde an so manchem Sommertag das Reich vor fremden Mächten gerettet. Mit Holzknüppeln und Steinschleudern hatten sie ihren Ängsten den Krieg erklärt, in Würzburgs Gassen Ratten gejagt und blinden Bettlern die Münzen gestohlen. Doch nichts von alldem hatte ihn auf dies hier vorbereitet, auf die Befreiung der Unschuld aus den Fesseln des Bösen.

Blitzschnell sauste er hinter dem Schimmel her, bewegte sich ganz nah an seinem Schweif. Er hoffte, der Pferderücken würde ihn schützen, falls König Pest nach hinten blickte. Eine Weile lang folgte er dem Reiter und seinen Rössern, bis er sicher sein konnte, dass er nicht bemerkt worden war. Dann machte er sich an den zweiten Teil seines Plans.

Lautlos beschleunigte er seine Schritte und drängte sich an dem Schimmel vorüber, glitt langsam an seiner Flanke entlang und näherte sich Mähne und Kopf. Im Stillen betete er, dass das Pferd seine Anwesenheit nicht durch Wiehern oder Scheuen offenbaren würde. Einen Augenblick später fand er die Befürchtung schon lächerlich. Das Gute, Reine, Vollkommene, das König Pest in Gestalt eines Rosses gefangen hielt, würde dankbar über seine Befreiung sein. Fraglos würde es nichts unternehmen, das Jorins Pläne vereiteln konnte.

Jetzt musste er nur noch die Hand ausstrecken, dann konnte er den Strick berühren, der vom Zaumzeug des Schimmels zum Sattel des Reiters führte. König Pest hatte das Seil um einen Riemen geschlungen, locker genug, um es in Windeseile lösen zu können.

Jorin hatte keinen Gedanken daran verschwendet, wie es ihm gelingen sollte, den Strick zu kappen. Hatte er ja nicht einmal ernsthaft erwartet, überhaupt so weit vorzudringen! Doch nun, da die Fessel in greifbarer Nähe lag, drohte er zu versagen. Verzweiflung überkam ihn. Er hatte es doch nicht bis hierher geschafft, um jetzt tatenlos aufzugeben!

Wenn es ihm allerdings gelänge, den Knoten am Zaumzeug des Pferdes zu lösen …

Wie aber sollte er das zu Stande bringen, ohne dass der Reiter es bemerkte? Der Schimmel würde zwangsläufig langsamer traben, vielleicht sogar stehen bleiben. Spätestens dann war Jorins Schicksal besiegelt.

Aber war es das nicht ohnehin? Der Schatten des Schwarzen Königs hatte ihn berührt, und mit ihm der Atem der Plage. Jorin war des Todes, auf die eine oder andere Weise.

Er lief noch ein wenig schneller, bis er genau neben dem Kopf des Schimmels ging. Dunkle runde Augen musterten ihn neugierig. Jorin sah darin sein Spiegelbild, winzig klein. Ob auch das ein Zeichen war? Er bewegte die Lippen, um das Tier zu beruhigen, sprach aber keines der Worte laut aus. Seine Blicke rasten abwechselnd zwischen dem Knoten und dem Helm des Reiters hin und her. Ganz langsam hob er die Hände, seine Finger berührten das Seil.

Der Knoten war sehr fest gezogen, mit Kräften, die jene von Jorin bei weitem überstiegen. Gut möglich, dass der Reiter einen Bann darüber gelegt hatte. Ein magischer Knoten, ja, so musste es sein!

Aber Jorin hatte schlanke Finger, und er wusste sie flink zu gebrauchen. Bald schon, fünf, sechs Atemzüge später, hatte er die erste Schlaufe ein wenig gelockert, nicht weit genug, um nachzugeben, aber doch schon mit Aussicht auf Erfolg.

Ein kühler Windstoß raste ihnen durch die Schneise entgegen und verfing sich im Umhang des Reiters. Der aufgebauschte Stoff machte harte, flatternde Geräusche, rasselte wie ein Drache im Unterholz. Einen Moment lang schien es Jorin, als würde das schwarze Pferd zögern. Dann aber schüttelte es nur seine Mähne und bewegte sich unverwandt vorwärts. Der weite Umhang sank in sich zusammen, und König Pest blickte starr geradeaus.

Die Schlaufe war jetzt so groß, dass Jorin seinen Zeigefinger hindurchschieben konnte. Trotzdem wollte sich der Knoten nicht lösen. Das Seil war rau und zerzaust, seine Fasern bissen grob ineinander. Die Magie, die es hielt, musste schlicht, aber machtvoll sein. Jorin schauderte bei dem Gedanken, vielleicht selbst so zu enden wie der Schimmel, gefangen im Schlepptau des Reiters, auf immerdar sein Sklave. Jeder wusste, dass König Pest an jedem Ort der Welt auftauchen konnte, und oft benutzte er dunkle, böse Pfade. Die Vorstellung, ihm auf jeden Schritt folgen zu müssen, war fast zu viel für Jorin. Er war nahe daran, sich ins Dickicht zu schlagen, als ihn plötzlich die Nase des Schimmels anstieß, vertraut, beinahe spielerisch. Ein Blick in diese braven braunen Augen, die so viel Hoffnung in ihn setzten, und Jorin verwarf jeden Gedanken an Flucht. Er musste das Tier befreien und mit ihm, vielleicht, das ganze Land.

Ein harsches Flattern ließ ihn abermals innehalten. Unter seinem ungläubigen Blick senkte sich ein gewaltiger Rabe vom Himmel herab, verkrallte sich in der rechten Schulter des Reiters. Ein schrilles Krächzen drang aus dem Schnabel des Tiers, und aus den Wäldern ertönte eine Antwort. Nur wenige Herzschläge später schwebte ein zweiter Rabe heran, landete kreischend auf der linken Schulter. Reiter und Ross ritten unberührt weiter.

Zum ersten Mal kamen Jorin Zweifel. War der Schwarzgerüstete wirklich der, für den er ihn hielt? Oder, schlimmer noch, war er gar jener, den die Alten den Rabengott nannten, den Herrn aller Götter – Wodan, der in Gestalt eines Menschen mit seinen Raben durch die Lande streifte?

Plötzlich kam Jorin sich unsagbar dumm vor. Jorin Sorgebrecht, Sohn eines Schneiders und einer Wäscherin, versuchte den obersten der alten Götter zu bestehlen!

Zugleich aber war da das dankbare Leuchten in den Augen des Schimmels, und abermals haderte der Junge mit seinem Gewissen.

Einer der beiden Raben wandte sich um und starrte ihn an. Legte den Kopf schräg, blinzelte … und begann zu schreien!

Jorin stolperte vor Entsetzen über die eigenen Füße, sein Finger rutschte aus dem gelockerten Knoten, er wich den Hufen des Schimmels aus, stürzte zur Seite und landete mit einem Aufschrei inmitten eines Dornendickichts.

Der Reiter zügelte sein Pferd. Nicht übereilt, nicht überrascht.

Jorin rang mit Ranken und Dornen, und doch blieb ihm genug Zeit zu begreifen, dass der Recke nur mit ihm gespielt hatte. Ob König Pest oder Rabengott, es machte keinen Unterschied. Beide würden ihn mit einem Fingerschnippen in Asche oder Schlimmeres verwandeln. Und wenn es nicht bald geschah, dann würde es gewiss die Angst sein, die ihn umbrachte.

Hinter den Sehschlitzen des Helms war nichts als Schatten. Die beiden Raben auf den Schultern des Reiters wiegten sich langsam hin und her, im Banne einer stummen Melodie. Sie selbst waren verstummt, nur ihr Gefieder raschelte im Wind. Auch der Kragen des Reiters war aus schwarzen Federn gewirkt, ein hoher, buschiger Schulterschmuck.

Der Anblick des Mannes hätte Jorin wohl auf der Stelle erstarren lassen, wären da nicht die Dornen gewesen, die sich von allen Seiten in seinen Körper bohrten. Er hatte seine Sinne noch so weit beieinander, dass er keinen Schrei ausstieß, um das Wesen im Sattel nicht noch mehr gegen sich aufzubringen. Stattdessen versuchte er verzweifelt, sich mit Händen und Füßen aus den Büschen zu stemmen. Dabei aber griff er jedes Mal in neue Dornen, und die Spitzen rissen ihm Finger und Handflächen auf. Er weinte leise, aber es war nicht nur die Angst, die ihn dazu trieb, sondern auch der Zorn über seine eigene Hilflosigkeit.

Der Reiter betrachtete Jorins erfolglose Versuche eine Weile lang, schaute sich dann nach allen Seiten um und stieg mit einer erhabenen Bewegung aus dem Sattel. Sein Rüstzeug klirrte leise, und der

Saum des Mantels streifte rauschend über den Boden, ohne sich in Dornen oder Zweigen zu verfangen; es sah beinahe aus, als wiche der Stoff ganz von selbst jeder Spitze aus. Riesenhaft und dunkel baute sich der Mann vor Jorin auf, aber sein Schatten fiel diesmal in die andere Richtung, und der Junge war dankbar dafür. Die beiden Raben erstarrten, nur um sich einen Moment später wie auf einen geheimen Befehl hin von den Schultern zu erheben und hinauf in die Lüfte zu steigen. Dort verschwanden sie zwischen den Baumwipfeln.

Eine behandschuhte Hand streckte sich Jorin entgegen. Der Junge zuckte zurück und trieb dabei ein halbes Dutzend Dornen in seinen Rücken. Noch immer sagte der Mann kein Wort, nur sein Atem ertönte dumpf aus dem Inneren des Helmes.

Er atmet, durchfuhr es Jorin, also ist er ein lebender Mensch! Doch was, schalt er sich dann, wusste ein Kind wie er schon über die Masken der Götter? Möglich, dass sie die Menschen bis in jede Einzelheit nachahmten.

Die ausgestreckte Hand schwebte über ihm, er musste sie nur ergreifen. Ihr schwarzer Umriss vor dem blauen Morgenhimmel war ihm Drohung und Hoffnung zugleich. Doch die Dornen nahmen ihm die Entscheidung ab. Jorin ertrug den Schmerz nicht länger, und ehe er sich versah, hatte er die Hand gepackt und ließ sich von dem Riesen aus den Büschen ziehen.

Ganz kurz durchzuckte ihn der Gedanke, dem Mann entkommen zu können. Sich einfach herumzuwerfen und davonzulaufen. Dann aber dachte er sich, dass er längst hätte tot sein können, wenn der Reiter es gewollt hätte.

»Weißt du, welche Strafe der König Pferdedieben auferlegt?«, drang eine scharfe Stimme unter dem Helm hervor.

Jorin fuhr zusammen. Angstvoll nahm er an, dass mit ›König‹ der Reiter selbst, König Pest, gemeint war. Er schüttelte den Kopf, unfähig, auch nur einen Ton herauszubringen.

»Er lässt sie hängen«, sagte der Mann. »Und wenn der Dieb mehr als einmal gestohlen hat, wird er von vier starken Gäulen zerrissen.« Der Mann beugte sich mit einem Ruck vor, bis das Stahlgesicht des Helmes nur noch wenige Fingerbreit vor Jorins Nase schwebte. »Hast du mehr als einmal gestohlen?«

Jorin dachte, dass er auf der Stelle tot umfallen müsse. Jetzt und hier.

Hinter den Sehschlitzen brodelte die Dunkelheit. »Sag mir die Wahrheit, Junge!«

»Nein!«, presste Jorin hervor. Es stimmte, er hatte noch nie etwas gestohlen, das größer war als ein Apfel. Und ganz bestimmt keine Pferde.

Der Fremde blickte ihn aus unsichtbaren Augen an, als forschten sie in Jorins Kopf nach Beweisen seiner Aufrichtigkeit.

Endlich richtete der Mann sich wieder auf. »Gut«, sagte er. »Wie ist dein Name?«

»Jorin, Herr. Jorin Sorgebrecht.«

»Bist du krank?«

Jorin dachte daran, dass der Schatten des Reiters ihn berührt hatte. »Nein, Herr«, sagte er und hoffte, dass es die Wahrheit war.

»Zieh dein Wams aus!«

Der Junge befolgte den Befehl, und der Mann unterzog seine Achselhöhlen und seinen Hals einer eingehenden Betrachtung. Dann nickte er langsam. »Mir scheint, es ist wahr, was du sagst. Gut für dich.«

Die knappe Bemerkung jagte Jorin einen eisigen Schauer über den Rücken. Er ahnte, was geschehen wäre, wenn er gelogen hätte.

»Wo kommst du her?«, fragte der Mann. »Gibt es ein Dorf hier in der Nähe?«

»Ich glaube nicht, Herr«, sagte Jorin und zog geschwind sein Hemd über. »Wir sind Flüchtlinge. Wir kommen aus der Stadt.«

»Wen meinst du mit ›wir‹? Deine Eltern und dich?«

»Ja, Herr, und noch einige andere.«

»Wie viele seid ihr?«

Jorin hatte nie gelernt, weiter als bis zehn zu zählen. Jetzt überlegte er angestrengt. »Ungefähr dreimal zehn«, sagte er dann, »ein paar mehr, vielleicht.«

»Und wo ist euer Lager?«

Geschwind hob Jorin den Arm und zeigte in die Richtung, aus der er gekommen war. Nur einen Augenblick später fiel ihm ein, dass er damit vielleicht das Todesurteil über die ganze Gruppe gesprochen hatte. Bleich und erschrocken ließ er die Hand wieder sinken.

Der Mann schien seine Gedanken zu lesen. »Keine Angst, Jorin Sorgebrecht. Weder dir noch den deinen will ich Böses.«

Jorin war keineswegs überzeugt, dass er daran glauben konnte, doch zum Schein nickte er hastig.

»Ich verlange nur eine Auskunft, nicht mehr«, fuhr der Mann fort. »Vielleicht kannst du mir helfen.«

»Ich bin Euer Diener, Herr.«

Der Fremde neigte den Helm, als stimmten ihn Jorins Worte milde. »Ich bin auf der Suche nach einem Mädchen mit langem goldenen Haar. Jemand ist bei ihr, aber ich weiß nicht, wie er aussieht. Sie reiten auf schwerfälligen Pferden, Ackergäulen wahrscheinlich. Hast du die beiden gesehen?«

Jorin spielte kurz mit dem Gedanken, Ja zu sagen, um den Fremden gnädig zu stimmen; dann aber schüttelte er wahrheitsgetreu den Kopf. »Nein, Herr. Einige von den Mädchen, die mit uns ziehen, haben goldenes Haar, aber sie sind bei uns, seit wir die Stadt verlassen haben.«

Der Ritter schien einen Augenblick nachzudenken. »Führe mich zu deinen Leuten, Junge.«

»Das will ich, Herr.«

»Kannst du reiten?«

»Nicht wirklich, Herr.«

»Was wolltest du dann mit dem Pferd?«

»Ich … nichts, Herr.«

Wieder ruckten Helm und Oberkörper des Fremden vor. »Nichts?«, fragte er drohend.

Jorin kam die Tatsache, dass er in dem Schimmel die verlorene Unschuld der Welt vermutet hatte, mittlerweile überaus albern vor. Er würde lieber sterben, als nur ein Wort darüber zu verlieren. »Verkaufen«, beeilte er sich zu sagen. »Ich wollte das Tier verkaufen, Herr.«

»Schon besser.« Der Ritter straffte sich und trat neben den Sattel des Schimmels. »Du wirst es nicht verkaufen können, Jorin Sorgebrecht, aber du darfst eine Weile darauf sitzen.«

»Aber ich kann doch …« *Nicht reiten*, wollte Jorin sagen, besann sich dann aber eines Besseren. »Ich will es gerne versuchen«, meinte er kleinlaut.

Der Ritter packte ihn mit beiden Händen und hob ihn blitzschnell in den Sattel. »Halte dich gut fest und gib acht auf tiefe Äste. Ich habe wenig Zeit und werde dich nicht aufsammeln, wenn du herunterfällst.«

»Ja, Herr.« Das weiße Pferd unter ihm stand ganz ruhig, und da begriff Jorin, dass es ein überaus edles und kostbares Tier sein musste.

Der Ritter schwang sich in den Sattel des schwarzen Rosses, dann lenkte er es durchs Unterholz in die Richtung, in die Jorin gedeutet hatte. Der Schimmel folgte ihm, ohne Jorins Aufforderung abzuwarten. Der Junge hatte auch so genug zu tun: Den tief hängenden Zweigen auszuweichen war viel schwieriger, als er erwartet hatte, doch das weiße Pferd trug ihn so ruhig und sicher durch den Wald, dass Jorin auf nichts anderes achten musste, als sich festzuhalten und den Kopf einzuziehen.

»Herr«, rief er einmal dem Ritter zu, »sagt mir, wie darf ich Euch nennen?«

Der Fremde ließ eine Weile verstreichen, bis Jorin schon glaubte, er würde keine Antwort mehr bekommen. Dann aber ertönte es plötzlich unter dem Helm: »Ich bin Hagen von Tronje. Aber das ist kein Name, den du im Kopf behalten solltest. Manchem hat er schon Unglück gebracht.« Leiser fügte er hinzu: »Vor allem jenem, der ihn trägt.«

Jorin wusste nicht recht, was er von der letzten Bemerkung des Ritters halten sollte, entschied aber, sich keine weiteren Gedanken darüber zu machen. Er war viel zu erleichtert, dass er es mit einem

Menschen aus Fleisch und Blut zu tun hatte, nicht mit einem Dämon oder Gott.

Bald darauf erreichten sie die Lichtung. Durch das Gewirr der Stämme und Zweige waren die Karren der Flüchtlinge deutlich zu erkennen.

Jorin spürte bei dem Anblick keine Erleichterung. Er hatte sich mit gutem Grund davongeschlichen. Jetzt, da er zurückkehrte, schien sich eine unsichtbare Faust um sein Herz zu schließen.

Auch der Ritter erkannte sofort, dass etwas nicht stimmte. Er zügelte sein Pferd, bevor es aus dem Dämmer des Waldes ins Tageslicht treten konnte. Obwohl er den Helm nicht abgenommen hatte, spürte Jorin, dass Hagen voller Argwohn und Anspannung auf das Treiben der Flüchtlinge blickte.

Der Schimmel blieb neben dem schwarzen Schlachtross stehen. Jorin beugte sich über die Mähne, als könnte er sich so vor den Menschen auf der Lichtung verstecken. Noch aber hatte niemand sie entdeckt.

Die Flüchtlinge hatten eine stattliche Herde von Rindern mit sich geführt, doch jetzt war keines der Tiere mehr am Leben. Man hatte sie aufgeschlitzt und ausgeweidet. Am entferntesten Rand der Lichtung lag ein Haufen aus Eingeweiden, der einem erwachsenen Mann bis zur Schulter reichte und am Boden breit auseinanderlief. Sonnenstrahlen glänzten auf den feuchten Schlingen und Blasen, und der Gestank war erbärmlich.

Die ausgeleerten Rinderleiber waren im Halbrund um die Lichtung an den Bäumen aufgehängt worden, mit den Schädeln nach unten. Ihre Bäuche waren feigenförmig aufgeklafft. Dahinter lagen nasse, dunkelrote Höhlen.

In einigen davon kauerten Menschen.

Ein alter Mann mit lichtem Haar und langem Bart ging von Kadaver zu Kadaver und segnete jeden mit einem Stab, an dessen Ende ein Kreuz angebracht war. Der Alte trug eine braune Kutte und sang auf lateinisch ein Kirchenlied; sein Gesicht war eingefallen, beinahe asketisch. Hinter ihm bewegte sich das verschüchterte Knäuel der

Flüchtlinge. Alle waren splitternackt, ganz gleich ob Mann oder Weib oder Kind. Einige der Jüngsten weinten, andere hielten sich trostsuchend an den Händen.

Immer, wenn ein Kadaver von dem Alten mit den nötigen Weihen bedacht war, löste sich einer der Flüchtlinge aus der Gruppe und kroch widerstrebend in das ausgehöhlte Tier. Auf diese Weise war die Gruppe bereits auf die Hälfte zusammengeschrumpft; die Übrigen hockten in den tropfenden Leibern, schwangen langsam mit ihnen vor und zurück.

»Wer ist dieser Mann?«, flüsterte Hagen dumpf.

»Noah, ein Priester aus dem Norden«, antwortete Jorin. »Er hat sich uns angeschlossen, als wir die Stadt verließen.«

»Das da war sein Einfall, nehme ich an.«

»Ja. Deshalb bin ich fortgelaufen. Nicht wegen der Rinder«, fügte der Junge schnell hinzu, »ich habe keine Scheu vor Blut, aber ...« Er verstummte, doch Hagen nahm den Satz auf:

»Aber du hattest Angst vor dem, was das Ritual bedeuten könnte, nicht wahr?«

»Ja, Herr«, gab Jorin zu und wunderte sich über das Verständnis des großen, finsteren Mannes.

»Als ich ein Kind war ...«, begann Hagen, brach aber schlagartig ab, ohne den Satz zu Ende zu bringen.

Jorin wartete eine Weile, doch was immer der Ritter hatte sagen wollen, er behielt es lieber für sich. Schließlich zuckte der Junge nur mit den Schultern und blickte wieder hinaus auf die Lichtung. Er suchte nach seinen Eltern, fand sie aber nicht unter jenen, die hinter dem Priester standen. Sie mussten sich schon in den Kadavern verkrochen haben.

Plötzlich drehte Hagen sich zu Jorin um. Er hatte eine Entscheidung getroffen. »Geh zu deinen Leuten, Junge. Was immer sie dort tun mögen, bei ihnen bist du sicherer als allein im Wald.«

»Und Ihr, Herr?«

»Ich reite weiter. Ich will mich nicht in diese Dinge mischen.«

»Aber ich habe Angst.«

»Und du tust gut daran, Jorin Sorgebrecht. In Zeiten wie diesen ist es weise, sich zu fürchten.«

Jorin blickte traurig zu Boden. »Sie werden mich bestrafen, weil ich fortgelaufen bin.«

»Liebst du denn deine Eltern nicht?«

»O doch, gewiss. Aber sie tun, was Noah ihnen sagt. Alle tun das. Und Noah wird mich bestrafen lassen.«

Hagen blickte wieder hinaus auf die Lichtung. »Er versucht, die Pest auszutreiben, nicht wahr?«

Jorin streichelte geistesabwesend über die Mähne des Schimmels. »Er sagt, die Krankheit ist in uns allen, zu jeder Zeit. Nur manchmal, wenn die Sünde der Welt besonders groß ist, dann kommt sie zum Vorschein und verrät, wie es in unserem Inneren aussieht.«

»Aber dieses Ritual dort ist keine christliche Zeremonie.«

»Noah sagt, es reinigt die Menschen. Er betet oft und singt fromme Lieder.«

»Hat niemand etwas einzuwenden gehabt, als der Priester verlangte, die Tiere zu töten?«

»Jakup, dem die meisten Rinder gehörten, hat geschimpft und geschrien.« Jorin schüttelte sich bei der Erinnerung an das, was geschehen war. »Noah sagte, Jakup sei bereits krank, seine Worte würden das beweisen. Da wurde er ausgestoßen und musste das Lager verlassen. In der letzten Nacht ist er zurückgekommen, um seine Rinder zu retten, aber es war schon zu spät. Die meisten waren längst geschlachtet. Jakup hat sich auf Noah gestürzt, ich glaube, er wollte ihn umbringen. Aber die anderen Männer haben ihn fortgerissen, und Noah hat befohlen, ihn …« Er verstummte.

»Was für ein sonderbarer Priester ist das, der aufrechte Männer töten lässt?«

»Er sagt, er sei der Erlöser.« Jorins Blick wurde trotzig. »Aber ich glaube ihm kein Wort.«

Hagen versank in Schweigen. Jorin spürte, dass er zwischen zwei Entscheidungen hin- und hergerissen wurde.

Schließlich sagte der Ritter: »Dennoch, ich muss weiter.« Er legte

Jorin eine schwere Hand auf die Schulter. »Es tut mir leid. Du bist ein gescheiter Junge, Jorin, und du wirst einmal ein kluger Mann werden. Geh zu deinen Eltern zurück und ...«

Von der Lichtung erklang ein lauter Ruf. Hagen brach mitten im Satz ab und fluchte lautstark. Als Jorin seinem Blick folgte, bemerkte er, dass ihr Versteck keines mehr war. Zwei Mädchen, ein wenig älter als Jorin selbst und unbekleidet wie der Rest der Flüchtlinge, zeigten mit ausgestreckten Armen auf die beiden Reiter im Unterholz. Sogleich brach ein Tumult aus.

Der Gesang des Priesters verklang. Noah wirbelte herum und deutete mit seinem Stab auf Hagen und Jorin. Die Menge schien sich hinter seinem Rücken verkriechen zu wollen, so eng drängten sich die Menschen aneinander. Jene, die in den Kadavern kauerten, streckten neugierig die Köpfe hervor.

»Nun gut«, zischte Hagen leise, dann hieb er seinem Ross die Stiefel in die Flanken und preschte aus dem Dickicht auf die Lichtung. Zweige brachen, und abgerissenes Laub wirbelte rund um ihn zu Boden.

Die Aufregung unter den Flüchtlingen drohte beim Anblick des finsteren Reiters in Panik umzuschlagen, doch Noah befahl lautstark, die Ruhe zu bewahren. Tatsächlich schien es, als habe er die Leute gut im Griff. Doch dann rief plötzlich eine Stimme: »Seht doch! Es ist König Pest! Es ist der Schwarze König!«

Die Menschenmenge schien zu explodieren.

Männer und Frauen stürmten in alle Richtungen davon, einige suchten hinter den Karren Schutz, andere flüchteten zwischen die Bäume. Jene in den Kadavern zogen die Köpfe zurück und verbargen sich in ihren stinkenden Löchern, andere stürmten gar auf die leer stehenden Rinderleiber zu und krochen geschwind hinein. Von überall her erklang Weinen und Geschrei, Gebete und sakraler Singsang.

Noah aber verharrte inmitten des Chaos, reckte den Stab mit dem Kreuz zum Himmel und blickte Hagen starr entgegen. Als hätte er sie herbeigerufen, fuhren plötzlich Windböen in die weite Kutte des Priesters, brachten sie zum Flattern und zerzausten seinen Bart. Seine Lippen bewegten sich lautlos, und Jorin ahnte, dass er eine seiner Beschwörungen murmelte.

Hagen aber ließ sich von all dem nicht beeindrucken. Er ritt auf den Priester zu, zügelte sein Pferd an der Seite des Alten und trat ihm kraftvoll mit dem Stiefel vor die Brust. Noah kreischte auf, ließ den Stab fallen und flog rückwärts ins Gras.

Gebete und Gesänge wurden noch lauter, und einige Männer, die tapfersten, lösten sich aus ihren Verstecken und wollten dem Priester zu Hilfe eilen.

Hagen aber glitt in Windeseile aus dem Sattel, setzte dem am Boden liegenden Alten einen Stiefel auf den Brustkorb, zog sein Schwert und legte die Spitze an Noahs faltigen Hals. Die herbeistürmenden Männer wurden langsamer, blieben dann stehen. Hass, aber auch abgrundtiefe Furcht standen in ihren Augen.

Zugleich setzte sich Jorins Schimmel ohne Aufforderung in Bewegung und trabte gemächlich durch die Schneise, die Hagens stürmischer Auftritt ins Unterholz gerissen hatte. Als Jorin auf dem Pferd ins Freie schaukelte, blickten ihm drei Dutzend Augenpaare entgegen.

»Er hat die Krankheit!«, schrie jemand. »Er reitet an der Seite von König Pest!« Geschrei und Gekeife wurden ohrenbetäubend.

Jorin wurde sehr klein in seinem Sattel und wünschte sich ans andere Ende der Welt.

Hagen hob seine freie Hand. Innerhalb weniger Augenblicke wurden die Schreie zu gedämpftem Flüstern, verstummten dann ganz. Gespanntes Schweigen legte sich über die Lichtung.

»Sagt mir«, rief Hagen in die Runde, »was hat euch dieser Mann versprochen?«

Keiner der Flüchtlinge wagte zu antworten, doch Noah brüllte: »Gesundheit. Frieden. Das ewige Leben. Und deinen Untergang, König Pest!«

Jorin hatte Zweifel, dass Noah den Ritter wirklich für den hielt, als den er ihn darstellte. Jorin selbst war diesem Irrtum erlegen, aber er war noch ein Kind; Noah hingegen wusste sehr wohl, was er sagte und tat, und er schien bei aller Verschlagenheit äußerst klug und gewitzt.

»Er lügt!«, rief Jorin, und alle Gesichter wandten sich erneut zu ihm um. Sogar Hagen schaute ihn an. »Er ist ein aufrechter Ritter, und er ist gesund wie wir alle.«

Eines der Mädchen, ein junges Ding, mit dem Jorin früher in den Gassen gespielt hatte, lachte auf, ein irrer, verzweifelter Laut. »Gesund wie wir?«, rief es höhnisch. Dabei rannte es auf Jorin zu, blieb einige Schritte vor ihm stehen und riss beide Arme in die Höhe. »Sieh her, Jorin Sorgebrecht!« Und sie offenbarte große schwarze Pusteln unter ihren Achseln.

Jorin zuckte voller Entsetzen zurück. Er hatte geglaubt, alle Mitglieder des Flüchtlingszuges seien bisher von der Krankheit verschont geblieben. Doch wenn das Mädchen die Male der Plage trug, dann vielleicht auch einige der anderen.

Das Mädchen sah das Grauen in seinen Augen, warf den Kopf zurück und stieß ein schrilles Lachen aus. Dann brach es schlagartig in sich zusammen, wie von einem Pfeil getroffen, begann zu weinen und rollte sich am Boden zusammen wie ein getretener Hundewelpe.

Einige der Flüchtlinge fanden neuen Mut und stürzten auf Hagen und Jorin zu.

Der Ritter beugte sich vor, packte den Priester am Kragen und riss ihn in die Höhe. Die Schwertspitze wies unvermindert auf den faltigen Hals des Alten.

»Sie sollen stehen bleiben!«, sagte er mit fester Stimme, ohne jede Regung.

Noah schenkte ihm einen vernichtenden Blick. Dann rief er mit keifender Stimme: »Tötet ihn! Er ist die Plage selbst! Tötet alle beide!«

Die nackten Männer stürmten wie ein Rudel wilder Tiere über die Lichtung.

Jorins Augen weiteten sich, als er sah, wie gleich fünf oder sechs in seine Richtung liefen. Das Mädchen wälzte sich immer noch im Gras, achtete nicht auf das, was um es herum geschah. Panik überkam Jorin wie ein Fieberanfall; sein Gesicht, sein ganzer Körper schien zu glühen. Er zerrte an den Zügeln des Schimmels, ohne genau zu wissen, was es bewirken würde. Er hoffte nur, das Tier würde wenden und ihn in Sicherheit tragen.

Das kluge Ross aber schien bereits eine eigene Entscheidung getroffen zu haben. Plötzlich machte es einen Satz über das Mädchen hinweg und preschte mit schnaubenden Nüstern und donnerndem Hufgetrampel auf die Angreifer zu. Schreiend teilte sich die Gruppe, um nicht von dem Tier überrannt zu werden. Ehe Jorin sich versah, galoppierte der Schimmel schon quer über die Lichtung. Haken schlagend wich das Pferd allen Angreifern aus, führte sie mühelos in die Irre, ließ sie übereinanderstolpern und sorgte so für beträchtliche Aufregung. Hätte Jorin es nicht besser gewusst, so hätte er wohl meinen können, der Schimmel machte sich einen Spaß aus dieser Verfolgungsjagd. Und natürlich erkannte der Junge, dass sie hier, wo das Pferd genug Auslauf hatte, viel sicherer waren als im Wald, wo Baumstämme und Äste die Beweglichkeit des Tieres eingeschränkt hätten.

Derweil bedrohte Hagen immer noch den zappelnden Priester. Trotz aller Warnungen machte der Alte keinerlei Anstalten, seinen Mordbefehl zurückzunehmen.

»Wie du willst«, fauchte Hagen, ehe die ersten Angreifer ihn erreichen konnten. Er schleuderte Noah von sich und ließ das Schwert in weitem Bogen herumwirbeln. Die Männer blieben zurück, aus Angst, von der blitzenden Klinge niedergemäht zu werden. Einigen schien schlagartig bewusst zu werden, dass sie nicht nur unbekleidet, sondern auch unbewaffnet waren.

Noah lag am Boden und kreischte in höchsten Tönen: »Er muss sterben! Beide müssen sterben!«

Hagen sah ihn einen Augenblick aus den Schatten seiner Sehschlitze an, dann machte er einen Schritt auf ihn zu und führte einen kurzen, scharfen Hieb nach Noahs Kehle. Die aufpeitschenden Schreie des Alten brachen ab. Hagen sah ohne Mitleid zu, wie das

Leben als letztes Röcheln aus dem blutenden Schnitt entwich, dann wandte er sich den übrigen Flüchtlingen zu.

»Ich will keinen Streit mit euch«, sagte er ruhig, doch der Helm gab seinen Worten einen düsteren, dumpfen Unterton.

Niemand ging darauf ein. Alle starrten ihn nur weiterhin unverwandt an, einige in irrer Wut, die meisten aber verängstigt.

»Was wollen wir nun tun?«, fragte Hagen laut in die Runde. »Seid ihr sicher, dass ihr mich angreifen wollt?« Er deutete auf einen Mann, der größer und kräftiger als die anderen war und ihn hasserfüllt anstarrte. Seine nackte Haut war blutverschmiert. »Du! Willst du den ersten Schritt tun?«

Obwohl Jorin noch immer von dem Schimmel in weiten Kreisen über die Lichtung getragen wurde, erkannte er in dem Mann seinen Vater; er hatte den Kadaver verlassen, um Noah zu verteidigen, nicht seinen Sohn.

»Wer auch immer mich angreift«, rief Hagen und zeigte mit der Schwertspitze auf den nackten Hünen, »du wirst der Erste sein, den ich töte. Darauf meinen Eid!«

Jorins Vater zuckte bei diesen Worten kaum merklich zusammen, und sein Blick fuhr herab zum Leichnam des Priesters. Dann sah er wieder Hagen an. Die Schwertklinge wies noch immer in seine Richtung. Es gab keinen Zweifel, dass der Ritter seine Drohung wahr machen würde.

»Denk nach!«, forderte Hagen ihn auf, ohne einen der übrigen Männer zu beachten. »Selbst wenn ihr alle zugleich über mich herfallt, wirst du es sein, der stirbt, noch vor allen anderen.«

Jorin versuchte, den Schimmel innehalten zu lassen, doch das Pferd gehorchte ihm nicht. Jorin wollte brüllen, um Gnade für seinen Vater bitten; er wusste allerdings, dass Hagen sie nicht gewähren würde.

»Vater!«, schrie er deshalb über den donnernden Lärm der Hufe hinweg. »Du musst tun, was er sagt! Er wird dich sonst töten!«

Falls Hagen überrascht war, so zeigte er es mit keiner Regung. Jorins Vater aber verlor noch mehr von seiner Sicherheit.

Schließlich hob er die Hand. »Zurück«, sagte er leise, dann noch einmal lauter: »Zurück!«

Etwa die Hälfte der Flüchtlinge gehorchte. Die übrigen aber waren viel zu aufgebracht über den Tod des Priesters. Einige von ihnen machten ungerührt einen Schritt auf Hagen zu.

Obwohl Jorins Vater sich mit den anderen zurückgezogen hatte, wies der Ritter abermals mit dem Schwert auf die Brust des Mannes. »Ich töte dich«, rief er beharrlich, »wenn auch nur einer die Hand gegen mich oder den Jungen erhebt.«

»Nein!«, brüllte Jorin vom Rücken des galoppierenden Schimmels herab. »Das ist ungerecht!«

Hagen beachtete ihn nicht. »Ruf diese Hunde zurück«, gemahnte er Jorins Vater, »oder du stirbst!«

Durch die Reihe jener, die zurückgetreten waren, ging ein unruhiges Raunen. Jorins Vater sah sich aufgebracht unter ihnen um, aber alle senkten die Blicke. Plötzlich schien er ganz allein dazustehen, ohne jede Unterstützung. Mit einem verzweifelten Ruck setzte er sich in Bewegung und trat zwischen die Männer, die Hagen immer noch angriffslustig gegenüberstanden.

»Tut, was er sagt!«, verlangte er und mühte sich merklich, das Schwanken seiner Stimme in den Griff zu bekommen. »Lasst ihn ziehen!«

»Er hat Noah getötet!«, widersetzte sich einer und ließ seine Augen nicht von Hagen.

»Dafür erwartet ihn die Hölle«, gab Jorins Vater zurück. Er schenkte Hagen einen Blick voller Abscheu, dann wandte er sich wieder an die Männer. »Tretet zurück, oder wollt ihr wirklich noch weiteres Blutvergießen?«

Allmählich drangen seine Worte durch die Masken aus Hass und wütender Entschlossenheit, hinter denen sich die anderen verschanzten. Die Ersten gaben auf und zogen sich zurück, weitere folgten ihnen. Schließlich spie auch der Letzte verächtlich ins Gras und ging davon.

Der Ritter nickte Jorins Vater einmal kurz zu, so als wollte er sich bei ihm bedanken, dann senkte er das Schwert. Während er in den Sattel seines Rosses stieg, deutete er beiläufig auf den toten Priester. »Gebt ihm ein Begräbnis, das seinem Glauben entspricht – welcher auch immer das sein mag.«

Er hob die Hand, und sogleich hörte der Schimmel auf, im Kreis zu laufen. Gemächlich trabte er in die Mitte der Lichtung, bis er neben dem schwarzen Schlachtross stehen blieb.

Jorin schaute den Ritter anklagend an, sagte aber kein Wort.

»Was nun, Junge?«, fragte Hagen. »Willst du bleiben?«

Jorins Vater hatte Hagen und seinem Sohn den Rücken gekehrt, und obgleich er die Frage des Ritters gehört haben musste, wandte er sich nicht um. Jorin blickte ihm flehend nach, doch die Entscheidung lag jetzt allein bei ihm. Niemand würde sie ihm abnehmen, gewiss nicht sein Vater. Er ahnte, dass der Hass der übrigen Männer und Frauen nur unterdrückt, aber keineswegs erloschen war. Sobald der Ritter fort war, würden die Flammen von Neuem auflodern wie die Glut in einem Scheiterhaufen, und es gab wenig Zweifel, wen sie verzehren würden. Den Rückhalt seiner Eltern hatte er verloren – seine Mutter hatte sich noch immer nicht blicken lassen, und dann war da noch das Mädchen am Boden, die Pusteln unter ihren Achseln. Der sichere Tod, auch dann, wenn er blieb und nicht von der Menge zerrissen wurde.

Als der Junge seine Entscheidung traf, war Hagen schon zwei Pferdelängen entfernt und ritt unter den argwöhnischen Blicken der Flüchtlinge zum Waldrand.

»Wartet, Herr!«, rief Jorin aus. »Nehmt mich mit Euch!«

Hagen gab durch nichts zu erkennen, ob er ihn gehört hatte, aber der Schimmel setzte sich sogleich in Bewegung und folgte dem Ross des Ritters. Jorin schaute sich nach seinem Vater um, Tränen verschleierten seinen Blick. Er sah nur einen nackten Umriss zwischen vielen anderen. Dann wurden die beiden Reiter vom Wald umfangen, und Geäst und Laubwerk verdeckten Jorins Sicht.

Sie waren bereits eine Weile geritten, schweigend und ohne sich anzusehen, als hinter ihnen Gesang laut wurde. Es war ein Lied in lateinischer Sprache, und obwohl Jorin kein einziges Wort verstand, spendete die Melodie ihm Trost. Einen ganz kurzen Moment lang wünschte er, jetzt bei den anderen zu sein, um sich vom Glauben und der Gemeinschaft und vielleicht auch von Gott an der Hand nehmen zu lassen. Auf dem Weg in den Tod, vielleicht, ganz gewiss aber auf dem Weg zur vollkommenen Gleichmut.

KAPITEL 5

»Also«, fragte Kriemhild, und sie war weit mehr als nur ungehalten; tatsächlich war sie wütender denn je. »Wo bleibt denn dein verdammter Gegenzug, Jodokus-größter-Feind-der-Götter?« Und als er nicht gleich eine Erwiderung gab, setzte sie in ätzendem Tonfall hinzu: »Wo bleibt der göttliche Vernichtungsschlag, der dich und alles im Umkreis von drei Tagesreisen in den Boden stampft?«

Jodokus beachtete sie nicht. Er horchte auf etwas, Laute, irgendwo hinter ihnen in den Wäldern. Dass er offenbar nicht bereit war, etwas auf ihren Vorwurf zu erwidern, erzürnte Kriemhild umso mehr.

»Du könntest mir wenigstens antworten«, schimpfte sie aufgebracht.

Ihre Pferde hatten sie nicht wiedergefunden, beide Tiere blieben wie vom Erdboden verschlungen. Zumindest aber waren Kriemhild und der Sänger am Vormittag auf einen befestigten Weg gestoßen, der laut Jodokus nach Nordosten und somit zu Salomes Zopf führte. Aber Kriemhild war nicht sicher, ob sie ihm überhaupt noch ein Wort glauben konnte, und das galt auch für seine angeblich so gute Orientierung.

Insgeheim wunderte sie sich gehörig über sich selbst. Ihre Gefühle für den Sänger befanden sich in einem ständigen Auf und Ab. Manchmal sah sie ihn als guten Freund und treuen Gefährten, und da waren Momente, in denen sie nahe daran gewesen war, ihm ihr Herz auszuschütten. Darauf aber folgten unweigerlich jene Augenblicke, in denen sie glaubte, das ganze Lügengebäude, das er um sich errichtet hatte, diene nur einem einzigen Zweck, eben ihre Freundschaft, zumindest aber ihr Mitleid zu erlangen.

Plötzlich wurde Kriemhild wieder von solch einem Drang erfüllt, mit ihm zu streiten, dass ihr selbst Angst und Bange wurde. Ihr Verhalten entsprach nicht ihrer Natur, ganz im Gegenteil, doch das machte es nur noch schlimmer. Dass seine Anwesenheit sie in solche Verwirrung stürzte, ließ ihren Zorn noch heftiger auflodern.

Er tat gut daran, sich nicht auf ihre Anschuldigungen einzulassen, und genau genommen wussten sie das beide. Aber so sehr Kriemhild sich auch vornahm, sich zu beherrschen, so sehr missglückte ihr doch jeder dieser Versuche. Und wenn es ihr doch einmal gelang, sich zu zügeln, dann war wiederum er es, der zum Streiten aufgelegt war. Denn, und das war das Sonderbarste, Jodokus schien unter ähnlichem Wankelmut seiner Stimmungen und Gefühle zu leiden wie sie selbst.

»Ich weiß nicht genau«, fuhr Kriemhild fort, »warum du tust, was du tust, aber …«

»Still!«, flüsterte er.

»Bitte?«

»Sei ruhig. Irgendwer ist hinter uns.«

»Wenn du glaubst, dass …«

»Nein«, schnitt er ihr grob das Wort ab. »Ich glaube gar nichts, ich höre etwas.«

Sie winkte ab, wenn auch nicht ganz so selbstsicher, wie sie es sich wünschte. »Ach, komm, das hatten wir schon einmal.«

»Richtig. Und seitdem gehen wir zu Fuß, und es vergehen keine hundert Schritte, auf denen du nicht jammerst, deine Füße täten dir weh.«

»Aber sie tun weh!«

Er schüttelte resigniert den Kopf, und sie sah ihm an, dass er irgendetwas Abfälliges über die Empfindsamkeit von Edeldamen dachte, aber um ihrer Freundschaft willen nicht aussprach.

Freundschaft – da war es schon wieder, dieses Wort.

»Was ist es diesmal?«, fragte sie. »Donars Hammer?«

»Reiter«, gab er zurück. »Zwei, glaube ich.« Und damit ergriff er ihren Arm und zog sie zur Rechten des Weges ins Dickicht.

Kriemhild hatte die Wälder, durch die sie seit Tagen zogen, mehr als einmal verflucht und ihnen die übelsten Feuersbrünste an die Wipfel gewünscht, doch in diesem Augenblick war sie froh über die verwobene Dichte des Unterholzes. Spätestens als sie den vorderen der beiden Reiter erkannte, machte sie sich hinter den Büschen so klein, dass sogar Jodokus ihr einen irritierten Blick zuwarf.

»Kennst du sie?«, fragte er, als der schwarze Ritter und der kleine Junge vorübergeritten waren.

»Sie suchen mich.« Kriemhild war blass geworden. Jede Lust zu streiten, die sie noch vor wenigen Atemzügen empfunden hatte, war auf einen Schlag verschwunden.

»Wer sucht dich?«

»Meine Brüder.«

Jodokus runzelte die Stirn. »Das da waren deine Brüder?«

»Nein.« Sie schluckte und machte noch immer keinen Versuch, sich aufzurichten. Am liebsten wäre sie den ganzen Tag hier im Dreck hocken geblieben, nur um sicherzugehen, dass niemand sie entdeckte. »Der eine war Hagen von Tronje, einer der engsten Berater des Königs. Den Jungen kannte ich nicht.« Und tatsächlich verwunderte es sie, dass der finstere Hagen sich mit einem Kind abgab. Ganz abgesehen davon, dass der Junge auf ihrem eigenen Pferd geritten war, auf Lavendel! .

Jodokus straffte sich und starrte sie düster an. »Ein Berater des Königs macht sich auf, dich zu suchen? Ohne Soldaten, die ihn schützen?« Er schnaubte. »Komm schon, gewiss fällt dir etwas …«

»Hagen ist sich Schutz genug«, unterbrach sie ihn scharf.

»Du musst ihm verflucht viel bedeuten, wenn er persönlich nach dir sucht.«

»Hagen? Er handelt nur im Auftrag des Königs.«

»König Gunther?«

Sie nickte. »Mein Bruder.«

Jodokus sah aus, als hätte sie ihm mit dem dicksten Ast, den sie finden konnte, vor die Stirn geschlagen. »Ich hätte es mir denken sollen.«

»Dass ich des Königs Schwester bin?«

Er schüttelte benommen den Kopf. »Dass ich mir mit dir nur noch mehr Ärger einhandle.«

»Einen, den die Götter jagen, sollte das nicht allzu arg belasten.«

Sein Blick verfinsterte sich einen Augenblick lang, doch dann verzogen sich seine Lippen zu einem lausbübischen Grinsen. »So groß kann der Schreck nicht gewesen sein, wenn du schon wieder anfängst zu streiten.«

Eilig rappelte sie sich auf, blickte vorsichtig aus dem Gebüsch und trat erst ins Freie, als sie ganz sicher sein konnte, dass die beiden Reiter verschwunden waren.

Von nun an würden sie Hagen jederzeit über den Weg laufen können, jetzt, da er vor ihnen war. Er verstand genug vom Spurenlesen, um bald zu bemerken, dass es keine Spuren mehr gab. Spätestens dann musste ihm klar werden, dass er Kriemhild längst eingeholt hatte. Und es mangelte ihm nicht an der nötigen Geduld, sie unterwegs zu erwarten.

»Gibt es noch einen anderen Weg zu Salomes Zopf?«, fragte sie, als Jodokus neben ihr auf den Weg trat und argwöhnisch nach Osten spähte.

»Wenn du zwei Wochen Zeit hast, gewiss.«

Sie fluchte leise, dann versank sie in nachdenklichem Schweigen.

Jodokus ergriff ihre Hand und zog sie herum, bis sie gezwungen war, ihm in die Augen zu sehen. »Weißt du eigentlich, was man mit mir anstellen wird, wenn herauskommt, dass ich der Schwester des Königs geholfen habe, ihre Unschuld zu verlieren?«

»Keine Sorge, deine Beteiligung daran endet vor Berenikes Tür.«

Er grinste. »Das schätze ich so an dir: die feinsinnige Höflichkeit, mit der du gewisse Dinge klarstellst.« So leise, dass sie es gerade noch hören konnte, fügte er hinzu: »Und dabei deine eigenen Hoffnungen fahren lässt.«

»Meine eigenen *Hoffnungen*?«, wiederholte sie atemlos.

Sein Grinsen wurde noch breiter. »Du kannst nicht abstreiten, dass du mich magst.«

»Es gibt einen Unterschied zwischen mögen und *mögen*«, fuhr sie ihn an, viel zu laut angesichts ihrer ungewissen Lage. »Zum Beispiel würde ich es mögen, dir eine Ohrfeige zu geben, und wenn ich scharf nachdenke, fällt mir bestimmt noch die eine oder andere Scheußlichkeit ein.«

»Was dem einen scheußlich, ist dem anderen der Himmel.« Jetzt sah er aus, als könnte er sich ein lautes Lachen kaum mehr verkneifen. »Wo ziehst du die Grenze, Prinzessin?«

Schlagartig bemerkte sie, dass er immer noch ihre Hand hielt. Viel zu hastig riss sie sich los. »Du ...!«

»Psst.« Er legte respektlos seinen bürgerlichen Sängerfinger auf ihren königlichen Schmollmund. »Und, Vorsicht: Beim nächsten Mal könnten es meine Lippen sein.«

Und damit ließ er sie stehen und folgte schnurstracks dem Weg nach Osten.

Kriemhild blieb einen Moment lang stehen und starrte ihm fassungslos nach; noch immer wölbte sich sein Wams über dem Weinschlauch wie ein Buckel. Schließlich wurde ihre Bestürzung von Wut verdrängt, und das war ihr nur recht: Mit ihrem Zorn konnte sie besser umgehen als mit Empfindungen, die sie nicht verstand und gegen die sie nicht ankämpfen konnte.

Als sie aber loslief und ihn einholte, da schrie sie ihn nicht an und machte auch keine bösen Bemerkungen mehr. Sie nahm sich fest vor, ihn mit eherner Missachtung zu strafen. Das würde ihm zu schaffen machen!

Doch dann sagte er: »Ich glaube, ich weiß, warum es noch keinen Gegenzug gegeben hat«, und all ihre guten Vorsätze waren dahin.

»Weshalb?«

»Sie sammeln ihre Kräfte.«

»Und was bedeutet das?«

»Dass sie das Ende vorbereiten. Das große Finale.« Er wandte den Kopf und sah sie eindringlich von der Seite an. »Verstehst du, Prinzessin? Falls ich recht behalte, stehen wir kurz vor dem Schachmatt.«

Am frühen Abend lichtete sich das Waldland, und die Masse aus dunklem Tann und hohen, mächtigen Laubbäumen löste sich auf in eine Vielzahl kleiner Bauminseln, verstreut über grüne Hügel, die sich nach Norden, Osten und Süden bis in die schiere Unendlichkeit erstreckten. Die Sonne stand golden über dem westlichen Wipfelmeer und strahlte ihnen grell in den Rücken. Im Osten aber wurde das Abendrot von der Dunkelheit verdrängt.

Sie wanderten weiter bis zum Sonnenuntergang, ohne ein Zeichen des Ritters und seines jungen Begleiters zu entdecken. Der Weg war außerhalb der Wälder in eine schmale Straße übergegangen, die irgendwann einmal gepflastert worden war; das mochte hundert oder mehr Jahre zurückliegen, denn der Boden hatte sich unter den Steinen an einigen Stellen gesenkt, an anderen gehoben. Alles war mit Moos und Gräsern überwuchert.

»Sie müssen neben der Straße reiten«, sagte Jodokus nachdenklich, »wenn sie nicht riskieren wollen, dass sich ihre Pferde die Fesseln brechen.«

Kriemhild nickte, obwohl sie kaum zugehört hatte. Tatsächlich war das weite Grasland rechts und links der Straße für Pferde viel besser geeignet als das löchrige Pflaster. Dies musste einer der Wege sein, der seit Jahren von Händlern und Bauern gemieden wurde, nur so ließ sich die Verwahrlosung erklären. Offenbar waren sie Salomes Zopf bereits näher gekommen, als sie bislang angenommen hatten.

Freude aber empfand Kriemhild keine darüber. Zum einen wuchs von nun an stetig die Gefahr, Hagen in die Arme zu laufen. Zum anderen aber überkam sie allmählich auch die Ungewissheit dessen, was sie bei Berenike erwarten mochte. Noch immer kannte sie keine Zweifel an ihrem Handeln, war völlig überzeugt vom Versprechen der Alten. Doch sosehr sie auch an das glaubte, was ihr zu tun oblag, sosehr ängstigte sie auch die Vorstellung vom Preis, den sie zahlen sollte.

Von den Unschuldigen verlangt der Christengott stets das größte Opfer, hatte Berenike gesagt. *Komm zu mir, wenn es soweit ist.*

Bald würde es soweit sein. Salomes Zopf lag irgendwo vor ihnen in der anbrechenden Nacht. Spätestens am nächsten Mittag würden sie das Heim der Erzhexe erreichen. Vorausgesetzt, sie wurden nicht aufgehalten.

»Hast du keine Angst?«, fragte Jodokus, als hätte er in ihren Gedanken gestöbert wie in einer fremden Kleiderkiste. Wahrscheinlich war es nicht allzu schwer, ihr anzusehen, was in ihrem Kopf vorging.

Sie zögerte mit einer Antwort –

Und tatsächlich sollte sie nie eine geben. Denn im selben Augenblick schien der abendliche Schatten des nächsten Hügels zu gerinnen, als wollte die Dunkelheit Gestalt annehmen.

Doch was sie im ersten Moment für einen Geist, eine Ausgeburt des Jenseits hielten, erwies sich nur Herzschläge später als Mann in Umhang und Rüstzeug.

Hagen von Tronje trat aus der Finsternis auf sie zu. Als er den Schatten des Hügels verließ, spiegelte sich der rote Abendhimmel auf seinem Helm. Es sah aus, als tanzten Flammen um seinen Schädel.

Jodokus fuhr erschrocken zusammen, aber Kriemhild blieb gefasst. »Wo sind deine Krähen, Ritter Hagen?«, rief sie ihm entgegen. Zwischen ihnen lagen nicht einmal fünfzig Schritte. Er musste sie schon eine ganze Weile lang beobachtet haben.

»Es sind Raben, Prinzessin, und ich bin kein Ritter. Beides weißt du sehr genau.«

»Verzeiht, wenn mich dein Auftritt verwirrt. Ich habe dich hier nicht erwartet.«

»Auch das entspricht schwerlich der Wahrheit.«

»Du bezichtigst mich der Lüge?« Sie rümpfte empört die Nase, aber sie fand selbst, dass es ein armseliges Schauspiel war.

Hagen kam langsam näher. »Vielleicht gefällt es deinem neuen Freund zu hören, dass ich dich früher in solchen Momenten übers Knie gelegt habe, Prinzessin. Du warst schon immer ein ungezogenes Kind.«

»Ist es das, was du vorhast? Mich übers Knie zu legen?«

»Das steht wohl eher dem König zu. Oder deiner Mutter, die vor Sorge weder isst noch schläft.«

Seine letzten Worte versetzten Kriemhild einen schmerzhaften Stich. Aber sagte er wirklich die Wahrheit? Hagen war ein Meister der Täuschung.

»Was hast du nun vor?«, fragte sie.

»Ich bringe dich zurück nach Worms.«

Noch dreißig Schritte. Hagens Ross, der kleine Junge und Lavendel waren nirgends zu sehen. Wahrscheinlich warteten alle drei hinter dem Hügel.

»Du weißt, dass du mich zwingen musst, mit dir zu gehen.«

»Es ist der Befehl des Königs, nicht meiner. Ich befolge nur seine Anweisungen. So, wie du es tun solltest.«

Verzweiflung kam in ihr auf, und es kostete sie beinahe all ihre Kraft, sie niederzukämpfen. Sie durfte jetzt nicht aufgeben.

»Wann, Hagen?«, fragte sie bitter. »Wann war der Moment, in dem du all deine eigenen Gedanken und Gefühle fortgeworfen hast, um Platz zu schaffen für die des Königs?«

Er stutzte, dann schwieg er einige Schritte lang. Schließlich sagte er: »Ich habe deinem Vater viel zu verdanken, Kriemhild. Dankrat war ein weiser Herrscher. Und irgendwann einmal könnte Gunther ein ebenso guter König werden, wie euer Vater einer war.«

»Ein guter König, du liebe Güte!« Ihr Tonfall war verächtlich, obgleich sie keinen Hass auf Hagen empfand. Er war ebenso ein Opfer des Königshofes wie sie selbst. Mit dem Unterschied, dass er Opfer und Vollstrecker in einer Person war. »Wann wird mein Bruder in deinen Augen wohl ein guter König sein, Hagen von Tronje? Wenn du dich endgültig an ihn verkauft hast und genauso denkst wie er? Oder aber wenn er so kalt und gefühllos geworden ist wic du?«

Langsam kam er näher, ein unwirklicher Scherenschnitt vor dem fahlen Abendhimmel. Er sagte kein Wort, nur sein Kragen aus Rabenfedern knisterte leise im Wind. Plötzlich führte er beide Hände zum Helm und hob ihn vom Kopf. Darunter kamen ausgezehrte

Züge zum Vorschein, kurzes, dunkles Haar, und eine schwarze Binde, die sein erblindetes linkes Auge bedeckte.

Jodokus beugte sich an Kriemhilds Ohr. »Musst du nun auch noch mit ihm Streit anfangen?«, flüsterte er verzagt.

Kriemhild ließ Hagen nicht aus den Augen. Noch fünfzehn Schritte. »Irgendwelche Vorschläge?«, zischte sie Jodokus zu.

»Du hast doch nicht etwa vor …«

»Einverstanden«, unterbrach sie ihn lakonisch. »Dann machen wir es auf meine Art.«

Sie hatte kaum zu Ende gesprochen, da brach sie schon nach links aus, sprang von der Straße und rannte über die Wiese nach Norden.

Jodokus öffnete den Mund, um etwas zu sagen, doch da war sie schon fort. Zugleich geriet auch der schwarze Hüne in Bewegung. Wortlos ließ er den Helm fallen und machte sich an die Verfolgung der Prinzessin, ohne Jodokus eines einzigen Blickes zu würdigen.

Der Sänger stand mit hängenden Schultern auf der Straße und fühlte sich elend. »Du hast mir nicht gesagt, was du unter ›meine Art‹ verstehst!« Aber er flüsterte nur und kam sich dabei äußerst hilflos vor.

Kriemhild war bereits jenseits einer Hügelkuppe im Norden verschwunden, und Hagen von Tronje folgte ihr mit riesigen Sätzen. Mit Rüstzeug und Mantel hätte er niemals so flink sein dürfen. Jodokus hegte wenig Hoffnung für die Prinzessin.

Dann machen wir es auf meine Art.

Das machte ihn wirklich wütend. Was dachte sie sich nur dabei? Einen Moment lang erwog er, den beiden zu folgen, doch gegen Hagen konnte er ohnehin nichts ausrichten.

Jodokus fühlte sich nichtsnutzig und verloren, als er plötzlich so ganz allein dastand. Jäger und Gejagte waren auf und davon. Und er? Zornig zupfte er unter seinem Wams die Bänder zurecht, die den Weinschlauch hielten, dann wandte er sich wieder nach Osten. Er passierte Hagens Helm und erwog, ihn aufzuheben, ließ ihn dann aber doch lieber liegen. Er wollte nicht, dass es hieß, er hätte versucht, einen Vertrauten des Königs zu bestehlen; o nein, ganz gewiss nicht! Sollte sich all das edle Königsvolk doch kreuz und quer über die Hügel jagen! Ihn würde das nicht mehr belasten! *Ihn* nicht!

Aber natürlich konnte er in Wahrheit an nichts anderes denken, und Kriemhilds Schicksal berührte ihn längst viel mehr als sein eigenes.

Von finsteren Gedanken erfüllt stieg er den Hügel hinauf, über den Hagen ihnen entgegengekommen war. Auch von hier oben konnte er die Prinzessin und ihren Gegner nirgends entdecken. Es war tatsächlich, als hätte sich der Boden aufgetan und beide in die Tiefe gerissen. Ein seltsamer Friede lag über dem Land, der Jodokus' Neid weckte, war ihm selbst doch alles andere als friedlich zu Mute.

Als er die Ostflanke des Hügels hinabblickte, dem weiteren Verlauf der Straße nach, entdeckte er in einer dunklen Bodensenke ein Lagerfeuer. Die Sonne war jetzt gänzlich untergegangen, und der Einschnitt zwischen den Hügeln lag in völliger Dunkelheit. Nur das Feuer leuchtete Jodokus wie ein gefallener Stern entgegen. Aus der Ferne war nicht zu erkennen, wer dort lagerte, aber das war auch nicht nötig. Jodokus ahnte es auch so.

Eilig lief er die Straße bergab, verließ sie etwa hundert Schritte vor dem Feuer und pirschte vorsichtig näher heran. Seine Ahnung bestätigte sich. Unweit der Flammen hockte der kleine Junge im Gras, einen Dolch in der Hand, und ängstigte sich augenscheinlich fast zu Tode. Seine Augen zuckten aufgeregt hin und her, und er hatte Mühe, die Beine stillzuhalten. Die beiden Pferde standen ganz in seiner Nähe.

Mit Genugtuung, aber auch voller Sorge um Kriemhild, erkannte Jodokus, dass Hagen noch nicht zurückgekehrt war. Mochte der Teufel wissen, wohin es ihn und die Prinzessin verschlagen hatte. Wenn sie weiter mit dieser Geschwindigkeit nach Norden liefen, würden sie irgendwann ins Meer fallen.

Auf *meine* Art. Pah! Jodokus fasste einen Entschluss und dachte dabei, dass es allein seine eigene Art und Weise war, von der alles Weitere abhing.

Obwohl Kriemhild es anzweifeln mochte, wusste er gut mit seiner Stimme umzugehen. Jetzt stellte er es unter Beweis, indem er das Heulen eines hungrigen Wolfes ausstieß, leise, als sei das Tier noch weit entfernt. Sogleich schrak der Kleine am Feuer angstvoll zusammen und spähte mit verkniffenen Augen in Jodokus' Richtung. In der Dunkelheit aber vermochte er nichts zu erkennen, und so wuchs seine Furcht nur noch weiter.

Das Ganze begann dem Sänger allmählich Spaß zu bereiten, vor allem, da er selbst sich unsichtbar fühlte, der Junge aber weithin zu sehen war. Dennoch, so rief er sich selbst zur Vernunft, war er nicht hier, um Streiche zu spielen. Er war sicher, dass der Junge das Feuer gegen die ausdrückliche Anweisung seines Begleiters entfacht hatte, wahrscheinlich erst, als Hagen nach Anbruch der Nacht nicht zurückgekehrt war. Ein Glück für Jodokus.

Lautlos schlich er heran, achtete aber darauf, nicht in den Lichtkreis der Flammen zu geraten. Kriemhild hatte ihm erzählt, dass der Schimmel ihr gehörte, und der Sänger vertraute darauf, dass das Tier den Geruch der Prinzessin an seiner Kleidung wahrnahm. Freilich, er hätte einfach auf den Jungen zugehen, sich auf ein Handgemenge mit ihm einlassen und ihm eins überziehen können. Lieber aber wollte er versuchen, die Pferde zu stehlen, ohne dass der Kleine es bemerkte. Erst das war eine wahre Herausforderung!

Jodokus umrundete das Lager so weit, bis sich die Tiere genau zwischen ihm und dem Jungen befanden. Dann erst pirschte er näher heran. Im hohen Gras verursachten seine Sohlen nicht mehr als ein sanftes Rascheln, und selbst das ging unter im Säuseln der Nachtwinde, die über die Hügel strichen. Er erreichte den Schimmel und ließ dem Tier ausreichend Zeit, sich an seine Nähe zu gewöhnen. Tatsächlich schien das Pferd Kriemhilds Gerüche wiederzuerkennen und ließ ohne einen Laut geschehen, dass der Sänger das Seil löste, mit dem es an einen niedrigen Strauch gebunden war.

Wieder warf Jodokus einen Blick zu dem Jungen hinüber, diesmal zwischen den Beinen der Tiere hindurch. Der Kleine klammerte sich an den Dolch, als wollte er eine ganze Armee damit zur Strecke bringen. Sein Blick aber war nach Norden gerichtet, weit abgewandt von Jodokus und den beiden Pferden.

Der Sänger lächelte still vor sich hin, richtete sich wieder auf und näherte sich dem zweiten Ross. Hier mochte die Angelegenheit schwieriger werden. Erstens stand Hagens Pferd näher am Feuer, zum Zweiten mochte es auf seine Weise genauso gefährlich sein wie sein Reiter. Einen Pferdebiss oder einen Tritt mit dem Huf konnte Jodokus jetzt am allerwenigsten gebrauchen.

Er machte einen Bogen um alle bedrohlichen Teile des Tieres und löste den Knoten seiner Fessel. Das Ross hielt still, doch seine Augen schienen jede Regung des Sängers genau zu beobachten, als wartete es nur darauf, dass er in seine Reichweite kam; spätestens dann würde es zustoßen wie eine Schlange. Die Vorstellung steigerte nicht gerade des Sängers Zuneigung für das Tier.

Blitzschnell huschte er mit dem Seil zurück zu Kriemhilds Schimmel. Er befestigte das Ende des Stricks am Sattel, bis beide Pferde fest miteinander verbunden waren. Zuletzt schwang er sich auf den Rücken der weißen Stute.

Das Leder des Sattels knirschte vernehmlich, und der Junge fuhr herum. Er sah voller Entsetzen die Gestalt auf dem Rücken des Schimmels und hielt den Dolch wie ein Breitschwert vor sich. Die Spitze wies auf Jodokus, doch zitterte sie kaum weniger als die Knie des Kleinen.

»Wer da?«, rief er aus.

»Ein Freund des Königs«, gab Jodokus zurück. Das war vielleicht nicht ganz die Wahrheit: ›Ein Freund der Schwester des Königs‹ wäre wohl richtiger gewesen, doch für solche Haarspaltereien blieb jetzt keine Zeit.

»Ich sehe nur einen Pferdedieb!«, rief der Junge mit schwankender Stimme.

»Mag schon sein«, erwiderte Jodokus und spornte den Schimmel an. Sogleich stürmte das Tier nach vorne. Die weiße Mähne wehte im Wind, und Jodokus war überwältigt von der zügellosen Kraft im

Leib dieses Pferdes. Ein wunderbares Tier, einer Prinzessin, gar einem König nur zu würdig! In gewisser Weise vielleicht auch einem fahrenden Sänger. In *gewisser* Weise …

Der Junge schrie auf, als ihn das schwarze Ross im Schlepptau des Schimmels beinahe in den Boden stampfte. Er sprang gerade noch schnell genug zur Seite, um den mächtigen Hufen zu entgehen. Dabei verlor er den Dolch. Die Waffe fiel prompt ins Feuer. Tränen schossen dem Jungen in die Augen, als er seinen Widerwillen bezwang und trotz der Flammen nach der Waffe griff. Sie hatte nicht lange genug in der Glut gelegen, um sich zu erhitzen, dennoch versengte der Junge sich am Feuer die Finger.

Als er wütend aufschaute und wild mit der Waffe um sich hieb, waren Jodokus und die Pferde längst fort. Der Junge hörte nur noch, wie sie gen Osten davongaloppierten.

Jodokus schaute zurück und sah den Umriss des Kleinen vor dem Feuer. Der Junge tat ihm aufrichtig leid. Hagen würde das Kind bestrafen, sobald er von dem Diebstahl erfuhr. Jodokus selbst wollte möglichst weit fort sein, wenn der Zorn dieses Mannes zum Ausbruch kam.

Er war noch nicht lange durch die Dunkelheit geritten, als sich vor ihm etwas regte.

»Heh!«, rief jemand, gerade laut genug, um den Lärm der Hufe zu übertönen.

Eine weibliche Stimme.

Jodokus zügelte den Schimmel mit einem kräftigen Ruck. Es war zu dunkel, um ein Gesicht auszumachen.

»Mir scheint, das ist mein Pferd, auf dem Ihr sitzt, fremder Recke!«, sagte Kriemhild und plötzlich prustete sie vor Lachen. »Welche Anmaßung!«

Jodokus war überhaupt nicht zum Lachen zu Mute. »Wo kommst du her?«

»Ich sagte doch, wir machen es auf meine Art.«

»Deine …«, begann er lautstark, ehe ihm einfiel, dass dies nicht der rechte Zeitpunkt für einen neuerlichen Disput war.

»Lass mich auf Lavendel reiten«, sagte Kriemhild. »Du kannst Hagens Pferd nehmen.«

»Aber wo ist …«

»Hagen? Der dürfte mich ein ganzes Stück weiter nördlich suchen. Wenigstens hoffe ich, dass ich ihn abgehängt habe.«

»Du *hoffst*?«

»Ein Narr, wer sich im Umgang mit Hagen von Tronje in Sicherheit wiegt.« Sie lachte leise. »Nun komm schon runter.«

Jodokus gehorchte ohne nachzudenken, so verwirrt war er. Erst als er am Boden stand und Kriemhild sich in den Sattel des Schimmels zog, dämmerte ihm, dass sie tatsächlich von ihm verlangte, auf dem schwarzen Teufelsgaul zu reiten.

Widerwillig näherte er sich dem Ross.

»Tritt nie von hinten an ein Pferd heran«, erklärte Kriemhild schmunzelnd, »besonders nicht an dieses.«

»Vielen Dank«, knurrte er düster. Zaghaft legte er eine Hand auf den Sattel und schob einen Fuß in den Steigbügel. Mit klopfendem Herzen erwartete er, dass das Tier mit ihm durchgehen würde. Doch dann saß er sicher auf dem Rücken des Rosses und schlang sich die Zügel um die rechte Hand.

»Ho!«, spornte Kriemhild ihren Schimmel an. Es war ein großartiges Gefühl, Lavendel wieder unter sich zu spüren. Plötzlich fühlte sie sich vollkommen frei und siegessicher. Nichts mehr konnte sich jetzt noch zwischen sie und Berenike stellen.

Auch Jodokus trieb sein Pferd voran, wenn auch weniger nachdrücklich und immer darauf bedacht, das gewaltige Schlachtross nicht zu verärgern. Ein wenig fühlte er sich, als versuche er, einen Lindwurm aus den alten Legenden zu zähmen, unberechenbar und zu jeder Zeit bereit, sich gegen den eigenen Meister zu wenden. Freilich war dies nicht das erste Pferd, das er in seinem Leben gestohlen hatte, aber es war ganz sicher das allererste, dem er solchen Respekt zollte. Er fragte sich, ob es wirklich eine weise Entscheidung war, das letzte Stück der Reise auf solch einem Ungetüm anzutreten.

Lavendel war in rasenden Galopp verfallen, als ein gellender Pfiff über die nächtlichen Hügel schrillte. Kriemhild blickte sich nach Jodokus um und sah gerade noch, wie das schwarze Ross von einem Herzschlag zum anderen stehen blieb, als sei es mit allen vieren am Boden festgewachsen. Der Sänger schrie auf und flog in hohem Bogen über Hals und Schädel des Pferdes hinweg, strampelte wild mit Armen und Beinen, um dann mit einem dumpfen Laut ins Gras zu fallen.

Kriemhild riss Lavendel herum und ritt in einem engen Bogen zurück. Besorgt schaute sie auf Jodokus herab, der sich mit einer Grimasse das rechte Bein hielt. Wie es aussah, hatte er Glück, dass er sich nicht das Genick gebrochen hatte.

»Kriemhild!«, gellte eine Stimme über die nachtdunkle Landschaft. »Du solltest dir anhören, was ich zu sagen habe!«

Aufgebracht blickte sie sich um, erkannte aber nichts als den welligen Horizont vor dem sternenklaren Nachthimmel. Entfernung und Tiefe waren wie aufgehoben; alles zwischen ihr und der Hügellinie versank in formlosem, undurchschaubarem Schwarz.

Sie beugte sich zur Seite und streckte Jodokus die Hand entgegen. »Los, hoch mit dir!«

Der Sänger hatte Mühe, überhaupt auf die Beine zu kommen, doch schließlich packte er Kriemhilds Hand und zog sich mit ihrer Hilfe in den Sattel.

»Prinzessin!«, rief Hagen erneut, und diesmal klang es schon sehr viel näher. »Geh nicht zu Berenike! Du weißt nicht, was dich erwartet!«

Sie gab keine Antwort. Stattdessen raunte sie Jodokus zu: »Halt dich an mir fest!« Er hatte kaum seine Arme von hinten um ihre Taille geschlungen, da sprang Lavendel auch schon los, trug sie fort von Hagens tückischem Ross und aus der unmittelbaren Gefahr, abermals aufgehalten zu werden.

Hagen rief wieder ihren Namen und noch etwas anderes hinterher, aber beides ging im Donnern der Hufe unter.

Nach einer Weile sagte Jodokus: »Er wird uns einholen. Sein

Pferd muss nur einen Reiter tragen, es ist auf alle Fälle schneller. Es sei denn …«

»Was?«

»Der Junge. Er wird ihn nicht allein zurücklassen, oder?«

»Das weiß nur Hagen selbst.«

Allmählich begannen sie auf dem galoppierenden Ross zu frieren.

Jodokus fragte: »Hast du eine Ahnung, wovor er dich warnen wollte?«

»Vor Berenike, nehme ich an.«

»Woher weiß er, dass du zu ihr willst?«

»Ich habe ihm von ihr erzählt, damals, als sie in Worms war.«

»Du hast *was*?« Ungläubig starrte er ihren Hinterkopf an. Ihr wehendes Haar kitzelte seine Nase.

»Hagen ist ein sonderbarer Mann. Man kann ihm Dinge anvertrauen, ohne dass er zu jemandem darüber spricht.«

»O ja, gewiss.«

»Hagen ist verschwiegener als jeder andere am Hof. Er schweigt ohnehin die meiste Zeit.«

»Trotzdem wirkt er so …« Jodokus verstummte, als ihm nicht das richtige Wort einfiel.

»Böse?«, fragte sie. »Aber nein. Vertraue ihm ein Geheimnis an, und der Einzige, der es gegen dich verwenden könnte, ist er selbst. Niemand sonst wird je davon erfahren.« Sie zögerte einen Moment. »Und er ist geradezu besessen von seiner Treue zur königlichen Familie.«

»Du glaubst allen Ernstes, er hat niemandem erzählt, wo du hinwillst?«

»Niemandem.«

»Keine Soldaten, die ihm in einigem Abstand folgen? Keine Krieger der königlichen Leibwache?«

Sie schüttelte den Kopf. »Nur er allein. Er hat mir damals versprochen, niemals mit irgendwem über Berenike zu reden. Er würde lieber sterben, als solch einen Eid zu brechen.«

»Was dir auch nicht helfen wird, wenn er uns einholt. Er sieht aus, als könnte er ganz gut allein mit dir fertig werden – und mit Berenike noch dazu.«

Kriemhild lachte hell auf. »Aber ich habe doch dich!«

Darauf fiel ihm nichts mehr ein, und so blickte er unsicher über seine Schulter zurück nach Westen. Falls Hagen sie schon verfolgte, so war er ein Teil der Finsternis.

Die Unruhe des jungen Sängers legte sich erst, als ihm bewusst wurde, dass er eine leibhaftige Prinzessin in den Armen hielt. Egal, wie auch die Umstände waren: Er spürte ihren schlanken, warmen Körper an seinem eigenen, und alle Ängste waren auf einen Schlag wie fortgewischt.

Er und Kriemhild allein in der Nacht. Leib an Leib. Ihr Haar an seinen Wangen.

Was für ein Wagnis! Was für ein Abenteuer!

»Hast du dich noch nie gefragt«, fragte Kriemhild, als vor ihnen die Sonne aufging, »wer den Unterschied zwischen einem Berg und einem Hügel festgelegt hat? Ich meine, wer hat gesagt: ›Das dort soll fortan ein Berg sein‹ und ›Das da ist ein Hügel‹?«

Jodokus schaute auf. »Wen kümmert das?«

»Mich.«

»Also«, meinte er seufzend, »mir ist das völlig gleichgültig.« Es kam oft vor, dass Kriemhild über Dinge redete, die er nicht verstand. Und er hatte das Gefühl, als geschähe es immer häufiger, seit Salomes Zopf in Sichtweite war.

Die Hügelkette – oder Bergkette, denn sie war weit höher, als Kriemhild erwartet hatte – erhob sich als geschwungene Silhouette vor dem Sonnenaufgang. Das Land lag da wie in Gold getaucht. Die Straße schien geradewegs über Salomes Zopf hinweg ins Zentrum eines Feuerofens zu führen. Der Name dieses Landstrichs hatte eine gewisse Berechtigung, fand Kriemhild, denn die Berge lagen tatsächlich da wie ein geflochtener Zopf, so gleichmäßig und gerundet waren die Kuppen ihrer Erhebungen. An ihrem Fuß wuchs eine schwarze Mauer aus Bäumen empor. Jenseits davon war ein Ende der Wälder nicht abzusehen. Sie bedeckten den Höhenzug wie ein dichtes, dunkles Tuch, und Kriemhild fragte sich unwillkürlich, wie es darunter aussehen mochte, in den Schatten uralter Tannenhaine und den Tiefen zerklüfteter Felsspalten. Ein Schauder lief ihr über den Rücken; sie hätte nicht sagen können, ob sie ihn als wohlig oder warnend empfand.

»Am Waldrand trennen wir uns«, entschied sie, und ihr Tonfall verriet, dass sie keinen Widerspruch dulden würde.

»Und was wird dann aus mir?« Da war etwas in Jodokus' Stimme, das sie nicht gleich einordnen konnte. Er war beleidigt, gewiss, aber da war auch noch etwas anderes. Sorge, vielleicht. Und nicht um seiner selbst willen.

Lieber Himmel, er machte sich tatsächlich Sorgen um sie!

Kriemhild zügelte das Pferd und warf einen Blick zurück auf die einsame Straße, über die sie gekommen waren. Keine Spur von Hagen. Überhaupt kein Anzeichen von Leben. Auch auf den Wiesen im Norden und Süden zeigten sich weder Mensch noch Tier.

Mit einem Stöhnen glitt sie aus dem Sattel und vertrat sich die Beine. Sie waren die ganze Nacht hindurch geritten, ohne Rast, ohne zu essen und zu trinken.

Jodokus sprang gleichfalls zu Boden, und sofort meldete sich sein verletztes Bein. Er keuchte auf, teils vor Überraschung, teils vor Schmerz; dann knickte das Bein ein, und er lag fluchend am Boden. Kriemhild half ihm auf die Füße.

»Danke«, sagte er und verzog das Gesicht, »es geht schon wieder. Lass uns ein paar Schritte laufen, damit ich mich daran gewöhnen kann.«

Kriemhild führte Lavendel am Zügel, und so wanderten sie weiter nach Osten. Der Waldrand unterhalb der Berge war noch einige Bogenschussweiten entfernt, aber Kriemhild schätzte, dass sie ihn erreichen würden, bevor die Sonne ein Drittel ihrer Bahn bewältigt hatte.

»Wir waren uns doch einig, oder?«, sagte sie und beobachtete Jodokus aus dem Augenwinkel. »Ich muss allein zu Berenike gehen. Es geht nicht anders.«

»Hat sie das gesagt?« Trotz lag in seinem Tonfall, fast wie bei einem Kind.

Kriemhild zögerte. »Nein.«

»Woher weißt du es dann?«

»Ich … es ist eben so.«

»Du willst mich nur loswerden.«

»So ein Unsinn.«

»Der dumme Sänger hat seine Aufgabe erfüllt und darf gehen. Ganz wie bei Hofe, nicht wahr? Das letzte Lied ist gesungen, und das Fußvolk darf sich zurückziehen.«

Sie warf ihm einen mahnenden Blick zu. »Ich werde nicht schon wieder mit dir streiten.«

Jodokus schnaubte verbissen. »Dabei hätten wir zum ersten Mal einen echten Grund.«

Ein erschöpftes Seufzen kam über ihre Lippen. »Wieso willst du mitgehen? Was hast du davon?«

»Du brauchst jemanden, der dir beisteht. Das hast du selbst gesagt.«

»Aber wenn ich Salomes Zopf erreicht habe, bin ich in Sicherheit.«

»Das sagst du. Denk' an Hagens Warnung.«

»Er hätte alles gesagt, nur um mich zurückzuhalten.«

Jodokus runzelte die Stirn. »Das klingt aber gar nicht nach dem ehrlichen Edelmann, als den du ihn beschrieben hast.«

»Es ist nicht so einfach. Man kann Hagen nicht in ein paar Sätzen gerecht werden.«

»Du magst ihn, nicht wahr?«

»Ich respektiere ihn für das, was er sein könnte, wäre er nicht der Handlanger des Königs.«

»Immerhin deines Bruders.«

Sie schüttelte den Kopf. »Hagens Treue gilt allein dem Thron, nicht den Gefühlen des Mannes, der darauf sitzt. Bei mir ist es genau umgekehrt: Ich liebe Gunther als meinen Bruder – jedoch als König …« Sie verstummte mitten im Satz, hob die Schultern und lächelte fahrig. »Ich sagte ja, es ist nicht einfach.«

»Ich glaube, du gefällst mir auch besser als Frau denn als Prinzessin.«

Sie lachte, aber ihr Blick war traurig. »Ich werde nie in meinem Leben etwas anderes sein als eine Prinzessin. Das ist mein Schicksal, fürchte ich.«

Er schwieg eine Weile, dann fragte er: »Hat man je davon gehört, dass eine Prinzessin und ein fahrender Sänger …«

»Zusammen reisen?«

Er schaute zu Boden. »Ja. Das war es wohl, was ich meinte.«

Kriemhild lächelte. »Ich glaube, es kommt nicht oft vor.«

Da kreuzten sich ihre Blicke, und sie hatten plötzlich Mühe, ernst zu bleiben, obgleich doch beiden so schwer ums Herz war. Jodokus' Schmerzen wurden schlagartig besser, und bald schon stiegen sie wieder auf Lavendels Rücken.

»Ein Rätsel«, sagte Jodokus plötzlich. »Was ist das: Zwei geben es und fünf nehmen es?«

Kriemhild überlegte vergeblich. »Sag's mir.«

»Nasenrotz.« Und darüber lachte er so herzlich und roh, dass Kriemhild nicht anders konnte, als einzufallen.

Und so ritten sie weiter, lachten viel und redeten Unsinn, während vor ihnen die Sonne höher stieg und die Schatten der Bäume kürzer wurden.

Aus der Nähe besehen wirkte Salomes Zopf nicht mehr ganz so ebenmäßig und kunstvoll in die Landschaft drapiert wie von fern. Die Bergkuppen waren zerklüfteter, als es am Morgen den Anschein gehabt hatte, und selbst dort, wo der Wald noch nicht Fuß gefasst hatte und die Erde weitgehend eben war, zeigten sich erste Spalten im Boden, sodass sie achtgeben mussten, wohin Lavendel die Hufe setzte.

Sie hatten den Waldrand kaum erreicht, als Jodokus bei einem seiner regelmäßigen Blicke über die Schulter etwas entdeckte.

Er gab Kriemhild einen sanften Stoß. »Sieh dir das an!«

Sie folgte seinem Blick und entdeckte einen dunklen Punkt im

Grün der Wiesen, unweit der Straße und noch viele Bogenschussweiten entfernt. Als sie die Augen zusammenkniff, erkannte sie, dass es ein Pferd war. Darauf saßen zwei Gestalten, eine groß und dunkel, die andere klein und verloren.

»Wie lange werden sie brauchen, ehe sie hier sind?«, fragte Jodokus.

»Hagen wird sein Pferd nicht schonen«, gab Kriemhild nachdenklich zurück. »Aber ich glaube, im Wald wird er uns kaum wiederfinden.«

Jodokus starrte immer noch aufmerksam ihren Verfolgern entgegen. »Den Jungen hat er also tatsächlich mitgenommen.«

»Vielleicht ist das gar nicht so sonderbar.«

»Wie meinst du das?«

Aber Kriemhild hatte ihre Aufmerksamkeit schon wieder dem Waldrand zugewandt. Die Bäume standen ungemein dicht und waren von verschlungenem Dickicht durchwoben. »Wir müssen einen Weg hineinfinden.«

Die Straße führte, von zahlreichen Rissen durchbrochen, bis zu den Wurzeln der vorderen Bäume. Dort aber schien es, als habe der Wald ihren weiteren Verlauf regelrecht verschluckt; zwischen Ranken und Büschen war kein einziger Pflasterstein zu erkennen. Auch war es seltsam, dass die Spalten im Boden offenbar erst entstanden waren, nachdem die Straße angelegt worden war. Etwas musste die Erde bis in ihre Grundfesten erschüttert haben, um solche Zerstörungen zu bewirken.

Statt sich aber von diesen Beobachtungen beunruhigen zu lassen, fühlte Kriemhild sich durch sie nur in der Überzeugung bestärkt, dass ihr Entschluss der richtige war. Dies war ein mächtiger Ort, und Berenike musste eine mächtige Frau sein, wenn sie hier lebte. Mächtig genug, das Elend der Pest zu beenden.

»Sieht aus, als müssten wir uns durch die Büsche schlagen«, sagte Jodokus und wirkte dabei nicht allzu glücklich.

»Du kannst immer noch hierbleiben.«

»Und dich allein da reingehen lassen? Kommt gar nicht in Frage.«

»Du wirst mir nur deine Götter auf den Hals hetzen.« Sie hatte scherzhaft klingen wollen, dabei aber vergessen, dass er in diesem Punkt keinen Spaß verstand. Er wurde sofort kreidebleich, als hätte er viel zu lange keinen Gedanken an die Gefahr verschwendet, die er zu Anfang ihrer gemeinsamen Reise gar nicht oft genug hatte heraufbeschwören können.

Um ihn abzulenken, sagte Kriemhild schnell: »Du musst mir etwas versprechen.«

»Was?« Seine Stimme schwankte noch immer, als sei er im Geiste ganz woanders.

»Sobald wir an Berenikes Schwelle stehen, werden wir uns trennen.«

»Keine Sorge«, entgegnete er gefasst. »Ich bin nicht wild darauf, diesem Weib gegenüberzutreten. Obwohl ihr die Begegnung mit einem rechten Mann vielleicht ganz guttäte.«

»Du bist ein Scheusal!«

»Sie muss hässlich wie die Nacht sein, wenn sie es nötig hat, sich an solch einem Ort zu verstecken.«

»Jodokus!« Kriemhild tat empört und unterdrückte ein Grinsen. »Nicht jeder ist so aufs Äußere bedacht wie du.«

»Ein Glück für dich! Wer weiß, ob es ein anderer so lange mit dir ausgehalten hätte.«

Kriemhild rümpfte die Nase, dann stieg sie vom Pferd und näherte sich zu Fuß dem Wald. Von seiner Wildheit und Unzugänglichkeit abgesehen, wirkte er nicht gefahrvoller als jeder andere Forst im Burgundenreich. Dennoch überkam sie Beklommenheit.

»Was geschieht mit dem Pferd?«, fragte Jodokus, als auch er zu Boden sprang.

»Es gehört dir.«

»Unsinn. Du brauchst es für den Rückweg.«

»Ich bin sicher, Berenike wird mir helfen, nach Hause zu kommen. Auf ihre Weise.«

»Ich an deiner Stelle würde nicht so großes Vertrauen in diese Hexe setzen.«

»Und ich an deiner Stelle würde in Berenikes Wald meine Zunge hüten.«

Er schnitt ihr eine Grimasse, dann meinte er: »Das Pferd kann ich trotzdem nicht annehmen.«

»Dann muss es wohl verhungern.«

Er trat auf sie zu und ergriff ihre Hand. Diesmal ließ sie es zu, genoss die Berührung sogar. »Du weißt«, sagte er sanft, »dass Lavendel und ich hier draußen auf dich warten werden, nicht wahr? Egal, wie lange es dauern wird.«

Da umarmte Kriemhild ihn und kämpfte mit den Tränen.

Bald schon aber mussten sie aufbrechen. Sie hatten fest damit gerechnet, das Pferd zwischen den äußeren Bäumen anbinden zu müssen – ein wenig abseits, damit Hagen nicht darauf stieß –, sodass Jodokus den Schimmel bei seiner Rückkehr befreien konnte. Jetzt aber, als Kriemhild zwischen die vorderen Bäume trat, da war es, als sei dort plötzlich eine Schneise entstanden, sehr schmal und leicht zu übersehen. Und doch war Kriemhild sicher, dass sie vorher nicht da gewesen war. Sie mochte sich täuschen, doch als sie Jodokus danach fragte, meinte auch er, die Schneise früher nicht bemerkt zu haben.

Der Einschnitt war gerade breit genug, dass Lavendel hindurchpasste. Kriemhild nahm es als weiteren Beweis von Berenikes Kräften hin, und ihre Hoffnungen bekamen neuen Auftrieb. Mit frischem Mut machte sie sich auf den Weg, führte den Schimmel am Zügel, während Jodokus hinterherging. Der Sänger blickte mit umwölkter Stirn auf die Wurzeln und Äste, welche die Seiten der Schneise bildeten. Es gab keine Spuren von Axthieben; tatsächlich schien es, als sei der Weg auf natürliche Weise entstanden. Jodokus erwartete sorgenvoll, dass er sich jeden Moment um sie schließen mochte, wie das verholzte Maul eines Waldriesen. Doch nichts rührte sich. In den Baumkronen sangen die Vögel, kleines Getier wieselte zwischen den Stämmen umher, und nichts wies darauf hin, dass dies ein Ort der Verderbtheit oder Schwarzer Magie war. Vielleicht, so meinte er schließlich, hatte Kriemhild doch recht.

Dann aber fiel ihm der Preis ihrer Unschuld ein, und er sagte sich, dass niemand, der Gutes im Sinn führte, so etwas von ihr verlangen würde.

Kriemhild dagegen schritt schneller aus, je höher sie in die Berge stiegen. Sie war überzeugt, dass der Pfad sie zum Haus der Erzhexe führen würde. Ihr Zögern beim Anblick des Waldes war gänzlich geschwunden, vielmehr schien er ihr nun in seiner urtümlichen Wildheit schön und wundersam. Der Schimmel zögerte manches Mal, bevor er einen Schritt machte, doch Kriemhild achtete kaum darauf. Einmal ertappte sie sich dabei, dass sie das Pferd und Jodokus einen Moment lang völlig vergessen hatte, aber sie schob es auf ihre Aufregung und die freudige Erwartung.

Sie waren bereits eine ganze Weile bergauf marschiert, als Kriemhild plötzlich stehen blieb. Der Einschnitt führte über eine Erhebung und verschwand auf der anderen Seite aus ihrem Blickfeld. Jenseits des Erdbuckels ragten in weiter Ferne zwei Türme aus grauem Bruchstein empor.

»Wir sind da«, flüsterte sie zu sich selbst, als hätte irgendwer Zweifel daran geäußert.

Jodokus drängte sich ächzend an Lavendels Pferdeleib entlang, wobei ihm das dichte Astwerk die Haut zerkratzte. Leise vor sich hin schimpfend kam er neben Kriemhild zum Stehen. Zögernd folgte er ihrem Blick hinüber zu den Türmen.

Beide waren mindestens ebenso hoch wie die höchsten Bauten der Königsburg zu Worms. Dabei wirkten sie nicht halb so düster, wie Kriemhild es vom Hort einer Hexe erwartet hatte. Die Sonne badete die Türme in ihren Strahlen und verlieh den Mauern einen goldgelben Glanz. Die Dächer waren spitz und aus dunklem Schiefer; von beiden flatterten rote Fahnen. Auf einem stand gar ein bronzener Wetterhahn, der sich langsam im Wind drehte.

»Ich glaube, den Rest des Weges kann ich allein gehen«, sagte Kriemhild, ohne den Blick von den Türmen zu nehmen.

Jodokus blieb argwöhnisch. »Nur noch ein Stück. Ich will sehen, wie das Ganze aus der Nähe aussieht.«

»Wie soll es schon aussehen?«

»Warten wir's ab.«

So zogen sie weiter, jetzt nebeneinander, während Lavendel widerwillig folgte. Sie überschritten die Kuppe und sahen, dass der Weg dahinter schnurgerade in ein weitläufiges Tal hinabführte. Rund um die Türme zog sich eine Mauer. Zu Kriemhilds Überraschung lag das Anwesen auf einer Klippe, die sich über dem nebelverhangenen Grund der Senke erhob. Darunter war das Waldland gänzlich von grauem Dunst verschleiert, nur hier und da stachen die Wipfel einiger Fichten düster aus den bleichen Schlieren.

Der Weg führte nicht am Talboden durch den Wald, sondern über einen natürlichen Felsendamm, der sich oberhalb des Nebels bis zur Klippe erstreckte. Eine verwunschene Stimmung lag über dem Tal und den beiden Türmen, die es bewachten, doch nicht einmal Jodokus hätte sie als abweisend oder gar feindselig beschreiben können. Der Sänger hatte während seiner Wanderschaft viele Herrschaftssitze gesehen, und dieser hier unterschied sich äußerlich kaum von den übrigen. Und doch schien eine sonderbare Atmosphäre in der Luft zu liegen, beinahe ein Knistern, als wäre das ganze Tal von Magie erfüllt. Am liebsten hätte er Kriemhild ergriffen und sich mit ihr auf dem schnellsten Weg davongemacht. Aber ein Blick in ihr Gesicht genügte, um zu erkennen, dass sie niemals freiwillig umkehren würde. Berenike hatte sie längst in ihren Bann geschlagen, ganz gleich, ob er zauberischer Natur war oder nicht.

»Von jetzt an gehe ich alleine weiter«, sagte Kriemhild, und diesmal verriet ihr Tonfall nur zu deutlich, dass sie Widerspruch nicht dulden würde.

»Wie du meinst«, erwiderte Jodokus betrübt, um dann schnell hinzuzufügen: »Willst du es dir nicht doch noch einmal überlegen? Du musst doch fühlen, dass hier …«

»Versuche nicht, mich umzustimmen.« Und plötzlich sah sie ihm in die Augen und lächelte. »Bitte, Jodokus. Ich bin diesen Weg nicht gegangen, um so kurz vor dem Ziel aufzugeben. Es ist meine Entscheidung, mein Wille, und das solltest du akzeptieren.«

»Du bist eine Prinzessin«, entgegnete er leise, »und du kannst mir befehlen, dass ich …«

»Nein!«, widersprach sie, aber es klang sanft, nicht abweisend. »Ich würde dir niemals einen Befehl geben. Du bist mein Freund, oder?«

»Und gerade deshalb meine ich, wir sollten umkehren.«

»Kehre du um. Und warte ein, zwei Tage auf mich, wenn du das wirklich möchtest. Wenn ich dann noch nicht zurück bin …« Sie verstummte und zuckte gelassen mit den Schultern, ohne jede Spur von Traurigkeit. Es war, als verabschiedete sie sich, um in ein Kloster einzutreten; sie löste sich von allem Weltlichen und vertraute sich einer Macht an, die jenseits menschlichen Begreifens lag.

Und vielleicht war es ja genau das, was Jodokus solchen Kummer bereitete. Aber er wusste, es würde keinen Sinn haben, ihr das zu erklären.

Sie verabschiedeten sich sehr förmlich, als sei es ihnen unangenehm, etwas zu überspielen, von dem sie doch beide wussten, dass es da war. Sie küssten sich nicht.

Jodokus nahm Lavendel am Zügel, und der Schimmel hatte einige Mühe, sich in der engen Schneise umzuwenden. Als es ihm endlich gelungen war, verschwand Kriemhild aus Jodokus' Sicht, und er fragte sich, was sie wohl denken mochte, während sie sich voneinander entfernten.

Wahrscheinlich war sie in Gedanken schon bei der Hexe, und er selbst war längst vergessen.

Jodokus beschäftigte sie, beinahe gegen ihren Willen. Kriemhild wollte sich auf das konzentrieren, was vor ihr lag, auf Berenike und auf ihr weiteres Schicksal. Und doch schob sich das Antlitz des Sängers immer wieder vor ihre Augen, und seine Worte über Götter, den Dichtermet und die grausamen Spiele der Unsterblichen klangen noch lange in ihren Ohren nach. Sie hätte ihn zum Abschied gerne umarmt, hätte ihm gerne gestanden, wie wichtig es für sie war, dass er sie hierher begleitet hatte, doch etwas hatte sie daran gehindert. Sie wünschte sich, es auf Berenike und ihren Einfluss schieben zu können, doch in Wahrheit war es etwas ganz anderes: ihre Erziehung als stolze, unnahbare Schwester eines Königs. Der Fluch, eine Prinzessin zu sein.

Ihre Empfindungen zerrten sie entzwei zwischen Bedauern um den verlorenen Freund und einer ungewohnten Euphorie über Berenikes Nähe. Zum ersten Mal gelang es Kriemhild, sich selbst die Frage zu stellen, ob die Hexe tatsächlich einen Zauber über sie gesprochen hatte.

Wiewohl, dieser Augenblick der Klarheit verflog geschwind und mit ihm alle Gedanken an Jodokus. Die Erinnerung an ihn verflüchtigte sich in einen verborgenen Winkel ihrer selbst, und dort mochte sie weiter gedeihen und sich eines Tages erneut bemerkbar machen – oder aber vollends verkümmern.

Kriemhild wanderte mit weiten Schritten den Pfad hinab. Es war deutlich zu erkennen, dass dies kein Weg war, der häufig benutzt wurde. Tatsächlich war der schmale Einschnitt mit dichtem, unberührtem Gras bewachsen, das keinerlei Spuren von Füßen oder Hufen zeigte.

Endlich erreichte sie jene Stelle im unteren Teil des Abhangs, an der die Bäume zu beiden Seiten zurückblieben und der Weg hinauf auf den schroffen Felsenwall führte, der sich wie ein Band über das dunstige Nebelmeer bis zur Klippe und den beiden Türmen spannte. Aus der Nähe erkannte sie, dass sich hier vor Äonen die Felsen von rechts und links gegeneinandergeschoben und dabei einen Aufwurf gebildet hatten. Gewaltige Steinschollen stachen in bizarren Winkeln in die Höhe und bildeten die Flanken des Damms. Manche von ihnen fielen so steil in die Tiefe, dass ein Sturz unweigerlich in den Tod führen musste; andere Oberflächen hingegen waren derart zerfurcht, dass sich in ihren Spalten und Winkeln Gesträuch und kleine Bäume angesiedelt hatten. Irgendwann einmal mussten hier gewaltige Kräfte die Erde erschüttert haben. Kriemhild erinnerte sich an die verschwundene Straße und fragte sich plötzlich, wie lange diese Erschütterungen tatsächlich zurückliegen mochten; vielleicht nicht gar so lange, wie der Anblick des Felsenkammes einen glauben machte.

Es war ein seltsames Gefühl, dem Hochweg über den Nebel zu folgen, weit über den höchsten Fichtenwipfeln. Der Wind pfiff kühl um Kriemhilds Wangen und erfüllte die Luft mit beständigem Säuseln. Raubvögel schwebten am Himmel, schwarze Sicheln, die auf der Suche nach Beute ihre Kreise zogen. Die Sonne hatte längst ihren höchsten Punkt erklommen, und dennoch wollten sich die Schwaden nicht vom Talboden lösen. Das Licht brach sich in den oberen Schichten des Nebels und erfüllte ihn mit geisterhaftem Leuchten. Der Dunst bildete wundersame Formen, und Kriemhild musste den Blick abwenden, um nicht Gesichter und Albtraumwesen darin zu erkennen. Aus den Wäldern drang kein Laut herauf, nichts Lebendiges zeigte sich auf dem Weg zum Hexenhort. Allein der Wind blieb unsichtbar an Kriemhilds Seite und schien ihr Botschaften in einer geheimen Sprache zuzuraunen, die niemand außer ihm selbst verstand.

Im Näherkommen entdeckte sie, dass die beiden Türme keineswegs von der Mauer umringt wurden, wie sie von weitem angenommen hatte, sondern vielmehr darin eingelassen waren. Zwischen ihnen gab es ein offenes Tor, halb so hoch wie die Mauer, das ins Innere der Anlage führte. Ein paar Dachfirste, die über die Zinnen hinausragten, ließen auf weitere Gebäude jenseits der Ummauerung schließen. Was aus der Ferne nach einem stattlichen Anwesen ausgesehen hatte, erwies sich nun als regelrechte Festung. Kriemhild fragte sich, ob es Teil von Berenikes Schutzzauber war, dass sich der Anschein des Gemäuers mit jedem Schritt unmerklich zu verändern schien.

Rund fünfzig Schritte trennten sie noch von dem Torbogen, als sich vor ihr, an der rechten Seite des Hochweges, etwas rührte. Kriemhild schrak zurück, wollte sich herumwerfen und fliehen, doch es war bereits zu spät.

Eine Gestalt schob sich zwischen den Rändern der Felsschollen ins Sonnenlicht, gefolgt von einer zweiten. Auch auf der anderen

Seite des Weges kletterte flink ein Mann empor, wie die beiden übrigen in Rüstzeug aus Leder und Eisenschuppen gehüllt. Alle drei trugen Stiefel aus glattem Fell, das aussah, als stammte es von Pferden. Einer hatte in sein eigenes pechschwarzes Haar einen langen Rossschwanz eingeflochten, den er vom Hinterkopf über die Schulter bis auf die Brust gelegt hatte. Die Männer trugen fremdartigen Schmuck aus Leder und Tierzähnen und riefen sich Worte zu, die verzerrt und zischelnd klangen.

Am alarmierendsten aber waren ihre Augen; Kriemhild bemerkte sie erst, als zwei der Männer ihre Arme packten. Sie waren geschlitzt und schräg stehend, die Brauen schwarz wie mit Tinte gezogen.

Weitere Gestalten erschienen am Tor und auf den Zinnen. Einige trugen schalenförmige Helme, rundherum mit Fell abgesetzt; obenauf saßen scharfe Eisenspitzen.

Kriemhild konnte schreien und fluchen wie sie wollte, sie trat und drohte mit der Macht des Königs, doch es änderte nichts an ihrer Lage. Als Gefangene wurde sie vor Berenikes Tor geführt, wo ihr ein schlanker Krieger entgegentrat. Er war jünger als die übrigen und trug eine bronzefarbene Rüstung, reich verziert mit sonderbaren Mustern. Um seine Schultern lag ein Mantel von dunklem Violett, schimmernd wie ein Stück Sternenhimmel.

»Verzeiht die grobe Behandlung, Prinzessin Kriemhild«, sagte er mit hartem Akzent und gab seinen Männern einen Wink. Augenblicklich ließen sie ihre Arme los und zogen sich zwei Schritte zurück. »Ich bin der Hauptmann dieser Schar und seit zwei Nächten Herr dieser Festung.«

»Ihr kennt meinen Namen«, entgegnete Kriemhild und bemühte sich verzweifelt, gefasst zu erscheinen, »aber Ihr nennt mir nicht den Euren. Ist er mit Schande behaftet, sodass Ihr Euch dafür schämen müsst?«

Ein bedrohliches Funkeln glomm in seinen schwarzen Augen auf, verschwand jedoch innerhalb eines Atemzuges. »Verzeiht noch einmal«, sagte er förmlich und versuchte sich an einer galanten Verbeugung, eine Geste, die es in seiner Kultur nicht gab. »Mein Vater ist der Herrscher des Ostens, der König aller Hunnen. Ich bin Prinz Etzel, sein erstgeborener Sohn.«

Jodokus hatte eigentlich erwartet, während seines Rückweges zum Waldrand auf neue Hindernisse zu stoßen: Stämme, die sich verschoben hatten und den Pfad blockierten, Wurzeln, die nach seinen Beinen griffen und sich wie Schlaufen zusammenzogen, Äste, die in sein Gesicht peitschten. Doch nichts dergleichen zeigte sich.

So sehr Jodokus sich darüber freute, es nicht gar so beschwerlich zu haben, so sehr bereitete ihm derselbe Umstand auch Sorgen. Denn wenn der Pfad für ihn da war, dann war er es auch für jeden anderen, und das bedeutete, dass Hagen von Tronje ihm früher oder später entgegenkommen würde.

Der Augenblick kam schneller, als er befürchtet hatte, und weder rechts noch links boten sich mögliche Fluchtwege im Dickicht. Die Konfrontation war unvermeidbar.

Wie er selbst führte auch Hagen sein Pferd am Zügel. Jodokus hätte nicht zu sagen vermocht, wer ihm bedrohlicher erschien: das schreckliche Schlachtross, hoch und breit wie ein Feuerdrache, oder aber der schwarz gerüstete Krieger mit seinem einen Auge, das so dunkel war, dass es ebenso eine leere Höhle hätte sein können. Sehr plötzlich, sehr unbegründet und in keinster Weise der üblen Lage angemessen, spürte Jodokus den brennenden Wunsch, unter die schwarze Binde zu schauen, die Hagens linkes Auge bedeckte. Wenn ihm sein rechtes, das gesunde, schon so bedrohlich erschien, wie musste dann erst die Wunde aussehen, an welcher der Recke links erblindet war? Ein unschöner Gedanke und eine passende Strafe für so viel Neugier.

Der kleine Junge saß wortlos in Hagens Sattel und musterte Jodokus mit hasserfülltem Blick, der verriet, wie gut er sich an die Nacht und den Pferdediebstahl erinnerte.

»Erschlagt mich nicht, Herr«, bat Jodokus schon von weitem, hatte sich aber zumindest so weit im Griff, dass er nicht auf die Knie fiel. Doch der Sänger mochte sich aufrecht halten wie er wollte – Hagen überragte ihn um mehr als eine Haupteslänge. Jodokus musste zu ihm aufblicken, als sie in zwei Schritten Entfernung stehen blieben. Selbst wenn sie gewollt hätten, hätten sie sich nicht aneinander vorbeizwängen können, die Schneise war viel zu eng.

Hagen griff nicht nach seinem Schwert, wie Jodokus angstvoll erwartet hatte. Doch auch das änderte nichts an der bedrohlichen Aura des Kriegers.

»Ich fürchte, ich habe Euren Zorn erregt«, begann Jodokus und fasste den Plan, Hagen durch ein Geständnis zu besänftigen. »Natürlich wisst Ihr, dass ich der Prinzessin zur Seite stand, als sie sich Euch widersetzte, und ich muss gestehen, ich bin froh, dass es ihr gelang. Denn, das solltet Ihr nicht vergessen, sie ist die Schwester des Königs und ihr Wille ist …«

»Fahre fort mit deinem Geschwätz, Sänger, und ich nagle deine Zunge an den höchsten Baum dieses Waldes.« Hagens Gesicht blieb todernst, selbst als er hinzufügte: »Ohne sie vorher herauszuschneiden!«

Der kleine Junge zeigte ein breites Grinsen, als sei solch eine Maßnahme ganz nach seinem Geschmack.

Jodokus' Magen wurde zu einem Felsblock, dessen Gewicht ihn zu Boden zu ziehen drohte. »Nun«, meinte er mit schwankender Stimme, »sicher ist Euch danach, mir übel zuzusetzen, und gewiss habt Ihr von Eurer Warte aus allen Grund dazu. Dennoch muss ich …«

»Wo ist sie?«

»Sie ist … Herr, sie ist bei Berenike.« Jodokus schluckte. »Wenigstens sollte sie jeden Moment bei ihr eintreffen.«

Es war, als fiele von oben der Schatten einer Wolke über Hagens Gesicht. Doch der Himmel war klar und von gleißendem Sonnenlicht erfüllt, und Jodokus erkannte sogleich, dass allein seine Worte die Ursache der Verfinsterung waren.

»Geh aus dem Weg!«, verlangte Hagen.

Jodokus sah sich hektisch nach allen Seiten um. »Aber Herr, wohin soll ich gehen. Ihr seht doch, dass nirgendwo ein Durchkommen ist in diesem furchtbaren Wald.«

»Wenn du im Ganzen nicht durch die Sträucher passt, werde ich dich wohl oder übel in Stücke schneiden müssen.« Und schon legte der Krieger die Hand auf den Schwertgriff.

»Nein, nein!«, rief Jodokus hastig aus. »Gewiss werden wir eine Lösung finden.«

»Wir sollten sie schnell finden, sonst ist die Prinzessin verloren.«

»Verloren, Herr? Ich weiß, dass Berenike einen schlechten Ruf hat, aber gewiss ist sie nicht so …«

»Berenike?« Hagens Auge blitzte zornig. »Es geht nicht um Berenike. Und nun mach endlich Platz!«

Nicht um Berenike? Jodokus legte verwundert den Kopf schräg. »Ich … ich könnte mit dem Pferd rückwärts gehen, Herr. Ich richte mich gerne nach Eurer Richtung.«

»Dann tu es schnell.«

Jodokus trieb den Schimmel dazu, rückwärts zu laufen, was Lavendel augenscheinlich wenig Freude bereitete. Dennoch gehorchte er, und Jodokus kam sich äußerst armselig vor, als er so vor Hagen, seinem Pferd und dem grinsenden Jungen zurückwich.

»Sagt, Herr«, bat Jodokus, während sie in solch wundersamer Reihe bergauf marschierten, »was habt ihr damit gemeint, dass es nicht um …«

»Schweig!«, verlangte Hagen und zeigte damit einmal mehr seine schlechte Angewohnheit, anderen das Wort abzuschneiden.

»Aber Herr«, sagte Jodokus beharrlich, »wie sollen wir die Prinzessin retten, wenn ich nicht weiß, gegen welchen Feind es geht?«

»Mag sein, dass ich dich am Leben lasse, Sänger«, knurrte Hagen, »doch jene anderen werden weniger großmütig sein.«

»Und wer sind diese anderen?«

Hagen schwieg, doch statt seiner gab der Junge eine Antwort.

Es muss dem Kleinen gut gefallen haben, mit anzusehen, wie Jodokus' Kinnlade bis zur Brust hinabsackte und alle Farbe aus seinen Zügen wich, als wäre er mit den Füßen ins Eis eines Wintersees eingebrochen.

KAPITEL 6

Kriemhild war jung, aber sie war auch die Schwester des Königs, und so hatte man sie auf manches vorbereitet, das einem Fräulein ihres Standes zustoßen mochte. Sie konnte recht gut mit dem Dolch und leidlich mit einem Schwert umgehen (wenn auch nicht gut genug, um einen der Hunnen damit zu beeindrucken). Sie war eingewiesen in die Regeln der Politik und Diplomatie, und sie wusste, wie sie sich im Fall einer Begegnung mit Feinden des Reiches zu verhalten hatte. Niemals nachgeben, hatte man sie gelehrt, immer burgundischen Stolz und königliche Kühnheit zeigen. Man hatte sie sogar mit der furchtbarsten aller Möglichkeiten, einer Schändung durch gegnerische Krieger, vertraut gemacht, indem man ihr Frauen vorstellte, die solche Schrecken durchgemacht hatten und ihr von ihren Erlebnissen berichteten. Kurzum, Kriemhild wusste, was sie in den Klauen der Hunnen zu erwarten hatte.

Worauf sie jedoch niemand vorbereitet hatte, das war Etzels ausgesuchte Höflichkeit.

Der Hunnenprinz schien sich in vorzüglichem Benehmen übertreffen zu wollen, beinahe, als sähe er in Kriemhild einen hochgestellten Gast, keine Gefangene. Doch auch seine tadellose Oberfläche hatte den einen oder anderen Riss, und so litt jede Geste, jedes Wort, gar jeder Blick am Beigeschmack des Einstudierten. Etzel mochte ernst meinen, was er sagte, aber auf Kriemhild wirkte es wie die Darbietung eines talentierten Gauklers, der für eine Weile sein wahres Wesen abstreifte und in die Haut eines anderen schlüpfte. Und ganz gleich, wie viel Mühe der Prinz sich geben mochte, so war ihm doch die Haut eines Edlen von burgundischem Zuschnitt um einiges zu groß. Das wenigstens war es, was Kriemhild empfand, besser: empfinden wollte. Denn nach einer Weile an Etzels Seite konnte sie eine gewisse Achtung vor seinen Bemühungen nicht leugnen, und ihre Furcht, die sie so mühsam zu überspielen suchte, legte sich ein wenig.

Etzel stieg mit ihr eine Treppe zum Wehrgang der Ummauerung hinauf, als sie fragte: »Ihr wisst, wer ich bin, Prinz, und dennoch gebt Ihr Euch alle Mühe, mir gefällig zu sein. Wie könnt Ihr das erklären?«

Die Leibgarde des Prinzen war auf seinen Befehl hin im Hof zurückgeblieben. Er wandte sich auf der Treppe zu Kriemhild um und sagte: »Man muss Euch wenig Vorteilhaftes über mein Volk gelehrt haben, wenn Eure Erwartungen so barbarisch sind. Was, glaubt Ihr, sollte ich einer Gefangenen wie Euch wohl antun?«

»Sicher ist es nicht nötig, Euch dazu eine Anleitung zu geben, Prinz.«

Er lächelte, aber es wirkte nicht allzu vergnügt. »Meine Krieger sind ebensolche Männer wie die Euren daheim in Worms, mit den gleichen Gelüsten, der gleichen Liebe zu ihrer Heimat und oft auch der gleichen Grausamkeit. Was immer man Euch über Heldentaten im Krieg erzählt hat, Prinzessin, vergesst es am besten wieder, bis Ihr selbst erlebt habt, was Hass und der Tod geliebter Menschen aus einem Mann zu machen vermögen. Plünderung, Schändung, Folter – all das sind Dinge, deren sich Eure Kämpfer genauso schuldig machen wie die meinen. Ich kann Euch versichern, dass der Ruf der burgundischen Krieger bei mir zu Hause nicht freundlicher ist als der unsere bei Euch.«

Kriemhild rümpfte die Nase. Über ihre Lippen kam eine auswendig gelernte Formel, nicht das, was sie wirklich empfand: »Die Ritter des Burgundenreichs sind weithin für ihre Ehre bekannt, Prinz Etzel. Was man von den Euren nicht gerade behaupten kann.«

Zu ihrer Überraschung zeigte er kein Zeichen von Zorn. »Ihr sprecht so, weil Ihr uns nicht kennt. Wir dagegen wissen fast alles über Euch. Verratet mir, zum Beispiel, ob Ihr je zuvor meinen Namen gehört habt.«

»Nein«, gestand sie.

»Seht Ihr«, erwiderte er zufrieden. »Ich bin Euch unbekannt, während Ihr für mich wie eine Verwandte seid. Schon bevor ich Euch traf, kannte ich Euer Aussehen, Eure Wildheit, Eure zänkische Art.«

Kriemhild riss erbost die Augen auf, zog es aber vor zu schweigen.

Etzel lächelte, während er ihr den Vortritt zum Wehrgang ließ. »Ich hörte einiges über die Art und Weise, mit der Ihr Euch bei Hofe gebt, Prinzessin. Ihr seid nicht leicht zu bändigen. Das spricht für Euch.«

»Vielen Dank«, brummte sie finster.

Er lachte. »Ich verstehe Euch besser, als Ihr meinen mögt. Nur eines begreife ich nicht – werdet Ihr mir daher eine Frage gestatten?«

»Ihr mögt Eure Männer am Fuß der Mauer zurückgelassen haben, aber ich bin sicher, sie wären schnell mit den Klingen bei der Hand, würde ich mich Euren Wünschen widersetzen.«

Er schüttelte ein wenig resigniert den Kopf. »Warum habt Ihr Euch in der Zeit, in der Ihr hier seid, nicht ein einziges Mal nach der Herrin dieser Festung erkundigt? Zu ihr wolltet Ihr doch, nicht wahr?«

»Ich nahm an, Ihr habt sie getötet – so, wie es Art der Hunnen ist.« Einen Moment lang fürchtete sie, den Bogen überspannt zu haben, doch auch diesmal blieb Etzel ruhig. Falls ihre Worte ihn getroffen hatten, so hielt er seine Wut im Zaum.

Stattdessen nickte er langsam. »Es ist Art der Sieger, die Erinnerung an die Verlierer auszulöschen. Und ich gestehe, ich musste meine Männer davon abhalten, dieser Hexe die Haut abzuziehen.«

Kriemhild schöpfte neue Hoffnung. »Dann lebt sie?«

Mit einem weiteren Kopfnicken sagte er: »Sie lebt, wenn auch um eines hohen Preises willen.«

»Ich bin sicher, mein Bruder wird ihn zahlen.« Tatsächlich war sie sich dessen alles andere als sicher, doch der Gedanke, dass ihre Reise möglicherweise doch nicht umsonst gewesen und Berenike am Leben war, erfüllte sie mit Freude. Vielleicht würden sie die Pest doch noch besiegen können, bevor die Seuche Worms und die westlichen Länder erreicht hatte!

»Der Preis, von dem ich sprach«, sagte er betrübt, »ist keiner, den Euer Bruder zahlen könnte.« Er blieb stehen, stützte sich mit beiden Händen auf die Zinnen und blickte über das nebelverhangene Tal hinweg. »Ich allein habe diesen Preis zu zahlen.«

»Ihr, Prinz Etzel?«

Er fuhr sich mit einer Hand durch seinen pechschwarzen Haarschopf. »Eine Schuld, die mich in meine Träume verfolgen wird, dessen seid gewiss.«

Sie lehnte sich neben ihn an einen der brusthohen Steinquader und versuchte, von der Seite seinen Blick einzufangen. Doch Etzel schaute nur gedankenverloren über den milchigen Dunst nach Osten.

»Von welcher Art Preis sprecht Ihr?« Plötzlich überkam sie ein schmerzhaftes Gefühl der Vorahnung, ohne dass sie ihre Befürchtung in Worte hätte fassen können.

»Ich will es Euch zeigen, Prinzessin«, sagte er, löste sich vom Zinnenkranz und ging weiter den Wehrgang entlang. »Deshalb habe ich Euch hier heraufgeführt.«

Im Inneren der Ummauerung gab es eine Reihe von Häusern, deren Dachgiebel den Blick auf die andere Seite der Zinnen verwehrten. Kriemhild und Etzel mussten fast die gesamte Anlage umrunden, ehe sie ans Ziel gelangten. Kurz vorher verstellte der Prinz Kriemhild noch einmal den Weg. »Was Ihr sehen werdet«, sagte er traurig, »geschieht nicht auf meinen Wunsch hin. Aber manchmal muss auch ein Rudelführer dem Willen seiner Wölfe folgen. Und meine Wölfe wollen das Blut dieser Hexen.«

Kriemhild starrte einen Moment lang in seine schmalen, dunklen Augen und wunderte sich über die sonderbare Melancholie darin. Dann schob sie ihn grob beiseite und setzte eilig ihren Weg über den Wehrgang fort.

Und endlich sah sie, was er meinte.

Im nördlichen Teil der Festung, gleich unterhalb der Mauer, gab es einen kleinen Platz aus Pflastersteinen. Eine stattliche Anzahl von Hunnenkriegern hatte sich dort versammelt und folgte mit starren Blicken einem grausamen Schauspiel. In der Mitte des Platzes war aus Weidenzweigen und Brettern eine riesige Gestalt errichtet worden, fast so hoch wie der Wehrgang. Ein breiter Leib und gehörnter Schädel, beides aus hölzernem Gitterwerk, erhoben sich wie ein archaischer Hohepriester inmitten der Hunnenschar.

Der Bauch der Holzgestalt war hohl. Einen Einstieg an der Vorderseite hatten die Hunnen mit straff gespannten Seilen versperrt. Ein gutes Dutzend Hände kratzte und zerrte von innen an den Knoten, vergeblich. Verzweifelte Schreie drangen aus dem Gitterleib, haltloses Weinen und Flehen. Eine Gruppe junger Frauen und Mädchen, einige noch im Kindesalter, war im Inneren des dämonischen Weidenmannes gefangen. Alle trugen lange weiße Gewänder. Mehrere Fackelträger rund um das grotesk-entsetzliche Gefängnis ließen keinen Zweifel an dem, was den Frauen bevorstand.

Etzel trat neben Kriemhild, die immer noch starr am Rand des Wehrgangs stand und in den Abgrund des Hofes blickte. Das Schreien und Weinen der Frauen verschmolz zu einem fremdartigen Klangteppich, der Kriemhild umwob wie ein Gespinst aus giftigen Dornenranken.

»Sagt jetzt nichts«, flüsterte Etzel, »sondern hört mir nur zu.«

Kriemhild fuhr mit einem Ruck herum. »Nichts sagen?« Sie deutete mit bebender Hand auf den Weidenmann. »Und Ihr wagt es, Eure Krieger mit denen des Burgundenreichs zu vergleichen? Ihr wagt es, mir eine Rede darüber zu halten, dass im Krieg alle gleich sind?« Sie spie ihm voller Verachtung ins Gesicht. »Großer Gott, ich hätte Euch beinahe geglaubt!«

»Und weise wäret Ihr gewesen, hättet Ihr es getan«, sagte er und wischte sich achtlos ihren Speichel von der Wange. »Was dort geschieht, geschieht nicht auf meinen Wunsch hin.«

Sie lachte ihm voller Hohn entgegen. »Wollt Ihr damit sagen, Eure Männer hätten gegen Euch gemeutert?«

»Nein, natürlich nicht. Sie gehorchen mir aufs Wort.«

»Dann macht dem ein Ende!«

»Das kann ich nicht.«

»Ihr seid erbärmlich in Euren Widersprüchen.«

Er zuckte mit den Schultern. »Denkt über mich, wie Ihr wollt. Und dennoch bitte ich Euch, mir zuzuhören.« Während er sprach, trat einer der Hunnen vor und vollführte mit geschlossenen Augen heidnische Gesten vor dem Käfig. Er trug lange Gewänder, sein Gesicht war mit bizarren Zeichen bemalt. Ein Priester, der seinen Göttern ein Opfer weihte.

»Der Sturm auf diese Festung hat vielen meiner Männer das Leben gekostet«, sagte Etzel und blickte Kriemhild dabei fest in die Augen. »Wir wussten nicht, was uns hier erwartet. Mein Vater sandte uns als Spähtrupp in diesen Teil Eures Reiches, und wir glaubten, diese Burg sei aufgrund ihrer abgelegenen Lage ein guter Ausgangspunkt für verborgene Vorstöße in Eure Ländereien. Wir kamen nicht, um Krieg zu führen, sondern nur um zu beobachten, zu horchen und das Erfahrene heim zum Hof meines Vaters zu tragen.« Er seufzte leise. »Ich gestehe, wir wussten nicht, auf was wir uns einließen, als wir vor zwei Tagen diese Burg angriffen.«

Kriemhild blickte abwechselnd zwischen ihm und dem Weidenmann hin und her. Das Schreien und Bitten der Frauen ertönte immer höher und schriller.

Etzels bronzene Rüstung klirrte bei jeder Bewegung. »Ich hatte früher schon von der Erzhexe Berenike gehört, aber niemals hätte ich sie hier vermutet, in diesen Mauern. Als wir die Felsen erklommen, stürzte uns eine Felslawine entgegen, und ich schwöre, sie kam aus dem Nichts. *Aus dem Nichts*, Kriemhild, versteht Ihr? Fast ein Drittel meiner Männer wurde in die Tiefe gerissen, noch bevor sie überhaupt begriffen, was geschah. Wir sind Hunnen, und wir sterben mit einem Schwert in der Hand! Wir werden nicht von ein paar Steinen erschlagen!« Zum ersten Mal lag Wut in seiner Stimme, Wut von solcher Kraft, dass Kriemhild einen Moment lang sogar das Schicksal der Frauen vergaß. »Der Rest von uns erreichte die Mauern der Festung, und ich befahl, ein paar Brandpfeile über die Zinnen zu schießen, um Verwirrung zu stiften. Aber noch ehe der erste Pfeil auf der Sehne lag, standen plötzlich fünf oder sechs meiner Männer in Flammen. Sie hatten sich selbst in Brand gesetzt!«

»Eine wirklich schlagkräftige Truppe, die Ihr da anführt«, bemerkte Kriemhild bissig, aber als sie die animalische Glut in Etzels Augen sah, bereute sie ihre Worte. Plötzlich sah er aus, als sei es sein größter Wunsch, sie in Stücke zu reißen.

»Meine Männer trifft keine Schuld!«, brüllte er sie an, so laut, dass einige der Krieger im Hof irritiert emporblickten. »Es war Berenikes Magie, die uns solchen Schaden zugefügt hat, dessen seid gewiss, Prinzessin. Als es uns schließlich gelang, die Zinnen zu überwinden, war die Hälfte meiner Leute tot. Und alles, was wir hier drinnen fanden, war ein Haufen kreischender Weiber. Keine Ritter, überhaupt keine Männer! Nur diese Mädchen dort unten – und Berenike.«

»Wo ist sie jetzt?«

»Im Nordturm, in ihrer Kammer.«

Kriemhild deutete mit einer Handbewegung hinab in den Hof. »Was kann ich tun, um dieses Massaker zu verhindern?«

»Nichts, fürchte ich. Was Ihr dort seht, ist der Preis für Berenikes Leben und zugleich noch viel mehr. Meine Männer wollen Blut sehen, um die Ehre unserer Toten zu bewahren, und ich kann es ihnen nicht verübeln.«

»Das klingt, als wäret Ihr dagegen.«

»Ich sagte Euch schon, was dort geschieht, ist nicht mein Begehr.« Er zuckte mit den Schultern. »Aber ein Befehlshaber, gleichgültig ob Hauptmann oder Herrscher, muss Zugeständnisse an seine Leute machen.« Er deutete auf den Mann mit dem bemalten Gesicht. »Und an seine Priesterschaft.« Als Kriemhild vor Abscheu das Gesicht verzog, fügte er hinzu: »Als Schwester des Königs solltet Ihr das wissen.«

»Wir bauen unseren Priestern Kirchen, wenn wir ihnen gefallen wollen. Wir bringen keine Menschenopfer.«

Etzel hob die Augenbrauen. »Ihr glaubt, wir hätten dieses Ding dort errichtet? Den Weidenmann?« Er schüttelte vehement den Kopf. »Das waren nicht wir.«

»Aber …«

»Nein, Prinzessin. Mögt Ihr über uns denken, was Ihr wollt, aber dieses Menschenopfer war nicht unser Einfall.«

Sie schnappte nach Luft. »Berenike?«

»Natürlich. Sie hat uns gewarnt. Ein Opfer sei vonnöten, bei dem, was uns allen bevorstünde, hat sie gesagt. Dieser Scheiterhaufen dort im Hof, Prinzessin, war eigentlich für Euch bestimmt.«

Die angstvollen Schreie der Frauen erfüllten Kriemhild mit fremdem Entsetzen, das schlagartig zu ihrem eigenen wurde.

Etzel sah, was in ihr vorging, fuhr aber dessen ungeachtet fort: »Etwas wird hier geschehen, jeder kann das spüren, auch Ihr, wenn Ihr Euch nur ein wenig Mühe gebt. Es liegt in der Luft wie ein schlechter Geruch, eine Ahnung von etwas, das kommen wird.«

»Das ist doch wirres Zeug.« Aber in Wahrheit glaubte auch Kriemhild es zu spüren, eine seltsame Strömung, als zöge rund um die Festung ein unsichtbares Gewitter herauf.

»Vielleicht täuschen wir uns alle«, gab Etzel zu. »Dennoch bin ich gerne gegen alle Möglichkeiten gerüstet. Mag sein, dass Ihr mir noch dafür danken werdet. Wie es aussieht, habe ich Euren Dank ohnehin schon verdient.«

Ihr Blick war voller Verachtung. »Dafür, dass all diese Frauen an meiner Stelle sterben müssen? Nur, damit Ihr für mich ein Lösegeld von meinem Bruder fordern könnt – darum geht es Euch doch, nicht wahr?«

»Was würdet Ihr tun, wenn Ihr in meiner Lage wärt? Ich bin sicher, zumindest Euer Bruder würde genauso handeln.«

»Ihr macht es Euch sehr einfach, wenn das die Art ist, auf die Ihr Eure Entscheidungen trefft.« Jetzt wollte sie ihn verletzen, und es war ihr gleich, was er danach mit ihr anstellen würde. »Denkt Ihr Hunnen immer so: Wie würde der König der Burgunden in meiner Lage handeln?« Sie lachte verbittert auf. »Mein Bruder wird sich freuen, das zu hören.«

»Ihr werdet albern.«

»Wenn das nötig ist, um Euch aus Eurer Gleichgültigkeit zu rütteln, gerne, dann bin ich albern.«

Unten im Hof versank der Hunnenpriester mit erhobenen Armen in einer grotesken Starre. Seine geflüsterten Beschwörungen gingen im Flehen der Frauen unter.

»Gebt den Befehl, damit Schluss zu machen«, verlangte Kriemhild eindringlich. »Ihr könnt nicht all diese Frauen töten, nur um einer vagen Gefahr aus dem Weg zu gehen. Was erwartet Ihr denn? Dass Eure Götter von den Bergen herabsteigen?«

Er sah sie verwundert an. »Das ist sonderbar.«

»Was?«

»Ihr habt gerade die gleichen Worte benutzt wie Berenike: ›Die Götter werden über die Berge steigen.‹ Genau das war es, was sie sagte.«

In ihrer Erinnerung hörte Kriemhild wieder Jodokus' Stimme: *Die Götter sammeln ihre Kräfte. Sie bereiten das Ende vor. Das große Finale.*

Plötzlich wurde ihr schlecht. Fröstelnd blickte sie zur Spitze des Nordturms empor.

»Lasst mich mit Berenike sprechen«, flüsterte sie atemlos.

Das Hinterteil eines Pferdes führte sie an, und niemand war sich der Lächerlichkeit dieses Umstands bewusster als Jodokus. Noch immer hatte es auf dem schmalen Pfad keine Gelegenheit gegeben, Lavendel wenden zu lassen, und noch immer musste das arme Tier rückwärts gehen. Jodokus tat sein Bestes, den Schimmel mit freundlichen Worten zu besänftigen, auch um seiner selbst willen. Jeden Augenblick mochte Lavendel störrisch stehen bleiben und den Weg versperren, und Jodokus musste sich nicht erst zu Hagen umdrehen, um zu wissen, wer das würde ausbaden müssen.

Doch so beschwerlich und angstvoll diese Angelegenheit auch war, Jodokus haderte nicht länger mit seinem Schicksal.

Jeder andere hätte die Begegnung mit der Prinzessin verflucht;

nicht so Jodokus. Vielmehr machte ihm die Trennung von ihr weit ärger zu schaffen als alles andere. Ärger als Hagens dauernde Präsenz in seinem Rücken. Ärger auch als Berenikes Hort, der jenseits der Bergkuppe aus den Nebeln emportauchte.

Schließlich gelangten sie an die Stelle, an der Jodokus und Kriemhild Abschied genommen hatten, und hier endlich bot sich genügend Platz, um Lavendel aus seiner misslichen Lage zu befreien. Mit einem Wiehern drehte das Tier sich um, ungeachtet der Äste, die über sein Fell kratzten. Jodokus fürchtete, das Pferd würde wohl nach hinten austreten und ihm den Huf vor den Schädel hämmern. Doch der Schimmel blieb ruhig, als sähe er die Notwendigkeit ein, Kriemhild schnellstens zur Hilfe zu eilen.

Hagen zwängte sich an dem Schimmel vorbei an die Spitze, Jodokus folgte ihm. Am tiefblauen Himmel flatterten zwei Raben und stießen heisere Schreie aus. Hagen blickte zu ihnen empor, und sogleich verstummte ihr Krächzen. Die beiden Vögel senkten sich herab und verschwanden zwischen den Baumkronen.

»Ihr habt Macht über Tiere, Herr?«, fragte Jodokus beeindruckt.

»Nicht genug, um einen Esel zum Schweigen zu bringen.«

»Ihr macht Euch über mich lustig.«

»Merkwürdig«, knurrte Hagen, ohne den Blick von Berenikes Hort zu nehmen, »lustig hat mich noch keiner genannt.«

Der Krieger setzte sich wieder in Bewegung und ging mit weiten Schritten den Hang hinab. Jodokus ergriff Lavendels Zügel und folgte. Hinter ihnen kletterte der Junge von Hagens Ross und führte das Tier mit einer Selbstverständlichkeit, als sei es sein eigenes.

»He, Junge«, rief Jodokus nach hinten, »wie heißt du überhaupt?«

»Jorin«, gab der Junge missmutig zurück. »Jorin Pferdehüter.« Hagen musste ihn mit seiner schlechten Laune angesteckt haben.

Sie näherten sich dem Punkt, an dem der Waldweg auf den Felsendamm wechselte, der über das Nebelmeer hinweg zur Festung führte.

Bevor sie den Schatten des Waldes verlassen konnten, blieb Hagen stehen. »Welches Instrument spielst du, Sänger?«, fragte er.

»Vielerlei«, erwiderte Jodokus wahrheitsgetreu. »Flöte, Laute, Schalmei, Cornamuse, Schreichpsalter, manchmal auch die Harfe. Warum fragt Ihr?«

»Hast du eines davon dabei?«

»Keines, wie Ihr wohl sehen könnt.«

Hagen brummte etwas, das Jodokus nicht verstand, dann fragte er: »Aber singen kannst du doch wenigstens?«

»Gewiss, Herr.« Ihm schwante nichts Gutes bei diesem sonderbaren Fragespiel.

»Dann wirst du dich jetzt nützlich machen«, sagte Hagen. »Dir liegt doch auch daran, die Prinzessin zu retten, nicht wahr?«

»Natürlich.«

»Um deines Kopfes willen eine weise Entscheidung.«

Zum ersten Mal war Jodokus über eine Bemerkung Hagens ernsthaft empört. »Was denkt Ihr von mir?«, fuhr er den Krieger an, ungeachtet aller Folgen, die so viel Kühnheit haben mochte. »Ich würde mein Leben für das der Prinzessin geben, dessen seid gewiss.«

Hagen starrte ihn lange mit seinem dunklen Auge an. Jodokus gab sich alle Mühe, dem durchdringenden Blick standzuhalten. Plötzlich legte der Krieger ihm die Hand auf die Schulter. »Du bist ein guter Kerl, das will ich glauben. Doch nicht dein braves Sinnen wirst du heute unter Beweis stellen müssen, sondern deinen Mut und deine Kampfkraft«

»Das will ich«, gab Jodokus mit vorgestrecktem Kinn zurück – obwohl ihn beim Wort Kampfkraft ein kalter Schauder packte, denn aufs Kämpfen verstand er sich alles andere als prächtig.

»Zuerst aber«, sagte Hagen, »wirst du singen.«

»Ich hoffe, Ihr gedenkt nicht, die Hunnen mit meinem Gesang zu vertreiben.«

Noch immer blieben Hagens Mundwinkel starr wie die einer Wachsmaske. »Zwar sandte Berenike der Königinmutter Ute eine Taube mit der Botschaft vom Hunnensturm auf ihre Burg – doch schrieb sie darin auch, dass nicht einmal Felslawinen und Feuer die Angreifer aufhalten konnten. Ich fürchte, junger Mann, mag dein

Gesang auch noch so garstig sein, die Hunnenkrieger werden wir damit nicht in die Flucht schlagen.«

Jodokus atmete auf, doch Hagen sagte: »Dennoch wirst du für sie singen. Nimm den Schimmel und reite zur Burg. Sing irgendein Lied, etwas, das die Hunnen gnädig stimmen mag.«

»Kein Lied vermag diese Barbaren gnädig zu stimmen«, widersprach Jodokus mit bebender Stimme.

Hagen nickte. »Das weiß ich. Aber es wird sie hoffentlich lange genug ablenken, bis ich einen Weg in die Festung gefunden habe.«

»Sie werden mir das Maul mit einem Morgenstern stopfen!«

»Dein Leben für das der Prinzessin – waren das nicht deine Worte?«

Jodokus straffte sich. »Ja, Herr.«

»Wohlan denn, Sänger, so lass uns …«

Plötzlich drängte sich Jorin zwischen sie. Jodokus und Hagen mussten beide einen Schritt zurücktreten. »Was ist mit mir?«, fragte der Kleine kess.

Jodokus erwartete, dass Hagen dem Jungen mit der Faust Respekt beibringen würde. Stattdessen aber sagte der Krieger: »Du kommst mit mir, Jorin Sorgebrecht.«

Mit stockendem Atem fragte Jodokus: »Ihr wollt ein Kind mit in den Kampf nehmen?«

Hagen schenkte dem Einwurf keine Beachtung. Er ging vor Jorin in die Hocke, nahm eine Hand des Jungen in seine behandschuhte Rechte – sie lag sehr weiß, sehr klein auf dem gegerbten schwarzen Leder – und sagte: »Dein Anteil an diesem Abenteuer wird kein geringer sein, mein Kind. Ich möchte, dass du immer daran denkst, ganz gleich, was geschieht.«

»Ja, Herr«, gab der Kleine zurück, teils verschüchtert, teils stolz.

So wurde denn der Aufbruch beschlossen. Hagen und Jorin blieben zurück, während Jodokus auf dem Rücken des Schimmels zum Hochweg hinaufritt. Sobald er sich auf dem schmalen Grat befand, konnte er den Blick nicht mehr von der Festung nehmen. Der Umriss der Klippe mit ihren beiden spitzen Türmen kauerte vor dem Nebelmeer wie ein zweiköpfiger Zauberer, verzerrt ins Riesenhafte. Die Oberfläche des Nebels strudelte wie ein See voller Untiefen, und manchmal sah Jodokus aus den Augenwinkeln, dass die Nebelränder an den geborstenen Felsschollen des Hochwegs emporleckten, eine lautlose, geisterhafte Brandung.

Auf den Zinnen der Festung entdeckte er winzige Punkte, Wachtposten, die ihn längst entdeckt haben mussten. Mit einem Räuspern zog er sein Wams zurecht, streckte sich im Sattel und tätschelte Lavendels Mähne. Dann holte er tief Luft und begann zu singen, ein altes Lied über die Pferdezucht, von dem er hoffte, es entspräche dem Geschmack der Hunnen – vorausgesetzt, sie verstanden seine Sprache. Doch je näher er den beiden Türmen kam, desto schneller schwand sein letzter Rest von Hoffnung. Bei jedem Schritt, den Lavendel tat, erwartete Jodokus, einen Pfeil in seine Richtung zischen zu sehen, und er betete, dass ihn der erste Treffer töten würde. Doch noch hielten die Hunnen sich mit Beschuss zurück, vielleicht weil sie der wunderliche Sänger verwirrte.

Jodokus hatte etwas mehr als die Hälfte des Hochwegs bewältigt, als eine unerwartete Empfindung ihn traf wie ein Schwerthieb aus dem Hinterhalt. Es war das gleiche Gefühl, das er früher so oft verspürt hatte, das letzte Mal an Kriemhilds Seite, im Wald, kurz bevor der Zorn der Götter über sie gekommen war.

Sein Gesang brach ab, als seine Kehle sich weigerte, weitere Töne hervorzubringen. Einen Augenblick lang schwankte er im Sattel, und nur mit Glück gelang es ihm, die Zügel zu packen und sich auf Lavendels Rücken zu halten. Sein Mund klappte stumm auf und zu, und seine Augen wandten sich benommen himmelwärts.

Dort oben aber war nichts. Nur die Sonne und ein paar einzelne Raben in einem Abgrund von azurnem Blau. Nichts, nur Leere und Kälte und peitschende Winde.

Doch Jodokus wusste es besser, und er verfluchte dieses Wissen mit der gleichen Wut, mit der man einst ihn selbst verflucht hatte.

Etzel drehte den Schlüssel in der Tür des Turmzimmers und gab Kriemhild mit einem Nicken zu verstehen, dass sie eintreten dürfe. Er selbst blieb auf der schmalen Wendeltreppe zurück, deren engem Verlauf sie hinauf in die Spitze des Nordturms gefolgt waren.

Kriemhild musste sich beim letzten Schritt zur Tür an ihm vorbeizwängen und streifte dabei seinen violetten Umhang und die Rüstung mit ihren ziselierten Mustern. Beides gehörte zur Kleidung eines Edelmannes und war doch, zumindest was Zeichnung und Stickereien betraf, eindeutig hunnischer Herkunft.

Gegen Kriemhilds Willen ließ die eigenartige Faszination, die von Etzel ausging, sie nicht kalt. Allein beim Blick in seine schmalen Augen erkannte sie in ihm den kommenden Herrscher des Hunnenreiches. Sie sah darin die ungezähmte Wildheit der Steppenvölker, das Barbarische seiner Abstammung, die Beiläufigkeit, mit der er bereit war, fremdes Leben zu nehmen. Sie fürchtete und achtete ihn zu gleichen Teilen, sie hasste, aber sie mochte ihn auch. Seine Gegensätzlichkeit begann bereits, auf ihr eigenes Denken abzufärben.

Mit einem unmerklichen Kopfschütteln unterbrach sie die Berührung ihrer Blicke und trat in Berenikes Turmzimmer. Etzel zog von außen die Tür zu, doch seine Schritte entfernten sich nicht. Er hatte nie einen Hehl daraus gemacht, dass er mit anhören wollte, was die beiden Frauen zu bereden hatten.

»Ah«, sagte Berenike leise, »endlich bist du da.«

Sie saß in einem hohen Stuhl, fast ein Thron, mit einer Rückenlehne, die bis hinauf zur Decke reichte. Die Armlehnen hatten die Form zweier Stiere; auf ihre spitzen Hörner hatte Berenike achtlos allerlei Dokumente gespießt, die meisten vergilbt und längst vergessen.

Der Raum war kreisrund, abgesehen von einem geraden Wandstück zu beiden Seiten der Tür. Unweit des Eingangs konnte man über eine Leiter eine enge Luke erreichen, die auf das Spitzdach des Turmes führte. Kreuz und quer standen Tische, Ablagen und Truhen, auf denen sich eine Vielzahl geöffneter Schriftrollen wellte. Aufgeschlagene und geschlossene Bücher lagen verstreut in jedem

Winkel. An den Wänden hingen Pergamente, eng bekritzelt mit fremdartigen Zeichen und Formen, die alles Mögliche bedeuten mochten, von Runen bis hin zu Grundrissen fantastischer Bauwerke. Auf einem Tisch waren Töpfe und Tiegel zu brusthohen Türmen gestapelt, einige lagen zerbrochen am Boden. Hinter Berenikes Stuhl ruhte auf einem Gerüst eine Scheibe mit plastischen Darstellungen von Bergen und Tälern, offenbar eine Karte der Welt. Unter der Decke, rund um die Wände, hingen Tiergerippe, zusammengehalten von Fäden, Lehm und Harz. Ein schwerer, süßlicher Geruch hing in der Luft, nicht unangenehm, beinahe wie von frischem Backwerk. Die Feuerstelle im Zentrum der Kammer glühte noch, doch der Rost, der an rußigen Ketten darüber hing, war leer.

Kriemhild deutete eine Verbeugung an, nicht sicher, wie sie sich verhalten sollte, ob fordernd oder ehrerbietig. Die Hexe hatte ohne Zweifel an Macht verloren, mochte sie in ihrem Thron auch erhaben wirken wie eh und je.

Berenike war alt, viel älter, als Kriemhild sie in Erinnerung hatte. Sie hatte langes graues Haar, das ihr offen und glatt über die knochigen Schultern fiel. Ihre weiten, silberbestickten Gewänder verbargen die Form ihres Leibes, doch das magere Gesicht verriet deutlich, dass Berenike aus wenig mehr als Haut und Knochen bestand. Das Weiß ihrer Augen hatte einen leichten Gelbstich, während ihre Pupillen groß und formlos wirkten, als breite sich ihr Schwarz nach allen Seiten hin über die Augäpfel aus.

»Ich bin froh, dass du gekommen bist«, sagte Berenike mit einer Stimme, die im Widerspruch zu ihrem Äußeren melodiös, beinahe jugendlich klang.

»Als hättest du nur ein einziges Mal daran gezweifelt«, gab Kriemhild zurück.

Die Erzhexe lächelte milde. »Ich fühle Widerstand in deinem Inneren. Ich fühle Argwohn.«

»Was hast du erwartet? Freude, dich zu sehen?«

»Ich kann mich erinnern, dass du auf dem Weg hierher noch ganz anders gedacht hast.«

»Ich wusste noch nicht, welche Pläne du mit mir hattest.«

»So, so«, sagte Berenike, und ihr Lächeln wurde freundlicher, »der kleine Prinz hat dir ein paar Dinge erzählt. Er hat ein loses Mundwerk, in der Tat.«

Kriemhild blickte unwillkürlich zur Tür. Falls Etzel Berenikes Worte verstanden hatte, so bewegten sie ihn nicht dazu, sich zu erkennen zu geben.

»Und nun«, meinte die Hexe, »bist du gekommen, um die ganze Geschichte zu hören, nicht wahr? Dabei kennst du sie schon.« Sie lehnte sich müde in ihrem Stuhl zurück. »Du dummes, dummes Kind.«

»Ich kam her, um der Pest ein Ende zu machen, nicht um mich beleidigen zu lassen.«

»Wie stolz sie geworden ist, die hübsche Prinzessin.« Berenike kicherte. »Ich habe dich ganz anders in Erinnerung, mein Kind. Viel zahmer.«

»Unsere erste Begegnung liegt Jahre zurück.«

»Oh, gewiss. Du warst jünger und voller Demut.« Berenikes Augen wurden trüb, als sie direkt in die Vergangenheit zu blicken schien. »Du warst bereit, alles für dein Volk zu opfern.«

»Das bin ich noch heute.« Tatsächlich aber war sie dessen längst nicht mehr so sicher wie noch vor wenigen Tagen. Sie hatte die Bewohner eines ganzen Dorfes in den Tod geschickt, und dennoch hatte sie seitdem kaum einen Gedanken an sie verschwendet. Verhielt sich so eine Prinzessin, der nur das Wohl ihrer Untertanen am Herzen lag? Und wäre sie wirklich bereit gewesen, sich bei lebendigem Leibe verbrennen zu lassen?

Nein, entschied sie. Nein auf beide Fragen.

»Du weißt, dass Etzel mich nicht opfern wird«, sagte Kriemhild. »Er will sich das Lösegeld nicht entgehen lassen.«

»Sagt er das?« Berenike schüttelte lächelnd den Kopf. »Dieser Prinz ist ein kleiner Junge, und er hat weniger mit den übrigen Männern seines Volkes gemein, als er selbst ahnen mag. Er besitzt eine höhere Bildung und kennt die Bedeutung des Wortes Mitleid. Nicht, dass er oft Gebrauch davon macht, aber …«

Kriemhild unterbrach sie in aller Schärfe: »Mitleid, Berenike? Ausgerechnet du sprichst von Mitleid? Du hast das sichere Todesurteil über deine Schülerinnen gesprochen!«

Die Hexe blieb gelassen. Ihre langen, dünnen Finger spielten beiläufig mit den Pergamentfetzen, die auf den Stierhörnern ihrer Armlehnen steckten. »Ich war nur aufrichtig, nichts sonst. Ich verriet Etzel, was es mit dem Weidenmann auf sich hat, und ich sagte ihm, dass du herkommen würdest. Mir war klar, dass er deinen Opfertod nicht zulassen würde, und er fragte mich, welche Möglichkeiten es sonst gäbe, das kommende Unheil …« Sie brach kurz ab und überlegte – »vielleicht nicht abzuwenden, aber doch abzuschwächen.«

»Du hast damals gesagt, Gott verlange meine Unschuld, nicht mein Leben.«

»Hätte das Schicksal seinen Lauf genommen, *hättest* du deine Unschuld verloren. Schon auf dem Weg hierher. Vor Scham hättest du dich nicht heim zu deinen Brüdern gewagt und wärest bei mir geblieben. Als meine Schülerin.«

Kriemhild lachte bitter. »Wer schmiedet solche Pläne? Du, Berenike? Oder die Götter?«

»Oh, ich nicht, ganz gewiss nicht. Ich habe nur gesehen, dass es so kommen sollte. Und die Götter scheinen derzeit andere Sorgen zu haben. Irgendetwas ist nicht so geschehen, wie es vorgesehen war.«

»Ich sollte mich in Jodokus verlieben, um …«

»Deine Unschuld zu verlieren, allerdings. Der Sänger hätte darüber von seinem Wahn gelassen, die Götter wären besänftigt worden, und alles wäre gut geworden.« Sie seufzte. »Aber es hat wohl nicht sein sollen. Deshalb war ein weit größeres Opfer nötig, um dem Unheil entgegenzuwirken.«

Kriemhilds Mund war trocken geworden, sie hatte Mühe, überhaupt ein Wort über die Lippen zu bringen. »Dieses Unheil, vor dem ihr alle eine solche Angst habt, ist es das, was ich denke?«

»Ja.«

»Und du glaubst allen Ernstes, der Tod deiner Schülerinnen könnte es abwenden?«

Berenike hob die Schultern. »Ihr Tod, dein Tod, wer weiß? Besser, es zu versuchen als stillzuhalten, bis alles zu Ende ist.«

Der Gleichmut der Hexe brachte Kriemhild fast zur Raserei. »Es zu versuchen? Großer Gott, diese Frauen werden sterben!«

»Wie der Rest von uns, wenn nicht ein Wunder geschieht.«

Die Erkenntnis überkam Kriemhild mit niederschmetternder Gewissheit. »Dann hat Jodokus die Wahrheit gesagt?«

»Das kommt wohl auf den Standpunkt an. Er glaubt, dass es die Wahrheit ist, und wahrscheinlich reicht das schon aus.«

»Das ist doch Wahnsinn!«, fuhr Kriemhild auf. »Der Glaube eines Einzelnen kann nicht …«

»Was sonst als der Glaube ist es, das die alten Götter am Leben hält, Kriemhild? Der Glaube war immer ihre mächtigste Waffe, und er ist es auch heute noch. Was Jodokus auf seinem Rücken trägt, mag Wodans Dichtermet sein oder auch nicht – er jedenfalls glaubt daran. Grund genug für die Götter, die doch selbst nichts anderes sind als gestaltgewordener Glaube, sich seiner anzunehmen.«

Kriemhild spürte, dass ihre Hände zitterten. »Er sagt, dass sie mit ihm spielen.«

»Wenn er es sagt, dann ist es so.« Berenike streckte eine Hand nach Kriemhild aus und ergriff sachte ihren Unterarm. »Es ist leichter zu verstehen, als du denkst, süße Prinzessin.«

»Aber dieses … Spiel …« Sie hatte immer noch Mühe, etwas so Absurdes auszusprechen. »… dieses Spiel, das sie spielen, wie läuft es ab?«

»Wie immer auch die Regeln lauten mögen, die Partie steht kurz vor der Entscheidung. Das Spielbrett ist von einer Seite zur anderen durchquert, und diese Burg ist das Ziel.«

Eine grauenvolle Ahnung stieg in Kriemhild auf. Doch sie wollte, sie durfte nicht daran glauben, denn das würde alles nur noch schlimmer machen. Es reichte, dass die Hexe, ihre Schülerinnen und die

Hunnen diesen Irrsinn wahrhaben wollten – und ihn damit wahrmachten.

»Das Spielbrett?«, fragte sie ahnungsvoll.

Berenike schien erfreut, dass Kriemhild allmählich Zusammenhänge herstellte, denn sie lächelte gütig wie eine liebevolle Großmutter. »Das Pestland, Kriemhild. Was sonst ist es, als das Spielbrett der Götter? Jodokus hat es auf seiner Flucht kreuz und quer bereist, und überall, wohin er ging, brachte er den Keim der Seuche. Er selbst hat die Arena abgesteckt, in der man ihn an die Löwen verfüttern wird. Die Pest existiert nur, weil Jodokus existiert, weil sein Glaube und mit ihm seine Götter existieren. Das alles sind die Glieder einer Kette, die sich hier und jetzt zu einem Kreis schließt.«

»Dann hatten die Dorfbewohner recht.« Kriemhild spürte, dass ihre Knie nachzugeben drohten. Sie löste sich aus Berenikes Griff, stolperte zwei Schritte zurück und stützte sich auf eine Tischkante. »Jodokus ist König Pest!«

»Ein Name, nichts sonst«, meinte die Hexe. »Aber zugegeben, ein recht treffender.«

»Du hast es gewusst!« Kriemhilds Stimme drohte erneut zu versagen. »Du hast es schon vor Jahren gewusst, als du mir prophezeit hast, hierher zu kommen.«

Berenikes Mundwinkel zuckten, aber sie schüttelte den Kopf. »Ich habe nichts von alldem gewusst, nicht wirklich. Ich habe bestimmte Dinge vor mir gesehen, im Traum, aber auch im Wachsein, aber ich kannte nicht die Hintergründe, nicht die Ursachen. Ich ahnte, dass es für dich nötig sein würde, hierher zu kommen, und ich sah auch, dass eine Seuche der Anlass sein würde – doch das war schon alles. Erst in den letzten Tagen habe ich begriffen, wie die Dinge tatsächlich zusammenhängen. Meine Fähigkeit ist es, in Träumen zu lesen, manchmal auch, sie zu erschaffen, aber ich weiß selten alles über ihre Bedeutung, und wenn doch, dann meist erst, wenn es zu spät ist. Kein leichtes Schicksal, glaube mir.«

»Ich verstehe nicht …«

»Komm her«, bat die Hexe und winkte Kriemhild mit gekrümmtem Zeigefinger heran. »Als ich in Worms war, da hast du mir noch von einem anderen Traum erzählt, einem Traum von Falken und Adlern. Erinnerst du dich?«

»Ich habe ihn seither wieder und wieder geträumt«, bekannte Kriemhild, konnte sich dabei aber kaum auf ihre eigenen Worte konzentrieren. »Ich ziehe einen herrlichen Falken heran. Eines Tages ist er fort. Statt seiner sitzen auf den Giebeln des Münsters zwei weiße Adler.«

Berenike nickte zufrieden. »Das war es, was du damals gesagt hast. Weißt du mittlerweile, was mit dem Falken geschehen ist?«

»Die beiden Adler haben ihn zerfleischt.«

Noch einmal nickte die Hexe. »Tritt näher, mein Kind, und ich will dir etwas zeigen.«

Kriemhild überwand ihre Scheu. Zum ersten Mal fiel ihr auf – und es war in ihrer Lage eine völlig absurde Wahrnehmung –, dass die Hexe den Duft exotischer Kräuter verströmte. Berenike hob eine Hand und schwenkte sie wie einen Fächer vor Kriemhilds Gesicht hin und her.

»Du sollst noch etwas über die beiden Adler erfahren«, flüsterte sie sanft, und im –

– selben Moment lösten sich Berenike und ihr Turmzimmer vor Kriemhilds Augen in Luft auf. Vor sich sah sie einen weiten blauen Himmel. Davor schwebten die beiden weißen Adler aus ihren Träumen, prachtvolle Tiere, und doch umgab sie eine Aura der Gefahr. Etwas Bedrohliches, ja Teuflisches ging von ihnen aus. Plötzlich schienen sie Kriemhild zu entdecken, denn aus ihrem majestätischen Schweben wurde ein steiler Sturzflug in die Tiefe – genau auf sie zu!

Doch statt ihrer selbst stand plötzlich ein anderer unter der strahlenden Himmelskuppel. Eine Gestalt in bronzefarbener Rüstung, die ihr bekannt vorkam, ohne dass sie sich in ihrem Traum zu erinnern vermochte, woher. Die einzelnen Teile des Rüstzeugs waren mit feinen Ziselierungen geschmückt. Über den Schultern der Gestalt lag ein weiter Umhang aus violettem Stoff, der aus sich selbst heraus zu leuchten schien wie Gewitterwolken über einem nächtlichen Horizont. Ein reich verzierter, gehörnter Helm verdeckte das Gesicht des Ritters; darauf flatterte ein scharlachroter Schweif in den eisigen Winden, die als Vorhut der Adler vom Himmel wehten.

Die Raubvögel stürzten sich auf den Ritter, ohne Warnung, ohne ersichtlichen Grund. Er erwehrte sich ihrer mit einem langen Spieß, und obgleich sie ihn heftig von zwei Seiten attackierten, gelang es ihm schnell, dem ersten eine tiefe Wunde zu versetzen. Sterbend trudelte das Tier davon, bis es gänzlich im unendlichen Blau verschwunden war.

Der zweite Adler aber kämpfte um so heftiger, als er die Niederlage seines Gefährten erkannte. Mit fingerlangen Krallen schlug er nach dem Ritter, zerfetzte den Umhang und hackte mit seinem Schnabel nach den Augenschützen des Helms. Immer wilder wurde der Kampf, immer boshafter die Angriffe des Adlers, der mal von oben, mal von hinten attackierte.

Schließlich aber, als der Vogel eine enge Schleife flog, um erneut aus einem tückischen Winkel herabzustürzen, schleuderte der Ritter den Spieß mit aller Kraft hinauf in die Lüfte. Die Spitze drang in die Brust des Adlers, und dunkles Blut färbte das weiße Gefieder, sprühte vom Himmel herab wie roter Regen. Ein letztes Mal schlugen die weiten Schwingen, dann fiel das Tier in die Tiefe, ein heller Stern, der sich vom Himmelszelt löste und auf immer verloren ging.

Der Ritter stand starr vor den blauen Sphären, ein Ehrfurcht gebietender Anblick, trotz des zerrissenen Umhangs und der Blutspuren auf seiner Brünne. Langsam legte er beide Hände an den Helm und zog ihn vom Kopf.

Und im Traum schlüpfte Kriemhild in den Körper des Kämpfers, denn es war ihr eigenes Gesicht, das unter dem Helm zum Vorschein kam. Ihr langes blondes Haar wehte wie ein zweiter Umhang über ihre Schultern, und ihre Züge waren anmutig und glatt, trotz des heftigen Ringens.

In ihren Augen aber stand blanker Hass, der Hass einer im Kampf Unterlegenen, die ihren Feinden die ewige Verdammnis wünschte.

»Aber ich habe die Adler doch besiegt!«, rief Kriemhild aus und begriff zugleich, dass sie sich noch immer in Berenikes Turmzimmer befand. Sie kniete vor dem Thron der Hexe, nicht demütig, sondern schlichtweg erschöpft von den Strapazen der Vision. Jetzt, zurück in der Wirklichkeit, erkannte sie sofort, dass es Prinz Etzels Rüstung gewesen war, die sie beim Kampf mit den Adlern getragen hatte.

Sie öffnete den Mund, um all ihre Fragen hervorsprudeln zu lassen, doch Berenike war schneller und verschloss Kriemhilds Lippen mit einem Zeigefinger. »Psst«, machte sie zärtlich. »Ich kenne keine der Antworten, die du zu wissen begehrst, keine einzige. Nicht ich habe die Bilder geschaffen, die du gesehen hast. Sie waren in dir, Prinzessin, tief in deinem Inneren begraben. Noch sind sie nur Mosaiksteine eines Traums, aber manchmal ist ein Traum die Saat dessen, was geschehen wird. Ich habe die Bilder hervorgeholt, habe sie geweckt, wenn du so willst, doch deuten kann ich sie nicht.«

»Aber …«

»Nein, Kriemhild.« Berenike lehnte sich wieder zurück und schloss die Augen. »Lass mich jetzt allein. Ich bin müde. Und ich will bereit sein, wenn die Götter Einlass begehren.«

Es war wie ein Blitzschlag, ebenso plötzlich, ebenso heiß: Kriemhild verlor die Beherrschung, derart unerwartet, dass ihr nicht einmal die Zeit blieb, sich über sich selbst zu wundern. Mit einem Aufschrei ließ sie beide Hände vorschießen, packte Berenike an den dürren Schultern und schüttelte sie, dass ihre Gewänder raschelten wie ein Reisigbündel.

»Sag mir die Wahrheit!«, schrie sie die Alte an. »Sag mir, verflucht noch mal, die Wahrheit!«

Hinter ihr flog mit einem Poltern die Kammertür auf. Kriemhild bemerkte es kaum; sie hielt die Hexe weiterhin gepackt wie eine Puppe, und schon griff sie mit einer Hand nach dem faltigen Hals, besessen von dem Wunsch, ihn zu zerquetschen.

Jemand legte ihr eine Hand auf die Schulter, doch sie schenkte ihm keine Beachtung. »Die Wahrheit!«, brüllte sie außer sich und starrte die Hexe an.

Der Druck auf ihre Schulter wurde stärker, und ehe Kriemhild sich versah, wurde sie von Berenike fortgerissen und herumgewirbelt. Etzel blickte sie düster an, als suchte er in ihren Augen nach einem Weg, sie wieder zu sich zu bringen. Er holte aus, um ihr eine Ohrfeige zu verpassen. Im selben Moment aber kam Kriemhild zur Besinnung. Sie versuchte, sich aus Etzels Griff zu winden, doch die Hände des Hunnenprinzen waren stark wie Eisenzwingen.

»Sie hat dir die Wahrheit gesagt!«, sagte er scharf. »Es stimmt mit allem überein, was unsere Weisen vorausgesehen haben.«

»Eure Weisen?« Kriemhild stieß ein hysterisches Lachen aus. »Was kommt noch? Hexen, Seher – als Nächstes vielleicht ein paar christliche Priester? Herrgott, glaubt denn jeder hier an das, was diese Alte faselt? Seht Ihr denn nicht, dass es nur Euer Glaube ist, der diese Dinge geschehen lässt?«

»Denkt ihr, das wüsste ich nicht?«, zischte er und zerrte sie mit sich zur Tür.

»Dann tut etwas dagegen, verdammt!«

Sie stolperten hinaus, und Etzel schlug die Kammertür zu, ohne den Schlüssel herumzudrehen. Während er Kriemhild die Stufen hinabdrängte, war sein Blick gleichbleibend finster, als verzehre ihn eine Wut, auf die er längst keinen Einfluss mehr hatte.

»Man kann einen Glauben nicht ablegen wie ein zerrissenes Hemd, Prinzessin.« Er war so aufgebracht, dass sie einen Augenblick lang glaubte, er würde sie doch noch töten. »Wahrer Glaube unterscheidet sich nicht von Wissen, und was ich weiß, kann ich nicht verleugnen.«

Tränen strömten über Kriemhilds Wangen, aber sie achtete nicht darauf, während sie rückwärts vor ihm die Treppe hinabstolperte. »Es muss doch einen Weg geben!«

Etzel aber schüttelte nur den Kopf. »Wir selbst sind es, die die Vernichtung über uns bringen. Versteht Ihr das nicht? Es ist *unser* Glaube, *unser* Wissen.« Plötzlich blieb er stehen, setzte sich auf die Stufen und vergrub das Gesicht in den Händen. »Unsere eigene Überzeugung wird uns töten, und es gibt nichts, was wir dagegen tun könnten.«

Kriemhild fiel vor ihm auf die Knie, nur eine Stufe tiefer. »Aber das ist nicht wahr! Ihr selbst toleriert, was geschieht. Es ist Euer Priester, der das Feueropfer vollzieht und damit den Glauben vervielfacht an das, was kommen wird. Ihr habt es ihm erlaubt, Etzel! Und nur Ihr könnt es noch verhindern. Es wäre ein erster Schritt, diesem Wahnsinn entgegenzutreten.«

Er hob das Gesicht und sah ihr in die Augen. Sein Blick war müde, sein Haar zerzaust. »Merkt Ihr es denn nicht, Prinzessin? Merkt Ihr nicht, dass auch Ihr selbst längst daran glaubt?«

Und da erst begann Kriemhild vollends zu begreifen, was Berenike ihr angetan hatte.

Der Weidenmann brannte lichterloh, und längst waren die Schreie in seinem Inneren verstummt. Schwarzer, fettiger Qualm stieg als breite Säule zum Himmel empor, und selbst die beiden Raben, die seit einer Weile über der Festung schwebten, mieden die Nähe der stinkenden Schwaden. Der Geruch von verbranntem Fleisch hing zwischen den Mauern und würde wohl erst vom nächsten Regen wieder fortgespült werden. Zugleich ging ein feiner Ascheschauer auf Dächer und Durchgänge nieder, legte sich über das Metall der Rüstungen und Waffen.

Der Hunnenpriester stand wie versteinert vor dem lodernden Götzen, während die Krieger im Hintergrund unruhig von einem Fuß auf den anderen traten, miteinander flüsterten oder sich gänzlich von dem grausigen Schauspiel abwandten.

Jorin vermochte von seinem Versteck auf den Zinnen aus nicht in den Gesichtern der Männer zu lesen – ohnehin kamen ihre fremdländischen Züge ihm wie teuflische Masken vor –, aber das Raunen aus der Menge verriet ihm deutlich, dass nicht jeder der Hunnen mit dem Opfer einverstanden war. Bevor Hagen den Jungen in dem Versteck zurückgelassen und sich allein auf den Weg ins Innere der Festung gemacht hatte, hatte Jorin den Krieger auf seine Beobachtung angesprochen; doch Hagen hatte nur den Kopf geschüttelt und geflüstert, dass die Barbaren wohl enttäuscht waren, dass der Priester ihnen verboten hatte, ihren Spaß mit den kreischenden Weibern zu haben.

Hagen war schon eine ganze Weile fort, und Jorin kam sich sehr hilflos vor. Dabei schien sein Versteck verhältnismäßig sicher zu sein: Er kauerte hinter einigen Kisten, oben auf den nördlichen Zinnen, und durch die Zwischenräume konnte er hinab in den Hof und auf den brennenden Weidenmann blicken. Er und Hagen hatten die Festung über eine Sturmleiter betreten, die die Hunnen bei ihrem Angriff an der Ostmauer angelegt hatten. Bis jetzt hatte niemand es für nötig gehalten, sie zu entfernen.

»Warte hier, bis ich dich abhole«, hatte Hagen gesagt, ehe er davongeschlichen war, verdeckt vom Rauch des Scheiterhaufens.

Und so saß Jorin nun da, zitterte am ganzen Leib und versuchte, auf andere Gedanken zu kommen. Doch immer wieder stieg die alte Furcht in ihm auf, jene Panik, die er empfunden hatte, als sie zwischen den Felsschollen des Hochwegs näher an die Burg herangeschlichen waren, durch ein Gewirr von Spalten und Rissen, manche fast zwei Schritte breit. Ein falsch gesetzter Fuß, eine vorschnelle Bewegung, und sie wären in die Tiefe gestürzt, hinab in das strudelnde Nebelmeer. Viel schlimmer aber war die Kletterpartie rund um die Burg gewesen, auf einem schmalen Sims zwischen Felsen und Mauer. Einmal war Jorin auf loses Geröll getreten und wäre abgestürzt, hätte Hagen ihn nicht im letzten Moment am Arm gepackt. Damit verdankte er dem Krieger bereits zum zweiten Mal sein Leben.

Jorin schüttelte sich bei der Erinnerung an den Weg zur Festung. Als er seine Sinne wieder beisammen hatte, erkannte er, dass unten im Hof etwas Neues vor sich ging.

Das Gitterwerk des Weidenmannes war längst zusammengestürzt. Der Priester löste seinen Blick von den Flammen, um sich den Kriegern zuzuwenden. Gerade wollte er zu weihevollen Worten ansetzen, als die Männer in Unruhe gerieten. Zwei von ihnen traten vor und zerrten eine schmale Gestalt mit sich, die aus einer Wunde am Kopf blutete.

Jodokus' Anblick grub sich wie ein Eisenstachel in Jorins Herz.

Hilflos musste der Junge mit ansehen, wie der Priester ein paar kurze Worte mit den Bewachern des Sängers wechselte, dann deutete er unmissverständlich auf das Feuer in seinem Rücken.

Ungerührt verfolgte der Priester, wie die beiden Krieger Jodokus zum Scheiterhaufen zerrten. Die Flammen spiegelten sich im Blick des Hunnen, und selbst für Jorin oben auf den Zinnen sah es aus, als hätten seine Augäpfel Feuer gefangen.

Lange saßen Kriemhild und Etzel auf den Stufen des Nordturms und sagten kein Wort, versunken in sorgenvollen Gedanken. Schließlich aber gab der Prinz sich einen Ruck und stand auf.

»Ich muss zurück zu meinen Männern«, meinte er und reichte Kriemhild die Hand.

Sie beachtete die Geste nicht und erhob sich ohne seine Hilfe. Der Gestank des brennenden Weidenmannes zog durch den Turm wie durch einen Kaminschacht, sammelte sich im oberen Teil und wurde mit jedem Atemzug unerträglicher. Aber Kriemhild wusste auch, dass der Odem der brennenden Frauen sie in jeden Winkel der Festung verfolgen würde und dass es keinen Zweck hatte, davor davonzulaufen.

Sie gab Etzel ebenso wie Berenike die Schuld am Tod der Hexenschülerinnen. Aber hatte er überhaupt eine andere Wahl gehabt? Der Priester und die übrigen Krieger verlangten vom Sohn ihres Herrschers, dass er sich unerbittlich zeigte. Doch allein die Tatsache, dass Etzel dem grauenvollen Ritual nicht beigewohnt hatte, verriet deutlich, dass es mit seiner Unerbittlichkeit nicht allzuweit her war. Etzel war kaum älter als Kriemhild, und sie fragte sich, wie sie selbst an seiner Stelle gehandelt hätte. Sie gab solche Gedankengänge auf, als ihr klar wurde, dass sie sich nie, *niemals* in einen Hunnen würde hineindenken können.

»Gestattet mir eine Frage«, bat er, als er hinter ihr die Stufen hinabstieg.

Sie gab keine Antwort, deshalb fuhr er fort: »Seid Ihr bereits einem Bräutigam versprochen?«

Sie versuchte, ihr Lachen so kalt wie möglich klingen zu lassen. »Macht Ihr Euch Hoffnungen?«

»Oh, gewiss nicht«, sagte er schnell, »zu Hause wartet bereits eine Braut auf mich.«

»Wie ist ihr Name?«

»Helche. Sie ist die Tochter eines Fürsten und mir seit ihrer Geburt versprochen.«

»Wie rührend.«

»Nicht im Geringsten. Ich habe sie noch kein einziges Mal zu Gesicht bekommen.«

Kriemhild seufzte, und für einen winzigen Moment schienen sie sich beide an einem Ort außerhalb jeder Gefahr zu befinden, wo sie nichts anderes waren als zwei Königskinder, die über Dinge sprachen, die nur für Menschen ihres Standes Bedeutung hatten. »Einst hatte mein Vater ähnliche Pläne mit mir«, sagte sie. »Doch als er starb, hob mein Bruder die alten Versprechungen auf und gewährte mir das Recht, an der Entscheidung teilzuhaben.« Sie zögerte einen Moment, ehe sie abrupt das Thema wechselte. »Sagt, warum habt Ihr eigentlich die Festung nicht längst verlassen?«

»Der Priester hat darauf bestanden, das Ritual zu vollziehen.«

»Und Ihr opfert ohne Weiteres Euer eigenes Leben für den Starrsinn eines anderen?«

»Noch besteht die Möglichkeit, dass das Ritual die Götter besänftigt.«

Kriemhild verzog abfällig das Gesicht, erwiderte aber nichts. Sie durchschaute Etzels wahre Beweggründe: Wenn er mit ihr als Geisel heimkehrte, dazu mit dem Bericht des Priesters, dass der Prinz eine heraufziehende Götterdämmerung abgewendet hatte, war Etzels Thronfolge nicht länger nur eine Frage der Abstammung. Man würde seine Taten im ganzen Hunnenreich besingen.

Ein markerschütternder Schrei riss sie aus ihren Gedanken.

»Das kam vom Hof!« Etzel drängte von hinten gegen sie. Kriemhild musste die letzten Stufen mit weiten Sätzen hinabspringen, um nicht unter seinem Anprall zu stolpern. Im Erdgeschoss stieß er sie grob beiseite und stürmte hinaus ins Freie. Kriemhild folgte ihm ohne Groll. Sie rannten durch eine schmale Gasse zwischen zwei Häusern und erreichten den freien Platz im Norden der Festung.

Der Weidenmann war bis auf das Pflaster heruntergebrannt. Die Flammen schlugen immer noch mannshoch aus der Asche, doch es war abzusehen, dass sie bald verlöschen würden. Im Gewirr der Überreste des Götzen waren die verbrannten Leichen der Frauen nicht mehr zu erkennen; unmöglich zu sagen, was Zweige und was verkohlte Knochen waren.

Vor dem Feuer standen zwei Hunnen und hielten eine Gestalt, die sich verzweifelt zur Wehr setzte. Erst beim zweiten Hinsehen erkannte Kriemhild Jodokus. Die Hunnen machten Anstalten, ihn ins Feuer zu stoßen!

Sie schrie wutentbrannt auf und wollte vorstürzen, doch Etzel packte sie am Arm und riss sie zurück.

»Lasst mich los!«, brüllte sie ihn an und schlug mit der Faust auf ihn ein.

Etzel aber beachtete sie kaum. Er sah auch nicht zu Jodokus hinüber. Stattdessen war sein Blick hinauf zu den Zinnen gerichtet. Dort stand, unweit einer Reihe von Kisten und Fässern, ein Hunnenkrieger und stützte sich mit beiden Händen auf die Mauer. Er hatte ihnen allen den Rücken zugewandt und schaute über die Zinnen hinweg ins Tal. Dabei rührte er sich nicht, als sei er vor Entsetzen zu Stein erstarrt.

Da erst begriff Kriemhild, dass es nicht Jodokus gewesen war, der den furchtbaren Schrei ausgestoßen hatte.

Etzel rief etwas in der Sprache des Hunnenvolkes zu dem Mann hinauf. Der Krieger antwortete nicht. Erst als auch der Priester die Stimme erhob, wandte der Mann sich langsam um. Selbst gegen den hellblauen Himmel war deutlich zu erkennen, wie bleich er geworden war. Seine Augen waren weit aufgerissen. Stockend rief er einige Worte in den Hof hinunter, und sogleich ging ein aufgeregtes Raunen durch die Reihen der Hunnenkämpfer. Die beiden, die Jodokus festhielten, rührten sich nicht; in der Aufregung hatte ihr Auftrag an Bedeutung verloren.

Etzel nahm sich nicht die Zeit, Kriemhild irgendetwas zu erklären. Er ließ sie los und stürmte auf die nächstgelegene Treppe zu, die hinauf zum Wehrgang führte. Kriemhild wollte ihm folgen, doch mehrere Krieger verstellten ihr den Weg. Etzel rief ihnen ohne sich umzudrehen einen Befehl zu, sodass sie eilig zurücktraten. Sogleich sprang Kriemhild hinter dem Prinzen die Stufen hinauf. Einige Hunnen wollten den beiden folgen, doch der Priester hielt sie mit keifenden Rufen zurück. Was immer der Wächter auf den Zinnen entdeckt hatte, es ließ den Priester um seine Autorität fürchten.

Kriemhild holte Etzel noch auf der Treppe ein. Gemeinsam traten sie an die Zinnen und blickten in die Richtung, in die der Wächter gedeutet hatte.

Der Anblick war enttäuschend und beruhigend zugleich. Vor ihnen wogte das weiße Nebelmeer und deckte das Tal mit seinen Schwaden vollkommen zu. Erst nach einigen Herzschlägen fiel Kriemhild auf, dass die Tannen und Fichtenwipfel, die noch bei ihrer Ankunft an einigen Stellen aus dem Dunst geschaut hatten, verschwunden waren. Ein Blick an der Burgmauer hinab bestätigte ihr, dass sich der Nebel gehoben hatte, um mindestens vier oder fünf Mannslängen. Die Klippe, auf der Berenikes Hort ruhte, war bereits im Nebel versunken wie ein leckgeschlagenes Schiff, und nun griffen die Dunstarme auch nach den Granitmauern.

Etzel fuhr den Wächter gereizt in seiner Sprache an, und der Mann erwiderte etwas.

»Was hat er gesehen?«, fragte Kriemhild. Ihr Herz raste vor Aufregung und bösen Vorahnungen.

Etzels Blick schweifte über den Dunst, bis hinüber zu den dunkelblauen Silhouetten der Bergkuppen. »Er sagt, da war etwas im Nebel. Irgendetwas Großes. Er meint, es sei wie ein Flussotter kurz an der Oberfläche entlanggeglitten und dann sofort wieder verschwunden.«

Kriemhild schüttelte verständnislos den Kopf. »Aber da unten ist kein See, nur Wald.«

»Das weiß ich«, sagte der Prinz gereizt. »Als meine Leute und ich durchs Tal ritten, war der Nebel noch nicht da. Nur ein Wald wie jeder andere. Aber vielleicht sind wir ein wenig zu schnell davon ausgegangen, dass alles Göttliche von oben kommt.«

»Es ist der Nebel!«, rief da Jodokus über das Prasseln der Flammen hinweg. »Der verdammte Nebel!«

Kriemhild sah zu ihm hinunter, aber ihre Blicke kreuzten sich nicht. Jodokus starrte gebannt in die Flammen, selbst jetzt noch, während sich alle Augen auf ihn richteten.

Der Priester begann erneut, Befehle zu kreischen, und schon schleppten die beiden Wächter Jodokus näher an die Flammen. Doch da brüllte Etzel lautstark etwas über den Lärm hinweg, und sofort wandten sich die beiden Krieger mit ihrem Gefangenen vom Feuer ab und zerrten ihn die Stufen zum Wehrgang hinauf.

Kriemhild fiel Jodokus um den Hals, und Etzel gab Befehl, ihn loszulassen. Die beiden Hunnen lösten ihren Griff, blieben aber unmittelbar hinter dem Sänger stehen.

Jodokus lächelte schief und erwiderte Kriemhilds Umarmung.

»Wo ist der Met?«, fuhr Etzel ihn an.

Die beiden lösten sich voneinander. »Welcher Met?«, fragte Jodokus trotzig, doch Kriemhild schenkte ihm einen drohenden Blick und sagte nur: »Der Buckel.« Sogleich wurde der Sänger erneut von einem seiner Bewacher gepackt, während der andere Jodokus' Wams hochriss und den Weinschlauch entblößte. Nach zwei, drei schnellen Schnitten mit dem Dolch lag der Schlauch in der Hand des Hunnen.

Jodokus protestierte empört: »Er gehört mir! Gib ihn zurück!« Doch seine Gegenwehr blieb vergebens. Gegen die Kraft des Hunnen war er machtlos.

»Jodokus«, sagte Kriemhild beruhigend, doch er beachtete sie gar nicht, sondern hatte nur Augen für den Weinschlauch, der jetzt an Etzel gereicht wurde.

»Jodokus!«, rief sie noch einmal, diesmal schärfer, und jetzt traf sie sein vorwurfsvoller Blick. Sie aber ließ den Sänger gar nicht erst zu Wort kommen. »Wir werden sterben, wenn du dich nicht davon trennst.«

»Als ob das einen Unterschied macht«, gab er zornig zurück, aber er schien sich mit der Niederlage abzufinden.

Kriemhild wunderte sich über sich selbst, als sie sich vorbeugte und ihm einen Kuss auf die Wange hauchte. »Danke«, flüsterte sie leise.

Etzel hatte den Schlauch derweil entkorkt und hielt die Öffnung vorsichtig unter die Nase. »Es ist tatsächlich Met, ganz eindeutig.«

»Was habt Ihr erwartet?«, fragte Jodokus höhnisch, aber er klang nicht mehr ganz so angriffslustig wie zuvor. Er starrte nur Kriemhild an, die ihm ein knappes Lächeln schenkte.

Der Hunnenprinz wirkte unschlüssig, was er mit dem Met tun sollte. Berenike musste ihm alles darüber erzählt haben, doch jetzt, wo er den Schlauch in Händen hielt, zweifelte er plötzlich.

»Werft ihn in den Nebel«, schlug Kriemhild vor.

Etzel verharrte einen Augenblick lang, dann nickte er nachdenklich. »Das wird wohl das Beste sein.«

»Nein!«, rief Jodokus. »Ich habe zu lange …«

Kriemhild fiel ihm barsch ins Wort. »Du hast einen ganzen Landstrich damit entvölkert!«

Jodokus musste die Wahrheit zumindest ahnen, denn er verstummte schlagartig und versuchte kein weiteres Mal, den Met zurückzuerlangen.

Etzel presste den Korken tief in die Öffnung des Weinschlauches, packte ihn dann an seinem schmalen Ende, holte aus und schleuderte ihn weit über die Zinnen hinaus. Es ertönte kein Donnern und keine göttliche Stimme; kein Blitz fuhr zur Erde, und kein Schlund tat sich im Nebel auf. Stattdessen sauste der Schlauch nur in weitem Bogen in die Tiefe und wurde vom Dunst verschluckt.

Einen Augenblick lang herrschte Stille. Niemand sprach ein Wort.

Sogar das Feuer im Hof knisterte kaum mehr, allmählich erloschen die Flammen.

Etzel und Kriemhild wechselten einen unsicheren Blick. Sie wusste, dass er dasselbe dachte wie sie selbst: Hat es gewirkt? Kann das wirklich schon alles gewesen sein?

Die Antwort gab ihnen der Nebel, denn er schien plötzlich schneller zu steigen. Schnell genug, um der Bewegung mit bloßem Auge folgen zu können.

»Es hört nicht auf«, flüsterte Etzel beklommen.

Kriemhild war plötzlich sehr kalt. Wieder wurde ihr bewusst, dass sie längst jedes einzelne von Berenikes Worten für bare Münze nahm. Ihr eigener Glaube an Jodokus' Götter vereinigte sich mit dem der anderen, und gemeinsam machten sie die Mächte dort draußen mit jedem Atemzug stärker, zorniger, furchterregender.

»Es ist das Spiel«, raunte Jodokus kaum verständlich. »Niemand bricht ein Spiel so kurz vor dem Ende ab, egal, was geschieht. Sie drängen auf eine Entscheidung.«

Keiner widersprach ihm. Nur Etzel fragte: »Was wird geschehen?«

Jodokus versuchte, die Schultern zu heben, doch der Klammergriff seines Bewachers hielt ihn davon ab. »Ich weiß es nicht«, sagte er matt.

Kriemhild schaute zurück in den Hof. Die Hunnen standen stocksteif, keiner wagte sich zu rühren. Sogar der Priester blickte starr zu ihnen empor. Seine Lippen bewegten sich im lautlosen Gebet.

Und noch etwas sah sie. Eine Bewegung am Rand des Platzes, im Schatten eines Gebäudes, jenseits einer Ecke. Sie sah einen Umriss, eine Gestalt. Dann einen Wink.

»Etzel«, sagte sie und versuchte, gefasst zu klingen. »Ich muss mit Euch sprechen. Unter vier Augen.«

Der Prinz blickte sie fragend an, doch er wirkte nicht misstrauisch, nur ein wenig erstaunt. Sein Antlitz war leichenblass, so wie die Gesichter aller anderen auch. Sie würden noch eine Weile brauchen, um gänzlich zu erfassen, was auf sie zukam. Falls ihnen so viel Zeit überhaupt noch blieb.

Etzel nickte ihr kurz zu und stieg dann mit ihr die Stufen zum Hof hinunter. Im Vorbeigehen gab er Jodokus' Bewacher Befehl, den Sänger loszulassen. Die beiden anderen, der zweite Wachtposten und jener, der etwas im Nebel gesehen zu haben glaubte, folgten ihnen die Treppe hinab, schlossen sich unten den übrigen Männern an. Jodokus blieb mit einem Krieger auf dem Wehrgang zurück, und beide blickten jetzt gleichermaßen angstvoll über die Zinnen hinweg in den aufsteigenden Nebel.

Der Priester wollte Kriemhild und Etzel folgen, doch der Prinz gab ihm mit einer Geste zu verstehen, dass er mit Kriemhild allein sein wollte. In die Hunnenkrieger kam derweil Bewegung, als mehrere von ihnen nach ihren Waffen griffen. Sie begannen, sich um den Priester zu scharen, sodass dieser den Prinz und die Prinzessin schnell aus den Augen verlor.

Nach wenigen Schritten blieb Kriemhild im Schatten stehen.

»Was denkt Ihr«, fragte sie, »wie hoch ist wohl das Lösegeld für das Kind eines Königs?«

Er schüttelte verärgert den Kopf. »Vergesst das Lösegeld. Ich glaube, wir haben andere Sorgen als den Wert Eures Kopfes.«

»Ihr missversteht mich«, entgegnete sie mit schmalem Lächeln, »es geht nicht um *meinen* Kopf.«

Hagen löste sich aus seinem Versteck jenseits der Hauskehre, ein blitzschneller Schemen, der lautlos heranschoss, eine behandschuhte Pranke von hinten auf den Mund des Prinzen presste und den anderen Arm um seine Brust legte. Nur Herzschläge später waren beide hinter dem Gebäude verschwunden. Kriemhild blickte sich sichernd zum Hof hin um, dann eilte sie hinterher.

Als sie um die Ecke bog, war Etzel bereits ohne Bewusstsein.

»Ist er …«

»Nein«, entgegnete Hagen im Flüsterton, »natürlich nicht.«

Kriemhild überspielte ihre Erleichterung und fragte leise: »Ich nehme an, du hast einen Plan.«

»Der Nebel zieht bereits über den Hochweg. Wir müssen uns beeilen, wenn wir noch rechtzeitig von hier verschwinden wollen.«

»Wo ist der Junge?«

Er schüttelte finster den Kopf. »Vergiss den Jungen. Wir müssen dein Leben retten.«

Sie sah ihn entgeistert an. »Das ist doch nicht dein Ernst, oder?«

»Der Junge ist nicht mehr wichtig. Es ist zu spät.«

Kriemhild stand fassungslos da und bebte vor Wut. »Du hast dieses Kind nur mitgenommen, um es an meiner Stelle zu opfern! So ist es doch, nicht wahr? Du wolltest mich befreien, warst aber nicht sicher, ob Berenike mit ihrer Prophezeiung nicht doch recht hatte. Dein Plan war, statt meiner den kleinen Jorin zu töten!«

Hagens Blick verriet keine Spur von Scham oder Reue. »Wenn du weiter so herumschreist, werden sie uns entdecken.«

»Das macht wohl kaum noch einen Unterschied!«

»Wir müssen zum Tor«, sagte er eindringlich. »Noch können wir die Burg über den Hochweg verlassen. Wenn er erst völlig im Nebel untergegangen ist, dann …«

»Nicht ohne Jorin!«, sagte sie fest. »Und nicht ohne Jodokus!«

»Du willst den Sänger mitnehmen? Du hast ja den Verstand verloren!« Hagen hielt immer noch den bewusstlosen Etzel im Arm; Kriemhild kannte ihn gut genug, um zu wissen, dass er sie sonst auch gegen ihren Willen von hier fortgeschleppt hätte.

»Wir gehen zurück und holen sie«, beharrte sie und fügte ein wenig unsicherer hinzu: »Irgendwie.«

»Irgendwie!« Hagen verzog das Gesicht. »Es ist völlig unmöglich. Jeden Moment werden sie anfangen, nach dir und diesem Prinzen zu suchen. Bis dahin müssen wir von hier fort sein.«

Kriemhild schüttelte den Kopf. »Nein.« Sie war sich bewusst, dass sie vielleicht gerade den größten Fehler ihres Lebens beging. Und den letzten. Sie konnte nicht anders.

Ohne Hagen weitere Beachtung zu schenken, drehte sie sich um und trat wieder an die Hausecke. Vorsichtig blickte sie um die Kante zurück zum Hof. Der Priester wies gerade zwei Krieger an, eine von den Kisten herbeizuholen, die oben auf den Zinnen standen.

Hagen stand plötzlich hinter ihr. Er hatte Etzel am Boden abgelegt.

»Verflucht!«, entfuhr es ihm, als er sah, dass die beiden Krieger sich den Kisten auf dem Wehrgang näherten.

»Was ist?«, fragte Kriemhild.

»Der Junge! Er versteckt sich hinter den Kisten.«

Kriemhild blickte alarmiert hinauf zu den Zinnen. Die beiden Krieger beugten sich vor und hoben gemeinsam eine der Kisten vom Boden. Dahinter war nichts als leere Mauer. Kriemhild atmete auf. Eilig trugen die Männer ihre Last die Stufen hinunter und luden sie vor der Feuerstelle auf dem Pflaster ab. Der Priester verscheuchte sie mit einer Handbewegung und stieg auf den Kistendeckel. Zufrieden mit seiner erhöhten Position blickte er ernst auf die Männer herab, die sich im Halbkreis um ihn versammelten.

Auch der einzelne Krieger, der mit Jodokus auf den Zinnen zurückgeblieben war, trat an die innere Kante des Wehrganges und blickte hinab in den Hof. Sein Befehl, den Nebel zu beobachten, war vergessen; wie alle anderen suchte er Trost in den Worten des Priesters.

Der Mann stand mit dem Rücken zu den verbliebenen Kisten. Abermals fürchtete Kriemhild, Jorin könnte entdeckt werden, und ihr Blick huschte aufgeregt zwischen den Kisten und Jodokus hin und her. Doch der Sänger blickte immer noch über die Zinnen hinweg in den Nebel; er schien beinahe darauf zu warten, dass die Prophezeiungen sich endlich bewahrheiteten.

Hinter den Kisten bewegte sich etwas.

»Um Gottes willen«, flüsterte Kriemhild beschwörend, »bleib unten!«

Aber Jorin erhob sich noch im selben Augenblick, stieg unbemerkt über ein Fass hinweg, holte mit beiden Armen aus – und rammte dem Krieger an der Kante die Fäuste ins Kreuz. Völlig überrumpelt stieß der Mann ein erstauntes Keuchen aus, seine Hände wirbelten haltsuchend durch die Luft, dann kippte er vornüber. Kreischend stürzte er in die Tiefe, schlug hart wie ein Stein auf dem Pflaster auf. Reglos blieb er liegen.

Ein Aufschrei der Empörung ging durch die Versammlung der

Krieger. Sie alle entdeckten zugleich den kleinen Jungen, der an der Kante stand und unentschlossen auf den Körper unten im Hof blickte. Jorin schien nicht glauben zu können, was er gerade getan hatte.

Auch Jodokus drehte sich um, langsam, wie in Trance. Als er erfasste, was geschehen war, und sah, dass ein halbes Dutzend Hunnen mit blankgezogenen Schwertern die Treppe heraufstürmte, beschleunigten sich seine Bewegungen. Blitzschnell schob er Jorin mit dem Rücken an die Zinnen und eilte mit zwei weiten Sätzen zu den Kisten. Eine hob er mit beiden Händen empor und schleuderte sie den Kriegern auf der Treppe entgegen. Das hölzerne Geschoss krachte mitten unter sie und brachte die vorderen zu Fall. Brüllend stürzten sie nach hinten, rissen die übrigen mit sich und taumelten haltlos über den Rand der geländerlosen Treppe ins Leere. Fünf der sechs Männer verloren das Gleichgewicht und fielen hinab in den Hof, nur einer prallte der Länge nach auf die Stufen und brach sich an einer Kante den Unterkiefer. Die anderen waren offenbar mit Prellungen und Schmerzen davongekommen, denn die ersten richteten sich bereits wieder auf und setzten mit hasserfüllten Mienen zur Verfolgung des Sängers und des kleinen Jungen an.

Als sie aber hinauf zum Wehrgang schauten, waren die beiden spurlos verschwunden.

Der Priester brüllte Befehle, und ein weiterer Teil der Krieger löste sich aus der Versammlung und lief am Fuß der Mauer entlang nach Osten.

Auch Kriemhild hatte gesehen, wie Jodokus und Jorin den Wehrgang entlang in östliche Richtung gelaufen waren. Augenscheinlich wollten sie die Burg umrunden und an anderer Stelle nach unten steigen, in der Hoffnung, ihren Verfolgern zuvorzukommen.

Hagen riss Kriemhild am Oberarm herum. »Wenn sie klug sind, laufen sie zum Tor. Sie könnten es schaffen, und wir ebenfalls. Komm schon!« Mit diesen Worten warf er sich den reglosen Etzel über die Schulter, als wöge er trotz seines Rüstzeugs nicht mehr als ein junges Rehkitz.

Kriemhild gab schweren Herzens nach und folgte dem Krieger über die Gasse. Als sie im Laufen einen letzten Blick zurück zum Hof warf, sah sie, dass der Priester sie entdeckt hatte. Befehle und Stiefelschritte hallten zwischen den Mauern wider, als sich ein ganzer Trupp von Hunnen in Bewegung setzte und die Verfolgung aufnahm.

»Komm! Schneller!«, schrie Hagen ihr über die Schulter zu.

Sie überholte ihn einen Augenblick später. Hagen atmete schwer unter der Last des Prinzen, seine Geschwindigkeit war dennoch erheblich; ob sie aber ausreichen würde, um eine Horde wildgewordener Hunnen abzuschütteln, schien unwahrscheinlich. Schon waren die Ersten auf fünfzehn Schritte heran, und ihre Schreie und das Scharren ihrer Sohlen erfüllten den Einschnitt zwischen den Häusern mit ohrenbetäubendem Lärm.

Nach der nächsten Ecke war das Tor vor ihnen zu sehen. Zwischen ihnen und dem Spitzbogenportal lag ein weiterer Hof. Gerade stolperten Jodokus und Jorin eine Treppe hinunter, während aus einer anderen Richtung Gebrüll ertönte. Sowohl auf dem Wehrgang als auch am Fuß der Mauer waren ihnen die Hunnenkrieger dicht auf den Fersen.

Doch es war nicht der Anblick der bedrängten Freunde, der Kriemhild eiskaltes Grauen einflößte.

Jenseits des Tores hatte sich die Welt in weißes Nichts aufgelöst. Der Nebel hatte den Hochweg verschlungen. Durch den offenen Torbogen quollen wabbernde Schwaden.

»Weiter!«, rief Hagen unermüdlich. Etzels Körper regte sich noch immer nicht, und das mochte einer der Gründe sein, weshalb keine Bogenschützen auf sie anlegten; Hagen lief genau hinter Kriemhild, und der Prinz auf seiner Schulter war ein hervorragender Schutz vor Pfeilen.

Sie trafen Jorin und Jodokus am Tor, während sich hinter ihnen die Verfolger zu einer tödlichen Meute vereinigten. Jorin war totenblass, seine Augen weit aufgerissen. Jodokus zog ihn keuchend am Arm hinter sich her. Der Kleine rannte mit all seiner Kraft. Kriemhild ergriff Jorins andere Hand, und gemeinsam gelang es ihnen, den Jungen durch den Torbogen zu ziehen.

Hinein in den Nebel.

Es war, als hätte man sie blitzartig an einen anderen Ort katapultiert. Ein dichter Vorhang trennte sie plötzlich von ihren Verfolgern, ein wattiges Etwas, das den Lärm der Hunnen beinah gänzlich schluckte. Nur ganz dumpf und fern waren noch ihre Schreie, das Rasseln der Rüstungen und Klingen und das Getrappel ihrer Füße zu hören. Hagen stürzte als schwarzer Schemen mit dem Prinz auf seinen Schultern hinter Kriemhild und den anderen her, doch jenseits seiner Fersen endete die Welt. Da war nur geisterhaftes Weiß, das Berenikes Hexenhort allmählich verzehrte.

Doch kaum waren sie weitergelaufen – blindlings tiefer in den Nebel, in der verzweifelten Hoffnung, nicht über die Kanten des Hochwegs in den Abgrund zu stürzen –, als ihr Wunschdenken den Gesetzen der Wirklichkeit nachgab: Die Hunnen folgten ihnen unbeirrt, und das, was die Flüchtenden von ihnen trennte, war nichts als Nebel, der weder vor Klingen noch Pfeilspitzen schützte. Kriemhild konnte die Männer nicht sehen, zu dicht war der nasskalte Dunst, doch sie hörte wohl, dass die Krieger immer noch dicht hinter ihnen waren, denn die Geräusche wurden jetzt wieder lauter, als würden die Verfolger sie in den nächsten Augenblicken einholen.

Kriemhild spürte Jorins Hand kühl in ihrer eigenen, und sie konnte ihn als vagen Umriss neben sich erkennen. Von Jodokus aber war kaum mehr etwas zu sehen. Sie hörte seine Schritte, auch sein gehetztes Keuchen, aber er lief verschleiert hinter einer Wand aus Weiß, obwohl er sich kaum drei Schritte links von ihr befand und immer noch Jorins andere Hand hielt. Einmal blickte sie über die Schulter zurück und sah, dass Hagen allmählich langsamer wurde. Er war ganz nahe hinter ihr, und noch sah sie seine verschwommene Form im Dunst. Doch auch er wurde immer stärker vom Nebel überlagert. Der gerüstete Etzel auf seinen Schultern machte ihm mit jedem Schritt mehr und mehr zu schaffen; selbst Hagens Kräfte waren nicht unerschöpflich.

Auch Kriemhild ging der Atem aus. Dass sie überhaupt noch laufen konnte, hatte sie allein dem Umstand zu verdanken, dass sich ihre Beine scheinbar verselbstständigt hatten. Doch nicht einmal das vermochte darüber hinwegzutäuschen, dass dies der Anfang vom Ende war.

Die Hunnenmeute wälzte heran, immer näher und näher, so unsichtbar wie mörderisch.

Die Erkenntnis ihrer Niederlage traf Kriemhild im gleichen Moment, da Jorin plötzlich aufschrie. Sie spürte, wie ihre Hand zurückgerissen wurde, als der Kleine stolperte und zu Boden fiel. Hagen bemerkte es zu spät, versuchte noch auszuweichen und taumelte seinerseits. Mit einem atemlosen Fluch krachte er auf die Knie, während Etzel von seinen Schultern glitt und mit scheppernder Rüstung auf dem Felsboden aufschlug.

Kriemhild überlegte nicht lange. Statt weiterzulaufen, fuhr sie herum, beugte sich über den bewusstlosen Prinzen und riss sein Schwert aus der Scheide. Mit einem Satz sprang sie über ihn hinweg, an Hagen vorbei und baute sich mit dem Rücken zu den Gefährten vor dem Nebel auf.

Kommt doch!, dachte sie verbissen und blinzelte in die Richtung der Hunnen. Ein kurzer Blick über die Schulter zeigte ihr, dass Hagen wieder auf den Beinen war. Statt Etzel aufzuheben, nickte er Kriemhild nur zu, zog seine eigene Klinge und bezog neben ihr Stellung. So beendeten sie ihre Flucht, Seite an Seite, und stellten sich den Feinden zum Kampf.

»Sie kommen!«, schrie Jorin.

Es dauerte einen Moment, ehe Kriemhild begriff, dass er nicht die Hunnen meinte.

Es begann zu ihrer Rechten, ein sonderbares Zittern, das den Nebel durchlief wie die Ausläufer einer fernen Flutwelle die Gestade eines Ozeans. Es verursachte kein Geräusch, nicht so wie der Hufschlag, den Kriemhild damals im Hohlweg gehört hatte. Dies hier, was immer es war, bestand nur aus Bewegung, aus Kraft, aus monströser Gewalt. Es raste heran wie ein Wirbelsturm, und einen kurzen

Augenblick lang glaubte Kriemhild, jenseits der wirbelnden Schwaden etwas zu sehen, irgendetwas Großes, so ungemein *Großes*! Dann warf die Nebelwelle sie zurück wie ein Orkanstoß, das Schwert entglitt ihren verkrampften Fingern, und sie selbst wurde zu Boden geschleudert, mehrere Schritte nach hinten. Neben ihr, so nah, dass Kriemhild sie ganz genau sehen konnte, klaffte die scharfe Kante des Hochwegs, und jenseits davon der hungrige Abgrund. Ein Beben erfüllte die Luft, den Nebel, ihren eigenen Kopf, und sie wusste, es war hier, ganz nah, direkt vor ihr!

Und dann verschwand es wieder. Von einem Herzschlag zum nächsten war es fort.

Als Kriemhilds Sinne zurückkehrten und sie sich wieder auf etwas anderes konzentrieren konnte als auf ihre eigene Panik, da war auch das Schreien ihrer Verfolger verklungen.

Totengleiche Stille lag über dem Hochweg. Die Hunnen verfolgten sie nicht länger.

Etwas schoss aus der Nebelwand auf Kriemhild zu. Sie schrie auf, wollte sich herumwerfen – zu spät! Jorins Arme schlossen sich um ihren Oberkörper, als er sich angstvoll an ihren Hals warf.

Der Junge!, hämmerte sie sich erleichtert ein. Nur der Junge!

Sie erwiderte seine Umarmung einen Moment lang, dann stand sie auf. Die Hand des Kleinen hielt sie fest.

»Hagen?«, fragte sie zaghaft ins Leere. »Jodokus? Seid ihr da?«

»Hier!«, knurrte eine Stimme. »Wir müssen weiter, bevor es wiederkommt!«

Und Kriemhild rannte, Jorin dicht an ihrer Seite, den Hochweg entlang nach Westen, zurück zum Rand des Tals. Irgendwann ging es plötzlich bergauf, und da erkannte sie, dass der Felspfad hinter ihnen lag und sie die Berge erreicht hatten. Gehetzt lief sie mit Jorin den Weg hinauf. Zu beiden Seiten musste jetzt Wald sein, völlig vom Nebel verhüllt.

Erst ganz allmählich, als sie sich der Bergkuppe näherten, wurden die Schwaden dünner, um dann völlig abrupt zu enden. Kriemhild und Jorin liefen noch einige Schritte weiter, dann sanken sie auf dem schmalen Waldweg nieder. Hinter ihnen wurden Schritte laut, und als Kriemhild sich umwandte, sah sie Hagen mit Etzel auf seinen Schultern aus dem Nebel stolpern. Unmittelbar vor ihr brach er zusammen.

Das Tal lag da wie eine riesenhafte Milchschüssel. Die Oberfläche des Nebels war vollkommen glatt, nur in der Mitte schauten zwei Spitzen hervor, die Dächer der beiden Türme. Die roten Fahnen hatten aufgehört zu flattern, und auch der Wetterhahn auf dem Nordturm drehte sich nicht mehr. Es war vollkommen windstill.

»Wo ist Jodokus?« Kriemhild blickte sich alarmiert um. »Hagen, hast du Jodokus gesehen?«

Das eine Auge des Kriegers blickte sie müde an. »Ich dachte, er wäre bei dir und dem Jungen.«

Kriemhild sah in einem Anflug von Panik Jorin an, doch der schüttelte nur traurig den Kopf. »Er hat mich losgelassen, als wir alle hinfielen.«

Mit letzter Kraft taumelte sie auf die Füße und näherte sich erneut dem Nebel.

»Nein!«, rief Hagen. »Kriemhild, bleib hier!«

»Ich muss ihn suchen«, widersprach sie verzweifelt.

»Wie willst du ihn da drinnen finden?« Hagen deutete über den ohnmächtigen Etzel hinweg ins Tal. »Was immer die Hunnen geholt hat, es ist immer noch irgendwo dort unten.«

»Aber Jodokus hat …«

»Seht!«, schrie plötzlich Jorin und zeigte mit ausgestrecktem Arm über den Nebel.

Kriemhild und Hagen folgten seinem Blick zu den beiden Turmspitzen, die wie die Masten eines gesunkenen Seglers aus dem Dunst hervorstachen. Auf dem Dach des Nordturms regte sich etwas. Eine Luke wurde nach außen geklappt, eine Gestalt schob sich hinaus auf die schwarzen Ziegel.

Das Dach war so steil, dass Jodokus Mühe hatte, nicht den Halt zu verlieren. Dennoch beugte er sich noch einmal über den Rand der Luke und half einer Frau in weiten Gewändern ins Freie. Berenikes Bewegungen waren langsam und müde. Dennoch gelang es ihr, mit Hilfe des Sängers aufs Dach zu klettern. Gemeinsam schoben sie sich der Spitze entgegen, bis ihre Hände die Fahnenstange umfassten.

Tränen verschleierten Kriemhilds Sicht, und sie musste sich mit dem Ärmel über die Augen reiben, um den Freund ein letztes Mal zu sehen. Viel Zeit blieb ihr nicht, denn der Nebel stieg höher, hier am Hang und rund um die Türme. Schon krochen die Dunstränder an dunklem Schiefer empor, schon verschwanden die Füße und Beine der beiden einsamen Gestalten in wallenden Schwaden.

»Jodokus!«, schrie Kriemhild über das Tal hinweg, und vielleicht hörte er sie ja, denn er drehte den Kopf und blickte herüber, und ganz kurz schien es ihr, als hätte sie trotz der Entfernung ein Lächeln auf seinen Zügen gesehen. Ein schwaches, trauriges Lächeln.

Dann schloss sich der Nebel über ihm und der Hexe, und einen Augenblick später waren auch die Fahnen und der Wetterhahn unter der Oberfläche verschwunden.

Hagen stand plötzlich neben Kriemhild und nahm sie in den Arm wie ein Vater die Tochter, sehr vorsichtig, sehr zaghaft. Doch statt Liebe war da Treue, und statt Trost empfand sie nichts als Trauer.

EPILOG

Die vier Haupttürme des Wormser Münsters ragten fast zwanzig Mannslängen hinauf in den Himmel, und Kriemhild schien es manchmal, als müssten ihre Spitzen gar die Wolken durchbrechen. Sie stand an einem Fenster im obersten Stockwerk, gleich unterm Dach einer der beiden Osttürme, und blickte hinab in den Hof der Königsburg. Alles dort unten schien ihr sehr fern, sehr unbedeutend.

Der mächtige Dom erhob sich im Zentrum der Burg, und seine höchsten Fenster überschauten nicht nur die riesige Festungsanlage mit ihren Wehrmauern, Fachwerkbauten und rotbraunen Giebeln, sondern auch die ganze Stadt, den Rhein und die weiten Wälder im Osten.

Kriemhild kniff die Augen zusammen und schaute über die Wipfel der Bäume hinweg, dorthin, wo das Land in diesigem Blau mit dem Sommerhimmel verschmolz. Irgendwo dort hinten, weit, weit entfernt, lag Salomes Zopf. Sie fragte sich, wie es jetzt, nach Jodokus' Opfergang, wohl dort aussehen mochte, in jenem fernen Tal unter den Türmen des Hexenhortes.

Schon früher war sie oft hier heraufgestiegen, um allein zu sein, doch seit ihrer Rückkehr vor sieben Tagen tat sie es regelmäßig. Morgens, zur Mittagszeit und noch einmal vor Anbruch der Dämmerung. Sie hielt Ausschau nach zwei weißen Adlern.

Unten am Haupttor gerieten einige Stallburschen in Bewegung. Ein Ruf drang von außen in den Hof, ein zackiges Kommando der Burgwache. Jemand kam, ein Reiter.

Nachdenklich beobachtete Kriemhild von ihrem Fenster unter den Wolken, wie Hagen von Tronje auf einem braunen Wallach durch den Torbogen ritt. Instinktiv glitt ihr Blick hinauf zu den Zinnen. Auf einer saßen zwei schwarze Raben und blickten reglos hinab in den Hof.

Hagens langer Umhang flatterte, als er sich vom Pferd schwang und das Tier in die Obhut der Stallknechte gab. Ein halbes Dutzend Knappen eilte herbei, vorneweg ein kleiner Junge, der neu war im Dienste des Königs. Kriemhild erwartete, dass Jorin zu ihr emporblicken würde, doch er tat es nicht. Stattdessen war er der Erste an Hagens Seite und nahm würdevoll den Schwertgurt des Kriegers entgegen. Hagen blickte kurz zu ihm hinunter, doch Kriemhild konnte nicht erkennen, ob er Jorin ein Lächeln schenkte. Es war unwahrscheinlich. Hagen lächelte nie.

Eine halbe Tagesreise, bevor die Heimkehrer auf ihrem Weg zurück nach Worms den Rhein erreicht hatten, hatte Hagen sich von ihnen getrennt. Er gab keine Erklärung, sagte nur Lebewohl und sprengte auf einem der drei Pferde davon, die sie nach dem Verlust von Lavendel und Hagens Streitross einigen Flüchtlingen abgekauft hatten. Der Besitzer war froh gewesen, bei der Rückkehr in sein Heimatdorf einen Beutel klingenden Goldes mitzubringen; ihm und seiner Familie würde es die ersten Wochen nach dem Ende der Seuche erleichtern.

Es kam oft vor, dass Hagen für mehrere Tage spurlos verschwand, mindestens einmal in jedem Mond. Es gab viele Gerüchte darüber, wohin er ging, und die meisten Menschen bei Hofe waren überzeugt, er sei einem Frauenzimmer zugetan, in dessen Arme er sich heimlich zurückzog. Dass die Vorstellung, der düstere, gefühlskalte Hagen unterhalte eine verborgene Liebschaft, so abwegig schien, tat den Gerüchten keinen Abbruch. Ganz im Gegenteil: Nicht wenige bewunderten ihn hinter vorgehaltener Hand für sein Talent der Verstellung.

Auch Kriemhild wusste nicht, wohin der dunkle Recke ging, wusste auch nicht, was es war, das ihn so oft in die Ferne trieb. An ein verstecktes Liebesnest aber konnte sie am allerwenigsten glauben. Mehr als einmal hatte sie den Ausdruck von Verzweiflung und Trauer in seinen Augen gesehen, wenn er heimgekehrt war, ein vermehrendes Leid, das er durch sein finsteres Auftreten vor allen anderen zu verbergen suchte.

Was immer die Ursache seines Verschwindens sein mochte, vielleicht war es gut, dass niemand außer ihm selbst die Wahrheit darüber wusste.

Jetzt beobachtete Kriemhild, wie er mit wogendem Federkragen im Portal des Hauptgebäudes verschwand. Erst dann blickte sie wieder zum Himmel empor. Keine Spur von den weißen Adlern, nur die beiden Raben hockten starr wie Wasserspeier über dem Tor.

Kriemhild dachte an Etzel und an ihren Streit mit Hagen über das Schicksal des Prinzen. Hagen hatte ihn mit nach Worms nehmen wollen, nur deshalb hatte er ihn aus Berenikes Burg gerettet, doch Kriemhild war dagegen gewesen. Als alle Versuche, ihn zu überzeugen, fehlgeschlagen waren, hatte sie sich auf ihre Stellung als Schwester des Königs berufen: Laut und vielleicht eine Spur zu barsch hatte sie Hagen den Befehl gegeben, Etzel laufen zu lassen. Schweigend hatte der Krieger gehorcht.

So war Etzel nach Osten gezogen, gerüstet und bewaffnet wie ein Königssohn und doch auf Schusters Rappen wie ein einfacher Wanderer. Ihr Abschied war förmlich gewesen und ohne große Wärme, ganz so, wie es den Kindern verfeindeter Herrschersippen anstand.

Während die Raben sich von den Zinnen erhoben und langsam hinüber zum Dach des Thronsaals schwebten, setzte sich Kriemhild rittlings auf den Fenstersims und ließ ein Bein an der Außenseite baumeln. Der Gedanke an Etzel wurde von ihren Gefühlen für Jodokus überlagert. Es tat immer noch weh, an ihn zu denken, viel mehr, als sie sich eingestehen wollte.

Unten im Hof zeigte jemand mit ausgestrecktem Arm zu ihr herauf, und ein sorgenvolles Raunen ging durch das Gewimmel der Bediensteten. Nahmen sie wirklich an, ihre Prinzessin könnte in den Tod stürzen? Kriemhild lachte leise und verscheuchte sie mit einer herrischen Geste. Dabei fiel ihr Blick auf einen Trupp von Jägern, der mit reicher Beute zum Tor hereinritt. Die Gehilfen trugen erlegtes Rotwild und ganze Bündel toter Hasen und Kaninchen. Ein Falkner ritt an der Spitze, sein Vogel kauerte reglos auf seiner Schulter.

Behände sprang Kriemhild zurück in die Turmkammer und rannte mit wehendem Kleid die Wendeltreppe hinab. Sie würde den Falkner bitten, sie seine Kunst zu lehren.

Und plötzlich lief sie schneller, nahm immer zwei, drei Stufen auf einmal.

Ein guter Tag, dachte sie beschwingt und vergaß noch im selben Augenblick, wofür.

»Kai Meyer ist einer der größten deutschen Erzähltalente.«

DER SPIEGEL

Kai Meyer
DAS BUCH VON EDEN
Historischer Roman
832 Seiten
mit S/W-Illustrationen
ISBN 978-3-404-15545-3

Winter 1257. Zwei Reisende kämpfen sich durch Eis und Schnee bis zu einem einsamen Kloster in der Eifel. Der Novize Aelvin erkennt in einem der Fremden den berühmten Albertus Magnus, begleitet von dem todkranken Mädchen Favola. Sie trägt ein begehrtes Gut bei sich: die sagenumwobene Lumina, die letzte Pflanze aus dem Garten Eden. Während Favola das rätselhafte Gewächs zurück an seinen Ursprungsort bringen will, hat ein machtgieriger Erzbischof andere Pläne. Seine Krieger sind den Fliehenden dicht auf den Fersen. Aelvin schließt sich den beiden an – und ahnt nicht, dass damit eine Odyssee bis ans Ende der bekannten Welt beginnt.

Bastei Lübbe Taschenbuch

»Kai Meyer ist einer der großen deutschen Erzähler.«

DER SPIEGEL

Kai Meyer
FAUSTUS
Historischer Roman
704 Seiten
ISBN 978-3-404-15633-7

1515: Der getreue Christof Wagner hat von vielen Merkwürdigkeiten und Abenteuern zu berichten, denn sein Meister ist der sagenumwobene Doktor Johannes Faustus, der berühmteste Schwarzkünstler des 16. Jahrhunderts. Dieser Sammelband enthält die Romane »Der Engelspakt«, in dem von dem Kampf der beiden Helden gegen die Inquisition berichtet wird, »Der Traumvater«, in dem die beiden ins Land der Sorben reisen und in einem Schloss im Spreewald einen Mord aufklären, sowie »Die Engelskrieger«, in dem sie gegen Rom ziehen, um die Engelskriegerin Angelina zu befreien und das Rätsel der verschwundenen Kinder zu lösen.

»Kai Meyer ist eines der großen deutschen Erzähltalente.« DER SPIEGEL

»Kai Meyer auf Bestsellerkurs.« FOCUS

Kai Meyer
HERRIN DER LÜGE
Historischer Roman
832 Seiten
Gebunden mit Schutzumschlag
ISBN-10: 3-7857-2261-3
ISBN-13: 978-3-7857-2261-9

1210. Eine neue Heilige zieht durch das Land und ruft zum Kreuzzug der Jungfrauen. Niemand weiß, wer sie wirklich ist, doch jeder flüstert ihren Namen: die Magdalena.
Sie ist jung, und sie besitzt eine teuflische Gabe: Sie spricht mit Engelszungen.
Sie ist die beste Lügnerin der Welt – und erkennt doch selbst nicht die Wahrheit: Denn auch sie und die fünftausend Mädchen, die ihr folgen, sind nur Opfer im grausamen Ränkespiel der Kirche.
Sie sollen sterben, um die größte Verschwörung der Christenheit zu vertuschen.
Bis die Heilige gegen Papst und Fürsten aufbegehrt – und droht, die Welt ins Chaos zu stürzen …

Gustav Lübbe Verlag